21世纪外国文学系列教材

外国文学作品导引

主　编　项晓敏

副主编　杜望舒　李　莉

编　委（以姓氏笔画为序）

丁　芸　王文平　王　欣　叶旦捷　孙　霄
李小驹　李　莉　李晓卫　李海明　李佩菊
吴春兰　吴晓玲　杜　芳　杜丽琴　杜望舒
何岳球　张　青　陈婷婷　刘聪颖　杨红菊
赵　峻　项晓敏　曹占平　韩燕红　雷庆锐

图书在版编目(CIP)数据

外国文学作品导引/项晓敏主编. —北京：北京大学出版社，2012.2
(21世纪外国文学系列教材)
ISBN 978-7-301-12976-0

Ⅰ. ①外… Ⅱ. ①项… Ⅲ. ①外国文学－作品－高等学校－教材 Ⅳ. ①I11

中国版本图书馆CIP数据核字(2012)第005563号

书　　名：外国文学作品导引
著作责任者：项晓敏　主编
组 稿 编 辑：张　冰
责 任 编 辑：叶　丹
标 准 书 号：ISBN 978-7-301-12976-0/I·2434
出 版 发 行：北京大学出版社
地　　址：北京市海淀区成府路205号　100871
网　　址：http://www.pup.cn
电　　话：邮购部62752015　发行部62750672　编辑部62754382　出版部62754962
电 子 信 箱：zbing@pup.pku.edu.cn
印　刷　者：河北滦县鑫华书刊印刷厂
经　销　者：新华书店
787毫米×1092毫米　16开本　19.75印张　450千字
2012年2月第1版　2022年8月第7次印刷
定　　价：62.00元

目　录

一　荷马《伊利亚特》

西方文学史上，希腊史诗《伊利亚特》和《奥德塞》是现存最早的精品，统称《荷马史诗》。史诗的作者据传是古希腊盲诗人荷马，荷马在希腊文中的意思是“人质”，关于荷马出生的年代乃至是否确有其人都存在着争议。公元前12世纪末，在希腊半岛南部地区的阿开亚人与小亚细亚的特洛伊人之间曾经发生过一场旷日持久的战争，战争中的英雄事迹靠着民间乐师的口头吟诵而广为人知，代代相传。公元前9世纪与公元前8世纪之间，一位具有高度艺术才华的行吟诗人荷马以此为基础，将基于古代传说的口头文学加工整理为篇幅浩瀚、结构严整的两部史诗，被后人称之为《荷马史诗》。公元前6世纪中叶《荷马史诗》以文字的形式被正式记录下来。公元前3世纪至公元前2世纪间，经亚里山大城学者编订，两部史诗均有了24卷的最终定本，流传至今。《荷马史诗》的形成历经几个世纪，掺杂了各个时代的历史因素，可谓古希腊人集体智慧的结晶，在西方文学史上有着极其重要的地位。西方有句名言：未读过荷马就好比未见过大海。

《伊利亚特》的主题是“阿基琉斯的愤怒”。阿基琉斯因受希腊联军统帅阿伽门农的羞辱，愤而退出战场。希腊联军无法抵挡特洛伊主将赫克托耳的凶猛进攻，战况告急，阿基琉斯的好友帕特洛克洛斯借了阿基琉斯的盔甲，替他上战场抵挡特洛伊人，却被赫克托耳杀死。阿基琉斯悲愤交加，重返战场，杀死了赫克托耳，替好友报仇雪恨。在归还了赫克托耳的尸体后，两军休战，举行盛大的葬礼。

《伊利亚特》是一部描写部落战争的英雄史诗，希腊联军就是一支由部落联盟组成的联军，联军的最高统帅是阿伽门农。阿伽门农骄矜自傲，不肯退还被他霸占的太阳神祭司的女儿，为希腊联军招致了可怕的瘟疫。希腊联军中最勇猛的部落首领阿基琉斯愤怒地谴责了对方，却被阿伽门农当场辱骂。阿基琉斯在自己的女俘被阿伽门农带走之后，悲愤无比，坚决退出了战场。阿基琉斯是一个重视荣誉胜于生命的英雄，来到特洛伊就是为了赢得身后的名声，因为神示说他要为这场战争付出生命的代价。由于阿基琉斯的退出，特洛伊主帅赫克托耳很快将希腊人逼上了死路。懊悔不已的阿伽门农向阿基琉斯奉上重礼赔礼道歉，阿基琉斯一口回绝，盛怒不减。诗人通过这些情节再现了古希腊时期个人与集体的矛盾冲突，展示了氏族英雄的个体主义意识。阿伽门农代表了权威和秩序，却并非称职的将领，诗人明显流露了对受屈的优秀个人的同情和理解，他们将生命奉献给那些个人野心家，却得不到应有的肯定和荣誉。阿基琉斯在最好的朋友被杀后，毅然抛弃旧怨，怀着强烈的复仇欲望，亲手杀了赫克托耳，挟着狂怒，将其尸体拴在马后拖跑。面对前来讨要尸体的老王普里阿摩斯，阿基琉斯想到了自己的老父，落下眼泪，把尸首归还给了普里阿摩斯。在阿基琉斯身上体现的不仅是捍卫个人尊严的敏感意识，还流淌着温厚善良的情感。亚里士多德认为，阿基琉斯是悲剧英雄的先驱，悲剧性缺点是性烈如火，正是傲慢、绝世武功和对后世名誉的追求使他在受挫时变得凶猛异常。他活着就是要证明自己的价值，否则，他视生命如草芥。在《伊利亚特》中，阿基琉斯是作为古希腊民族精神的代表而登场的。在这部史诗中，最让人唏嘘叹惋的英雄是特洛伊统帅赫克托耳，他稳重成熟，责任心强，本过着安居乐业的好日子，却被迫卷入这场战争。为了保卫家园，赫克托耳毅然牺牲个人利益，忍痛辞别自己的娇妻爱子，在战场上横扫千军，视死如归，他把为部落牺牲视为至高的荣誉，并为之付出了自己的生命。

这是一场悲天悯人的战争，双方将领都是为命运之神所摆布的棋子，盲诗人荷马从容而镇定地弹唱着战争的残酷无情，讴歌着这些流芳百世的悲剧英雄，他们都在残酷的命运面前捍卫了自己的尊严和荣誉。

《伊利亚特》结构精巧，情节紧凑，风格壮丽。史诗从十年战争中截取了最后一年的 51 天里发生的事情，故事情节始终围绕着中心人物阿基琉斯的愤怒，集中描述了阿基琉斯退出战场之后两军在 4 天里的激战，细述其他英雄的骁勇善战，尤其是赫克托耳的无敌英勇，为烘托阿基琉斯的绝世武功做了层层铺垫。《伊利亚特》中所展示的战争场面极为壮观，语言简洁有力，画面感强，如描写两军对垒的情形："其时，阵势已经排开，/特洛伊人挟着喧嚣走来，喊声震天，/阿开亚人却在静静地行进，吞吐着腾腾的杀气。"史诗语句流畅、自然、优美，运用了大量生动贴切的比喻，常借用自然界中的动植物来喻人，这种根据生活中的直接观察，取之于自然现象的比喻，被后人赞誉为"荷马式比喻"。

伊利亚特(片断)

第二十二卷

他等待着迎面扑来的阿基琉斯，一个高大的身影，
像大山上的一条毒蛇，蜷缩在洞边，等待一个向他走去的
凡人，吃够了带毒的叶草，体内翻涌着不共戴天的仇恨，
盘曲在洞穴的边沿，双眼射出凶险的寒光——就像这样，
赫克托耳胸中腾烧着难以扑灭的狂烈，一步不让，
把闪亮的盾牌斜靠在一堵突出的墙垒上，
禁不住烦恼的骚扰，对自己豪莽的心魂说道：
"处境不妙，如何是好？倘若现在溜进城门和护墙，
普鲁达马斯会首当其冲，对我出言辱骂，
他曾劝我带着特洛伊人回返城堡，就在昨天，
那该受诅咒的夜晚，卓越的阿基琉斯重返战场的时候。
我不曾听从他的劝告——否则，事情何至于变得如此糟糕！
现在，我以自己的鲁莽，毁了我的兵民。
羞愧呀，我愧对特洛伊人和长裙飘摆的
特洛伊妇女！某个比我低劣的小子会这般说道：
'赫克托耳盲目崇信自己的勇力，毁掉了他的兵民！'
他们会如此议论评说。现在，可取的上策
当是扑上前去，要么杀了阿基琉斯，返回城堡，
要么被他杀死，图个惨烈，在伊利昂城前结了。
或许，我是否可放下突鼓的战盾和
沉重的头盔，倚着护墙靠放我的枪矛，
徒手迎见豪勇的阿基琉斯，
答应交回海伦和所有属于她的财物，

亚历克山德罗斯用深旷的海船载运回
特洛伊的一切——此事乃引发战争的胎祸。我可以
把这一切交给阿特柔斯的儿子们带走，并和阿开亚人
平分收藏在城内的财物，尽我们的所有；
然后再让特洛伊人的参议们发誓，
决不隐藏任何东西，均分全部财产，均分
这座宏丽的城堡里的堆藏，所有的财富。
然而，为何如此争辩，我的心魂？
我不能这样走上前去，他不会可怜我，
也不会尊重我；他会把我杀了，冲着我这无所
抵挡的躯身，像对一个不设防护的女子，当我除去甲胄！
现在，可不是从一棵橡树或一块石头开始，和他喃喃细语
的时候，像谈情说爱的姑娘小伙，
年轻的朋侣，喊喊私语，情长话多；
现在是战斗的时刻，越快越好；
我倒要看看，宙斯会把光荣交给哪一位战勇！”

他权衡斟酌，就地等待，但阿基琉斯已咄咄逼近，
像临阵的战神，头盔闪亮的武士，肩上
颠动着可怕的裴利昂枪矛，梣木的
枪杆，身上的铜甲灼灼生光，像
冉冉升起的太阳，熊熊燃烧的烈火。
见此情景，赫克托耳浑身发抖，再也不敢
原地等候，撒腿便跑，吓得神魂颠倒；
裴琉斯之子紧追不舍，对自己的快腿充满信心。
像山地里的一只鹰隼，天底下飞得最快的羽鸟，
舒展翅膀，追扑一只野鸽，后者吓得嗦嗦发抖，
从它下边溜跑；飞鹰紧紧追逼，尖声嘶叫，
一次次地冲扑，心急火燎，非欲捕获，
就像这样，阿基琉斯挟着狂烈，对着赫克托耳猛扑，
后者迅速摆动双腿，沿着特洛伊城墙，快步窜跑。
他们跑过瞭望点，跑过疾风吹曳的无花果树，
总是离着墙脚，沿着车道，跑至
两股泉溪的边沿，涌着清澈的水流，两股
喷注的泉水，卷着曲波的斯卡曼得罗斯的滩头。
一条流着滚烫的热水，到处蒸发腾升的雾气，
似乎水底埋着一盆烈火，不停地把它煮烧；
另一条，甚至在夏日里，总是流水阴凉，冷若冰雹，
像砭人肌骨的积雪和冻结流水的冰层。

这里，两条泉流的近旁，有一些石凿的
水槽，宽阔、溜滑，特洛伊人的妻子和秀美的
女儿们曾在槽里濯洗闪亮的衣袍，从前，
在过去的日子里，阿开亚人的儿子们尚未来到。
就在那里，他俩放腿追跑，一个跑，一个追，跑着
固然是个强有力的斗士，但快步追赶的汉子更是位了不起的
英豪。能不快跑吗？他们争抢的不是供作献祭的牲畜，
也不是牛的皮张，跑场上优胜者的奖品，
不，他俩拼命追跑，为的是驯马手赫克托耳的性命一条！
像捷蹄的快马，扫过拐弯处的桩标，
跑出最快的速度，为了争夺一注有分量的奖酬，一只鼎锅
或一个女人，在举行葬礼时，为尊祭死者而设的车赛中，
他俩蹽开快腿，绕着普里阿摩斯的城垣，
一连跑了三圈。其时，众神都在注目观望；
神和人的父亲首先发话，说道：
“瞧哇，可恼！一个我所钟爱的凡人，在我的眼皮底下，
被逼赶得绕着城墙狂跑。我打心眼里为他难受，
赫克托耳，曾给我焚祭过多少牛的腿肉，
有时在山峦重叠的伊达，坡上的峰脊，有时
在城堡的顶端。现在，卓越的阿基琉斯正把他
穷追猛赶，凭着他的快腿，沿着普里阿摩斯的城堡。
开动脑筋，不死的众神，好好想一想，议一议，
是把他救出来，还是，虽然他很骠健，把他击倒，
让他死在裴琉斯之子阿基琉斯手中。”

听罢这番话，灰眼睛女神雅典娜说道：
“父亲，雷电和乌云的主宰，你到底说了些什么?!
你打算把他救出悲惨的死亡，一个凡人，
一个命里早就注定要死的凡人？
做去吧，父亲，但我等众神绝不会一致赞同。”

听罢这番话，汇聚乌云的宙斯答道：
“不要灰心丧气，特里托格内娅，我心爱的女儿。我的话
并不表示严肃的意图；对于你，我总是心怀善好。
去吧，爱做什么，随你的心愿，不必再克制拖延。”

宙斯的话语催励着早已急不可待的雅典娜，
她急速出发，从俄林波斯的峰巅直冲而下。

地面上,迅捷的阿基琉斯继续追赶赫克托耳,
毫不松懈,像一条猎狗,在山里追捕一只跳离
窝巢的小鹿,紧追不舍,穿越山脊和峡谷,
尽管小鹿藏身在树丛下,蜷缩着身姿,
猎狗冲跑过来,嗅出他的踪迹,奋起进击;
就像这样,赫克托耳怎么也摆脱不了裴琉斯捷足的儿子。
他一次又一次地冲向达耳达尼亚城门,
试图迅速接近筑造坚固的城墙,希望城上的
伙伴投下雨点般的枪械,把他救出绝境,
但阿基琉斯一次又一次地拦住他的路头,把他
逼回平原,自己则总是飞跑在靠近城堡的一边。
就像梦里的场景:两个人,一追一跑,总难捕获,
后者拉不开距离,前者亦缩短不了追程;所以,尽管
追者跑得很快,却总是赶不上逃者,而逃者也总难躲开追者的
逼迫。赫克托耳如何能跑脱死之精灵的追赶?他何以
能够,要不是阿波罗最后,是的,最后一次站在他
身边,给他注入力量,使他的膝腿敏捷舒快?
卓越的阿基琉斯一个劲地对着己方的军士摇头,
不让他们投掷犀利的枪矛,对着赫克托耳,
惟恐别人夺走光荣,使他屈居第二。
但是,当他们第四次跑到两条溪泉的边沿,
父亲拿起金质的天平,放上两个表示
命运的砝码,压得凡人抬不起头来的死亡,
一个为阿基琉斯,另一个为赫克托耳,驯马的好手,
然后提起秤杆的中端,赫克托耳的末日压垂了秤盘,朝着
哀地斯的冥府倾斜。其时,福伊波斯·阿波罗离他而去。
地面上,灰眼睛女神雅典娜找到裴琉斯之子,
站在他的身边,开口说道,用长了翅膀的话语:
“宙斯钟爱的战勇,卓著的阿基琉斯,我们的希望终于到了
可以实现的时候。我们将杀掉赫克托耳,哪怕他嗜战如狂,
带着巨大的光荣,回返阿开亚人的海船。
现在,他已绝难逃离我们的追捕,
哪怕远射手阿波罗愿意承担风险,
跌滚在我们的父亲、带埃吉斯的宙斯面前。
不要追了,停下来喘口气;我这就去,
赶上那个人,诱说他面对面地和你拼斗。”

雅典娜言罢,阿基琉斯心里高兴,谨遵不违,
收住脚步,倚着梣木杆的枪矛,杆上顶着带铜尖的枪头。

雅典娜离他而去，赶上卓越的赫克托耳，
以德伊福波斯的形象，摹仿他那不知疲倦的声音，
站在赫克托耳身边，用长了翅膀的话语，对他说道：
"亲爱的兄弟，你受苦了，被这残忍的阿基琉斯逼迫
追赶，仗着他的快腿，沿着普里阿摩斯的城垣。
来吧，让我们顶住他的冲击，打退他的进攻！"

听罢这番话，高大的赫克托耳，顶着闪亮的头盔，答道：
"德伊福波斯，在此之前，你一直是我最钟爱的兄弟，
是的，在普里阿摩斯和赫卡贝生养的所有的儿子中！
现在，我要告诉你，我比以前更加尊你爱你，
见我有难，你敢冲出城堡，在别人藏身城内之际，冒死相助。"

听罢这话，灰眼睛女神雅典娜答道：
"事情确是这样，我的兄弟，我们的父亲和高贵的母亲
曾轮番抱住我的膝盖，苦苦相求，还有我的伙伴们，
求我呆在城里，我们的人一个个全部吓昏了头。
然而，为了你的境遇，我心痛欲裂。现在，
让我们直扑上去，奋力苦战，不要吝惜手中的
枪矛。我们倒要看看，结果到底怎样，是阿基琉斯
杀了我俩，带着血染的铠甲，回到
深旷的海船，还是他自己命归地府，倒死在你的枪下！"

就这样，雅典娜的话语使他受骗上当。
其时，他俩迎面而行，咄咄逼近；
身材高大、头盔闪亮的赫克托耳首先开口嚷道：
"够了，裴琉斯之子，我不打算继续奔逃，像刚才那样，
一连三圈，围着普里阿摩斯宏伟的城堡，不敢
和你较量。现在，我的心灵驱我
面对面地和你战斗——眼下，不是你死，便是我亡！
过来吧，我们先对神起誓，让这些至高
无上的旁证，监督我们的誓约。我发誓，
我不会蹂辱你的尸体，尽管你很残暴，倘若宙斯
让我把你拖垮，夺走你的生命。我会
剥掉你光荣的铠甲，阿基琉斯，但在此之后，我将把你
的遗体交还阿开亚人。发誓吧，你会以同样的方式待我。"

听罢这番话，捷足的阿基琉斯恶狠狠地盯着他，答道：
"不要对我谈论什么誓约，赫克托耳，你休想得到我的宽恕！

人和狮子之间不会有誓定的协约，
狼和羊羔之间也不会有共同的意愿，
它们永远是不共戴天的仇敌。
同样，你我之间没有什么爱慕可言，也不会有什么
誓证协约——在二者中的一人倒地，用热血
喂饱战神，从盾牌后砍杀的阿瑞斯的肠胃之前！
来吧，拿出你的每一分勇力，在这死难临头的时候，
证明你还是个枪手，一位刚猛的战勇！
你已无处逃生；帕拉丝·雅典娜即刻便会
把你断送，用我的枪矛。现在，我要你彻底偿报我的
伙伴们的悲愁，所有被你杀死的壮勇，被你那狂暴的枪头！”

言罢，他持平落影森长的枪矛，奋臂投掷，
但光荣的赫克托耳双眼紧盯着他的举动，见他出手，
蹲身躲避；铜枪飞过他的肩头，
扎落泥地。帕拉丝·雅典娜拔出枪矛，
交还阿基琉斯；兵士的牧者赫克托耳对此一无所知。
其时，赫克托耳对着裴琉斯豪勇的儿子喊道：
“你打歪了，瞧！所以，神一样的阿基琉斯，你并不曾
从宙斯那里得知我的命运，你只是在凭空捏造！
你想凭着小聪明，用骗人的话语把我耍弄，
使我见怕于你，消泄我的勇力，泯熄战斗的激情！
你不能把枪矛扎入我的肩背——我不会转身逃跑；
你可以把它捅入我的胸膛，倘若神祇给你这个机会，
在我向你冲扑的当口！现在，我要你躲避我的铜枪，
但愿它从头至尾，连尖带杆，扎进你的躯身！
这场战争将要轻松许多，对于我们，
如果你死了，你，特洛伊人最大的灾祸。”

言罢，他持平落影森长的枪矛，奋臂投掷，
击中裴琉斯之子的盾牌，打在正中，却不曾扎入。
被挡弹出老远。赫克托耳心中愤怒，
恼恨奋臂投出的快枪，落得一无所获的结果。
他木然而立，神情沮丧，手中再无梣木杆的枪矛。
他放开喉咙，呼唤盾面苍白的德伊福波斯，
要取一杆粗长的枪矛，但后者已不在他的身旁。
其时，赫克托耳悟出了事情的真相，叹道：
“完了，全完了！神们终于把我召上了死的途程。
我以为壮士德伊福波斯近在身旁，其实

他却呆在城里——雅典娜的哄骗蒙住了我的眼睛。
现在，可恨的死亡已距我不远，实是近在眼前；逃生
已成绝望。看来，很久以前，今日的结局便是他们喜闻乐见
的趣事，宙斯和他发箭远方的儿子，虽然在此之前，
他们常常赶来帮忙。现在，我已必死无疑。
但是，我不能窝窝囊囊地死去，不做一番挣扎。
不，我要打出个壮伟的局面，使后人都能听诵我的英豪！”

——选自傅东华译《伊利亚特》，人民文学出版社 1996 年版

（陈婷婷）

二　索福克勒斯《俄狄浦斯王》

索福克勒斯(约公元前496—公元前406)是古希腊著名的悲剧诗人，被誉为“戏剧界的荷马”。索福克勒斯出身于雅典一个工商业主的家庭，早年受过良好的教育，在音乐、舞蹈及体育等方面颇有造诣，担任过祭祀，曾任“雅典十将军”之一，政治上是温和的民主派，在希腊各城邦中享有盛誉。索福克勒斯为古希腊三大悲剧诗人之一，据说他所创作的剧本多达一百二十余部，流传至今的仅有七部完整的悲剧：《埃阿斯》、《安提戈涅》、《俄狄浦斯王》、《埃勒克特拉》、《特拉基斯少女》、《菲罗克忒忒斯》、《俄狄浦斯在科洛诺斯》，其中以《俄狄浦斯王》和《安提戈涅》最为杰出。索福克勒斯生活在雅典民主制全盛时期，他相信神和命运的无穷威力，又肯定人的独立自主的精神，体现了雅典民主政治繁荣时期的思想特征。索福克勒斯按照自己的理想来塑造人物形象，其悲剧没有虚假的英雄事迹，没有令人伤感的煽情场景，人物真实质朴，气氛庄严肃穆，以其特有的宁静而深邃的情感力量唤起观众对人物命运的强烈共鸣。索福克勒斯大胆讴歌人与命运抗争的自由意志和非凡勇气，其悲剧主人公以坚忍顽强的特征而著称，大大弘扬了古希腊的悲剧精神。

《俄狄浦斯王》(公元前428)讲的是年轻的俄狄浦斯为摆脱命运的毒咒——弑父娶母，选择自我流放，来到了忒拜国。途中出于自卫杀死了一位老人及其随从，后猜出女妖斯芬克斯的谜语，为民除了害，被推选为国王，娶前任王后为妻。多年后在追查瘟疫起因的过程中，俄狄浦斯王身世的真相被逐步揭开，他戳瞎双目，主动请求自我放逐，独自承担命运的惩罚。

《俄狄浦斯王》取材于希腊神话中关于俄狄浦斯弑父娶母的故事。忒拜城国王拉伊俄斯和王后伊俄卡斯忒遭遇命运的诅咒，神示说他们的独生子将来命中注定弑父娶母。王后生下一个男婴后让拉伊俄斯的贴身老仆人将孩子悄悄扔到荒山野岭里，对外宣称王后产下死婴。十几年后，国王拉伊俄斯在去阿波罗神庙的途中被一个年轻人杀死，这个年轻人就是当年被遗弃的儿子俄狄浦斯。悲剧开始，瘟疫降临忒拜城，神示说那是因为杀死前任国王的凶手没有受到惩罚，于是俄狄浦斯王开始千方百计地追查凶手。俄狄浦斯王从王后口中得知前任国王的死亡地点，恐慌不安中追忆起自己的身世：他本为邻国的王子，为摆脱弑父娶母的可怕命运，主动放弃了王位，离开了亲爱的父母和祖国。接着，一个报信人前来告诉俄狄浦斯王：其父已过世，请他回去继承王位。俄狄浦斯王与王后深感欣慰，以为命运的毒咒终于被解除，因为其父并没有死于他之手。报信人却告知：俄狄浦斯王是国王和王后的养子，邻国前任国王拉伊俄斯的贴身老仆人在其婴儿时把他送给了报信人。王后明白了一切，苦苦哀求俄狄浦斯王不要再追查下去，俄狄浦斯王却坚持追查凶手，终于从拉伊俄斯的老仆人口中得知了自己的真实身份。王后悄然悬梁自尽。俄狄浦斯王戳瞎双目，选择流放和行乞来赎罪，将瘟疫从忒拜城带走。该剧是古希腊命运悲剧的经典之作，表现的是人的意志和命运的矛盾冲突。在这出悲剧中，命运被描写成一种巨大的邪恶的力量，总在主人公行动之前设下陷阱，使他一步步坠入罪恶的渊薮。在强大而冷酷的命运面前，索福克勒斯深感人类的渺小和无助，剧中的俄狄浦斯刚毅勇敢，体贴民众，敢于承担责任，是一个理想的民主派领袖的形象。这样的英雄和领袖，竟落得如此悲惨的下场，不能不让剧作家质疑命运的合理性；另一方面，这出悲剧充分展示了人在无法抗拒的命运面前所体现的独立和尊严，剧作家肯定并讴歌了主人公不屈服于命运的反抗精神和敢作敢当的责任意识，表达了剧作家既悲观又积极的世界观和人生观。

古希腊悲剧起源于民间酒神祭祀的歌舞，酒神祭祀的合唱队被保留了下来，为希腊悲剧抹上了浓厚的抒情色彩。索福克勒斯在他的悲剧中加入了第三个演员，对白逐步代替合唱成为戏剧的主要成分。索福克勒斯擅长把剧中人物放在尖锐的矛盾冲突中加以刻画，通过对白展示人物性格的不同层面，塑造出了众多生动真实的悲剧人物，使悲剧成熟为真正的戏剧艺术。《俄狄浦斯王》是索福克勒斯的代表作，具有很高的艺术成就。悲剧一开始就设置了一个悬念——谁是杀害前任国王的凶手？剧情从故事将近结尾处展开，采用倒叙的手法，在胆战心惊的往昔回溯中，一个个悬念被揭开，"发现"和"突转"环环紧扣，一步步将戏剧冲突推向惊心动魄的结局，悲剧气氛也随之趋于顶点：王后伊俄卡斯忒自杀，俄狄浦斯王戳瞎双目后自我流放，永远离开忒拜城。整出戏剧情节整一、布局精巧、悬念迭出，亚里士多德曾称之为"十全十美的悲剧"。

俄狄浦斯王(片断)

三　第一场

歌队长：主上啊，你既然这样诅咒，我就说了吧：我没有杀害国王，也指不出谁是凶手。这问题是福玻斯提出的，它应当告诉我们，事情到底是谁做的。

俄狄浦斯：你说得对；可是天神不愿做的事，没有人能强迫他们。

歌队长：我愿提出第二个好办法。

俄狄浦斯：假如还有第三个办法，也请讲出来。

歌队长：我知道，忒瑞西阿斯王和福玻斯王一样，有先见之明，主上啊，问事的人可以从他那里把事情打听明白。

俄狄浦斯：这件事我并不是没有想到。克瑞翁提议以后，我已两次派人去请他；我一直在纳闷，怎么还没看见他来。

歌队长：我们听见的已经是旧话，失去了意义。

俄狄浦斯：那是什么话？我要打听每一个消息。

歌队长：听说国王是被几个旅客杀死的。

俄狄浦斯：我也听说；可是没人见到过证人。

歌队长：那凶手如果胆小害怕，听见你这样诅咒，就不敢在这里停留。

俄狄浦斯：他既然敢做敢为，也就不怕言语恐吓。

歌队长：可是有一个人终会把他指出来。他们已经把神圣的先知请来了，人们当中只有他才知道真情。

（童子带领忒瑞西阿斯自观众右方上。）

俄狄浦斯：啊，忒瑞西阿斯，天地间一切可以言说和不可言说的秘密，你都明察，你虽然看不见，也能觉察出我们的城邦遭了瘟疫；主上啊，我们发现你是我们唯一的救星和保护人。你不会没有听见报信人说过，福玻斯已经回答了我们的询问，说这场瘟疫唯一的挽救办法，全在我们能不能找出杀害拉伊俄斯的凶手，把他们处死，或者放逐幽境。如今就请利用鸟声或你所掌握的别的预言术，拯救自己，拯救城邦，拯救我，清除死者留下的一切污染吧！我们全靠你了。一个人最大的事业就是尽他所能，尽他所有帮助别人。

忒瑞西阿斯：哎呀，聪明没有用处的时候，做一个聪明人真是可怕呀！这道理我明白，可是忘记了；要不然，我就不会来。

俄狄浦斯：怎么？你一来就这么懊丧。

忒瑞西阿斯：让我回家吧；你答应我，你容易对付过去，我也容易对付过去。

俄狄浦斯：你有话不说；你的语气不对头，对养育你的城邦不友好。

忒瑞西阿斯：因为我看你的话说得不合时宜；所以我才不说，免得分担你的祸事。

俄狄浦斯：你要是知道这秘密，看在天神面上，不要走，我们全都跪下来求你。

忒瑞西阿斯：你们都不知道。我不暴露我的痛苦——也是免得暴露你的。

俄狄浦斯：你说什么？你明明知道这秘密，却不告诉我们，岂不是有意出卖我们，破坏城邦吗？

忒瑞西阿斯：我不愿使自己苦恼，也不愿使你苦恼。为什么还要白费唇舌追问呢？你不会从我嘴里知道秘密的。

俄狄浦斯：坏透了的东西，你的脾气跟石头一样！你不告诉我们吗？你是这样心硬，这样顽强吗？

忒瑞西阿斯：你怪我脾气坏，却不明白你“自己的”同你住在一起，只知道挑我的毛病。

俄狄浦斯：谁听了你这些不尊重城邦的话，能不生气？

忒瑞西阿斯：我虽然保守秘密，事情也总会水落石出。

俄狄浦斯：既然总会水落石出，你就该告诉我。

忒瑞西阿斯：我决不往下说了；你想大发脾气就发吧。

俄狄浦斯：是呀，我是很生气，我要把我的意见都讲出来：我认为你是这罪行的策划者，人是你杀的，虽然不是你亲手杀的。如果你的眼睛没有瞎，我敢说准是你一个人干的。

忒瑞西阿斯：真的吗？我叫你遵守自己宣布的命令，从此不许再跟这些长老说话，也不许跟我说话，因为你就是这地方不洁的罪人。

俄狄浦斯：你厚颜无耻，出口伤人。你逃得了惩罚吗？

忒瑞西阿斯：我逃得了；知道真情就有力量。

俄狄浦斯：谁教给你的？不会是靠法术知道的吧。

忒瑞西阿斯：是你；你逼我说出了我不愿意说的话。

俄狄浦斯：什么话？你再说一遍，我就更明白了。

忒瑞西阿斯：是你没听明白，还是故意逼我往下说？

俄狄浦斯：我不能说已经明白了；你再说一遍吧。

忒瑞西阿斯：我说你就是你要寻找的杀人凶手。

俄狄浦斯：你两次诽谤人，是要受惩罚的。

忒瑞西阿斯：还要我说下去，使你生气吗？

俄狄浦斯：你要说就说；反正都是白费唇舌。

忒瑞西阿斯：我说你是在不知不觉之中和你最亲近的人可耻的住在一起，却看不见自己的灾难。

俄狄浦斯：你以为你能这样说下去，不受惩罚吗？

忒瑞西阿斯：是的，只要知道真情就有力量。

俄狄浦斯：别人有力量，你却没有；你又瞎又聋又懵懂。

忒瑞西阿斯：你这会骂人的可怜虫，回头大家就会这样回敬你。

俄狄浦斯：漫长的黑夜笼罩着你的一生，你伤害不了我，伤害不了任何看得见阳光的人。

忒瑞西阿斯：命中注定，你不会在我手中身败名裂；阿波罗有力量，他会完成这件事。

俄狄浦斯：这是克瑞翁的诡计，还是你的？

忒瑞西阿斯：克瑞翁没有害你，是你自己害自己。

俄狄浦斯：（自语）啊，财富，王权，人事的竞争中超越一切技能的技能，你们多么受人嫉妒：为了羡慕这城邦自己送给我的权利，我信赖的老朋友克瑞翁，偷偷爬过来，要把我推倒，他收买了这个诡计多端的术士，为非作歹的化子，他只认得金钱，在法术上却是个瞎子。

（向忒瑞西阿斯）喂，告诉我，你几时证明过你是个先知？那诵诗的狗在这里的时候，你为什么不说话，不拯救人民？它的谜语并不是任何过路人破得了的，正需要先知的法术，可是你并没有借鸟的帮助，神的启示显出这种才干来。直到我无知无识的俄狄浦斯来了，不懂得鸟语，只凭智慧就破了那谜语，征服了它。你要推倒我，站在克瑞翁的王位旁边。你想和那主谋的人一块儿清除这污染，我看见你是一定会后悔的。要不是看你上了年纪，早叫你遭受苦刑，叫你知道你是多么狂妄无礼！

歌队长：看来，俄狄浦斯啊，他和你都是说气话。这样的话没有必要；我们应该考虑怎样好好执行阿波罗的指示。

……

伊俄卡斯忒：主上啊，看在天神面上，告诉我，你为什么这样生气？

俄狄浦斯：我这就告诉你；因为我尊重你胜过尊重那些人；原因就是克瑞翁在谋害我。

伊俄卡斯忒：往下说吧，要是你能说明这场争吵为什么应当由他负责。

俄狄浦斯：他说我是杀害拉伊俄斯的凶手。

伊俄卡斯忒：是他自己知道的，还是听旁人说的？

俄狄浦斯：都不是；是他收买了一个无赖的先知作喉舌；他自己的喉舌倒是清白的。

伊俄卡斯忒：你所说的这件事，你尽可放心；你听我说下去，就会知道，并没有一个凡人能精通预言术。关于这一点，我可以给你个简单的证据。

有一次，拉伊俄斯得了个神示——我不能说那是福玻斯亲自说的，只能说那是他的祭司说出来的——它说厄运会向他突然袭来，叫他死在他和我所生的儿子手中。

可是现在我们听说，拉伊俄斯是在三岔路口被一伙外邦强盗杀死的；我们的婴儿，出生不到三天，就被拉伊俄斯钉住左右脚跟，叫人丢在没有人迹的荒山里了。

既然如此，阿波罗就没有叫那婴儿成为弑父的凶手，也没有叫拉伊俄斯死在儿子手中——这正是他害怕的事。先知的话结果不过如此，你用不着听信。凡是天神必须做的事，他自会使它实现，那是全不费力的。

俄狄浦斯：夫人，听了你的话，我心神不安，魂飞魄散。

伊俄卡斯忒：什么事使你这样吃惊，说出这样的话？

俄狄浦斯：你好像是说，拉伊俄斯被杀是在一个三岔路口。

伊俄卡斯忒：故事是这样；至今还在流传。

俄狄浦斯：那不幸的事发生在什么地方？

伊俄卡斯忒：那地方叫福喀斯，通往得尔福和道利亚的两条岔路在那里会合。

俄狄浦斯：事情发生了多久了？

伊俄卡斯忒：这消息是你快要做国王的时候向全城公布的。

俄狄浦斯：宙斯啊，你打算把我怎么样呢？

伊俄卡斯忒：俄狄浦斯，这件事怎么使你这样发愁？

俄狄浦斯：你先别问我，倒是先告诉我，拉伊俄斯是什么模样，有多大年纪。

伊俄卡斯忒：他个子很高，头上刚有白头发；模样和你差不多。

俄狄浦斯：哎呀，我刚才像是凶狠地诅咒了自己，可是自己还不知道。

伊俄卡斯忒：你说什么？主上啊，我看着你就发抖啊。

俄狄浦斯：我真怕那先知的眼睛并没有瞎。你再告诉我一件事，事情就更清楚了。

伊俄卡斯忒：我虽然在发抖，你的话我一定会答复的。

俄狄浦斯：他只带了少数侍从，还是像国王那样带了许多卫兵？

伊俄卡斯忒：一共五个人，其中一个是传令官，还有一辆马车，是给拉伊俄斯坐的。

俄狄浦斯：哎呀，真相已经很清楚了！夫人啊，这消息是谁告诉你的。

伊俄卡斯忒：是一个仆人，只有他活着回来了。

俄狄浦斯：那仆人现在还在家里吗？

伊俄卡斯忒：不在；他从那地方回来以后，看见你掌握了王权，拉伊俄斯完了，他就拉着我的手，求我把他送到乡下，牧羊的草地上去，远远地离开城市。我把他送去了，他是个好仆人，应当得到更大的奖赏。

俄狄浦斯：我希望他回来，越快越好！

伊俄卡斯忒：这倒容易；可是你为什么希望他回来呢？

俄狄浦斯：夫人，我是怕我的话说得太多了，所以想把他召回来。

伊俄卡斯忒：他会回来的；可是，主上啊，你也该让我知道，你心里到底有什么不安。

俄狄浦斯：你应该知道我是多么忧虑。碰上这样的命运，我还能把话讲给哪一个比你更应该知道的人听？

我父亲是科任托斯人，名叫波吕玻斯，我母亲是多里斯人，名叫墨洛珀。我在那里一直被尊为公民中的第一个人物，直到后来发生了一件意外的事——那虽是奇怪，倒还值不得放在心上。那是在某一次宴会上，有个人喝醉了，说我是我父亲的冒名儿子。当天我非常烦恼，好容易才忍耐住；第二天我去问我的父母，他们因为这辱骂对那乱说话的人很生气。我虽然满意了，但是事情总是使我很烦恼，因为诽谤的话到处都在流传。我就瞒着父母去到皮托，福玻斯没有答复我去求问的事，就把我打发走了；可是他却说了另外一些预言，十分可怕，十分悲惨，他说我命中注定要玷污我母亲的床榻，生出一些使人不忍看的儿女，而且会成为杀死我的生身父亲的凶手。

我听了这些话，就逃到外地去，免得看见那个会实现神示所说的耻辱的地方，从此我就凭了天象测量科任托斯的土地。我在旅途中来到你所说的，国王遇害的地方。夫人，我告诉你真实情况吧。我走近三岔路口的时候，碰见一个传令官和一个坐马车的人，正像你所说的，那领路的和那老年人态度粗暴，要把我赶到路边。我在气愤中打了那个推我的人——那个驾车的；那老年人看见了，等我经过的时候，从车上用双尖头的刺棍朝我头上打过来。可是他付出了一个不相称的代价，立刻挨了我手中的棍子，从车上仰面滚下来了；我就把他们全杀死了。

如果我这客人和拉伊俄斯有了什么亲属关系，谁还比我更可怜？谁还比我更为天神所憎恨？没有一个公民或外邦人能够在家里接待我，没有人能够和我交谈，人人都得把我赶出门外。这诅咒不是别人加在我身上的，而是我自己。我用这双手玷污了死者的床榻，也就是用这双手把他杀死的。我不是个坏人吗？我不是肮脏不洁吗？我得出外流亡，在流亡中看不见亲人，也回不了祖国；要不然，就得娶我的母亲，杀死那生我养我的父亲波吕玻斯。

如果有人断定这些事是天神给我造成的，不也说得正对吗？你们这些可敬的神圣的神啊，别让我，别让我看见那一天！在我没有看见这些罪恶的污点沾到我身上之前，请让我离开尘世。

——选自罗念生译《古希腊悲剧经典》，作家出版社 1998 年版

（陈婷婷）

三　但丁《神曲》

但丁·阿利盖利(1265—1321),意大利文艺复兴时期的伟大诗人,现代意大利语的奠基者,欧洲文艺复兴时代的先行者。但丁出生在意大利佛罗伦萨的一个没落贵族家庭,早年学习拉丁文、古典文学和修辞学等,对音乐、绘画、哲学与神学均有研究,是位博学多才的学者、诗人。青年时期,以激昂的政治热情加入了贵尔夫党,投身反对封建贵族的斗争,并参加了粉碎基白林党的战斗。贵尔夫党掌权后,但丁被选为佛罗伦萨的行政官。该党后又分裂为黑白两党,但丁属于白党,反对罗马教皇对佛罗伦萨的干涉。教皇伙同法国军队支持黑党,于1302年击败白党,掌握了政权,但丁被没收全部家产,判处终身流放,自此再未回到故乡。但丁有诗人的柔肠与激情,也有学者的敏锐与智慧,又是在时代激流中冲浪的政治家。恩格斯说:"封建的中世纪的终结和现代资本主义纪元的开端,是以一位大人物为标志的,这位人物就是意大利人但丁,他是中世纪的最后一位诗人,同时又是新时代的最初一位诗人。"但丁一生著作甚丰,除《神曲》外,还写了《新生》、《论俗语》、《飨宴》及《帝制论》等。《新生》中包括31首抒情诗,主要抒发对贝阿特丽切的眷恋之情,质朴清丽,优美动人。《新生》体现了温柔的清新体诗的最高成就,开文艺复兴抒情诗的先河。但丁惯用意大利俗语写作,追求工整、对称、完美的艺术结构,多采用中世纪梦幻文学的形式,擅用象征、寓意等手法,将现实主义与浪漫主义的创作方法完美结合,作品中不乏现实主义的描绘,同时又具有浪漫主义的境界。

《神曲》(1307—1321)是但丁于流放期间历时14年完成的长篇诗作,原名为"神圣的喜剧"。它是但丁幻游三界的神奇描述。在1300年的春天,诗人迷失于一座黑暗的森林之中,被象征淫欲、强暴和贪婪的母豹、雄狮和母狼拦住去路。诗人惊慌不已,进退维谷。值此危急关头,罗马诗人维吉尔突然出现,他受已成为天使的但丁精神上的恋人贝阿特丽切之托,救但丁脱离险境。在维吉尔的带领下,但丁首先进入地狱,那里阴风怒号,恶浪翻涌,其情可怖,其景惊心。地狱分九层,状如漏斗,越往下越小。在此者,都是生前犯有重罪之人。他们的灵魂依罪孽之轻重,被安排在不同层面中受永罚。这里有贪官污吏、伪君子、邪恶的教皇、买卖圣职者、盗贼、淫媒、诬告犯、高利贷者,也有贪色、贪吃、易怒的邪教徒。诗人最痛恨卖国贼和背主之人,把他们放在第九层,冻在冰湖里,受酷刑折磨。从冰湖之底穿过地球中心,就来到了炼狱。炼狱是大海中的一座孤山,也分九层。这里是有罪的灵魂洗涤罪孽之地,待罪恶炼净后,仍有望进入天堂。炼狱各层中分别住着以骄、妒、怒、惰、贪、食、色等基督教"七罪"中罪过较轻者的灵魂。但丁一层层游历,最后来到顶层的地上乐园,维吉尔随即离去。此时天空彩霞万道,祥云缭绕。在缤纷的花雨中,头戴橄榄叶桂冠、身着猩红长裙,披着洁白轻纱的贝阿特丽切缓缓降临。在她的指点下,但丁进入"忘川",顿觉身心一爽,忘却了往昔的痛苦,随后贝阿特丽切带他进入天堂。天堂共有九重天,即月球天、水星天、金星天、太阳天、火星天、木星天、土星天、恒星天和水晶天,天使们就住在这里,天堂气象宏伟庄严,流光溢彩,充满仁爱和欢乐。在第八重天,但丁接受了三位圣人关于"信、望、爱"神学三美德的询问,顿感神魂超拔,跟随圣人培纳多进入神秘明丽的苍穹天府,欲一窥"三位一体"的上帝,但见金光一闪,幻想和全诗在极乐的气氛中戛然而止。

《神曲》通过作者与地狱、炼狱及天国中各种著名人物的对话，反映出中古文化领域的成就和一些重大的问题，也是当时意大利社会现实的缩影，带有“百科全书”性质。在长诗中，作者借地狱、炼狱和天堂的见闻，提出惩恶扬善的道德生活准则，自我完善、探索真理贯穿全文，将个人的德行与意大利民族复兴结合起来，表现出强烈的爱国主义激情。但丁坚决反对中世纪的蒙昧主义，揭露抨击教会的腐败和封建统治的残酷。作品中所体现的作者丰富的思想内涵与超前的观念意识，对欧洲后世的诗歌创作有极其深远的影响。另外，从作品中也可隐约窥见文艺复兴时期人文主义思想的曙光，比如，肯定人、肯定人性。自他以后，“文艺复兴”运动蓬勃开展起来，并且蔓延到欧洲其他国家。

《神曲》在艺术上取得了极高的成就，是中世纪文学的瑰宝。诗人借助基督教救赎观念和地狱、炼狱、天堂三界的神学教义结构全诗，将纷繁复杂的素材纳入严谨的构架之中。长诗共14233行，由三部分构成，每部33篇，加序诗一篇，共100篇。每3行分节，连锁押韵(aba，bcb，cdc)，象征圣父圣子圣灵三位一体。各部诗行也大致相符等，不仅工整、匀称，结构本身也富有象征含义。诗中的许多人物虽然是但丁笔下的鬼魂，但由于均有现实依据，因此写得血肉丰满，性格鲜明，令读者难以忘怀。诗人继承了先知文学和启示文学的传统，将澎湃的激情与匪夷所思的幻想相结合，将对现实的评判与对“天国”诚挚的信仰相结合，展示出诗人惊人的想象力，把以梦幻、寓意、象征为特点的中世纪文学艺术推向了高峰。

神曲(片断)

地狱　第十九首

买卖圣职者
教皇尼可洛三世
对所有买卖圣职的教皇的谴责
买卖圣职者
啊！术士西门！啊！可怜的追随者们！
上帝的物品本该与良善结亲。
而你们这些贪得无厌的人，
竟然拿这些物品去倒换金银；
如今，应当为你们吹起喇叭，
因为你们现在呆在恶囊第三层。
我们这时来到了下一个墓穴，
我们登上了石桥的那个部分：
那部分恰好凌驾在沟壑的正中。
啊！最高的智慧！你在天上、
地上和这罪恶的世界显示了多么伟大的神工，
你赏罚功过的威力又是多么公正！
我看到沟壑的两侧和底部，
都是灰黑色的岩石，大小也都相同。

我觉得，这些孔洞并不比
我那美丽的圣约翰洗礼堂里的
那些孔洞更小或更大，那正是做洗礼之地；
其中有一个孔洞，在不多年以前，
我曾把它打败，因为有一个人溺在里面：
希望我现在所说的是个明证，使世人不致误传。
每个孔洞都有罪人的脚和小腿
乃至大腿，露在洞口之外，
其余部分则在洞内填埋。
所有罪人的一双脚掌都在燃烧；
因为两个膝关节抖动得异常厉害，
即使上面有藤条和麻绳捆绑，也会被挣断裂开。
犹如涂油的东西被火点燃，
那火焰也只是浮动在表皮上面，
这些罪人正是这样：从脚跟慢慢烧到脚尖。
教皇尼可洛三世
“此人是谁，老师？他痛楚万分，
抖动得甚于与其他命运相同的人”，
我这样说道，“烧在他身上的火焰也更红。”
他回答我说：“你若是愿意我领你
沿着横亘在更低处的那道堤岸走下去，
你就可以听到他亲口说明他本人和他的罪孽。”
我于是说：“只要你喜欢，我就乐于从命，
你是主人，你知道我不会背离你的旨意，
即使我不说出心中所想，你也会知悉。”
于是，我们来到第四道堤岸：
我们从左边转弯走下去，
走到下面那布满孔洞、狭窄难行的沟底。
好心的老师不曾让我离开他的左右，
直到把我带领到
那个用腿哭泣的人所呆的洞口。
我开始说道：“啊！可悲的灵魂！
你像根木桩，上下颠倒，插在地里，
不管你是谁，你若能说话，就请开尊口。”
我呆在那里，像是教士听取不忠的杀手做忏悔，
那杀人犯被倒埋在坑中，
他把教士召来，请求免除死刑。
这时，他喊道：“你已经竖到这里来了么？
你已经竖到这里来了么，博尼法丘？”

"那生死簿竟把我诳了好多年。
难道你这么早就厌腻了已得的财富?
而你过去为了发财,曾不怕把那佳人骗娶到手,
随后却又把她变卖玷污!"
我听罢此言,就如同不理解对方答话的人一般,
几乎摸不清头脑,
也不知如何回答是好。
维吉尔于是说道:"你马上告诉他:
'我不是那个人,我不是你所以为的那个人。'"
我立即听从指教,作了回答。
这一来,那鬼魂把双脚一齐扭动了一下;
随后又叹了一口气,用哭泣的声音对我说:
"那么,你要求我做什么?
你是否想知道,我何以对你
是如此重要,因而才使你跑下这悬崖陡壁,
你该知道,我生前曾身着尊贵的法衣。
我确实是母熊的儿子,
我是如此贪婪成性,想让小熊们也能青云直上,
在人世我把钱财放进口袋,在这里则是把我自己打入恶囊。
在我的头下,还有其他人被拖进,
他们被一个压一个地平放在岩石的夹缝,
因为他们在我之前犯有买卖圣职的恶行。
等那个人来到此地,
我也会下降到那里,
我方才把你误认为是他,所以曾冒昧地提出那个问题。
但是,我的双脚被火烧、
我如此被倒栽在这里的时间,
比那个人将带着那烧红的脚插在此处要长:
因为继他之后,还要从西方前来一个无法无天的牧人,
他的罪行要更加丑恶,
须由此人来遮盖他和我。"
来人将是新伊阿宋,从《玛喀比传》中可以读到伊阿宋的事情经过,
正如伊阿宋的国王曾屈就于他,
今天那个统治法国的人对来人也是照旧这样做。
对所有买卖圣职的教皇的谴责
我不知道我当时是否过于唐突,
因为我只是用这样的语气对他答复:
"喂,现在你告诉我:我们的主
曾向圣彼得索取多少钱财,

好让他把天国的钥匙交给圣彼得？
当然，他只不过是要求：‘来跟从我。’
彼得和其他人也都不曾向马提亚索过金银，
当时，马提亚被抽签抽中，
接替那罪恶的灵魂所丢掉的职分。
因此，你就呆在那里吧，这使你得到应有的惩罚；
你就好好地看守那来路不正的金钱，
它曾令你胆大包天，要造查理的反。
若不是对你曾在快乐的人世
执掌的权柄的尊重
阻止我对你冒犯，
我本会使用更加严厉的语言；
因为你的贪婪使世风日下，凄惨不堪，
把好人踩在足下，把恶人捧上了天。
那位福音书的作者早已发现你们这些牧者，
他看到坐在世界众水之上的那个女人
正在与地上的君王纵欲荒淫；
那女人生来有七头十角，
只要她的夫君喜欢美德善行，
她就会威力无穷。
你们用金银制造上帝：
这使你们与偶像崇拜者又有何差异？
除非是他们崇拜的偶像只有一个，而你们崇拜的则有一百个！
啊！君丁坦丁！并不是你的皈依成为多少罪恶的母亲，
造成这些罪恶的却是那第一个富有的父亲
从你手中得到的赠品！”
我对他歌唱的正是这种调门，
这时，啃噬他的不是愤怒就是良心，
这促使他的双脚极力地乱踢乱动。
我十分确信，这番话使我的导师很高兴，
他脸上浮起满意的笑容，一直在倾听
我说出的坦率话语的声音。
因此，他用双臂把我抱起：
把我举起来，贴近他的前胸，
随即沿着下来时走过的原路重又向上攀登。
他不知疲倦地把我搂紧，
一直把我抱到石桥的拱顶，
这石桥正是从第四道堤岸通往第五道堤岸的路径。
在那里，他轻柔地放下负重，

他是那么轻柔,因为那石桥既陡峭又艰险,
对山羊也会是一道难关,
正是在这里,另一个深谷又展现在我的眼前。

——选自黄文捷译《神曲》,华文出版社 2010 年版

(何岳球)

四 薄伽丘《十日谈》

乔万尼·薄伽丘(1313—1375),意大利文艺复兴运动的杰出代表,人文主义者。父亲是佛罗伦萨的一位商人,母亲是法国人。后来,受父命学经商,毫无收获,父亲又让他改学法律和宗教法规,但无论是商业还是法律,都引不起他的兴趣。他喜爱文学,自幼便开始自学诗学,阅读经典作家的作品。在那不勒斯生活期间,薄伽丘有机会出入罗伯特国王的宫廷,在这里,他被压抑的个性和才智得以充分地施展,他同许多人文主义诗人、学者、神学家、法学家广泛交游,并接触到贵族骑士的生活,进一步激发了他对古典文化和文学的兴趣。1340—1371年间,薄伽丘多次受佛罗伦萨当局的委托,作为特使去意大利其他城邦和教廷执行外交使命。1350年,薄伽丘和诗人彼特拉克相识,建立了亲密无间的友谊。薄伽丘是位才华横溢、勤勉多产的作家。他的短篇小说、传奇小说、叙事诗、牧歌、十四行诗等蜚声文坛,在学术著述上也成就卓著。传奇长篇小说《菲洛柯洛》是薄伽丘的第一部作品,《十日谈》中有两则故事就取材于这部作品,另有叙事长诗《菲洛斯特拉托》和《苔塞伊达》,牧歌式传奇《亚美托的女神们》,长诗《爱情的幻影》、《菲埃索拉的女神》,传奇小说《菲娅美塔的哀歌》,是仅次于《十日谈》的一部重要作品。这些作品的共同特点都是以爱情为主题,借鉴古希腊古罗马诗歌、神话、传奇,显示了中世纪传统和骑士文学的痕迹,但又摆脱了俗套,充满对人世生活和对幸福的追求,谴责禁欲主义。晚年,薄伽丘一心钻研古典文化,埋头著述《异教诸神谱系》和《但丁传》。薄伽丘在他的理论著述中,批判教会对诗歌的诋毁,提出"诗歌即神学"的观点;他阐述诗歌应当模仿自然,反映生活,强调文学的启迪和教育的巨大作用;要求诗人从古希腊古罗马文化中汲取营养,并讲究虚构、想象。虽然薄伽丘还没有完全摆脱中世纪神学的观念,但他的文艺理论为文艺复兴时期诗学的发展奠定了基础。

《十日谈》(1348—1353)叙述1348年佛罗伦萨黑死病肆行时,10名青年男女到乡村避难,借欢宴歌舞和讲故事消遣时光,10天里每人每天讲一个故事,共100个故事。人文主义思想像一根红线贯串这部故事集。作者把抨击的矛头直指宗教神学和教会,揭露僧侣们的奸诈伪善,毫不留情地揭开教会神圣的面纱,辛辣地嘲讽教廷的驻地罗马是"容纳一切罪恶的大洪炉"。爱情故事在《十日谈》中占有重要的地位。作者认为,禁欲主义是违背自然规律和人性的,人有权享受爱情和现世幸福,他在许多故事里以巨大的热情赞美青年男女冲破封建等级观念,蔑视金钱和权势,争取幸福的斗争。《十日谈》还批评封建特权,维护社会平等和男女平等。不少故事叙述了卑贱者以智慧和毅力战胜高贵者。作者宣扬全面和谐地发展人的理想,强调人应当既健康、俊美,又聪明、勇敢、多才多艺等。

《十日谈》批判宗教守旧思想,主张"幸福在人间",被视为文艺复兴的宣言,在欧洲文学史上具有重要意义。薄伽丘以丰富的生活知识和巨大的艺术力量,刻画了数百个不同阶层的具有鲜明个性和性格的人物形象,展示出意大利广阔的社会生活画面,抒发了文艺复兴初期的自由思想。他在许多故事里批判天主教会,嘲讽教会的黑暗、罪恶(第一天第二故事),抨击僧侣的奸诈和伪善(第六天第十故事),这种批判表达了当时的平民阶级摆脱中世纪教会和宗教的束缚的要求。薄伽丘在《十日谈》中描绘和歌颂现世生活,赞美爱情是才智和高尚情操的源泉,谴责禁欲主义(第五天第一故事)。一些故事颂扬青年男女大胆冲破封建礼教和金钱关系的羁绊,争取幸福的斗争，曲折感人（第四天第五故事）。对于封建贵族的堕落、腐败，作者也予以无情的暴露和鞭挞。他赞赏平民、商人的聪明、机智，维护社会平等和男女平等。不少故事说明人的高贵不取决于出身，而决定于人的才智（第四天第一故事，第六天第七故事）。有一些故事还塑造了多才多艺、和谐健美、全面发展的新兴资产阶级的理想人物。但其中也有某些故事渲染情欲和庸俗的趣味，反映出以个人主义为中心的资产阶级人生观。一些故事贬低现世生活，宣扬宽容、顺从，表现了人文主义思想对中世纪道德观念的让步。

《十日谈》采用框形结构，把100个故事巧妙串联起来，使之成为一部思想上、艺术上都异常完整的作品。《十日谈》发展了中古的短篇故事，不仅叙述事件，并进而概括现实，塑造人物，刻画心理，描绘自然。这些故事吸取了民间口语的特点，语言精练、流畅，又俏皮、生动，善用对比，创造了一些巧妙的讽刺手法，开创了欧洲短篇小说这一独特的艺术形式。《十日谈》出版后，立即被译成西欧各国文字，对十六七世纪西欧现实主义文学产生了很大影响，开欧洲近代短篇小说之先河。

十日谈（片断）

第四天　故事第一

萨莱诺的亲王唐克莱本是一位仁慈宽大的王爷，可是到了晚年，他的双手却沾染了一对情侣的鲜血。他的膝下并无三男两女，只有一个独养的郡主，亲王对她真是百般疼爱，自古以来，父亲爱女儿也不过是这样罢了；谁想到，要是不养这个女儿，他的晚境或许倒会快乐些呢。那亲王既然这么疼爱郡主，所以也不管耽误了女儿的青春，竟一直舍不得把她出嫁；直到后来，再也藏不住了。这才把她嫁给了卡普亚公爵的儿子。不幸婚后不久，丈夫去世，她成了一个寡妇，重又回到她父亲那儿。

她正当青春年华，天性活泼，身段容貌，都长得十分俏丽，而且才思敏捷，只可惜做了一个女人。她住在父亲的宫里，养尊处优，过着豪华的生活；后来看见父亲这么爱她，根本不想把她再嫁，自己又不好意思开口，就私下打算找一个中意的男子做他的情人。

出入她父亲的宫廷里的，上下三等人都有，她留意观察了许多男人的举止行为，看见父亲跟前有一个年青的侍从，名叫纪斯卡多，虽说出身微贱，但是人品高尚，气宇轩昂，确是比众人高出一等，她非常中意，竟暗中爱上了他，而且朝夕相见，越看越爱。那小伙子并非傻瓜，不久也就觉察了她的心意，也不由得动了情，整天只想念着她，把什么都抛在脑后了。

……

那一对情人像往常一样，温存了半天，直到不得不分手的时候，这才走下床来，全不知道唐克莱正躲在他们身边。纪斯卡多从洞里出去，她自己也走出了卧房。唐克莱也不顾自己年事已高，却从一个窗口跳到花园里去，趁着没有人看见，赶回宫去，几乎气得要死。

当天晚上，到了睡觉时分，纪斯卡多从洞底里爬上来，不想早有两个大汉，奉了唐克莱的命令守候在那里，将他一把抓住；他身上还裹着皮衣，就这么给悄悄押到唐克莱跟前。亲王一看见他，差一点儿掉下泪来，说道：

“纪斯卡多，我平时待你不薄，不想今日里却让我亲眼看见你色胆包天，竟敢败坏我女儿的名节！”

纪斯卡多一句话都没有，只是这样回答他："爱情的力量不是你我所管束得了的。"

唐克莱下令把他严密看押起来，他当即给禁锢在宫中的一间幽室里。唐克莱左思右想，该怎样发落他的女儿，吃过饭后，就像平日一样，来到女儿房中，把她叫了来。绮思梦达怎么也没想到已经出了岔子，唐克莱把门关上，单剩自己和女儿在房中，于是老泪纵横，对她说道：

"绮思梦达，我一向以为你端庄稳重，想不到竟会干出这种事来：要不是我亲眼看见，而是听别人告诉我，那么就是你跟你丈夫以外的男人发生关系，就是说你存了这种欲念，我也绝对不会相信的。我已经到了风烛残年，再没有几年可活了，不想碰到这种丑事，叫我从此以后一想起来，就觉得心痛！即使你要做出这种无耻的事来，天哪，那也得挑一个身分相称的男人才好！多少王孙公子出入我的宫廷，你却偏偏看中了纪斯卡多——这是一个下贱的奴仆，可以说，从小就靠我们行好，把他收留在宫中，你这种行为真叫我心烦意乱，不知该把你怎样发落才好。至于纪斯卡多，昨天晚上他一爬出山洞，我就把他捉住、关了起来，我自有处置他的办法。对于你，天知道，我却一点主意都拿不定。一方面，我对你狠不起心来。天下做父亲的爱女儿，总没有像我那样爱你爱得深。另一方面，我想到你这么轻薄，又怎能不怒火直冒？如果看在父女的份上，那我只好饶了你；如果以事论事，我就顾不得骨肉之情，非要重重惩罚你不可。不过，在我还没拿定主意以前，我且先听听你自己有什么好说的。"说到这里，他低下头去，号啕大哭起来，竟像一个挨了打的孩子一般。

绮思梦达听了父亲的话，知道不但他们的私情已经败露，而且纪斯卡多也已经给关了起来，她心里感到一阵说不出的悲痛，好几次都险些儿要像一般女人那样大哭大叫起来。她知道她的纪斯卡多必死无疑，可是崇高的爱情战胜了那脆弱的感情，她凭着惊人的意志力，强自镇定，并且打定主意，宁可一死也决不说半句求饶的话。因此，她在父亲面前并不像一个因为犯了过错、受了责备而哭泣的女人，却是无所畏惧，眼无泪痕，面无愁容，坦坦荡荡地回答她父亲说：

"唐克莱，我不准备否认这回事，也不想向你讨饶；因为第一件事对我不会有半点好处，第二件事就是有好处我也不愿意干。我也不想请你看着父女的情分来开脱我，不，我只要把事情的真相讲出来，用充分的理由来为我的名誉辩护，接着就用行动来坚决响应我灵魂的伟大的号召。不错，我确是爱上了纪斯卡多，只要我还活着——只怕是活不长久了——我就始终如一地爱他。假使人死后还会爱，那我死了之后还要继续爱他。我堕入情网，与其说是由于女人的意志落弱，倒不如说，由于你不想再给我找一个丈夫，同时也为了他本人可敬可爱。

"唐克莱，你既然自己是血肉之躯，你应该知道你养出来的女儿，她的心也是血肉做成的，并非铁石心肠。你现在年老力衰了，但是应该还记得那青春的规律，以及它对青年人具有多大的支配力量。虽说你的青春多半是消磨在战场上，你也总该知道饱暖安逸的生活对于一个老头儿会有什么影响，别说对于一个青年人了。

"我是你生养的，是个血肉之躯，在这世界上又没度过多少年头，还很年青，那么怎怪得我春情荡漾呢？况且我已结过婚，尝到过其中的滋味，这种欲念就格外迫切了。我按捺不住这片青春烈火，我年青，又是个女人，我情不自禁，私下爱上了一个男人。我凭着热情冲动，做出这事来，但是我也曾费尽心机，免得你我蒙受耻辱。多情的爱神和好心的命运，指点了我一条外人不知道的秘密的通路，好让我如愿以偿。这回事，不管是你自己发现的也罢，还是别人报告你的也罢，我决不否认。

"有些女人只要随便找到一个男人，就满足了，我可不是那样；我是经过了一番观察和考虑，才在许多男人中间选中了纪斯卡多，有心去挑逗他的，而我们俩凭着小心行事，确实享受了不少欢乐。你方才把我痛骂了一顿，听你的口气，我缔结了一段私情，罪过还轻；只是千不该万不该去跟一个低三下四的男人发生关系，倒好像我要是找一个王孙公子来做情夫，那你就不会生我的气了。这完全是没有道理的世俗成见。你不该责备我，要埋怨，只能去埋怨那命运之神，为什么他老是让那些庸俗无能之辈窃居着显赫尊荣的高位，把那些人间英杰反而埋没在草莽里。

"可是我们暂且不提这些，先来谈一谈一个根本的道理。你应该知道，我们人类的血肉之躯都是用同样的物质造成的，我们的灵魂都是天主赐给的，具备着同等的机能，同样的效用，同样的德性。我们人类本是天生一律平等的，只有品德才是区分人类的标准，那发挥大才大德的才当得起一个'贵'；否则就只能算是'贱'。这条最基本的法律虽然被世俗的谬见所掩蔽了，可并不是就此给抹煞掉，它还是在人们的天性和举止中间显露出来；所以凡是有品德的人就证明了自己的高贵，如果这样的人被人说是卑贱，那么这不是他的错，而是这样看待他的人的错。

"请你看看满朝的贵人，打量一下他们的品德、他们的举止、他们的行为吧；然后再看看纪斯卡多又是怎么样。只要你不存偏见，下一个判断，那么你准会承认，最高贵的是他，而你那班朝贵都只是些鄙夫而已。说到他的品德、他的才能，我不信任别人的判断，只信任你的话和我自己的眼光。谁曾像你那样几次三番赞美他，把他当作一个英才？真的，你这许多赞美不是没有理由的。要是我没有看错人，我敢说：你赞美他的话他句句都当之无愧，你以为把他赞美够了，可是他比你所赞美的还要胜三分呢。要是我把他看错了，那么我是上了你的当。

"现在你还要说我结识了一个低三下四的人吗？如果你这么说，那就是违心之论。你不妨说，他是个穷人，可是这种话只会给你自己带来羞耻，因为你有了人才不知道提拔，把他埋没在仆人的队伍里。贫穷不会磨灭一个人的高贵的品质，不，反而是富贵叫人丧失了志气。多少帝王，多少公侯将相，都是白手起家的，而现在有许多村夫牧人，从前都是豪富巨族呢。

"那么，你要怎样处置我，用不到再这样踌躇不决了。如果你决心要下毒手——要在你风烛残年干出你年青的时候从来没干过的事，那么你尽管用残酷的手段对付我吧，我决不向你乞怜求饶，因为如果这算得是罪恶，那我就是罪魁祸首。我还要告诉你，如果你怎样处置了纪斯卡多，或者准备怎样处置他，却不肯用同样的方法来处置我，那我也会自己动手来处置我自己的。

"现在，你可以去了，跟那些娘儿们一块儿去哭吧，哭够之后。就狠起心肠一刀子把我们俩一起杀了吧——要是你认为我们非死不可的话。"

亲王这才知道他的女儿有一颗伟大的灵魂，不过还是不相信她的意志真会像她的言词那样坚决。他走出了郡主的寝宫，决定不用暴力对待她，却打算惩罚她的情人来打击她的热情，叫她死了那颗心。当天晚上，他命令看守纪斯卡多的那两个禁卫，私下把他绞死，挖出心脏，拿来给他。那两个禁卫果然按照他的命令执行了。

第二天，亲王叫人拿出一只精致的大金杯，把纪斯卡多的心脏盛在里面，又吩咐自己的心腹仆人把金杯送给郡主，同时叫他传言道："你的父王因为你用他最心爱的东西来安慰他，所以现在他也把你最心爱的东西送来慰问你。"

再说绮思梦达，等父亲走后，矢志不移，便叫人去采了那恶草毒根，煎成毒汁，准备一旦她的疑虑成为事实，就随时要用到它。那侍从送来了亲王的礼物，还把亲王的话传述了一遍。她面不改色，接过金杯，揭开一看，里面盛着一颗心脏，就懂得了亲王为什么要说这一番话，同时也明白了这必然是纪斯卡多的心脏无疑，于是她回过头来对那仆人说：

"只有拿黄金做坟墓，才算不委屈了这颗心脏，我父亲这件事做得真得体！"

说着，她举起金杯，凑向唇边，吻着那颗心脏，说着："我父亲对我的慈爱，一向无微不至，如今在我生命的最后一刻里，对我越发慈爱了。为了这么尊贵的礼物，我要最后一次向他表示感谢！”

于是她紧拿着金杯，低下头去，注视着那心脏，说道：“唉，你是我的安乐窝，我一切的幸福全都栖息在你身上。最可诅咒的是那个人的狠心的行为——是他叫我现在用这双肉眼注视着你！只要我能够用我那精神上的眼睛时时刻刻注视你，我就满足了。你已经走完了你的路程，已经尽了命运指派给你的任务，你已经到了每个人迟早都要来到的终点。你已经解脱了尘世的劳役和苦恼，你的仇敌把你葬在一个跟你身分相称的金杯里，你的葬礼，除了还缺少你生前所爱的人儿的眼泪外，可说什么都齐全了。现在，你连这也不会欠缺了，天空感化了我那狠毒的父亲，指使他把你送给我。我本来准备面不改色，从容死去，不掉一滴泪，现在我要为你痛哭一场，哭过之后，我的灵魂立即就要飞去跟你曾经守护的灵魂结合在一起。只有你的灵魂使我乐于跟从、倾心追随，一同到那不可知的冥域里去。我相信你的灵魂还在这里徘徊，凭吊着我们的从前的乐园；那么，我相信依然爱着我的灵魂呀，为我深深地爱着的灵魂呀，你等一下我吧！”

——选自方平、王科一译《十日谈》，上海译文出版社 1987 年版

（何岳球）

五　莎士比亚《哈姆莱特》

威廉·莎士比亚(1564—1616),英国文艺复兴时期伟大的剧作家、诗人,欧洲文艺复兴时期人文主义文学的集大成者。莎士比亚生于英国中部瓦维克郡斯特拉特福镇的一位富裕的市民家庭,其父约翰·莎士比亚是经营羊毛、皮革制造及谷物生意的杂货商。他少年时代曾在当地的一所主要教授拉丁文的"文学学校"学习,掌握了写作的基本技巧与较丰富的知识,但因他的父亲破产,未能毕业就走上独自谋生之路。20岁后到伦敦,先在剧院当马夫、杂役,后入剧团,做过演员、导演、编剧,并成为剧院股东;莎士比亚在伦敦住了二十多年,他于1612年左右隐退回归故里斯特拉福。莎士比亚在约1590—1612年的二十余年内共写了三十七部戏剧,两首长诗和一百五十四首十四行诗。其中戏剧方面的成就最突出。最著名的作品有历史剧《亨利四世》,喜剧《威尼斯商人》、《第十二夜》和悲剧《罗密欧与朱丽叶》、《哈姆莱特》、《奥赛罗》、《李尔王》、《麦克白》等。后四部作品合称"四大悲剧"。历史剧概括了英国历史上百余年间的动乱,塑造了一系列正、反面君主形象,反映了莎士比亚反对封建割据,拥护中央集权,谴责暴君暴政,要求开明君主进行自上而下改革,建立和谐社会关系的人文主义政治与道德理想。他的喜剧大都以爱情、友谊、婚姻为主题,主人公多是一些具有人文主义智慧与美德的青年男女,通过他们争取自由、幸福的斗争,歌颂进步、美好的新人新风,同时也温和地揭露和嘲讽旧事物的衰朽和丑恶,如禁欲主义的虚矫、清教徒的伪善和高利贷者的贪鄙等。莎士比亚喜剧创作的基本情调是乐观、明朗的,充满着以人文主义理想解决社会矛盾的信心。他的悲剧标志着对时代、人生的深入思考,主要描写美好理想和丑恶现实之间的矛盾以及理想的毁灭,深刻地揭露和批判了封建关系崩溃、资本原始积累时期的种种社会罪恶,艺术上达到了很高的水平,堪称古典悲剧的杰作。总之,莎士比亚的作品,体现了时代精神,代表了西方古典戏剧的最高成就。因此,有人把他称为"时代的灵魂",说他"不属于一个时代而属于所有世纪"。

悲剧《哈姆莱特》(1601)是莎士比亚的代表作,也是莎士比亚一生创作中最高成就的代表作品。剧本取材于公元1200年的丹麦史,借哈姆莱特为父复仇的故事,真实描绘了文艺复兴晚期英国和欧洲社会真实面貌,表现了作者对文艺复兴运动的深刻反思以及对人的命运与前途的深切关怀。

悲剧主人公哈姆莱特是一个处于理想与现实矛盾中的人文主义者的形象,哈姆莱特是丹麦的王子,在德国威登堡大学学习时,接受了人文主义的熏陶,他对人类充满了理性的信念:"人类是一件多么了不得的杰作!多么高贵的理性!多么伟大的能力!多么优美的仪表!多么文雅的举动!在行为上多么像一个天使,在智慧上多么像一个天神!宇宙的精华!万物的灵长!"那时的哈姆莱特是"快乐王子"。但是,一系列意外的变故接踵而来,面对父死母嫁王位被篡夺的严酷现实,哈姆莱特像一夜间遭到严霜袭击的娇花,枯萎凋零,痛苦与忧虑使他成了一个"忧郁王子"。在昔日的理想被击碎的现实情况下,他一方面激愤地诅咒这个"冷酷人间",一方面又深入地思考与研究生活于其间的人。他对世界和人类的看法有了根本性的改变,他成了一个失落了信仰而对未来无所寄托的"延宕王子"。哈姆莱特在复仇行动上的犹豫,既使这一形象显得复杂而深刻,又使之产生了无穷的艺术魅力。从社会学角度看，哈姆莱特接受了复仇任务后，仍然迟迟不付诸行动，表现为行为上的犹豫与拖延，这是由于他所面对的社会邪恶势力过于强大，作为新兴力量代表的哈姆莱特还不能胜任“重整乾坤”、改造社会的历史重任的原因造成的。但是，哈姆莱特形象的深度还有待于在哲学和艺术象征层面上的阐释。哈姆莱特的犹豫也不只是因为找不到复仇的方法，而更是因为他进行着关于人类生命本体的哲学探讨。残酷的现实使哈姆莱特认识到，人的情欲在失去理性规范的制约后会产生无穷的恶，社会也就趋于“混乱”，因此，为父复仇、重整乾坤的社会责任也就越发显得无意义。于是，“生存还是毁灭”，这个痛苦而经久不绝的声音在哈姆莱特的灵魂深处奏响。可见，哈姆莱特的犹豫是欧洲文艺复兴晚期信仰失落时人们进退两难的矛盾心理的象征性表述。

莎士比亚善于在内外两重矛盾冲突中，在矛盾冲突的发展过程中展示人物性格，塑造有血有肉的艺术形象。哈姆莱特与克劳狄斯的斗争，构成剧中主人公所处的外部冲突；与此同时，他还进行着激烈的内心矛盾冲突。二者相辅相成，互相推进。在这过程中，他性格中的优点和弱点都在发生作用，而且始终处于变化发展中。这样内外两重、不断发展的矛盾冲突成为人物行动的根源，同时也是人物性格演变和剧中戏剧动作的推动力。为了更好地塑造哈姆莱特的形象，剧本充分发挥了独白和旁白的作用。每当剧情和人物性格发展的关键时刻，剧本都安排独白或旁白来表现主人公的思想矛盾，表现他的思考、他的认识、他的自责、他的怀疑。在《哈姆莱特》中，这两种传统的戏剧手法成为展示人物内心冲突和性格演变的重要手段。

哈姆莱特(片断)

第三幕

第一场　城堡中一室

国王、王后、波洛涅斯、奥菲利娅、罗森格兰兹及吉尔登斯吞上。

国王：你们不能用迂回婉转的方法，探出他为什么这样神魂颠倒，让紊乱而危险的疯狂困扰他的安静的生活吗？

罗森格兰兹：他承认他自己有些神经迷惘，可是绝口不肯说为了什么缘故。

吉尔登斯吞：他也不肯虚心接受我们的探问；当我们想要引导他吐露他自己的一些真相的时候，他总是用假作痴呆的神气故意回避。

王后：他对待你们还客气吗？

罗森格兰兹：很有礼貌。

吉尔登斯吞：可是不大自然。

罗森格兰兹：他很吝惜自己的话，可是我们问他话的时候，他回答起来却是毫无拘束。

王后：你们有没有劝诱他找些什么消遣？

罗森格兰兹：娘娘，我们来的时候，刚巧有一班戏子也要到这儿来，给我们赶过了；我们把这消息告诉了他，他听了好像很高兴。现在他们已经到了宫里，我想他已经吩咐他们今晚为他演出了。

波洛涅斯：一点不错；他还叫我来请两位陛下同去看看他们演得怎样哩。

国王：那好极了；我非常高兴听见他在这方面感到兴趣。请你们两位还要更进一步鼓起他的兴味，把他的心思移转到这种娱乐上面。

罗森格兰兹：是，陛下。（罗森格兰兹、吉尔登斯吞同下。）

国王：亲爱的乔特鲁德，你也暂时离开我们；因为我们已经暗中差人去唤哈姆莱特到这儿来，让他和奥菲利娅见见面，就像他们偶然相遇一般。她的父亲跟我两人将要权充一下密探，躲在可以看见他们，却不能被他们看见的地方，注意他们会面的情形，从他的行为上判断他的疯病究竟是不是因为恋爱上的苦闷。

王后：我愿意服从您的意旨。奥菲利娅，但愿你的美貌果然是哈姆莱特疯狂的原因；更愿你的美德能够帮助他恢复原状，使你们两人都能安享尊荣。

奥菲利娅：娘娘，但愿如此。（王后下。）

波洛涅斯：奥菲利娅，你在这儿走走。陛下，我们就去躲起来吧。（向奥菲利娅）你拿这本书去读，他看见你这样用功，就不会疑心你为什么一个人在这儿了。人们往往用至诚的外表和虔敬的行动，掩饰一颗魔鬼般的内心，这样的例子是太多了。

国王：（旁白）啊，这句话是太真实了！它在我的良心上抽了多么重的一鞭！涂脂抹粉的娼妇的脸，还不及掩藏在虚伪的言辞后面的我的行为更丑恶。难堪的重负啊！

波洛涅斯：我听见他来了；我们退下去吧，陛下。（国王及波洛涅斯下。）

哈姆莱特上。

哈姆莱特：生存还是毁灭，这是一个值得考虑的问题；默然忍受命运的暴虐的毒箭，或是挺身反抗人世的无涯的苦难，通过斗争把它们扫清，这两种行为，哪一种更高贵？死了；睡着了；什么都完了；要是在这一种睡眠之中，我们心头的创痛，以及其他无数血肉之躯所不能避免的打击，都可以从此消失，那正是我们求之不得的结局。死了；睡着了；睡着了也许还会做梦；嗯，阻碍就在这儿：因为当我们摆脱了这一具朽腐的皮囊以后，在那死的睡眠里，究竟将要做些什么梦，那不能不使我们踌躇顾虑。人们甘心久困于患难之中，也就是为了这个缘故；谁愿意忍受人世的鞭挞和讥嘲、压迫者的凌辱、傲慢者的冷眼、被轻蔑的爱情的惨痛、法律的迁延、官吏的横暴和费尽辛勤所换来的小人的鄙视，要是他只要用一柄小小的刀子，就可以清算他自己的一生？谁愿意负着这样的重担，在烦劳的生命的压迫下呻吟流汗，倘不是因为惧怕不可知的死后，惧怕那从来不曾有一个旅人回来过的神秘之国，是它迷惑了我们的意志，使我们宁愿忍受目前的磨折，不敢向我们所不知道的痛苦飞去？这样，重重的顾虑使我们全变成了懦夫，决心的赤热的光彩，被审慎的思维盖上了一层灰色，伟大的事业在这一种考虑之下，也会逆流而退，失去了行动的意义。且慢！美丽的奥菲利娅！——女神，在你的祈祷之中，不要忘记替我忏悔我的罪孽。

奥菲利娅：我的好殿下，您这许多天来贵体安好吗？

哈姆莱特：谢谢你，很好，很好，很好。

奥菲利娅：殿下，我有几件您送给我的纪念品，我早就想把它们还给您；请您现在收回去吧。

哈姆莱特：不，我不要；我从来没有给你什么东西。

奥菲利娅：殿下，我记得很清楚您把它们送给了我，那时候您还向我说了许多甜言蜜语，使这些东西格外显得贵重；现在它们的芳香已经消散，请您拿回去吧，因为在有骨气的人看来，送礼的人要是变了心，礼物虽贵，也会失去了价值。拿去吧，殿下。

哈姆莱特：哈哈！你贞洁吗？

奥菲利娅：殿下！

哈姆莱特：你美丽吗？

奥菲利娅：殿下是什么意思？

哈姆莱特：要是你既贞洁又美丽，那么你的贞洁应该断绝跟你的美丽来往。

奥菲利娅：殿下，难道美丽除了贞洁以外，还有什么更好的伴侣吗？

哈姆莱特：嗯，真的；因为美丽可以使贞洁变成淫荡，贞洁却未必能使美丽受它自己的感化；这句话从前像是怪诞之谈，可是现在时间已经把它证实了。我的确曾经爱过你。

奥菲利娅：真的，殿下，您曾经使我相信您爱我。

哈姆莱特：你当初就不应该相信我，因为美德不能熏陶我们罪恶的本性；我没有爱过你。

奥菲利娅：那么我真是受了骗了。

哈姆莱特：进尼姑庵去吧；为什么你要生一群罪人出来呢？我自己还不算是一个顶坏的人；可是我可以指出我的许多过失，一个人有了那些过失，他的母亲还是不要生下他来的好。我很骄傲，有仇必报，富于野心，我的罪恶是那么多，连我的思想也容纳不下，我的想象也不能给它们形象，甚至于我都没有充分的时间可以把它们实行出来。像我这样的家伙，匍匐于天地之间，有什么用处呢？我们都是些十足的坏人；一个也不要相信我们。进尼姑庵去吧。你的父亲呢？

奥菲利娅：在家里，殿下。

哈姆莱特：把他关起来，让他只好在家里发发傻劲。再会！

奥菲利娅：嗳哟，天哪！救救他！

哈姆莱特：要是你一定要嫁人，我就把这一个咒诅送给你做嫁奁：尽管你像冰一样坚贞，像雪一样纯洁，你还是逃不过谗人的诽谤。进尼姑庵去吧，去；再会！或者要是你必须嫁人的话，就嫁给一个傻瓜吧；因为聪明人都明白你们会叫他们变成怎样的怪物。进尼姑庵去吧，去；越快越好。再会！

奥菲利娅：天上的神明啊，让他清醒过来吧！

哈姆莱特：我也知道你们会怎样涂脂抹粉；上帝给了你们一张脸，你们又替自己另外造了一张。你们烟视媚行，淫声浪气，替上帝造下的生物乱取名字，卖弄你们不懂事的风骚。算了吧，我再也不敢领教了；它已经使我发了狂。我说，我们以后再不要结什么婚了；已经结过婚的，除了一个人以外，都可以让他们活下去；没有结婚的不准再结婚，进尼姑庵去吧，去。（下。）

奥菲利娅：啊，一颗多么高贵的心是这样陨落了！朝臣的眼睛、学者的辩舌、军人的利剑、国家所瞩望的一朵娇花；时流的明镜、人伦的雅范、举世瞩目的中心，这样无可挽回地陨落了！我是一切妇女中间最伤心而不幸的，我曾经从他音乐一般的盟誓中吮吸芬芳的甘蜜，现在却眼看着他的高贵无上的理智，像一串美妙的银铃失去了谐和的音调，无比的青春美貌，在疯狂中凋谢！啊！我好苦，谁料过去的繁华，变作今朝的泥土！

国王及波洛涅斯重上。

国王：恋爱！他的精神错乱不像是为了恋爱；他说的话虽然有些颠倒，也不像是疯狂。他有些什么心事盘踞在他的灵魂里，我怕它也许会产生危险的结果。为了防止万一，我已经当机立断，决定了一个办法：他必须立刻到英国去，向他们追索延宕未纳的贡物；也许他到海外各国游历一趟以后，时时变换的环境，可以替他排解去这一桩使他神思恍惚的心事。你看怎么样？

波洛涅斯：那很好；可是我相信他的烦闷的根本原因，还是为了恋爱上的失意。啊，奥菲利娅！你不用告诉我们哈姆莱特殿下说些什么话；我们全都听见了。陛下，照您的意思办吧；可是您要是认为可以的话，不妨在戏剧终场以后，让他的母后独自一人跟他在一起，恳求他向她吐露他的心事;她必须很坦白地跟他谈谈,我就找一个所在听他们说些什么。要是她也探听不出他的秘密来,您就叫他到英国去,或者凭着您的高见,把他关禁在一个适当的地方。

国王:就这样吧;大人物的疯狂是不能听其自然的。(同下。)

——选自朱生豪等译《莎士比亚全集》,人民文学出版社 1978 版

(雷庆锐)

六　塞万提斯《堂吉诃德》

米盖尔·德·塞万提斯·萨阿维德拉(1547—1616)是西班牙文艺复兴时期最杰出的现实主义小说家。他出生于一个医生的家庭,只读过几年中学。1569 年他前往意大利,接触到意大利的文学和艺术,受到人文主义的影响。1571 年,著名的雷帮托海战爆发,他参加西班牙神圣兵团,在与土耳其人的战斗中,多次受伤,左手致残,后人因此称他"雷帮托的独臂人"。1575 年他在回国途中,不幸被阿尔及尔人捕获,判作劳役,几次越狱都不成功,直至五年后由家人和朋友交付巨额赎金,才得以返回家乡。塞万提斯回国后因生活所迫,当过军需员和纳税员,但因得罪权贵,数次被诬入狱。《堂吉诃德》就是他在经历人生坎坷、穷困潦倒的境遇下孕育出的作品,其中自然映照出作者自我的体验和情感。塞万提斯在谋求生存之余,潜心创作,他用了 8 年时间完成了《堂吉诃德》的第一部,小说于 1605 年发表,受到人们的喜爱。除此之外,他的作品还有历史剧《奴曼西亚》、短篇小说集《惩恶扬善故事集》、长诗《巴尔纳斯游记》以及《八出喜剧和八出幕间短剧集》等。1614 出现一部化名伪造的《堂吉诃德》续集,塞万提斯愤慨之余,带病赶写续集,于 1615 年出版。然而次年,刚刚写完《贝雪莱斯和吉西斯蒙达历险记》,穷困交加的塞万提斯便在马德里逝世。

长篇小说《堂吉诃德》主人公堂吉诃德是个瘦削的、面带愁容的小贵族,由于受到中世纪骑士小说的影响,沉醉于荒诞的幻想之中,试图复活已经成为历史的游侠制度,并以此来维护真理、反对现实和改造社会。于是,他仿照骑士的做法,身穿古老的盔甲,手持生锈的长矛,骑上一匹瘦马,找来同村的农民桑丘·潘沙做他的侍从,把邻村的一位农家女儿杜尔西内娅作为他的意中人,决定外出历险,做一名行侠仗义的骑士。他三次外出历险,做了许多可笑之事。一路上,他误把风车当巨人,把羊群当军队,把赶路的贵妇人当落难的公主,把苦役犯当受害的骑士……他像疯子一样地乱砍乱杀,搞得头破血流,闹出了种种荒唐而又可笑的事。最后他被化装成白月骑士的朋友打败,放弃行侠游历,回家不久后病倒。临死前,他醒悟到自己迷信骑士小说之过错。

《堂吉诃德》原名《奇情异想的绅士堂吉诃德·台·拉·曼却》,作者在序言中申明"这部书只不过是对于骑士文学的一种讽刺",目的在于"把骑士文学地盘完全摧毁"。但实际上,这部作品的社会意义超过了作者的主观意图。在这将近百万言的作品中,出现了西班牙在 16 世纪和 17 世纪初的整个社会,公爵、公爵夫人、封建地主、僧侣、牧师、兵士、手艺工人、牧羊人、农民,不同阶级的男男女女约七百个人物,尖锐而全面地批判了这一时期封建西班牙的政治、法律、道德、宗教、文学、艺术以及私有财产制度,使它成为一部"行将灭亡的骑士阶级的史诗"。作为一部伟大的现实主义文学名著,这部作品的意义还在于作者以喜剧的手法深刻地揭示了人们自身存在的理想与现实的矛盾。堂吉诃德的性格具有两重性:一方面他是神志不清的,疯狂而可笑的,但又正是他代表着高度的道德原则、无畏的精神、英雄的行为、对正义的坚信以及对爱情的忠贞。堂吉诃德虽然可笑,但又始终是一个理想主义的化身。堂吉诃德痛恨专制残暴,同情被压迫的劳苦大众,向往自由,把保护人的正当权利与尊严,锄强扶弱,清除人世间的不平作为自己的人生理想。堂吉诃德是一个既有喜剧性,又有悲剧性,是一个可笑又可悲、可乐又可敬的具有双重性格组合的人物形象。在西方,人们把他和哈姆雷特、浮士德并称为三个最杰出的典型。堂吉诃德的侍从桑丘·潘沙也是一个典型形象。他是作为反衬堂吉诃德先生的形象而创造出来的。他的形象从反面烘托了理想主义的衰落这一主题。朱光潜评价堂吉诃德与桑丘·潘沙这两个人物时说:“一个是满脑子虚幻理想、持长矛来和风车搏斗,以显出骑士威风的堂吉诃德本人,另一个是要从美酒佳肴和高官厚禄中享受人生滋味的桑丘·潘沙。他们一个是可笑的理想主义者,一个是可笑的实用主义者。但是堂吉诃德属于过去,桑丘·潘沙却属于未来。随着资产阶级势力的日渐上升,理想的人就不是堂吉诃德,而是桑丘·潘沙了。”

《堂吉诃德》乍看似乎荒诞不经,实则隐含作者对西班牙现实深刻的理解。作者采用讽刺夸张的艺术手法,把现实与幻想结合起来,表达他对时代的见解。现实主义的描写在《堂吉诃德》中占主导地位,在环境描写方面,与旧骑士小说的装饰性风景描写截然不同,作者以史诗般的宏伟规模,以农村为主要舞台,出场人物以平民为主,人数近七百人,在这广阔的社会背景中,绘出一幅幅各具特色又互相联系的社会画面。作者塑造人物的方法也是虚实结合,否定中有歌颂,荒诞中有寓意,具有强烈的艺术性。在创作方法上,塞万提斯善于运用典型化的语言、行动刻画主角的性格,反复运用夸张的手法强调人物的个性,大胆地把一些对立的艺术表现形式交替使用,既有发人深思的悲剧因素,也有滑稽夸张的喜剧成分。尽管小说的结构不够严密,有些细节前后矛盾,但不论在反映现实的深度和广度上,还是塑造人物的典型性上,都比欧洲在此以前的小说前进了一大步,标志着欧洲长篇小说创作跨入了一个新的阶段。塞万提斯作为现代小说第一人,他的《堂吉诃德》对西班牙文学、欧洲文学,乃至整个世界文学的影响是不可估量的。

堂吉诃德(片断)

第一部

第八章

骇人的风车奇险;堂吉诃德的英雄身手;以及其他值得大书特书的事情。

这时候,他们远远望见郊野里有三四十架风车。堂吉诃德一见就对他的侍从说:“运道的安排,比咱们要求的还好。你瞧,桑丘·潘沙朋友,那边出现了三十多个大得出奇的巨人。我打算去跟他们交手,把他们一个个杀死,咱们得了胜利品,可以发财。这是正义的战争,消灭地球上这种坏东西是为上帝立大功。”

桑丘·潘沙道:“什么巨人呀?”

他主人说:“那些长胳膊的,你没看见吗?那些巨人的胳膊差不多二哩瓦[①]长呢。”

桑丘说:“您仔细瞧瞧,那不是巨人,是风车;上面胳膊似的东西是风车的翅膀,给风吹动了就能推转石磨。”

堂吉诃德道:“你真是外行,不懂冒险。他们确是货真价实的巨人。你要是害怕,就走开些,做你的祷告去,等我一人来和他们大伙儿拼命。”

他一面说,一面踢着坐骑冲出去。他侍从桑丘大喊说,他前去冲杀的明明是风车,不是巨人;他满不理会,横着念头那是巨人,既没听见桑丘叫喊,跑近了也没看清是什么东西,只顾往前冲,嘴里嚷道:

① 一哩瓦合6.4公里。

“你们这伙没胆量的下流东西！不要跑！前来跟你们厮杀的只是个单枪匹马的骑士！”

这时微微刮起一阵风，转动了那些庞大的翅翼。堂吉诃德见了说：

“即使你们挥舞的胳膊比巨人布利亚瑞欧[①]的还多，我也要和你们见个高下！”

他说罢一片虔诚向他那位杜尔西内娅小姐祷告一番，求她在这个紧要关头保佑自己，然后把盾牌遮稳身体，托定长枪飞马向第一架风车冲杀上去。他一枪刺中了风车的翅膀；翅膀在风里转得正猛，把长枪迸作几段，一股劲把堂吉诃德连人带马直扫出去；堂吉诃德滚翻在地，狼狈不堪。桑丘·潘沙趱驴来救，跑近一看，他已经不能动弹，驽骍难得把他摔得太厉害了。

桑丘说：“天啊！我不是跟您说了吗，仔细着点儿，那不过是风车。除非自己的脑袋里有风车打转儿，谁还不知道这是风车呢？”

堂吉诃德答道：“甭说了，桑丘朋友，打仗的胜败最拿不稳。看来把我的书连带书房一起抢走的弗瑞斯冬法师对我冤仇很深，一定是他把巨人变成风车，来剥夺我胜利的光荣。可是到头来，他的邪法毕竟敌不过我这把剑的锋芒。”

桑丘说：“这就要瞧老天爷怎么安排了。”

桑丘扶起堂吉诃德；他重又骑上几乎跌歪了肩膀的驽骍难得。他们谈论着方才的险遇，顺着往拉比塞峡口的大道前去，因为据堂吉诃德说，那地方来往人多[②]，必定会碰到许多形形色色的奇事。可是他折断了长枪心上老大不痛快，和他的侍从计议说：

“我记得在书上读到一位西班牙骑士名叫狄艾果·贝瑞斯·台·巴尔咖斯，他一次打仗把剑砍断了，就从橡树上劈下一根粗壮的树枝，凭那根树枝，那一天干下许多了不起的事，打闷不知多少摩尔人，因此得到个绰号，叫做‘大棍子’。后来他本人和子孙都称为‘大棍子’巴尔咖斯。我跟你讲这番话有个计较：我一路上见到橡树，料想他那根树枝有多粗多壮，照样也折它一枝。我要凭这根树枝大显身手，你亲眼看见了种种说来也不可信的奇事，才会知道跟了我多么运气。”

桑丘说：“这都听凭老天爷安排吧。您说的话我全相信；可是您把身子挪正中些，您好像闪到一边去了，准是摔得身上疼呢。”

堂吉诃德说：“是啊，我吃了痛没作声，因为游侠骑士受了伤，尽管肠子从伤口掉出来，也不行得哼痛[③]。”

桑丘说：“要那样的话，我就没什么说的了。不过天晓得，我宁愿您有痛就哼。我自己呢，说老实话，我要有一丁丁点儿疼就得哼哼，除非游侠骑士的侍从也得遵守这个规矩，不许哼痛。”

堂吉诃德瞧他侍从这么傻，忍不住笑了。他声明说：不论桑丘喜欢怎么哼，或什么时候哼，不论他是忍不住要哼，或不哼也可，反正他尽管哼好了，因为他还没读到什么游侠骑士的规则不准侍从哼痛。桑丘提醒主人说，该是吃饭的时候了。他东家说这会子还不想吃，桑丘什么时候想吃就可以吃。桑丘得了这个准许，就在驴背上尽量坐舒服了，把褡裢袋里的东西取出来，慢慢儿跟在主人后面一边走一边吃，还频频抱起酒袋来喝酒，喝得津津有味，玛拉咖最享口福的酒馆主人见了都会羡慕[④]。他这样喝着酒一路走去，早把东家许他的愿抛在九霄云外，觉得四出冒险尽管担惊受怕，也不是什么苦差，倒是很舒坦的。

……他们正说着话，路上来了两个圣贝尼多教会的修士。他们好像骑着两匹骆驼似的，因为

① 希腊神话里和神道作战的巨人，有一百条手臂。
② 因为在马德里到赛维利亚的大道上。
③ 骑士规则第九条：“骑士不论受了什么伤，不得哼痛。”
④ 玛拉咖的酒是著名的。

那两头骡子简直有骆驼那么高大。两人都戴着面罩[1]，撑着阳伞。随后来一辆马车，有四五骑人马和两个步行的骡夫跟从。原来车上是一位到塞维利亚去的比斯盖贵夫人；她丈夫得了美洲的一个很体面的官职要去上任，正在塞维利亚等待出发。两个修士虽然和她同路，并不是一伙。可是堂吉诃德一看见他们，就对自己的侍从说：

"要是我料得不错，咱们碰上破天荒的奇遇了。前面这几个黑魆魆的家伙想必是魔术家——没什么说的，一定是魔术家；他们用这辆车劫走了一位公主。我得尽力去除暴惩凶。"

桑丘说："这就比风车的事更糟糕了。您瞧啊，先生，那些人是圣贝尼多教会的修士，那辆马车准是过往客人的。您小心，我跟您说，您干事要多多小心，别上了魔鬼的当。"

堂吉诃德说："我早跟你说过，桑丘，你不懂冒险的事。我刚才的话是千真万确的，你这会儿瞧吧。"

他说罢往前几步，迎着两个修士当路站定，等他们走近，估计能听见他打话了，就高声喊道：

"你们这起妖魔鬼怪！快把你们车上抢走的几位贵公主留下！要不，就叫你们当场送命；干了坏事，得受惩罚！"

两个修士带住骡子，对堂吉诃德的那副模样和那套话都很惊讶；他们回答说："绅士先生，我们不是妖魔，也并非鬼怪。我们俩是赶路的圣贝尼多会修士。这辆车是不是劫走了公主，我们也不知道。"

堂吉诃德喝道："我不吃这套花言巧语！我看破你们是撒谎的混蛋！"

他不等人家答话，踢动驽骍难得，斜绰着长枪，向前面一个修士直冲上去。他来势非常凶猛，那修士要不是自己滚下骡子，准被撞下地去，不跌死也得身受重伤。第二个修士看见伙伴遭殃，忙踢着他那匹高大的好骡子落荒而走，跑得比风还快。

桑丘瞧修士倒在地下，就迅速下驴，抢到他身边，动手去剥他的衣服。恰好修士的两个骡夫跑来，问他为什么脱人家衣服。桑丘说，这衣服是他东家堂吉诃德打了胜仗赢来的战利品，按理是他份里的。两个骡夫不懂得说笑话，也不懂得什么战利品、什么打仗，他们瞧堂吉诃德已经走远，正和车上的人说话呢，就冲上去推倒桑丘，把他的胡子拔得一根不剩，又踢了他一顿，撇他直挺挺地躺在地下，气都没了，人也晕过去了。跌倒的修士心惊胆颤，面无人色，急忙上骡，踢着骡子向同伴那里跑；逃走的修士正在老远等着，看这番袭击怎么下场。他们不等事情结束，马上就走了，一面只顾在胸前画十字；即使背后有魔鬼追赶，也不必画那么多十字。

上文已经说了，堂吉诃德正在和车上那位夫人谈话呢。他说：

"美丽的夫人啊，您可以随意行动了，我凭这条铁臂，已经把抢劫您的强盗打得威风扫地。您不用打听谁救了您；我省您的事，自己报名吧。我是个冒险的游侠骑士，名叫堂吉诃德·台·拉·曼却；我倾倒的美人是绝世无双的堂娜杜尔西内娅·台尔·托波索。您受了恩不用别的报酬，只须回到托波索去代我拜见那位小姐，把我救您的事告诉她。"

有个随车伴送的侍从是比斯盖人，听了堂吉诃德的话，瞧他不让车辆前行，却要他们马上回托波索去，就冲到他面前，一把扭住他的长枪跟他理论，一口话既算不得西班牙语，更算不得比斯盖语，似通非通地说：

"走哇！骑士倒霉的！我凭上帝创造我的起誓：不让车走啊你，我比斯盖人杀死你是真！好比你身在此地一样是真！"[2]

① 西班牙人旅行用的面罩，上面安着护眼的玻璃，防尘土入目，也防太阳晒脸。

② 关于比斯盖人这句话的意义，注释家众说纷纭，这里是根据马林(Francisco Rodríguez Marín)注本的解释翻译的。

这话堂吉诃德全听得懂。他很镇静地答道：

"你呀，不是个骑士；你要是个骑士，这样糊涂放肆，我早就惩罚你了，你这奴才！"

比斯盖人道：

"我不绅士？[①] 对上帝我发誓：你很撒谎！好比我很基督徒一样！如果你长枪放下，拔出来剑，马上可以你瞧瞧，你是把水送到猫儿旁边去呢[②]！陆地上比斯盖人，海上也绅士！哪里都绅士！[③] 你道个不字，哼，撒谎你就是！"

堂吉诃德答道："阿格拉黑斯说的：'你这会儿瞧吧。'[④]"

他把长枪往地下一扔，拔出剑，挎着盾牌，直取那比斯盖人，一心要结果他的性命。比斯盖人因为自己的坐骑是雇来的劣骡子，靠不住；他想要下地，可是瞧堂吉诃德这般来势，什么也顾不及，只有拔剑的功夫，幸亏正在马车旁边，就从车上抢了个垫子，权当盾牌使用，两人就像不共戴天的冤家那样打起来。旁人想劝解，可是不行，比斯盖人用他那种支离破碎的话向大家声明：他们要是不让他把这一仗打到底，他就亲手把女主人杀掉，把所有阻挡他的人都杀掉。车上那位太太看到这样情况，又惊又怕，忙叫车夫把车赶远些，就在那边遥遥观看这场恶战。当时比斯盖人伸手越过堂吉诃德的盾牌，在他肩上狠狠劈了一剑；要不是他身披铠甲，腰以上早劈做两半了。这一剑好不凶猛，堂吉诃德觉得分量不轻，大喊道：

"啊！我心上的主子、美人的典范杜尔西内娅！你的骑士为了不负你的十全十美，招得大难临头了！请你快来帮忙呀！"

他说着话，一手握剑，一手用盾牌护严身子，直向比斯盖人冲去。说时迟，那时快，他一股猛劲，要一剑劈去立见输赢。

——选自杨绛译《堂吉诃德》，人民文学出版社 1978 版

（雷庆锐）

---

① 原文双关，又指骑士，又指绅士。堂吉诃德指的是骑士，比斯盖人指的是绅士。

② 西班牙谚语："送猫儿下水"指一桩非常难办的事，因为猫儿是不肯下水的。比斯盖人恼怒中把成语说颠倒了。

③ 西班牙人只要是比斯盖世家子弟，就是贵族。

④ 阿格拉黑斯是《阿马狄斯·台·咖乌拉》里的人物。每当他拔剑在手，总说："你这会儿瞧吧。"这句话变了成语。

七　莫里哀《伪君子》

莫里哀(1622—1673)是法国17世纪杰出的古典主义喜剧作家,原名约翰·巴蒂斯特·波克兰,出身于巴黎的一个商人家庭。中学毕业后,他放弃了律师的职务和对父亲职位的继承权,决心献身于自己所热爱的戏剧事业。最初自行组建"光耀剧团",但因经验不足,不久剧团即因演出失败而告解散。于是他另辟新径,参加流浪喜剧团,在外省巡回演出漂泊十三年之久,因此得以广泛接触社会,深入底层生活,学习民间戏剧艺术,编写剧本,兼当演员,促进了他思想和艺术创作的发展。1658年,莫里哀应召重返巴黎,得到国王路易十四的赏识和支持,创作演出了多部优秀作品,但也一直受到教会和宫廷的迫害。1673年2月17日,当他演出喜剧《无病呻吟》时,吐血而倒在舞台上,当晚与世长辞。

莫里哀的主要作品有:矛头直指贵族、修道院和封建伦理道德的《可笑的女才子》、《丈夫学堂》、《夫人学堂》;揭露教会欺诈和贪婪的《伪君子》;嘲弄贵族荒淫和庸俗的《唐璜》、《恨世者》;讽刺富商吝啬和虚荣的《悭吝人》、《乔治·唐丹》等。其作品大部分是反封建反教会的讽刺喜剧,也有一些鞭挞了资产阶级的恶习,具有鲜明的民主倾向。他的创作遵循古典主义法则,从现实中选取题材,使作品富有民族特色和现实主义特征。他善于运用高度集中概括和夸张手法塑造人物性格,遵循生活的逻辑而对"三一律"有所突破,形成了自己独特的艺术风格。

《伪君子》(1664—1669)是一部著名的诗体讽刺喜剧,也是莫里哀喜剧创作中现实性最强的一部作品。剧本主要描写宗教骗子答尔丢夫以伪装的虔诚骗得巴黎富商奥尔恭的信任,混进奥尔恭家中,施展出种种阴险、狡诈的手段为非作歹的故事。

《伪君子》揭露和抨击的矛头直指天主教会。天主教是欧洲封建制度的精神支柱,从中世纪以来,就在欧洲各国的思想意识形态领域中占据统治地位。17世纪,天主教在法国被定为国教,上层僧侣被定为社会的"第一等人",享有特权,进而教会成为可以与世俗的封建政权相抗衡的统治力量。打着上帝的幌子进行思想统治是天主教教会活动的重要特点,当时法国宗教界成立了秘密的谍报机构"圣体会",指派一些人伪装成教士,打进教徒的家里,刺探人们的言行,然后向官府告密,以迫害社会进步人士。《伪君子》中的答尔丢夫正是这样一个宗教骗子。他出身于没落贵族,是一个贪得无厌的酒色之徒,在穷困潦倒之际把自己打扮成虔诚的苦修信士,混进奥尔恭家中。他灵魂肮脏、阴险残忍,在"遵照上帝的意旨办事"的幌子下施展卑劣的手段,不仅想霸占奥尔恭的女儿,还无耻地调戏奥尔恭的妻子,并想方设法强占奥尔恭的财产。当答尔丢夫的伪善面目被戳穿、种种劣迹败露后,他凶相毕露,拿出流氓的招数,欲置人于死地而后快。他利用对其有利的法律,勾结法院,妄图鲸吞奥尔恭的全部财产,并以怨报德,狠施毒计,对奥尔恭进行政治陷害,充分地暴露了他的虚伪性和欺骗性。莫里衰通过答尔丢夫这个形象,撕破了宗教的伪善假面具,抨击了封建贵族、教会势力的反动本质。答尔丢夫是封建贵族和宗教僧侣相结合的恶势力的代表,其形象具有深刻的社会意义和高度的艺术价值。自17世纪以来,"答尔丢夫"在欧洲各国已成为"伪君子"的同义语。

莫里哀是一位古典主义喜剧作家,但在创作《伪君子》时并没有墨守古典主义的创作戒律,而是有所突破和创新。首先,喜剧的结构服从于典型人物的塑造。《伪君子》虽遵循了"三一律"的法则，但作者从性格喜剧的艺术构思出发，抓住富商奥尔恭一家和伪君子答尔丢夫的矛盾冲突，不断深化剧情，刻画人物性格。第一、二幕中，作者着重写了奥尔恭一家围绕对答尔丢夫的看法所发生的激烈争论，从侧面交待了答尔丢夫的虚伪性，从而为答尔丢夫上场作了艺术铺垫；第三、四幕是剧本的主体，作者让答尔丢夫用自己的丑行作了自我揭露，淋漓尽致；第五幕则进一步揭露答尔丢夫的凶恶面目和危害性。其次，剧本的情节发展起伏跌宕，具有强烈的喜剧性，引人入胜。再次，喜剧因素与悲剧因素的相互衬托，相得益彰，深化了剧本的主题。莫里哀打破古典主义把喜剧和悲剧绝然分开的框框，在《伪君子》中穿插了奥尔恭女儿婚姻将遭破坏，奥尔恭面临家破人亡的绝境等悲剧因素，悲喜结合，加速了喜剧矛盾的发展，收到了较好的艺术效果。但《伪君子》在人物性格刻画上也存在一定的弱点，即莫里哀未能彻底摆脱古典主义艺术法规的唯理主义倾向，而把答尔丢夫当作一种违反“理性”的恶习进行讽刺，没有揭示其性格形成的原因和发展的过程，致使人物性格过于单一，不够丰满，有些类型化。

伪君子(片断)

第三场

答尔丢夫：我们对永恒之美所发生的爱并没有窒息我们对世俗之美所发生的爱；上帝手创的完美作品，我们的官能是很容易被它迷惑住的。从上帝身上反映过来的美，本来就在你们女人身上发着异彩，可是上帝又把他老人家稀有的珍品都陈列在您一人身上：他把那迷人眼动人心的美都放在您的脸庞上面，所以我一看见您这绝色美人，就禁不住要赞美手创天地的万物之主，并且面对着一幅上帝拿自己做蓝本画出来的最美的像，我的心不觉就发生了一种炽烈的爱情。最初我很怕这种秘密的爱恋是魔鬼的一种巧计，我因此把您当作了我永生幸福的一种障碍，心里甚至于还决意要躲避着您的美丽的眼睛。不过到后来，可爱的美人呀！我才明白这种爱情原可以不算做罪恶的，我很可以使它和圣洁配合在一起的，于是我就任凭我的心沉溺在爱的里面了。我承认，胆敢把这颗心贡献给您，这是异常冒昧的行为，不过我一切的希望都全凭着您的慈悲善心，至于我个人，原是那样一个废物，尽管努力也是枉然，我根本就没指望单凭自己会发生什么效力，我的希望、我的幸福、我的安慰全都寄托在您的身上，我能享福或是受罪，全都决定于您，只凭一句话，您愿意我享福，我就能享福，您要我受罪，我就会受罪。

欧米尔：这一番话确是多情；不过，说真的，却有点令人惊奇，我以为您应该使您的心更坚强一些，对于这样一个计划似乎还欠一点思索。像您这样一个虔诚的教徒，到处大家都称为……

答尔丢夫：哎哟！尽管是虔徒，我总是个人呀，一看见您这样天仙似的美人，这颗心可就再也把持不住，什么理智也没有了。我知道由我口里说这样的话来，未免有点奇怪，然而，太太，我究竟并不是一位天神，倘若您以为我不应该对您表示爱情，那么您只有怪您自己那种撩人的丰姿。自从我一见您那光彩夺目人间少有的美貌，您便成为我整个心灵的主宰；您那美丽眼光包含着的无法形容的温柔击退了我内心顽强的抵抗；禁食、祷告、眼泪，任什么也抵挡不住这种温柔，我的全部心愿都移转在您的美貌多姿上面。我的眼色、我的叹息已经把这种情形向您暗示过一千次，现在为表示得更清楚一些，我再用嘴来对您明说，倘若您肯用一种稍微和善一点的心情来体贴体贴您这不肖奴才的忧伤烦恼，倘若您肯大发慈悲来安慰我一下，肯降尊俯就到我这卑微低贱的人，那么，甜美的宝贝呀！我对您的虔诚一定是举世无匹的虔诚。再说跟我要好，您的名誉是不会有任何危险的，也不必怕我这方面会有什么忘恩负义的举动。那些妇人们所热恋的显贵队里的风流男子，他们的行动是浮躁的，言语是轻狂的，我们看见他们总是喋喋不休地在那里互相夸耀他们情场里的得意勾当，他们得到手的便宜是没有一次不由他们自己叫嚷出去的，你们相信他们，可是他们那张不守秘密的嘴必定使接受他们爱情的人的名誉一败涂地。可是像我们这种人呢，内心燃着的爱情火焰是从不乱说乱道的火焰；和我们来往，秘密是靠得住永远不会泄露的。我们必须顾全我们自己的名誉，所以被爱的那方面就可以一切高枕无忧；这样，接受了我们这颗心，就可以说是得到了不会惹出任何笑话的爱情与丝毫没有后患的快乐。

欧米尔：您说的话我都听见了。您这番妙词妙语把对我的心灵要说的话已经相当有力地表白清楚了。可是您就一点不怕我会把您这一份热烈的情意告诉我的丈夫吗？您也不怕真要把您这种爱情老老实实地告诉了他，会损坏了他对您的友谊吗？

答尔丢夫：我知道您是最仁慈不过的人，您一定会宽恕我这样胆大妄为；我的爱情那样强烈的激动固然冒犯了您，但您会想到人是多么软弱而原谅我的，并且您只要自己看一看您的美貌，您就会想到谁也不是瞎子，一个人原是肉做的。

欧米尔：别人遇到这种事也许会换个样子对待，不过我愿意替您保守秘密，我决定不把这件事说给我丈夫听，不过有一件事我也要您替我办到，我要您老老实实，丝毫不许从中捣鬼，促成瓦赖尔和玛丽亚娜的婚事，我要您不再利用这种不公正的权力，不再拿别人的幸福来满足您自己的心意。

第四幕

第五场

答尔丢夫：有人告诉我说您愿意在这儿跟我谈几句话。

欧米尔：是的，有几句私话要对您谈谈。不过未说以前您先关上这扇门，先到处去看一看，不要被人捉住。像刚才发生的那种事，这儿可不能再重演一次了，从来也没见过这样被人当场捉住的，达米斯那样做法真让我替您捏了好大的一把汗，您总看明白了吧，我曾尽力劝他不要那样做，叫他压住他的暴脾气。可是说真的，当时我也真吓糊涂了，会一点没想起反驳他的话，不过靠天保佑，一切反倒因此更好了，倒更觉得安全了。我的丈夫对您的敬仰把这场风暴全给吹散了。他对您不但没有起疑，并且为了更好地来斗一斗那些不怀好意的种种议论，他偏要咱们时时刻刻老在一起；因此我可以不用害怕受指责，和您关着门一起在这儿待着，也就是仗着这个，我可以对您谈一谈我的心事，来接受您的热爱，这样说也许有点言之过早吧。

答尔丢夫：这番话真有点令人不容易明白，夫人，您方才说话可不是这个语气啊。

欧米尔：唉！如果刚才那样的拒绝竟会使您恼怒，那么您真可算是不懂得一个妇人的心了！您会看不出这颗心的言外之音吗？您没觉得当时抵拒您的时候是那样微弱无力吗？在那种时候，我们的贞操观念老是和人们给我们的温情作斗争的。无论我们觉得那个控制我们的爱情有多大的理由，可是由嘴里坦白承认这个爱情，总还觉得有点害羞；所以最初总是先加抵拒；不过从当时抵拒的神气来看，就已足够让人知道我们的心已是被征服的了；为了面子关系我们的嘴还在违背着我们的心愿说话，可是那样的拒绝早已等于把一切都答应了。我对您说的这番话无疑是一种过于放肆的自白，从我们女人的贞操方面来看，未免有点太不给自己留余地。不过话已经是冲口说出了，爽性说个明白吧。如果对于您贡献给我的心，我没有一点意思，我又怎能那样关切地去劝阻达米斯呢？我又怎能那样和颜悦色地从头到尾听完了您的情话？我又怎能像大家所看见的那样对待这个事呢？并且当我亲自强逼您拒绝他们所提的那门亲事的时候，您心里还不明白我那种要求究竟是什么意思吗？那不就是表示了我对您的关怀和因此可能受到的苦恼吗？因为那门亲事如果成功，我原想整个儿得到手的那颗心就得与别人平分享受了。

答尔丢夫：太太，我能够听见从我所爱的嘴里说出这番话来，当然是一桩极端甜美的事。您这几句甜蜜蜜的话把我从来没有尝过的一种芳香川流不息地输进了我的全身毛孔里面；能够得到您的欢心，原是我一向所寻求的幸福；现在居然蒙您这般垂爱，我的心实在满足万分了，不过这颗心，请您准许它胆敢对于这种幸福还有点怀疑，因为我很可以把这些话当作是一种手段：无非是要我来打破正在进行中的那个婚姻。跟您痛快说吧，如果不给我一点实惠、我一向所希望的实惠，来替这话作担保，使我的心能够永久相信您对我的好情好意，我是绝不能听信这么甜美的话的。

欧米尔：（咳嗽一声，为关照她的丈夫）怎么？您竟这样心急，一下手就要挤干一颗心的柔情？人家正在拼命向您倾诉最甜蜜的情意，可是在您看来还觉得不够，总得逼得我把最后的甜头也拿给您，才能让您心满意足！

答尔丢夫：一种好处，我们越是自问不配得到手，就越不敢希望它。我们的希望光凭一套空话是很难安然放心的。这样一种充满了光荣的好运气真有点叫人难以置信，所以我们必须在实际享受之后，才能深信不疑；我相信，我是不配得到您的慈悲的，因此我很怀疑我的胆大妄为竟会真的达到了幸福目的；太太，您若不弄出点真实的东西让我的爱情火焰心服口服，我是任什么也不能相信的。

欧米尔：天呀！您的爱情行出事来可真像个暴虐君王，把我的精神已经弄得颠颠倒倒了，它又多么疯狂地辖制着我的心！它又多么狂暴地要求满足它的欲望！怎么？您已经把我逼迫得无法躲避，您可连一点喘气的工夫都不给人家留下，您竟这样丝毫不放松，要什么就得马上到手，一刻也不准迟缓；您知道人家已爱上了您，您就利用这个弱点加劲地来逼人，您想想这样合适吗？

答尔丢夫：如果您真是用慈悲的眼光来看我对您这份爱慕的意思，那您为什么还不肯给我那种确实的保证呢？

欧米尔：不过真的答应了您所要求的那件事，又怎能不同时得罪了您总不离口的上帝呢？

答尔丢夫：如果您只抬出上帝来反对我的愿望，那末索性拔去这样一个障碍吧，这在我是算不了一回事的，不应该再让这个来管住您的心。

欧米尔：不过上帝的御旨是让人家说得那样的可怕。

答尔丢夫：我可以替您除掉这些可笑的恐惧，夫人。并且我有消灭这些顾虑的巧妙方法。不错，对于某些欲望的满足，上帝是加以禁止的，不过我们还可以和上帝商量出一些妥协的办法。有一种学问，它能按照各种不同的需要来减少良心的束缚，它可以用动机的纯洁来补救行为上的恶劣。这里面的诀窍，夫人，我可以慢慢教给您；只要您肯随着我的指示去做就成了。您尽管满足我的希望吧！一点用不着害怕，一切都由我替您负责，有什么罪过全归我承担好了。您咳嗽得很厉害，夫人。

欧米尔：是的，我难受极了。

答尔丢夫：这儿有甘草糖，您要吃一块吗？

欧米尔：我的伤风无疑地是一种顽抗性的恶伤风；我知道世界上任何什么药也治不好我的病。

答尔丢夫：这当然是很讨厌的。

欧米尔：是的。简直没法儿说。

答尔丢夫：说到最后，您的顾虑是容易打消的。您可以万安，这儿的事是绝对秘密的。一件坏事只是被人嚷嚷得满城风雨的时候才成其为坏事；所以叫人不痛快，只是因为要挨大众的指摘，如果一声不响地犯个把过失是不算犯过失的。

欧米尔：(又咳嗽)说了半天，我看出来我不答应是不行的了。必须把我的一切都给了您，如果不这么办，我就别想让您心满意足，别想让您心服口服。当然，逼得非走这一步不可，是极讨厌的；我跨过这一关，实在是身不由己；但是，既然有人一定要逼着我这么办，既然我不管说什么他也不肯信，非得要更确凿的证据不可，那末我只好下了决心听人去摆布了，如果答应这样办，本身会有什么害处，那就是逼着我这么办的人他自己活该倒霉，有什么错处当然不能派在我身上。

答尔丢夫：是的，夫人，有人负责的，这个事本来就……

欧米尔：您把门打开一点儿，请您看看我的丈夫是不是在走廊里。

答尔丢夫：您又何必对他操这份心呢？咱们俩说句私话，他是一个可以牵了鼻子拉来拉去的人，咱们这儿谈的这些话，他还认为是给他增光露脸呢，再说，我已经把他收拾得能够见什么都不信了。

欧米尔：不管怎么样，还是请您出去一会，在外面到处仔细去看一看。

——选自赵少侯译《伪君子》，人民文学出版社 1980 年版

(李佩菊)

八　歌德《浮士德》

约翰·沃尔夫冈·歌德(1749—1832),德国伟大的诗人、作家和思想家,生于莱茵河畔法兰克福市一个富裕市民的家庭。1765年到莱比锡大学攻读法律,毕业后回到故乡任律师,后应魏玛公爵的邀请到魏玛公国担任枢密顾问、宰相,寄望在魏玛实现其启蒙主义理想。但由于改革遭到重重阻力,他的内心十分矛盾和痛苦。1786年秘密离开魏玛到意大利旅行,两年后返回魏玛,不再参与政务。歌德的文学活动起于大学时代,他是18世纪70年代反对封建专制,要求民族发展与个性解放的"狂飙突进"运动的积极参与者;中经"古典"时期,直到19世纪30年代。在漫长的六十余年中,歌德在不同的文学体裁领域都创作出了大量优秀的作品。在诗歌方面,除优美动人的早期抒情诗如《欢会与离别》、《五月之歌》等外,重要作品还有长篇叙事诗《列那狐》、《赫尔曼与窦绿苔》以及诗集《西东合集》等。歌德的戏剧创作极为丰富,著名作品有历史剧《铁手骑士葛兹·封·伯利欣根》,无韵诗剧《伊非格涅亚在陶里斯》、《托夸多·塔索》,悲剧《埃格蒙特》以及诗人的代表作悲剧《浮士德》等。在小说方面,著名作品有书信体小说《少年维特之烦恼》,长篇小说《亲和力》,长篇教育小说《威廉·迈斯特》等。歌德的创作反映了欧洲资产阶级上升时期,尤其是德国的社会现实和精神状态,为我们了解18世纪西欧资产阶级文学的性质和特点提供了丰富而宝贵的资料。他的创作不仅是德国文学的瑰宝,而且在世界文学中占有重要地位。

《浮士德》(1770—1831)是一部取材于德国16世纪民间传说的宏伟诗剧,它以欧洲的近代历史和现实为背景,描写了浮士德一生不懈追求、努力探索真理的艰难历程。全剧由两个赌赛和五个阶段的悲剧组成,即:天主和恶魔的赌赛,恶魔和浮士德的赌赛;浮士德的知识悲剧,爱情悲剧,政治悲剧,美的悲剧和事业的悲剧。

《浮士德》演绎的是一部近代资产阶级的精神探索史。主人公浮士德的形象概括了西方资产阶级自文艺复兴至19世纪初叶300年间的思想文化发展历程,同时也在一定程度上表现了人类的共同命运与前途。在诗剧中,浮士德经历了书斋、爱情、宫廷、美的梦幻、征服自然等五个人生阶段,他从挣脱思想禁锢,到沉溺于个人的官能享受,进而对事业和美的追求,最后在改造自然、实现崇高理想的伟大斗争中得到了智慧的结论:"要每天争取自由和生存的人,才有享受两者的权利。"这与上升时期的西方资产阶级反抗中世纪的封建统治,追求个性解放,追求自由、平等、博爱,追求真、善、美的社会理想是一致的。诗剧还通过浮士德的形象歌颂了进步人类勇于实践、不断探索、努力开拓进取、自强不息的伟大精神,肯定了人类改造自然、改造社会的雄心壮志与光明前景。魔鬼梅非斯特是"否定的精灵"恶的化身,他与浮士德相互依存而又相互对立。他否定人类,否定理性,否定一切美好的事物,他要把浮士德引入歧途,千方百计阻碍和破坏浮士德积极向上的追求。然而,正是他的犯罪和作恶,促使浮士德从迷误走上正途,不断向着光明和至善至美的境界前进。梅非斯特既是浮士德前进道路上的阻力,又是不可缺少的动力。在人类历史的发展过程中,恶不只是起着消极破坏的作用,有时也起着积极促进的作用。歌德的伟大在于他描写的浮士德悲剧,从哲学的高度反映了近代资产阶级精神探索过程中的矛盾性,从更深层次上表现了作者对历史的深刻反思和哲理总结:人类的前行过程是一个充满矛盾的辩证过程,有矛盾斗争才有前进,有否定才有肯定,不断的否定才能达到更高阶段的肯定。这种辩证法贯穿于浮士德精神探索的始终，成为这部诗剧的灵魂。

《浮士德》在创作方法上采用现实主义与浪漫主义结合的手法，以浪漫主义为主。全篇的构思是幻想性的，情节是离奇的，主人公浮士德是现实和幻想相结合的产物，他的精神和性格具有现实基础，而他的经历却是传奇性的。为了自由地表现其精神探索，诗人展开了丰富的想象，突破了时间与空间的限制，从古到今，天上人间，上下驰骋，各种虚构的、幻想的、神话的形象纷至沓来，为诗剧绘出一幅光怪陆离、丰富多彩的历史画卷。为了表现丰富多彩的内容，诗剧还采用了多种多样的艺术手段：有时讽刺，有时戏谑；有时严肃，有时诙谐；有时押韵，有时不押；有时自由诗体，有时民歌体，有时格律诗体，也有古希腊悲剧诗体。整部诗剧构思宏伟，想象丰富，结构完美，达到了内容和形式的高度统一。

浮士德(片断)

第一部

第二场　城门外

（浮士德与瓦格纳继续散步。）

瓦格纳

受这许多人尊敬，哦，伟大的人，
不知你心中发生什么感慨！
谁能凭着自己的高才
而如此受惠，真是福人！
父亲指示给他的小孩，
人人都探询，争先恐后，
提琴声中断，跳舞者停留。
你走过，他们排好了队，
高高挥起他们的帽子；
差一点就要对你双膝下跪，
好像在路上见到圣体[①]。

浮士德

再走上几步，走到那块石头的地方，
让我们休息，减少旅途的疲劳。
我常独坐在那里沉思默想，
折磨自己，进行斋戒和祷告。
我满怀希望，信心牢固，
流着眼泪，搓手叹息，
我想强求在天之主
把那一场瘟疫扑灭。

① 天主教徒在路上遇到神父捧着圣体(代表耶稣身体的一块面饼)走过，都要下跪。

群众的赞扬对我简直像讥刺。
但愿你能看透我的内心，
你要知道我们父子
真没有资格受这种荣名！
先父是个无名的正人君子，
他对自然和自然的神圣的运行，
诚实不苟，可是却一意孤行，
异想天开地努力寻思；
他跟炼金术师们交往，
把自己关在黑丹房[①]里，
根据无穷无尽的配方，
把相克者混合在一起。
他把红狮[②]，那个大胆的求婚者，
跟百合[③]在温水中交配，
然后烧以烈火，将他们二者
从一间洞房[④]逼到另一个室内[⑤]。
于是，多彩的年轻女王[⑥]，
就在玻璃器中生成，
丹药已经炼成，病人依旧死亡，
有谁被治愈，却无人过问。
我们就这样使用恐怖的灵丹，
在这群山万壑之间，
猖狂肆虐，比瘟疫更猛。
我亲自把这件礼物[⑦]赠给成千的人士，
他们凋零了，我却要在世
听人赞扬无耻的元凶。

瓦格纳

你何必为了此事烦恼？
施行传授来的技术，
问心无愧，精确无误，
这种大丈夫行为岂不够好？
你在年轻时能敬重你的令尊，
当然乐愿从他受教；

---

① 炼金术实验室。
② 熔金所得的男性金属种子（亦称王），即淡红色的氧化汞。
③ 熔银所得的女性金属种子（白色的盐酸类）。
④ 试管，曲颈瓶，蒸馏器。
⑤ 将蒸气收集到另一个接收器中。
⑥ 附在管壁上的沉淀物，多彩而光艳，古称哲人之石，可治百病，可将贱金属变成黄金。
⑦ 原文 Gift，又有毒药之意。

你在成年后增加你的学问.
将来令郎可达到更高的目标。

浮士德

谁能从这迷惘的海中
抱有出头的希望,真是幸福!
我们不知者,正合我们所用,
我们所知者,却没有用处。
可是何必用这种郁闷的谈话
破坏眼前这个时刻的娇媚!
你瞧,在夕阳掩映之下,
绿裹的农家蓬荜生辉。
太阳隐退了,一天就此告终,
她奔向彼方,开拓新的生涯。
啊,但愿我能插翅高飞凌空,
永远不停地追随着她!
看我脚下静静的人世
熠熠辉映着永恒的斜阳,
群山发出红光,溪谷一片安谧,
银色的小溪流入金色的大江。
那时,藏有无数深谷的荒山,
不会成为我的仙游的障碍,
而那拥有暖波[①]的港湾的大海,
展开在我惊异的眼前。
但太阳女神[②]好像终于退位;
新的冲动将我召唤,
我急忙追去,吸她永恒的光辉,
我的前面是白昼,背后是夜晚,
头上是太空,脚下是一片海波。
一场好梦! 女神却忽而消逝。
唉! 我们精神的翅膀真不容易
获得一种肉体翅膀的合作。
可是,这是人人的生性,
他的感情总想高飞远扬,
只要看到云雀没入青云,
在我们上空响亮地歌唱;
看到苍鹰把羽翼张开,
翱翔在高耸的枞树顶上,

---

① 被阳光照暖。
② 太阳在德语中为阴性名词,故此处称太阳为女神。

看到灰鹤越过平野，
越过大湖而飞返故乡。

瓦格纳

我也常常耽于妄想之中，
可是从没有感到这种冲动。
森林和田野容易令人看厌，
鸟儿的翅膀，我也决不会羡慕。
一页一页、一本一本地读书，
却给我另一种精神快感！
那时，冬夜就变得亲切而美丽，
快乐的生气会使你全身温暖，
你一翻开珍贵的羊皮纸古籍，
整个天国就会降到你身边。

浮士德

你所知的，只是一种冲动，
另一种最好不必知道！
有两个灵魂住在我的胸中，
它们总想互相分道扬镳；
一个怀着一种强烈的情欲，
以它的卷须紧紧攀附着现世；
另一个却拼命地要脱离尘俗，
高飞到崇高的先辈的居地。
啊，大气中如有精灵
在天地之间进行统治活动，
请从金色的暮霭里面降临，
把我领进多彩的新生活之中！
我真想获得一件魔术的衣衫！
带我前往异国游逛，
就是给我最最贵重的衣裳，
一件皇袍，我也不愿交换。

第二部　第五幕

第五场　宫中大院

（火炬。）

梅非斯特（任督工，站在前方）

过来，过来！进来，过来！
摇摇晃晃的鬼怪，
全靠骨殖，肌腱、韧带
拼凑在一起的残废

鬼怪[1](合唱)
我们赶快前来帮忙,
我们听到个消息,
正有一片广大的地方,
要归入我们的手里。
我们带来测量的长索
还有尖尖的木桩;
召唤我们来做什么,
我们竟把它遗忘。

梅非斯特
这里不要动技术脑筋,
只要照自己尺寸丈量
个子最长的躺下来躺得直挺挺,
其余的就把周围的草拔光;
就像对待我们的先人,
挖出一个长方形土坑!
从宫殿走向这狭隘的住房,
总归是这样一个糊涂的下场。

鬼怪(做出滑稽的样子挖土)
当我年轻时健壮而恋爱,
我觉得那真是乐意;
乐声悠扬的热闹地方,
少不了有我的足迹。
如今满怀恶意的老年,
用拐杖对准我打来;
我跌倒在坟墓的门口,
为什么它正好洞开![2]

浮士德(走出宫殿,扶住门框)
铲锹的声音使我多么愉快!
那是为我服役的民夫,
将围垦地跟陆地连在一起,
给波涛划出它的疆界,
筑一带坚堤围住海洋。

梅非斯特(旁白)
你筑大堤,你筑海塘,

---

① 鬼怪:古罗马人用以称谓邪恶的死者的鬼魂,故在这里作为恶魔的走卒。他们乃是由皮肤和肌腱被复的骨架,或者活动的干尸,在夜间游逛。

② 这一段歌词采自《哈姆雷特》第五幕第一场掘墓人的歌词而加以改写。莎剧中的歌词,亦采自古诗,收在帕息的《英国古诗拾遗》中,歌德可能亦曾加以利用。

只是为我们鞠躬尽瘁；
因为你已替水的魔鬼[1]
尼普顿备好盛大的筵席[2]。
不管怎样，你已无希望；——
四大都跟我们结成一帮；
结果总是归于毁灭。

浮士德

督工！

梅非斯特

有！

浮士德

你要想一切法子，
前去招募大批民夫，
用酒饭和严规加以鼓舞，
出钱、诱骗或者压制！
你要每天前来向我汇报，
进行开掘的沟道掘了多少。

梅非斯特（低声）

根据我所获得的报告，
没说起沟道，只说掘墓道[3]。

浮士德

有一片沼泽横亘在山麓，
污染了一切已开拓之地；
把这臭水浜加以排除，
乃是功亏一篑的大事。
我为几百万人开拓疆土，
虽不算安全，却可以自由居住。
原野青葱而肥沃；人和牛羊
就能高兴地搬到新地之上，
立即移居在牢固的沙丘附近，
这是由勤劳勇敢的人民筑成。
里面的土地就像一座乐园，
尽管外面的海涛拍击到岸边，
如果它贪婪成性，要强行侵入，
大家会齐心奔赴，将决口堵住。
是的，我就向这种精神献身，

---

① 异教被基督教取代后，其男神和女神分别变为魔鬼和魔女。
② 海水将冲破大堤把大批居民卷入海中。尼普顿为海神，即涅普图努斯。
③ 此处为文字游戏：沟道原文为 Groben，墓道为 Grob。

这是智慧的最后总结：
要每天争取自由和生存的人，
才能享受两者的权利。
因此在这里，幼者壮者和老者
都在危险中度过有为的岁月。
我愿看到这样的人群，
在自由的土地上跟自由的人民结邻[①]！
那时，让我对那一瞬间开口：
停一停吧，你真美丽！
我的尘世生涯的痕迹就能够
永世永劫不会消逝[②]。——
我抱着这种高度幸福的预感，
现在享受这个最高的瞬间。
（浮士德向后倒下，鬼怪们将他扶起，放在地上。）

梅非斯特

他不满足于任何幸福和喜欢，
只顾追求变化无常的形影；
这最后的、空虚无谓的瞬间，
这个可怜人也想要抓紧。
他那样顽强地跟我对抗，
时间胜利了，老人倒在砂地上。
时钟停了——

合唱

停了！默然如在中宵。
时针垂降。

梅非斯特

垂下了，事情完成了。[③]

合唱

已经过去了。

梅非斯特

过去！一句蠢话！
干嘛说过去？
过去和全无是完全一样的同义语！
永恒的创造于我们何补！
被创造的又使它复归于无！

---

① 这两句为表示愿望的祈使句，但有条件句的作用，以下两句即其归结句。

② 这两行据说是歌德在逝世数星期前所写，在《浮士德》全剧中为歌德所写的最后的绝笔。

③ 《约翰福音》第十九章第三十节“耶稣……就说：成了。便低下头，将灵魂交付上帝了。”梅非斯特引用此句，意为他自己的诱惑工作已经完成了。

已经过去了！这话的意思是什么？
它就等于说，本来不曾有过，
翻转来又像是说，似亦有诸。
而我却毋宁喜爱永远的虚无。

——选自钱春绮译《浮士德》，上海译文出版社 1982 年版

（李佩菊）

九　华兹华斯《咏水仙》

威廉·华兹华斯(1770—1850)是19世纪英国浪漫主义诗歌的奠基人之一,“湖畔派”诗人的重要代表。他出生于英格兰西北部的湖区,从小深得美丽大自然的浸润,形成挚爱自然、与其息息相通的秉性。但幼年时先后失去父母,由亲戚资助得以成人,令他的性格变得孤独忧郁,更加钟情大自然的怀抱,从中获得慰藉。他17岁考入剑桥大学,毕业后去了法国。华兹华斯曾热情歌颂法国大革命,但后来法国革命激化,他同情的吉伦特派(即温和派)受到雅各宾派的镇压,遂产生幻灭之感。多亏妹妹多萝茜来与他相伴,帮助他度过危机。尤其遇到诗人柯勒律治,两人合作写诗,1798年出版《抒情歌谣集》(柯勒律治的代表诗作《古舟子咏》与华兹华斯的《丁登寺》均收入其中),再版时华兹华斯加写《序言》,对诗歌作出了著名定义:“好诗是强烈感情的自然流溢。”这开启了英国文学的浪漫主义时代,《序言》被誉为浪漫主义诗歌的宣言。1797年至1807年是华兹华斯一生创作的丰收时期。其间,华兹华斯、柯勒律治与另一诗人骚塞曾相约隐居于昆布兰湖区,寄情山水,赞美湖光山色,缅怀宗法制农村生活,反对资本主义文明,主张回到自然,因而被称为“湖畔派”诗人。其中华兹华斯成就最高。1843年被英国王室封为“桂冠诗人”。其主要作品:抒情诗《丁登寺》、《孤独的割麦女》、《咏水仙》等,组诗《不朽颂》、《露茜》,自传体长诗《序曲——一个诗人心灵的成长》。另外,他还创造性地重写十四行诗体,大获成功。华兹华斯的诗歌主要表现对自然的虔敬、挚爱与赞美,并提出自己独特的自然观。他称大自然是老师,比人类更有智慧,给人安慰与灵感,认为人的本真与大自然是息息相通的。但人类在对利益的追逐中舍弃了自己的性灵,背离了自然。因此他尊崇童年与纯真,认为它们更靠近天堂,是自然的一部分。他主张通过回忆,用心灵的眼睛去追寻那失去的天堂,领悟人与自然契合之境,获得永生的信息。他的诗歌真挚动人,清新朴素,同时又含蓄隽永,灵秀优美。他对人与自然关系的揭示与剖析,更具有深刻的现代意义。

抒情诗《咏水仙》可以说是华兹华斯自然诗中最美的一首诗,也是极其生动地体现其自然观的一首诗。该诗写于1804年,内容是对两年前的一次徜徉湖畔的难忘景象的深切回忆。据华兹华斯妹妹在日记中记载,1802年4月15日,“我们在高巴诺公园不远处的林中发现了几株临水的水仙花……我们继续往前走时,水仙花越来越多。最后,我们看到在树枝的遮掩下,沿着湖岸长着的水仙织成了一条狭长的彩带……我从没有看见过如此美丽的水仙花。它们穿梭、盘绕、覆盖着长满苔藓的石块……或者摇首,旋转,舞姿翩翩。每当微风掠过湖面,它们就似乎在开怀大笑。它们看起来很快活,总是在跳舞,总是在变换姿势。”湖畔迷人的水仙花带所造成的强烈印象更是深深镌刻在诗人华兹华斯心间,于是他采用回忆的方法重现那惊喜的一幕,物我交流,情景交融,诗人得以从中拾回未泯的童心,获得巨大的喜悦。诗歌表达了返璞归真、回归自然的主题。全诗共四节,一、二节写诗人以孤独者形象置身山岗峡谷自然间,竟看见惊艳的一幕:连绵不绝的水仙花迎风起舞,熠熠发光,千姿百态,争相开放,这两节主要写景。三、四节侧重写情、说理,表现诗人满心的欢欣,由衷感叹美景大自然,给予人莫大的慰藉,也是永久的财富。

《咏水仙》虽是一首抒情小诗,却充分表达了贯穿诗人一生创作的主要思想,即强烈而真挚的对自然之爱,包含了诗人独特而深刻的自然观。这首诗中的主要形象有两位:诗人与水仙花。

首先诗人，抒情主人公也即“孤独的漫游者”自比作一朵“浮云”，显得飘逸自由但也空茫寂寞，与末节中“空虚的”(vacant)、“忧郁的”(pensive)以及“孤独”(solitude)等词呼应，暗示诗人心情。紧接着重彩描绘一幅绝妙的水仙美景图：金色的水仙花摇弋生姿，迎风起舞，延绵不绝，灿若繁星，煞是奇丽壮观。诗人用拟人手法描摹水仙花，使自然物具有了人性和灵性。“我”陶醉其中，如入梦境，物我两忘，浑然一体。于是满心欢喜接受大自然的赐予，与欢欣的水仙花为伴同舞，为心灵找到了归宿。华兹华斯深切感受到大自然具有神奇的魅力和巨大的力量，这力量给人们带来慰藉与愉悦，可以疗治创伤，可以净化心灵。美好大自然就是人间的天堂。“每当我躺在床上不眠，/或心神空茫，或默默沉思，/它们常在心灵中闪现，/那是孤独之中的福祉；/于是我的心便涨满幸福，/和水仙一同翩翩起舞。”他将金色水仙花这一美丽的自然印象珍藏在心间，作为未来岁月的食粮和支柱，一笔精神财富，并把这份珍藏与读者共享。诗人力图通过抒发亲近自然的情怀、描绘人与自然融合一致的美景来呼唤人们回归自然，获得永恒的欢愉。

华兹华斯挚爱自然，崇拜自然，也擅长描写自然，被称为大自然的诗人、“专门描绘英国自然风光的画师”，在这方面英国诗坛还少有人能与他匹敌。华兹华斯在《抒情歌谣集·序言》中阐述了写诗的目的，这构成他艺术的主要特点。他主张用日常语言描写日常事件，但又能翻出新意，“给它们以想象力的色泽，使得平常的东西能以不寻常的方式出现于心灵之前”。诗人要借助想象的力量化腐朽为神奇，打造一支描写大自然的神来之笔。他能用最平凡的文字写出最能打动人心的诗句，如《咏水仙》第一、二句，“孤独的漫游者”幻化为“云”的形态，飘渺游荡于空中，充满美感，又刻画了个性。华兹华斯强调、尊崇想象的作用。凭借想象力的魔杖，他能以平实简朴的用词创造高远的意境，表达复杂深奥的哲理。在《咏水仙》中，他写水仙花在微风中飘动起舞，或颔首弄姿，或欢欣雀跃，更是花团锦簇绵延成银河上的闪闪繁星，蔚为壮观，幻若仙境。诗人并用拟人比喻与夸张，想象绮丽而奇异，塑造了如精灵般的水仙形象，意境优美，意象饱满，堪称最出色的自然诗篇。华兹华斯的诗歌风格清新、淡雅，朴素、自然，感情真挚，想象丰富，在当时有力地冲击雕琢造作的古典主义的影响，为浪漫主义的发展奠定了基础。

咏水仙

我好似一朵孤独的流云，
高高地飘游在山谷之上，
突然我看到一大片鲜花，
是金色的水仙遍地开放。
它们开在湖畔，开在树下
它们随风嬉舞，随风飘荡。

它们密集如银河的星星，
像群星在闪烁一片晶莹；
它们沿着海湾向前伸展，
通向远方仿佛无穷无尽；
一眼看去就有千朵万朵，
万花摇首舞得多么高兴。

鄰鄰湖波也在近旁欢跳，
却不知这水仙舞得轻俏；
诗人遇见这快乐的伙伴，
又怎能不感到欢欣雀跃；
我久久凝视——却未能领悟
这景象所给带给我的精神至宝。

后来多少次我郁郁独卧，
感到百无聊赖心灵空漠；
这景象便在脑海中闪现，
多少次安慰过我的寂寞；
我的心又随水仙跳起舞来，
我的心又重新充满了欢乐。

——选自顾子欣译《世界抒情诗选》，春风文艺出版社 1983 年版

（吴晓玲）

十　拜伦《恰尔德·哈洛尔德游记》

乔治·戈登·拜伦(1788—1824)是19世纪欧洲浪漫主义文学的卓越代表,英国杰出的民主主义诗人。他出生于伦敦一个古老而没落的贵族家庭。拜伦幼年受的是典型的贵族式教育,十岁时他承袭了男爵爵位和祖传产业,跟随母亲移居诺丁翰郡。拜伦十二岁开始写诗。他的处女作诗集《闲暇的时刻》于1807年6月出版。1801年夏,他就读于哈罗中学,1805年10月进入剑桥大学深造。1809年大学毕业后,拜伦在上议院获得了世袭议员的席位。同年六月,赴南欧各国旅行,历时两年。回国后,他积极投身社会政治斗争。1816至1817年先后侨居瑞士、意大利。1823年,他放下正在撰写的诗稿——《唐璜》,参加了希腊人民争取自由独立的武装斗争,次年,诗人不幸病故于希腊军营中。拜伦是天才的诗人,更是无畏的战士。他继承法国革命的理想,为反抗暴政,争取自由、人权和被压迫民族的解放奋战了一生。拜伦的主要作品有:诗集《闲暇的时刻》,长诗《恰尔德·哈洛尔德游记》、《"制压破坏机器法案"制订者颂》、《东方叙事诗》、《路德之歌》、《贝波》、《审判的幻境》、《青铜世纪》、《今天我活了三十六岁》,诗体长篇小说《唐璜》,哲学诗剧《曼弗雷德》等。拜伦是以叛逆者的姿态登上诗坛的,他的作品塑造了一系列孤傲而厌世的个人反抗者——拜伦式的英雄。作为浪漫主义第二次浪潮的代表,拜伦以追求自由的磅礴激情,孤独忧郁的悲剧气质,愤世嫉俗的冷嘲热讽这三大特点风靡整个欧洲,形成了"拜伦主义"的旋风,并获得了"诗坛拿破仑"的崇高声誉。

抒情长诗《恰尔德·哈洛尔德游记》(1812—1818,以下简称《游记》)是拜伦的积极浪漫主义代表作,诗人历时八年时间完成该作品。这篇4700多行的长诗以拿破仑战争漩涡中的欧洲各国为核心,通过哈洛尔德游历生活的叙述和抒情主人公的议论、抒情,深刻反映了十九世纪初欧洲的一系列重大历史事件,热情赞颂、声援了南欧各国人民反抗民族压迫、争取自由的解放运动,表现了革命民主主义的思想倾向。《游记》共四章,是拜伦游历欧洲的异国见闻和思想情感的诗体记录。第一章主要是关于葡萄牙、西班牙等国的所见所闻,诗人谴责西班牙贵族的叛卖行径,讴歌了西班牙人民不畏强暴、奋起反抗拿破仑的侵略。第二章描绘了希腊等地的旅途见闻,被土耳其奴役的希腊人民的悲惨命运成为该章的中心内容。诗人愤怒地抨击封建暴君"抢劫一个多难的国家",对被异族统治的希腊人民寄予了无限的同情,号召他们奋起抗争,用自己的力量争取民族解放。第三章是关于比利时和瑞士的见闻和感想。对滑铁卢大战、拿破仑的命运、"神圣同盟"等欧洲的重大历史事件和问题的评判构成了本章的主要内容。拜伦认清了滑铁卢之战的胜利不是自由对暴政的胜利,而是预示着新的野心勃勃的资产阶级帝王被推翻,旧的封建君主又卷土重来。他号召人们不要"为一个暴君的推翻而大吹大擂"。第四章,诗人从历史的叙述开始,缅怀意大利古时的光荣和成就,感慨曾经作为欧洲"艺术之母"和"军事之母"的意大利现在却匍匐在奥地利的铁蹄之下。他向意大利人民发出呼吁,要为民族的独立和自由而战。

《游记》虽然是一部叙事长诗,字里行间却充满了热烈奔放的政治热情和明确的政治倾向性:憎恨反动统治、反对侵略、渴望自由、颂扬民族解放斗争,这些构成了长诗的主导思想。诗人以恰尔德·哈洛尔德为主人公,并以这一形象为全诗命名。长诗中实际上存在着两个主人公的形象:一个是恰尔德·哈洛尔德,一个是抒情主人公,即拜伦本人。长诗通过恰尔德·哈洛尔德这一形象的游历生活，将作品各个部分连接起来，起统一作品整体的媒介作用。《游记》主人公哈洛尔德是一个贵族阶级叛逆者的形象，一个忧郁、孤独和悲观失望的漂泊者。他抱有自由思想，厌倦上流社会"狂欢无度"的生活，但又痛恨英国冷酷的文明和习俗。他不愿同流合污，又孤傲自负，他以不平而厌世，高踞于人民群众之上，因而终日陷入痛苦的深渊而不能自拔。他决心离开祖国。他以波涛起伏的大海为家乡，以崇山峻岭为挚友，与沙漠、洞窟和海上的白浪为伴，他漠视一切人与事，只身一人细读阳光写在湖面上的大自然的诗篇。哈洛尔德离家出游、乘风破浪、渡海出洋时的思想活动构成长诗中较为生动的部分。哈洛尔德这一形象在当时颇具典型意义，反映了法国大革命失败后，西欧一部分资产阶级民主派知识分子对启蒙理想的幻灭所产生的悲观情绪。究其根源在于，拜伦深感英国本身以及法国大革命后一片混乱的欧洲大陆，"和启蒙学者的华美约言比起来，由'理性的胜利'建立起来的社会制度和政治制度竟是一幅令人极度失望的讽刺画"。

《游记》富有独特的艺术风格。首先，它具有强烈的主观抒情性。诗人的主观抒情在诗中占据着极大的比重和突出的地位。它决定着全诗的情节、结构和安排。诗人奔放的感情和深邃丰富的思想有如天马行空，自由驰骋，超越了时空的间隔。对所叙述的一切，诗人无时不介身其中，喜怒哀乐，无所不用其极：一会儿葡萄牙、西班牙，一会儿阿尔巴尼亚和希腊，一会又是瑞士和意大利；时而是上古，时而是当代；时而是波涛起伏的大海，时而又是岿然的群山峻岭；时而是瀑布喧嚣，时而又是暴风雨的轰鸣。诗人置身其中，时时表明自己的态度；有时愤怒，有时悲伤，有时抗议，有时暗处号召，诗人的主观抒情不断地打断情节的进程，使叙述停顿下来。这些均构成了《游记》鲜明、独特的艺术风格的一个最基本方面。其次，诗人通过并行的内外双重结构线索，采用了鲜明的对比手法。在哈洛尔德的旅途中，诗人看到各族人民在受奴役，他不愿意欧洲人民俯首听命于当时的罪恶社会，通过描写一些理想的、与周围日常生活现象迥然不同的世界，来与丑恶的现实形成对比，借此抒发诗人对黑暗势力的愤愤不平；他用希腊和意大利的光荣历史与当今的屈辱对比，表达对未觉悟民族的战斗号召；他用被压迫民族的遭遇与贵族资产阶级英国的所作所为对比，彰显英国侵略者的面目。总之通过种种对比抒发了诗人对未来的信心。此外，尽管《游记》中也不乏忧郁悲观的情调，但是，其语言生动流畅、丰富有力、简洁自然，富有感情色彩。作品时而凝重朴实，时而热情奔放，时而清新绮丽，时而色彩斑斓，鲜明地体现了浪漫主义诗歌的语言特色。

恰尔德·哈洛尔德游记(片断)

第一章

三七

醒来吧！西班牙的儿郎！前进前进！
听吧，这是你们古代女神的声音，
但是她不再挥舞那无情的长枪，
也没有在半空摇动她猩红的羽毛，
如今她在弹丸的硝烟里飞翔，
她喊得多么响亮，随着大炮的吼叫，

在每一阵轰鸣中，她喊道“醒来，起来！”
她的战歌声曾传到安达罗西亚的海滨，
难道没有当年嘹亮，她现在的喉音？

三八

啊！你没有听到可怕的马蹄声？
那不是有人在荒野上斗争？
你没有看到血淋淋的刺刀刺进胸膛？
你难道不想救救你的那些兄弟，
眼看他们死在暴君及其奴才手里？
死亡的火焰在高空燃烧、飞驰——
每一阵轰鸣声中有几千人惨死；
死神来了，他乘着硫磺味的热风，
战神在顿脚，许多国家都被震动。

三九

你看那巨神站在山的顶上，
血红的头发在阳光下红得发紫了，
炮弹在他手里发出熊熊的火光，
眼睛像烈焰，把看到的一切烧焦，
而且不停地转动，一忽儿盯住，
一忽儿有看远处，在他的铁腿下，
死神匍匐着，在计算他的收获。
因为今朝三个强国集合在他跟前，
送来他最心爱的东西——血的贡献。

四十

天哪！这光景真好看煞人，
（只要你的亲友不参加这场战争）
五颜六色的旗帜在空中飘荡，
十八般武器闪闪地生光！
好斗的猛兽都从洞穴里惊醒，
张牙舞爪地来寻找牺牲品！
大家都来厮杀，但凯旋的能有几个；
坟墓要带去最大的功勋，
死神狂喜，他的收获多得没法计数。

四一

三支大军一起来奉献祭品；
三种语言向天空念奇怪的祷文；
大红大绿的三样旗帜污损纯洁的蓝天；
法国胜利，西、英胜利！闹成一片，
法军、西军，还有西班牙的愚蠢的盟军，

（这盟军虽然作战，作战也只是徒劳）
狭路相逢，像怕在家里死不掉，
于是来喂那塔拉维拉原野上的饿鸟，
给这片大家都说自己攻克的土地做肥料。

四二

他们将在那儿腐烂，受了野心的愚弄！
是的，埋葬他们的泥土也会得到光荣！
但这是废话！其实是暴君的工具而已，
破残了，成千累万被无情地抛弃，
因为暴君敢于用人心来铺平道路，
然而这道路通向哪里？通向一场春梦。
一世的威武究竟能得到什么结果？
哪一寸土地能说是真正属于他们，
除了最后遮盖他们的枯骨的三尺黄土？

四三

啊，阿尔部亚剌！光荣的灾难之地！
旅人在你的平原上策马行进，
有谁能预料到，在短短的时间里，
这儿会发生一场流血残杀的斗争！
安息吧，死者！但愿军人的功勋
和惋惜的眼泪使世人不把他们忘怀！
除非另一批头子造成另一批牺牲，
你们的名字会流传，使大众目瞪口呆，
保存在歪诗里，作短命的歌曲的题材。

五四

是否因此激动了那西班牙的女郎，
她把放松弦线的琴挂在柳树上，
而和短剑结了好，不再像女性，
勇敢地走向战场，把战歌来高唱？
从前一道细细的创痕会令她惊心，
枭鸟的一声啼叫也会使她战抖；
现在她泰然看着肉搏混战的刺刀相拼，
看着闪闪的刀枪，在还未冷却的尸体中间
不慌不忙地行走，虽然战神也会趑趄不前。

五五

听了她的故事，你一定会惊慌，
啊，要是你看到她平时的态度，
你听她婉转的喉音出自闺房，
你看她在面纱后闪光的黑眼珠，

画家为之兴叹的长长的秀发，
窈窕的姿态超过了女性的雅娴，
那你是想不到，萨拉哥撒之塔
能看到她不畏残暴的笑容，她用炮弹
轰散密集的队伍，率先向着败军追赶。

五六

爱人战死后，她没有流无用的眼泪，
首领牺牲了，她站上他危险的岗位，
伙伴逃奔啦，她阻止了这卑贱的行为，
敌人退了，她率领人马去追踪，
谁能给死去的爱人更大的安慰？
谁能像她似的为殉难的首领复仇？
男儿伤心失望时一个女郎却把残局挽回！
谁能如此勇敢地追击那奔逃的法寇，
他们在被炮火轰塌的城下，败于女流之手？

五七

然而西班牙女郎不是母大虫，
她们是懂得爱的秘诀的多情种，
虽然她们扛着枪和男人一起作战，
大胆地走上千军万马的前线，
无非是鸽子般的温柔的愤怒，
把欺凌她伴侣的莽汉痛啄。
比起远方的那些嚼舌出名的女性，
她们实在温柔而且坚韧得多；
心灵更加高贵，外表一样娉婷。

五八

被爱神的手指揿出的笑窝，
好像说这双颊是多么柔和；
那差一点要和情郎相亲的樱唇，
却嘱咐他须英勇杀敌方能受她的吻，
泼辣而可爱，是她们的瞳神！
尽管求爱的菲勃斯纠缠不休，
在他的热情的抚摸下，那脸颊越显得娇柔！
谁愿意到北国去找苍白的姑娘？
她们多么可怜！多么苍白、瘦弱、慵懒！

五九

啊，你诗人们乐于歌颂的东方！
你金屋藏娇之国！我如今在你的国土上，
波动琴弦，却为远方的美人歌吟，

那样的美人连禁欲家也不得不赞赏；
谁来比较吧！你们藏在深闺的美人，
（害怕爱神的撩拨，禁止她们出门）
可比得上黑眼珠的西班牙女郎？
请听我言吧，我们发现西班牙是你先知的天堂，
我们看到他黑眼的天女，那模样跟女神相仿。

——选自杨熙龄译《恰尔德·哈洛尔德游记》，上海文艺出版社 1959 版

（丁芸）

十一　雨果《巴黎圣母院》

维克多·雨果(1802—1885)是19世纪法国重要诗人、戏剧家和小说家,是法国浪漫主义文学运动的领袖,也是法国文学史上最有才华的作家之一,对法国乃至整个世界文学的影响极大。雨果的父亲是拿破仑麾下的一名将军,而母亲则信奉保王党,因此雨果从小就在两种不同的政治信仰下成长。青少年时期,因受母亲的影响,雨果的思想趋于保王,20年代中期,逐渐成长为一个激进的共和派和浪漫主义诗人。雨果天资聪颖,12岁就开始写诗。1822年因第一本诗集《颂歌与民谣集》获得国王的年金。1827年,雨果发表《〈克伦威尔〉序言》,这篇序言在文学史上具有划时代的意义,被认为是浪漫主义的宣言书,雨果从此成为浪漫派的领袖。雨果在序言中提出了著名的"美丑对比原则"。他认为:"丑就在美的旁边,畸形靠近着优美,丑怪藏在崇高背后,美与恶并存,光明与黑暗相共。"这条对比原则一直指导着雨果的文学创作。1830年,戏剧《欧那尼》上演,在激烈的冲突中,浪漫主义战胜了古典主义,雨果名声大振。1831年,长篇小说《巴黎圣母院》发表。1841年,雨果被选为法兰西学士院院士。1851年,雨果反对帝制失败,被迫流亡海外19年。其间创作了长篇小说《海上劳工》、《笑面人》,体现了雨果一贯的人道主义高于一切的社会理想和对劳动人民的深切同情。《悲惨世界》是雨果人道主义主题的代表作,标志着他小说创作的高峰。1870年,雨果返回巴黎,受到盛大欢迎。1874年,他的最后一部长篇小说《九三年》发表,展现了法国大革命时代的风云变幻。1885年,雨果病逝于巴黎,法国为他举行了隆重的国葬。雨果也是杰出的浪漫主义诗人。他的诗歌创作时间漫长,数量庞大,题材多样,成就突出。主要诗集有:《秋叶集》、《晨夕集》、《心声集》、《光与影集》、《静观集》、《林园集》等。其中,《东方集》是雨果转向浪漫主义的第一部作品,《惩罚集》是抨击拿破仑第三复辟帝制反动行径的政治讽刺诗,《凶年集》表现普法战争,《历代传奇》三集是以东西方远古典籍(如圣经、希腊史诗)为题材的史诗作品。雨果是法国乃至世界上最杰出的浪漫派小说家。他是浪漫手法的集大成者。首先,雨果是运用对比手法的大师。善与恶、美与丑既体现在情节上,也体现在人物身上;既体现在人物与人物之间,也体现在人物自身之中。其次,雨果关注劳动者的命运,善于塑造下层人物的形象。他的小说主人公几乎都是处于社会底层的人,他们朴实善良,酷爱正义。第三,雨果力图以史诗的气魄和规模去再现社会和历史。《悲惨世界》是一幅历史壁画,《海上劳工》是一篇人与大自然搏斗的史诗,《九三年》是再现法国大革命的史诗。第四,情节的传奇性。雨果小说的情节往往大起大落、出人意料。第五,雨果注重心理描写。总之,雨果吸收了现实主义的描写方法,并综合运用种种浪漫主义方法,成就卓著。

1831年发表的《巴黎圣母院》是雨果浪漫主义的小说代表作。流浪艺人爱斯梅拉达是一位美丽动人、心地纯洁的波希米亚少女。当她在巴黎圣母院前格雷沃广场载歌载舞欢度"愚人节"时,圣母院副主教克洛德对她动了淫心,当即指使他的养子、圣母院畸形敲钟人伽西莫多去劫持少女。爱斯梅拉达被正在巡逻的国王卫队长弗比斯救下,她随即爱上了这个轻浮而又负心的军官。伽西莫多被鞭打示众,口渴如焚,少女出于同情,将水送到他的嘴边。当爱斯梅拉达与弗比斯幽会时,克洛德扮作妖魔刺伤了弗比斯,并嫁祸于爱斯梅拉达,少女因此被判绞刑。爱斯梅拉达宁死也不愿屈从于克洛德的淫威，拒绝了克洛德的以贞操换生存的无耻要挟。行刑之日，伽西莫多从刑场上将爱斯梅拉达抢入圣母院楼顶避难，日夜守护着她。当法庭无视圣地避难权决定逮捕少女时，乞丐王国的流浪汉们闻讯攻打圣母院，国王下令镇压。混战之中，克洛德将少女劫出圣母院，再次逼迫她屈从自己的淫欲。遭到拒绝后，克洛德将少女交给了追捕的官兵，亲眼看着少女被绞死。绝望的伽西莫多认清了克洛德的真面目，将他从楼顶上推下摔死，自己则抱着爱斯梅拉达的遗体默默死去。

《巴黎圣母院》再现了15世纪巴黎社会生活和历史背景，以三个人物的悲剧命运，暴露了邪恶宗教势力的黑暗、封建专制司法制度的残酷，揭示了禁欲主义压抑下人性的扭曲和堕落的过程，表达了作者对下层人民的深切同情，宣扬了博爱、仁慈的人道主义思想。爱斯梅拉达是作家热情赞美的人物形象，她的外表具有惊人的美丽，内心充满了善良，她是雨果塑造的理想人物。她纯洁善良，热爱自由，热情豪爽，品格坚贞。她从内心的善良愿望出发对待任何人。对于误入乞丐王国的诗人甘果瓦，她挽救了他的生命；她还不计前嫌送水给受刑时的伽西莫多；她对爱情抱着至死不渝的信念，丝毫不怀疑心上人的背叛，不允许别人说一句他的坏话；面对克洛德的淫威，她宁死不屈。她的被毁灭，是对封建专制残酷统治和教会邪恶势力的有力控诉，同时也唤起了人们对真善美的追求。她还是一个幼稚的女性，全然看不出弗比斯的虚情假意，痴情不悟。作家赋予这个人物形象一种原始流浪部落少女的美，继承并大大发扬了西方文学的传统。后来，许多作家也写出了自己的充满原始美的女性形象。与克洛德形成鲜明对比的是伽西莫多，他是雨果理想中"善"的化身，是雨果根据美丑对比原则创造的人物形象。他外表丑陋，受尽嘲弄，但内心纯洁、淳朴、崇高，是一个富有正义感、富于感情的人。他对爱斯梅拉达的爱慕是一种混合着感激、同情和尊重的柔情，一种无私的、永恒的、高贵质朴的爱，完全不同于克洛德那种邪恶的占有欲，也不同于花花公子弗比斯的逢场作戏。他是美的渴望者，不是美的占有者；他是美的保护者，不是美的侵犯者。最后，他的死是为爱、为美所做的痴迷的愚蠢的牺牲，但却非常让人震撼和敬重。雨果通过这一形象，树立起一个人类灵魂美的典型。这一形象还体现了善战胜恶，真诚战胜虚伪的道理。克洛德是一个教服下的恶的典型。一方面，他是宗教恶势力的代表，道貌岸然，内心阴险毒辣，为满足自己的欲念不择手段：他出于淫欲指使伽西莫多劫持爱斯梅拉达，他出于嫉妒刺伤弗比斯却嫁祸于爱斯梅拉达，他因得不到爱斯梅拉达的爱情而将她置于死地。另一方面，他又是宗教禁欲主义的牺牲品，长久的禁欲扭曲了他的灵魂。一种炽热的爱在这个副主教身上扭曲成了嫉妒、淫欲、自私、贪婪和残酷。他越是意识到自己失去了人间的欢乐，便越是仇恨世人，仇视世间一切美好的事物。这是小说中最有深度的人物。

《巴黎圣母院》艺术上最主要的特征是浪漫主义的艺术手法。第一，情节充满了浪漫的戏剧性。小说主线是四个主人公的情感纠葛，跌宕起伏，惊险万状，一波未平，一波又起。第二，作家热衷于安排一些惊险刺激的场面，小说中多次出现刑场，跟踪、抢劫、谋杀场面也频繁出现，几个主人公的死也都奇特惨烈。第三，小说大量使用对比手法，这是浪漫主义常用的手法。场面对比：宗教与世俗、正常生活与狂欢胡闹等等；人物之间以及人物自身的内心与外貌对比：克洛德与伽西莫多、爱斯梅拉达与弗比斯等等；历史和现实对比：15世纪的巴黎圣母院原貌和当下现状的对比。通过这几种矛盾对比，小说实现了"丑就在美的旁边，畸形靠近着优美，丑怪藏在崇高的背后，美与恶并存，光明与黑暗相共"的浪漫主义美学原则，显示出了巨大的艺术感染力。

巴黎圣母院(片断)

第九卷

一　昏热

克洛德·孚罗洛拿来套在埃及姑娘身上同时也套在自己身上的命定的活结突然被他的养子解开的时候,他本人已经不在圣母院里。他回到更衣室,脱掉袈裟、围巾、披风,一齐扔给惊呆了的仆役,便急忙从修道院的便门逃了出去,吩咐德罕的一个船夫把他渡到了塞纳河左岸,钻进了大学区崎岖的街道里,不知道该往哪里去。每走一步都碰见成群的男女,他们抱着"还赶得上"看绞死女巫的希望,高高兴兴地向圣米歇尔桥奔去。他又苍白又憔悴,比孩子们放掉后又去追赶的鸱枭还要盲目和昏乱,他不知道自己是在什么地方,在想着和梦着什么。他毫无选择地碰见哪条街就向哪条街走去或跑去,然而老是被可怕的格雷沃广场追赶着,直往前奔,因为他觉得格雷沃广场就在他的身后。

他这样沿着圣热纳维埃夫山走去,终于从圣维克多门走出了该区。当他一转身望见了大学区那些塔楼的垣墙和稀疏的郊区房屋,他便继续逃走,当那崎岖的地面终于把可恨的巴黎完全挡住,使得他相信自己已经在百里之外,在乡野里,在荒郊里了,他才停下脚步,好像又能够呼吸了。

这时他忽然产生了可怕的念头,他清楚地看见了自己的灵魂,不禁战栗起来。他想起了那个毁灭了他也被他毁灭了的不幸的姑娘,他偶然望了一眼命运使他们两人所经历的那两条曲折的道路,一直望到那使他们一个在另一个身上碰得粉碎了的交点,他想到那些永恒誓言的愚昧,想到贞操、科学、宗教和真理的空虚,上帝的无能,他狂喜地沉浸在恶念里,沉得越深,他越觉得心头爆发出一种撒旦的狞笑。

在这样深深发掘自己灵魂的时候,他看见大自然在那里给热情准备着一个多么广阔的天地,他就更加痛苦地怪笑起来。他把心灵深处所有的仇恨和怨毒通通翻了出来,用医生观察病人的眼光,认出了这些仇恨和怨毒都不过是那被损害了的爱情。爱情——男人们心中整个真理的源泉——在神甫的心里变成了可怕的东西,使他这样一个人竟从神甫变成了魔鬼,于是他毛骨悚然地大笑起来,接着又想到他命中注定的感情,那腐蚀性的、有毒的、可恨的、难以控制的爱情的悲惨的一面,他又突然脸色发白了,正是那种爱情把一个人引向了绞刑架,把另一个人引向了地狱,她被判了绞刑,他堕入了地狱。

随后他想起弗比斯还没有死掉,他又笑起来了,那个队长竟还轻松愉快地活着,穿着从来没见过的漂亮军服,带着一个新情人在看他的旧情人被绞死。想到他愿意任其死去的活人中间,惟独那个埃及姑娘,那个仅有的不为他所憎恨的人偏偏没能从他手里逃脱,他便笑得更加厉害了。

他从队长又想到别的人,产生了一种闻所未闻的妒忌。他想起那些人,那全体观众,竟然也看见了他所爱的那个姑娘只穿着衬衣,几乎半裸着身子,想到他在黑暗里偷看了一下就觉得无比幸福的那个姑娘,竟然在大白天的中午穿扮得像要去度淫荡的午夜似的呈现在群众眼前,他便扭绞自己的胳膊。他愤怒地哭泣,为了那被亵渎被玷污被辱没的永远枯萎了的爱情。他愤怒地哭泣,想到多少淫邪的眼光对那件没有扣好的衬衫起了邪念,想到那漂亮的姑娘,那百合花一般的处女,他只要挨近唇边就会浑身战栗的纯洁美酒,刚才竟变成了公共的大锅饭,偷儿们乞丐们小厮们等等巴黎最低贱的民众,竟从中品尝无耻的污秽的荒淫的欢乐。

他力求形成一个幸运的观念：假若她并不是波希米亚人，他自己也不是神甫，弗比斯也并不存在；假若她会爱他，他想象着一种可能属于他的庄严的爱情生活；想象着就在那同一时刻，世界上到处都有幸福的伴侣在夕阳下或有星星的夜晚，在橘柑林中或是小溪边情话绵绵；想象着假若上帝愿意，他同她也可以成为这些幸福伴侣中的一对，这时他的心就在温柔和失望中酥融了。

啊，是她！就是她！就是这个牢固的念头不断回到他心里，使他痛苦，吸干他的脑髓，撕裂他的肺腑。他既不后悔也不抱愧，所有他做过的事，他还准备再去做，他宁愿看见她落到绞刑刽子手的手中而不愿看见她落到那个队长的手中。但是他难过极了，难过得时时用手拔下几把头发看看变白了没有。

这中间有一会他忽然想到，当时也许正是早上见过的可怕的链条正在把铁圈套上那十分纤细优美的脖子的时刻，这个想法使他每个毛孔都冒出汗来。

又有一会，正当他像魔鬼一样讥笑自己的时候，他仿佛一下子看见了拉·爱斯梅拉达，像他第一次看见她那样活泼天真，无忧无虑，穿着盛装，轻逸和谐地舞蹈着。他仿佛又看见了他最后一次看见的拉·爱斯梅拉达，只穿着衬衫，脖子上套着粗绳，慢慢地用赤脚走上绞刑架的扶梯。在这样想着这双重景象的时候，他终于迸出一声可怕的叫喊。

这个失望的飓风在他的灵魂里彻底倾覆，破碎，坼裂，根除了之后，他望着周围自然界的景象：在他的脚前，母鸡正在灌木丛中寻找食物，亮晶晶的金龟子在阳光下奔跑。在他头顶上的碧空里，飘浮着几片灰白相间的云彩，地平线上是圣维克多修道院的钟楼，它那石板方塔突出在山坡上，而戈波山冈的磨坊主人则正在观看自己磨坊里转动着的水车。这整个生动的、安排得很好的、安静的生活，在他四周以上千种形式呈现出来，使他非常痛苦。他又开始奔跑起来。

他就这样一直跑到黄昏时分，这种想逃避自然、逃避生活、逃避自己、逃避人类、逃避上帝的奔跑，继续了整整一天。有几次他脸孔朝下跌倒在地上，随手拔起新生的麦苗，有几次他在荒村的一条街上停下来，思想痛苦得难以忍受，竟用双手紧抱着脑袋，想把它从肩膀上拔出来在地上摔个粉碎。

太阳快要落山的时候，他重新观察自己，发现自己差不多已经疯了。自从失去了拯救那埃及姑娘的希望时就开始在他心里翻涌的风暴，并没有在他的心头留下一条清晰的思路。几乎完全被摧毁了的理智在他心里死去了，那时他心里只有两个突出的形象：拉·爱斯梅拉达和绞刑架，其余就全是一片漆黑。这两个形象合在一起，变成可怕的一堆，他愈是盯牢这占据了他的注意和思想的形象，就愈加看见它们用奇特的进度在发展变化，一个变得更为优美、娇媚、漂亮和光辉灿烂，而另一个变得更加可怕，最后他竟觉得拉·爱斯梅拉达好像是一颗星星，绞刑架好像一只枯瘦的大胳膊。

在他忍受着极大痛苦的这段时间里，他竟没有产生过寻死的念头，这倒是一桩怪事。不幸的人往往如此。他珍惜生命，也许他真的看见地狱就在他的背后。

——选自陈敬容译《巴黎圣母院》，人民文学出版社 1982 年版

（李晓卫）

十二　惠特曼《啊，船长，我的船长哟！》

瓦尔特·惠特曼（1819—1892）出生在美国纽约长岛亨廷顿附近的西山村，他的父亲有着英国血统，而母亲则是荷兰人的后裔。1830年起，惠特曼开始自谋生路，当过勤杂工、木匠、排字工人、农村教师、编辑、记者。惠特曼很早就接受民主思想。在政治上，他支持民主党。1834年，惠特曼开始发表散文、诗歌和小说作品，但这些早期创作并不成功。1855年，36岁的惠特曼自费出版了收有十二首诗的《草叶集》第一版。诗集最初摆在书店里乏人问津，但在他感到困惑与沮丧时，却收到"美国文学之父"爱默生写来的一封"感谢信"，信中对《草叶集》给予了高度评价。在爱默生的鼓励下，惠特曼凭着坚定的意志继续写作。1873年惠特曼身体瘫痪，但仍继续《草叶集》的修订和再版，到惠特曼临终前已增加到近四百首。惠特曼以他的《草叶集》真诚地讴歌了伟大的美国和伟大的美国人民，为他所身处的蓬勃发展、欣欣向荣的时代唱出了豪迈、优美的颂歌，他的诗歌具有永恒的魅力。惠特曼有意选择了"草叶"这一既简单又复杂的意象作为他的诗集的总名：1. 草叶来自新大陆的泥土和空气，洋溢着充满希望的绿色；2. 草的叶子各自成形，却组成了一个和谐的整体；3. 草叶乃最普通之物，是生命力的象征；4. 草叶又是民主、自由的象征，诗人把草叶看成上升时期美国的象征，体现了他关于民主和自由的理想。

惠特曼的《草叶集》之所以影响深远，在于它有着海洋一样宏博的内容与海浪一样激荡的形式。《草叶集》的最大贡献就是诗人向美国诗坛奉献了奔放无羁的自由体诗歌。《草叶集》的内容是丰富多彩的。惠特曼用他那如椽的大笔描绘了从城市到农庄、从草原到森林的形形色色、绚丽多姿的图画，勾勒了从总统到铁匠、工人、渔夫、犁田的人，从老人到年轻人等等栩栩如生的形象，真是海阔天空，气象万千。惠特曼以他的诗开拓了诗歌创作的新领域，扩大了尔后众多诗人的眼界。他以充沛的激情与创造力，写出了如《大路之歌》、《斧头之歌》等豪迈雄浑的诗歌，犹如波涛汹涌的大海，威武雄壮的交响曲。惠特曼以一种全新的自由体诗，冲破了以前格律的局限，用海浪一样不受羁绊的旋律，舒卷自如而又豪迈雄浑地放声歌唱着民主之歌、自由之歌，震动着一代又一代读者的心灵。同时诗人也创作出如《我在春天歌唱着这些》、《在黄昏时我听见》、《啊，我常常悄悄的为你而来》、《我的影子》、《父亲，请从田地里上来》等小诗，犹如一幅幅精致的水墨画，一支支悠扬的小夜曲，给人以美的享受。

《啊，船长，我的船长哟！》（1865）是惠特曼在林肯遇刺之后创作的三首著名的悼念诗之一。作者身处其中，既是事件参与者，又是叙述者，"我"的叙述视角使得读者仿佛一起目睹和经历了从成功的喜悦巅峰，到痛悼至敬至爱的领袖逝去的悲伤谷底。整首诗情真意切，感人至深。林肯是美利坚合众国第十六任总统，在1861—1865年美国内战时期，在北部资本主义自由雇佣制和南部种植场黑人奴隶制两种社会制度决战的历史关头，作为新兴工业资产阶级的政治领袖，在人民群众的支持下，领导联邦平定了南部反动奴隶主的武装叛乱，颁布了解放黑人奴隶的宣言，胜利地进行了一场影响深远的资产阶级民主革命。就在废除奴隶制和保障联邦统一完整的目标得以实现的战争由叛军总司令罗伯特·李签字投降而宣告结束以后，正当北部各州喜气洋溢，欢庆胜利的时刻，1865年4月14日的夜晚，林肯遭到了暗杀。暗杀事件，不仅在美国，而且在世界各地都引起了震动。惠特曼是这一事件的亲历者，这一事件深化了他的感受，对其诗歌创作产生了极其有益和深远的影响。林肯被刺杀后，曾有不少诗人写过不少挽诗，但迄今为止，没有一首能比惠特曼的《哦，船长，我的船长哟!》更富于想象力，更具有深远的影响力。惠特曼以船长比喻林肯，贴切而且亲切，表达了哀悼者与死者之间存在着的是一种职务不同、人格平等的伙伴关系。他又在船长之前冠以“我的”，不仅进一步缩短了两者的距离，而且为这种关系增添了浓重的感情色彩。然后，由衷喊出一声“亲爱的父亲哟”，倾吐出对死者的尊敬和热爱。他并没有神化这位船长，只是怀疑，更是希望，船长死去只不过是梦幻。他没有给船长头上加一轮光圈，而是把手伸到他的头颅底下，试着扶起他，轻声呼唤他起来，起来听钟声，看人群，接受当之无愧的祝福的花束、花环……但是他毕竟是死去了，一个值得尊敬和热爱，曾经同舟共济，对胜利的航行做出了一个凡人所能做出的最大贡献的船长在胜利中死去，当然，会比神的离去更动人哀思。但是由于“我们”寻求的目标已经达到而感到的喜悦和自豪，又使这首悼念之作具有了一种雄健、豪壮的基调。所以，那些昂扬的音响，富丽的色彩，欢快的气氛又并不仅仅是为了反衬，而是全诗的重要的内在组成部分。整首挽诗有了这一内在的基调，在人们心头唤起的虽是绵绵长恨，无限惋惜，但又绝不是凄惨和沮丧。当船长之死已经无可置疑，“我”移动悲伤的步履在甲板上漫步，那步履是沉重的，但又是坚定的，人们将走向新的征程。

诗作显示了惠特曼驾驭语言与形式的精湛造诣。诗歌在形式上显得十分的整齐，可见惠特曼也是能“工”的。全诗三节，层层推进。每一节都把读者带进一个新的境界。第一节的前四行，充满了喜庆的节日气氛，那些欢腾、喧闹、色彩缤纷的场景，概括而生动地反映了当时美国北部各州的真实面貌；后四行，描绘一起卑鄙政治谋杀的后果：抑郁、晦暗、悲伤。前后形成鲜明的对照，这也反映了历史上真实的一夜之间的变化。第一、二节都是先扬后抑。第三节略有变化，前四行承接上一节的余波，由抑而扬，再掀起一个浪头，然后又由扬而抑，仿佛感情的波澜逐渐转化为不绝的涟漪。作为每一节的结束语而一再重复出现的“已浑身冰凉，停止了呼吸”，又加强了这种效果，以至当全诗终止后，承载着绵绵哀思的音响，仍能按照惯性的规律在人们脑海里久久回荡。这首诗之所以会在美国，以至在世界脍炙人口，绝不是因为它写了一起重大政治事件，也不仅仅因为形式的优美。重要的是，惠特曼在这里虽然没有直写历史，但是通过丰满的意象、象征的手法，写出了对于一位为着人类美好事业而献出了一生的一个战士的哀悼和赞美。一方面，惠特曼抒发了诗人自己个人的感受，让人感到真挚、亲切；另一方面也唱出了千千万万正直的、进步人类共同的心声。

啊，船长，我的船长哟!

啊，船长，我的船长哟! 我们可怕的航程已经终了。
我们的船渡过了每一个难关，我们追求的锦标已经得到。
港口就在前方，我已经听见钟声，听见了人们的欢呼，
千万只眼睛在望着我们的船，它坚定、威严而且勇敢；
只是，啊，心哟! 心哟! 心哟!
啊，鲜红的血滴，
就在那甲板上，我的船长躺下了，
他已浑身冰凉，停止了呼吸。

啊，船长，我的船长哟！起来听听这钟声，
起来吧，——旌旗正为你招展，——号角为你长鸣，
为你，人们准备了无数的花束和花环，——为你，人群挤满了海岸。
为你，这晃动着的群众在欢呼，转动着他们殷切的面孔；
这里，船长，亲爱的父亲哟！
让你的头枕着我的手臂吧！甲板上，这真是一场梦——你已浑身冰凉，停止了呼吸。

我的船长不回答我的话，他的嘴唇惨白而僵硬，
我的父亲，感觉不到我的手臂，他已没有脉搏，也没有了生命，
我们的船已安全地下锚了，它的航程已经终了，
从可怕的旅程归来，这胜利的船，目的已经达到；
啊，欢呼吧，海岸，鸣响吧，钟声！
只是我以悲痛的步履，漫步在甲板上，那里，我的船长躺着，他已浑身冰凉，停止了呼吸。

——选自楚图南、李野光译《草叶集》，人民文学出版社 1987 版

（李海明）

十三　司汤达《红与黑》

司汤达(1783—1842)是19世纪欧洲著名的批判现实主义文学的先驱。原名马利—亨利·贝尔，司汤达是其笔名。他出生于法国东部一个律师家庭，从小受到外祖父启蒙思想的影响。1800年起他先后两次在拿破仑军中服役，并随军转战欧洲和俄罗斯。1814年波旁王朝复辟后，他侨居意大利米兰，开始文学创作活动。1821年他被作为烧炭党的支持者驱逐回巴黎。1830年"七月革命"后，他被任命为驻意大利一个海滨小城的领事，直到1841年回国。次年因中风死于巴黎。他的墓碑上刻着亲撰的碑文："亨利·贝尔，米兰人，写作过，恋爱过，生活过。"司汤达的重要作品有美学论集《拉辛与莎士比亚》，长篇小说《阿尔芒斯》、《红与黑》、《吕西安·娄凡》(又译《红与白》)、《巴马修道院》等。司汤达生活在资产阶级革命与封建专制激烈斗争的年代。他的小说大多表达对自由、平等理想的追求和对封建专制的反抗，因而，鲜明的时代特征和强烈的批判精神成为司汤达文学作品的一大特色。其次，司汤达特别注重表现人物复杂的心灵世界，剖析描摹人内心深处的奥秘，开创了一种内倾性的现实主义文学传统，为推动心理小说和现代小说的发展做出了重大贡献。

1830年问世的长篇政治历史小说《红与黑》是司汤达的代表作，也是欧洲批判现实主义文学的奠基作。小说的主人公于连出生于法国外省维立叶尔城一个小锯木场主的家庭。他天资聪敏，从小崇拜拿破仑，希望凭自己的才能出人头地。但他生不逢时，在波旁王朝复辟时期，平民出身的他无法实现自己的理想。因才华出众，他被推荐到德·瑞那市长家当家庭教师。他和市长夫人相爱。私情败露后，他离开家乡进入省城贝尚松神学院。后在彼拉院长的推荐下，来到巴黎为复辟派头子木尔侯爵当秘书。侯爵的女儿玛特儿小姐爱上了这个与众不同的青年，并迫使侯爵同意了他们的婚事。正当于连陶醉在成功的喜悦中时，德·瑞那夫人的一封揭发信断送了他的前程。狂怒中于连开枪打伤了德·瑞那夫人，自己也被送上了断头台。

《红与黑》的副标题是"1830年纪事"。这是一部具有深刻社会政治内容的批判现实主义小说。它以"七月革命"前夕的法国社会为背景，通过描写波旁王朝复辟时期一个平民青年奋斗失败的经历，猛烈抨击了当时法国封建贵族和天主教会的黑暗和腐败，并从他们对即将到来的资产阶级革命的恐惧中，展现了资产阶级的力量和"山雨欲来风满楼"的政治形势。于连·索黑尔是一个法国王政复辟时期的小资产阶级个人奋斗者的典型。他短暂的一生，基本经历了反抗——妥协——反抗的发展轨迹。小资产阶级出身的于连富有才华，具有强烈的自我意识和平等观念，他热烈怀念平民阶级凭才能和军功可以平步青云的拿破仑时代。孩提时他羡慕拿破仑的龙骑兵，"热望自己能进入军界"。可是波旁王朝的复辟，堵塞了这条个人奋斗的成功之路。这时他看到年轻主教的年俸三倍于拿破仑当时手下大将的收入，于是便苦背《圣经》想做神父了。作为平民，他不满等级森严的社会，因而具有反抗性的一面。他一方面鄙视贵族和僧侣的卑劣无能，另一方面又想跻身社会上层。这种基于个人利益的反抗很容易因一时的满足而妥协。再加上于连同时存在着自尊与自卑、勇敢与怯懦、真诚与虚伪等分裂的矛盾性格，所以，这位具有强烈平民意识的青年，每每在个人利益的诱惑面前就步步妥协起来。从偏僻小城到省城贝尚松神学院，再到巴黎木尔侯爵府，他步步奋斗上升的过程，也就是他不断地放弃自己平民阶级的政治理想，向现实社会妥协的过程，以至于后来这个曾以革命家丹东自居的于连，竟甘愿充当极端保王派的秘密信使。当然，这种妥协是有斗争，有痛苦，有反复的。最后，当成功的希望彻底破灭又跌回到原来的平民阶层时，于连终于恢复了反抗者的本色，而且是以自己年轻的生命为代价，对那个敌视平民的"上流社会"，做出了最后的、决绝的反抗。于连是欧洲文学史上个人反抗社会的最富有光彩的艺术典型之一。他的悲剧不仅是个人的，也体现了法国王政复辟时期千千万万的平民知识青年挣扎——奋斗——失败的共同命运。

《红与黑》在艺术上取得高度成就。第一，描写典型环境中的典型性格。于连一生的奋斗是在维立叶尔城、贝尚松神学院、巴黎木尔侯爵府这三个典型环境中进行的。典型环境揭示了主人公性格形成发展的社会原因，主人公的活动又赋予环境以时代特征。第二，出色的心理描写。于连的自尊与自卑、真诚与虚伪、反抗与妥协，无不通过细致的心理描摹来展示。人物的内在心理矛盾冲突构成了小说情节发展的内在动力。第三，结构严密情节紧凑。小说以于连个人奋斗史为经，以于连的恋爱生活为纬，情节生动紧凑，引人入胜。

红与黑(片断)

第四十三章

一小时以后，仆人送给于连一封信，这简直是一封宣布爱情的信。于连自语道："这笔调是没有什么虚伪的。"他想借文字的批评，来控制他的欢乐，这欢乐已经满布在他的两腮的上面，使他不由自主地笑起来了。

他忽然间高声大叫，热情在于连的心里控制不住，沸腾起来了。"我呀，一个贫穷的乡下人，我居然得到一个贵妇人的爱情的告白。"

他一面竭力抑制他的快乐，一面说道："至于我呢，还做得不坏。我知道保持我的自尊心，我没有向她说过我爱她。"他研究起她的字体来了，德·拉·木尔小姐写一手漂亮的英国式的小字。他需要一种体力的工作，来使他忘掉会使他发狂的欢乐。

"你的别离，使我不得不说话…… 不能再看见你，是我不能忍受的…… "

一个思想，忽然打击于连，好像是一个新的发现，打断了他对于玛特儿的书信的研究，而且增加了他的快乐。他叫道："我战胜了柯西乐侯爵。我只是正经的谈话！他是非常的漂亮，他有小胡子和漂亮的军服。他在最恰当的时候，常常能够找到一两句又聪明又机智的话来说。"

于连享受了片刻欢娱无比的时光。他在花园里乱跑，幸福得发狂了。

后来，于连上楼到了他的办公室，让人把自己的名字报到侯爵的房里，幸而德·拉·木尔侯爵还没有出门。他拿几封从诺曼底寄来的信给他看，说明因为要料理诺曼底的案件，对于到朗格多克的旅行，不能不延缓一些时候。当他们把一切事件讨论完毕的时候，侯爵向于连说："我很高兴你不走。'我欢喜看见你'。"于连辞出，侯爵的话使他有点不安。

"我吗，我要去诱惑他的女儿！因此使她和柯西乐侯爵结婚的事变为不可能。而这婚事是侯爵未来的快乐。纵使他不能得着一个公爵，至少他的女儿，在国王面前有一座位。"于连忽然想去朗格多克了，他不顾玛特儿的情书，也不顾刚才他给侯爵的那番解释。这种道德的观念像闪电般迅速地消逝了。

他自语道："我是多么的好啊！我，一个平民竟至怜惜起这样贵族阶级的家庭来了！像我这样的人，萧伦公爵称呼为下人的！侯爵怎样迅速地增加他的巨大的财产呀！当他在宫廷里得着消息，知道第二天有一个政变的可能的时候，他就预先售卖了他的公债券。而我呢，被残酷的上天抛在最低下的阶级里，而上天又赐给我一颗高贵的心，但是没有一千法郎的年金，换言之，没有足够买面包的钱。'更确切些说，没有面包。'我竟至拒绝在我面前已经呈现出来的欢乐！我艰辛地旅行在寂寞的沙漠里，刚刚寻得一点清泉，可以解除我的口渴。我的天呀！我岂能出此笨拙的举动！在这自私的沙漠里，即人们叫作的'生活'里，每个人都是为着自己打算的。"

这时候他记起了德·拉·木尔夫人，特别是她的女友那些太太们给他的轻蔑的眼光。

战胜了柯西乐侯爵的欢乐，完全击败了道德的规诫。

于连说道："我多么喜欢他生气呀！我可以多么放心大胆地请他吃我一剑！"于是他作击剑的姿势。"今天以前，我不过是一个村学究，我在卑微地浪费一些勇气。自从我有了这封信以后呀，我便是与侯爵平等的人了。"

"不错！"他缓慢地向自己说道。内心感觉无限的欢娱。"侯爵和我的价值，已经比较过了。结果是汝拉山的穷木匠占据了重要的一方面。"

"好吧！"他叫道。"我就是这样签署在我的回信上。德·拉·木尔小姐呀，你不要想我会把我的地位忘掉的。我将要使你明白，而且深深地使你感觉到，你是为了一个木匠的儿子，背负了有名的居·德·柯西乐曾经跟随过圣路易参加十字军的战争的这些家族的后裔。"

于连不能控制他的欢乐。他不得不走到花园里去。他的房间，他把自己锁在里面的那间房间，仿佛是太窄狭了，不够他呼吸。

"像我这样一个汝拉山的可怜的乡下人，"他不断地对自己说。"我，被判定永远穿着这套愁苦的黑衣服！啊唷！假如我早生20年，我也会像他们一样穿着军服。在那时候，像我这样的人，不是被杀，便是在36岁上做了将军。"紧握在他手里的那封信，给他带来了一个英雄应有的身份和姿态。"现在，这是事实，穿了这件黑衣，到40岁的时候，可以得着10万法郎的年俸和蓝绶的勋章，如像波维大主教一样。"

"好呀！"他向自己说，脸上浮着魔鬼的笑容。"我比他们聪明。我知道选择我的这个时代的军服。(他感觉他对于教会的野心和服装的眷恋越来越强烈。)好多的红衣主教出身比我低，他们却有统治权！例如我的同乡格朗威尔……"

于连内心的激动渐渐地平静下来了。谨慎又重新浮现上来。如他的老师达尔杜弗(注：莫里哀的剧本《达尔杜弗》里的主角)一样，自己对自己说出下面的一段台词，这是他熟读而又能背诵的。

我可以相信这些话，
是一条诚实的诡计：
……
我决不相信如此甜蜜的话
除非我所追求的，她的恩惠，
来证明话里的含意皆是真的。

(《达尔杜弗》第四幕第五场)

"达尔杜弗，也是被女人毁了的。他也是和别人一样，是一个好人。一样的有前程的……我的回信可能被暴露……为了这个原故，我找到了这个方法。"他说话的时候，语调很缓慢，带着含蓄凶猛的重音。"回信的开头我们权且先引用几句崇高的玛特儿信中最显明的句子吧。"

“不错,但是柯西乐侯爵的四个仆人会向我扑来,把我的原信抢出来的。”“不,我身藏利器,人人都知道我有这样的习惯,会向当差的开火。”

“好呀,也许他们当中的一个有这勇气,向我扑来,因为他想得到100个拿破仑钱币的奖赏。我打死他,或者打伤他。好得很,这正是他们所要求的。他们很合法的把我丢在牢里。我到法庭受审,法官按律定罪。把我放逐在波西地方,和方唐先生和马加农先生(注:方唐和马加农是被拘在波西监狱的两个新闻记者)作伴。在那里,我便和400个穷鬼马马虎虎地困在一起…… ”他想到这里,忿怒的站起来大叫道:“我竟会同情这些人!他们处置老百姓的时候有没有同情心呢?”这句话才是他对德·拉·木尔侯爵的感恩的最后一个叹息,不管他怎样,一直到那个时候,这思想是使他受困窘的。

“慢点,先生们啊!我明白你们悄悄的玩弄的这套小把戏。马士农神父和修道院的加斯答列先生不比你们的手段差的。你们把这封‘煽动’的信件拿去,我将变成柯尔马的家洪上校(注:家洪上校1774—1822,是法国第一王朝时代的上校,曾在上莱茵区的柯尔马城立有战功,后因谋杀罪被枪毙)第二。”

“等一下,先生们,我要把这封致命的信包藏妥当,送给彼拉长老保存。他是一个诚实的冉森教派的人,因此不会被钱袋里面的东西所引诱。不过…… 也许他会拆开这些信件…… 我应该把这信寄给福格。”

我们可以说于连的目光是凶猛的。他的面貌是可怕的,使人觉得是一种纯粹犯罪的表情。这表示一个不幸的人在和整个的社会作战。

“拿起武器来!”于连叫道。他一步跳下德·拉·木尔官邸的石阶。他走进街角一个代书人的店里,他使他害怕。他把德·拉·木尔小姐的信给他,说道:“抄下来!”

代书人工作的时候,他给福格写信。他求他好好照管一个有价值的寄存品。他忽然停下笔对自己说道:“邮局的信件检查所会拆开了我的信,会把你们所要的那封信交给你们…… 先生们,不要枉费心力吧。”他跑到新教的书店里,买了一本大《圣经》,巧妙地把玛特儿的信放在《圣经》的封面里,然后紧紧地扎好。他把这包裹,交给载客的马车,寄交福格的一个工人。这个人的名字,可以说在巴黎是无人知道的。

这件事做完以后,他回到德·拉·木尔的官邸,快乐而轻松。他叫道:“现在是轮着我了。”他走进卧室,把门锁起来,脱了他的外衣。

他开始给玛特儿写回信。“怎么!小姐,那是德·拉·木尔小姐借她父亲的当差阿撒的手,送给一个汝拉山的穷木匠一封太富诱惑性的信,无疑地,是在向他的简单的头脑开玩笑吗?……”他于是抄下来信中表示爱情最明显的词句。他这封信真使波梧西骑士外交的谨慎为之减色。那时还只有十点钟,于连陶醉在幸福里,陶醉在一种对自己的权力的感觉里,对于这种感觉还是全新的,他走进意大利歌剧院,他倾听他的朋友吉礼茂的歌唱,音乐从来没有使他这样兴奋过。他简直像一个天神。

是抽象的话语,在场的妇女,个个泪如雨下。

——选自罗玉君《红与黑》,上海译文出版社1978年版

(李小驹)

十四　巴尔扎克《高老头》

奥诺雷·德·巴尔扎克(1799—1850)是19世纪法国最伟大的批判现实主义小说家。他出生于法国杜尔市一个中产阶级家庭。1816年他进入大学法律系学习,同时在一家律师事务所当文书。这段司法界的生活为他以后的创作积累了大量的素材。1819年大学毕业后,他拒绝了家里让他当律师的要求,走上了文学创作的道路。51岁时因心脏病死于巴黎。雨果赞他“作品比岁月还多”。《人间喜剧》是巴尔扎克的小说总集,由九十多部长、中、短篇小说组成,共分三个部分。第一部分是“风俗研究”——“将反映一切社会现象”,分为六个“生活场景”:“私人生活场景”(《高老头》、《夏倍上校》、《高利贷者》等);“外省生活场景”(《欧也妮·葛朗台》、《古物陈列室》等);“巴黎生活场景”(《纽沁根银行》、《邦斯舅舅》等);“政治生活场景”(《一件恐怖时代之轶事》等);“乡村生活场景”(《农民》、《乡村医生》等);“军队生活场景”(《舒昂党人》等)。第二部分是“哲学研究”(《驴皮记》等)——“在现象之后紧接而来的是原因”。第三部分是“分析研究”(《婚姻生理学》等)——力图阐明人类生活的基本原则。《人间喜剧》在艺术上取得的高度成就,在典型环境中的典型性格、细节的真实性与精确性、人物的再现及发展等各个方面,都成为批判现实主义文学的典范。

《高老头》(1834—1835)是《人间喜剧》的序幕,从这部作品开始,巴尔扎克对《人间喜剧》中的人物和情节作了统一的精心安排,使之成为有机的整体。《高老头》的故事发生在1819—1820年的巴黎,一个来自外省的破落贵族子弟法科大学生拉斯蒂涅,居住在下等伏盖公寓里,开始他还想勤奋读书,将来做一个清正的法官。但巴黎上流社会纸醉金迷的生活大大地刺激了他向上爬的野心。他亲眼目睹王室贵胄鲍赛昂子爵夫人如何因金钱遭情人遗弃,黯然神伤地退出巴黎上流社会;在逃的苦役犯伏脱冷因3000法郎的赏金被同住的房客出卖给警方;退休的面粉商高老头如何被两个已挤进上流社会的女儿榨干、遗弃,孤零零死去的惨景,得出了当时社会“有财便是德”的结论,下决心走上了资产阶级野心家的道路。

《高老头》以波旁王朝复辟时期的巴黎社会为背景,通过暴发户高老头被两个女儿搜刮净尽凄惨而死的家庭悲剧和青年拉斯蒂涅在巴黎堕落成资产阶级野心家的“学习生活”这两个交织起来的故事,反映了王政复辟时期封建贵族如何在资产阶级金钱的逼攻下不可避免地失败衰亡,资产阶级兴起的历史和上流社会道德的堕落败坏,特别揭示和批判了金钱对人性的腐蚀、毁灭以及对人的绝对统治作用。高老头是个暴发后又被金钱吞噬的“父性基督”的形象。他在大革命中通过掠夺社会而暴发。他赚钱不是为自己享乐,而是供女儿挥霍。他在妻子死后将全部的爱都倾注在两个女儿身上,疼爱她们到荒谬的程度,从小就惯得她们像“有钱的老爵爷养的情妇”。待到女儿成人,他又将自己的财产分成两份,每个女儿给了80万法郎的陪嫁,给她们买到了称心如意的婚事。大女儿成了伯爵夫人,小女儿成了银行家太太。两个女儿结婚之初,高老头还是女儿家里的座上客,他们恭恭敬敬地瞧着高老头,“就像恭恭敬敬地瞧着钱一样”。王政复辟后,高老头为了女儿女婿的面子,盘出了铺子,这一下他的财产露了底,柠檬基本被榨干了,皮可以丢弃了。高老头在女儿家的地位随着积蓄的减少而降低,最后被彻底赶出了家门。高老头刚住进伏盖公寓时每年还有一笔较宽裕的年金收入,但他一如既往地满足女儿的百般索取,在两个女儿轮番的搜刮下他终于当尽卖绝、一文不名，最后贫病而死。死前他呼天抢地想见女儿最后一面，但谁也不来。高老头的悲剧揭示了当时金钱关系是何等深刻地渗入社会关系的各个领域，自古以来被人们视为神圣的父女关系也被赤裸裸的金钱关系所取代。拉斯蒂涅是贵族子弟资产阶级化的典型。他刚来巴黎读大学时还是个纯洁、善良的青年，但家境的窘迫、伏盖公寓的破败和上流社会的奢华形成了鲜明的对比，强烈地刺激了他向上爬的野心。他通过鲍赛昂夫人、伏脱冷、高老头这"人生三课"的教育，终于蜕变为资产阶级野心家，昭示了贵族子弟被资产阶级征服的过程。

《高老头》鲜明体现了巴尔扎克的现实主义艺术原则。第一，塑造典型环境中的典型人物。环境描写是人物性格发展的土壤，个性化的言行使人物性格独特鲜明。第二，严谨而富有戏剧性的结构。小说有高老头和拉斯蒂涅两条主要情节线，其中又穿插了鲍赛昂夫人、伏脱冷等人的故事，主线、副线、插曲相互作用，共同表现主题。此外，精确的细节描写和讽刺幽默的语言艺术也为小说增色。

高老头(片断)

父亲的死

他迷迷糊糊昏沉了好久。克利斯朵夫回来，拉斯蒂涅以为高老头睡熟了，让佣人高声回报他出差的情形。

"先生，我先上伯爵夫人家，可没法跟她说话，她和丈夫有要紧事儿。我再三央求，特·雷斯多先生亲自出来对我说：高里奥先生快死了是不是？哎，再好没有。我有事，要太太待在家里。事情完了，她会去的。——他似乎很生气，这位先生。我正要出来，太太从一扇我看不见的门里走到穿堂，告诉我：克利斯朵夫，你对我父亲说，我同丈夫正在商量事情，不能来。那是有关我孩子们生死的问题。但等事情一完，我就去看他。——说到男爵夫人吧，又是另外一桩事儿！我没有见到她，不能跟她说话。老妈子说：啊！太太今儿早上五点一刻才从跳舞会回来；中午以前叫醒她，一定要挨骂的。等会她打铃叫我，我会告诉她，说她父亲的病更重了。报告一件坏消息，不会嫌太晚的。——我再三央求也没用。哎，是呀，我也要求见男爵，他不在家。"

"一个也不来，"拉斯蒂涅嚷道，"让我写信给她们。"

"一个也不来，"老人坐起来接着说。"她们有事，她们在睡觉：她们不会来的。我早知道了。直要临死才知道女儿是什么东西！唉！朋友，你别结婚，别生孩子！你给他们生命，他们给你死。你带他们到世界上来，他们把你从世界上赶出去。她们不会来的！我已经知道了十年。有时我心里这么想，只是不敢相信。"

他每只眼中冒出一颗眼泪，滚在鲜红的眼皮边上，不掉下来。

"唉！倘若我有钱，倘若我留着家私，没有把财产给她们，她们就会来，会用她们的亲吻来舐我的脸！我可以住在一所公馆里，有漂亮的屋子，有我的仆人，生着火；她们都要哭作一团，还有她们的丈夫，她们的孩子。这一切我都可以到手。现在可什么都没有。钱能买到一切，买到女儿。啊！我的钱到哪儿去了？倘若我还有财产留下，她们会来伺候我，招呼我；我可以听到她们，看到她们。啊！欧也纳，亲爱的孩子，我唯一的孩子，我宁可给人家遗弃，宁可做个倒霉鬼！倒霉鬼有人爱，至少那是真正的爱！啊，不，我要有钱，那我可以看到她们了。唉，谁知道？她们两个的心都象石头一样。我把所有的爱在她们身上用尽了，她们对我不能再有爱了。做父亲的应该永远有钱，应该拉紧儿女的缰绳，像对付狡猾的马一样。我却向她们下跪。该死的东西！她们十年来对我的行为，现在到了顶点。你不知道她们刚结婚的时候对我怎样的奉承体贴！（噢！我痛得像受毒刑一样！）我才给了她们每人八十万，她们和她们的丈夫都不敢怠慢我。我受到好款待：好爸爸，上这儿来；好爸爸，往那儿去。她们家永远有我的一份刀叉。我同她们的丈夫一块儿吃饭，他们对我很恭敬，看我手头还有一些呢。为什么？因为我生意的底细，我一句没提。一个给了女儿八十万的人是应该奉承的。他们对我那么周到，体贴，那是为我的钱啊。世界并不美。我看到了，我！她们陪我坐着车子上戏院，我在她们的晚会里爱待多久就待多久。她们承认是我的女儿，承认我是她们的父亲。我还有我的聪明呢，嗨，什么都没逃过我的眼睛。我什么都感觉到，我的心碎了。我明明看到那是假情假意；可是没有办法。在她们家，我就不像在这儿饭桌上那么自在。我什么话都不会说。有些漂亮人物咬着我女婿的耳朵问：

——那位先生是谁啊？

——他是财神，他有钱。

——啊，原来如此！”

“人家这么说着，恭恭敬敬瞧着我，就像恭恭敬敬瞧着钱一样。即使我有时叫他们发窘，我也补赎了我的过失。再说，谁又是十全的呢？（哎唷！我的脑袋简直是块烂疮！）我这时的痛苦是临死以前的痛苦，亲爱的欧也纳先生，可是比起当年娜齐第一次瞪着我给我的难受，眼前的痛苦算不了什么。那时她瞪我一眼，因为我说错了话，丢了她的脸；唉，她那一眼把我全身的血管都割破了。我很想懂得交际场中的规矩；可是我只懂得一样：我在世界上是多余的。第二天我上但斐纳家去找安慰，不料又闹了笑话，惹她冒火。我为此急疯了。八天功夫我不知道怎么办。我不敢去看她们，怕受埋怨。这样，我便进不了女儿的大门。哦！我的上帝！既然我吃的苦，受的难，你全知道，既然我受的千刀万剐，使我头发变白，身子磨坏的伤，你都记在账上，干么今日还要我受这个罪？就算太爱她们是我的罪过，我受的刑罚也足够补赎了。我对她们的慈爱，她们都狠狠地报复了，像刽子手一般把我上过毒刑了。唉！做老子的多蠢！我太爱她们了，每次都回头去迁就她们，好像赌棍离不开赌场。我的嗜好，我的情妇，我的一切，便是两个女儿，她们俩想要一点儿装饰品什么的，老妈子告诉了我，我就去买来送给她们，巴望得到些好款待！可是她们看了我在人前的态度，照样来一番教训。而且等不到第二天！喝，她们为着我脸红了。这是给儿女受好教育的报应。我活了这把年纪，可不能再上学校啦。（我痛死了，天哪！医生呀！医生呀！把我脑袋劈开来，也许会好些。）我的女儿呀，我的女儿呀，娜齐，但斐纳！我要看她们。叫警察去找她们来，抓她们来！法律应该帮我的，天性，民法，都应该帮我。我要抗议。把父亲踩在脚下，国家不要亡了吗？这是很明白的。社会，世界，都是靠父道做轴心的；儿女不孝父亲，不要天翻地覆吗？哦！看到她们，听到她们，不管她们说些什么，只要听见她们的声音，尤其但斐纳，我就不觉得痛苦。等她们来了，你叫她们别那么冷冷地瞧我。啊！我的好朋友，欧也纳先生，看到她们眼中的金光变得像铅一样不灰不白，你真不知道是什么味儿。自从她们的眼睛对我不放光辉之后，我老在这儿过冬天；只有苦水给我吞，我也就吞下了！我活着就是为受委屈，受侮辱。她们给我一点儿可怜的，小小的，可耻的快乐，代价是教我受种种的羞辱，我都受了，因为我太爱她们了。老子偷偷摸摸地看女儿！听见过没有？我把一辈子的生命给了她们，她们今天连一小时都不给我！我又饥又渴，心在发烧，她们不来苏解一下我的临终苦难。我觉得我要死了。什么叫做践踏父亲的尸首，难道她们不知道吗？天上还有一个上帝，他可不管我们做老子的愿不愿意，要替我们报仇的。噢！她们会来的！来啊，我的小心肝，你们来亲我呀；最后一个亲吻就是你们父亲的临终圣餐了，他会代你们求上帝，说你们一向孝顺，替你们辩护！归根结蒂，你们没有罪。朋友，她们是没有罪的！请你对大家都这么说，别为了我难为她们。一切都是我的错，是我纵容她们把我踩在脚下的。我就喜欢那样。这跟谁都不相干，人间的裁判，神明的裁判，都不相干。上帝要是为了我责罚她们，就不公平了。我不会做人，是我糊涂，自己放弃了权利。为她们我甚至堕落也甘心情愿！有什么办法！最美的天性，最优秀的灵魂，都免不了溺爱儿女。我是一个糊涂蛋，遭了报应，女儿七颠八倒的生活是我一手造成的，是我惯了她们。现在她们要寻欢作乐，正像她们从前要吃糖果。我一向对她们百依百顺。小姑娘想入非非的欲望，都给她们满足。十五岁就有了车！要什么有什么。罪过都在我一个人身上，为了爱她们而犯的罪。唉，她们的声音能够打开我的心房。我听见她们，她们在来啦。哦！一定的，她们要来的。法律也要人给父亲送终的，法律是支持我的。只要叫人跑一趟就行。我给车钱。你写信去告诉她们，说我还有几百万家私留给她们！我敢起誓。我可以上奥特赛去做高等面食。我有办法。计划中还有几百万好赚。哼，谁也没有想到。那不会像麦子和面粉一样在路上变坏的。嗳，嗳，淀粉哪，有几百万好赚啊！你告诉她们有几百万决不是扯谎。她们为了贪心还是肯来的；我宁愿受骗，我要看到她们。我要我的女儿！是我把她们生下来的！她们是我的！"他一边说一边在床上挺起身子，给欧也纳看到一张白发凌乱的脸，竭力装作威吓的神气。

欧也纳说："嗳，嗳，你睡下吧。我来写信给她们。等皮安训来了，她们要再不来，我就自个儿去。"

"她们再不来，"老人一边大哭一边接了一句，"我要死了，要气疯了，气死了！气已经上来了！现在我把我这一辈子都看清楚了。我上了当！她们不爱我，从来没有爱过我！这是摆明的了。她们这时不来是不会来的了。她们越拖，越不肯给我这个快乐。我知道她们。我的悲伤，我的痛苦，我的需要，她们从来没体会到一星半点，连我的死也没有想到；我的爱，我的温情，她们完全不了解。是的，她们把我糟蹋惯了，在她们眼里我所有的牺牲都一文不值。哪怕她们要挖掉我眼睛，我也会说：挖吧！我太傻了。她们以为天下的老子都像她们的一样。想不到你待人好一定要人知道！将来她们的孩子会替我报仇的。唉，来看我还是为她们自己啊。你去告诉她们，说她们临死要受到报应的。犯了这桩罪，等于犯了世界上所有的罪。去啊，去对她们说，不来送我的终是忤逆！不加上这一桩，她们的罪过已经数不清啦。你得像我一样的去叫：哎！娜齐！哎！但斐纳！父亲待你们多好，他在受难，你们来吧！——唉！一个都不来。难道我就像野狗一样的死吗？爱了一辈子的女儿，到头来反给女儿遗弃！简直是些下流东西，流氓婆；我恨她们，咒她们；我半夜里还要从棺材里爬起来咒她们。嗳，朋友，难道这能派我的不是吗？她们做人这样恶劣，是不是！我说甚么？你不是告诉我但斐纳在这儿吗？还是她好。你是我的儿子，欧也纳。你，你得爱她，像她父亲一样的爱她。还有一个是遭了难。她们的财产呀！哦！上帝！我要死了，我太苦了！把我的脑袋割掉吧，留给我一颗心就行了。"

"克利斯朵夫，去找皮安训来，顺便替我雇辆车。"欧也纳嚷着。他被老人这些呼天抢地的哭诉吓坏了。

"老伯，我到你女儿家去把她们带来。"

"把她们抓来，抓来！叫警卫队，叫军队！"老人说着，对欧也纳瞪了一眼，闪出最后一道理性的光。"去告诉政府，告诉检察官，叫人替我带来！"

"你刚才咒过她们了。"

老人愣了一愣，说："谁说的？你知道我是爱她们的，疼她们的！我看到她们，病就好啦……

去吧,我的好邻居,好孩子,去吧,你是慈悲的;我要重重地谢你;可是我什么都没有了,只能给你一个祝福,一个临死的人的祝福。啊!至少我要看到但斐纳,吩咐她代我报答你。那个不能来,就带这个来吧。告诉她,她要不来,你不爱她了。她多爱你,一定会来的。哟,我渴死了,五脏六腑都在烧!替我在头上放点儿什么吧。最好是女儿的手,那我就得救了,我觉得的……天哪!我死了,谁替她们挣钱呢?我要为她们上奥特赛去,上奥特赛做面条生意。”

欧也纳搀起病人,用左臂扶着,另一只手端给他一杯满满的药茶,说道:“你喝这个。”

“你一定要爱你的父母,”老人说着,有气无力地握着欧也纳的手。“你懂得吗,我要死了,不见她们一面就死了。永远口渴而没有水喝,这便是我十年来的生活。”

……

正当灵柩上车的时节,特·雷斯多和特·纽沁根两家有爵徽的空车忽然出现,跟着柩车到拉希公墓。六点钟,高老头的遗体下了墓穴,周围站着女儿家中的管事。大学生出钱买来的短短的祈祷刚念完,那些管事就跟神甫一齐溜了。两个盖坟的工人,在棺木上扔了几铲子土挺了挺腰;其中一个走来向拉斯蒂涅讨酒钱。欧也纳掏来掏去,一个子儿都没有,只得向克利斯朵夫借了一法郎。这件很小的小事,忽然使拉斯蒂涅大为伤心。白日将尽,潮湿的黄昏使他心里乱糟糟的;他瞧着墓穴,埋葬了他青年人的最后一滴眼泪,神圣的感情在一颗纯洁的心中逼出来的眼泪,从它堕落的地下立刻回到天上的眼泪。他抱着手臂,凝神瞧着天空的云。克利斯朵夫见他这副模样,径自走了。

拉斯蒂涅一个人在公墓内向高处走了几步,远眺巴黎,只见巴黎蜿蜒曲折地躺在塞纳河两岸,慢慢地亮起灯火。他的欲火炎炎的眼睛停在王杜姆广场和安伐里特宫的穹窿之间。那便是他不胜向往的上流社会的区域。面对这个热闹的蜂房,他射了一眼,好像恨不得把其中的甘蜜一口吸尽。同时他气概非凡地说了句:

“现在咱们俩来拼一拼吧!”

然后拉斯蒂涅为了向社会挑战,到特·纽沁根太太家吃饭去了。

——选自傅雷译《高老头》,人民文学出版社 1978 年版

(李小驹)

十五　福楼拜《包法利夫人》

居斯塔夫·福楼拜(1821—1880),19世纪中期法国杰出的批判现实主义小说家。福楼拜出生于鲁昂一个外科医生家庭,1841年到巴黎攻读法律,后因病辍学,终身未婚。医院的生长环境培养了福楼拜的实验主义倾向,使他注意对事物的缜密观察,而与宗教格格不入。福楼拜早年受到悲观主义与唯美主义的影响,还有着斯宾诺莎无神论的印迹。他在上中学时就热心阅读浪漫主义作品,开始文学习作。这些作品表现了"恶魔式的利己主义"和无政府主义式的狂热,带有浓厚的浪漫主义色彩。1851年,在外旅行两年的福楼拜回国开始创作长篇小说《包法利夫人》,1856年4月小说问世,引起轰动。由于法院控告有伤风化,福楼拜不再直接描写当代生活,转向了历史题材的写作。1862年写成了再现公元前3世纪迦太基社会生活的史诗小说《萨朗波》,小说雄奇壮丽,引人入胜,展现了当时社会的矛盾、残酷的战争及人性的险恶,获得了成功。第三部重要小说《情感教育》重新描写当代生活,提供了一部1848年革命的形象编年史。随后,福楼拜在艺术上不断探索,创作出如《一颗纯朴的心》这样的优秀作品,直到1880年5月8日因脑溢血发作而逝世。福楼拜是法国批判现实主义与自然主义的桥梁,被奉为"自然主义的鼻祖",其"客观而无动于衷"的创作理论和精雕细刻的艺术风格,在法国文学史上独树一帜,对现代主义文学的发展产生深远影响。

《包法利夫人》(1856)是福楼拜的代表作,也是世界文学史上的小说典范。作品叙述了一个平民女子的悲剧命运。主人公艾玛是一个农庄主的女儿,容颜秀丽,举止优雅。父亲为了让她接受高等教育,把她送到了修道院,修道院的生活不仅教会她社交礼仪与技艺,也铸就了她浪漫的性情。由于受浪漫主义的影响,艾玛对爱情与婚姻想入非非,后嫁给了为其父治病的乡间医生包法利,但丈夫谈吐平庸,感情贫乏,婚后生活平淡无味。在参加过一次上流社会的舞会后,艾玛更是郁郁寡欢,终日幻想贵族生活,迫使包法利迁居到永镇,在那里结识了一个叫赖昂的见习生。不久,赖昂去了巴黎,地主罗道耳弗乘虚而入,勾引了艾玛。从此艾玛注重享受,不惜高利贷购买时装,把自己的爱情梦寄托在罗道耳弗身上,可这个乡村无赖只是逢场作戏而已,最后他不辞而别,把艾玛抛入痛苦不堪的境地。艾玛因此大病一场。后来她去鲁昂看戏,遇到了分别三年的赖昂,两人旧情复燃。此后艾玛借口学习钢琴,每星期去鲁昂与他幽会。最终艾玛债台高筑,成了高利贷的盘剥对象,在走投无路的情况下服毒自杀。一直蒙在鼓里的包法利不久也抑郁而终,他们的独生女只好到一家纱厂打工谋生。

艾玛一心向往浪漫的爱情、多姿多彩的生活,这也是人之常情,可等待她的却是毁灭。毫无疑问,作者在包法利夫人身上寄予了深刻的人生体验。艾玛本是良家女子,可是修道院的生活与教育培养了她浪漫的幻想情调,激起了她对上流浮华社会的向往,然而婚后的平庸生活让她美好的愿望化为泡影。"谈吐像人行道板一样平板"的丈夫只能让她更加绝望。渐渐地她走向了堕落的边缘:"她试着想象那些可能发生的事件,那种不同的生活,那个他不相识的丈夫。"可是,赖昂并不可靠,情场老手罗道耳弗自私自利,不想背负任何责任,这些聚集在艾玛周围的人们平庸恶浊,有的甚至卑鄙无耻,正与艾玛渴望的生活对比鲜明。显然,小说中现实与幻想的冲突,恰好体现了福楼拜本人的思想矛盾,所以他才会发出"包法利夫人,就是我"的感叹。通过艾玛的悲剧,作者批评了浪漫主义的虚幻对人性的危害，另一方面作者又严厉控诉了丑恶现实对人美好愿望的压制与践踏。正因为如此，福楼拜把自己对现实的绝望倾注在包法利夫人身上，包法利夫人的悲剧不仅是一个浪漫少女从追求到幻灭的悲剧，不仅反映了当时妇女们普遍遭受的命运，其中更寄予了福楼拜对法国上流社会腐化堕落生活的绝望与批判。

福楼拜一生创作极为严谨，信奉古典主义理论家布瓦洛的格言：“流畅的诗，艰苦地写。”他在创作中字斟句酌，反复推敲，精雕细刻，力求在语言、结构、意境等方面臻于完美，形成了严谨、清澈的艺术风格。《包法利夫人》正是这种艺术追求的代表。福楼拜深受外科医生家庭影响，追求科学严谨的创作态度，又与批判现实主义一脉相承，注重人物精神的描写，并力求在小说中把精神状态的形成与其生长的环境结合起来，而且把这种环境融入到情节的叙述中。艾玛的幻想，包法利的成长历程及人格形成都是在对精神与环境的融合中描绘出来的。另外，《包法利夫人》的语言在法国文学史上首屈一指，准确、客观、冷静，又具有诗一样的清澈与美丽。福楼拜的创作精神与艺术理念对自然主义与现代派文学产生了深刻影响。

包法利夫人(片断)

第六节

她读过《保尔和维吉妮》，梦见过小小的竹房子，黑黑的多曼戈，“忠心的”小狗，尤其是一个好心的、情意脉脉的小哥哥，为了给你摘红果子，可以爬上比钟楼还高的大树，为了给你找到鸟窝，可以光着脚在沙滩上跑。

等到她十三岁，她的父亲亲自带她进城，送她上修道院去受教育。他们住在圣·洁韦区一家小客店，吃晚餐的时候，他们发现盘子上画着拉·华丽叶小姐修道的故事。解释图画的文字都是宣扬宗教，赞美心地善良，歌颂宫廷荣华富贵的，可是给刀叉刮得东一道痕，西一道印，看不清楚了。

她起初在修道院并不觉得烦闷，反倒喜欢和修女们待在一起，她们要她高兴，就带她去餐厅，走过长廊，去看小礼拜堂。休息的时候，她也不太爱玩，但对教理问答课很熟悉，只要出了难答的问题，她总是抢着回答助理神甫。

她的生活没有离开过教室的温暖气氛，没有离开过这些脸色苍白的修女，她们胸前挂着的一串念珠和一个铜十字架，加上圣坛发出的芳香，圣水吐出的清芬，蜡烛射出的光辉，都有一种令人消沉的神秘力量，使她不知不觉地沉醉了。但是她并不听弥撒，只是出神地看着圣书上的蓝边插图，她喜欢图中得了病的羔羊，利箭穿过的圣心，走向十字架时倒下的耶稣。她要禁欲苦修，就试着一整天不吃饭。她还挖空心思，要许一个愿。

在忏悔时，她凭空捏造一些微不足道的罪名，为了可以在阴暗的角落里多待一点时间，可以双手合十地跪着，脸贴着小栅栏，听教士的低声细语。布道时往往把信教比作结婚，提到未婚夫、丈夫、天上的情人和永久的婚姻，这使她在灵魂深处感到意外的甜蜜。

晚祷之前，她们在自习室读宗教书。整个星期，不是读点圣史摘要，就是读修道院长的《讲演录》，只有星期天，才选读几段《基督教真谛》调剂调剂。她头几回多么爱听这些反映天长地久、此恨绵绵的浪漫主义的悲叹哀鸣呵！假如她的童年是在闹市的小店铺里度过的，那么，她也许会心旷神怡地让大自然的抒情声音侵入她的灵魂，因为一般说来，城里人是只有通过书本，才对大自然有所了解的。但她太了解乡下了，她听过羊叫，会挤牛奶，也会把犁擦得雪亮。过惯了平静的日子，她反倒喜欢多事之秋。她爱大海，只是为了海上的汹涌波涛；她爱草地，只是因为青草点缀了断壁残垣。她要求事物投她所好；凡是不能立刻满足她心灵需要的，她都认为没有用处；她多愁善感，而不倾心艺术，她寻求的是主观的情，而不是客观的景。

修道院里有一个老姑娘，每个月来做一星期针线活。她是一个贵族世家的后代，在大革命期间家破人亡，所以得到大主教的庇护，特准在餐厅里和修女们同桌用膳，餐后还同她们闲谈一会儿，再做针线活。寄宿生往往溜出教室来看她。她会唱前一个世纪的情歌，有时一面飞针走线，一面就低声唱起来。她讲故事，讲新闻，替你上街买东西，私下里把围裙口袋里藏着的小说借给大姑娘看，她自己也是女红一歇手，就一口气读上长长的一章。书里讲的总是恋爱的故事，多情的男女，逼得走投无路、在孤零零的亭子里晕倒的贵妇人，每到一个驿站都要遭到毒害的马车夫，每一页都疲于奔命的马匹，阴暗的树林，内心的骚动，发不完的誓言，剪不断的呜咽，流不尽的泪，亲不完的吻，月下的小船，林中的夜莺，情郎勇敢得像狮子，温柔得像羔羊，人品好得不能再好，衣着总是无瑕可击，哭起来却又热泪盈眶。半年以来，十五岁的艾玛就这样双手沾满了旧书店的灰尘。后来她读司各特，爱上了古代的风物，梦中也看到苏格兰乡村的衣柜，卫士的厅堂，走江湖的诗人。她多么希望像腰身细长的女庄主一样，住在一座古老的城堡里，整天在三叶形的屋顶下，胳膊肘支在石桌上，双手托住下巴，引颈企望着一个头盔上有白羽毛的骑士，胯下一匹黑马，从遥远的田野奔驰而来。那时，她内心崇拜的是殉难的玛丽女王；狂热地敬仰的是出名的或不幸的妇女。在她看来，以身殉教的女杰贞德、同老师私奔的艾洛伊丝、查理七世的情妇阿涅丝·索蕾、美丽的费隆夫人、女诗人克莱芒丝·伊索尔像是灿烂的彗星划破了历史的漫漫长夜，而在栎树下审案的路易九世、宁死不屈的勇士巴亚、毒死索蕾的路易十一、圣·巴特勒米之夜对新教徒的大屠杀，头戴白缨冲锋陷阵的亨利四世，还有艾玛难忘的、晚餐盘子上的彩画所颂扬的路易十四，虽然也在黑暗的天空中发出闪烁的光辉，但和那些受到宗教迫害的妇女，似乎没有什么关系。

上音乐课的时候，她歌唱的不过是金翅膀的小天使、圣母玛利亚、威尼斯的环礁湖、湖上的船夫。这些平淡无奇的作品，风格庸俗，音调轻浮，却使她隐隐约约地看到了感情世界富有魅力的幻景，她有几个同学，在节日里收到了图文并茂的画册，还带到修道院来。这非藏起来不可，但是并不容易；她们只好在寝室里偷偷阅读，艾玛小心地翻开美丽的缎面精装本，心醉神迷地凝视着陌生作者的署名，作品下面的名字，多半不是伯爵，就是子爵呵。她紧张得有点颤抖，吹一口气来掀起图画上的透明纸，薄纸卷起了一半，又轻轻落下。图画中的阳台栏杆后面，有一个穿短外套的青年男子，怀里抱着一个白衣少女，女郎的腰带上还挂着一个钱包；也有不具名的英国贵妇人的画像，她们的金黄卷发上戴着圆草帽，睁开了明亮的大眼睛望着你。还看得见一些贵妇人歪靠在马车上，在公园中溜达，驾着马跑的是两个穿着白裤子的小马夫，马前还有一条猎狗在欢腾奔跃。还有的贵妇人坐在沙发上出神地望着月亮，旁边有一封拆开了的信，半开的窗子上挂着有褶裥的黑色窗帘。有些天真的贵妇人，脸上挂着一滴眼泪，正在喂哥特式鸟笼里的斑鸠，或者是微笑地歪着头，用翘头鞋似的尖尖手指，掐下一朵雏菊的花瓣。画面上还出现了吸烟杆的苏丹王，在半圆形的拱顶下，沉醉在印度舞女的怀抱里；还有异教徒，土耳其的马刀，希腊的软帽，特别是酒神故乡的朦胧景色，这里既有热带的棕榈，又有寒带的冷杉，右边是几只老虎，左边又是一只狮子，远处是清真寺的尖塔，近处却是古罗马的废墟，还有几只蹲着的骆驼，——这些东拼西凑的图片周围都有一个画框，画的都是一片纯净的处女林，还有一大道阳光直射波光荡漾的水面，在铁灰的背景上有几道稀疏的白痕，那是几只戏水的天鹅。

墙上挂着的煤油灯照在艾玛头上，灯罩把光聚在她观看的一幅幅图画上面，寝室里静悄悄的，偶尔有一辆晚归的马车还在街上走动的响声才会打破这片沉寂。

她的母亲死了，头几天她哭得十分伤心。她用死者的头发织成了一幅悼念的图画，写了一封信去贝尔托，信中充满了对人生的忧思哀怨，要求自己死后也葬在母亲的坟墓里。她的老父亲以为她病了，跑来看她。艾玛暗中得意，觉得自己居然一下就感到了人生的灰暗，而平凡的心灵却一辈子也难得进入这种理想的境界。于是她让自己随着拉马丁柔肠百转的诗句，顺流而下，听着湖上的竖琴，天鹅临终的绝唱，树叶落地的飘飘声，纯洁的贞女飘飘升天和永恒的天父在圣谷谆谆布道的声音。她感到腻味了，但又不肯承认，先是哀伤成了习惯，后是为了面子，就一直哀伤下去，但是到了最后，说也奇怪，她居然觉得自己恢复平静了，心里没有忧伤，就像额头没有皱纹一样。

修女们本来认为卢奥小姐得天独厚，感应神的召唤特灵，现在发现她似乎误入歧途，辜负了她们的一片好心，觉得非常失望。她们对她的确尽心尽力，无微不至，要她参加日课，退省静修，九日仪式。传道说教，要她崇敬先圣先烈，劝她克制肉欲，拯救灵魂，不料她像拉紧缰绳的马一样，你一松手，马嚼子就滑出嘴来了。在她奔放的热情中，却有讲究实际的精神，她爱教堂是为了教堂的鲜花，爱音乐是为了浪漫的歌词，爱文学是为了文学热情的刺激，这种精神和宗教信仰的神秘性是格格不入的，正如她的性格对修道院的清规戒律越来越反感一样。因此，她父亲来接她出院的时候，大家并没有依依惜别之情。院长甚至发现，她越到后期，越不把修道院放在眼里。

艾玛回到家中，开始还喜欢对仆人发号施令，不久就觉得乡下没有趣味，反倒留恋起修道院来了。夏尔第一次来贝尔托的时候，她正自以为看破了一切，没有什么值得学习的，对什么也不感兴趣。

但是她急于改变现状，也许是这个男人的出现带来了刺激，这就足以使她相信，她到底得到了那种可望而不可及的爱情，而在这以前，爱情仿佛是一只玫瑰色的大鸟，只在充满诗意的万里长空的灿烂光辉中飞翔；——可是现在，她也不能想象，这样平静的生活，就是她从前朝思暮想的幸福。

——选自周克希译《包法利夫人》，上海译文出版社 2002 年版

（张永宏）

十六　莫泊桑《羊脂球》

居伊·德·莫泊桑(1850—1894)是19世纪后期法国小说家,他在中短篇小说方面不论其数量还是质量都取得了巨大的成就,“他目睹世界并且略带悲观地向我们展示这个世界,对于我们来说仍不失为一个卓越超群、完美无缺的文学巨匠”。1871至1880年是莫泊桑的创作准备阶段,对他来说,最具有决定意义的是师从福楼拜,这位作家的创作原则对莫泊桑影响深远,培养了他努力“发现别人没有观察到和没有人写过的方面”的才能。当时,莫泊桑和瑟阿尔、厄尼克、阿莱克斯、于斯曼结为文友,每周四在左拉家聚会,称为“梅塘集团”。1880年4月,他们集体出版了小说集《梅塘之夜》,引起轰动,《羊脂球》是其中最优秀的一篇,使莫泊桑一举成名。成名以后,莫泊桑有机会涉足上流社会,扩大了他的视野。从1883年开始,他写作以上层社会为题材的一系列长篇小说《一生》、《漂亮朋友》、《温泉》、《皮埃尔和让》等,与此同时创作的大量中短篇小说充分表现了莫泊桑对战争、宗教、现代偏见、女人浪漫的狂热、吝啬、资产者的极度愤慨,以及对小人物、对人类的贫困充满激动的同情。在后期的一些短篇小说里,字里行间流露出与莫泊桑自身命运具有特殊悲剧性的共鸣。1876年起,莫泊桑就犯有心绞痛和强烈的偏头痛,随后出现神经痛、视力混浊和血液循环障碍。1892年1月他企图在戛纳自杀,此后一直未恢复清醒,18个月后在布朗什大夫的疗养院里去世。莫泊桑一生创作的中短篇小说约三百篇,此外还有长篇小说、诗集、游记和剧本,以及在报纸专栏上撰写的大量文章。

《羊脂球》(1880)以妓女羊脂球为核心,对普法战争失败的原因进行了探讨,是一部描写“无爱国心”的中篇小说。小说一经问世,莫泊桑即刻蜚声文坛,福楼拜称这部作品“无论从结构,讽刺或观察来看,都是杰作”。小说讲的是在鲁昂城被普鲁士军队占领后的一个星期二清晨,一辆四驾旅行大马车在漫天大雪中出发,车上10位乘客来自不同阶层:酒商鸟先生夫妇、工厂主卡雷一拉马东夫妇、于贝尔·德·布雷维尔伯爵夫妇、两位修女、“民主党”人高奴代和妓女羊脂球。他们设法从德军司令部弄来离境证书,想尽快去法军据守的勒阿弗尔港。雪下个不停,路却越来越难走,马车行进了很久,乘客们饥肠辘辘,只有羊脂球带了一篮精美的食品,尽管她知道这些上层人物看不起自己,可她还是慷慨地请大家一起吃。那些对羊脂球妓女身份不屑一顾的乘客们吃光了羊脂球满满一篮食物,并开始与羊脂球亲热地东拉西扯。晚上,马车在托特镇被普鲁士士兵扣留,原来,一名普鲁士军官要求羊脂球委身于他,但遭到羊脂球的拒绝,恼羞成怒的普鲁士军官于是扣下全车人员做人质。旅客们得知这件事情后一个个义愤填膺,支持羊脂球的爱国行为,但为了个人的私利,很快就有乘客提出牺牲羊脂球换回大家的自由。三天后,马车仍然无法动身,乘客们开始憎恨羊脂球并且用花言巧语劝说羊脂球顺从普鲁士军官的要求,最终羊脂球作出了牺牲,马车得以通行。第五天清晨,马车又出发了。在车上,羊脂球发现人人对她冷若冰霜,中午时候,他们都各自拿出食物津津有味地吃着,没有人请未来得及带食品的羊脂球尝一口。羊脂球只能独自坐在角落里饮泣,悲啼声与民主党人高奴代在酒足饭饱后哼唱的《马赛曲》歌声形成了鲜明的对照。

像莫泊桑普法战争题材的多数小说一样,《羊脂球》没有正面表现战争本身,而是以战争这种特殊的生活形态为舞台,去刻画人物,洞察世情。小说情节的表层结构很简单:马车——托特镇旅馆——马车。这有限的时空转换，成为故事中人物表演的大舞台，10位旅客也在动静配合之中演绎了一出情态各异的滑稽剧。小说以途中普鲁士军官对羊脂球的无理要求为中心，揭露了法国上流社会的各种角色如商人、贵族、厂长兼参议员、修女及民主党人等人在国家危急时刻，不考虑国家的前途、民族的尊严，只关心个人的安危和金钱的得失。他们也懂得，普鲁士军官的无理要求，是对法兰西民族的羞辱，他们显出怒不可遏的架势，但是当民族利益和个人利益发生冲突时，他们立即倒向敌人一边。这些鲜明生动的描写对揭露那些所谓体面人物的丑行，具有极大的概括意义。所以说，小说里的人物就是法国社会各阶层人物的真实写照，作品里渗透莫泊桑对上层人物思想、心理的深刻的观察，无情的解剖和批判。

《羊脂球》充分体现了莫泊桑小说的艺术技巧。他善于截取日常生活的一个片断，用逃难旅行这样一件小事反映了普法战争时期一群法国上层人物的可耻嘴脸。小说结构严谨，层次清楚，描写简练而集中。故事开篇时，莫泊桑特意用了大段文字来描绘陷落前后鲁昂城的情形，"一连数日，溃军的一股股队伍，纷纷穿过这座城市。那根本不算队伍了，完全是散兵游勇。那些人胡子拉碴，又长又脏，军装也破烂不堪，既没有军旗，又不成为团队，只是拖着脚步朝前走。他们都显得神情沮丧，精疲力尽，再也不能想什么，再也不能拿什么主意了，仅仅凭习惯机械地移动脚步，一站住就会累趴下了。他们大多是应征入伍的性情平和的人、安分度日的年金领取者，一个个都被枪支压弯了腰"。前线溃退的法国将军带着残兵败将狼狈地穿城而过，国民自卫军不战而逃，普鲁士军队占领了鲁昂，懦弱的市民对占领者卑躬屈膝，城外的农民却在英勇地反抗。这一切严格遵循了莫泊桑的创作原则，"提供比现实本身更全面、更鲜明、更使人信服的生活图景"。小说语言朴实、凝练、细腻且略带幽默，夹杂善意的调侃和尖刻的讽刺，叙述看来平静，内容却激动人心；他不以词藻华丽取胜，而是以平易通俗、准确有力的文学语言征服读者，尤其擅长用寥寥数语展现人物内心世界。这部小说中，正反人物的对比、事件中不同人物的横向对比、人物自身矛盾言行的纵向对比、在对待羊脂球问题上相同场面的前后对比，对故事情节及人物刻画起到了突出的作用。

羊脂球(片断)

车厢里，大家借着黎明的这种凄清的光亮相互好奇地打量。

车厢最里面的最好位置上，有鸟先生夫妇面对面坐着打瞌睡，他们是大桥街的葡萄酒批发商人。

鸟先生从前给人当伙计，趁老板破产，就把店铺盘过来，从而发了财。他以极便宜的价格，将极劣的葡萄酒批发给乡村的小贩，因而在熟人和朋友的眼里，他是个非常狡诈的奸商，是个诡计多端、快活俏皮的真正诺曼底人。

他这奸商的名望已十分稳固，以致有人当作笑谈。例如有一天，在省政府的晚会上，一位在当地颇有名气、文思敏捷而犀利、专编寓言和歌谣的作者图奈尔先生，看到女士们有点困倦，就提议玩"飞鸟"[①]游戏；这一说法立即飞遍省督的每间客厅，然后又飞到全城的每家客厅，让全省人开心大笑了一个月。

① 法文Voler有"飞"和"盗窃"两种含义，这里用作双关，故引人发笑。

此外，鸟先生爱搞恶作剧，爱开文雅和下流的玩笑，也是出了名的，因此哪个人提起他，无不立刻补充一句："这个鸟家伙，真是无价的活宝。"

此公身材矮小，挺个球状的大肚子，肩头顶着鬓髯灰白的一张红赤赤的脸。

他的老婆则人高马大，麻利果断，说话嗓门又高，遇事又能当机立断，在店铺里代表秩序和算术；而老公则凭着插科打诨，给店铺增添活跃的气氛。

挨着这对夫妇坐的一位更有派头，出身阶层要高一等，他就是卡雷一拉马东先生，一个了不起的人物，在棉纺行业名望很高，开了三座纺织厂，授予荣誉团骑士称号，又是省议会的议员。在整个帝国时期[①]，他一直是善意的反对派首领，唯一的宗旨就是先攻后和，拿他本人的话来说，也就是拿武器虚晃几招，然后要价高些，再附和多数派的主张。卡雷一拉马东太太比丈夫年轻得多，成为鲁昂驻军的那些贵族军官的安慰。

她坐在丈夫的对面，身子蜷缩在毛皮大衣里，显得那么娇小，那么可爱，那么秀美；她瞧着这破破烂烂的车厢，眼里充满了沮丧的神情。

坐在她身旁的是于贝尔·德·布雷维尔伯爵和夫人，这是诺曼底最古老、最高贵的姓氏。伯爵是个派头十足的老绅士，并且着意修饰，竭力突出他的相貌与亨利四世国王的相似之点；根据他的家族引以为荣的一种传说，亨利四世曾使布雷维尔家族的一名女子怀了身孕，那女子的丈夫便得以晋升伯爵，并擢升为省督。

在省议会里，于贝尔伯爵跟卡雷一拉马尔先生是同僚，不过他在省里代表奥尔良保王党。他同南特城一个小船主女儿是如何结为良缘的，这始终是个谜。伯爵夫人也的确雍容华贵，比谁都善于应酬，据传她曾得到路易·菲力浦[②]的一名公子的垂爱，因而整个贵族阶层都趋之若鹜，她的沙龙在当地也首屈一指，是唯一保留昔日风流情调的场所，一般人是难得进去的。

布雷维尔家庭拥有的全是不动产业，据说每年收入高达五十万法郎。

上述六人是这辆车旅客的核心，是社会上收入稳定、生活平静、有权有势的阶层，同时也是信奉宗教、讲究道德、有威望的正人君子。

也是巧得出奇，所有女客都坐在同一条长椅上；伯爵夫人旁边还坐着两名修女，她们掐着长串念珠，口中咕哝着《圣父经》和《圣母经》。一位是老修女，满脸麻坑，就好像迎面贴近中了一排霰弹似的。另一位修女身体极其羸弱，一张病容的俏脸长在痨病胸脯的上面：这样的胸脯受贪婪信念的啮食，能使人情愿殉教并产生宗教幻象。

这两位修女的对面坐着一男一女，把大家的目光吸引过去。

那男的谁都认识，人称民主家高奴代，是上流社会人士最怕的人。二十年来，他泡在具有民主风味的所有咖啡馆里，在啤酒杯中浸染他那棕红色的胡子。他和弟兄朋友们，吃光了他那当糖果商的父亲给他留下的可观的财产，便急不可待地盼着共和国的诞生，以期获得他为革命干了那么多啤酒之后应有的地位。9月4日[③]那天，也许有人故意捉弄他，他真以为自己被任命为省督，不料走马上任时，成为办公室唯一主人的那些侍役，却不肯承认他的资格，逼得他退避三舍了。其实，他是个挺厚道的家伙，乐于助人，而并无害人之心，于是他又以无比的热忱，全力组织守土的防务，动员百姓在平野上挖了许多坑，砍倒附近林子中的所有小树，在每条路上都布下了陷阱。他对自己营建的这些防御工事非常满意，等敌军快要开到时，他就急忙撤回城里了。现在他又想，勒阿弗尔更需要

① I'Empire(1852—1870)，指拿破仑三世的第二帝国。
② Lous-Philippe(1773—1850)，奥尔良公爵，后为法国国王(1830—1848)。
③ 1870年，拿破仑三世在普法战争中惨败，9月4日巴黎爆发革命，推翻第二帝国，成立第三共和国。

他，那里亟待建造新的防御工事。

那女的是个人们所说的粉头，因过早发胖的体型而出了名，诨号叫"羊脂球"。她个头很矮，浑身圆滚滚的，肥得流油；十根手指也都肉鼓鼓的，只有每个骨节细了一圈，皮肤绷紧而发亮，好像几串短香肠；胸脯特别丰满，顶着衣裙突出一大团。但是她细皮嫩肉，招人爱看，依然秀色可餐，有不少嫖客光顾。她的脸蛋如同一个红苹果，又像一朵含苞待放的牡丹花；下面那张小嘴里，两排细牙亮晶晶的，嘴唇曼妙而湿润，吻起来一定甜美。

……

她从篮子里先取出一只陶瓷小碟、一只小银杯，再取出一个大瓦罐，里面装着两只切好的并结了一层冻儿的整鸡；大家瞧见篮子里还有一包包好吃的东西，诸如肉酱、水果、甜食，准备的食品足够旅途中吃三天，而不必沾一点旅馆厨房做的东西。几包食物之间还露出四瓶酒的长颈。她拿起一个鸡翅膀，小口吃起来，同时就着诺曼底地区叫做"摄政"的小面包。

所有目光都注视她了。接着，香味扩散，大家的鼻孔都张开，嘴里涌出大量的津液，耳朵下面的腮帮子也绷得发痛。几位女士对这窑姐儿的蔑视更凶了，简直要把她杀死，或者把她扔下车去，把她连同酒杯、篮子和食品，统统扔到雪地里。

然而，鸟先生的眼睛贪婪地盯着装鸡的瓦罐，他说道："不错，这位太太比我们想得周到。有的人总是样样都能想得周全。"羊脂球听了，抬头看着他："先生，您想吃点儿吗？不吃东西，从一早熬到现在，可真够呛！"鸟先生点头致意，又说道："说心里话，我不会拒绝，饿得实在挺不住了。战时就说战时的话，对不对呀，太太？"接着他环视一下周围，又补充说："碰到现在这种情况，有好心肠的人肯帮忙，何乐而不为呀！"他有一张报纸，便摊在面前，以免弄脏裤子，然后从兜里掏出他总带在身上的小刀，用刀尖挑起一个裹着冻儿的鸡腿，用牙齿撕开，细细嚼起来，吃得津津有味，引起车里一大声痛苦的叹息。

这时，羊脂球又和声细语，请两位修女分享这顿便餐。两位修女立即接受，她们咕哝两句道谢的话，眼皮也不抬就迅速吃起来。高奴代也欣然接受羊脂球的邀请，连同修女一起，把报纸摊在膝上，就拼成了一张临时的饭桌。

几个人的嘴不停地一张一合，大吃大嚼，大口吞下去。鸟先生单独在一边，也吃得非常卖力气，他还低声劝老婆如法炮制。鸟太太抵制了许久，后来肠胃一阵痉挛，她也就屈从了。于是，鸟先生十分委婉地问他们"可爱的旅伴"，能否允许他给自己太太拿一小块。羊脂球蔼然一笑，说了一声："当然可以，先生。"就殷勤地把罐子递过去。

打开第一瓶红葡萄酒之后，却出现一个难题：只有一只酒杯。大家只好轮流传递，将杯沿儿擦一擦再喝。只有高奴代例外，无疑他是有意献殷勤，单在羊脂球唇迹未干的杯边喝酒。

周围的人都在吃东西，而食物散发出香味，德·布雷维尔伯爵夫妇和卡雷一拉马东夫妇被逼得透不过气来，忍受着以坦塔罗斯命名的酷刑。那位棉纺厂主的年轻太太，忽然叹息一声；大家都转过头去，只见她的脸色像车外的雪一样白，那双眼睛一合，额头一耷拉，便不省人事了。她丈夫吓坏了，恳求大家救护。慌乱中，谁也没有主意；这时，年纪大的那位修女扶起病人的头，将羊脂球的酒杯贴到她唇上，喂了她几小口葡萄酒。美丽的太太这才动了动，睁开眼睛，粲然一笑，声音微弱地说她现在感觉好多了。那位修女怕她再晕倒，就逼她喝下满满一杯酒，并且说道："这是饿的，没有别的原因。"

这样一来，羊脂球脸色涨得通红，样子十分为难，她看着四位饿着肚子的旅客，结结巴巴地说道："上帝啊，我想冒昧请这几位先生和夫人……"她没有说下去，怕招来一场侮辱。这时，鸟先生说话了："嗳！在这种时候，大家都是兄弟，应当互相帮助。来吧，两位女士，不要客气，见鬼，让吃就吃吧！能不能找到一所房子过夜还不知道呢！按照这样走法，明天中午之前，恐怕也到不了托特。"他们还犹豫不决，谁也不敢为此负责，说一声"好吧"。最后，还是伯爵做出决断，他转向胆怯的胖姑娘，摆出大老爷的派头，说道："好吧，夫人，我们就领情接受了。"

万事起步难。难关一过，大家就肆无忌惮了。转眼工夫，一篮子东西全吃光了。

——选自李玉民译《莫泊桑小说全集4》，河北教育出版社1996年版

（王欣）

十七　狄更斯《双城记》

查尔斯·约翰·赫芬姆·狄更斯(1812—1870),19世纪英国最伟大的小说家,也是世界公认的通俗小说家。狄更斯的创作具有世界意义,被称为伟大的幽默家和杰出的小说家。狄更斯出身下层,因为做海军军需处职员的父亲欠债,狄更斯全家迁入债务人监狱,屈辱的童工经历,对狄更斯造成终生伤害。狄更斯自学成才,凭借童工、律师事务所速记员、报社记者等丰富生活阅历,细致观察社会,增长智慧、才干,获得广博学识和洞察社会的能力。狄更斯勤奋刻苦写作,在34年创作生涯中,创作长篇小说14部,另有许多中篇小说、短篇小说、特写集、游记及大量演说词、书信、散文、杂诗等。处女作《匹克威克外传》笔调轻松幽默,传递作者的道德教育理想,大获成功。自传体长篇小说《大卫·科波菲尔》内容繁复,温情灿灿。描写小孤儿、流浪汉的《奥列佛·退斯特》、《远大前程》、《老古玩店》、《双城记》、《小杜丽》、《我们共同的朋友》等,都描写了伦敦大雾、垃圾堆、泰晤士河、监狱、高等法院,用以象征贫困与罪恶的伦敦。《董贝父子》描写伦敦金融商业中心区,《荒凉山庄》描写伦敦东富人区幽静的街道,《我们共同的朋友》描写伦敦港口的小酒馆,《马丁·朱述尔维特》描写伦敦商业的店铺,《艰难时世》描写劳资矛盾,策应英国宪章运动,《双城记》反映法国大革命。在思想内容上,狄更斯直面社会政治、经济、法律、哲学、教育、道德问题,展示社会黑暗、贫富对立,抨击法律控制人、迫害人的恐怖异化、异己的力量,真实描绘穷人的世界、孤儿的世界、黑暗的世界、光明的世界。狄更斯作品充满积极向上的乐观主义精神。他从基督仁爱思想出发,主张行善,勿以暴力抗恶,基本上按照善有善报、恶有恶报安排情节和划分人物类型。他的正面主人公,他所描写的小人物王国,都是善良的好人。他们积德,做好事,以德报怨,用仁慈感化恶人,体现狄更斯的人道主义理想,表现好人有好报,结局光明幸福。狄更斯提倡感情教育、基督博爱教育和道德感化。在艺术上,作家创造人物良知模式,塑造出可教化的孤儿、善良的怪人、自我牺牲的吉神、凶狠的恶棍人物形象系列。作品中充溢温和幽默风格,哀而不伤,戏而不谑,以温和幽默冲淡现实中的阴暗和苦恼,抚慰人们心灵的哀伤和创痛,善意地揶揄和讽刺小人物的可笑行为。在叙事艺术上,开启了作者我、主人公我、叙述者我的第一人称三个我的叙事模式。

《双城记》(1859)共三部45章,卷帙浩繁,情节繁复,人物复杂多样,思想内容深邃。狄更斯凭借历史资料,以波澜壮阔的法国大革命为背景,运用伦敦、巴黎两座城市之间时空交错,运用想象,构筑起繁复复杂的人物形象系列,建构蕴含深邃的思想和宏阔生活画面的经典作品。《双城记》以法国大革命为背景,用善良正直的马奈特医生因为揭发圣·埃佛瑞蒙德侯爵兄弟骄奢淫逸、作恶多端而被关进巴士底狱18年的悲惨遭遇,展现法国贫富悬殊,社会动荡,风云变幻。狄更斯还在作品中表现革命主题,传递出作者既同情革命又反对暴力的思想。作家用混乱喧嚣、血腥恐怖的法国,与和平宁静、温馨祥和的伦敦对比,表达用伦敦否定巴黎、以和平否定暴力的思想。狄更斯主张用基督仁爱和自我牺牲精神来改变人与人之间的关系。狄更斯认为,人类的爱比恨更伟大,通过爱和善可以调和阶级矛盾,代替暴力革命,这是他的基督教博爱思想的体现。

《双城记》塑造了丰富复杂的人物形象系列:有善良、正直、富有理性和良知的绅士型形象曼内特医生,有忠实勤勉、恪尽职守、忠人之事、可爱可敬的银行职员洛瑞,有善良、慈爱,感伤而富于救赎精神的露西,有背叛家族、捐弃产业、自食其力、品质高尚的贵族青年查尔斯·达内,有懒惰酗酒、自甘堕落、玩世不恭而本质理性智慧、纯真恳切、忠于爱情、富有奉献牺牲精神的西德尼·卡顿形象，有倔强冷酷、机警敏锐、不屈不挠、凶狠残暴的德发日太太，有骄奢淫逸、血液冲动、思维紊乱、冷酷残忍、作恶多端、变态发狂被送上断头台的埃佛瑞蒙德侯爵兄弟。作品塑造感人至深、最为成功的是露西和卡顿形象。露西是狄更斯塑造的善良的富有自我牺牲精神的吉神形象系列的代表。这类人物有艾妮斯（《大卫·科波菲尔》）、小杜丽（《小杜丽》）、西丝（《艰难时世》）、小耐儿（《老古玩店》）等。作者刻画她们的共同品德是善良、美丽，像天使一样纯洁，永远指导着人们的心灵向善向美。露西的温情和慈悲，可以使神志不清的马奈特医生精神复活，使身居异乡的达内幸福，使粗犷不驯的普罗斯柔和，使放纵不羁的卡顿献身。在伦敦法庭上，她感伤的表情和证词，赢得了人们的同情。她代表着狄更斯的人道主义理想，诠释着作品的精华"人类爱的力量始终要比恨强大的多"的精神原则。露西的温暖、温情、感伤、怜悯、怜惜、同情、鼓励犹如春风化雨繁衍万物，犹如钢铁般的力量催促激励人们前进，犹如璀璨明灯照亮卡顿前进的方向："你是可以成就一番事业的。"她是狄更斯笔下的理想女性，富有自我牺牲精神，是崇高道德的化身。西德尼·卡顿是狄更斯塑造的善良的怪人的典范。作为一名律师，他懒惰酗酒、不拘小节、自甘堕落，实质却怀有理性智慧、恳切纯真的性格。他坚强有力、机敏睿智、审时度势、判断准确，人格崇高，忠实于爱情，富有自我牺牲精神。卡顿心地善良，行为古怪，却总是乐于助人，具备真正的人性。卡顿自己承认："我是一个失望的奴隶，先生。我不关心世上任何人，世上任何人也不关心我。"作者称他是个"怪人"。但在这怪人冷淡的外表下，却充满对露西真挚热烈的感情。尽管他的爱情是绝望的，露西和达内结了婚，但为了自己所爱的人的幸福，他利用自己和达内相像的外貌，代替情敌走上断头台。狄更斯运用这个理想化的放射着人道主义理想光辉的经典形象，表现基督思想。作者三次引用《圣经》强化自己的思想观念，赞美舍生忘死、舍生取义的人道精神："复活在我，生命在我，信我的人，虽然死了，也必须复活；凡活着信我的人，必永远不死。"

《双城记》的艺术成就卓著，其复杂而充满巧合的情节、富于戏剧性的结构，标志狄更斯小说从叙事性向戏剧性的过渡。狄更斯在小说中运用蒙太奇手法，将宏阔的空间——伦敦、巴黎连接，将恢弘的历史画面交叉剪接，给人新颖鲜活的记忆印痕。小说广泛使用象征手法，红酒、夕阳象征鲜血，泰雷斯·德发日太太象征复仇，不停的毛衣编织，是在编织仇恨，仇恨者自惩，表达了深刻的警示意义。《双城记》一改狄更斯早期创作的滑稽幽默基调，创设了一种悲情感伤的忧郁风格，使得小说的审美内涵更为丰富深刻。

双城记（片断）

第十章　阴影的实质

"一个英俊的农村少年躺在地上的干草里，头下枕着一个扔在地上的垫子。他最多只有十七岁。他右手捂着胸口躺在地上，咬紧牙关，圆睁着双眼望着头顶。我在他身边跪下一条腿，却看不见他的伤在哪里。我可以看出他因锐器刺伤，快要死去了。

"'我是个医生，可怜的朋友，'我说，'让我检查一下吧。'

"'我不要检查，'他回答，'随它去。'

"伤口在他捂住的地方，我说服他拿开了手。是剑伤，受伤时间大约在二十至二十四小时以前。但是即使他当时立即得到治疗也已无术可治。他正在迅速死去。我转过眼去看那位哥哥，只见他低头望着这个英俊少年的生命在消逝,只如看着一只受了伤的鸟或兔,一点也不像看着跟他相同的人类。

"'这是怎么回事,先生?'我问。

"'一条小疯狗!一个农奴!逼着我弟弟拔剑决斗,把他杀了——倒像个贵族一样。'

"那答话里没有一丝怜悯、痛苦,或是人类的同情。说话人似乎承认那个卑贱的生物死在这儿不太方便,认为他还是像虫子那样默默无闻地死去为好。对于那少年和他的命运,他根本不可能表示同情。

"他说话时,那少年的眼睛慢慢转向了他,这时又慢慢转向了我。

"'医生,这些贵族非常骄傲。可我们这些卑贱的狗有时也很骄傲。他们掠夺我们、侮辱我们、殴打我们、杀死我们,可我们有时也还剩下点自尊心。她——你见到她了么,医生?'

"虽然距离很远,但那尖叫在这儿也还隐约可闻。他指的就是那尖叫,仿佛她就躺在我们身边。

"我说,'我见到她了。'

'她是我姐姐,医生。多少年来这些贵族对我们的姐妹们的贞操和德行就拥有一种可耻的权利,可我们也有好姑娘。这我知道,也听我爸爸说过。我姐姐就是个好姑娘,而且跟一个好青年订了婚,我姐夫是他的佃户。我们都是他的佃户——站在那边那个家伙。那另一个是他的弟弟,是一个恶劣的家族里最恶劣的人。'

"那少年是克服了最大的困难才集中了全身的力量说出话来的,但是他的神色却起着可怕的强调作用。

"'我们这些卑贱的狗就要挨那些高贵的家伙的抢掠。站在那边的那个家伙,他抢夺我们,逼我们交苛捐杂税,逼我们给他们做事、不给报酬,逼我们到他的磨坊磨面。他的鸡鸭鹅大群大群地吃我们少得可怜的庄稼,却一只鸡鸭都不准我们喂养。他把我们抢得干干净净,我们若是有了一小片肉,只好闩上门,闭上窗,提心吊胆地吃,怕被他的人看见拿走——我说,我们给抢得、逼得、刮得太苦了,我爸爸对我们说生孩子很可怕,我们最应当祈祷的就是让我们的妇女不要生育,让我们悲惨的种族灭绝!'

"被压迫者的痛苦像烈火一样爆发燃烧的情况我还从来没看见过。我原以为它只能隐藏在人们心里的什么地方呢!可现在我却在这个快要死去的少年身上看见了。

"'不过,我姐姐却结婚了。那时她的情人在生病,可怜的人,她却嫁给了他。她想在我们的农家屋里——这家伙叫它狗窝——照顾他,安慰他。她结婚才几个星期这家伙的弟弟就看见了她。他看中了她的漂亮,要求这家伙把我姐姐借给他使用——在我们这种人当中丈夫算得了什么!这家伙倒很愿意,但是我姐姐却又善良又贞洁,对这家伙的弟弟怀着跟我一样强烈的仇恨。为了逼迫我的姐夫对姐姐施加影响,让她同意,这一对弟兄干出了些什么样的事呀!'

"那少年一双眼睛原先望着我,此时却慢慢转向了我身边那个人。我从这两张面孔上看出那少年的话全是真的。就是此刻在巴士底狱里我也还能看到两种针锋相对的骄傲彼此的对峙。一面是贵族的骄傲,轻蔑,冷淡;一面是农民的骄傲,被践踏的感情和强烈的复仇情绪。

"'你知道,医生,按照贵族的权利,我们只是些卑贱的狗,他们可以把我们套在车辕上赶着走。他们便这样把我姐夫套上车辕赶着走了。你知道,他们有权让我们通夜在地里轰青蛙,不让它们干扰老爷们高贵的睡眠。他们夜里逼迫我姐夫在有害的雾气里干活,白天又命令他回来套车。可是我姐夫仍然不听他们的。不听!一天中午他被从车轭上放下来吃东西——若是他还找得到东西吃

的话——他呜咽了十二声，每一声呜咽正好有一声钟声相伴，然后便死在我姐姐怀里。'

"若不是有他倾诉冤情的决心支持，人世间是没有力量让他活下去的。他的右手仍然紧握着，捂住伤口，逼退了逐渐加重的死亡的阴影。

"'然后，那弟弟得到了这家伙的同意，甚至帮助，把我姐姐弄来了，尽管她告诉了他一件事——我知道她一定会告诉他的，这事如果你现在还不知道，马上也会知道的。他的弟弟把我姐姐带走了。他拿她寻开心，消遣了几天。我在路上看见她路过，把消息带回家里，我爸爸便心碎而死。他满腹冤屈，却一个字也没说。我把我的小妹妹（我还有个妹妹）带到了一个这家伙找不到的地方，她在那儿至少可以不做他的奴仆。然后我便跟踪他的弟弟来到这里，昨天晚上钻进了院子——一条卑贱的狗，手里却有一柄剑。阁楼的窗户在哪儿？就在这旁边么？'

"在他眼中全屋黑了下来，周围的世界越缩越小。我向四面望望，看到麦秸干草踩得乱成一片，似乎这里有过搏斗。

"'我姐姐听见我的声音，跑了进来。我要她在我杀掉那家伙之前别靠近我。那家伙进来了，先是扔给我一些钱，然后便用鞭子抽我。可是我却用剑刺他，逼他跟我决斗——虽然我是条卑贱的狗。他拔出剑来保护自己，为了保住性命，他施展出了浑身解数。我使他把他那剑折成了几段，因为那上面染上了我卑贱的血。'

"刚才我曾在干草堆里瞥见一把折成几段的剑。那是贵族的佩剑。在另一个地方，还有一把老式的剑，似乎是士兵用的。

"'现在，扶我起来吧，医生，扶我起来。他在哪儿？'

"'他不在这儿。'我扶起少年，估计他指的是那哥哥。

"'他！这些贵族尽管骄傲，他却害怕见我。刚才还在这儿的那个人呢？把我的脸转向他。'

"我照办了，抬起少年的头靠在我的膝盖上。但是少年此刻却具有了超乎寻常的力气，完全站直了身子，逼得我也站了起来，否则我便扶不住他。

"'侯爵，'少年圆睁了双眼对他转过身去，举起右手，'等到清算这一笔笔血债的日子，我要你和你全家，直到你的种族的最后一个人对这一切承担责任。我对你画上这个血十字，记下我的要求。等到清算这一笔笔血债的日子，我要你的弟弟，你那卑劣种族中最卑劣的家伙，单独对此承担责任。我对他画上这个血十字，记下我的要求。'

"他两次伸手到胸前的伤口上，然后用食指在空中画着十字。他举着手还站了一会儿，手落下时人也倒下了。我放下了他，他已经死了。"

"我回到那年轻妇女身边时，发现她仍按刚才的顺序一成不变地呓语尖叫。我知道那种情况还可能继续许多小时，十之八九要在坟墓的沉默里才能结束。

"我又让她服下刚才用的药，然后在她身边直坐到深夜。她的呼喊仍然尖利，她的话语仍然清楚，顺序也从不改变。总是'我的丈夫，我的爸爸，我的弟弟！一，二，三，四，五，六，七，八，九，十，十一，十二。嘘！'

"从我初见她时算起，她一直喊叫了二十六个小时。其间我曾离开过她两次。在我又一次坐到她身边时，她开始虚弱下来。我竭尽全力帮助她，但愿能有几分希望，可是不久她便昏沉了，像死人一样躺着。

"仿佛是一场可怕的漫长的风暴终于过去，风停了，雨止了。我放下了她的双臂，叫那个妇女来帮助我整理好她的容貌和撕开的衣衫。那时我才发觉她已经出现了最初的妊娠迹象，也是在那时我对她怀着的一点点希望终于破灭了。

“‘她死了吗?’侯爵问,我还是把他称作哥哥吧。那哥哥刚下了马,穿着靴子进到屋里。

“‘没有死,’我说,‘但看来是要死了。’

“‘这些卑贱的家伙精力多么旺盛呀!’他低头看她,好奇地说。

“‘痛苦和绝望之中存在着极其强大的力量!’我回答他。

“他听见这话先是笑了笑,可马上便皱起了眉头。他用脚推了一把椅子到我的椅子面前,命令那仆妇出去,然后压低了嗓子说:

“‘医生,在发现我的弟弟跟这些乡巴佬有了麻烦之后,我推荐了你来帮忙。你很有名气,是个前程远大的青年,也许懂得关心自己的前程。你在这儿见到的一切是只可以看、不可以外传的。’

我只听着病人的呼吸,避而不答。

“‘你给我面子,听见我的话了么,医生?’

“‘先生,’我说,‘干我这种职业的人对病家的话都是保密的。’我的回答很警惕,因为我的所见所闻使我心里很痛苦。

“她的呼吸已很难听见,我仔细地把了把脉,摸了摸胸口。还活着,但也只是活着而已。我回到座位上回头一看,两弟兄都在注视着我。”

“我写得非常吃力,天气很寒冷,我非常害怕被发现后关到漆黑一团的地牢里去,因此,我得压缩我的叙述。我的记忆没有混乱,也没有失误。对我和那两弟兄之间的对话,我能回忆起每一个字和每一个细节。

“她拖了一个礼拜,在她快死的时候,我把耳朵放到她的唇边,听见了她对我说的一些音节。她问我她在哪儿,我回答了;她问我是谁,我也回答了。我问她姓什么,她却没有回答。她在枕上轻轻摇了摇头,跟她弟弟一样保守了秘密。

“我告诉那两弟兄她的病情已急剧恶化,再也活不到一天了。这时我才有了机会问她问题。在那以前,除了那个妇女和我之外再也没有让她意识到还有别人在场。而只要我在场,那两兄弟总有一个警惕地坐在床头的帘子背后。可到那以后,他俩对我可能跟她说些什么仿佛已不在乎了。一个念头闪过我心里:我大约也快死了。

“我一直感到两弟兄都以弟弟曾跟一个农民(而且是个少年)决斗为奇耻大辱。他们唯一关心的好像只是这事非常有辱门风,荒唐可笑。我每一次看见那弟弟的眼光都感到他很憎恶我,因为我听见了那少年的话,知道了许多内情。他比他哥哥对我要圆滑些,客气些,但我仍看出了这一点。我也明白我是那哥哥心里的一块病。

“我的病人在午夜前两小时死去了——从我的表看,跟我初见她的时刻几乎分秒不差。她那年轻的悲伤的头轻轻向旁边一歪、结束了她在人间的冤屈与悲痛时,只有我一个人在她身边。

“那两弟兄在楼下一间房里不耐烦地等着,他们急着要走。我一个人坐在床前时就已听见他们用马鞭抽打着靴子,踱来踱去。

“‘她终于死了么?’我一进屋哥哥便说。

“‘死了,’我说。

“‘祝贺你,弟弟,’他转过身子说出的竟是这样的话。

——选自王宁主编《狄更斯作品:双城记》,吉林摄影出版社2004年版

(王文平)

十八　夏洛蒂·勃朗特《简·爱》

夏洛蒂·勃朗特(1816—1855)是19世纪英国杰出的现实主义女作家,她的长篇小说《简·爱》是英国文学史乃至世界文学史上的经典作品。夏洛蒂·勃朗特与她的妹妹艾米莉·勃朗特、安妮·勃朗特都是19世纪英国著名作家,在英国文学史上有"勃朗特三姐妹"之称。夏洛蒂·勃朗特出生于英国北部一个牧师家庭,父亲是个穷牧师,母亲在她5岁时去世,她有两个姐姐、一个弟弟和两个妹妹。她的两个姐姐曾在生活条件十分恶劣而教规苛刻的慈善学校先后患肺病死去。1846年,夏洛蒂和妹妹艾米莉、安妮分别完成《教师》、《呼啸山庄》、《艾格妮丝·格雷》三部长篇小说,最终《呼啸山庄》和《艾格妮丝·格雷》被出版商接受,夏洛蒂的《教师》却被退回。她没有灰心,立即开始创作另一部长篇小说《简·爱》,不到一年就脱稿了,两个月后《简·爱》出版了,而两个妹妹的作品还在印刷中,《简·爱》的出版使夏洛蒂一举成名。不久夏洛蒂的弟弟和两个妹妹相继染病去世,夏洛蒂深受打击,于是她全身心投入写作以忘却痛苦,1849年完成长篇小说《谢利》。1854年6月夏洛蒂与父亲的助手尼古拉斯牧师结婚,期间她完成并出版了长篇小说《维莱特》。然而不幸的是6个月后夏洛蒂身染重病,1855年3月,年仅39岁的夏洛蒂与世长辞。夏洛蒂·勃朗特一生仅写了四部小说:《教师》、《简·爱》、《谢利》和《维莱特》,其中《教师》在她去世后才出版,但她在文学史上却有着相当重要的地位。她的小说最突出的主题是女性要求独立自主的强烈愿望,最突出的艺术特点是人物和情节都与她自己的生活息息相关,具有浓厚的抒情色彩。女性主题加上抒情笔调,是夏洛蒂·勃朗特创作的基本特色,也是她对后世英美作家的影响所在。

《简·爱》(1847)是夏洛蒂·勃朗特的代表作,这是一部带有自传性质的长篇小说。作品以第一人称"我"叙述了一个争取个人平等权利和幸福生活的叛逆女性的曲折经历。主人公简·爱年幼时父母双亡,由里德舅舅抚养,舅舅死后,舅妈和表哥常常欺侮她,幼小的简·爱进行了强烈的反抗。后来她被送到劳渥德寄宿学校,受尽了种种摧残,在这里她的反抗性格得到进一步发展。毕业后简·爱应聘到桑菲尔德做家庭教师,桑菲尔德的男主人罗切斯特出身贵族,盛气凌人,简·爱虽然地位卑下却始终不卑不亢,保持着自己的尊严。相处中他们渐渐地被彼此的独特气质和个性所吸引,他们深深地相爱了。当他们举行婚礼时简·爱才知道罗切斯特有个疯妻子,她痛苦万分,最终毫不犹豫地选择了离开。在经历了种种磨难之后,她继承了叔父的一大笔遗产,此时在心灵深处她听到了罗切斯特的深情呼唤。于是她重返桑菲尔德,眼前却是一片废墟,罗切斯特的疯妻纵火烧毁了庄园,她自己葬身火海,罗切斯特为救疯妻身负重伤,双目失明。简·爱在和罗切斯特重逢四天后举行了婚礼,她最终找到了自己的幸福生活和她矢志追求的平等、尊严。

小说通过简·爱的人生经历和精神追求,歌颂了她纯洁的心灵、高尚的人格、真挚的感情和敢于争取与捍卫独立人格尊严的叛逆精神,展现了蕴藏在人类内心高尚而美好的人性的力量,表现了当时英国知识妇女自我意识的觉醒和追求男女平等、个性解放的思想愿望,同时小说也深刻揭露和批判了资本主义社会宗教的伪善、道德的败坏、金钱的罪恶等丑恶的现实。《简·爱》历久不衰的艺术魅力在于作者成功塑造了欧美文学中一个具有独特人格魅力和审美内涵的女性形象。简·爱出身贫寒、身材矮小、相貌平平、生活道路曲折,但她以她的人格魅力征服了罗切斯特,也征服了千千万万的读者,而简·爱身上现代女性意识的自觉流露更是整部作品的灵魂之所在。简·爱心地善良、为人正直、性格倔强、自尊自爱、超凡脱俗,是一个敢于反抗世俗偏见、追求自由独立平等、维护人格尊严的资产阶级知识女性形象。简·爱与罗切斯特的爱情是在平等交流基础上的情感交融和心灵契合,是一种"灵魂呼唤着灵魂"的爱情。简·爱以自己独特的性格展示了新型女性强烈的反抗意识、人与人之间的精神平等意识、经济独立意识、婚姻自主意识、女性自尊意识、崭新的价值理念等,简·爱身上折射出的超前的现代女性意识铸就了欧美文学中最具风采的一页,有着永不凋谢的美。

《简·爱》以第一人称叙述故事,很多细节与作者的身世、生活息息相关,真实可信,亲切感人。夏洛蒂笔下的人物无论是简·爱还是罗切斯特都极具鲜明的个性特征,作者也非常善于利用景物来表达人物的心情。小说富有浪漫主义色彩和浓厚的抒情意味,作者用内倾视角透视人物的心路历程和情感世界,描述细致入微,感情真挚动人,故事叙述既真实又典型,是一部具有浓厚浪漫主义色彩的现实主义小说。

简·爱(片断)

第二十三章

"再过一个月光景,我就要当新郎了,"罗切斯特先生继续说,"在这段时间里,我将亲自留心给你找个职位和住所。"

"谢谢你,先生,我很抱歉,给——"

"啊,不必道歉!我认为一个下属像你这样好地尽了责任,她就有一种权利要求她的雇主给予任何一点他很容易给的帮助;说真的,我已经从我未来的岳母那儿听说,有一个在我看来挺合适的位置,是在爱尔兰的考诺特的苦果山庄,教狄奥尼修斯·奥高尔太太的五个女儿;我想你会喜欢爱尔兰的;听说那儿的人都很热心。"

"路很远,先生。"

"没关系——像你这样有见识的姑娘不见得会反对旅行和路远吧。"

"旅行倒没什么,就是路远,再说,还隔着海——"

"和什么隔着海,简?"

"和英格兰,和桑菲尔德,还和——"

"呃?"

"和你,先生。"

我这话几乎是不由自主地说出来的;而且,同样没经过自由意志的批准,我的眼泪也夺眶而出了。然而,我没哭得让他听见;我避免抽泣。一想到奥高尔太太和苦果山庄就叫我的心都寒了;更使我寒心的是,想到似乎注定了要把我同现在跟我一起散步的主人隔开的海水和波涛;最使我寒心的是想起更辽阔的海洋——那隔在我同我自然而然地、不可避免地爱着的人中间的财产、地位和习俗。

"路很远,"我又说。

"的确很远;你到了爱尔兰考诺特的苦果山庄,我就再也看不到你了,简;这是完全肯定的。我决不去爱尔兰，我自己不大喜欢这个国家。我们是好朋友，简，是不是？”

“是的，先生。”

“朋友们在离别的前夕，总喜欢在一起度过余下的一点儿时间。来吧——趁那边天空里的星星开始进入闪耀生活的时候，我们安安静静地谈谈旅行和离别吧，谈它半个小时左右。这儿是棵七叶树，它的老根这儿有凳子。来吧，虽然注定了我们以后再也不能一块儿坐在这儿，我们今晚就安安静静地在这儿坐坐吧。”他使我坐下，他自己也坐了下来。

“到爱尔兰去路很远，简妮特，我很抱歉叫我的小朋友去作这样令人厌倦的旅行；不过，我不能安排得更好了，那又有什么办法呢？你觉得你跟我有点相似么，简？”

这一次我没敢答话，我心里很激动。

“因为，”他说，“我有时候对你有一种奇怪的感觉——特别是，像现在这样，你靠近我的时候。我左边肋骨下的哪个地方，似乎有一根弦，和你那小身体同样地方的一根类似的弦打成了结，打得紧紧的，解都解不开。要是那波涛汹涌的海峡和两百英里左右的陆地把我们远远地隔开，我怕那根联系的弦会绷断；我有一种紧张的想法，到那时候我内心就会流血。至于你，——你会忘了我吧。”

“这我永远也不会，先生，你知道——”我说不下去了。

“简，你听到那夜莺在树林子里唱歌吗？听！”

我一边听一边抽抽搭搭地哭了起来；我再也抑制不住我忍住的感情；我不得不屈服；剧烈的痛苦使我从头到脚都在哆嗦。等我说出话来，那也只是表示一个强烈的愿望，说我但愿我从没被生出来，但愿我从没来到桑菲尔德。

“就因为你离开它觉得难受吗？”

由我心里的痛苦和爱情激起的剧烈感情，正在要求成为主宰，正在挣扎着要支配一切；主张有权占优势，要克服、生存、上升、最后统治，是的——还要说话。

“离开桑菲尔德我感到痛苦，我爱桑菲尔德；——我爱它，因为我在那里过着丰富、愉快的生活，至少过了短短的一个时期。我没有受到践踏。我没有被弄得僵化。我没有被埋在低劣的心灵中，没被排斥在同光明、活力、崇高的一切交往之外。我曾经面对面地同我所尊敬的人，同我所喜爱的人，——同一个独特、活跃、宽广的心灵交谈过。我已经认识了你，罗切斯特先生；感到自己非从你这儿被永远拉走不可，真叫我害怕和痛苦。我看到非走不可这个必要性，就像看到非死不可这个必要性一样。”

“你在哪儿看到了必要性？”他突然问。

“哪儿？先生，是你把它放在我面前的。”

“什么形状的？”

“英格拉姆小姐的形状；一个高贵和美丽的女人，——你的新娘。”

“我的新娘！什么新娘？我没有新娘啊！”

“可是你会有的。”

“对，——我会有！——我会有！”他咬紧牙齿。

“那末我得走了；——你自己亲口说的。”

“不，你得留下！我发誓——这个誓言会被遵守的。”

“真的，我得走！”我有点恼火了，反驳说。“你以为我会留下来，成为你觉得无足轻重的人吗？你以为我是一架自动机器吗？一架没有感情的机器吗？能让我的一口面包从我嘴里抢走，让我的一滴活水从我杯子里泼掉吗？你以为，因为我穷、低微、不美、矮小，我就没有灵魂没有心吗？你想错了！——我的灵魂跟你的一样，我的心也跟你的完全一样！要是上帝赐予我一点美和一点财富，我就要让你感到难以离开我，就像我现在难以离开你一样。我现在跟你说话，并不是通过习俗、惯例，甚至不是通过凡人的肉体——而是我的精神在同你的精神说话；就像两个都经过了坟墓，我们站在上帝脚跟前，是平等的——因为我们是平等的！”

“因为我们是平等的！”罗切斯特先生重复了一遍——“就这样，”他又说，一把抱住我，把我搂在怀里，把他的嘴唇贴在我的嘴唇上，“就这样，简！”

“是的，就这样，先生，”我接着说，“然而不能这样，因为你是个结了婚的人——或者说等于结了婚，娶了一个低于你的，你并不同情的，我不相信你真正爱的女人，因为我看到过和听到过你嘲笑她。我瞧不起这种结合；所以我比你好——让我走！”

“去哪儿，简？去爱尔兰吗？”

“对——去爱尔兰。我已经把我心里的话说出来了，现在上哪儿都行。”

“简，安静点，别这么挣扎，像个在绝望中撕碎自己羽毛的疯狂的野鸟似的。”

“我不是鸟；没有罗网捕捉我；我是个有独立意志的自由人；我现在就要运用我的独立意志离开你。”

我再作了一次努力就自由了，我笔直地站在他面前。

“你的意志将决定你的命运，”他说，“我把我的手、我的心和我的一切财产的分享权都奉献给你。”

“你在演一出滑稽戏，我看了只会发笑。”

“我要你一辈子都在我身边——做我的第二个自己和最好的人间伴侣。”

“对于那种命运，你已经作出了你的选择，那就得遵守。”

“简，安静一会儿；你太激动了；我也要安静一下。”

一股风顺着月桂小径吹来，哆嗦着从七叶树的树枝间穿过去，刮走了——刮到渺茫的远方——消失了。夜莺的歌是这一时刻唯一的声音；我听着听着又哭了起来。罗切斯特先生一声不响地坐着，温柔而认真地看着我。他沉默了一会儿，最后说：

“到我身边来，简，让我们作些解释，彼此谅解吧。”

“我永远也不会再到你身边去；现在我已经给拉走，不能回来了。”

“可是，简，我是把你作为我的妻子叫你过来的；我打算娶的只是你。”

我不吭声，我想他是在取笑我。

“来吧，简——过来。”

“你的新娘拦在我们中间。”

他站起来，一步就走到我面前。

“我的新娘在这儿，”他说，又把我拉向他，“因为和我平等的人，和我相似的人在这儿。简，你愿意嫁给我吗？”

我还是没有回答，还是在挣脱他，因为我还不相信。

“你怀疑我吗，简？”

“完全怀疑。”

“你不信任我？”

“一点也不信任。”

“在你的眼睛里，我是个撒谎者吗？”他热切地说。“小怀疑论者，你会相信的。我对英格拉姆小姐有什么爱情呢？没有，这你是知道的。她对我有什么爱情呢？没有，正如我煞费苦心证实了的。我让一个谣传传到她耳朵里，说我的财产连人家猜想的三分之一都不到，在这以后，我就去看看效果怎么样；她和她的母亲都很冷淡。我不愿——我不能——娶英格拉姆小姐。你——你这奇怪的——你这几乎不是人间的东西！——我爱你就像爱自己的肉一样。你——尽管你穷、低微、矮小、不美—— 我还是要请求你接受我作为你的丈夫。”

“什么，我！”我禁不住叫了起来，看到他的认真——特别是他的鲁莽——我开始相信他的真诚，“在世界上除了你以外——如果你是我的朋友的话——没有一个朋友的我，除了你给我的以外没有一个先令的我？”

“你，简。我必须使你成为我自己的——完全是我自己的。你愿意成为我的吗？说愿意，快。”

“罗切斯特先生，让我看看你的脸；朝着月光。”

“干吗？”

“因为我想看看你的脸；转身！”

“哪，你会发现它不见得比一张涂满了字、揉皱了的纸更容易看懂。看吧，不过要快，因为我难受。”

他的脸非常激动也非常红，五官露出强烈的表情，眼睛里闪出奇异的光芒。

——选自祝庆英译《简·爱》，上海译文出版社 1980 年版

（杨红菊）

十九　艾米莉·勃朗特《呼啸山庄》

艾米莉·勃朗特(1818—1848)是英国19世纪中期的著名小说家。她出身于一个穷牧师之家。他的父亲是爱尔兰裔英格兰人,1802进入剑桥大学的圣约翰学院,获较低级牧师职务,之后到地处约克郡偏僻荒原的霍华斯镇,担任副牧师至去世。他1812结婚,十年后妻子去世,留下五女一男,艾米莉排行第五。艾米莉的两个姐姐死于条件恶劣的寄宿学校,她也在那里学习了两年。她曾做过家庭教师。受姑母的赞助,随姐姐夏洛特去布鲁塞尔学习法语,姑母去世后回家管理家务。她们姐妹试图自己办学失败。1946年,她与姐姐夏洛特、妹妹安妮合作发表了诗集《凯勒、艾里斯和阿克顿·贝尔诗集》,未获成功。她属于只发出短暂光芒的天才型作家,一生仅有一部小说《呼啸山庄》问世,因此,《呼啸山庄》的风格,也就是艾米莉的风格。

《呼啸山庄》(1847)讲述了两个家庭两代人之间的爱恨情仇。荒原上的呼啸山庄,沼泽山岩环绕,住着欧肖夫妇和子女亨德莱、卡瑟琳。山谷里的画眉田庄,林木繁茂,溪水淙淙,生活着林敦夫妇及子女埃德加、伊莎蓓拉。两个庄园彼此相邻。欧肖先生从利物浦带回来一个弃儿希克厉,从此,这个家庭不再安宁。亨德莱敌视希克厉,父母离世后,这种情绪越发严重。希克厉把全部希望寄托在卡瑟琳的爱情上,她却嫁给埃德加,希克厉愤而出走。三年后,希克厉回来复仇,他所恨和所爱的人先后去世,他用尽各种卑劣的手段占有他们的全部产业,摧残他们的后代哈里顿·欧肖、卡瑟琳·林敦,破坏他们的生活。随岁月流逝,他的恨渐渐消退,怀着对卡瑟琳热烈的爱在疯狂中死去。哈里顿和小卡瑟琳相亲相爱,再没人干涉,小说就此结束。

《呼啸山庄》一度被称作文学中的"斯芬克斯之谜"。长期以来,人们对它的评价各执一端:一方面认为它足以和《李尔王》相提并论;另一方面指责它荒唐,毫无内容。这的确是部争议颇多、奇特的小说。小说中两代人的爱情呈现出不一样的状态,表达了作家对爱和人性的理解。希克厉与卡瑟琳之爱,充满了强烈的激情,无拘无束,至死不渝。令人震惊的是,这份爱完全是精神的,与肉体没什么关系,具有浓郁的神秘感。哈里顿和小卡瑟琳的爱情,满溢着浪漫、温馨,宁静而又有着浓郁的人间气息。两个爱情故事,一悲一喜,相互映照,无论怎样的结局,可以说爱具有战胜一切的力量。希克厉和哈里顿,野蛮、粗暴,只要心中有了爱,他们的生命变得强烈、富有活力。希克厉疯狂地执著于邪恶的复仇,让人吃惊,即将胜利时,他为了爱而放弃了,容忍了哈里顿和小卡瑟琳的爱情。可见,无论什么样的人,爱是最自然的本能,是人性中不可或缺的。希克厉是贯穿小说始终的人物,他缺乏教养、粗鲁、野蛮、疯狂,还有着刚毅、坚韧的劲头。他以自己为模子,一手"栽培"了哈里顿,使哈里顿成了他的影子。哈里顿和他终究不一样,小伙子诚恳、热情,凭着聪明的天性,在小卡瑟琳的引导下从黑暗的愚昧和粗野中摆脱出来。小说中的另一对重要人物是卡瑟琳母女。母亲爱幻想、易激动、充满热情,任性、狂野。女儿除拥有母亲的活力外,温柔、善良,可爱又可亲,兼具父母的长处。母亲的性格塑造,更重其精神特质的传达,女儿则是形神兼备,两人一虚一实,形成对照。

《呼啸山庄》的故事发生在一个相对封闭的空间,有着准确的时间点,主要人物的生死、重要事件的时间都有交待。全书34章,小说进行到第9章,卡瑟琳与埃德加结婚,希克厉出走,接下来一章,希克厉回来报复;第16章,还不到全书的一半,卡瑟琳去世,女儿出生……故事情节展开迅速，叙述详略有致。叙述者洛克乌和纳莉交替“讲故事”，引发好奇，顺叙、倒叙有条不紊地交织在一起，形成小说复杂而独特的结构，其中暗含的各种意蕴，耐人寻味。主次人物多以成对的方式出现，除上文提到的三对外，还有埃德加・林敦和林敦・希克厉等。鲜明的人物形象塑造，有赖于多样性、个性化的语言，以及自然环境的描摹。奇异的荒原，超凡的爱情，在荒原上游荡的灵魂增添了小说的浪漫气息和神秘氛围。

呼啸山庄(片断)

第十五章

吉牟屯礼拜堂的钟声还在敲着，那涨了水的小溪舒畅地流过山谷，传来了悦耳的淙淙声。那可以算得一种过渡性的可爱的音乐，因为一到夏天，树叶浓密，发出一片低语般的沙沙声，便要淹没田庄附近的溪流声了。在呼啸山庄，在解冻或是久雨之后，逢到无风的日子，就总能听到那淙淙的流水声。

这会儿，卡瑟琳在倾听着，心里想的正是呼啸山庄——那是说，假使她是说得上在听，或是在想的话。可是她的双眼只管茫然地向远方望着(方才我已讲过了)，看来她分明没有意识到存在于世上的任何物质性的东西，不管是凭她的耳朵还是凭她的眼睛。

“有你的一封信，林敦太太，”我说道，把信轻轻地塞进她那搁在膝上的一只手里。“你得马上就读，因为在等回音呢。我要不要打开封印?”

“好吧，”她回答道，她的眼光并没有挪动一下。

我拆开了信，信很短；我接着说道：“现在，你读吧。”

她把手抽回去，信掉下来，她也不管。我把信捡起来，重又放在她膝上，站在那儿等候她低垂下眼光来看一看，但是好久不见她有一点动静，我终于又开口了。

“得我来念吗，太太? 是希克厉先生写来的信呀。”

她吃了一惊，有一丝困惑的回忆闪过她的脸上，还透露出一种神情：竭力想把自己的意识理出个头绪来。她拿起信纸，好像在念信；等她看到署名时，她叹了一口气。可是我发觉她还是没有领会信里的意思。我向她讨一个回音，她却只是指着署名，急切地望着我，带着一种哀怨而焦急的询问的神气。

“嗳，他想见你呀，”我说，猜出她需要有人给她解释一下。“这时候他正在花园里，急于想知道我会给他一个什么样的回音呢。”

正这么说着，我瞧见底下照耀着阳光的草坪上，躺着一条大狗，它竖起了两耳，像是要吠叫的样子，接着却又把耳朵贴伏下去，摇一摇尾巴，算是宣告有什么人走近来了，而那个人它并不认为是陌生人。

林敦夫人向前探身，屏住气息，用心倾听。一会儿只听得有脚步声穿过走道。看到大门洞开着，那种诱惑力对于希克厉是太大了，他怎么也没法不跨进宅子来。多半是他还道我有意要逃避实践我的诺言，因此决定仗着自己的胆子闯一下。

卡瑟琳焦灼不安地只是望着房门口。他并没有一下子就撞着她的卧房。她向我做手势，要我去接他进来；可是我还没走到房门口，他已经找到了。他迈开一两个大步，就来到她的身边，紧紧地把她搂在怀里了。

约摸有五分钟光景,他一句话也没有说,只是紧紧搂住她不放。在那一段时间里,我敢说,他接连吻她的次数,比他过去一生中所吻过的次数还要多。不过呢,还是我家女主人第一个先吻他。我看得很清楚,他心痛得简直没法正对着她的脸儿瞧。

他一眼看到她,就像我一样,千真万确地知道,她这病是好不了啦,没有指望了,她是难逃一死了。

"哎哟,卡茜哪!哎哟,我的生命哪!叫我怎么受得了哟!"他一开口就嚷出了这一串话,那种呼嚷的声气一点不想隐瞒他内心的绝望。现在他又直瞪瞪地对着她瞧,那股一眼不眨的猛劲儿我还道会叫他的眼睛流出泪水;谁知他的两眼燃烧着痛苦的火焰,却并不溶解。

"现在又怎么啦?"卡瑟琳说,向后靠去,顿时眉心紧皱,来回报他的盯视。她的脾气就是跟着她那喜怒无常的性子转的风标罢了。"你和埃德加两个把我的心都揉碎了,希克厉!而你们两个又都为了这事儿到我跟前来啼啼哭哭,好像该得到怜悯的人倒是你们!我可不怜悯你,我才不呢。你害死了我——日子可就好过了,我想。你是多么坚强呀!我死了之后你准备再活多少年哪?"

希克厉跪下一条腿,搂着她。他想站起身来,可是她扯住了他的头发,不让他起立。

"我但愿我能一直揪住你,"她辛酸地接着说,"直到我们两个都死了为止!我可不管你受着什么样的罪。我才不管你受的罪呢。为什么你就不该受罪呢。我是在受罪呀!你会把我忘掉吗?将来我埋在泥土里之后,你还会快乐吗?二十年之后,你会这么说吗?——'那就是卡瑟琳·欧肖的坟墓啊。从前我爱过她,我失去了她心都碎了。但这都是过去的事啦。这以后我又爱过不少人。如今我的孩子,比从前的她,对于我更亲呢。有一天我也死了,我不会感到高兴;因为好去跟她会面了;我只会因为不得不把孩子们丢下而感到难过。'——你会说这些话吗,希克厉?"

"不要把我折磨得像你一样疯吧!"他嚷道,把他的头挣脱出来,紧咬着牙关。

这两人,在冷眼旁观的人看来,构成了奇怪又可怕的景象。卡瑟琳大可以把天堂看作对于她是一块流放的异域,除非她丢下她在尘世的肉体时,也抛弃了她那在尘世的性格。只见她这时容色惨白,嘴唇没有一丝血色,两眼闪闪发光,露出一副狂野的要报仇雪恨的神气。她那攥得紧紧的拳头里依然握着一撮给她拉下来的头发。

她的伴侣呢,他一只手支撑着自己站起来,另一只手握住她的臂膀。她病成这个样子,他可一点不懂得应该格外温柔些才好,他松手的时候,只见她那没有血色的皮肤上留下了四个紫青的印痕。

"难道你有恶魔附在身上吗?"他蛮横地说下去道,"在你临死之前还说这些话?你不想一想,你这些话句句都要像烙印般印在我的记忆里,一旦你抛下我之后,这几句话在我的脑子里会咬得更深,直到永恒。你说我把你害死了,你知道那是在说瞎话。卡瑟琳呀,你明白,若是我忘得了你,那等于我也忘得了我自个儿的存在!这还不够满足你的狠毒的自私吗?——当你安息的时候,我却在受着地狱般的折磨,痛苦得直打滚!"

"我是再不会得到安息了,"卡瑟琳呻吟着说,这时她只觉得一阵子难过;情绪上的剧烈冲动,使她的心怦怦乱跳得厉害,胸脯起伏不停。她不再把话说下去,等到这一阵发作过了之后,才接着说道,语气也缓和了些:

"我并不要你忍受比我还大的痛苦,希克厉。我只愿我们俩永不分离;若是我有什么话使你往后感到痛心,要知道我在地下也感到同样的痛苦呢;那你就为了我的缘故,原谅我吧!你过来,再跪下。你一生中从没伤害过我。不行，要是你把一股怒气憋在心里，那日后回忆起来，比我那尖刻的话可还糟哪。你肯过来吗？来吧！"

希克厉走到她的椅子背后，俯下身去，但并不太低，不让她看到他的脸儿——他的脸色这时激动得发青。她回过头来瞧他。他可不肯让她瞧见。他一下子转过身去，走向壁炉，站在那儿，背对着我们，一言不发。

林敦夫人猜疑地用眼光跟着他。每一个动作在她心里都唤醒一股新的情绪。停了一阵，她盯着他看了半天之后，她又开口了，带着气苦、失望的口气，跟我说道：

"哎哟，你瞧，纳莉，他不肯软一下心肠，为了好把我在坟墓外边多留住一会儿。人家就是这样爱我的！好吧，没关系。那可不是我的希克厉呀。我仍然爱着我那一个，还要把他一起带着走；他就在我的灵魂里呀。再说呢，"她沉思着说下去道，"让我最讨厌的东西，说到底，就是这一个支离破碎的牢笼。我给关禁在这儿已经关腻啦。我盼望得不耐烦了，要逃到那极乐世界去，从此就永远留在那儿了——不是泪眼模糊地张望一眼，也不是隔着我那颗疼痛的心窝的高墙向往而已；而是的的确确到得那儿，待在那儿。纳莉你自以为你比我强，比我幸福，身强力壮。你替我难过——很快这情形就要转变过来了。是我将要替你难受。是我将要高高在上，你们哪一个都没法跟我比。我不懂，是不是他不肯到我跟前来啦！"她跟自个儿说下去道。"我看他是存心那样的。好希克厉，你现在不该再生气啦。快到我这儿来吧，希克厉。"

她迫不及待地竟站了起来，撑在椅子的扶手上。听到她这迫切的恳求，他转过身来朝着她，完全是一副绝望的神情。他睁大着一双湿漉漉的眼睛，终于把目光狠狠地向她闪射过去，只见他的胸膛痉挛地起伏着。

起先，他们两个分开着站了一会儿，接着怎样合在一处的，我没能看得清。只见卡瑟琳向前扑出去一步，于是他把她捉住了，他们两个就紧紧拥抱在一起；我只怕等到把我的女主人从这一阵子拥抱中放开时，她早已活不成了——真的，照我看来，她似乎当场就昏了过去。

他倒入了最靠近的一个座位上。我急忙赶去看看她究竟昏迷了没有；谁知他竟像一头疯狗似的，对我咬牙切齿，喷着口水，还带着贪婪的妒忌，把她搂得更紧了。我只觉得我并不是跟我同样的人待在一起，即使我跟他说话，看来他也不会懂得，所以我只好站开去，不作一声，不知道该怎么办才好。

一会儿，卡瑟琳动弹了一下，多少叫我松了一口气。只见她抬起一只手臂，钩住他的脖子，让他托住身子，把她的脸颊紧贴在他的脸上；而他呢，没性没命地爱抚她，算是回报，狂野地说道：

"你现在才叫我明白，你本来是多么残酷呀——又残酷又不真心！为什么你从前要看不起我？为什么你要欺骗你自己的良心，卡茜？我一句安慰的话也不给你。这也是你活该。你自己害死了你自己。可不，你尽可以一边吻我，一边哭，逼出了我的吻和眼泪；可我的接吻、眼泪只能害苦你——只能诅咒你。你曾经爱过我；那你有什么权利丢开我呀？贫贱，耻辱，死亡——不管上帝还是恶魔能够怎样折磨人，可别想把我们俩拆开！而你，你却甘心做下这种事来。我并没有弄碎你的心——是你自个儿把心揉碎了；揉碎了你的心，把我的心也给揉碎了。我是强者，因此格外地苦！我想活下去吗？这叫什么生活呢，当你——啊，天哪！——难道你愿意活着吗，当你的灵魂已进了坟墓？"

"别来逼我吧！别来逼我吧！"卡瑟琳抽泣着说道。"要是我做下了错事，那我为此而付出了生命。这就够啦！你也曾把我抛开过；可是我并不想怪你。我宽恕你，你也宽恕我吧！"

"瞧着那一双眼睛，摸着这一双消瘦的手，要宽恕你，真难呀，"他回答道。"再吻我吧，别让我瞧见你那眼睛。你对我的所作所为我就宽恕了。我爱我的谋杀者——可是害死你的那个人！怎么能叫我爱他呢？"

他们沉默了——他们的脸儿紧贴着，他们的泪水彼此冲洗着对方的脸儿。至少，我想两人一起在哭泣；逢到这么令人肠断魂销的当儿，看来希克厉了不免要掉泪了。

——选自方平译《呼啸山庄》，上海译文出版社 1988 年版

（杜丽琴）

二十　简·奥斯丁《傲慢与偏见》

简·奥斯丁(1775—1817)是英国19世纪初的著名小说家。她出身于英格兰中南部汉普郡斯蒂文顿的一个牧师之家,所受正规教育很少,主要靠博学的父兄指导和自学。她终身未婚,十一二岁开始文学习作,先后创作发表6部小说,按出版时间依次为《理智与情感》、《傲慢与偏见》、《曼斯菲尔德庄园》、《爱玛》、《劝导》和《诺桑觉寺》,全部匿名出版,每部小说篇幅都不大,六部共约150万字左右。奥斯丁小说出现在19世纪初,继承和发展了18世纪英国现实主义小说传统,为19世纪现实主义小说高潮的到来做了铺垫。她的小说独具一格,有别于当时流行的"感伤小说"、"哥特小说",亦不属于浪漫主义。另外,书信体小说是那时风行的样式,她喜欢的两个作家——范妮·伯尼和理查逊都以此见长,《傲慢与偏见》初稿为书信体,其他五部小说中亦不乏长长短短的书信,但奥斯丁摆脱了书信体的局限。她的小说写英国乡绅的生活,婚姻恋爱中的男女青年。故事在几处庄园、几个家庭间展开,场景不外乎客厅、舞会、花园……没有大场面。几条情节线索交叠,彼此牵连,推进迅速。人物以女性居多,个个性格鲜明,较少雷同。奥斯丁小说幽默风趣、沉静真诚、风格含蓄。

《傲慢与偏见》(1813)以乡绅本内特一家为中心,叙述了四对青年男女的婚恋故事:本内特的大女儿与新邻居宾利、二女儿伊丽莎白与宾利的好友达西、小女儿莉迪亚与达西父亲的养子魏肯,还有他的远房侄子柯林斯与邻家女夏洛蒂。第一对,一见钟情却好事多磨。第三对,因激情鼓动而轻率私奔。第四对,为衣食计谋委曲求全,闪电结婚。第二对的故事最曲折,也最富戏剧性,贯穿小说始终。伊丽莎白与达西初次相见,双方并无好感,她对他的偏见日渐加深,她认为他傲慢、冷酷。与此同时,他对她的爱一天天增长,最终向她坦诚倾吐,可她做梦也没想到会如此。

《傲慢与偏见》是奥斯丁的杰作之一,透过青年男女的恋情,表达了她对婚姻爱情的看法。显然,她肯定的爱情是超越金钱、地位的。拥有贵族头衔又富有的达西能突破世俗观念,娶资财微薄又无地位可言的伊丽莎白。而那种只考虑生存或只为情感驱使的爱情是她所否定的。夏洛蒂聪慧、漂亮、有见地,却嫁给了愚顽可笑、趋炎附势、古板虚伪的柯林斯;莉迪亚嫁给了空有其表、游手好闲的无赖魏肯。我们在这样的婚姻爱情背后看到,女性地位低微,只有靠嫁一个有钱或是有地位的丈夫改变人生。另一方面,一个年轻女子只要有足够的理智与聪明、贤淑可爱,就算没有地位、财产,也能凭自己的种种好品质赢得美满的婚姻。从某种程度上说,这是对理查逊所宣扬的"美德有报"思想的延续,奥斯丁的可贵之处在于,她以一种自然、节制的方式表达她的观念,而非教导、训世的。小说中最显眼的人物是伊丽莎白和达西。伊丽莎白漂亮、率真、机智幽默,自尊又富有爱心,肯为姐姐的爱付出一切。她的这些好品质逐渐被达西发现,后者深深地爱上她。但伊丽莎白却轻信、偏激、自以为是,感受不到达西的爱意。好在她有高度的自我反省意识,最终改变了对达西的偏见,接受他的爱。伊丽莎白的转变,两封长信起到关键作用。一封是达西写的,回应他求爱时伊丽莎白提出的质问;另一封是伊丽莎白的舅妈写的,详细述说了达西在莉迪亚的婚事中所做的努力。信件恰到好处的运用,显示了奥斯丁对书信体小说的借鉴与超越。达西算不上俊美,冷峻、傲慢,不招人喜欢,却敢于担当,抛弃世俗之见,勇敢追求自己所爱的姑娘。这两个人物的性格具有多面性,小说中其他人物也刻画得栩栩如生,个性鲜明。

《傲慢与偏见》全书分为三卷，每卷又分若干章，每卷都有一个故事高潮，各章亦波澜变化。奥斯丁让多条情节线索几乎同时展开而不显杂乱，每个故事都讲得起伏跌宕，她自如地打断叙事，延迟高潮的到来，增添阅读期待。小说中的每个人物都个性鲜明，最能显示她的本领的是把那种荒谬、可笑的人物刻画得令人喜爱。奥斯丁还善于以夸张、对比、反讽等手法赋予小说浓郁的喜剧色彩，委婉地传达小说的题旨。

傲慢与偏见(片断)

第二卷　第十一章

他们走了以后，伊丽莎白仿佛是要竭尽所能激起自己对达西先生的反感，就把她到肯特郡以后所有简写给她的信都拿出来，仔细阅读。信里面没有真正的报怨，没有重提过去发生的种种事情，也没有诉说目前遭受的种种痛苦。简本来生性娴静恬淡，待人宽厚和善，因此她的文笔一向以明快欢愉见长，从来没有过云遮雾罩的情况，可是现在从所有信件来看，或者从每封信的字里行间来看，几乎都找不到这种情绪了。伊丽莎白这次用头一次阅读的时候几乎没有用过的那种字斟句酌，所以看出了每一句话都传达出不安的心绪。达西先生大言不惭地说自己善于让别人受罪，这使她更深切地体会到她姐姐所受的罪。想到达西先生在罗辛斯做客后天就要结束，倒还有点安慰；而更令她快慰的是，再有不到两个星期，她就可以和简重逢，而且可以竭尽姐妹深情去帮助她重新振作精神。

她想到达西要离开肯特郡，不由得又记起他的表哥也要和他一起离去；不过费茨威廉上校已经让她明白，他对她一点也没有转什么念头，所以他尽管讨人喜欢，她也并没有因为他的事而感到不快。

她正想到这里，突然让门铃的声音惊动了，想到来的是费茨威廉上校，心里不觉有点慌乱起来。他以前也曾经在很晚的时候来过，现在可能是特地来向她问候。可是这种想法马上就打消了，使她感到完全出乎意料的是，她看到达西先生走进屋子里来，这时候她的心情就大不一样了。他立刻匆匆忙忙地开始询问她的病情，说他这次来访就是希望听到她病情好转的消息。她回答的态度冷淡而有礼貌。他坐了一会，又站起来在屋子里转了转。伊丽莎白感到惊讶，不过一言未发。这样沉默了几分钟，然后达西就以一种激动的态度走到她的跟前，这样开始说话了：

"我努力克制，但是不成。这样下去可不行。我的感情压制不住了。你一定得让我告诉你，我是多么渴慕你，热爱你。"

伊丽莎白的惊讶真非言语所能形容。她两眼发愣，两颊泛红，满怀疑惑，一声不响。他认为这是对他充分的鼓励，于是立即倾吐他对她的爱慕之情，而且表白对她心仪已久。他讲得娓娓动听，不过除了坦陈心曲之外，也谈到其他方面的种种感情。他倾诉对她的亲情蜜意，同样也滔滔不绝地吐露自己的傲慢，谈得毫不逊色。他觉得她门第低微——这门亲事是降贵纡尊——是家庭方面的障碍，这又使理智与感情经常冲突；他说得热情激动，好像因为这是他在自贬身价，不过这却不大可能对他求婚有利。

尽管伊丽莎白对他深恶痛绝，却不能不感觉到这样一个人的发自真情的赞美夸奖；虽然她的意志片刻也没有动摇，可是她开头还是对他马上就要感到的痛苦表示歉意。然而他后来那番话激起了她的义愤，于是她的怜悯之情又化作了满腔愤怒。不过她还是努力克制自己，准备等他讲完，再耐心地给他回答。达西最后向她说明，他对她的爱慕过于强烈，尽管他竭尽一切努力，他还是觉得无法克制，并且表示了这样的希望：他的爱慕现在会由于她接受他的求婚而得到报偿。他说这句话的时候，她不难看出，他毫不怀疑会得到满意的答复。他嘴里也说到了惶恐和忧虑，但是他脸上流露出来的却是万无一失的神气。这种情况只能把人更加激怒，因此等他一停下来，她立刻双颊绯红，说道：

"在这样一种情况下，我相信，按照这种事的常规，既然一方表白了自己的深情厚意，另一方总应该表示感激之情，不管这种回报是否旗鼓相当。心生感激之情，这很自然；如果我真能心生感激，我现在就会向你道谢。但是，我不能——我从来没有期望得到你的美意，而且你刚才表达这番意思，也完全不是出于心甘情愿。我给谁造成了痛苦，我都感到抱歉。然而，这完全是出于无意而造成的，我希望这种痛苦很快就会过去。你告诉我，其他方面的种种看法，曾经长期阻碍你承认你的深情，现在，经过了这番解释，就不会再有什么困难来克服你这种深情了吧。"

达西先生这时正靠在壁炉架上，两眼死死地盯在她的脸上，听着她讲话，看来他的愤恨不亚于惊讶。他气得脸色发白，那五官处处都显出心烦意乱的样子。他竭力装作若无其事，不等到自己相信已经做到这点，他是不会开口的。这种沉默无言让伊丽莎白感到极其可怕。最后，他用一种强作镇定的口气说：

"这就是我如此荣幸得到的这样一个答复喽！也许我可以有幸得到指教：为什么竟然这样一点也不努力顾及礼节而对我加以拒绝？不过这已是无关紧要的了。"

"我也可以有幸请问一下，"她回答说，"为什么你要这样明显地故意触犯我，侮辱我，存心告诉我，你喜欢我是违反你的意志，违反你的理智，甚至还违反你的性格呢？即使我刚才真是无礼，难道这不是我无礼的某种起因吗？不过还有别的事情也激怒了我。这你是知道的。就算我对你没有反感，就算完全没有个人意气，或者甚至就算我对你有好感，难道你就认为，一个人毁了，也许还是永远毁了我至亲至爱的姐姐的幸福，还能有什么想法会诱使我去接受这个人吗？"

她说这些话的时候，达西先生愀然变色，不过他这种情绪很快就过去了，他静静地听她继续讲，没想打断她。

"我有一切理由认为你坏。没有任何动机可以作为借口，来为你在那儿所做的不正当、不公道的事情辩解。你不敢否认，而且也否认不了，把他们俩拆散，即使不是你一个人造成的，那么你也是主谋。你让一个人受到世人的指责，说他三心二意，反复无常；而另一个人则因为希望落空而成为笑柄，你让他们俩都陷入了最深重的痛苦。"

她停了一下，看到他听她讲话的那副神气，证明他完全无动于衷，毫无悔恨之情，不禁大为愤怒。他甚至还装出一副不相信的神气，面带微笑盯着她瞧呢。

"你干的这种事，你否认得了吗？"她又追问了一遍。

这时他故作镇定，回答说："我并不想否认，我是竭尽所能把我那位朋友同你姐姐拆散了，我也不想否认，我因为成功而很高兴。我对他一直比对我自己还好。"

对他这番温文尔雅的可耻自白，伊丽莎白表露出一副不屑一顾的样子，不过这几句话的意思她确实抓住了，也消解不了她的怒气。

"不过，"她接着说，"让我讨厌你的，还不仅是这件事。早在这件事以前，我对你就有了定见。几个月以前，我就听到魏肯先生讲过一些事情，你的品格怎样已经很清楚了。在这个问题上，你还能说些什么？你还能想象出什么为朋友出力的行动，拿来为自己辩护吗？你又能用什么胡编乱造出来的东西骗人信你那一套呢？"

“你对那位先生的事情可真是热切关心呀，”达西说话的声音不像刚才那样镇静，脸也涨得更红了。

“知道他那不幸遭遇的人，谁能不自然而然地对他关心呢？”

“他的不幸遭遇！”达西轻蔑地重复了一遍。“是呀，他的不幸遭遇确实是极其深重的。”

“而且是你造成的，”伊丽莎白用力喊道，“你让他陷入了他目前这种贫困状态，当然是比较而论的贫困状态。你应该知道，有些优厚条件原来是安排好提供给他的，可是你却不肯给他。你在他的大好年华，剥夺了他的生活收入，而那是他受之无愧的，同样也是理所应得的。这全都是你干的！可是你听到人家提到他的不幸遭遇，还要用蔑视和嘲笑的态度来对待。”

“那么，”达西一面快步在屋子里走着，一面大声喊道，“这就是你对我的看法！这就是你对我的评价！谢谢你解释得这么充分。根据这种考虑，我可真是罪大恶极了！但是，”说到这里，他停下脚步，转身对着她，接着又说，“如果我没有老老实实地说出我曾经犹豫不决，长期没有做出认真的决定，那就不至于伤害你的自尊心，你也许就不会这样计较那些得罪你的事情了。如果我多要点手腕，把我内心的冲突掩盖起来，对你恭维备至，让你相信我是受到理智、思想和一切方面的驱使，对你怀有无条件的、纯而又纯的爱，那么你这些苛刻的责骂就可以忍住不发出来了。但是我讨厌任何形式的弄虚作假。我也决不认为我刚才谈到的种种心情可耻。这些都是既自然又正当的。难道你会指望我因为你的亲戚门第低微而欢欣鼓舞吗？因为要和一些地位远远低于我的人结成亲眷而暗自庆幸吗？”

伊丽莎白越听越生气，然而她讲话的时候还是竭尽全力保持镇定。

“达西先生，如果你认为你刚才的行为要是表现得更有点绅士气派，你表白的方式就会对我产生另外的影响，使我觉得不好拒绝你，那么你就错了。”

她看到这番话让他一愣，但是并没有讲什么，于是她又继续讲下去：

“不管你可能采取什么方式哄骗我接受，你也没法让我答应你向我求婚。”

很明显，他又为之一惊，然后带着既怀疑又屈辱的复杂表情注视着她。她又往下说：

“从刚一开始，我几乎可以说，从我刚认识你的最初那一分钟开始，你的言谈举止就给我留下了深刻印象，使我完全相信你骄傲自大，自以为是，因为自私而拿别人的感情不当一回事，这就为我不满意你打下了基础，随后发生的种种事情，又让我在这个基础上产生了不可动摇的厌恶；认识你还不到一个月，我就觉得，哪怕世界上就剩下你这一个男人，也别想说服我嫁给你。”

“你已经说够了吧，小姐。我完全理解你的心情，现在我只有对自己过去的种种情况感到羞愧了。请原谅我耗费了你这么多时间，并且接受我最良好的愿望，祝你健康幸福。”

说完这几句话，他就匆匆忙忙走出了屋子，伊丽莎白随即听到他打开前门离开了这所宅子。

伊丽莎白现在感到心烦意乱，十分痛苦。她不知道如何支撑自己，她身体实在软弱不堪，只好坐了下来，哭了半个钟头。她对刚才发生的事情每回想一次，她的惊愕就增加一分。达西先生居然会向她求婚！他居然爱她爱了好几个月！而且爱她爱得那样深，居然还不顾种种反对的因素想要娶她！然而正是这些因素使他阻挠他那位朋友娶她姐姐，这些因素一定在他自己的事情上至少也发挥过同样大的力量，这种情况简直令人难以置信！在不知不觉之中博得了这样强烈的爱慕之情，这也是令人高兴的。但是，他那种傲慢，那种令人厌恶的傲慢，他对简做了种种手脚还恬不知耻公然承认，承认的时候虽然无法辩明自己清白无辜，却还要摆出那么一副厚颜无耻的令人不可原谅神气，他提到魏肯先生的时候那么冷酷无情，全然无意否认自己对待他凶狠残酷——一想到这些事情，她因为顾念他的一片深情而一时涌上心头的怜悯，马上就烟消云散了。

她就这样心潮起伏地前思后想，一直到凯瑟琳夫人的马车声惊动了她，才感到不好就这样和夏洛蒂打照面，于是便急急忙忙回到自己屋子里去了。

——选自张玲、张扬译《傲慢与偏见》，人民文学出版社 1993 年版

（杜丽琴）

二十一 哈代《德伯家的苔丝》

托马斯·哈代(1840—1928)是19世纪英国伟大的现实主义作家、诗人,生于英格兰的多塞特郡(多塞特郡古称威塞克斯,哈代作品多以家乡为背景,又称威塞克斯小说)。1862年哈代听从父命前往伦敦学习建筑,并在伦敦大学进修语言,开始文学创作。他早期勤奋写作诗歌想做诗人,27岁转向小说创作,其第一部长篇小说《计出无奈》问世于1871年。从此,他放弃建筑职业,致力于小说创作。此后的25年里他发表了14部长篇和两个短篇小说集。《绿林荫下》是他"在艺术上的精致与完美所达到的最高峰",《远离尘嚣》是他的成名作,之后还发表了《还乡》、《卡斯特桥市长》、《德伯家的苔丝》、《无名的裘德》。晚年以其出色的诗歌创作开拓了英国20世纪的文学,主要诗作史诗剧《列王》。哈代的作品反映了资本主义侵入英国农村城镇后所引起的社会经济、政治、道德、风俗等方面的深刻变化以及人民(尤其是妇女)的悲惨命运,揭示了资产阶级道德、法律和宗教的虚伪性以及命运的神秘性。他的作品承上启下,既继承了英国批判现实主义的优秀传统,也为20世纪的英国文学开拓了道路。

《德伯家的苔丝》(1891)是哈代著称于世的"威塞克斯系列"中的一部力作。小说描述了一位纯洁姑娘的不幸命运。主人公苔丝是一位美丽的农家少女,因生活所迫去帮佣,受东家少爷阿历克诱迫而失身怀孕,独自隐忍痛苦并再次外出打工。后来,她结识了克莱尔并相爱,新婚之夜向丈夫坦诚说明后竟遭遗弃。后来,由于家里发生变故,她在万般无奈之中重回了阿历克的怀抱,不料,就在这时她那有名无实的丈夫拖着病体千里归来,苦苦寻觅。苔丝为了自己真正的爱,毅然杀死被迫无奈而与之同居的阿历克,与丈夫在荒漠的原野里度过了几天逃亡的欢乐生活,被捕走上了绞刑台。

哈代通过苔丝的悲剧命运,真实地反映了那个时代个体农民贫困破产的不幸生活,愤怒控诉了资产阶级道德、宗教和法律的残酷性、虚伪性。作者认为苔丝是无辜的,道德上是纯洁高尚的,因此小说的副标题是"一个纯洁的女人",明确表示出对资本主义社会道德的抗议。苔丝是被哈代理想化了的现代女性,在哈代的理想世界中,苔丝是美的象征和爱的化身:美丽、纯洁、善良、质朴、仁爱和容忍、勤劳坚强、富于牺牲精神和反抗性、对生活抱有美好的愿望。她自食其力,不慕荣华富贵,她没有借助婚姻来实现追求虚荣的愿望,而是立足于自尊去追求自由。在她到冒牌本家那儿寻求帮助的时候,她的目的是想通过自己的工作来解决家庭的困难。她一发现自己上当受骗,就坚决离开了那里。失身怀孕后以顽强的毅力承受社会歧视,被克莱尔遗弃后不求人施舍,为换取家人的生存而再次违愿沦为亚雷的情妇都表现了苔丝对家庭的责任感、人的尊严和对生活的热爱和自我牺牲,最后因为丈夫的回心转意使得绝望的苔丝愤而举起了复仇的利刃,终于成了一个杀人犯,她在反抗中获得了自己的爱情,但也不得不付出了生命的代价。她是纯洁的,也是悲惨的。

《德伯家的苔丝》在艺术上同样具有独特感染力。结构匀称充实,紧紧围绕女主人公命运展开情节,可能多少与他建筑学的知识有关。善于塑造悲剧性人物,在苔丝的人生中作者设计了一系列偶然、巧合的事件推动情节,使矛盾激化,把主人公引向必然的悲剧结局。小说还运用富有特色、具有浓郁乡土气息的自然景物描写烘托人物命运,同时融入自然主义中人的本能和自然情感的描写使人物更具生活化,并运用对比手法突出人物性格,比如克莱尔听了苔丝失身受害的叙述后判若两人等等。一百多年过去了，女主人公苔丝也早已树立在世界文学画廊之中，成为最动人的女性形象之一。

德伯家的苔丝（片断）

第五阶段　惩罚

第三十五章

苔丝把事情讲述完了；甚至连反复的申明和次要的解释也作完了。她讲话的声调，自始至终都同她开始讲述时的声调一样，几乎没有升高；她没有说一句辩解的话，也没有掉眼泪。

但是随着她的讲述，甚至连外界事物的面貌也似乎发生了变化。炉桥里的残火露出恶作剧的样子，变得凶恶可怖，仿佛一点儿也不关心苔丝的不幸。壁炉的栅栏懒洋洋的，也似乎对一切视而不见。从水瓶里发出来的亮光，只是一心在研究颜色的问题。周围一切物质的东西，都在可怕地反复申明，它们不负责任。但是自从他吻她的时候以来，什么也没有发生变化；或者不如说，一切事物在本质上都没有发生变化。但是一切事物在本质上又发生了变化。

她讲完过去的事情以后，他们从前卿卿我我的耳边印象，好像一起挤到了他们脑子中的一个角落里去了，那些印象的重现似乎只是他们盲目和愚蠢时期的余音。

克莱尔做一些毫不相干的事，拨了拨炉火；他听说的事甚至还没有完全进入到他的内心里去。他在拨了拨炉火的余烬以后，就站了起来；她自白的力量此刻发作了。他的脸显得憔悴苍老了。他想努力把心思集中起来，就在地板上胡乱地来回走着。无论他怎样努力，他也不能够认真地思考了；所以这正是他盲目地来回走着的意思。当他说话的时候，苔丝听出来，他的最富于变化的声音变成了最不适当和最平常的声音。

"苔丝！"

"哎，最亲爱的。"

"难道要我相信这些话吗？看你的态度，我又不能不把你的话当成真的。啊，你可不像发了疯呀！你说的话应该是一番疯话才对呀！可是你实在正常得很……我的妻子，我的苔丝——你就不能证明你说的那些话是发了疯吗？"

"我并没有发疯！"她说。

"可是——"他茫然地看着她，又心神迷乱地接着说："你为什么以前不告诉我？啊，不错，你本来是想告诉我的——不过让我阻止了，我记起来了。"

他说的这一番话，还有其他的一些话，只不过是表面上应付故事罢了，而他内心里却像是瘫痪了一样。他转过身去，伏在椅子上。苔丝跟在后面，来到房间的中间，用那双没有泪水的眼睛呆呆地看着他。接着她就软倒在地上，跪在他的脚边，就这样缩成了一团。

"看在我们爱情的份上，宽恕我吧！"她口干舌燥地低声说。"我已经同样地宽恕你了呀！"

但是他没有回答，她又接着说——

"就像我宽恕你一样宽恕我吧！我宽恕你，安琪尔。"

"你——不错，你宽恕我了。"

"可是你也应该宽恕我呀？"

"啊，苔丝，宽恕是不能用在这种情形上的呀！你过去是一个人，现在你是另一个人呀。我的上帝——宽恕怎能同这种荒唐事用在一起呢——怎能像变戏法一样呢!"

他停住了口,考虑着宽恕的定义;接着,他突然发出一阵可怕的哈哈大笑——这是一种不自然的骇人的笑声,就像是从地狱里发出来的笑声一样。

"不要笑了——不要笑了!这笑声会要了我的命的!"她尖叫着。"可怜我吧——可怜我吧!"

他没有回答;她跳起来,脸色像生了病一样苍白。

"安琪尔,安琪尔!你那样笑是什么意思呀?"她叫喊说。"你这一笑对我意味着什么,你知道吗?"

他摇摇头。

"为了让你幸福,我一直在期盼,渴望,祈祷!我想,只要你幸福,那我该多高兴呀,要是我不能让你幸福,我还能算什么妻子呢!这些都是我内心的感情呀,安琪尔!"

"这我都知道。"

"我想,安琪尔,你是爱我的——爱的是我这个人!如果你爱的的确是我,啊,你怎能那样看我,那样对我说话呢?这会把我吓坏的!自从我爱上你以来,我就会永远爱你——不管你发生了什么变化,受到什么羞辱,因为你还是你自己。我不再多问了。那么你怎能,啊,我自己的丈夫,不再爱我呢?"

"我再重复一遍,我以前一直爱的那个女人不是你。"

"那是谁呢?"

"是和你一模一样的另外一个女人。"

她从他的说话中看出,她过去害怕和预感到的事出现了。他把她看成了一个骗子;一个伪装纯洁的荡妇。她意识到这一点,苍白的脸上露出了恐惧;她的脸颊的肌肉松弛下来,她的嘴巴差不多变成了一个小圆洞的样子。他对她的看法竟是如此的可怕,她呆住了,身子摇晃起来;安琪尔走上前去,认为她就要跌倒了。

"坐下来,坐下来,"他温和地说。"你病了;自然你会感到不舒服的。"

她坐了下来,却不知道她坐在什么地方。她的脸仍然是紧张的神情,她的眼神让安琪尔看了直感到毛骨悚然。

"那么我再也不属于你了,是不是,安琪尔?"她绝望地问。"他说他爱的不是我,他爱的是另外一个和我一模一样的女人。"

出现的这个女人的形象引起了她对自己的同情,觉得自己是受了委屈的那个女人。她进一步想到了自己的情形,眼睛里充满了泪水;她转过身去,于是自怜的泪水就像决堤的江水一样流了出来。

看见她大哭起来,克莱尔心里倒感到轻松了,因为刚才发生的事对苔丝的影响开始让他担心起来,其程度仅仅次于那番自白本身引起的痛苦。他耐心地、冷漠地等着,等到后来,苔丝把满腹的悲伤发泄完了,泪如涌泉的痛哭减弱了,变成了一阵阵抽泣。

"安琪尔,"她突然说,这时候她说话的音调自然了,那种狂乱的、干哑的恐怖声音消失了。"安琪尔,我太坏了,你是不能和我住在一起了是不是?"

"我还没有想过我们该怎么办。"

"我不会要求你和我住在一起的,安琪尔,因为我没有权利这样要求!本来我要写信给我的母亲和妹妹,告诉她们我结婚了,现在我也不给她们写信了;我裁剪了一个针线袋子,打算在这儿住的时候缝好的,现在我也不缝了。"

"你不缝了!"

"不缝了,除非你吩咐我做什么,我是什么也不做了;即使你要离开我,我也不会跟着你的;即使你永远不理我，我也不问为什么，除非你告诉我，我才问你。”

“如果我真地吩咐你做什么事呢？”

“我会听你的，就像你的一个可怜的奴隶一样，甚至你要我去死我也会听你的。”

“你很好。但是这让我感到，你现在自我牺牲的态度和过去自我保护的态度少了一些协调。”

这些是他们发生冲突后第一次说的话。把这些巧妙的讽刺用到苔丝身上，就完全像把它们用到猫和狗的身上一样。她领会不到话里微妙的辛辣意味，她只是把它们当作敌意的声音加以接受，知道那表示他在忍受着愤怒。她保持着沉默，不知道他也正在抑制着对她的感情。她也没有看见一滴泪水慢慢地从他的脸上流下来，那是一滴很大的泪水，好像是一架放大镜的目镜，把它流过去的皮肤上的毛孔都放大了。与此同时，他又重新明白过来，她的自白已经完全把他的生活、他的宇宙全都改变了，他想在他新处的环境里前进，但是他绝望了。必须做点儿什么；做什么呢？

“苔丝，”他说，尽量把话说得轻松些，“我不能住在——这个房间里了——就是现在。我要到外面走一走。”

他悄悄地离开了房间，他先前倒出来两杯葡萄酒准备吃晚饭，一杯是倒给她的，一杯是倒给自己的，那两杯酒现在还放在桌子上，动也没有动。这就是他们一场婚宴的下场。在两三个小时以前，他们吃茶点时还相亲相爱，用一个杯子喝酒。

……他转身打算下楼；接着，他又犹豫不决地向她的门口转过身去。他转身的时候，一眼看见了德贝维尔家两位贵夫人画像中的一个，那幅画像正好镶在苔丝房门的上方。在蜡烛的照明下，那幅画像更加叫人感到不快。那个女人的脸上暗藏着阴险狡诈的神气，集中了向男人报仇雪恨的心思——他当时看上去的感觉就是这样的。画像女人穿着查理时代的长袍，领口开得很低，正好和苔丝穿的那件让他把领子掖进去好露出项链的衣服一样；这又使他感到苔丝和那个女人的相似之处，因而心里十分难过。

这已经足以使他止步不前了。他就退回来，下楼去了。

他的神情既镇静又冷酷，他的小嘴紧紧闭着，说明他有自我控制的能力；他的脸上仍然是一副令人感到可怕的神情，自从苔丝自我表白以来，他的脸上就有了那副神情。只要有这种神情的男人，就不再会是感情的奴隶，但是也没有从感情的解放中得到什么好处。他只是在那儿思考人类经验中的种种烦恼，思考种种事情的难以预料。直到一个小时以前，他一直崇拜苔丝，很久以来，他都认为不可能有谁比苔丝更纯洁、更甜蜜、更贞洁的了；可是——

只是那么一点点儿，竟然是这样不同！[①]

他错误地为自己辩解，心里头在说，从苔丝诚实和生动的脸上，看不透她的内心；不过当时没有人为苔丝辩护，纠正克莱尔的错误。他接着说，是不是有这种可能，她的那双眼睛，里面的神情和嘴里说的并没有什么不同，但是想的心事，和表面上是极不一致的，全然不同的？

他熄了蜡烛，在客厅里那张小床上躺下来。客厅里夜色深沉，对他们的事一点儿也不关心，毫不同情；黑夜已经吞噬掉了他的幸福，现在正在懒洋洋地加以消化；黑夜还准备同样吞噬掉其他千万人的幸福，并且一点儿也不慌乱。

——选自王忠祥、聂珍钊译《德伯家的苔丝》，长江文艺出版社2006年版

（曹占平）

① 勃朗宁的诗《炉边》第二十九节第二行。

二十二　普希金《叶甫盖尼·奥涅金》

亚历山大·谢尔盖耶维奇·普希金(1799—1837)是19世纪俄罗斯浪漫主义文学的杰出代表,又是俄国现实主义文学的奠基人,被誉为"俄罗斯诗歌的太阳"、"俄罗斯文学之父"。普希金1799年5月26日出生于莫斯科一个贵族家庭。他的童年是在充满诗歌和文学的氛围中度过的。12岁时进入皇村学校学习,接受了进步教师所传播的先进思想,逐步形成了自己进步的政治观点和文学观点。1817年普希金毕业后到外交部任职,他一方面进行诗歌创作,一方面又积极参加一些进步文学社团,他与秘密团体"救国同盟"和"幸福同盟"的成员保持密切的联系。在未来的十二月党中,普希金有许多朋友,他们经常在一起讨论祖国的前途、人民的命运、幸福和自由、文学与诗歌等问题。这一时期,普希金创作了一系列以自由为主题的诗歌,后来人们称之为"政治抒情诗",其中最著名的有《自由颂》、《致恰达耶夫》、《乡村》等。这时他还写了一些讽刺短诗,影射沙皇及其宠臣。这些讽刺短诗和政治抒情诗在社会上广泛流传,产生了巨大的影响。沙皇对此非常恼火,便把普希金"派遣"(实则流放)到南方。南方雄奇瑰丽的自然风光触动着普希金的心灵,同时也激发了他对自由的渴望和向往。在流放的四年间,普希金写了大量优美真挚的抒情诗,还创作了多部长诗,其中《高加索的俘虏》、《强盗兄弟》、《巴赫奇萨拉伊的喷泉》和《茨冈》等作品,是俄罗斯浪漫主义诗歌的重要成就。1824年,普希金由于无神论思想被沙皇撤销公职,遣送到家乡米哈伊洛夫斯克村,受当地政府、教会以及他父母的监督。这期间他完成了诗体长篇小说《叶甫盖尼·奥涅金》的一部分内容、历史剧《波里斯·戈都诺夫》。1825年12月在彼得堡爆发了十二月党人的武装起义。不久起义被残酷镇压,普希金闻讯后悲愤不已。1828年与娜塔丽娅·冈察洛娃结识。后来回波尔金诺办理家庭财产事务,因故滞留三个月,那就是被文学史上传为佳话的"波尔金诺之秋"。这期间他完成了《叶甫盖尼·奥涅金》、短篇小说集《别尔金小说集》(包括《射击》、《暴风雪》、《棺材匠》、《驿站长》和《村姑小姐》5个短篇)和其他一些作品。普希金1831年2月与冈察洛娃结婚后定居彼得堡。婚后他的仕途与生活都不顺利,尽管笼罩在悒郁中,普希金还是完成了长篇小说《上尉的女儿》、中篇小说《黑桃皇后》和长诗《青铜骑士》,同时还创办杂志《现代人》。1837年1月普希金死于决斗,时年仅38岁。普希金诗歌艺术的主要特色包括以下几个方面:首先是真诚。别林斯基指出,使普希金和以前的诗派严格区别的东西,是他的诚恳。其次是自然、朴素和优雅的真正统一。第三是语言方面简洁和独特的音韵美。普希金的诗从一开始就表现出异乎寻常的简练。别林斯基认为普希金的诗所表现的音调的美和俄罗斯语言的力量达到了令人惊异的地步。第四是在情调和风格上表现出来的一种明朗的忧郁。这里说的忧郁主要是一种艺术风格,一种诗意的强调,它虽然与忧愁、哀伤乃至悲惨的生活内容相关,但它仍然主要是一种美学的或者说是一种审美的效果。

诗体长篇小说《叶甫盖尼·奥涅金》是普希金的代表作。该作从1823年开始创作,到1830年最后完成,是俄罗斯现实主义文学的奠基之作。叶甫盖尼·奥涅金出身于贵族家庭,他曾一度沉湎于社交活动,不久觉察到这种生活的空虚和虚伪,染上了当时流行于知识界的"忧郁病"。此时他年迈的伯父突然病故,他因继承伯父的遗产来到乡下,与另一贵族青年连斯基结为朋友,并认识了邻村地主的两个女儿:大女儿达吉雅娜和小女儿奥尔加。达吉雅娜爱上了奥涅金，可遭到他冷淡的拒绝；而奥尔加却与连斯基热恋。在一次舞会上，奥涅金故意追求奥尔加，这就激怒了连斯基，于是两人决斗。连斯基在决斗中被杀，奥涅金良心受到谴责，便离开庄园四处漂泊。几年后，当他回到上流社会时，达吉雅娜已成了一位将军夫人。这时，奥涅金心中燃起了对她的爱情，给她写去充满激情的信，并亲赴将军府中向达吉雅娜表达爱意。可达吉雅娜的回答是：她承认还爱他，但出于道德的责任与尊严而不能属于他。这以后奥涅金又离开上流社会四处流浪。

《叶甫盖尼·奥涅金》再现了19世纪20年代俄罗斯广阔的社会生活，别林斯基曾称它为"俄罗斯生活的百科全书"。小说艺术地反映了十二月党人起义失败后，一部分俄国贵族青年预感到时代的风暴即将来临，不甘落后，但又局限于本阶级的牢笼而无勇气与能力参加革命，更看不到社会发展的前景，因此终日彷徨苦闷，染上了"时代的忧郁病"。小说的主人公叶甫盖尼·奥涅金正是这种青年的典型。奥涅金是俄国文学史上第一个"多余人"的形象。他出身贵族，从小受着传统的贵族教育，在法国籍家庭教师的管教下长大。这种脱离祖国文化的环境，自然不会给奥涅金带来什么好处。他到了"心猿意马的青春"时期，便成了一个油头粉面、沉溺宴会的纨绔少年。但他毕竟还是受到了时代精神的感染和进步思潮的影响。他读过亚当·斯密和卢梭的书，对农村改革、俄国历史、政治和科学等问题都有独到的见解。这些说明，奥涅金绝不是一般的贵族青年。但是他在农村进行的改革，并不能说明他真想为人民做点什么，而是一时心血来潮。他拒绝达吉雅娜的爱情的原因是他厌倦了这种上流社会的多情表白，他也低估了达吉雅娜的真情。他鄙视上流社会，却又不得不服从它的陈规陋习，和自己的好友决斗而酿成大祸。重又追求达吉雅娜遭到她的拒绝后，便四处漂流，结果是一事无成。普希金通过奥涅金的形象提出了贵族知识分子脱离人民这一当时重大的社会问题。另一主人公达吉雅娜从小成长于远离城市的乡村和淳朴的人民中，这种成长环境培育了她真诚、善良的感情，造就了她纯朴、美好的气质。初见奥涅金时，她怀着真诚和纯洁的感情，勇敢地写了一封信给他。但达吉雅娜是不幸的，她爱上的是一个精神生活比她要空虚得多的"多余人"，是一个不能够理解她的纯洁与真诚的人。达吉雅娜终究也只能像当时其他的少女一样，被带到"嫁人的市场"上，嫁给了一个肥胖的将军。她所追求的自由、纯洁的爱情生活终究也没能实现。在这个意义上，达吉雅娜是一个悲剧性人物。

在俄罗斯文学史上，《叶甫盖尼·奥涅金》是第一部把诗的抒情性和散文的叙事性完美结合在一起的"诗体长篇小说"。这是一种全新的独创性的艺术形式，是普希金在艺术形式上对俄罗斯文学的重大贡献。《叶甫盖尼·奥涅金》最显著的艺术特色便是它的抒情性。作品中出现大量的"抒情插笔"，有时对人物褒贬，有时对事件和场面评论，有时对往事追忆，有的诙谐幽默、妙趣横生，有的画龙点睛、入木三分。正是这些大量的多角度、多层次的"抒情插笔"，扩充了作品的容量，深化了作品的内涵，加强了作品的艺术感染力。《叶甫盖尼·奥涅金》在艺术上的另一个特点是现实性，它在再现社会生活的广度和深度上、典型性格的塑造上、环境和场景的描写上都达到了当时俄罗斯文学的最高水平。别林斯基说它是一部"百科全书"，原因正在于此。在人物性格塑造上，该作突出地采用了对比手法，奥涅金和连斯基、达吉雅娜和奥尔加之间在对照中，各自的性格特征表现得十分鲜明和突出。普希金在这部作品中成功地运用了这种手法，并以深厚的现实主义力度揭示出性格的社会根源。从这里可以看出普希金对浪漫主义的有效借鉴和利用。《叶甫盖尼·奥涅金》在语言上是很有特色的，作为俄罗斯语言和文学的创造者，普希金把诗的精练、含蓄和散文的流畅、朴素天衣无缝地结合起来，从而创造出典范的俄罗斯文学语言，它既是诗的，又是散文的。此外，在诗的格律和韵律方面，《叶甫盖尼·奥涅金》也有独特的创造。在这部诗体长篇小说中，除了男女主人公各写的两封信外，其余均为用四步抑扬格写成的十四行诗组成的诗节，这种诗节后来被人们称为"奥涅金诗节"。抑扬顿挫的音步和错落有致的韵律使得作品读来既铿锵有力又缠绵悠长，具有一种独特的韵味。

叶甫盖尼·奥涅金（片断）

第一章

2

请允许我，连个序文也没有，
便把小说的主人公，开门见山，
马上做个介绍，来和你们见面：
我的这位好友，叶甫盖尼，
他正是诞生在涅瓦河畔，
在那儿您或许显赫过一番，
我的读者，您或许也生在那里；
我也曾在那儿悠闲地散步：
然而北方对于我却有害处。

3

他的父亲曾经做过大官，
但却是一向借债为生，
家庭舞会每年三次举办，
终于把家产挥霍干净。
叶甫盖尼总算有命运保佑：
起初一位法国太太把他伺候，
后来一位法国先生前来替代；
孩子虽是淘气，却也可爱。
阿贝先生是个穷法国人，
他为了不让这孩子吃苦，
教他功课总是马马虎虎，
不用严厉的说教惹他烦闷。
顽皮时只轻轻责备一番，
还常常带他去夏园游玩。

4

而到了心猿意马的年龄，
到了希望和情愁的时候，
叶甫盖尼长成一个年轻人，
法国先生便被从家里赶走。

瞧，我的奥涅金得到了自由，
他去理发店剪一种最时髦的头，
衣着和伦敦的花花公子一般；
于是他便在社交界抛头露面。
他无论是写信或是讲话，
法语都用得非常纯熟；
他会轻盈地跳玛祖卡舞，
鞠躬的姿势也颇为潇洒；
还缺什么呢？大家异口同声
说他非常可爱，而且聪明。

5

东拉西扯、一知半解的教育，
我们大家全都受过一点，
因此，炫耀这个，感谢上帝，
在我们这里并不算困难。
奥涅金，按照许多人的评议，
（这些评论家都果断而且严厉），
还有点儿学问，但自命不凡；
他拥有一种幸运的才干，
善于侃侃而谈，从容不迫、
不疼不痒地说天道地，
也会以专门家的博学神气
在重大的争论中保持沉默，
也会用突然发出的警句火花
把女士们嫣然的笑意激发。

6

如今拉丁文已经过时：
真的，如果对您实话实说，
用来读点儿书前的题词，
他懂的拉丁文也还够多，
还能把鲁维纳尔谈上一谈，
能写个"祝你安好"在信的后边，
长诗《伊尼德》也背得几行，
虽则难免有记错的地方。
他不曾有过丝毫的兴致
钻进编年史的故纸堆里，
去发掘地球生活的陈迹：
然而过去时代的奇闻趣事，
从罗姆勒开始直到当今，

他全都记得，说来如数家珍。

7

他可没那份崇高的激情
去推敲吟哦，生命在所不惜，
重轻格、轻重格他分不大清，
不管我们为他花多大力气。
他咒骂荷马和费奥克利特，
但阅读亚当·斯密却颇有心得，
俨然是个经济学家，莫测高深，
就是说，他还喜欢发发议论：
一个国家怎样才生财有道，
靠什么生存，又是什么理由，
当它拥有天然物产的时候，
黄金对于它也并无需要。
而父亲始终不能理解他，
总是要把田产送去抵押。

8

叶甫盖尼还有些其他学问，
对此我无暇一一缕述；
然而，他的最为拿手的一门，
他的真正的天才的表露，
他从少年时便为之操劳、
为之欣慰、为之苦恼，
把它整日里长挂在心头，
成天价懒洋洋满怀忧愁、
念念不忘的，却是柔情的学问。

10

他很早便学会虚情假意，
会隐瞒希望，也会嫉妒，
会让你相信，也会让你猜疑，
会装得憔悴，显得愁苦，
有时不可一世，有时言听计从，
有时全神贯注，有时无动于衷！
沉默无声时，神情多么惆怅，
花言巧语时，多么热情奔放，
写情书时又多么轻率随便！
就为一件事而活，爱情专一，
他是多么地善于忘却自己！
眼神多么地急速，情意缠绵、

羞怯而又大胆，并且有几回，
还噙着几滴听话的热泪。

11

他多么善于花样翻新，
逗引无邪的心灵惊异，
用现成的绝望来吓唬人，
用悦耳的奉承讨你欢喜；
他颇会运用柔情和头脑，
抓住那含情脉脉的分秒，
征服天真而幼稚的偏见，
攫取情不自禁的爱怜，
恳请和索求爱情的吐露，
谛听心灵最初的音律，
步步为营地把爱心猎取——
突然达到了可以幽会的程度，
随后，便和她单独在一起，
悄悄地教她懂点儿事理！

12

他很早便晓得怎样挑逗
老练的风流娘儿们的心！
当他有意要把他的敌手
从情场上一一扫除干净，
他又会多么恶毒地诽谤！
为他们布下怎样的罗网！
而你们这些幸福的丈夫，
却仍旧和他朋友般相处：
喜欢他的，有个多疑的老汉，
有个福布拉斯多年的学徒，
还有个非常狡猾的丈夫，
还有个长犄角的，他神气活现，
总是对自己非常之满意，
满意自家的饭菜和自己的妻。

36

但是我的奥涅金，无拘无束，
享受着这美好的青春时光，
尽管情场得意，战果辉煌，
他是否真正地感到幸福？
纵情饮宴，无灾无病，无所用心，
他这样是否在浪费光阴？

37

不啊，情感在他心中早已僵冷；
他早已厌弃社交界的喧嚷；
美人儿他或许会一时钟情，
却不是他长久思念的对象，
一次次的变心早已使他厌倦；
友谊和交情已经令他心烦，
因为他不可能一年到头
总是这样喝喝香槟美酒，
吃吃牛排和斯特拉斯堡肉饼，
把自己灌得个昏头涨脑，
再去发一通满腹的牢骚。
尽管公子哥儿有如火的性情，
可是斗殴、佩剑和铅弹，
他已经终于不再喜欢。

38

患上这种病是什么原因，
早就应该去查一查究竟，
这很像是英国的抑郁病症，
总之这种俄国式的忧郁病
逐渐逐渐地控制了他；
谢天谢地，至于自杀
他还没打算去试一试看，
但他对生活已完全冷淡。
像恰尔德·哈罗德那样阴沉，
当他在别人家的客厅里出现；
波士顿纸牌，社交界的流言，
多情的顾盼，傲慢的叹息声，
任何东西都打动不了他的心弦，
他对面前的一切都看不上眼。

44

于是这个无所事事的人
痛感自己心灵中空空荡荡，
他坐下来——想学点别人的聪明，
这个目的倒是值得夸奖；
书架上摆满了成排的书，
他读来读去，什么道理也读不出：
有的枯燥乏味，有的胡诌骗人；
这一本毫无意义，那一本是诛心之论；

每本书都带有自己的锁链；
陈旧的东西早已经衰老，
新东西也都哼着旧的腔调。
他便把书抛开，像抛开女人一般，
给书架和尘封的书的家族
蒙上一块丝织的遮尸布。

——选自智量译《叶甫盖尼·奥涅金》，人民文学出版社 2004 年版

（李晓卫）

二十三　果戈理《死魂灵》

尼古拉·瓦西里耶维奇·果戈理(1809—1852),俄国19世纪40年代最杰出的作家,俄国现实主义文学的主要奠基人,自然派的创始人,世界著名的讽刺作家。果戈理出身乌克兰波尔塔瓦省密尔格拉德县大索罗钦镇地主家庭。1831年结识普希金,结成莫逆之交,专事创作。作为自然派的创始人,他的创作同普希金配合,奠定了19世纪俄国文学的现实主义基础。

果戈理处女作小说集《狄康卡近乡夜话》共收8篇小说,反映乌克兰民间生活,富有浪漫主义色彩,充满了对祖国和人民的热爱,歌颂普通人的勇敢、机智、向往自由的主题,显示出讽刺的特点。中篇小说集《密尔格拉得》收了4篇小说,《旧式地主》、《两个伊凡吵架的故事》中描写没落地主的生活,把对封建地主的揭露批判与沙俄官僚专制的揭露批判有机结合在一起。《彼得堡故事集》包括7篇短篇小说,描写彼得堡的生活。其中《狂人日记》、《外套》发展了普希金开创的写小人物的传统。《狂人日记》中九品文官波普里希钦和《外套》主人公巴施马奇金成为小人物描写的典范。陀思妥耶夫斯基宣称"我们所有的人都是从果戈理的外套中走出来的"。讽刺喜剧《钦差大臣》以来自彼得堡的十二等文官,撒谎吹牛、厚颜无耻的纨绔子弟赫列斯达科夫被NN市官员们当成钦差大臣,繁衍成闹剧,逼真反映俄国专制社会的肮脏黑暗,深刻揭露官僚阶级的丑恶和腐朽。别林斯基评价"公众用自己的笑声和鼓掌抗议了不成体统的暴虐当局,抗议了强盗式的警察,抗议了整个昏聩的统治"。剧作鞭挞的是整个官僚集团。赫尔岑称之为"最完备的俄国官吏病理解剖学教程"。

长篇小说《死魂灵》(1842)是果戈理的代表作。他借用普希金提供的情节,以新兴资产阶级投机家六等文官乞乞科夫到NN市收购死魂灵贯穿始终,广阔反映19世纪40年代俄罗斯社会风貌。传递出农奴制衰朽、没落的信息。赫尔岑称之为"一部震撼了整个俄罗斯的小说"。

作为自然派的盟主,果戈理的创作宗旨是写真实,主张文学负有责任和使命。直面世事黑暗,满目时艰,要用人们看得见的笑和人们看不见的泪表现人生,决定了他的创作基调的真实、纯粹。受到经典文化濡养和民族风情的滋育,果戈理语言灵动、形象、鲜活,具有浓郁的民族特色和乌克兰民族生活气息,比喻生动,文采华美。果戈理的创作极大影响了俄罗斯一批作家:涅克拉索夫、屠格涅夫、冈察罗夫、赫尔岑、陀思妥耶夫斯基等。"他的华丽而生动的散文风格为陀思妥耶夫斯基及后来的象征主义诗人和小说家A·别雷所运用","他在精神上的苦闷与超越'纯文学'的努力,为托尔斯泰和陀思妥耶夫斯基所继承,并提到一个更高的水准。"(《简明不列颠百科全书》第三卷第566页)。

《死魂灵》共11章。第1章引子,描写乞乞科夫到NN城,遍访头面人物,在交际场温柔体面,彬彬有礼,赢得各方好感。第2—6章,乞乞科夫访问地主庄园,接触5个地主,购买死魂灵,展示他们的不同个性。第7—10章,乞乞科夫到省城办理手续,写外省官僚和社交界的生活,揭露他们的腐败、庸俗。乞乞科夫诸事如意,只差到民事厅办理最后一道手续。省城各界视他为知己、阔佬。名门闺秀对他表示垂青。省长有意选他为女婿。第11章交代乞乞科夫的出身、经历、发迹,由于地主诺兹德廖夫告发,使他陷入逆境,最后落荒而逃。

果戈理通过乞乞科夫与贪官污吏和各类地主的交往，广泛展现了他们的日常生活和精神世界，把这些自称为“生活的主人”的丑类的庸俗、愚昧、贪婪、腐朽以及资本积累者的不择手段、冷酷无情、欺诈行径，尽情嘲笑，使得地主贵族的卑琐情志、动物式的贪欲、精神空虚、道德堕落暴露无遗，透露出农奴制衰亡没落的信息。

玛尼洛夫是一个披着高雅绅士外衣的寄生虫。浅薄庸俗、懒惰空虚，耽于幻想。纯洁的地主“玛尼洛夫精神”成了不务实际、懒惰、梦想家的代名词。柯罗博奇卡是一个固执守旧，简朴吝啬，精于算计，贪婪迟钝，愚昧尖刻，经营有方的女地主，一生追求的是金钱。诺兹德廖夫是一个流氓无赖、乡间恶少。吹牛撒谎，打架斗殴，挥霍无度，厚颜无耻，肆意横行，狂赌滥饮，惹是生非。具有各种奇怪的癖好，各个房间养着马、狗、猫，热衷赌博。对乞乞科夫大打出手。索巴凯维奇外貌粗笨如熊，是一个顽固、凶残、老谋深算、精于敲诈的地主典型。在他身上，体现着地主阶级最野蛮、最反动的本性。地主丑恶的集大成者普柳什金极度吝啬和贪婪。聚敛财富达到下作的地步。“普柳什金走路过去，道路便不用打扫了。”一块旧鞋底，一根铁钉，一角碎瓦片都要拿回家，甚至于偷。另一方面又惊人的浪费。“他的干草和谷子腐烂了，粮堆和草都变成真正的肥堆，只差还没人在上面种白菜。地窖里的面粉硬得像石头一样，只好用斧头劈下来；麻布、呢绒、布匹，如果要它不化成飞灰，便千万不要去碰一下。”五个地主形象揭示的真理：农奴制腐朽到底，堕落透顶，废除农奴制，刻不容缓！

乞乞科夫是小说的中心人物，是一个新兴的剥削者、俄国资本主义形成时期投机商和企业家的化身。作为一个新生的资产阶级形象，虽然实力单薄，但是获求自由发展的愿望十分强烈。他精明强干、老谋深算，善于审时度势，适应任何环境。为了达到发财致富的目的，不惜践踏任何道德原则。他出身小贵族，从小受的教育就是：一要想方设法讨取上级的欢心，二是有了钱什么事情都能办到，什么路子都能打通。他一脚踢开提拔他的科长，做了六等文官。乞乞科夫的家训成为自己的处世原则。奉迎上司，贪污受贿，投机钻营，手段高超。当丑行败露时，善于从逆境中脱身，伺机再起。乞乞科夫身上表现了资产阶级上升时期资产者的掠夺本性。乞乞科夫形象表现了新兴资产阶级在原始资本积累时期追求财富的顽强性、冒险精神、投机钻营、奸诈狡猾的本质。在收购死农奴中，表现出他圆滑善变、诡计多端、强悍精明。态度千变万化，攫取金钱的目的毫不动摇。

《死魂灵》是俄国第一部散文体长篇小说，充分体现了现实主义的巨大力量和突出成就。典型化的人物与环境描写是小说的主要特色。作品中人物的共性就是奴役农奴，剥削人民，但具有鲜明的个性。玛尼洛夫懒惰空虚，故作文雅，柯罗博奇卡固执守旧，诺兹德廖夫野蛮放肆，索巴凯维奇粗暴凶残，普柳什金贪婪吝啬，乞乞科夫投机钻研，善于审时度势。典型环境作为人物性格形成、发展的依据，整体的19世纪40年代社会环境幽暗阴森，空气沉闷、窒息。乡村田园荒芜，房屋破败，庄稼稀疏，参差不齐。城市空气污浊，弱肉强食，勾心斗角。高超的讽刺艺术是作品的又一特色。作为讽刺艺术大师，果戈理创造出独特的艺术风格是“含泪的笑”。他把生活中喜剧性和悲剧性的因素巧妙地展示出来，使得喜剧唤起的已不是轻松愉快的笑，而是痛苦和悲哀的笑。他的“含泪的笑”是一种自我嘲笑和无可奈何的解嘲，讽刺对象是地主官僚的腐朽丑恶，小人物的弱点，病态的生活。精彩的议论，广泛的抒情插笔是作品的显著特点。果戈理将议论、抒情运用到一部作品中的所有叙述单位。对普柳什金的议论：“一个人居然堕落到这样卑微、悭吝、丑恶的地步！……在一个人身上什么变化都是可能发生的。今天一个热情如焚的年轻人，如果看见自己到了暮年的画像，也许会惊骇万分，慌忙后退的。所以，当你们向温柔的青年时代告别，跨入严酷的使人心肠变硬的成年时候，你们要把人的全部的感情带着上路，可千万不要把他们在中途失落了，不然的话，往后就再也找不回来了！”“在失去人性的老年的冰冷麻木的脸上，你们可什么也别想看到啊。”最成功的抒情插笔就是结尾对三驾马车的赞颂，以三驾马车表述了作者对祖国——俄罗斯的一片挚情。“俄罗斯，你究竟飞到哪里去？给一个答复吧。没有答复。只有车铃在发出美妙迷人的叮当声，只有被撕成碎片的空气在呼啸，汇成一阵狂风；大地上所有的一切都在旁边闪过，其他的民族和国家都侧目而视，退避在一边，给他让道路。”《死魂灵》的问世标志着俄国现实主义的成熟，为俄国文学带来了生机。这部“震撼了整个俄罗斯”的小说，把现实主义文学引向了新的更深广的天地。在文体上，完成了俄国文学由诗歌向小说的决定性转变。这就是他在俄国文学史上的重要意义。

果戈理对俄国小说艺术发展的贡献十分显著。车尔尼雪夫斯基称他为“俄国散文之父”。屠格涅夫、冈察洛夫、谢德林、陀思妥耶夫斯基都受到他的创作影响。20 世纪初，果戈理的作品被翻译介绍到中国，鲁迅在《摩罗诗力说》一文中称赞他的作品“以不可见之泪痕悲色振其邦人”，1935 年他翻译了《死魂灵》。20—30 年代，中国左翼剧团屡次演出喜剧《钦差大臣》（当时译为《巡按》），引起广泛反响。

死魂灵（片断）

第六章

我们的主人公不由得倒退了几步，把对方仔细地看了一看。他一生阅人可谓多矣，有一些也许是你我之辈永远也无缘见到的；但像这样的，还没有见过。此人的面孔并没有什么特色，和许多瘦老头子几乎一样，只是下巴突出得很远，每次吐痰，必须用手帕遮住，以免沾上；一对小眼睛还没有失去光泽，在长眉下滴溜乱转，像两只从黑洞里伸出头来的尖嘴老鼠，竖着耳朵，动着胡须，窥探着哪里是否躲着一只猫或者一个淘气的男孩，同时还疑心重重地嗅着外面的空气。更引人注意的是他的服装：不管使用什么办法，费多大劲，你都搞不清他的睡袍是拿什么拼凑的：袖子和大襟油光锃亮，像做皮靴用的软革；后身的下摆不是两片，竟是四片，还奔拉着一团团的棉花。缠在脖子上的也是一件叫人弄不清的东西：长统袜？吊袜带？肚兜？反正绝对不是领带。总之，如果乞乞科夫在哪座教堂门口遇见他这种打扮，大概会给他一个铜板。因为谈到我们主人公的品德，必须说明他是富有同情心的，一看到穷人，无论如何也忍不住要给一个铜板。但是站在他前面的不是一个乞丐，站在他前面的是一个地主。这个地主有一千多个农奴，你找找，看还有谁家有这么多没磨的、磨过的、还垛着的粮食，谁家的贮藏室、谷仓和烘干房里堆积着这么多麻布、呢料、生熟羊皮、风干鱼、各类菜蔬。假如有人走进他堆满各种木料和从未用过的各种器皿的作坊院瞧瞧，——他会觉得，该不是到了莫斯科的木器市了吧？那是精明的丈母娘们、婆婆们每天带着厨娘去置办家什的地方，那儿有堆积如山的各样榫接的、车旋的、拼制的、手编的白花花的木制品。大圆木桶、半截圆木桶、双耳木桶、带盖小木桶、带嘴的和不带嘴的盖桶、木壶、编筐、女人放麻缕和针头线脑用的笸箩、桦树条窝成的盒子、桦树皮编成的木底木盖的圆筒以及俄国不论穷富都要用的许多东西。你会吃惊的，普柳什金要这么多这类东西有什么用呢？就是有两处他目前这样的庄园，此类物品，他一辈子也是用不了的，——但是他觉得这些还少了。由于不满足于已有的东西，他每天在自己村里游街走巷，不管是木板桥，独木桥，都要往底下望一望，无论碰上什么：一个旧鞋底、一块女人扔的破布、一根铁钉、一个破瓦罐，全部拿回家来，放进乞乞科夫在房内一角见到的那一堆。"瞧，渔夫去打鱼了！"庄稼人每见他出门"狩猎"，都这么说。他走过之后，真的无需扫街。一个过路的军官丢了一个马刺，这个马刺一眨眼工夫就进了我们熟悉的那个破烂堆；如果一个农妇在井边为什么事走了神，忘了水桶，他也会拎走的。不过，如果被目击这事的农夫当场捉住，他二话不说，会把偷的东西交出来，但是只要已经进了堆，那就全完了：他会呼天喊地的，说东西是他的，是他某年某月从某人手里买的，或者说是他爷爷留下的。在自己屋里，他也是从地上见什么拾什么，一块火漆，一块纸头，一根鹅毛管，都搁在写字台和窗台上。

但当年他不过是一个节俭的主人！娶妻以后便一心扑在家上，邻居常来他家吃饭，听他讲话，学习他的经营窍门和明智的吝啬。他家的各项事业都进行得生气勃勃，井井有条：磨房、毡房在运作，呢绒厂、木工机床、纺纱厂在生产；主人犀利的目光无所不至，他像一只勤劳的蜘蛛，在他经营的各项事业的网上忙而不乱地东奔西跑，他脸上没显出过太强烈的情感，不过眼神里透着智慧；他的言谈饱含着经验和世故，使客人听得津津有味；待人热情又爱说话的女主人以好客著称；客人来了，一对长得很好看的小女儿会出来迎接，两个女孩都是浅黄头发，娇艳得像玫瑰花；他的儿子，一个好动的小男孩，会跑出来和每个客人亲吻，不在意客人是否喜欢。宅子里每一扇窗户都是开着的，阁楼里住着一位总是把脸刮得干干净净的法国教师，他有一手好枪法，经常打些黑琴鸟或者野鸭回来给大家吃，但有时候只带些麻雀蛋回来，叫人给他做煎雀蛋，因为别人都是不吃的。他的一个女同胞，两位小姐的家庭教师，也住在阁楼上。主人上饭桌总是穿着常礼服，尽管破旧，但还是蛮整洁的，肘部完好无损，上下没有一个补丁。但是贤内助亡故了。一部分钥匙归了他，一部分家务琐事也随之归了他。普柳什金变得坐卧不宁了，变得像所有的鳏夫那样多疑而吝啬了。他对大女儿亚历山德拉·斯捷潘诺夫娜不能充分信赖。他是对的，因为亚历山德拉·斯捷潘诺夫娜很快就和一个天晓得是哪个团的骑兵上尉私奔了，在一个乡村教堂里匆忙地举行了婚礼，因为她知道父亲不喜欢军官。他有一种特别的见地，认为军人个个都是赌棍和败家子。父亲对女儿的出走，只是给了一番诅咒，并没有费心去追。家里更空了。在这位业主的身上，吝啬的习性暴露得更明显了；吝啬习性的忠实伴侣——在他粗硬的头发里闪亮的银丝，更助长了这种习性的发展；法国教师被辞退了，由于儿子需要到外面做事；法国女人被赶走了，因为发现她在亚历山德拉·斯捷潘诺夫娜私奔事件中也有干系；父亲把儿子送进省城，本想让他学习在官厅里任职，这才是父亲看得上眼的职务，但却被分派到一个团里，到职以后才给父亲写信，要钱置办军装；他自然像俗话说的"碰了一鼻子灰"。最后，留在身边的小女儿死了，老头子一个人成了财产的看守者、保管者和所有者。孤独的生活给悭吝提供了丰盛的食物，而谁都知道悭吝是一只饥饿的狼，吞噬得越多，就越感到不足；在他身上，人类的情感本来不深，从此以后，每时每刻都变得更浅，在这个残破的废墟上，每天都在失去一些什么东西。此时，好像特意为了证实他对军人的看法，他的儿子打牌输了个精光，他从心底向儿子发出了父亲的诅咒，从此再不想知道世界上还有没有这个人。他住宅的窗户每年都在封死，最后只剩下两扇，其中一扇，读者已经看到，还是贴了纸的；产业的主要部分一年少似一年，他的短浅的目光转向了他在自己房里收集的纸片和鹅毛管；他对前来收购他的产品的买主越来越不肯让步，买主们一次又一次地和他讲价，后来干脆不再来了，说这个主儿是个魔鬼，而不是人。干草和粮食在霉烂，庄稼垛和草垛变成了纯粹的肥料，就差在上面种白菜了；地窖里的面粉变成了石头，必须拿斧子劈；呢绒、麻布、家织的布匹，没人敢碰：一碰就成灰。他自己已经记不得他有多少东西，有什么东西，只记得玻璃橱里什么地方搁着个长颈瓶，里面还剩着点什么露酒，他亲手在瓶上划了记号，以防有人偷喝，再就是什么地方放着一根鹅毛管或者一块火漆。然而一切租赋依然照收：农夫应交的代役租，农妇应交的胡桃，织妇应交的麻布，仍须如数送来，——这些全都堆进贮藏室，变成朽物和破片，而他本人最后也变成了人类身上的一块破片。亚历山德拉·斯捷潘诺夫娜带着小儿子来过一两趟，希望有所收获。看来，跟着骑兵上尉过的军旅生活并不像婚前想象的那样诱人。普柳什金倒是原谅了她，甚至拿桌上的一个纽扣让小外孙玩了一阵，但是钱是分文未给。下回亚历山德拉·斯捷潘诺夫娜带着两个小孩来了，送给他一块就茶吃的圆柱形大甜面包，还有一件新睡袍，因为爸爸身上这件，叫人看着不仅不好意思，简直脸都不知道往哪儿搁。普柳什金哄了哄两个外孙，一条腿上放一个，叫他们觉得完全像骑大马一样地颠了一番；甜面包和睡袍留下了，但仍是一毛不拔；亚历山德拉·斯捷潘诺夫娜一无所获地走了。

现在，站在乞乞科夫前面的就是这样一种地主！

——选自满涛、徐庆道译《死魂灵》，人民文学出版社1986年版

（王文平）

二十四 陀思妥耶夫斯基《罪与罚》

费奥多尔·米哈伊洛维奇·陀思妥耶夫斯基(1821—1881),俄国作家,出身于莫斯科一个穷医生家庭,父亲1828年获贵族称号,保守谨慎。1838年,陀思妥耶夫斯基进入彼得堡军事工程学校,毕业后第二年(1844年)即专事文学创作,1845年创作短篇小说《穷人》,1846年发表后立即得到别林斯基等人的高度评价,随之进入文坛,接连发表《两重人格》、《白夜》、《脆弱的心》等。正当创作蒸蒸日上,1849年4月他因是主张暴力革命的彼得拉舍夫斯基小组成员而被捕,11月被判死刑,临刑时改为4年苦役,流放西伯利亚,刑满后在当地服了6年兵役。1859年获准重回彼得堡后,恢复中断10年的写作至病逝。创作了《死屋手记》、《被欺凌与被侮辱的》、《罪与罚》、《白痴》、《群魔》、《卡拉马佐夫兄弟》等诸多长篇巨制。

发表于1866年的《罪与罚》的主要情节是,法律专业的大学生拉斯柯尔尼科夫住在彼得堡贫民区一座公寓五层楼的斗室里,没钱交学费辍了学,交不起房租又被房东催赶,他心爱的妹妹为了帮助他甚至要嫁给他深恶痛绝的卑鄙律师卢仁。他身边也尽是被贫穷逼迫得喘不过气的人,小公务员马尔美拉陀夫因失业而陷入绝境,索尼娅被迫当了街头妓女。一幕幕的人间惨剧,使拉斯柯尔尼科夫的内心产生了剧烈的斗争,当他确定自己不要任人宰割,要做非凡的人后,一天晚上,拉斯柯尔尼科夫溜进心狠手辣盘剥穷人的放高利贷老太婆家中,用斧头砍死了她,与她同住,原本外出的异母妹妹意外返回,慌乱中拉斯柯尔尼科夫也把善良的她杀死了。杀人后,尽管没露痕迹,拉斯柯尔尼科夫的内心却更痛苦,他反复追问自己杀人的正义性而不得,倍受良心折磨。就在这时,马尔美拉陀夫出车祸丧命,拉斯柯尔尼科夫出于同情把母亲辛苦筹措的25卢布给他家里人办丧事,因而得以与其女儿索尼娅结识交往,还帮她洗清诬陷,并爱上了她。最后被她对上帝虔诚坚定的信念所感动,向警方投案自首,被判处8年苦役,流放西伯利亚。不久,索尼娅赶来与他团聚,他终于不再痛苦犹豫,以忏悔的心接受惩罚,迎接新生。

作为一位伟大作家的成熟之作,《罪与罚》首先充分展示了俄国社会的骇人景象:高利贷老太婆的凶狠,斯维德里加依洛夫的腐化,卡捷琳娜的惨相,索尼娅的不幸,丧身车祸的小公务员,投河自尽的女工,阶级的对立,贫富的悬殊,让富人的贪念淫欲激化,使穷人的生活生存恶化,社会的贫困犹如毒瘤,不仅吞噬着人们的肉体,更侵蚀着人们的心灵。堕落与犯罪刺耳地交响在俄国1860年代旋律中。小说主人公拉斯柯尔尼科夫天赋聪明,心地善良,乐于助人,但就是这样走投无路的生存环境,不公平的弱肉强食的社会现实,逼促他走上了杀人犯罪的不归路。

拉斯柯尔尼科夫的杀人犯罪,只是陀思妥耶夫斯基赋予《罪与罚》的表象,作家意图透过现象寻本质,一方面指出犯罪的社会根源,另一方面则是要深入挖掘致使人犯罪的心魔,达到指点惩罚以致救赎的目的。《罪与罚》共有6章,拉斯柯尔尼科夫在第1章就完成了自己的犯罪行为,后面章节里他翻来覆去不间断地思考杀人是否犯罪,即“罚”的问题,回答有两个:天理说无论如何不能杀人;拿破仑式“非凡的人”说为了社会的公平正义可以杀人。在这里,索尼娅是关键。卑贱的卖淫生涯已经使索尼娅饱尝苦难,倒霉不幸仍接二连三地落到她身上,在拉斯柯尔尼科夫的眼里,她最有理由否定社会放弃上帝。但她却没有。命运的打击未能减损她信仰的坚定纯洁,对上帝不曾有过丝毫片刻的怀疑。当拉斯柯尔尼科夫在她——俄罗斯苦难的化身面前跪下,在她的感召之下投案自首,坦然接受刑罚,这个被逼良为盗却又良心未泯的青年,终于完成了"罪与罚"的跌宕起伏之途。陀思妥耶夫斯基不仅完成了拉斯柯尔尼科夫,19世纪俄国底层知识分子的典型塑造,也就如何解决俄国社会积重难返的罪恶的问题,拨开当时无政府主义、极端个人主义、平民革命主义等各种社会思潮的纷扰,为每个具体的个人给出宗教仁爱与"道德解决"的答案。

《罪与罚》具备高超的写作技巧。陀思妥耶夫斯基认为,最高意义上的现实主义者就是要描绘"人的内心的全部奥秘",详细地阐述所有俄罗斯人所经历的精神发展,才是地道的真正的现实主义。正是基于此,小说紧扣拉斯柯尔尼科夫犯罪前后所思所想,全面显示、精心刻画人物内在本性和精神状态的矛盾变化,突出在贫乏的物质生活环境下,倍受压抑的精神状态中,其双重人格和内心分裂,表现恶世界对人性的异化,以及在混乱、反常的社会背景下,显出病态的怪异和变态的幻想。小说被誉称为"一部犯罪的心理报告"。同时,对人物心理的跟踪曝露与情节的推进、场景的转换有效结合在一起,保证了作品的可读性。

罪与罚(片断)

"不,索尼娅,不是这样的!"他又开始说,突然抬起头来,似乎思路突然一转,使他吃了一惊,又使他兴奋起来了,"这不对!最好……你最好认为(对!这样的确好些!),认为我自尊心很强,好嫉妒,恶毒,卑鄙,爱报复,嗯……还,大概,精神也不大正常。(让我一下子全都说出来吧!他们以前就说过,我疯了,这我看得出来!)我刚刚对你说过,在大学里我无法维持生活。不过你知道吗,说不定,我也能维持?母亲寄钱来是供我缴学费的,我可以自己挣钱来买靴子、买衣服和作伙食费;准能办得到!可以找到教书的工作;人家愿意每小时出半个卢布。拉祖米欣就在工作嘛!可我发起脾气来,不想干了。……现在我知道了,索尼娅,谁的精神刚强、坚毅,谁的智慧超群出众,谁就是他们的统治者!在他们当中,谁敢作敢为,他就是对的。谁能蔑视许多事情,谁就是他们当中的立法者,谁最敢作敢为,谁就最正确!从古至今,一向如此,将来也永远是这样!只有瞎子才看不清!"

拉斯科利尼科夫说这些话的时候,虽然在看着索尼娅,可是已经不再关心她懂不懂了。他已经完全被一种狂热的情绪支配了。他正处于一种忧郁的兴奋之中。(真的,他不和任何人谈话,时间实在是太久了!)索尼娅明白,这一阴郁的信念已经成了他的信仰和教义。

"于是我领会到,索尼娅,"他异常兴奋地接着说下去,"权力只会给予敢于觊觎并夺取它的人。这里只有一个条件,仅仅一个条件:只要敢作敢为!于是我产生了一个想法,有生以来第一次产生这样的想法,在我以前,从来没有任何人想到过!谁也没想到过!我突然像看到太阳一样,清清楚楚看到,怎么直到现在从来没有一个人敢于蔑视这一切荒谬的东西,摆脱它们的束缚,让它们见鬼去!怎么过去没有,现在也没有一个人敢于这么做呢!我……我却希望敢于这样做,于是就杀死了……我只不过是希望敢于这样做,索尼娅,这就是全部原因!"

"噢,您别说了,别说了!"索尼娅双手一拍,高声惊呼。

"您不信上帝了,上帝惩罚了您,把您交给魔鬼了!……"

"顺便说说,索尼娅,这是我在黑暗中躺着的时候,一直这样想象的,原来这是魔鬼在煽动我,不是吗?啊?"

"请您住口！您别笑，亵渎神明的人，您什么，什么都不理解！噢，上帝啊！他什么，什么都不理解！"

"你别说了，索尼娅，我根本没笑，因为我自己也知道，这是魔鬼在牵着我走。你别说了，索尼娅，别说了！"他阴郁而又坚持地反复说。"我全都知道。我在黑暗里躺着的时候，已经把这一切反复想过了，还低声对自己说……这一切我都反复问过自己，直到最小的细节，我都反复考虑过，我什么都知道：知道一切！当时，所有这些废话都让我腻烦透了，腻烦透了！我一直希望忘记一切，重新开始，索尼娅，不再说空话！难道你以为，我是像个傻瓜样，冒冒失失地前去的吗？我是作为一个聪明人前去的，而正是这一点把我给毁了！难道你以为，我不知道，譬如说吧，连这都不知道吗，既然我反复自问：我有没有权利掌握权力——那么，这就是说，我没有权利掌握权力。或者，如果我提出问题：人是不是虱子？——那么，这就是说，对我来说，人不是虱子，只有对于根本没有这样想过的人，没有提出过这种问题的人，人才是虱子……既然我苦恼了那么多天，想要弄清：拿破仑会不会去？那么这是因为，我清清楚楚感觉到了，我不是拿破仑……我经受了这些空话给我带来的一切痛苦，索尼娅，我想彻底摆脱这种痛苦：我想，索尼娅，我想不要再作任何诡辩，就这样去杀人，为了自己去杀人，只为了我一个人！在这件事情上，我甚至不想对自己说谎了！我杀人，不是为了帮助母亲，——这是胡扯！我杀人不是为了金钱和权力，不是为了想成为人类的恩人。这是胡扯！我只不过是杀了人；为我自己杀人，只为了我一个人：至于我是不是会成为什么人的恩人，或者是一辈子像蜘蛛那样，用蜘蛛网捕捉一切，从他们身上吮吸鲜血，在那个时候，对我来说，反正都应该是一样的！……而且，当我杀人的时候，索尼娅，主要的，我并不是需要钱；与其说我需要的是钱，不如说需要的是旁的东西……这一切现在我都知道了……请你理解我：也许，如果沿着那条路走下去，我永远再也不会杀人了。我需要弄清另一个问题，是旁的原因促使我下手的：当时我需要弄清，而且要尽快弄清楚，我是像大家一样，是个虱子呢，还是一个人？我能跨越过去吗，还是不能跨越过去？我敢不敢俯身拾取权力？我是个发抖的畜生呢，还是我有权力……"

"杀人？您有杀人的权力？"索尼娅双手一拍。

"唉——索尼娅！"他气愤地喊了一声，本想反驳她，却轻蔑地不作声了。"你别打断我，索尼娅！我只不过想向你证明，当时是魔鬼牵着我走，而在这以后，它又向我说明，我没有权利往那里去，因为我也和大家一样，是个虱子！它把我嘲笑了一番，所以现在我到你这里来了！请接待客人吧！如果我不是虱子，我会上你这儿来吗？请你听着：当时我去老太婆那里，只不过是去试试……这你可要了解！"

"您就把她杀了！杀了！"

"可我是怎么杀的？难道别人是这样杀人吗？难道别人是像我当时那样去杀人吗？以后什么时候我会讲给您听，我是怎么去的……难道我杀死的是老太婆吗？我杀死的是我自己，而不是老太婆！我真的是一下子结果了自己的性命，永远杀死了自己！……这个老太婆是叫魔鬼杀死的，而不是我……够了，够了，索尼娅，够了！别管我，"他突然焦躁不安、满腹忧虑地高声叫喊，"别管我！"

他把胳膊肘支在膝盖上，两个手掌像钳子样紧紧夹住了头。

"多么痛苦啊！"从索尼娅胸中突然冲出一声痛苦的呼喊。

"喂，你说，现在该怎么办！"他问，突然抬起头来，看着她，由于悲观绝望，他的脸变得十分难看。

“怎么办!”她喊了一声,突然霍地站起来,在这以前一直泪水盈眶的眼睛突然发出了光芒。“你起来!(她抓住他的肩膀;他欠起身来,几乎是惊讶地看着她。)现在,立刻就去,站到十字路口,跪下,首先吻一吻被你玷污的大地,然后向全世界,向四面八方叩拜,高声对大家说:‘我杀了人!’那么上帝就又会把生命赐给你。你去吗?去吗?”她问他,像发病一样,浑身发抖,抓住他的双手,紧紧攥在自己手里,用火一般的目光直瞅着他。

他很惊讶,她那出乎意外的兴奋神情甚至使他感到震惊。

“你是说,去服苦役吗,索尼娅?应该去自首,是吗?”他神情忧郁地问。

“受苦,这样来赎罪,这就是应该做的。”

“不!我不去他们那里,索尼娅。”

“那你怎么活下去,怎么活下去呢?今后你靠什么活下去?”索尼娅高声说。“难道现在这可能吗?嗯,你怎么跟母亲说话呢?(噢,她们,她们现在会怎样呢!)唉,我说什么呀!因为你已经抛弃了母亲和妹妹。你已经抛弃了,抛弃了。噢,上帝啊!”她高声呼喊,“这一切他已经都知道了!没有一个亲人,可怎么,怎么活下去呢!现在你会怎样呢!”

“别像个小孩子一样,索尼娅,”他轻轻地说。“在他们面前,我有什么罪?我为什么要去?我去对他们说什么?这一切都只不过是幻影……他们自己杀人如麻,消灭千千万万的人,还把这看作美德。他们是骗子和坏蛋,索尼娅!……我不去。我去说什么:说我杀了人,可是我不敢拿钱,把钱藏到石头底下去了吗?”他讥讽地冷笑着补充说。“那样他们就会嘲笑我,说:不拿钱,你是个傻瓜。胆小鬼和傻瓜!他们什么,什么也不会懂,索尼娅,也不配懂得。我为什么要去?我不去。你别孩子气了,索尼娅……”

……索尼娅没有回答,她在哭。过了几分钟。

“你身上戴着十字架吗?”她突然出乎意料地问,仿佛突然想起来似的。

起初他没听懂她的问题。

“没有,没有,是吗?给,把这个拿去吧,是柏木的。我还有一个,铜的,是莉扎薇塔的。我跟莉扎薇塔交换了十字架,她把自己的十字架给了我,我把自己的小圣像给了她。现在我佩戴莉扎薇塔的,这一个给你。你拿着啊……因为这是我的!这是我的!”她一再请求说。“因为咱们要一同去受苦,一同背十字架!……”

“给我吧!”拉斯科利尼科夫说。他不想让她伤心。但是他立刻又把伸出来接十字架的手缩回去了。

“不是现在,索尼娅,最好是以后再给我,”为了安慰她,他补上一句。

“对,对,还是以后,还是以后再给你吧,”她热情地附和说,“等到你去受苦的时候,那时候再戴上它。你到我这儿来,我给你戴上,咱们一同祈祷,一同上路。”

——选自非琴译《罪与罚》,译林出版社 1993 年版

(李莉)

二十五　托尔斯泰《安娜·卡列尼娜》

列夫·托尔斯泰(1828—1910)是19世纪俄国最优秀的现实主义作家，出生于莫斯科以南的亚斯纳亚·波良纳的一个贵族家庭。2岁母亲去世，9岁父亲去世，在姑母的监护下长大，自幼接受贵族教育。1844年入喀山大学东方语文系，次年转入法律系，1847年由于对学校教育不满退学回到自己的庄园，试图通过改革以缓解地主与农民的关系，最终失败。1851年随兄到高加索服军役并开始文学创作生涯，1852年在《现代人》杂志上发表处女作《童年》，后又陆续完成《少年》和《青年》，合成自传体三部曲，主人公尼古林卡是托尔斯泰笔下第一个自传性探索主人公形象。1856年，托尔斯泰发表了自传性短篇小说《一个地主的早晨》，第一次表现了作者一生最关心的地主和农民的关系问题。在六、七十年代，托尔斯泰接连写出两部长篇巨著《战争与和平》、《安娜·卡列尼娜》。史诗性巨著《战争与和平》以1812年俄国的卫国战争为中心，气势磅礴地反映了1805—1820年间俄国发生的一系列重大历史件，展现了当时俄国从城市到乡村的广阔社会生活画面。《安娜·卡列尼娜》是托尔斯泰对爱情、婚姻、家庭、妇女等问题的深入探索。70年代末80年代初，托尔斯泰的世界观发生了根本性的转变，从贵族阶级立场完全转到宗法制农民的立场上。《复活》乃是托尔斯泰世界观转变后创作的最重要的作品，是他一生思想探索和艺术探索的总结，作品通过聂赫留朵夫和玛丝洛娃之间的爱情纠葛以及他们的精神复活，表现了对沙皇俄国黑暗现实强烈的批判性和深刻的揭露性，同时也集中宣扬了托尔斯泰主义。晚年托尔斯泰的平民化思想与贵族家庭生活常常发生矛盾，1910年，82岁高龄的托尔斯泰离家出走，途中患肺炎，11月20日在阿斯塔波火车站病逝。托尔斯泰创作最突出的特点是全景式的史诗性叙事艺术和被称为“心灵辩证法”的出色的心理描写技巧。

《安娜·卡列尼娜》创作于1873年到1877年间，是托尔斯泰世界观发生激变前夕的重要作品。小说主要由两条平行而又互相交织的线索构成。一条写安娜·卡列尼娜和渥伦斯基[①]相爱，受到上流社会排斥，渥伦斯基对安娜渐渐冷淡，安娜最终绝望卧轨自杀的悲剧，展现了彼得堡上流社会、沙皇政府官场的生活，探讨了爱情、婚姻、家庭和妇女地位等伦理道德问题；另一条线索写列文和吉提的爱情、家庭生活以及列文的精神探索，通过列文对宗法式庄园经济的出路和人生意义的探索，反映政治、经济、宗教、哲学等社会问题，展现了宗法制农村的生活图画。

小说通过两条彼此交织的情节线索，以贵族家庭婚姻为中心，深刻而生动地反映了19世纪70年代俄国广阔的社会生活和错综复杂的矛盾。小说以史诗般的笔调描写了资本主义冲击下俄国的社会生活和人的内心世界的躁动不安，展现了“一切都翻了个身，一切都刚刚开始安排”的时代特征。小说通过安娜的悲剧真实地反映了这个时期俄国社会从封建农奴制向资本主义制度迅速过渡的社会的剧烈变革，揭露了贵族上流社会的虚伪冷酷、情欲泛滥、道德腐败，提出了诸如婚姻、家庭、经济、政治、道德、宗教、哲学、美学等一系列重大社会问题。小说主人公安娜是19世纪70年代俄国上流社会追求资产阶级个性解放的优秀贵族妇女的典型，她美丽端庄、高贵典雅、妩媚动人、单纯自然、真挚坦率、富有激情，具有丰富的内心世界和旺盛的生命力，她的自我意

---

① 又译为“伏伦斯基”。

识的觉醒，对个性解放、人权、爱情自由的渴求，勇敢地向上流社会挑战的叛逆精神都在彰显着安娜不同凡响的个性。安娜悲剧的本质根源是资产阶级个性解放的要求与封建贵族阶级的传统道德的尖锐冲突。客观上，安娜的悲剧是社会的悲剧，时代的悲剧，不幸的家庭婚姻悲剧。主观上，安娜的悲剧是性格的悲剧，是其性格与社会环境产生尖锐冲突的必然结果。

在《安娜·卡列尼娜》中，人物的心理描写是整部作品艺术描写的重要组成部分。第一，小说十分注重对人物丰富复杂的心理活动、精神变化过程的细致描绘和分析，体现着托尔斯泰心灵辩证法的特征。第二，小说善于通过描写人物的外部特征来揭示人物复杂矛盾的内心世界，人物的肖像、眼神和动作都成了传达心灵世界的媒介。第三，小说通过内心话语直接展示人物的内心世界。第四，结构缜密严谨，两条平行而又交错的线索构成作品的拱顶结构，彼此映照，互为补充，深刻地反映了主题。

安娜·卡列尼娜(片断)

第二部

十一

有一个欲望，差不多整整一年成了伏伦斯基生活中唯一的心愿，而排挤了他以前的一切欲望。这个欲望，对安娜来说原是不可能实现的，可怕的，因而也就格外使人销魂、神往。这个欲望终于得到满足了。他脸色苍白，下颚打颤，站在她面前，要求她镇静，其实他自己也不知道为什么要她镇静，怎样才能使她镇静。

"安娜！安娜！"他颤声说。"安娜，看在上帝的份上！……"

不过，他说得越响，她那原来快乐高傲、如今变得羞愧难当的头就垂得越低。她全身弯曲，从坐着的沙发上滑下来，滑到地板上他的脚边；要不是他把她扶住，她准会倒在地毯上。

"上帝呀！饶恕我吧！"她呜咽着说，把他的手紧压在自己的胸口。

她觉得自己罪孽深重，除了低首下心，请求饶恕，没有别的办法。如今在她的生活中，除了他以外没有别的人，因此她只能向他要求饶恕。她望着他，深痛地感到屈辱，什么话也说不出来。他呢，觉得自己好像一名凶手，面对着一具被他夺去生命的尸体。这被夺去生命的尸体就是他们的爱情，他们初期的爱情。一想到为了达到这个目的而付出羞愧难当的代价，她心里不由得感到又可怕又可憎。她这种精神上一丝不挂的羞愧感，也传染给了他。然而，不管凶手面对着尸体是多么魂飞魄散，他还得把这尸体切成碎块，掩蔽起来，还得享用凶手通过谋杀所获得的东西。

于是，好像凶手残暴而又狂热地扑向尸体，把它撕裂、切碎一样，他在她的脸上和肩上吻个不停。她抓住他的手一动不动。"是的，这些亲吻是用这种莫大的羞愧换来的。是的，这只手将永远属于我了，这是我的同谋者的手。"她拉起这只手，吻了吻。他跪下来，想看看她的脸，可是她把脸藏起来，一句话也没有说。最后，她好容易控制住自己，站起来，把他推开。她的脸还是那样美丽，但却更加逗人爱怜。

"一切都完了，"她说。"我除了你，什么也没有了。你要记住！"

"我不会不记住那像生命一样宝贵的东西。为了这片刻的幸福……"

"什么幸福！"她厌恶而恐惧地说——这种恐惧不由得也传染给了他。"看在上帝的份上，不要再说，不要再说了。"

她霍地站起来,把他摆脱掉。

“不要再说了,”她重复说,脸上露出使他惊奇的冰凉的绝望神情,离开了他。在这进入新生活的时刻,她觉得不能用语言来表达那种又羞愧又快乐又恐惧的心情,也不愿意把它说出来,唯恐被不得体的语言亵渎了。但是,到了第二天,第三天,她不仅还是找不到语言来表达这种错综复杂的心情,甚至头脑里也理不出一条思路来。

她对自己说:“不,现在我还不能思考这个问题,等我平静一点再说。”可是她的心情始终没有平静过。每当她想到,她做了点什么,她将会怎样,她应该怎么办,恐惧就会袭上心头,她连忙把这些思想驱除掉。

“以后,以后再说,”她说,“等我平静点再说。”

但是在梦里,她无法控制自己的思想,她的处境就丑态毕露地呈现在她眼前。有一个梦几乎夜夜都来纠缠她。她梦见两个人都是她的丈夫,两个人都爱她爱得疯疯癫癫。卡列宁哭着吻她的手说:“我现在多么幸福哇!”伏伦斯基也在旁边,他也是她的丈夫。她感到奇怪,以前她怎么会觉得这是不可能的,如今她却笑着对他们说,这样简单多了,现在他们两人都感到满足和幸福。但是这种梦好像恶魔一样折磨她,把她吓醒过来。

第七部

三十一

铃声响了。有几个年轻人匆匆走过。他们相貌难看,态度蛮横,却装出一副煞有介事的样子。彼得穿着制服和半统皮靴,他那张畜生般的脸现出呆笨的神情,也穿过候车室,来送她上车。她走过站台,旁边几个大声说笑的男人安静下来,其中一个低声议论着她,说着下流话。她登上火车高高的踏级,独自坐到车厢里套有肮脏白套子的软座上。手提包在弹簧座上晃了晃,不动了。彼得露出一脸傻笑,在车窗外掀了掀镶金线的制帽,向她告别。一个态度粗暴的列车员砰地一声关上车门,上了闩。一位穿特大撑群的畸形女人(安娜想象着她不穿裙子的残废身子的模样,不禁毛骨悚然)和一个装出笑脸的女孩子,跑下车去。

“卡吉琳娜·安德列夫娜什么都有了,她什么都有了,姨妈!”那女孩子大声说。

“连这样的孩子都装腔作势,变得不自然了,”安娜想。为了避免看见人,她迅速地站起来,坐到对面空车厢的窗口旁边。一个肮脏难看、帽子下露出蓬乱头发的乡下人在车窗外走过,俯下身去查看火车轮子。“这个难看的乡下人好面熟,”安娜想。她忽然记起那个恶梦,吓得浑身发抖,连忙向对面门口走去。列车员打开车门,放一对夫妇进来。

“您要出去吗,夫人?”

安娜没有回答。列车员和上来的夫妇没有发觉她面纱下惊慌的神色。她回到原来的角落坐下来。那对夫妇从对面偷偷地仔细打量她的衣着。安娜觉得这对夫妻都很讨厌。那个男的问她可不可以吸烟,显然不是真正为了要吸烟,而是找机会同她攀谈。他取得了她的许可,就同妻子说起法国话来,他谈的事显然比吸烟更乏味。他们装腔作势地谈着一些蠢话,存心要让她听见。安娜看得很清楚,他们彼此厌恶,彼此憎恨。是的,像这样一对丑恶的可怜虫不能不叫人嫌恶。

铃响第二遍了,紧接着传来搬动行李的声音、喧闹、叫喊和笑声。安娜明白谁也没有什么值得高兴的事,因此这笑声使她恶心,她真想堵住耳朵。最后,铃响第三遍,传来了汽笛声、机车放气的尖叫声,挂钩链子猛地一牵动,做丈夫的慌忙画了个十字。“倒想问问他为什么要这样做,”安娜恶狠狠地盯了他一眼,想。她越过女人的头部从窗口望出去,看见站台上送行的人仿佛都在往后滑。安娜坐的那节车厢,遇到铁轨结合处有节奏地震动着,在站台、石墙、信号塔和其他车厢旁边开过;车轮在铁轨上越滚越平稳,越滚越流畅;车窗上映着灿烂的夕阳,窗帘被微风轻轻吹拂着。安娜忘记了同车的旅客,在列车的轻微晃动中吸着新鲜空气,又想起心事来。

"啊,我刚才想到哪儿了?对了,在生活中我想不出哪种处境没有痛苦,人人生下来都免不了吃苦受难,这一层大家都知道,可大家都千方百计哄骗自己。不过,一旦看清真相又怎么办?"

"天赋人类理智就是为了摆脱烦恼嘛,"那个女人装腔作势地用法语说,对这句话显然很得意。

这句话仿佛解答了安娜心头的问题。

"为了摆脱烦恼,"安娜摹仿那个女人说。她瞟了一眼面孔红红的丈夫和身子消瘦的妻子,明白这个病恹恹的妻子自以为是个谜样的女人,丈夫对她不忠实,使她起了这种念头。安娜打量着他们,仿佛看穿了他们的关系和他们内心的全部秘密。不过这种事太无聊,她继续想她的心事。

"是的,我很烦恼,但天赋理智就是为了摆脱烦恼;因此一定要摆脱。既然再没有什么可看,既然什么都叫人讨厌,为什么不把蜡烛灭掉呢?可是怎么灭掉?列车员沿着栏杆跑去做什么?后面那节车厢里的青年为什么嚷嚷啊?他们为什么又说又笑哇?一切都是虚假,一切都是谎言,一切都是欺骗,一切都是罪恶!……"

火车进站了,安娜夹在一群旅客中间下车,又像躲避麻风病人一样躲开他们。她站在站台上,竭力思索她为什么会到这里来,打算做什么。以前她认为很容易办的事,如今却觉得很难应付,尤其是处在这群不让她安宁的喧闹讨厌的人中间。一会儿,挑夫们奔过来抢着为她效劳;一会儿,几个年轻人在站台上把靴子后跟踩得咯咯直响,一面高声说话,一面回头向她张望;一会儿,对面过来的人笨拙地给她让路。她想起要是没有回信,准备再乘车往前走,她就拦住一个挑夫,向他打听有没有一个从伏伦斯基伯爵那里带信来的车夫。

"伏伦斯基伯爵吗?刚刚有人从他那里来。他们是接索罗金娜伯爵夫人和女儿来的。那个车夫长得怎么样?"

她正同挑夫说话的时候,那个脸色红润、喜气洋洋的车夫米哈伊尔,穿着一件腰部打折的漂亮外套,上面挂着一条表链,显然因为那么出色地完成使命而十分得意,走到她面前,交给她一封信。她拆开信,还没有看,她的心就揪紧了。

"真遗憾,我没有接到那封信。我十点钟回来,"伏伦斯基潦草地写道。

"哼!不出所料!"她带着恶意的微笑自言自语。

"好,你回家去吧,"她对米哈伊尔低声说。她说话的声音很低,因为剧烈的心跳使她喘不过气来。"不,我不再让你折磨我了,"她心里想,既不是威胁他,也不是威胁自己,而是威胁那个使她受罪的人。她沿着站台,经过车站向前走去。

站台上走着的两个侍女,回头过来打量她,评论她的服装:"真正是上等货,"——她们在说她身上的花边。几个年轻人不让她安宁。他们又盯住她的脸,怪声怪气地又笑又叫,在她旁边走。站长走过来,问她乘车不乘车。一个卖汽水的男孩目不转睛地望着她。"天哪,我这是到哪里去呀?"她一面想,一面沿着站台越走越远。她在站台尽头站住了。几个女人和孩子来接一个戴眼镜的绅士,他们高声地有说有笑。当她在他们旁边走过时,他们住了口,回过头来打量她。她加快脚步,离开他们,走到站台边上。一辆货车开近了,站台被震得摇晃起来,她觉得她仿佛又在车上了。

她突然想起她同伏伦斯基初次相逢那天被火车碾死的人,她明白了她应该怎么办。她敏捷地从水塔那里沿着台阶走到铁轨边,在擦身而过的火车旁站住了。她察看着车厢的底部、螺旋推进器、链条和慢慢滚过来的第一节车厢的巨大铁轮，竭力用肉眼测出前后轮之间的中心点，估计中心对住她的时间。

"那里！"她自言自语，望望车厢的阴影，望望撒在枕木上的沙土和煤灰，"那里，倒在正中心，我要惩罚他，摆脱一切人，也摆脱我自己！"

她想倒在开到她身边的第一节车厢的中心。可是她从臂上取下红色手提包时耽搁了一下，来不及了，车厢中心过去了。只好等下一节车厢。一种仿佛投身到河里游泳的感觉攫住了她，她画了十字。这种画十字的习惯动作，在她心里唤起了一系列少女时代和童年时代的回忆，周围笼罩着的一片黑暗突然打破了，生命带着它种种灿烂欢乐的往事刹那间又呈现在她面前，但她的目光没有离开第二节车厢滚近拢来的车轮。就在前后车轮之间的中心对准她的一瞬间，她丢下红色手提包，头缩在肩膀里，两手着地扑到车厢下面，微微动了动，仿佛立刻想站起来，但又扑通一声跪了下去。就在这一刹那，她对自己的行动大吃一惊。"我这是在哪里？我这是在做什么？为了什么呀？"她想站起来，闪开身子。可是一个冷酷无情的庞然大物撞到她的脑袋上，从她背上辗过。"上帝呀，饶恕我的一切吧！"她说，觉得无力挣扎。一个矮小的乡下人嘴里嘟囔着什么，在铁轨上干活。那支她曾经用来照着阅读那本充满忧虑、欺诈、悲哀和罪恶之书的蜡烛，闪出空前未有的光辉，把原来笼罩在黑暗中的一切都给她照个透亮，接着烛光发出轻微的哔嚗声，昏暗下去，终于永远熄灭了。

——选自草婴译《安娜·卡列尼娜》，上海译文出版社 1982 年版

（杨红菊）

二十六　契诃夫《变色龙》

安东·巴甫洛维奇·契诃夫(1860—1904),俄国小说家、剧作家,出生于外省塔甘罗格市,祖辈是农奴,至祖父赎得一家人的自由身份。契诃夫上中学时,父亲因为苦心经营的小杂货店破产,不得不举家迁往莫斯科。为完成学业,契诃夫独自留在当地,靠家教维持生计和完成学业。1879 年进入莫斯科大学医学系学习,次年开始用笔名在通俗幽默杂志上发表作品,1884 年大学毕业后边行医边写作,到 1888 年已成为俄国家喻户晓的短篇小说家,《万卡》、《苦恼》、《一个小公务员之死》、《变色龙》等即为这一时期的名篇。1890 年库页岛之行,使契诃夫亲眼目睹了俄国残暴、苦难的社会现实,其幽默嘲讽的风格中掺杂了沉郁,《套中人》、《第六病室》、《带阁楼的房子》、《姚内奇》等中短篇小说堪称代表作品。自 1890 年代起,契诃夫开始剧本创作,《海鸥》、《三姊妹》、《樱桃园》等使他成为俄国世纪之交舞台上最引人注目的剧作家。

平民出身的契诃夫,其毕生创作的关注点始终聚焦在社会底层人物,即"小人物"身上。"小人物"在 19 世纪俄国文学中原本是熟题,自普希金 1830 年创作《驿站长》伊始,之后相当长时期内俄国现实主义作家们对于这类政治上不能自主,经济上不能自立,挣扎在社会底层的小人物的态度都一边倒地哀其不幸,契诃夫自然不例外,如《苦恼》、《万卡》,通过故事中一老一少所遭受的不幸表达对他们极大的同情。但与以往不同的是,对契诃夫而言,19 世纪下半期更紧迫的社会问题是如何改变现状,迎接新生活。因此,契诃夫笔下的小人物发生分裂,一批或奴颜婢膝、馅媚逢迎,自觉做奴才;或胆怯软弱、苟且偷生,沦为沙皇统治不自觉的维护者,浑身奴性的小人物便应时而生,在这里,作家对前者的讽刺抨击是无情的,对后者的软弱也由普希金式的同情转而怒其不争。写于 1884 年的短篇小说《变色龙》最具代表性。

《变色龙》篇幅短,情节单一,却包含了多重意味。小说的中心人物是警察奥丘梅洛夫,在处理狗咬人事件过程中,他对狗和赫留金的态度几次反复,他的奴才嘴脸就此暴露无遗。首饰匠赫留金虽然是受害者,但他对狗的态度与奥丘梅洛夫却惊人的一致。如果说,在一条无主的,或无关紧要的狗面前,赫留金还能壮起胆子为自己争取权益的话,那么,确知狗是将军家的时,他就不敢作声了。对警察的斥骂,小狗没事地被人牵走,他没有丝毫的反抗,这都说明是奴性使然。最后,那些围观者也不可忽视。他们对眼前发生的,明显好奇多于关心,无聊看热闹胜于对人世不公的愤慨,整个事件中自始至终伴随着他们的,唯有麻木不仁的笑声而已。

《变色龙》的核心价值在主题的经营上。首先它遵循了短篇小说的常规以小见大。狗咬人不罕见,但咬到靠手干活,做一天吃一天的首饰匠的手指就不是小事,而关系到生存,首饰匠的主张,情节的发展就也顺理成章。其次,它更做到以少见多。在小说中,犯罪嫌疑狗成了试金石,不管它属于平常人家,还是将军家,它都是权贵的阴影,测出了在场所有人的奴性,可谓一石三鸟。契诃夫说:"简练是才能的姊妹。"小事件的严重性保证了故事的严肃性,小道具的巧妙设置覆盖了所有故事中人,即便作家对此不做一词评说,意图依然,甚至更明了。契诃夫作为世界短篇小说大师之简练到极致由此可见一斑。

变色龙

警官奥丘梅洛夫身穿新大衣，手里拿一个小包，正穿过集市广场。他身后跟着一个红头发的警察，提着一筐没收来的醋栗。周围很静……广场上空无一人……那些小铺和酒馆敞开的大门，无精打采地望着这上帝创造的世界，像一张张饥饿的大嘴，店门前连个乞丐都没有。

“你怎么咬人，该死的畜生？”奥丘梅洛夫突然听到有人喊叫，“小伙子们，别让它跑了！现在不兴咬人！抓住它！哎—呀！”

又听到小狗一声尖叫。奥丘梅洛夫朝那边一望，他看到从商人皮丘金的劈柴场里窜出一只三条腿的小狗，它一边蹦跳着奔跑，一边往四下里张望。在它后面，有个身穿浆硬的花布衬衫和敞开的坎肩的人在拼命追赶。那人跑着。身子往前探去，扑倒在地上，一手抓住了狗的后腿。又听见狗的尖叫声和人的吆喝声：“别让它跑了！”一些睡眼惺忪的人从小铺里探头张望，很快，像从地里冒出来似的，劈柴场附近就聚起了一堆人。

“看样子要出乱子，长官。”警察说。

奥丘梅洛夫左转九十度，大步奔向人群。在劈柴场门前，他看到，上面讲到的那个敞开了坎肩的人站着，高高地举起右手，向人们展示一根鲜血淋淋的手指。在他半醉半醒的脸上仿佛写着：“看我宰了你，畜生！”再说他的手指本身就是一面胜利的旗帜。奥丘梅洛夫认出此人是金银首饰匠赫留金，在围观群众的中央，那挑起事端的罪魁祸首——一只尖嘴、细腿、背上有块黄斑的白毛小狗劈开前爪，趴在地上。它浑身发抖，那双泪汪汪的眼睛里充满了愁苦和恐惧。

“这里出什么事了？”奥丘梅洛夫挤进人群，问道，“为什么事？你干吗竖起手指头？谁大喊大叫的？”

“我走我的路，长官，也没有招惹谁……”赫留金冲着拳头咳几声，开始说，“我来跟米特里·米特里奇谈劈柴的事。忽然这该死的狗无缘无故就咬我的手指头……请您原谅我，我是一个工匠……我的活儿很精细。得让他们赔偿我的损失——我这只手指头可能一个礼拜都不能动……长官，这种事律书上可没有写着，让狗咬了你还得忍着……要是每个人都乱咬一起，真不如死了算了……”

“啊哈！……好……”奥丘梅洛夫清清嗓子，皱起眉头，厉声说，“好……这是谁家的狗？这事我不能不管。我要叫你们瞧瞧厉害，乱放狗有什么好处，也该管管这些不想遵守法令的先生们了！等他挨了罚，这坏蛋就会从我这里知道，乱放狗和其他家禽会怎么样！我要让他吃点苦头！……叶尔特林，”警官吩咐警察，“调查清楚，这是谁家的狗，再做一份违警记录！这狗该除掉。立刻去办！多半是只疯狗……哎，我问你们，这是谁家的狗？”

“像是日加洛夫将军家的狗！”人群中有人回答。

“日加洛夫将军家的？啊哈……叶尔特林，你过来帮我把大衣脱了……不得了，天气真热！想必快要下雨了……只是有一点我不明白，它怎么能咬你呢？”奥丘梅洛夫对赫留金说，“难道它能够着你的手指头？它很小，你呢，却身高马大！你可能叫钉子扎了指头，后来才想出这个主意来骗人。你可是那种……出了名的人！我知道你们这些鬼东西！”

“长官，他用烟头烧它的嘴脸取乐，那狗一点也不傻，就咬了他一口……长官，他这人爱胡说八道！”

“你瞎说，独眼龙！你也不想想，这个……那个……我干吗要撒谎？警官先生是聪明人，他老人家明白。谁说瞎话，谁像在上帝面前一样问心无愧，……我要是说了假话，那就让民事法官来审问我好了……他那本律书上写着……现在人人都平等了……我本人就有一个兄弟在宪兵队里……你们想知道的话，他……”

“少说废话！”

“不对，这狗不像是将军家的。”警察深思熟虑地指出，“将军家没有这种狗，他养的多半是猎犬，……”

“这你能肯定吗？”

“肯定，长官……”

“我早就知道。将军家的狗都很名贵，都是纯种狗，而这只——鬼知道算什么！皮毛，相貌，一无可取……一看就知道是贱种……这种狗谁养？你们的脑袋都长哪儿啦？这种狗在彼得堡，在莫斯科会怎么处置，你们知道吗？那里不管法令不法令，立即就——叫它出不来气！赫留金，你遭了难，这件事要一追到底……应当惩一儆百！现在该……”

“也可能是将军家的……”警察自言自语地说，“它的脸上又没有记号……前几天我在他家院子里见过这样一只狗。”

“没错，是将军家的！”人群中有人说道。

“啊哈！……叶尔特林老弟，你过来给我穿上大衣……怎么有股风？……浑身发冷……这样吧，你把狗抱到将军家，问一声就行了。你就说，狗是我找到的，派你给送来了……告诉他老人家往后别再放到街上……这狗恐怕很名贵，要是每一个蠢猪都用烟头戳它的鼻子，那损失就大了。狗这种动物可娇气哩……而你，蠢货，把手放下！用不着展览你那根愚蠢的手指头！你自讨苦吃……”

“将军家的厨子来了，问问他……喂，普罗霍尔！亲爱的，你上这儿来！瞧瞧那狗……是你们家的吗？”

“瞎说！我们家从来没有这种狗！”

“这事用不着多问，”奥丘梅洛夫说，“这是野狗！这事也用不着多说……既然我说是野狗，那就肯定是野狗……把它除掉，就完事了。”

“这狗不是我们家的，”普罗霍尔接着往下说，“这是将军兄弟的狗。他才来不久。我们家主子不喜欢这种细长腿的狗，可他老人家的兄弟喜欢。……”

“这么说，莫非他老人家的兄弟来了？是弗拉基米尔·伊凡内奇？”奥丘梅洛夫问道，这时他的脸漾出深受感动的笑容，“咦，天哪！我怎么还不知道呢？他老人家是来作客的吧？”

“是的……”

“咦，天哪……想念亲兄弟了……我居然不知道，这么说，这是他老人家的狗了？非常高兴……把它领回去吧……这小狗模样怪不错的。……很机灵……一口咬了这个人的手指头！哈哈哈！……哎，你发抖干什么？汪汪……汪汪……它生气了，小坏包……好一条小狗崽子……”

普罗霍尔唤过小狗，领着它离开了劈柴场……人们哈哈笑着拿赫留金开心。

“等着我来收拾你！”奥丘梅洛夫对他威胁说，他裹紧大衣，继续在集市广场上巡视。

——选自冯加译《变色龙—契诃夫中短篇小说集》，译林出版社 1998 年版

（李莉）

二十七 易卜生《玩偶之家》

亨利克·易卜生(1828—1906)是挪威最伟大的戏剧家,在欧洲戏剧史上与莎士比亚、莫里哀齐名。易卜生出生在挪威海滨小城斯基恩一个木材商人家庭。在他八岁左右,父亲因经营不善破产,家道中落。易卜生也因此进不了上流大学,不满十六岁的他在一家药店当学徒。白天他辛苦工作,晚上刻苦读书,钻研文学创作。1850 年易卜生完成自己第一出剧作《凯蒂琳》,随后,他来到首都奥斯陆,创办《文艺新闻周刊》。1852 年至 1857 年,易卜生担任卑尔根剧院的编剧和编导,每年要写出一部戏剧。1857 年到 1862 年,他担任首都剧院的艺术指导。1864 年,普奥联军进攻丹麦,挪威政府保持中立,不予出兵援助,易卜生非常愤慨,再加上他写过很多针砭挪威社会时弊的剧作,遭到恶意攻击。易卜生不得已离开挪威,侨居意大利和德国,晚年回国。易卜生一生共写了二十五部剧作,其创作生涯可划分为三个时期。早期创作(1850—1868),浪漫主义历史剧时期。大部分作品取材于挪威历史、英雄故事或北欧民间传说。《布朗德》和《培尔·金特》是他这一时期的两部重要作品,其中五幕诗剧《布朗德》初步展现了中期戏剧典型的特点,探讨了个人与社会的冲突问题。中期创作(1869—1883),现实主义社会剧时期。这一时期的主要作品有《社会支柱》、《玩偶之家》、《群鬼》和《人民公敌》。这些作品取材于现实生活,基本上每部作品都提出了一个社会问题,但没有提供解决问题的方法,因此,易卜生曾被称为“一个伟大的问号”,这类戏剧也被称为“社会问题剧”。后期创作(1884—1899),象征主义时期。这一时期共有八部作品,其中比较重要有《罗斯莫庄》和《海上夫人》。这一阶段易卜生的作品特色由中期戏剧中的对社会问题的探讨转为对人物个性心理的描绘。作品带有明显的象征主义特征。易卜生的戏剧最突出的特点是对社会现实的深邃思考,以及“讨论”手法的运用等,他以成功的舞台创作带领欧洲近代戏剧开辟了一个新时代。

三幕剧《玩偶之家》(1879)的故事主要是围绕娜拉展开的。娜拉是个善良、温柔、活泼又坚强的女人,结婚八年来,养育了三个可爱儿女,丈夫海尔茂虽然觉得她有点乱花钱,但常常对她说些甜蜜动人的话语,这让她认为自己很幸福,也因此更爱丈夫和这个家。几年前,丈夫病重,为挽救他的生命,娜拉瞒着他向银行职员柯洛克斯泰借了一笔债。同时为了省却病危的父亲的烦恼,伪造了签名。为了还债,娜拉自己省吃俭用,但绝不委屈丈夫和孩子,同时做点零活,熬夜抄写文件。眼看就剩最后一个月的债务,丈夫也将担任银行经理,美好的生活就要来临,娜拉非常快乐。可是,生活总是不尽如人意,即将被海尔茂解雇的柯洛克斯泰威胁娜拉,如果他被解雇,就把她冒名签字的事抖落出来。为了保全丈夫的名誉,娜拉准备去自杀。临出门前,海尔茂得知了妻子冒名签字的事,可令娜拉痛心的是,她为之作出牺牲的丈夫居然大骂她,生怕自己的名誉、地位会受影响。娜拉终于看透了丈夫的虚伪、自私,认识到自己不过是玩偶,婚前是父亲的玩偶,婚后是丈夫的玩偶,为了逃出这囚笼,她义无反顾地出走了。

《玩偶之家》是易卜生的代表作,深刻剖析了当时的社会问题。由于成功塑造了娜拉这一典型形象,尽管易卜生从未声称自己是女权主义者,但事实上该剧极大地推动了女权主义运动。19 世纪的社会,男权至上,妻子只是家中不可或缺的“摆设”,没有丝毫话语权。婚前,娜拉屈从父亲的意见,婚后,又一切唯海尔茂是瞻。结婚八年来,娜拉和丈夫从来没有在正经事上认真地谈过话，从来不能把自己的真实想法告诉丈夫，就连吃一块杏仁甜饼干这种小小的嗜好，都要背着丈夫偷偷地吃。可是，娜拉一直没有认识到这是种畸形的家庭关系或两性关系，没有意识到社会的不正常、不平等、不公平。她依然全心全意地爱着丈夫和孩子们，完美地承担了妻子和母亲的责任。为了他们，做出了巨大的牺牲，甚至准备割舍生命。可是娜拉的牺牲，换回的是社会的抛弃，丈夫的百般辱骂，以前被称为"小鸟"、"小松鼠"，现在变成了"伪君子"、"撒谎的人"、"犯罪的人"，甚至还要被剥夺教育儿女的权利！至此，娜拉完全觉醒了，决定要"对自己负责"，要拥有自己独立的人格。她对海尔茂说道："首先我是一个人，跟你一样的一个人——至少我要学做一个人。"她还对法律、宗教等发出质问："父亲病得快死了，法律不许女儿给他省烦恼。丈夫病得快死了，法律不许老婆想法子救他的性命！我不相信世界上有这种不讲理的法律。""牧师告诉过我，宗教是这个，宗教是那个。……我要仔细想一想牧师告诉我的话究竟对不对，对我合用不合用。"易卜生准确、生动地展示了娜拉觉醒的整个过程，通过描写娜拉的"玩偶"处境、最后的醒悟以及和海尔茂的那场辩论，不仅提出了父权社会里的妇女的地位和出路问题，还深刻地批判了当时的社会。

《玩偶之家》不仅有着新颖、深刻的思想内容，而且有着极高的艺术成就。首先，它简练而又高度完整。剧情紧凑，高潮迭起，没有任何与情节无关的笔墨，矛盾冲突集中，戏剧场面紧张，心理活动丰富。其次，"讨论"是其重要的戏剧要素。随着男女主人公讨论的深入，情节也层层铺开，观众在领略一个个高潮的同时，也在思考剧中的社会问题、家庭问题。再次，灵活运用"追溯法"，既补叙了剧情，又为故事的发展埋下伏笔，使整个故事结构紧凑，逻辑分明。

玩偶之家(片断)

海尔茂：(走来走去)嘿！好像做了一场恶梦醒过来！这八年工夫——我最得意、最喜欢的女人——没想到是个伪君子，是个撒谎的人——比这还坏——是个犯罪的人。真是可恶极了！哼！哼！(娜拉不作声，只用眼睛盯着他)其实我早就该知道。我早该料到这一步。你父亲的坏德性——(娜拉正要说话)少说话！你父亲的坏德性你全都沾上了——不信宗教，不讲道德，没有责任心。当初我给他遮盖，如今遭了这么个报应！我帮你父亲都是为了你，没想到现在你这么报答我！

娜拉：不错，这么报答你。

海尔茂：你把我一生幸福全都葬送了。我的前途也让你断送了。喔，想起来真可怕！现在我让一个坏蛋抓在手心里。他要我怎么样我就得怎么样，他要我干什么我就得干什么。他用可以随便摆布我，我不能不依他。我这场大祸都是一个下贱女人惹出来！

娜拉：我死了你就没事了。

海尔茂：哼，少说骗人的话。你父亲以前也老有那么一大套。照你说，就是你死了，我有什么好处？一点儿好处都没有。他还是可以把事情宣布出去，人家甚至还会疑惑我是跟你串通一气的，疑惑是我出主意撺掇你干的。这些事情我都得谢谢你——结婚以来我疼了你这些年，想不到你这么报答我。现在你明白你给我惹的是什么祸吗？

娜拉：(冷静安详)我明白。

海尔茂：这件事真是想不到，我简直摸不着头脑。可是咱们好歹得商量个办法。把披肩摘下来。摘下来，听见没有！我先得想个办法稳住他，这件事无论如何不能让人家知道。咱们俩表面上照样过日子——不要改样子，你明白不明白我的话？当然你还得在这儿住下去。可是孩子不能再交在你手里。我不敢再把他们交给你——唉，我对你说这么一句话心里真难受，因为你是我一向最心爱并且现在还——可是现在情形已经改变了。从今以后再说不上什么幸福不幸福，只有想法子怎么挽救、怎么遮盖、怎么维持这个残破的局面——（门铃响起来，海尔茂吓了一跳）什么事？三更半夜的！难道事情发作了？难道他——娜拉，你快藏起来，只推托有病。（娜拉站着不动。海尔茂走过去开门。）

爱伦：（披着衣服在门厅里）太太，您有封信。

海尔茂：给我。（把信抢过来，关上门）果然是他的。你别看。我念给你听。

娜拉：快念！

海尔茂：（凑着灯看）我几乎不敢看这封信。说不定咱们俩都会完蛋。也罢，反正总得看。（慌忙拆信，看了几行之后发现信里夹着一张纸，马上快活得叫起来）娜拉！（娜拉莫名其妙地看着他。）

海尔茂：娜拉！喔，别忙！让我再看一遍！不错，不错！我没事了！娜拉，我没事了！

娜拉：我呢？

海尔茂：当然你也没事了，咱们俩都没事了。你看，他把借据还你了。他在信里说，这件事非常抱歉，要请你原谅，他又说他现在交了运——喔，管他还写些什么。娜拉，咱们没事了！现在没人能害你了。喔，娜拉，娜拉——咱们先把这害人的东西消灭了再说。让我再看看（朝着借据瞟了一眼）喔，我不想再看它，只当是做了一场梦。（把借据和柯洛克斯泰的两封信一齐都撕掉，扔在火炉里，看它们烧）好！烧掉了！他说自从二十四号起——喔，娜拉，这三天你一定很难过。

娜拉：这三天我真不好过。

海尔茂：你心里难过，想不出好办法，只能——喔，现在别再想那可怕的事情了。我们只应该高高兴兴多说几遍"现在没事了，现在没事了！"听见没有，娜拉！你好像不明白。我告诉你，现在没事了。你为什么绷着脸不说话？喔，我的可怜的娜拉，我明白了，你以为我还没饶恕你。娜拉，我赌咒，我已经饶恕你了，我知道你干那件事都是因为爱我。

娜拉：这倒是实话。

海尔茂：你正像做老婆的应该爱丈夫那样地爱我。只是你没有经验，用错了方法。可是难道因为你自己没主意，我就不爱你吗？我决不地。你只要一心一意依赖我，我会指点你，教导你。正因为你自己没办法，所以我格外爱你，要不然我还算什么男子汉大丈夫？刚才我觉得好像天要塌下来，心里一害怕，就说了几句不好听的话，你千万别放在心上。娜拉，我已经饶恕你了。我赌咒不再埋怨你。

娜拉：谢谢你宽恕我。（从右边走出去。）

海尔茂：别走！（向门洞里张望）你要干什么？

娜拉：（在里屋）我去脱掉跳舞的服装。

海尔茂：（在门洞里）好，去吧。受惊的小鸟儿，别害怕，定定神，把心静下来。你放心，一切事情都有我。我的翅膀宽，可以保护你。（在门口走来走去）喔，娜拉，咱们的家多可爱，多舒服！你在这儿很安全，我可以保护你，像保护一只鹰爪子底下救出来的小鸽子一样。我不久就能让你那颗扑扑跳的心定下来，娜拉，你放心，到了明天，事情就不一样了，一切都会恢复老样子。我不用再说我已经饶恕你了，你心里自然会明白我不是说假话。难道我舍得把你撵出去？别说撵出去，就说是责备，难道我舍得责备你？娜拉，你不懂得男子汉的好心肠。要是男人饶恕了他老婆——真正饶恕了她，从心坎儿里饶恕了她——他心里会有一股没法子形容的好滋味。从此以后他老婆越发是他私有的财产。做老婆的就像重新投了胎，不但是她丈夫的老婆，并且还是她丈夫的孩子。从今以后，你就是我的孩子，我的吓坏了的可怜的小宝贝。别着急，娜拉，只要你老老实实对待我，你的事情都有我作主，都有我指点。（娜拉换了家常衣服走进来）怎么，你还不睡觉？又换衣服干什么？

娜拉：不错，我把衣服换掉了。

海尔茂：这么晚换衣服干什么？

娜拉：今晚我不睡觉。

海尔茂：可是，娜拉——

娜拉：（看自己的表）时候还不算晚。托伐，坐下，咱们有好些话要谈一谈。（她在桌子一头坐下）

海尔茂：娜拉，这是什么意思？你的脸色冰冷铁板似的——

娜拉：坐下。一下子说不完。我有好些话跟你谈。

海尔茂：（在桌子那一头坐下）娜拉，你把我吓了一大跳。我不了解你。

娜拉：这话说得对，你不了解我，我也到今天晚上才了解你。别打岔。听我说下去。托伐，咱们必须把总账算一算。

海尔茂：这话怎么讲？

娜拉：（顿了一顿）现在咱们面对面坐着，你心里有什么感想？

海尔茂：我有什么感想？

娜拉：咱们结婚已经八年了，你觉得不觉得，这是头一次咱们夫妻正正经经谈谈话？

海尔茂：正正经经！这四个字怎么讲？

娜拉：这整整的八年——要是从咱们认识的时候算起，其实还不止八年，咱们从来没在正经事情上谈过一句正经话。

海尔茂：难道要我经常把你不能帮我解决的事情麻烦你？

娜拉：我不是指着你的业务说。我说的是，咱们从来没坐下来正正经经细谈谈过一件事。

海尔茂：我的好娜拉，正经事跟你有什么相干？

娜拉：咱们的问题就在这儿！你从来就没了解过我。我受足了委屈，先在我父亲手里，后来又在你手里。

海尔茂：这是什么话！你父亲和我这么爱你，你还说受了我们的委屈！

娜拉：（摇头）你们何尝真爱过我，你们爱我只是拿我当消遣。

海尔茂：娜拉，这是什么话！

娜拉：托伐，这是老实话。我在家跟父亲过日子的时候，他把他的意见告诉我，我就跟着他的意见走，要是我的意见跟他不一样，我也不让他知道，因为他知道了会不高兴。他叫我"泥娃娃孩子"，把我当作一件玩意儿，就像我小时候玩儿我的泥娃娃一样。后来我到你家来住着——

海尔茂：用这种字眼形容咱们的夫妻生活简直不像话！

娜拉：（满不在乎）我是说，我从父亲手里转移到了你手里。跟你在一块儿，事情都由你安排。你爱什么我也爱什么，或者假装爱什么——我不知道是真还是假——也许有时候真，有时候假。现在我回头想一想，这些年我在这儿简直像个要饭的叫化子，要一口，吃一口。托伐，我靠着给你耍把戏过日子。可是你喜欢我这么做。你和我父亲把我害苦了。我现在这么没出息都要怪你们。

海尔茂：娜拉，你真不讲理，真不知好歹！你在这儿过的日子难道不快活？

娜拉：要想了解我自己和我的环境，我得一个人过日子，所以我不能再跟你待下去。

海尔茂：娜拉！娜拉！

娜拉：我马上就走。克立斯替纳一定会留我过夜。

海尔茂：你疯了！我不让你走！你不许走！

娜拉：你不许我走也没用。我只带自己的东西。你的东西我一件都不要，现在不要，以后也不要。

海尔茂：你怎么疯到这步田地！

娜拉：明天我要回家去——回到从前的老家去。在那儿找点事情做也许不大难。

海尔茂：喔，像你这么没经验——

娜拉：我会努力去吸取。

海尔茂：丢了你的家，丢了你丈夫，丢了你儿女！不怕人家说什么话！

娜拉：人家说什么不在我心上。我只知道我应该这么做。

海尔茂：这话真荒唐！你就这么把你最神圣的责任扔下不管了？

娜拉：你说什么是我最神圣的责任？

海尔茂：那还用我说？你最神圣的责任是你对丈夫和儿女的责任。

娜拉：我还有别的同样神圣的责任。

海尔茂：没有的事！你说的是什么责任？

娜拉：我说的是我对自己的责任。

海尔茂：别的不用说，首先你是一个老婆，一个母亲。

娜拉：这些话现在我都不信了。现在我只信，首先我是一个人，跟你一样的一个人——至少我要学做一个人；托伐，我知道大多数人赞成你的话，并且书本里也是这么说。可是从今以后我不能一味相信大多数人说的话，也不能一味相信书本里说的话。什么事情我都要用自己脑子想一想，把事情的道理弄明白。

海尔茂：难道你不明白你在自己家庭的地位？难道在这些问题上没有颠扑不破的道理指导你？难道你不信仰宗教？

娜拉：托伐，不瞒你说，我真不知道宗教是什么。

海尔茂：你这话怎么讲？

娜拉：除了行坚信礼的时候牧师对我说的那套话，我什么都不知道。牧师告诉过我，宗教是这个，宗教是那个。等我离开这儿一个人过日子的时候我也要把宗教问题仔细想一想。我要仔细想一想牧师告诉我的话究竟对不对，对我合用不合用。

海尔茂：喔，从来没听说过这种话！并且还是从这么个年轻女人嘴里说出来的！要是宗教不能带你走正路，让我唤醒你的良心来帮助你——你大概还有点道德观念吧？要是没有，你就干脆说没有。

娜拉：托伐，这小问题不容易回答。我实在不明白。这些事情我摸不清。我只知道我的想法跟你的想法完全不一样。我也听说，国家的法律跟我心里想的不一样，可是我不信那些法律是正确的。父亲病得快死了，法律不许女儿给他省烦恼，丈夫病得快死了，法律不许老婆想法子救他的性命！我不信世界上有这种不讲理的法律。

……

海尔茂：完了！完了！娜拉，你永远不会再想我了吧？

娜拉：喔，我会时常想到你，想到孩子们，想到这个家。

海尔茂：我可以给你写信吗？

娜拉：不，千万别写信。

海尔茂：可是我总得给你寄点儿——

娜拉：什么都不用寄。

海尔茂：你手头不方便的时候我得帮点忙。

娜拉：不必，我不接受生人的帮助。

海尔茂：娜拉，难道我永远只是个生人？

娜拉：（拿起手提包）托伐，那就要等奇迹中的奇迹发生了。

海尔茂：什么叫奇迹中的奇迹？

娜拉：那就是说，咱们俩都得改变到——喔，托伐，我现在不信世界上有奇迹了。

海尔茂：可是我信。你说下去！咱们俩都得改变到什么样子——？

娜拉：改变到咱们在一块儿过日子真正像夫妻。再见。（她从门厅走出出去。）

海尔茂：（倒在靠门的一张椅子里，双手蒙着脸）娜拉！娜拉！（四面望望，站起身来）屋子空了。她走了。（心里闪出一个新希望）啊！奇迹中的奇迹——

楼下砰的一响传来关大门的声音。

——选自潘家洵译《玩偶之家》，人民文学出版社 1978 版

（谢燕）

二十八 马克·吐温《败坏了赫德莱堡的人》

马克·吐温(1835—1910)是塞缪尔·朗荷恩·克列门斯的笔名,他是19世纪美国现实主义文学杰出作家。马克·吐温于1835年出生在密苏里州的佛罗里达,12岁时,父亲去世,他开始外出独立谋生,先后当过印刷所学徒、报童、排字工人、水手和密西西比河上汽船的领航员。丰富的生活经历,尤其是密西西比河上的水手生活,对他以后的创作影响很大,他的许多优秀作品都以他童年的生活经历和密西西比河的风土人情为题材与背景,他的笔名"马克·吐温"就是来自他在密西西比河做水手时的行话,意思是"水深12英尺,船可以安全通过"。早期短篇小说《卡拉韦拉斯县驰名的跳蛙》所获得的成功以及名噪一时的幽默作家阿特缪斯·沃德对他的鼓励,决定了马克·吐温的文学生涯。70年代到90年代是马克·吐温的创作鼎盛时期,他先后发表了几部讽刺小说和游记,包括《镀金时代》、《汤姆·索耶历险记》、《王子与贫儿》、《密西西比河上》、《亚瑟王朝的康涅狄格州美国人》、《赤道环游记》等。1884年发表的《哈克贝利·费恩历险记》是马克·吐温最优秀的作品,这是一部反对种族歧视、主张种族平等,又富于童趣的杰作。马克·吐温后期创作如《傻瓜威尔逊》、《败坏了赫德莱堡的人》以及在其死后出版的《神秘的陌生人》,笔锋犀利,嘲讽辛辣,揭露深刻,但是悲凉哀婉的情调也很浓重,甚至流露出一种愤怒的绝望。作为美国文学史上第一个用纯粹的美国口语进行写作的作家,马克·吐温开创了一代文风,他以符合常情的坚定目光去描述现实,就像他所创作出的最佳人物哈克贝利·费恩一样,代表了独特的美国式的机敏,聪明过人,具有洞察不公正、虚假的风雅和感伤的能力。

1899年创作的《败坏了赫德莱堡的人》是马克·吐温晚年杰出的中篇小说。小说中的赫德莱堡是邻近一带地方最诚实、最清高的一个市镇,它一直把这个名声保持了三代之久,从没有被玷污过。然而有一次,它不幸得罪了一个过往的异乡人,这个人想出一个巧妙的使整个市镇都受影响的主意来报复:"我要败坏这个市镇!"六个月之后的一天夜里,他来到赫德莱堡,把一口袋东西送进银行老出纳员理查兹家里,要求寻找一位曾经帮助过他的恩人,只要有人说出这位好心人给异乡人说过的一句话,就能领取这一袋金币。消息公开后,19位自命清高的主要公民都想占有这笔意外的钱财,他们苦思冥想倍受煎熬。同一天晚上,他们分别收到一封署名为斯蒂文森的信,写信人以小镇居民固德逊朋友的身份透露了那句话的内容:"你决不是一个坏人,快去改过自新吧。"这19位主要公民立刻欣喜若狂,他们把自己的答案交给了柏杰士牧师。到了揭晓的日子,镇公所大厅悬旗结彩,来宾、记者和本镇居民聚集一堂,来自18位主要公民的申领信先后被柏杰士牧师当众拆开,结果所有信的内容都一模一样,这使得这18位主要公民当众出丑,引来所有人的嘲笑。更具讽刺效果的是,那一袋金币原来是镀金的。因为与牧师有私人交情,所以理查兹的信未被公开,于是,他就成了"全镇最廉洁的人"。但心神不宁的理查兹夫妇最终病倒,在临终前他承认自己也写信申请过那袋金币,这个小镇终于被剥去了它那世代光荣的最后一块遮羞布。

马克·吐温在讲述《败坏了赫德莱堡的人》这个故事时,独具匠心地安排故事情节,站在民主主义立场上,用幽默、诙谐和滑稽的笔调,揭露美国资本主义虚伪的民主和自由。从开始的留下一袋金币到19位主要公民的心理变化,再到最后那场极具狂欢色彩的对证,以及最终理查兹夫妇的发病，每一步都生动逼真，扣人心弦，显示出了非常高超的技巧。马克·吐温抓住了人性中的弱点来进行剖析，那19位主要公民就是全体资产阶级的代表，他们看似仁慈、善良、诚实、清高，实则贪婪、悭吝、庸俗、道貌岸然，强烈的反差构成强烈的讽刺效果。小说中安排了一个不在场象征性关键人物：死去的固德逊。正是因为如此，这19位主要公民才会露出各自丑陋的嘴脸，其中，理查兹这样的人物揭示出赫德莱堡的伪善，哈克尼斯的所作所为则抨击了竞选制度的腐败，小说在讽刺幽默背后蕴藏着尖锐的政论性。这一切社会生活中的弊端，正是"异乡人"报复得逞的基础，也是所有人都理直气壮虚伪的基础。

在《败坏了赫德莱堡的人》这部小说里，马克·吐温的风格明显从轻松的幽默转向辛辣的讽刺，讽刺是马克·吐温的拿手好戏，而在这部小说里，他的才智得到了更广阔的发挥。赫德莱堡实际上是整个美国社会的缩影，马克·吐温试图借此抨击现代美国社会的各个方面，嘲弄金钱统治和精神道德堕落的美国社会，一袋金币的故事，无情地揭下了资产阶级诚实和道德的假面具，暴露了他们拜金主义的丑陋，讽刺了他们的伪善本质。小说家借助"异乡人"的视角，不无戏谑地对文明之外的伪善、和谐背后的扭曲做了最本源的揭露：即使在这些主要公民现出原形后，他们不是痛改前非，而是恶习不改继续作恶，这一情节让人印象深刻。在小说中，马克·吐温还巧妙地运用夸张手法，对世事进行了尖锐的批评。在对理查兹夫妇的描写中，讽刺含而不露，却又入木三分，领取金币的场面则是一场夸张讽刺的闹剧，两种讽刺相结合，显示了马克·吐温讽刺艺术的鲜明特点。在这部后期作品中，马克·吐温呈现出一种灰暗的人生观，他的创作变得尖刻，对现实社会不再抱有幻想，滑稽可笑中透露着愤世嫉俗。在这部没有任何"好人"的《败坏了赫德莱堡的人》中，小说家对美国社会现实的不满情绪不言而喻，生动而形象地展现在了马克·吐温简单直接的叙述手法中。

败坏了赫德莱堡的人(片断)

"主席先生，这样的信你通共收到多少封？"

主席数了一下。

"连已经看过的算在一起，通共是十九封。"

一阵风暴般的嘲笑的喝彩声爆发了。

"大概那里面都装着这个秘密。我提议你把它们一齐拆开，念出每张字条上签的名字——还把那上面起头的八个字也念出来。"

"附议！"

主席宣布这个动议，全场通过——吼声如雷。随后可怜的理查兹这老头儿站起来，他的太太也起来站在他身边。她低垂着头，怕的是被人看出她在哭泣。她的丈夫伸出胳臂挽着她，他这样把她搀住，就以颤抖的声音开始说道：

"朋友们，你们一向都了解我们俩——玛丽和我——了解我们的生平，我想你们向来都喜欢我们，看得起我们——"

主席打断了他的话：

"对不起。这话一点也不错——理查兹先生；你说的是实话：本镇的人确实是了解你们；确实是喜欢你们；确实是看得起你们；不但如此——大家还尊敬你们，爱你们——"

哈里代的声音又大喊起来：

“这才是丝毫不假的实话哩，真是！如果主席没有说错，大家就干脆表示拥护吧。起立！好吧——一！二！三！——全体起立！”

全场一齐起立，亲切地面对着这对老夫妻，满场挥动的手巾使空中好像是漫天风雪一般，大家以满腔热爱的心情一致发出了欢呼。

然后主席又继续说：

“我刚才要说的话是这样的：我们都知道你的好心肠，理查兹先生，可是现在不是对罪人发慈悲的时候。（一阵阵“对呀！对呀”的呼声）我从你脸上看得出你这种好意的企图，可是我不能让你替这些人求情——”

“可是我打算……”

“请坐下吧，理查兹先生。我们必须审查其余的信——单只为了对那些已经被揭露的人表示公正，也需要来这一着才行。等这个手续办完了之后——我向你保证——一定马上让你发言。”

许多人的声音：“对！——主席说得对！——在这个阶段可不许让谁说话来打断！继续进行吧！——名字！名字呀！照提议的办法进行！”

老夫妻不自愿地坐下了，丈夫对妻子悄悄地说：“只好是等着，这真叫人难受得要命；回头他们发现我们原来是替自己告饶，我们的羞耻就比原先更大了。”

随着人名的宣读，大家的哄笑又爆发了。

“‘你决不是一个坏人——’签名，‘罗伯特·狄特马施。’”

“‘你决不是一个坏人——’签名，‘艾里发勒特·维克斯。’”

“‘你决不是一个坏人——’签名，‘奥斯卡·怀尔德。’”

这时候听众又想出了一个主意，提议由大家替主席念那八个字。他是求之不得的。从此以后，他把每页信依次地拿在手里等一等。全场以集体的、整齐的、悦耳的一阵深沉的声音悠然地唱出这八个字来（大胆地模仿着教堂里吟诵的一首有名的圣诗的调子，学得很像）——“‘你决——呃——呃——不是一个坏——唉——唉——人’”然后主席说，“签名，‘阿契波尔德·威尔科克斯。’”如此类推，一个一个地把那些大名念出来，除了那倒霉的十九家的人而外，人人都越来越感到一种欢天喜地的痛快。有时逢到特别光彩的名字被念出来的时候，听众就请主席等一等，大家就一面把那段对证词从头到尾整个儿唱出来，包括最后的“并且因此入地狱或是赫德莱堡——希望你努力争取，还是入地——咦——咦——狱为妙！”这一句。逢着这种特殊情况时，他们还用庄严、沉痛和堂皇的声调加唱一声“亚——啊——啊——门！”

名单越缩越短，越缩越短，越缩越短，可怜的理查兹老头儿老在暗自计数，逢着有和他自己相似的名字被宣读时，就不禁畏缩一下，他一直很难受地提心吊胆等待着那个时刻到来，到那时他就有那份可耻的权利和玛丽一同站起来，说完他替自己告饶的话；他心里盘算着，准备这么措词：“……因为直到现在为止，我们从来没有做过一桩坏事，老是过着安分守己的生活，没有丢过脸。我们是很穷苦的，年纪也大了，又没有儿女帮我们的忙；我们大大地受了诱惑，竟至堕落了。我刚才那一次站起来，本就打算说出实话，请求不要把我们的名字在这大庭广众之中宣读，因为我们好像觉得那会使我们受不了；可是我被阻止了。这是公平的，我们和别的人一同受到耻辱是应该的。这对我们是痛心的。我们这一辈子，现在还是第一次听到人家说出我们的——臭名字。请大家慈悲一点——看在我过去的情分上；请你们特别宽大，尽量让我们受到最轻微的羞辱吧。”他幻想到这里的时候，玛丽看出他心不在焉，便用胳臂肘轻轻推了他一下。全场正在唱着“你决——呃——呃”等等。

“准备,”玛丽悄悄地说。“轮到你的名字了;他已经念了十八个。”

吟诵的声音停止了。

“下一个下一个!下一个!”连珠炮一般的呼声从全场各处传过来。

柏杰士又把手伸到衣袋里。那对老夫妻又战栗着开始起立。柏杰士摸索了一会,然后说道:“啊,原来我已经通通念完了。”

夫妻俩惊喜得全身发软,无力地坐到椅子上;玛丽悄悄地说:

“啊,谢天谢地,我们得救了!——他把我们的信弄掉了——拿一百袋那样的金子给我换这个,我也不干!”

全场又爆发出那《天皇曲》改编的滑稽歌词,接连唱了三次,越唱越有劲;第三次唱到末尾一句的时候,大家都站起来唱——

诸位象征都在我们面前!

最后给“赫德莱堡的纯洁和我们的十八位不朽的美德代表”三呼万岁,并加上尾声。

然后制鞍匠温格特站起来,提议给“全镇最廉洁的人、唯一没有企图盗窃那笔钱的重要公民——爱德华·理查兹”三呼万岁。

大家以绝大的、动人的热诚欢呼了这番祝贺;然后又有人提议推举理查兹为现在这种神圣的赫德莱堡传统的唯一的监护人和象征,赋予他以权力,让他昂然耸立,傲视整个讥讽的世界。

提案在全场欢呼声中通过了;于是大家又唱那《天皇曲》的调子,末尾加上一句,

还有一位真的象征已经出现!

停了一会;然后——

某人的声音:“那么,现在叫谁得这袋金子呢?”

硝皮商(以尖刻的讥讽语气):“那还不容易。这笔钱应该归那十八位不可败坏的人平分。他们每人给了那落难的外方人二十块钱——还给了他那番忠告——各人轮流说的——这一队人物走过,花了二十二分钟。大家在这位外方人身上下了赌注——全部施舍是三百六十元。他们现在只要收回这笔借款——加上利息——总共四万元。”

许多人的声音(含着嘲笑的语气):“好主意!分摊!分摊!可怜这些没有钱的人吧——别叫他们老等着!”

主席:“秩序!现在我宣读这位外方人的另外一个文件。这上面说,‘如果没有人出面申请(一阵宏亮的同声嘲讽),我希望你打开钱袋,把里面的钱点交贵镇的各位首要公民,请他们保管(一阵“啊!啊!啊”的呼声),由他们斟酌,适当地运用,以求传播和保存贵村因它的不可败坏的诚实而获得的那种崇高的名誉(又是一阵呼声)——这种名誉,由于他们的大名和他们的努力,又将增添一层新的、久远的光彩。’(狂热的一阵讥讽的喝彩声。)好象只有这些话了。不——还有一段再启:

“‘再启——赫德莱堡的公民们:根本就没有什么对证词——根本就没有人说过那些话。(全场轰动。)也不曾有一个行乞的异乡人,或是那二十块钱的赠款,以及由此而来的致谢和恭维的话——这一切都是捏造的。(全场一片嘁嘁喳喳的惊讶和快意的声音。)让我来说说我的故事吧——只需一两句话就行了。我曾在某一个时候路过你们这个镇上,遭到我所不应该受的一次很大的侮辱。如果是别人,那一定只要打死你们一两个人就心满意足,认为划算了,可是在我看来,那还不过是一种轻微的报复,还不够厉害;因为死人是不懂得痛苦的。此外,我又不能把你们

通通杀光，而且，无论如何，即令我做得到，那也还是不足以使我满意。我要毁掉这地方的每一个人，连女的也在内——而且毁的不是他们的身体，也不是他们的产业，而且他们的虚荣——这是软弱和愚蠢的人们最脆弱的地方。于是我就化装回到这里来，观察你们。你们是很容易到手的猎物。你们以诚实获得了悠久和崇高的声誉，当然你们是以此自豪的——那是你们的宝中之宝，简直是你们的心肝宝贝。我一发现你们小心而警惕地防止你们自己和你们的儿女受到诱惑，马上就知道应该如何下手。哎，你们这些脑筋简单的家伙，一切脆弱的东西之中，最脆弱的就是不曾在烈火中试炼过的道德。我拟定了一个办法，凑集了一张名单。我的计划就是要败坏这个无法败坏的赫德莱堡。我的主意是要把好几十个纯洁无瑕、生平从来没有撒过谎或是偷过一文钱的男男女女都变成撒谎的人和窃贼。可是我担心固德逊。他既不是在赫德莱堡生的，也不是在这里教养起来的。我惟恐在开始实行我的计划的时候，把我那封信分送到你们手里，你们心里就会想："我们这里只有固德逊一个人才会把二十块钱施舍给一个倒霉鬼"——那么你们就不会上我的当。可是老天爷把固德逊接去了；从此我就知道无须担心了，于是我布下了陷井，装好了饵物。也许收到我所分寄的那份伪造的对证词的那些人并不见得都中我的圈套，可是只要我看透了赫德莱堡的性格，我总可以把他们大多数人收拾一下。（若干人的声音："对——一个也没有漏网。"）我相信他们干脆就会盗窃这笔假装的赌款，而不会轻易放过，这些可怜的、受了诱惑的、教养不良的家伙。我希望一下子把你们的虚荣永远捣个粉碎，叫它万劫不复，从此给赫德莱堡一个新的名声——一个洗不掉的名声——到处流传。如果我达到了目的，就请打开口袋，召集"赫德莱堡声誉宣扬与保存委员会"吧。'"

一阵旋风似的呼声："快打开！快打开！十八位请到前面去'优良传统宣扬委员会'！到前面去——不可败坏的先生们！"

主席把口袋撕开，抓起一把发亮的、大块的黄色钱币，拿在手里摇了一下，然后仔细察看——

"朋友们，原来不过是些镀金的铅饼！"

——选自张友松译《马克·吐温选集：百万英镑的钞票》，江西人民出版社 1986 年版

（王欣）

二十九　欧·亨利《最后一片藤叶》

欧·亨利(1862—1910)原名威廉·西德尼·波特,是美国最著名的短篇小说家之一,曾被评论界誉为曼哈顿桂冠散文作家和美国现代短篇小说之父。他出身于美国北卡罗来纳州的格林斯伯勒镇,父亲是医生,幼年丧母。他的一生富于传奇性,当过药房学徒、牧牛人、会计员、土地局办事员、新闻记者、银行出纳员,办过《滚石》幽默周刊,也做过《每日邮报》的专栏作家。1896年,他任职的银行发现资金亏缺,欧·亨利涉嫌挪用公款被起诉。他为逃避审讯,流亡到洪都拉斯。次年,欧·亨利在回家探望病危的妻子时被捕入狱,判五年徒刑。在此期间,他开始了写作生涯。1901年提前获释后,迁居纽约,专门从事写作。欧·亨利善于描写美国社会尤其是纽约百姓的生活。他的作品构思新颖,语言诙谐,结局总使人"感到在情理之中,又在意料之外",又因描写了众多的"小人物"富于生活情趣,被誉为"美国生活的幽默百科全书"。代表作有小说集《白菜与国王》、《四百万》、《命运之路》等。其中一些名篇如《警察与赞美诗》、《麦琪的礼物》、《带家具出租的房间》、《最后一片藤叶》等使他获得了世界声誉。

短篇小说《最后一片藤叶》(1906)讲述了女画家约翰西不幸得了肺炎,被折磨得万念俱灰。她望着窗外极老的一株常春藤,数着日渐稀少的叶子,把生命的终点定在最后一片藤叶的掉落时。另一位失意潦倒的画家贝尔曼为了挽救约翰西的生命,在凄风苦雨之夜,用自己的生命完成了一生的杰作——一片"永不凋零"的常青藤叶。约翰西看到最后一片叶子经过三天的风吹雨打依然挺立在枝头,有了生的希望,病情逐渐好转。老贝尔曼却被肺炎夺去了性命。

《最后一片藤叶》中艺术与贫困是小人物之间的命运所系,彼此无私相助,反映出至真、至善、至美的人性。欧·亨利以他独特的感伤笔调,在短短篇幅内达到思想与艺术的完美结合。作者以异常生动而丰富的细节,来描绘"艺术区"里的穷画家休和约翰西为了"铺平通向艺术的道路"而苦苦挣扎。以忧郁、惆怅的笔调描述了约翰西在病中的孤独、寂寞和绝望,奄奄一息地倒数着藤叶来计算生命的终结,从而反衬出贝尔曼杰作的伟大。老贝尔曼穷困潦倒、落魄失意,字里行间渗透着作者对美国社会下层人民不幸遭遇的无限同情。在寥寥数笔的描写中,可以看出这是一个脾气暴躁、性格直率的失意画家,他用生命完成了一生唯一的杰作——那"锯齿形边缘已经枯黄"的最后一片藤叶"顽强地挂在离地面二十英尺高的一根枝上"。这是一片浸透着老画家的血与汗,充满真情与爱心的不朽的藤叶,一片延续着贝尔曼生命的藤叶。

欧·亨利的小说的艺术特色主要有两点:一是语言生动形象、诙谐幽默,故事常常可以给读者带来"含泪的微笑",用表面轻松而内里沉重的格调来诉说。《最后一片藤叶》里贝尔曼"长着米开朗琪罗的摩西雕像式的络腮胡子,这胡子从萨梯的头上开始,顺着小魔鬼的身子卷曲而下",短短两句话就调皮又逼真地刻画了一个老艺术家形象。二是故事往往截取生活的一个横断面,情节发展较快,结尾突然峰回路转、出人意料,却又恰在情理之中,符合生活实际,从而造成独特的艺术魅力,形成了独特的"欧·亨利手法"。《最后一片藤叶》在结尾处揭示了老贝尔曼用生命换来了"最后一片藤叶"这幅他终生追求的杰作,唤醒了约翰西对生的渴望。作品深刻表现了人物的精神世界和情感世界,表现了社会底层艺术家的日常生活,普通人舍己为人、自我牺牲的美好心灵,展现出人性的光辉。这种带着"眼泪的微笑"结局,令人回味无穷,散发着作品深层的底蕴和持久的艺术魅力。

最后一片藤叶

在华盛顿广场西面的一个小区里，街道发了疯，突然岔进一块块条带状地段，即所谓的“街段”。这些街段生出些奇特的棱角和曲线。一条街形成一两个十字路口。一位艺术家有次发现了这条街的宝贵潜在价值。假设一个收款人，带着账单来收颜料、画纸和画布的钱。他在这街路上转来转去，或许会猛然发现自己转回了原处，账款一分未收！

因此，搞艺术的人不久就来到古色古香的格林威治村。他们四处寻觅，要猎取北向的窗户，十八世纪的山墙，荷兰式的阁楼，还有低廉的房租。然后，他们从第六大道引进一些白镴杯子和一两只暖炉，形成一个“集居区”。

在一幢矮墩墩的三层砖结构房子里，顶层就是休和约翰西的画室。“约翰西”是乔安娜的昵称。这两个人，一个来自缅因州；另一个来自加利福尼亚州。她俩是在第八街的“德尔莫尼科饭店”吃定价客餐时相遇的。她们发现，在艺术，菊苣色拉、灯笼袖等方面，彼此的爱好如此相同，于是就合租了那间画室。

那是五月里的事。十一月，一位冷酷无形的不速之客——医生称之为肺炎，在集居区周围高视阔步，用冰冷的手指乱戳乱碰。这个灾害狂，在东区击倒了几十个牺牲品之后，肆无忌惮地跨了过来，然而，在穿过这些迂曲狭窄，苔藓遍布的“街段”时，他的脚步慢了下来。

肺炎先生不是你们常常称之为具有骑士品质的那种老绅士。一个被加利福尼亚的西风吹淡了血色的弱小女人，远不是这个长着红拳头，气喘吁吁的老蹩脚货的公平对手。但他击倒了约翰西；她躺在滚过的铁床上，几乎一动不动，从荷兰式窗子玻璃上望出去，盯着毗邻砖屋那木然的墙壁。

一天上午，忙忙碌碌的医生扬了扬灰色的浓眉，示意休到门厅里去。“不妨这么说，她有十分之一的机会。”他说着，把体温表里的水银柱甩下去。“这机会就在于她要有活下去的愿望。有人铁了心要同殡仪员站在一边，这就使无论什么药都显得无能为力。你的这位小姐已经认定她不会好起来。她有什么心事吗？”

“她——她想画那不勒斯海湾。”休说。

“画画？——胡扯！她心里有没有值得想上两遍的什么事。比如说男人？”

“男人？”休说，声音中的鼻音就像从单簧口琴上发出来的。“男人就值得——不过，没有，医生；没有这样的事。”

“嗯，这么说来是虚弱的缘故，”医生说。“我将尽我所学，凡科学能达到的，我都将做到。不过，一旦我的病人开始清点她送葬队伍里的马车，我就得减去一半药品的治疗力量。如果你能使她就披风衣袖的冬季款式提个问题，我敢向你保证，那她的机会就是五分之一，而不是十分之一。”

医生走了以后，休走进工作室，哭得一张日本餐巾变成了一团纸浆。后来，她带着画板，口里吹着雷格泰姆曲调，昂着头走进了约翰西的房间。

约翰西躺着，在被子下几乎纹丝不动，脸朝着窗子，休以为她睡着了，停止了吹口哨。

她搭好画报，开始为杂志的小说画钢笔画插图。青年艺术家必须靠杂志的小说插图来为自己铺平通向艺术的道路，这正如青年作家必须靠杂志小说来给自己铺平通向文学的道路一样。

当休正在为小说的主角,一位爱达荷牛仔,画他在马匹展览会上穿的漂亮马裤和单片眼镜时,她听到一个微弱的声音重复了几遍。她赶快走向床边。

约翰西的眼睛睁得大大的。她望着窗外,在计数——在倒计数。

"十二,"她说,稍后,又说,"十一";然后是"十"、"九",接着是几乎没有停顿的"八"和"七"。

休关切地向窗外望去。外边有什么可数的呢?外边可见的是只有一个空空的、阴沉沉的院子,还有二十英尺外的砖屋那木然的墙壁。一株极老极老的常春藤,其根节节疤疤的,已经朽烂,攀缘到半墙高。秋天的寒流扯掉了藤上的叶子,到现在,差不多掉光了叶的藤枝还紧紧地抓着快要坍塌的砖墙。

"什么事,亲爱的?"休问。

"六,"约翰西几乎是在耳语地说,"它们现在掉得更快了。三天前差不多有一百片。数它们数得我头痛,不过现在数起来容易了。又掉了一片,现在只剩下五片。"

"五片什么,亲爱的?告诉你的休迪。"

"叶子。常春藤上的。当最后一片落掉时,想必我也得去了。三天前我就知道了。难道医生没告诉你?"

"哦,我从没听到过这样的胡话,"休一副嘲笑的样子,埋怨地说。"常春藤的老叶子同你好起来有什么关系?你一向很喜欢那株常春藤,你这个顽皮的姑娘。别犯神经病了。喂!今天上午医生对我说,好起来很快,你康复的机会是——让我想想,他说的原话是——他说,机会是十之八九!可不,这机会就差不多跟我们在约纽搭市内有轨电车或步行走过一幢新房子的机会一样好。来,喝点汤试试,让休回到画上去,这样她才能把它卖给编辑先生,给病中的孩子买回波尔图葡萄酒,给她自己饥肠辘辘的肚子买些猪排。"

"你不必再买酒了,"约翰西说,两眼死死地盯着窗外。"又掉了一片。不,我不想喝什么汤,只剩下四片叶子了。我想在天变黑之前,看到最后一片叶落下。到那时,我也将离去。"

"约翰西,亲爱的,"休俯身说,"你能不能答应我,在我干完以前,闭上眼睛,别看窗外,明天是最后期限,我必须提交这些插图。我需要光线,否则我就会拉下窗帘。"

"你就不能到另一间屋去画吗?"约翰西冷淡地问。

"我宁愿在这儿伴着你,"休说。"再说,我不想你老盯着那些无聊的常春藤上的叶子。"

"你一干完就告诉我一声,"约翰西说,合上眼睛,脸色苍白地躺着,静静地就像一尊倒伏的雕像,"因为我想看看最后一片藤叶落下。我等得厌倦了。我想得也厌倦了。我想摆脱一切,像那些可怜的厌倦的叶子中的一片,飘落下去,下去。"

"试试睡一睡,"休说。"我得去叫贝尔曼上来,给我当那个遁世老矿工的模特儿。我去不了一分钟。在我回来前,千万别动。"

贝尔曼老人是位画家,住在她们下边的底层。他已年过六十,长着米开朗琪罗的摩西雕像式的络腮胡子,这胡子从萨梯的头上开始,顺着小魔鬼的身子卷曲而下。在艺术上,贝尔曼是个失败的人。他操了四十年的画笔,可还没进到足以触摸艺术女神长袍的下摆的地步。他一直想画一幅杰作,但始终没有启笔。多年来,他除了偶尔在商贸那一行中或广告上抹抹涂涂之外,什么也没画过。他挣的那几文,全靠他给集居区里的青年艺术家当模特儿,因为这些人付不起职业模特儿的价钱。他喝杜松子酒,一过量就老调重弹,提起他那为期不远的杰作。除此之外,他是一个火气大的小老头儿,他无情地嘲笑任何一个人的软弱,他把自己看成是一条特殊的侍奉人的大驯犬,要保护楼上画室里的两位青年艺术家。

休在楼下贝尔曼那间光线黯淡的小屋里找到他时，他身上正散发着浓浓的杜松子酒气。屋里一角的画架上绷着一块空白的画布，它在那儿已经等了二十五年，等着杰作的第一笔落下去。她告诉他约翰西的怪念头，还有自己多么害怕在她轻轻抓着这个世界的手越来越乏力的时候，她会真的像一片轻轻的、纤弱的叶子那样飘飘而去。

老贝尔曼两眼通红，清泪晶晶，他用叫声来表达他对如此愚蠢的胡思乱想的蔑视和嘲笑。

“岂有此理！”他叫道。“就因为叶子从该死的藤上掉了，世上竟有人蠢得想死？我还没听到过这等事。不，我可不愿摆姿势，做你那个像白痴的遁世笨蛋模特儿。你为什么让那样糊涂的念头钻进她的脑袋？唉，那可怜可爱的约翰西小姐。”

“她病得很重，很虚弱，”休说，“发烧已经使她的脑子处于不正常的状态，使她满脑子都是些怪念头。贝尔曼先生，要是你不介意给我做模特儿，那就太好了，你不必介意。话又说回来，我认为你是个极不友好的老——老饶舌鬼。”

“你真像个女人！”贝尔曼叫着说。“谁说我不愿当模特儿？走吧！我就去。半个小时了，我一直在说我准备好了去当模特儿。天哪！这儿根本不是像约翰西小姐那么好的人病倒的地方。总有一天，我将画一幅杰作，这样我们都将离开。天啊！等着吧。”

当他们上楼时，约翰西睡着了。休放下窗帘，一直遮到窗台，然后示意贝尔曼到另一个房间去。他们在那儿担心地凝视着窗外的常春藤，然后你看看我，我看看你，有那么一会儿谁也没说一句话。雨冷冰冰的，夹着雪花，下个不停。穿着蓝色旧衬衫的贝尔曼，像位遁世的矿工，坐在代替岩石的扣过来的锅上。

第二天早晨，当休从一小时的睡眠中醒来的时候，她发现约翰西无神的眼睛睁得大大的，盯着垂下的绿色窗帘。

“把它拉起来；我想看看，”她耳语式地命令道。

休满面愁容地依从了。

不过，瞧！在持续了整整一夜的凄风苦雨的狂吹猛打之后，一片常春藤的叶子仍引人注目地靠在砖墙上，它是藤上的最后一片叶子。靠近叶柄的地方依旧深绿，不过，那锯齿形的叶缘带着枯败的黄色，它挑战似地挂在一根枝条上，离地面大约二十英尺高。

“那是最后一片叶子，”约翰西说。“我以为夜里它肯定会掉。我听到了风声。今天它将掉下，同时我也将死。”

“亲爱的，亲爱的！”休说着，俯下憔悴的脸靠在枕头上，“如果你不愿想想自己，就想想我吧。我将怎么办？”

然而，约翰西没有回答。在世界上，最孤单寂寞的事莫过于一颗灵魂准备踏上神秘、遥远的旅途。当把她同友情和尘世联结在一起的纽带一根接一根地松开时，幻觉似乎就把她攥得越紧。这一天消磨过去了，即使在黄昏时分，她们仍能看见那片孤零零的常春藤叶坚守在叶柄上，靠着墙。后来，随着夜色的来临，北风又起，相伴的雨点仍旧打在窗子上，从低矮的荷兰式屋檐口嗒嗒地下滴。

当天色大亮时，约翰西硬起心肠，吩咐把窗帘拉起来。

那枚常春藤叶仍在那儿。

约翰西躺着，盯着它看了好久好久。然后她向正在煤气炉上搅动鸡汤的休喊道：

“我是个坏姑娘，休迪，”约翰西说。“有什么东西使那最后的一片叶子住在那儿，启示我我是多么的可恶。想死即罪过。现在你可以给我拿点汤来，再来些掺波尔图葡萄酒的牛奶，还有——

不；先给我面小镜子，然后给我垫些枕头，我要坐起来看你煮东西。”

过了一小时，她说：

“休迪，我希望有一天去画那不勒斯海湾。”

这天下午，医生来了，他离开时，休找个借口走进门厅。

“机会对半开，”医生握住休颤抖的小手说。“好好护理，你将获胜。现在，我必须到楼下去看我的另一位病人。贝尔曼，这是他的名字——一位顶呱呱的艺术家，我决不怀疑。也是肺炎。他又老又弱，病情危重。对他来说，已没有希望；不过，他今天去医院，这会使他舒服些。”

第二天，医生对休说：“她已脱离危险，你胜利了。现在，营养和照顾——就足够了。”

当天下午，休来到约翰西躺着的床边。约翰西正心满意足地织着一条非常绿、非常无用的披巾。休伸出手臂把约翰西连枕头一把搂住。

“我有事告诉你，小白鼠，”她说。“贝尔曼先生今天在医院里死于肺炎。他只病了两天。头天上午，照管房屋的工友在楼下他的房间里发现他痛苦得忍受不下去。他的鞋子和衣服全湿透了，冷得像冰。人们想象不出，在如此恶劣的夜晚他上哪儿去了。后来，他们找到一盏仍亮着的提灯，还有一架从原地挪动过的梯子，还有几支乱扔着的画笔，一块调色板，调色板上还有调过的绿色和黄色颜料，还有——看看窗外，亲爱的，看看墙上那片最后的常春藤叶。为什么它从不随风飘动，难道你不觉得奇怪吗？啊，亲爱的，那是贝尔曼绝无仅有的作品——在那最后的一片藤叶掉下之夜，他把它画在了那儿。”

——选自刘捷等译《欧·亨利短篇小说精选》，沈阳出版社，百花洲出版社 1996 年版

（项漪）

三十　高尔基《母亲》

高尔基(1868—1936)是俄罗斯著名作家,前苏联社会主义、现实主义文学奠基人,无产阶级革命文学导师,苏联文学创始人。原名阿列克塞·马克西莫维奇·彼什科夫,出生于俄国伏尔加河畔的诺夫戈罗德城(今高尔基市)。高尔基4岁丧父,11岁走向社会,当过学徒、装卸工、面包师。1884年到喀山参加知识分子的秘密小组,1889年被捕。1888年至1892年两次漫游俄罗斯。他在繁忙之余勤奋自学,1892年以马克西姆·高尔基(意为最大的痛苦)为笔名,发表了处女作短篇小说《马卡尔·楚德拉》。1898年出版两卷集《随笔和短篇小说》,从此驰名欧洲文坛。1905年与列宁会见,1906年到法国和美国,1913年回彼得堡。1922年到国外疗养,晚年组织苏联作家协会,参加保卫世界和平活动。主要作品有《福玛·高尔杰耶夫》、《底层》、《海燕》、《母亲》、《童年》、《在人间》、《我的大学》、《克里姆·萨姆金的一生》等。他的作品描绘了下层人民的生活和无产阶级的觉醒、斗争,具有浪漫色彩和批判精神。

《母亲》(1906)是高尔基的代表作,也是无产阶级文学奠基作。作品取材于1902年索尔莫沃工人五一游行事件,分上、下两部。第一部描写了老一辈工人的痛苦生活和悲惨命运,着重描写了以儿子巴威尔为中心的社会民主工党小组的活动,从"沼地戈比"事件到"五一"示威游行,表现了一代工人的觉醒与成长。第二部通过母亲尼洛夫娜及革命知识分子的活动,着重描写了无产阶级革命运动的深入发展,揭示了广大劳动群众在革命真理的感召下日益觉醒。

《母亲》深刻地反映了20世纪初无产阶级政党领导下波澜壮阔的群众革命斗争,工人运动从自发到自觉,从经济斗争转到政治罢工,农民和工人在斗争中结成同盟。小说第一次塑造了具有社会主义觉悟的无产阶级英雄的形象,因而在世界文学史上占有极为重要的地位。小说突出塑造了在现实的教育下由逆来顺受转变为坚定的革命战士的母亲尼洛夫娜的形象。她像千百万受压迫的妇女一样,被繁重的劳动和丈夫的殴打折磨成逆来顺受、忍气吞声的人。丈夫死后,儿子走上革命道路,母亲也在儿子以及他的同志们的启发、帮助下,逐渐接受革命的真理。在"沼地戈比"事件以后,母亲为了搭救儿子出狱,接受了散发传单的任务。五一游行使母亲进一步懂得了真理的力量,也使她更自觉地参加革命工作。巴威尔再次被捕后,她搬到城里和革命者住在一起,坚决担负起革命工作,完全献身给共产党。她常装扮成修女、小市民或女商贩,带着传单奔走于市镇和乡村。小说结尾时,母亲勇敢地把传单散发给车站上的群众。在被捕时,她庄严地宣称:"真理是用血的海洋也扑不灭的。"终于成长为坚定的无产阶级革命战士。

《母亲》中首次运用了社会主义现实主义的创作方法,并且与浪漫主义精神结合起来,即从现实的革命发展中,真实地、历史地、具体地去描写现实。母亲的成长是现实的,而对人们觉醒、革命到来的预见是充满浪漫主义乐观精神的。高度个性化的人物语言和心理描写表现了人物的发展变化。人物语言体现着他的身份、地位,更重要的是人物精神发展的过程也体现在语言变化中。小说中母亲复杂的矛盾心理描写非常成功。《母亲》以具有高度思想性和艺术性的人物形象以及新的创作方法开创了无产阶级文学的新纪元。

母亲(片断)

第二卷

29

走到大街上的时候,严寒干燥的空气结结实实地搂抱住她的身体,并浸入了咽喉,便鼻子发痒,甚至有一刻工夫叫她不能呼吸。

母亲停下脚步站在那里。她四面看了看:离她不远的街角处,站着一个马车夫,他头戴皮帽,一派无精打采的表情。远远的,还有一个男子正弯着背缩着头走路。另外,还有一个士兵搓着耳朵在那人前面连蹦带跳地跑着。

"大概是派了兵到小铺子里来了!"母亲一边这样想,一边继续朝前走,心满意足地听着她脚下的雪发出的清脆的声响。

她很早就到了火车站。她要乘坐的那班火车还没有准备好,但是肮脏的、被煤烟熏黑了的三等候车室里面已经挤了许多人,——寒冷将铁路工人赶到这里,马车夫和穿得很单薄的无家可归的人们也来取暖。还有一些旅客,几个农民,一个穿着熊皮大衣的肥胖的商人,一个牧师带着女儿——一个麻脸姑娘,四五个兵士,几个忙忙碌碌的市民。

人们吸着烟,谈着天儿,喝着茶和窝特加。

在车站小吃店前面有人高声笑着,一阵阵的烟在头上盘绕飞散。

候车室的门一开一关的时候总是吱吱地响着,当它被砰地一声关上的时候,玻璃发出震动的声音……

而烟叶和咸鱼的臭味强烈地冲进大家的鼻子。

母亲坐在门口的一个很显眼的地方等待着。每次开门的时候,就有一阵云雾般的冷空气吹到母亲的脸上。这使她觉得十分爽快,于是,她便深深地呼吸一口冷空气。

有几个人提了包裹进来,——他们穿得很厚实,蠢乎乎地挡在门口,嘴里骂着,把包裹丢在地上或凳子上,抖落大衣领上的和衣袖上的干霜,又把胡子上的霜抹去,一边发出咳嗽的声音。

一个年轻人手里拿着一只黄色手提箱走进来,迅速地朝四周围看了一遍,然后径直朝母亲走来。

他站在母亲的面前。

"到莫斯科去吗?"那人低声问。

"是的,到塔尼亚那里去。"

"对了!"

他把箱子放在母亲身边的凳子上,很快地掏出一支烟卷来点着了,稍微笑着举了举帽子,默默地向另外一扇门走去。

母亲伸手摸了摸这箱子冰冷冷的皮儿,将臂肘靠在上面,很满意地望着大家。

过了一会儿,母亲站起身来,向靠近通往月台的门口的一条凳子走去。她手里,毫不吃力地提着那个箱子——箱子并不太大,——走过去,她抬起了头,打量着在她面前闪现的一张张脸。

一个穿着短大衣的——把大衣领竖起来的年轻人和她撞了一撞,他举起手来在头旁边挥了挥,便默默地跑开了。

母亲忽然觉得这个人好像有点面熟，她回过头来一看，只见那人正用一只浅色的眼睛从衣领后面朝她望着。这种盯人的眼光好似针一样刺着母亲。于是，她提着箱子的那只手抖动了一下，手里的东西好像突然就沉重起来了。

“我在什么地方看见过他！”母亲回想起来，她想用这个念头慢慢地抑制脑中隐隐不快的感觉，而不想用别的言语来说出这种不快却很有力地使她的心冷得紧缩起来的感觉。

但是，这种感觉增长起来，升到喉咙口，嘴里充满了干燥的苦味。

这时，母亲忍不住想要回头再看一次。

当然，她这样做了。

只见那人站在原来的地方，小心地两腿交替地踏着，好像他想干一件事而又没有足够的决心去干。他的右手塞在大衣的钮扣中间，左手放在口袋里，因此，他的右肩要比左肩高一些。

母亲不慌不忙地走到凳子前，小心地、慢慢坐了下来，好像怕弄破自己里面的什么东西似的。

一种强烈的灾祸的预感终于使她想起了这个人曾在她面前出现过两次，——一次，是在城外的旷地上，是在雷宾逃狱之后；第二次，是在法院里。那人和在雷宾逃走后向母亲问路时被她骗过的那个乡警站在一起……

他们认得她，她被他们盯住了，——这是显而易见的。

“完蛋了吗？”母亲问自己，但接着是颤抖的回答：

“大约还不妨事吧……”

可是她又立刻鼓起勇气严厉地说：

“完蛋了！”

她向四周望了一遍，什么也看不见了，各种想法在她的脑子时像火花似的一个个爆燃起来，然后又一一熄灭。

“丢掉箱子逃吗？”

但是另外一个火花格外明亮地闪了一下。

“丢掉儿子的演说稿吗？让它落到这种人的手里去……”

她把箱子拿到身边。

“那么带了箱子逃走吧？……赶快跑……”

这些想法都不是她原来的想法，好像是有人从外面硬塞给她的。

这些想法好像烧疼了她，疼痛刺激她的头脑，好像一条条燃烧着的线似地抽打着她的心。

这些想法使母亲痛苦，并且侮辱了她，逼着她离开自己，离开巴威尔，离开已经和她心联在一起的那一切。

母亲感到，有一种敌对的力量执拗地紧抓住了她，紧紧地压迫着她的肩膀和胸膛，玷污她，使她陷在死一般的恐怖里。

她觉得，太阳穴里的血管在猛烈地跳动着，发根很热……

这时候，她心里鼓起一股好像震了全身的猛劲，吹灭了这一切狡猾而微弱的小火星，像命令一般对自己说：

“可耻啊！”

她立刻觉得振作起来了，她把主意完全打定之后，又添了一句话：

“不要给儿子丢脸！没有人害怕！”

她的眼光接触到一束没有精神的、胆怯的视线。

后来,她的脑子里闪过了雷宾的脸庞。

几秒钟的动摇使她更加坚定了,心也跳得比较平稳了。

"现在到底会怎样呢?"她一边观察,一边想。

那个暗探把路警叫来了。

他眼望着母亲轻轻地对路警嘀咕着,鬼鬼祟祟,不可告人。

路警一面打量她,一面退了出去。

又来了一个路警,皱着眉头听他说着。这是一个身材高大、没有刮脸的白发老人。他对暗探点了点头,朝母亲坐的凳子走了过来,暗探就很快地消失了。

老头子从容不迫地一步一步地走过来了,用一种好像生气的眼光注视着母亲的脸。

母亲在凳子上把身体朝地面挪了一下,仿佛是下意识的。

"只要能不挨打……"

老头站在她旁边,沉默了一会儿,然后不高不低地严厉地问:

"在看什么?"

"没看什么。"

"哼,女贼,上了年纪了,还居然要干这种勾当!"

母亲觉得,他的话好像重重地在她脸上打了两下,刚才这些恶毒的、声音嘶哑的话使她感到好像把自己的脸皮撕破了、把自己的眼睛打坏了一般地疼痛。

"我?你瞎说,我才不是贼呢!"母亲用全身的力气喊道。

她眼前的一切在她的激愤的旋风里面回转翻腾起来了,心里感到强烈的受辱的苦味儿。她把箱子猛的一拉,打开来。

"你看吧!大家来看吧!"母亲站起身来,抓了一把传单举到头顶上,高声喊着。喊声中充满了激动的愤恨与畅快的美妙……

透过耳边的喧哗,母亲听见了聚集过来的人们的喊声。

与此同时,许多人从四面八方迅速地跑了过来。

"什么事?"

"有暗探!……"

"什么事呀?"

"说那个女人偷了东西……"

"啊呀,看样子倒很体面!"

"我不是贼!"母亲看见人们纷纷拥上来,稍微安稳了一些,朝着一张张奇怪而陌生的面孔放开嗓子说道:

"昨天审判了一批政治犯,里面有一个叫符拉索夫的,是我的儿子!他在法庭上讲了话,这就是他讲话的稿子!今天,我要把这些稿子分散给大家,让大家认认真真地看一看,想一想真理……"

有人小心而好奇地从她手里抽了几张传单,样子十分庄重。

母亲把手猛地在空中一挥,传单便纷纷飘到人群里。

"这么干是不好的!"有人害怕地躲在一边说。

母亲看见人们拾了传单,并将传单藏在怀里和衣袋里——这种情形又使她振作起全身的劲头。

母亲周身有些紧张，切切实实地感觉醒的自豪感在心里成长，被压抑了的喜悦突然地燃烧起来了……

她的话更镇定更有力了。

母亲不断地从箱子里取出传单，忽左忽右地朝群众那一双双渴望的、灵活的、想接受真理的手上抛去。

“我的儿子和跟他一起的人们为什么要被判罪，——你们知道吗？请你们相信母亲的心和她的白发吧！我可以告诉你们——因为他们要你们诸位传达真理，所以昨天被判罪了！我直到昨天才算明白了，这种真理……没有人能够反抗，没有人能够反抗！”

群众静下来了。

他们越来越挤，人数不断地增加，用身体的圈子紧紧地围住了母亲。

“贫困、饥饿和疾病，这就是你们劳动的报酬。一切都是我们的敌人，——我们一辈子都是在劳作里面、在污泥里面、在欺骗里面、一天一天地葬送着自己的生命！可是别人却是利用我们的血汗来享乐，坐享其成，花天酒地作威作福！我们就像被锁着的狗，一辈子被幽禁在无知和恐怖之中，没有一点点出路！——我们却什么都不知道！我们对什么都害怕！我们的生活就是黑夜，每一天都是黑夜！是漆黑的黑夜！”

“对！”有人低声说。

“勒住她的喉咙！”

在群众之后，母亲看见了暗探和两个宪兵。她想要赶快分散最后几叠传单，但是当她把手伸到箱子里去的时候，她的手碰到了另外一个人的手。

“拿吧，拿吧！”她俯着身子说。

“散开！散开！”宪兵拨拉开群众，高声喊着。

人们极不情愿地走开去，他们推撞着宪兵，故意阻挡他们，或许是下意识的。

围观的群众被这个容貌和善、长着一双大眼睛的白发妇人有力地吸引住了。

是的！他们本来是被生活隔开，互相隔绝，现在被她的热烈的言语所鼓动，融成了一个整体。

这些话，也许在很久之前，就为那些受不平等的凌辱的人们所追求和渴望着的。只是没有机会发现……

近旁的人们默默地站着，母亲看见了他们的饥渴一般的专注的眼睛，那种眼神让她的脸上都感到了温暖的呼吸。

“老太太，走吧！”

“你马上就要被抓去了！……”

“啊，真勇敢！”

“滚开！滚开！”宪兵们的喊声越来越近了。

母亲面前的人们互相拉挽着，摇晃起来。

母亲觉得，大家都是愿意了解她并相信她的。因此，她也急于要把她知道的一切，把使她感到力量的一切思想，完全告诉大家。

这些思想此时此刻极其容易地从她心坎里浮动出来了，变成了一支歌曲。

可是，母亲恼怒烦躁地感觉到，她的声音不够。嗓子已经嘶哑了，声音发抖，常常要中断。

“我儿子的话是工人阶级的纯洁的话，是不能收买的灵魂所说出来的话！你们可以看出来的，他的勇气是不能收买的！”

一些年轻的眼睛，又是钦佩又是恐怖地望着她。

母亲胸口被人推了一下子，她踉踉跄跄地坐在椅子上了。

宪兵们的手在人们头上闪来晃去，纷纷抓住人们的衣领和肩膀，把他们推到旁边去，扯下人们的帽子，将它们丢得老远。

母亲觉得眼前一阵发黑，所有的东西都摇晃起来了，她努力克服了自己的疲劳，又用尽全身力气大声喊道：

"诸位，团结起来！"

宪兵用一只红色的大手抓住了母亲的衣领，将她摇荡了一下。

"住口！"

她的后脑撞在墙上，一瞬之间，她的心被有刺激性的恐怖的烟雾遮住了，但是，这烟雾立刻消散，心又光亮亮地燃烧起来。

"走！"宪兵恶狠狠地命令。

"什么都不怕！还有什么比你们一生所过的日子更苦的……"

"叫你闭嘴！听见没有？"一个宪兵牵制住母亲的一只手臂，把她猛地一拉。

另外一个宪兵抓住母亲的另一只手。

他们带着母亲，大踏步地走去。

"这种生活每天折磨你们的心，吸干你们的心灵！"

那暗探跑到前面，举着拳头在母亲面前晃动着，尖声喝道：

"闭嘴，畜生！"

母亲的眼睛睁得大大的，闪烁着光芒，下巴颤动着。

她两脚硬是撑在地上一块很滑的石头上，高声喊道：

"复活了的心，是不会被冻死的！"

"狗！"

暗探挥着手很快地在她的脸上打了一下。

"打这个老鬼！"一个幸灾乐祸的声音喊道。

一样又黑又红的东西一瞬间使母亲的眼睛发花。嘴里满是血的咸味。

一阵密集而又响亮的呼喊声使她振作起来。

"不准打！"

"诸位！"

"你这个混蛋！"

"揍他！"

"用血是冲洗不掉理性的！"

母亲的背脊和颈部被推着，肩上和头部都被打了。周围一切好像昏暗的旋风似的在那呼喊声里、怒号声里和警笛声里旋转起来。

有一样使人眩晕的东西，浓厚而有力地钻进耳朵，塞住喉咙，使她不能呼吸。

脚底下的地好像要塌下去，动摇着，两腿弯了下去，身体好像被火烧伤般的疼得发抖，而且沉重起来，摇晃着，没有气力。

可是，眼睛里的光并没有熄灭，她看见了其他许多的眼睛，在这些眼睛里燃烧着她所熟悉的勇敢而锐利的火——和她的心接近的火。

她被人推着，推往门里。

母亲挣脱了一只手，抓住了门框。

“真理是血海也不能扑灭的！”

——选自夏衍译《母亲》，人民文学出版社 1959 年版

（曹占平）

三十一　肖洛霍夫《静静的顿河》

米哈伊尔·亚历山大罗维奇·肖洛霍夫(1905—1980),出生在顿河岸边维申斯克镇,父亲是平民知识分子,由梁赞省移居顿河,从事过多种职业,母亲是哥萨克农妇。1918年肖洛霍夫因战争从中学辍学,国内战争期间在顿河的土地上流浪。1920年为苏维埃服务,当过扫盲教师,做粮食征集员时曾被匪帮俘虏,因年幼被释放。在做各种工作的同时努力自学,编写过《长胜将军》等剧本。1922年加入莫斯科"青年近卫军"文学小组,开始写作。作为拉普成员,1939年当选为苏联科学院院士,获列宁勋章、斯大林奖金。1941年作为《真理报》、《红星报》的记者参加卫国战争。1965年获诺贝尔文学奖。主要作品有短篇小说《粮食委员》、《胎记》、《漩涡》、《小马》,文集《顿河故事》、《浅蓝色的原野》,长篇小说《静静的顿河》、《被开垦的处女地》、《一个人的遭遇》和未完成的《他们为祖国而战》等。肖洛霍夫承继了俄国文学传统中对祖国和人民的热爱、对社会问题的探索和对小人物命运的关注,将史诗笔法、悲剧品格、象征意象整合在长篇小说的创作中,"直书全部真实"并"把人的心灵的运动表达出来"。

《静静的顿河》(1928—1940)以主人公葛利高里·麦列霍夫为中心展开了顿河地区哥萨克人在第一次世界大战、十月革命和国内战争中的生活画卷。葛利高里英俊、勤劳,爱上了他的邻居斯捷潘的妻子阿克西妮亚,对父亲给他娶进门的妻子娜塔莉亚感情淡漠,娜塔莉亚绝望自杀未果。一战爆发葛利高里应征入伍,妻子为他生了一对双胞胎。受到红色宣传的吸引他参加红军与白军作战,因红军干部滥杀俘虏离开红军回到家园。葛利高里厌倦了征战,但他认为红军的政策和哥萨克本族利益相矛盾,乃投身叛乱,一度任师长与红军对抗。在兄长彼得罗被红军枪杀后,葛利高里疯狂地杀害红军战士。顿河军撤退后他参加了红军,复员回家后害怕遭苏维埃严惩,又加入了佛明匪帮。匪帮败落,葛利高里携阿克西妮亚出逃,后者中弹身亡。短暂流浪后他回到家中,母亲和女儿都不在人间了,只有儿子是他生活中剩下的一切。

全书分四卷,卷首即以哥萨克古歌揭示了哥萨克人独特的悲剧命运。第一个场景就是村民们愚昧地断送了葛利高里祖母的性命,接下来转而描写这保守、野蛮的顿河农庄日常的生活:捕鱼、割草、野营、恋爱、婚礼等,展示顿河的风光、哥萨克的习俗是小说的基点,也是主人公性格的基点。葛利高里坎坷一生最初短暂的和平日子是最宝贵和最有决定意义的时光。正是出于哥萨克对自由、尊严的坚持,葛利高里在红军和白军之间不断动摇,希望有不依附任何一个集团、保持哥萨克独立自决的第三条路。他心里既不能容忍战争的荒谬行为,又忠实地保守着哥萨克的光荣,而为这个理想奋斗的行动却带来了理想破灭的现实,整个生活都变得一片漆黑。每当心理剧变时,葛利高里总是会重返家园、回忆往事,正是对自然、土地和对农庄生活的爱,维系了他心头的一点亮光。"哥萨克的道路跟没有土地的俄罗斯庄稼佬的道路,跟工厂工人的道路交叉、冲突。要跟他们进行殊死的格斗!"这种想法是由哥萨克民族特殊的历史和经济地位决定的。人民精神并非一成不变,人民的心理是由长期艰苦的经验编织而成,各种矛盾愿望交织、共存、斗争的动态过程。人民相信什么彼得罗等是无所谓的,对葛利高里来说,人民的心意则是他行动的出发点,直到最后他还紧紧抱住哥萨克人民的理想不放,孤独地在歧路上徘徊:"我的选择,就像童话里讲的勇士一样:往左走,就会失掉马,往右走,就会被杀死……就是这样,三条道儿,却没有一条正路……”走过的道路的错误是明显的，而又没有机会再去做寻找新的真理的尝试，“哥萨克真理”遭到了彻底的破灭，是葛利高里陷入精神危机、迅速衰老的根本原因，但他内心深处没有丧失道德原则。令他最感到痛苦的并不是他自己的反叛行为，而是他为哥萨克真理冲杀得越猛烈，就越摆脱不了无出路的窘境。为哥萨克而战的葛利高里最后变成了多余的人，他的自相矛盾并非由于意志的软弱，而恰恰是他坚持探索的必然结果。小说描写了全国性重大问题和事件，以哥萨克生活反映人类史上从未有过的斗争，并通过主人公的摇摆揭示出人的心灵是真正的战场。小说中爱恨浓烈的阿克西妮亚、坚贞果敢的娜塔莉亚、慈祥睿智的伊莉妮奇娜和女性意识多过道德意识的达丽亚等哥萨克妇女形象塑造得丰满鲜明。

作家将方言和文学语言融汇，《静静的顿河》语言形象、简练、传神。逃离险境回归家园是俄国史诗的母题之一，而多余人、父与子和追寻主题，都承继了俄罗斯古典文学传统。作家“赋予每个人物以个性特点”，以顿河地区维申斯克镇鞑靼村为聚焦空间，通过中心主人公和群体主人公性格对照和互动来凸显葛利高里的典型个性，表现两次战争和革命时期顿河居民中各种不同的社会阶层在强大时代漩涡中的个人悲剧，探究战争和革命在生活和人的心理上所引发的巨大变化。小说构思宏伟，反映了广阔多面的生活，具有深邃真挚的表现力。作家在情境重复中演绎冲突，融合史诗场面与心灵轨迹、残酷的真实和旖旎的抒情、古典悲剧的突转发现和近代悲剧的两难式结构，通过日常生活和琐细微妙的心理活动，反映了历史转折时期人民的命运。小说中的劳动象征、日常风习象征、心理象征使得作品层次繁多寓意无限。静静的顿河，意味着土地，也意味着人。随着阿克西妮亚的死亡，在黑沉沉的天空上闪着黑色光芒的太阳，呼应着葛利高里“没有地方逃”的悲剧人生。作品开放式的结尾是对整部作品和人物命运的承重。小说以善恶并举、悲喜交加的人物命运省察哥萨克民族的精神走向。“人的命运，我们这个时代人的命运、未来的人的命运，永远使我不安。”肖洛霍夫的小说选择了一个人及一个民族生活中最困难的危急时刻。《静静的顿河》反映的就是俄国农民命运出现重大转折的时代，在翻天覆地的革命中每个人都要寻找自己真正的位置。普通人在革命历史进程中如何把握自己命运的问题，既是葛利高里的问题，也是哥萨克民族、俄罗斯人民和20世纪人类的问题。历史行动的冷酷和革命事件的无情同人性因素(善、爱、同情)之间的冲突，对人类命运的终极关怀使得葛利高里的悲剧具有全人类的意义。

静静的顿河(片断)

葛利高里眯缝起眼睛，遥望着北极星，星星的寒光并不很亮，但却非常刺眼，使他的睫毛下涌出同样冰冷的泪花。

躺在这儿的土岗上，他不知道为什么想起了从下亚布洛诺夫斯基村到亚戈德诺耶阿克西妮亚那里去的一夜；怀着刀绞似的剧痛想起了她。记忆绘出了被时间模糊了的、亲切而又陌生的脸形。葛利高里的心突然跳得非常厉害，他力图再现最后一次看到的那张两颊带着紫色鞭痕，痛得扭歪了的脸；但是记忆却硬将另一张稍微歪头的、带着得意笑容的脸推出来。你看她扭回头来，两只火焰般的黑眼睛挑衅地、充满激情地从下到上打量，两片多情、贪婪、红艳的嘴唇悄悄倾吐着非常温柔、热情的话，然后又慢慢地扭过头去，黝黑的脖子上垂着两绺毛茸茸的发卷……他曾经特别喜欢亲吻这些发卷……

葛利高里哆嗦起来。他仿佛觉得，有一瞬间闻到了阿克西妮亚头发上淡淡的醉人香气；他全身蜷缩在一起，张开鼻孔，但……不是！而是陈积的落叶撩人的气息。阿克西妮亚椭圆的脸变得暗淡，模糊起来，飘散开去。他睁开眼睛，把手掌放在粗糙的地上，眼睛一眨不眨地久久地注视着那棵折断的松树后面，天边的北极星，像一只美丽的蓝蝴蝶在原地飞颤。

一些不连贯的、零碎的记忆使阿克西妮亚的形象暗淡下去。他想起了和阿克西妮亚决裂以后，在鞑靼村家里度过的那几个星期；夜里——是娜塔莉亚的贪婪无厌的亲热，仿佛要竭力补偿先前那种处女般冷淡的欠债；白天——就是家人亲切的、几乎是阿谀奉承的关心和尊敬，村里的人就是这样极端尊敬地欢迎他这第一个获得乔治勋章的人。葛利高里到处——连在家里也一样——都会遇到从一旁投来的尊敬的目光，——人们刮目相视，好像不相信他就是原来那个葛利高里，就是以前那个任性、浪荡的小伙子。老头子们像跟平辈人一样在会场上和他谈话，见面时，总要脱帽还礼，姑娘和娘儿们都用毫不掩饰的艳羡目光，打量着他那威武的、稍微有点儿驼背的、穿着佩有挂在绦带上的十字勋章衣服的身影。他看得出，潘苕莱·普罗珂菲耶维奇由于跟他并肩走进教堂或到练武场上去而感到特别自豪——这付混着阿谀、尊敬和赞美等各种成分的复杂、灵验的毒药，渐渐地把加兰扎在他心里种下的真理种子毒死，从意识中抹掉。葛利高里从前线回来的时候是一个人，再回到前线去的时候却变成另外一个人了；那种从母亲的乳汁里吸吮的、培育了一生的哥萨克气质战胜了伟大的人类真理。

"我知道，葛利什卡，"潘苕莱·普罗珂菲耶维奇在送别的时候，喝了几杯酒，激动地抚摸着满头略带黑丝的银发，说道，"'我早就知道，你会出息成一个出色的哥萨克。在你一周岁那天就试验过啦，按照哥萨克祖传的习惯，我把你抱到院子里，你记得吗，老太婆？放在马上——你这个狗崽子，就知道用小手抓马鬃啦！……那时候我就猜到，你准会很有出息、——果真出人头地啦。"

葛利高里作为一个出色的哥萨克重又回到了前线；从心眼里不能跟这场荒谬的战争妥协，但又忠实地维护着哥萨克的光荣……

一九一五年。五月。德国人的第十三钢铁团在奥利霍夫奇克村附近以步战阵形，踏着碧绿的草地攻上来了。机枪哒哒地响着。埋伏在河岸上俄军连队的一挺重机枪沉重有力地扫射着。第十二哥萨克团接上火了。葛利高里跟同连的哥萨克排成散兵线向前跑去，他抬头张望，只见似火的骄阳高悬在天空，在沿岸垂满黄羊皮色枝条的河湾里，还有另一个同样的太阳。在他身后，小河对岸的白杨树林后面，隐蔽着看守马匹的哥萨克，前面是德国人的散兵线和正中闪着铜鹰的钢盔。微风吹拂着射击冒出的灰色的带苦艾味儿的轻烟。

葛利高里不慌不忙地射击，仔细地瞄准，在两次射击的间隙，倾听着排长喊的标尺高度的口令，还从容不迫地把一只爬到军便服袖子上的花斑天牛轻轻地放到地上。后来就开始冲锋……葛利高里用包着铁皮的枪托打倒了一个高个子的德国中尉，俘虏了三名德国步兵，并在他们的头顶上向天开枪，迫使他们往小河边迅跑，一九一五年七月，他跟一个哥萨克排，在拉瓦—鲁斯卡附近救回了一个被奥地利人俘虏去的哥萨克炮兵连。就在这次战斗中，他迂回到敌人背后，用手提机枪向正在进攻的奥地利人猛烈射击，打得他们狼狈逃窜。

突过巴扬涅茨时，他在白刃战中俘虏了一个肥胖的奥地利军官，把这个胖家伙像放只绵羊一样横放在马鞍上，向前奔驰，一路上都在闻着军官散出的屎尿臭味，感觉到这个大汗淋漓、肥胖的身躯吓得在不停地哆嗦。

葛利高里躺在光秃秃的黑土岗顶上，特别清楚地想起了和凶狠的仇人——司捷潘·阿司塔霍夫相遇的情形。这是在第十二团从前线上撤下来，袭击东普鲁士的时候发生的。哥萨克的战马踏毁德国人的精耕细作的田地，哥萨克烧光了德国人的房屋。凡是他们经过的地方，就到处是一片火海，烧黑的墙壁废墟里和塌陷的瓦屋顶上，余烬还在冒烟。他们这个团在司托雷平城下与第二十七顿河哥萨克团一同发起进攻。葛利高里匆忙中看见了瘦削了的哥哥，脸刮得光光的司捷潘以及其他一些同村的哥萨克。两个团打了败仗。德国人把他们包围了，当十二个连为了冲破敌人的包围圈，相继拼命冲杀时，葛利高里看到司捷潘从自己被打死的枣红马上跳下来，在原地不知所措地打转转。葛利高里突然高兴地做出决定，他拼命勒住奔马，等到最后一个连几乎践踏着司捷潘飞驰过去之后，他纵马来到司捷潘跟前，喊道："抓住马镫！"

司捷潘抓住马镫的皮带，跟着葛利高里的马跑了半俄里。

"别跑得太快！看在耶稣基督面上，不要跑啦！"他上气不接下气地请求道。

他们顺利地冲出了缺口。离逃出火线的连队下马休息的树林子只剩不到一百沙绳远了，但是一颗枪弹打在司捷潘的腿上，他松开马镫，仰面倒在地上。风吹掉了葛利高里的制帽，额发遮住了眼睛。葛利高里把头发撩到头上，回头看了看。司捷潘正一瘸一拐地跑到一丛灌木跟前，把哥萨克的制帽扔进灌木丛，坐到地上，急急忙忙地往下脱着镶红条的军裤。德国人的散兵线正一排排地从山岗下面冲上来，葛利高里明白了：司捷潘还想活下去，所以才把哥萨克裤子脱下来，装作步兵。那时候德国人见了哥萨克就杀，不要俘虏……葛利高里在良心的驱使下，掉转马头，奔向灌木丛，跑着就跳下马来。

"骑上去！……"

司捷潘迅速地眨了眨眼睛，这次眨眼，使葛利高里终生难忘。他帮着司捷潘骑到鞍子上，自己抓住马镫，紧靠着满身大汗的马跑起来。

"嗖嗖嗖……"子弹呼啸着热辣辣地从耳旁掠过，爆炸："砰砰！"

在葛利高里的头顶上，在司捷潘的惨白的脸的上空，在他们周围——处处都是这种钻心的啸叫声：嗖嗖嗖，嗖嗖嗖，后面是一片射击声，就像熟透了的槐树荚在爆裂："啪啪！啪啪！啪啪啪啪！"

到了树林里，司捷潘爬下马，疼得直歪嘴；他扔掉马缰绳，一瘸一拐地走到一旁。血从左脚上的靴筒里往外流着，每走一步，受伤的腿往下一踏，就从开了绽的破靴子底里流出一道道樱桃色的鲜血。司捷潘靠在一棵枝叶茂盛的橡树下，用手招呼了一下葛利高里。葛利高里走了过去。

"靴子里全是血啦，"司捷潘说。

葛利高里沉默不语，眼往一旁看着。

"葛利什卡，今天咱们进攻的时候……听见吗，葛利高里？"司捷潘用瘪进去的眼睛寻觅着葛利高里的眼睛，开口说。"咱们进攻的时候，我从后面朝你开了三枪……上帝没让你死。"

他们的目光相遇了。司捷潘的尖锐的目光在瘪进去的眼眶里激动地闪烁着。他几乎没有张开咬紧的牙关，说道："你救了我的命……谢谢……可是为了阿克西妮亚我是不能饶恕你的。我不能强迫自己……你也不要强迫我，葛利高里……"

"我不强迫你，"葛利高里当时回答说。

他们仍然和从前一样，没有和解就分手了。

——选自金人译《静静的顿河》，人民文学出版社 1988 年版

（赵峻）

三十二　茨威格《一个陌生女人的来信》

斯蒂芬·茨威格(1881—1942)是奥地利著名小说家、传记作家,出生于维也纳的一个犹太人家庭,家境富裕。除德语外他还会说法语和意大利语,青年时代在维也纳和柏林攻读哲学和文学,后去世界各地游历,结识了罗曼·罗兰和罗丹等文学艺术家,并受到他们的影响。第一次世界大战时茨威格积极从事反战工作,成为著名的和平主义者,二十年代赴苏联,认识了高尔基。1933年纳粹上台后,作为犹太作家的茨威格遭到迫害,先后流亡英国、巴西。1942年,茨威格在孤寂与理想破灭中与妻子双双服毒自杀。茨威格除了小说和人物传记以外,写过诗歌、戏剧、文论等,还从事过文学翻译。他的主要作品有中短篇小说《家庭女教师》、《一个女人一生中的24小时》、《看不见的珍藏》、《象棋的故事》,长篇小说《心灵的焦灼》等,传记文学作品有《三大师》、《三位文豪的生平》、《罗曼·罗兰:其人其作品》、《精神疗法》、《约瑟夫·高煦》、《伟大的悲剧》等。茨威格的小说显然受到弗洛伊德的影响,善于展现人物心理微观世界最深处的情感生活,擅长细致的心理描写和性格刻画,以及对奇特命运下个人遭遇和心灵热情的描摹。茨威格的作品在世界范围的魅力经久不衰,他被公认为20世纪最杰出的中短篇小说家之一。

《一个陌生女人的来信》(1922)以书信体的形式,写一个对爱情忠贞不二的痴情少女,在十三岁时喜欢上了邻居青年作家R,后因母亲改嫁,不得不离开,但她所有的心思从此牢牢锁定在作家身上。五年后她重返维也纳,每天到他窗下痴心等候,一心只想见到自己的意中人,而他每每与她擦肩而过,都对她视为陌路。后来有一天他将她认为卖笑女郎,与她有了一夜情。少女没有对他自我表白,而是满怀深深的爱意,无怨无悔、默默忍受着一切,历经磨难,直到他俩的儿子得病夭折,她自己也身患重病即将辞世,才写下这封没有署名的长信。

作者述说了一个陌生女人缠绵悱恻、纯之又纯的爱情故事,显然不是毫无目的随兴所至的无病呻吟,这在那个特定时代的历史背景上近乎是来自"世外桃源"的"天籁之音",面对日益近迫的商业社会,这种理想化的爱情,比起人们精神、道德和情感的金钱化商品化社会风气,显得是那么的弥足珍贵。同时,作者对以R先生之类的人徒有虚名、玩弄女性、无情无义的冷酷自私,也予以了无情的鞭挞。从作品可以看出,陌生女人虽然出身贫寒,但她却是一个对爱情迫切渴望、忠贞不渝、慷慨奉献的女子,尤其是她身上那种纯净的道德和情感的人格力量,那种对爱情专一不二、无怨无悔、忍辱负重的坚定性格,伴随着自己面对的痛苦和绝望,通过难以言说的灵魂表白,哀婉回环,展露得淋漓尽致,读来使人回肠荡气、潸然泪下、刻骨铭心。

茨威格虽然吸收了现代派文学的一些艺术手法,但小说的艺术风格基本上属于现实主义的审美范畴。小说的结构形式秉承了传统小说的结构样式,以人物内心情感的发生、发展、波澜起伏和最终结局为内在线索,以R先生的生日这一天做前后对比照应,使故事保持统一完整。在叙事中多次运用"回旋吁叹","反复呼喊"的循环往复,如泣如诉地将陌生女人的真切情感描写得细腻入微,酝酿出一种强大的情感"气场",打动人的心魄。由于作品所表现出来的情感深度,因而引起人们强烈的共鸣和反响。高尔基在读完小说后给茨威格的信里写道:这篇小说"以其动人的诚挚语调、对女人超人的温存、主题的独创性以及只有真正的艺术家才具有的奇异的表现力,使我深为震动。读着这篇短篇小说我高兴地笑了起来——您写得真好!由于对您的女主人公的同情，由于她的形象，以及她悲痛的心曲，使我激动得难以自制。我竟然毫不羞耻地哭了起来”。

一个陌生女人的来信(片断)

我已经十七岁，转眼就满十八岁了——年轻人开始在大街上扭过头来看我了，可是他们只是使我生气发火。因为要我在脑子里想着和别人恋爱，而不是爱你，哪怕仅仅是闹着玩的，这种念头我都觉得难以理解、难以想象地陌生，稍稍动心在我看来就已经是在犯罪了。我对你的激情仍然一如既往，只不过随着我身体的发育，随着我情欲的觉醒而和过去有所不同，它变得更加炽烈、更加含有肉体的成分，更加具有女性的气息。当年潜伏在那个不懂事的女孩子的下意识里、驱使她去拉你的门铃的那个朦朦胧胧的愿望，现在却成了我唯一的思想：把我奉献给你，完全委身于你。我周围的人认为我腼腆，说我害羞脸嫩，我咬紧牙关，不把我的秘密告诉任何人。可是在我心里却产生了一个钢铁般的意志。我一心一意只想着一件事：回到维也纳，回到你身边。经过努力，我的意志得以如愿以偿，不管它在别人看来，是何等荒谬绝伦，何等难以理解。我的继父很有资财，他把我看作是他自己亲生的女儿。可是我一个劲儿地顽固坚持，要自己挣钱养活自己，最后我终于达到了目的，前往维也纳去投奔一个亲戚，在一家规模很大的服装店里当了个职员。难道还要我对你说，在一个雾气迷茫的秋日傍晚我终于！终于！来到了维也纳，我首先是到哪儿去的吗？我把箱子存在火车站，跳上一辆电车，——我觉得这电车开得多么慢啊，它每停一站我就心里冒火——跑到那幢房子跟前。你的窗户还亮着灯光，我整个心怦怦直跳。到这时候，这座城市，这座对我来说如此陌生，如此毫无意义地在我身边喧嚣轰响的城市，才获得了生气，到这时候，我才重新复活，因为我感觉到了你的存在，你，我的永恒的梦。

我没有想到，我对你的心灵来说无论是相隔无数的山川峡谷，还是说在你和我那抬头仰望的目光之间只相隔你窗户的一层玻璃，其实都是同样的遥远。我抬头看啊，看啊：那儿有灯光，那儿是房子，那儿是你，那儿就是我的天地。两年来我一直朝思暮想着这一时刻，如今总算盼到了。这个漫长的夜晚，天气温和，夜雾弥漫，我一直站在你的窗下，直到灯光熄灭。然后我才去寻找我的住处。以后每天晚上我都这样站在你的房前。我在店里干活一直干到六点，活很重，很累人，可是我很喜欢这个活，因为工作一忙，就使我不至于那么痛切地感到我内心的骚乱。等到铁制的卷帘式的百叶窗哗的一下在我身后落下，我就径直奔向我心爱的目的地。我心里唯一的心愿就是，只想看你一眼，只想和你见一次面，只想远远地用我的目光搂抱你的脸！大约过了一个星期，我终于遇见你了，而且恰好是在我没有料想到的一瞬间：我正抬头窥视你的窗口，你突然穿过马路走了过来。我一下子又成了那个十三岁的小姑娘，我觉得热血涌向我的脸颊；我违背了我内心强烈的、渴望看见你眼睛的欲望，不由自主地一低头，像身后有追兵似的，飞快地从你身边跑了过去。事后我为这种女学生似的羞怯畏缩的逃跑行为感到害臊，因为现在我不是已经打定主意了吗：我一心只想遇见你，我在找你，经过这些好不容易熬过来的岁月，我希望你认出我是谁，希望你注意我，希望为你所爱。

可是你好长一段时间都没有注意到我，尽管我每天晚上都站在你的胡同里，即使风雪交加，维也纳凛冽刺骨的寒风吹个不停，也不例外。有时候我白白地等了几个小时，有时候我等了半天，你终于和朋友一起从家里走了出来，有两次我还看见你和女人在一起，——我看见一个陌生女人和你手挽着手紧紧依偎着往外走，我的心猛地一下抽缩起来，把我的灵魂撕裂，这时我突然感到我已长大成人，感到心里有种新的异样的感觉。……你的目光告诉我，你一点也认不得我，你一点也想不起来你的生活和我的生活有细如蛛丝的联系：你的这种目光使我如梦初醒，使我第一次跌到现实之中，第一次预感到我的命运。

你当时没有认出我是谁。两天之后我们又一次邂逅，你的目光以某种亲昵的神气拥抱我，这时你又没有认出，我是那个曾经爱过你的、被你唤醒的姑娘，你只认出，我是两天之前在同一个地方和你对面相遇的那个十八岁的美丽姑娘。你亲切地看我一眼，神情不胜惊讶，嘴角泛起一丝淡淡的微笑。你又和我擦肩而过，又马上放慢脚步：我浑身战栗，我心里欢呼，我暗中祈祷，你会走来跟我打招呼。我感到，我第一次为你而活跃起来：我也放慢了脚步，我不躲着你。突然我头也没回，便感觉到你就在我的身后，我知道，这下子我就要第一次听到你用我喜欢的声音跟我说话了。我这种期待的心情，使我四肢酥麻，我正担心，我不得不停住脚步，心简直像小鹿似的狂奔猛跳——这时你走到我旁边来了。你跟我攀谈，一副高高兴兴的神气，就仿佛我们是老朋友似的——唉，你对我一点预感也没有，你对我的生活从来也没有任何预感！——你跟我攀谈起来，是那样的落落大方，富有魅力，甚至使我也能回答你的话。我们一起走完了整个的一条胡同。然后你就问我，是否愿意和你一起去吃晚饭。我说好吧。我又怎么敢拒不接受你的邀请？我们一起在一家小饭馆里吃饭——你还记得吗，这饭馆在哪儿？一定记不得了，这样的晚饭对你一定有的是，你肯定分不清了，因为我对你来说，又算得了什么呢？不过是几百个女人当中的一个，只不过是连绵不断的一系列艳遇中的一桩而已。又有什么事情会使你回忆起我来呢：我话说的很少，因为在你身边，听你说话已经使我幸福到了极点。我不愿意因为提个问题，说句蠢话而浪费一秒钟的时间。你给了我这一小时，我对你非常感谢，我永远也不会忘记这个时间。你的举止使我感到，我对你怀有的那种热情敬意完全应该，你的态度是那样的温文尔雅，恰当得体，丝毫没有急迫逼人之势，丝毫不想匆匆表示温柔缠绵，从一开始就是那种稳重亲切，一见如故的神气。我是早就决定把我整个的意志和生命都奉献给你了，即使原来没有这种想法，你当时的态度也会赢得我的心的。唉，你是不知道，我痴痴地等了你五年！你没使我失望，我心里是多么喜不自胜啊！

天色已晚，我们离开饭馆。走到饭馆门口，你问我是否急于回家，是否还有一点时间。我事实上已经早有准备，这我怎么能瞒着你！我就说，我还有时间。你稍微迟疑了一会儿，然后问我，是否愿意到你家去坐一会，随便谈谈。我觉得这是不言而喻的事，就脱口而出说了句："好吧！"我立刻发现，我答应得这么快，你感到难过或者感到愉快，反正你显然是深感意外的。今天我明白了，为什么你感到惊愕；现在我才知道，女人通常总要装出毫无准备的样子，假装惊吓万状，或者怒不可遏，即使她们实际上迫不及待地急于委身于人，一定要等到男人哀求再三，谎话连篇，发誓赌咒，作出种种诺言，这才转嗔为喜，半推半就。我知道，说不定只有以卖笑为职业的女人，只有妓女才会毫无保留地欣然接受这样的邀请，要不然就只有天真烂漫、还没有长大成人的女孩子才会这样。而在我的心里——这你又怎料想得到——只不过是化为言语的意志，经过千百个日日夜夜的集聚而今迸涌开来的相思啊。反正当时的情况是这样：你吃了一惊，我开始使你对我感起兴趣来了。我发现，我们一起往前走的时候，你一面和我说话，一面略带惊讶地在旁边偷偷地打量我。你的感觉在觉察人的种种感情时总像具有魔法似的确有把握，你此刻立即感到，在这个小鸟依人似的美丽的姑娘身上有些不同寻常的东西，有着一个秘密。于是你顿时好奇心大发，你绕着圈子试探性地提出许多问题，我从中觉察到，你一心想要探听这个秘密。可是我避开了：

我宁可在你面前显得有些傻气，也不愿向你泄露我的秘密。我们一起上楼到你的寓所里去。原谅我，亲爱的，要是我对你说，你不能明白，这条走廊，这道楼梯对我意味着什么，我感到什么样的陶醉、什么样的迷惘、什么样的疯狂的、痛苦的、几乎是致命的幸福。直到现在，我一想起这一切，不能不潸然泪下，可是我的眼泪已经流干了。我感觉到，那里的每一件东西都渗透了我的激情，都是我童年时代的相思的象征：在这个大门口我千百次地等待过你，在这座楼梯上我总是偷听你的脚步声，在那儿我第一次看见你，透过这个窥视孔我几乎看得灵魂出窍，我曾经有一次跪在你门前的小地毯上，听到你房门的钥匙咯喇一响，我从我躲着的地方吃惊地跳起。我整个童年，我全部激情都寓于这几米长的空间之中，我整个的一生都在这里，如今一切都如愿以偿，我和你走在一起，和你一起，在你的楼里，在我们的楼里，我的过去的生活犹如一股洪流向我劈头盖脑地冲了下来。你想想吧，——我这话听起来也许很俗气，可是我不知道还有什么别的说法——一直到你的房门口为止，一切都是现实的、沉闷的、平凡的世界，在你的房门口，便开始了儿童的魔法世界，阿拉丁的王国；你想想吧，我千百次望眼欲穿地盯着你的房门口，现在我如痴如醉迈步走了进去，你想象不到——充其量只能模糊地感到，永远也不会完全知道，我的亲爱的！……

第二天一早我急着要走。我得到店里去上班，我也想在你仆人进来以前就离去，别让他看见我。我穿戴完毕站在你的面前，你把我搂在怀里，久久地凝视着我；莫非是一阵模糊而遥远的回忆在你心头翻滚，还是你只不过觉得我当时容光焕发、美丽动人呢？然后你就在我的唇上吻了一下。我轻轻地挣脱身子，想要走了。这时你问我："你不想带几朵花走吗？"我说好吧。你就从书桌上供的那只蓝色水晶花瓶里(唉，我小时候那次偷偷地看了你房里一眼，从此就认得这个花瓶了)取出四朵白玫瑰来给了我。后来一连几天我还吻着这些花儿。在这之前，我们约好了某个晚上见面。我去了，那天晚上又是那么销魂，那么甜蜜。你又和我一起过了第三夜。然后你就对我说，你要动身出门去了——啊，我从童年时代起就对你出门旅行恨得要死！——你答应我，一回来就通知我。我给了你一个留局待取的地址——我的姓名我不愿告诉你。我把我的秘密锁在我的心底。你又给了我几朵玫瑰作为临别纪念，——作为临别纪念。这两个月里我每天去问……别说了，何必跟你描绘这种由于期待、绝望而引起的地狱般的折磨。我不责怪你，我爱你这个人就爱你是这个样子，感情热烈而生性健忘，一往情深而爱不专一。我就爱你是这么个人，只爱你是这么个人，你过去一直是这样，现在依然还是这样。我从你灯火通明的窗口看出，你早已出门回家，可是你没有写信给我。在我一生的最后的时刻我也没有收到过你一行手迹，我把我的一生都献给你了，可是我没收到过你一封信。我等啊，等啊，像个绝望的女人似的等啊。可是你没有叫我，你一封信也没有写给我……一个字也没写……

我的孩子昨天死了——你从来没有见过他。你从来也没有在旁边走过时扫过一眼这个俊美的小人儿、你的孩子，你连和他出于偶然匆匆相遇的机会也没有。我生了这个孩子之后，就隐居起来，很长时间不和你见面；我对你的相思不像原来那样痛苦了，我觉得，我对你的爱也不像原来那样热狂了，自从上天把他赐给我以后，我为我的爱情受的苦至少不像原来那样厉害了。我不愿把自己一分为二，一半给你，一半给他，所以我就全力照看孩子，不再管你这个幸运儿，你没有我也活得很自在，可是孩子需要我，我得抚养他，我可以吻他，可以把他搂在怀里。我似乎已经摆脱了对你朝思暮想的焦躁心情，摆脱了我的厄运，似乎由于你的另一个你，实际上是我的另一个你而得救了——只是难得的、非常难得的情况下，我的心里才会产生低三下四地到你房前去的念头。我只干一件事：每逢你的生日，总要给你送去一束白玫瑰，和你在我们恩爱的第一夜之后送给我的那些花一模一样。在这十年、在这十一年之间你有没有问过一次，是谁送来的花？也许你曾经回忆起你从前赠过这种玫瑰花的那个女人？我不知道、我也不会知道你的回答。我只是从暗地里把花递给你，一年一次，唤醒你对那一刻的回忆——这样对我来说，于愿已足。你从来没有见过他，没有见过我们可怜的孩子——今天我埋怨我自己，不该不让你见他，因为你要是见了他，你会爱他的。你从来没有见过这个可怜的男孩，没有看过他微笑，没有见他轻轻地抬起眼睑，然后用他那聪明的黑眼睛——你的眼睛！——向我、向全世界投来一道明亮而欢快的光芒。

——选自张玉书译《一个陌生女人的来信》，上海译文出版社 2008 年版

（杜望舒）

三十三　德莱塞《美国的悲剧》

西奥多·赫曼·阿尔伯特·德莱塞(1871—1945)是美国文学史上杰出的现实主义小说家，在美国德莱塞与海明威和福克纳齐名，被称为美国小说史上的三巨头之一。德莱塞出生于一个德裔美国家庭，自幼家庭贫困，因此无法继续自己的学业，后来干过各种职业，刷过碗，洗过衣服，做过检票员和家具店伙计等工作，饱尝了各种各样的现实苦难。后来，德莱塞从事记者这一行业，为《芝加哥环球报》、《路易斯——环球民主党报》等多家报纸撰稿，并先后担任过几家报纸的主编，德莱塞于1910年辞职，成为专职作家。德莱塞在他几十年的创作生涯中，笔耕不辍，为读者留下了多部脍炙人口的小说，主要有《嘉莉妹妹》、《珍妮姑娘》，被称为“欲望三部曲”的《金融家》、《巨人》和《斯多葛》。作者刻画的人物内心世界与现实世界的矛盾冲突成为小说的重点，德莱塞突破传统小说创作桎梏，在作品中大胆描写现实生活，通过大量细节塑造人物形象，展现社会风貌，为读者呈现一幅活生生的生活画卷。

《美国的悲剧》(1925)是德莱塞第一部获得巨大成功的作品。小说主要讲述了克莱德·格里菲斯[①]如何从“生”走向“死”的过程。克莱德出生于一个贫困家庭，父母从事街头传教。后来，克莱德在一家高级旅馆找了一份工作，经济得到改善，克莱德的虚荣心也渐渐变得强烈，开始追求舒适的生活，由于一次意外车祸，克莱德被迫离开父母，遇到了富有的伯父塞缪尔，在他的厂里获得了一份工作。机缘巧合，富家千金桑德拉由于克莱德年轻帅气而对他颇有好感，克莱德想与桑德拉结婚，过上上等人的生活。因此，策划了杀害女友罗伯塔的计划，好彻底摆脱罗伯塔对自己的纠缠，后来，克莱德在游湖中使罗伯塔落水却又不肯救她，自己一走了之，导致罗伯塔遇难。最终，克莱德被逮捕并被执以死刑。

小说通过克莱德的死向人们展示了美国上层社会的冷酷以及政治的堕落，同时，也展示了在个人向上层社会靠拢时，所显示出的自私自利的性格。克莱德在一家高级旅馆找了一份工作，经济有了很大的改善，物质生活也逐渐丰富起来，在高级餐馆聚餐，逛妓院，但克莱德并不想让自己的家人知道自己所经历的变化。那个家庭永远与贫困、狭隘联系在一起，在克莱德的心目中最好能够尽快摆脱这个家庭，所以在经济上他不会全力以赴地去支持自己的亲人，即使看到自己的姐姐被情人抛弃并将临产时，他也没有在物质上给予过多的帮助。克莱德来到莱克格斯后，他强烈地感受到穷人和富人巨大生活差别，克莱德一心想过上上层社会的舒适生活。特别是当克莱德遇到富家千金桑德拉并博得其好感时，克莱德想利用这层关系实现自己的抱负。同时，在克莱德看来和罗伯塔在一起，自己的未来将会一片黑暗，他的前途，他的抱负将化为泡影。克莱德想彻底摆脱罗伯塔，罗伯塔最终因克莱德的无意一击落水身亡，而当克莱德落入法网，当初那些和克莱德在一起玩得不亦乐乎的上层朋友就像碰见瘟神一样唯恐避之不及，就连克莱德一心依恋着的桑德拉也离开了他，克莱德最终走向死亡。区检察官梅森之所以全力以赴指控克莱德犯谋杀罪，最重要的原因是由于换届选取不久将要举行，梅森想通过对这一案件的大肆报道来提高自己的知名度和自己在选民中的威信，为自己增加政治筹码。梅森的如意算盘很快便被贝尔纳普和

---

① 又译为“克莱德·格里菲思”。

杰甫逊识破,他们也想在这件案子中扩大自己的影响力,同时达到遏制梅森的目的,所以贝尔纳普和杰甫逊重新编了一套说法,让克莱德在法庭上说谎!法律原本是神圣的,无论犯人也好,律师也罢,他们都应该遵循实事求是的原则,但在小说中,双方为了各自的利益,随意曲解案情,将法律践踏在脚下。

《美国的悲剧》作为德莱塞的代表作,为我们展现了20世纪初的美国社会图景,其中融汇了作者丰富的人生阅历以及对现实生活的深刻体会。在创作手法上,德莱塞突破传统小说的晦涩难懂,语言通俗易懂,通过充分挖掘人物的内心世界,使形象丰满生动,并且通过典型环境来展示人物性格的发展,从而揭示主人公最终的悲剧命运。作者在小说中通过对比的手法将克莱德置于两种生活和两类人之间。一类是以自己的父母和罗伯塔为代表的底层人的贫困生活,一类是以他叔叔塞缪尔·格里菲斯和桑德拉为代表的上层人的奢华、安逸的生活,克莱德在这两种现实的冲击下的所作所为更加令人深思。同时,通过对比各个人物形象的性格也更加鲜明,如罗伯塔的善良、软弱,桑德拉的骄奢、活泼在作者的笔下无一不栩栩如生。

美国的悲剧(片断)

因为儿子不肯信任她,格里菲思太太感到非常痛苦。不只在精神上而且是切肤之痛。她的亲生儿子,而且离死亡这么近了,可是他清楚已经对麦克米伦先生说过的话,却不愿意跟她说。上帝能不能不再这样试探她啊?不过,因为麦克米伦说过那些话,说不管克莱德过去有多大的罪孽,他认为,克莱德现在在主的面前已经悔过了,已经洁净了,确确实实是一个能作创世主的青年了,因此,她也就想不作声了。主是伟大的!他是仁慈的,在他的胸膛里,可以找到宁静。对于一个全部心灵归顺了他,找到了宁静的人,死算得什么呢,生又算得什么呢?什么都说不上。要不了几年(很短很短的几年啊),他跟阿萨,而且在他们以后,还有克莱德的弟弟、姐妹们,也都要跟着他去的,他在这里所有的不幸就都会被忘得一干二净了。他的爱、他的关心、他的仁慈,所有这些最充实而美丽的体现啊!……在她当时精神上极度激动的情况之下,她有好几次颤抖了,感到有些不正常,这克莱德也看得出来,也感觉得到。不过,另一方面,从她为他精神上的幸福这么祈祷,这么焦心,他也看得出:对他真正的心境和愿望,她实在一直是多么地不了解啊。在堪萨斯市还有他一心希望能享有的更多的东西,只是他能享受的却是那么少。东西,就只是要东西,他把东西看得多么重啊!而且他最恨小时候被带到街头,当着许多男孩女孩的面,而他念念不忘的那些东西,很多孩子全都有。并且,与其那么出去,到街头去,他不如到天涯海角任何地方,也比这强得多啊!这种传教生活,在他母亲看来仿佛真是了不起,可是在他看来却真是惨淡!他有这么一种感觉,难道是错了么?一向是错了么?主现在会不会有反感呢?她对他的种种想法也许是正确的吧。当然喽,要是他听了她的劝告,那他就会好得多了。可是,多么奇怪啊,即便是在这生命快要结束的时候,正当他首先迫切希望能得到同情,还不仅希望能得到同情,而且希望能得到真实的深刻的了解,即便是现在这么一个时候,而且母亲那么爱他,同情他,并且正凭着她的坚定和自我牺牲的精神竭尽全力营救,可是,对他亲生的母亲,要把当初真实的情况告诉她,告诉他亲生的母亲,他还是做不到。在他们两人中间,仿佛隔着一堵不可逾越的墙,或是怎么也穿不过的栅栏,这些纯粹由于缺乏了解所造成的东西,真是这样啊。她怎么也不会了解他对舒适、对奢华、对美、对爱情的憧憬,而且,还是他所喜欢的那种爱情,跟爱情在一起的,还有出风头、寻欢作乐、金钱地位,那些怎么也改变不了的愿望和欲念。这些她是无法理解的。她会把这一切全都看作罪孽——邪恶、自私,并且会把与罗伯塔和桑德拉有关的惨痛的一桩桩、一件件事,全都看作奸淫,不贞节,甚至凶杀。并且,她还真的以他对麦克米伦牧师,并且对她说了那么一些话,他还并不全是那么一种感觉。虽说现在,他希望能在上帝身上找到避难所的愿望也非常强烈,可是只要能做到,最好能在她的了解和同情人里寻到避难所。只要能做到,那该多好啊。

天啊,这一切全都这么可怕!他是这么孤单,即使在一闪即逝的最后几小时里(日子过得真飞快啊),虽然有他母亲和麦克米伦牧师在他身边,可并没有相互间的了解。

除了这些之外,还有更糟的事:他被锁在这里,不让走。他很早就这么感觉到了,这里的制度,一套可怕的经常性的制度。这是铁的制度。这一套制度自动开动,像一部机器一样,在很早就不需要人的帮助,也不要一颗人心。这些警士!这些人,送送信,探问消息,说些好听而空洞的话,迈着轻快的步子给些小恩小惠,或是把犯人带到操场上,又从操场回来;或是带去洗澡,他们也是铁面无情,只不过是机器,只不过是机器人,只是推啊,推啊,束缚啊,把犯人束缚在这些围墙里。

一旦出现反抗就会像随时准备给人家一点小恩惠那样,随时准备杀人,只是推啊,推啊,推啊,永远把人推向那边那道小门,从那里怎么也逃不了。怎么也逃不了,只能往前走,往前走,一直到最后,把他推进那道小门,一去不返,永远一去不返!

格里菲思太太喊道:“我的孩子,我的孩子!我知道了,我知道了。我也相信。我知道我的救世主常在,他是你的,我的虽然死了,可是,我会永生!”她抬头仰望天空,仿佛呆住了。可是她突然朝克莱德转过头来,拥抱他,久久地紧紧地抱住他,低声说:“我的孩子……我的孩子……”她的嗓子沙哑了,一忽儿就上气不接上下气了,她如果不马上走,她就会倒下来的,这样她就马上摇摇晃晃地朝监狱长那边转过身去。监狱长正在一边等着她,要带她上麦克米伦的朋友家去。

接着,冬至的这天早晨,四周一片漆黑。那最后的时刻到了。警士跑过来,先在他右边裤脚上划开了长缝,为了过后好放金属片。接着,他们把各间牢房的门帘放下来。“怕是时候了。拿出勇气来啊,我的孩子。”麦克米伦牧师说,旁边还有吉布森牧师帮腔。他看见监狱长身边的警士朝这边走,就对克莱德这么说。

克莱德原来在床上听麦克米伦牧师在一旁宣读《约翰福音》第十四、十五、十六各章,“你们心里不要忧愁。你们信神,也当信我。”随后,他站起来。接着,就是走最后那一段路。麦克米伦牧师在他的右边,古希森牧师在他的左边,前后是警士。不过,这时,麦克米伦牧师并没有宣读照例的祈祷书,而是说:“你们要自卑,跟在神的手下,到了时候他就不叫人们繁荣昌盛,你们要将一切的忧患说给神,因为他顾念你们。要平安,他的路是智慧、正义,神会监督你们,保存他永远的荣耀,等你遭受苦难之后,我就是道路、真理,生命,若不供着我,没有人能到那里去。

可是这里还有几个声音,当克莱德走进第一道门,向那间电梯里走去的时候,这些声音喊道:“再见了,克莱德。”而克莱德还有些尘念和毅力,回答他们说:“再见了,大伙儿,再见。”不过,即使他自己听起来,这声音也显得那么奇怪,那么虚弱,那么遥远,仿佛是在旁边走着的另一个人说出来的,而并不是他自己的声音。而且,他两只脚虽然在走动,不过好像是没力气走。踢踏……踢……踏……,踢……踏,踢踏……,当他朝那扇门走去的时候。他已意识到脚步声是他所熟悉的。到地方了。现在,这扇门开了。啊,看见了,终于看见了,在梦里老是看见的那张椅子,他这么怕的椅子,现在,他就不得不面朝它走去。他是被推到那里去的,被推到那里去,不得不向那里走去。他是被推到那里去的,被推到那里去,朝前推、朝前推。推进现在为了迎接他而打开的那扇门,可是门随即关上了,把他所熟悉的一切人世间的生活,全部关在里面了。

那是麦克米伦牧师,是他,灰沉沉,疲惫不堪,在一小时又一刻钟之后,凄凄怆怆地走着,甚至有点摇晃,仿佛身体非常虚弱,穿过监狱冷冰冰的大门。天色是这么黯淡,这么朦胧,还是这么灰暗。这个冬至前后一天跟此刻的楼梯很像。死了!他真害怕,才只几分钟以前,还那么不安,可是又那么停顿地在身边走着,而现在被处死了。这是法律,这就是监狱。当克莱德紧张祈祷的时候,那些邪恶的强人却正在嘲笑着一切。

那次忏悔啊!依照上帝的智慧判断,凭上帝要理解的那种智慧判断,他做出的决定对么?正确么?克莱德的那双眼睛啊!他,他自己,当身上的那顶帽子戴到他头上的时候,电流开动了。麦克米伦牧师几乎在他身边晕过去。而且他自己一面要吐,一面发抖,不得不由人扶着出那间屋——他,克莱德这么信赖过的人啊。并且,他还祈祷过上帝,要上帝给他力量,现在还在这么祈求。

他沿着那条沉寂的马路走着,可是又不得不停下来,把身子靠在一棵树上。冬天到了,树叶没有了,光秃秃的,这么苍白。克莱德的眼睛啊!当他软绵绵地往那张可怕的椅子里沉下去的时候,他那个眼色啊!他的眼睛那么小,并且据他看来,是那么恳求似地,晕晕沉沉地盯着他和他周围的那一堆人。

他做得是对的吗?他在华尔顿州长面前决定的那个主意,理由确实充分么?公道么?仁慈么?是不是他在当初说……也许……也许……有别的一些力量影响了他?……是不是他……是不是他也许从此永远也得不到心灵上的宁静呢?

“我知道我的救世主永在,他会为那一天照管好他。”

他于是走啊,走啊,几个小时后,才勉强去见克莱德母亲的面,从四点半开始,她一直在祈祷救世主,牧师弗朗西斯、戈尔特夫妇双膝跪下,为他儿子的灵魂祈祷。她还在设想她的儿子正在创世主的怀抱里。

“我知道他在创世主的怀抱里,我知道我相信我的信仰。”这是她祈祷中的一句话。

——选自黄禄善译《美国的悲剧》,北京燕山出版社2005年版

(赵东蕾)

三十四　劳伦斯《虹》

戴维·赫伯特·劳伦斯(1885—1930),是20世纪英国杰出的小说家、诗人、散文家和评论家。他生于诺丁汉郡一个煤矿工人家庭,童年生活的艰辛、父母情感的不和、母子之间的依恋,始终影响着他日后的情感生活和创作。21岁时入诺丁汉大学学习,其间从事过工人、会计、雇员和中小学教师等多种职业。1912年开始专门从事写作,1913年出版了自传体小说《儿子与情人》,一举成名,以后长期旅居国外,笔耕不辍,创作了大量具有社会文化批判和心理求索的作品,直至1930年3月2日因肺病客死于法国尼斯的旺斯镇,终年45岁。劳伦斯在其短暂的一生中创作了四十余部独具风格的小说、诗歌、游记等作品,可谓是一位多产作家。其主要文学成就在长篇小说,代表作有《儿子与情人》、《虹》、《恋爱中的女人》、《查特莱夫人的情人》等。短篇小说名作主要有《菊馨》、《狐》等,主要诗集有《情歌》、《新诗》、《最后的诗人》等。劳伦斯的创作多以自己家乡的矿区生活和农村生活为素材,以家庭、婚姻和两性关系为中心,展开对人性、人的自由追求的深入探讨。其基本创作主题是提倡自然人性的复归,解放人天生本性的自由,追求灵与肉的和谐,反对工业文明对人的自然本性的摧残和扭曲。劳伦斯的小说多以细腻的心理分析、诗意的象征、现实主义与象征主义手法相融为主要创作特色,具有浓厚的现代主义色彩,对西方小说具有深远影响。

长篇小说《虹》(1914)是劳伦斯的代表作,它布局恢弘阔大,以劳伦斯家乡的矿区和农村生活为背景,叙述了英国由传统农业社会进入到现代工业社会的历史进程,描写了农庄主布兰文一家三代人恋爱婚姻的故事。第一代汤姆·布兰文与波兰贵族后裔莉迪亚结合,他们的婚后生活从对抗走向了和谐。第二代安娜·布兰文与威尔的婚姻则充满了冲突,夫妻之间的性爱也不能改变彼此精神上的空虚,结果,威尔在乏味的木刻雕塑中寻找寄托,安娜则在生儿育女中求得精神的解脱,他们在陌生中度过了一生。第三代厄休拉·布兰文在反叛中追求自己的理想,几经挫折,最后找到了希望的彩虹。

《虹》是一部社会批判小说,也是一部心理分析小说。在作品中作者以深刻细腻的笔触,通过布兰文一家三代人的经历和变化,透视了19世纪后期的英国随着生产方式和社会结构的改变,人们的思想意识,如道德观、价值观、爱情观、宗教观,以及人与人之间的关系所发生的深刻变化,从整体上反映了现代人在工业文明中的困惑、苦闷、挣扎和憧憬,表达了人们渴望打碎旧的枷锁,实现新生的强烈愿望。同时,作者对男女两性关系进行了深刻的心理探索,通过作品中汤姆·布兰文一家三代人的感情纠葛,揭示了现代社会对人性的异化,表现了对完美自然、和谐婚姻关系的追寻。汤姆和莉迪亚代表第一代人的婚姻追求,他们过着宁静圆满的婚姻生活,但是彼此缺乏精神与心灵上的契合,最后汤姆溺水而亡的结局象征性地说明了第一代追求是成功却又是不理想的,在工业文明现实中难以生存。安娜与威尔的婚姻与父辈不同,他们彼此都有一种强烈的占有对方的欲望,从而造成了无休止的冲突,导致婚姻的失败。第二代人的婚姻,说明了现代人自我个性和自然生命力的丧失,是现代文明带来的畸形两性关系的写照。小说着重描写的是第三代人厄休拉的成长与追求,她的出现象征着现代人的诞生。她受过高等教育,勇于精神探索,对现实的宗教、道德和民主制度都怀有不满,具有叛逆精神。她生活在现代工业文明危机不断深化的时代,目睹了传统女性的悲剧命运,于是力图走出狭隘的生存天地,寻找自由的新天地。厄休拉执着探寻一种既能保持独立自我，又能彼此精神与肉体相契合的婚姻，虽然在现实中她屡遭挫折，但是相比前两代人的追求她收获更多。小说结尾，厄休拉经过精神与肉体的洗礼后，看到的彩虹，象征着新的希望，也象征着厄休拉新的自我的长成。

《虹》是一部优美而深邃的长篇小说，体现了劳伦斯的典型风格，它将现实主义、浪漫主义、象征主义与现代主义融为一体，在艺术上具有传统与现代两重性。劳伦斯用传统的历时式方法叙述布兰文家族三代的生活历程，在结构、布局、叙述方式上都带有明显的19世纪现实主义小说的特点。但与传统的"家世小说"相比，《虹》又并不注重对家族几代人荣辱浮沉的全景描绘，而是重在表现布兰文一家三代精神发展的轨迹。作家对物质环境和具体人物的肖像、行动也未显出太大的兴趣，而是着力揭示人物内在的复杂心理。这一切都显示了劳伦斯对传统的超越，显示了20世纪初西方小说艺术的表现重心开始由"外"向"内"转化的总体趋势。劳伦斯在沿袭传统的同时，又在作品中大量地运用象征、暗喻、心理分析和意象描写等现代主义艺术表现手法，拓展了小说艺术表现力，同时充满激情诗意又富有哲理的小说语言更是使得《虹》在西方现代文学史上独具魅力。

虹(片断)

第十六章　虹

整整两个星期她病得很重，浑身抽搐，不停地说胡话。但在她这种神志不清的痛苦中，她却在一种麻木状态下随时都明确地知道自己的存在，而且有一种她将永远这样存在下去的感觉。从某些方面讲，她完全像躺在河底的一块石头，不管什么样的风暴降临在她身上，她也不会感受到任何痛苦，也不会有任何变化了。她的灵魂安静地、永远躺在那里，充满了痛苦，永远总是它自己。在她的这一切病痛之中，存在着一种深刻的永远无法改变的知识。

她完全知道，可是她已经不在乎了。在她整个生病期间，形式趋于模糊的关于她自己和斯克里本斯基的问题，像一种刺心的痛苦始终存在于她的心中。不过这种痛苦仍然停留在表面上，并没有接触到她的已被孤立的无法攻破的现实的核心。但它的腐蚀力量却始终在她心中燃烧着，直到它本身燃烧尽净为止。

她必须属于他，必须永远追随着他吗？她感觉到某种强制力量，但那力量似乎又并不真实。那痛苦，那认为她属于斯克里本斯基的不真实的痛苦始终存在着。既然她自己没有和他联系在一起，又是什么东西一定要把她和他联系在一起呢？这种虚假的现象为什么始终存在？这种虚假现象为什么一直啃啮着、啃啮着、啃啮着她的心，她为什么不能完全清醒过来，再回到现实中去？只要她能够清醒过来，只要她能够清醒过来，这虚假的梦，以及她和斯克里本斯基的关系就会完全结束了。可是这睡眠，这神志不清的状态始终捆绑着她。甚至在她很安静和清醒的时候，她也仍然无法逃出它的魔掌。

但是，这种情况她从来也没有经历过。是一种什么外在的东西把她和他连接在一起的呢？显然有一种什么东西捆住了她。她为什么不能挣断这种束缚呢？它到底是什么东西，它到底是什么东西？

在她神志不清的时候，她也一直在探索着这个问题。最后，她的疲惫的情绪为她提出了一个回答——问题在于那个孩子。那孩子把她和他联系在一起了，那孩子像绑在她头脑上的一个紧箍咒，它越箍越紧了。它把她和斯克里本斯基连接在一起了。

可是为什么，它为什么要把她和斯克里本斯基连接在一起呢？她不能自己养活一个孩子吗？难道生孩子不是她自己的事吗？不完完全全是她自己的事吗？它和他有什么关系？她为什么就因此必须被这种束缚捆绑得腰酸骨痛，硬要把她和斯克里本斯基，并且和斯克里本斯基的世界连接在一起呢？安东的世界：在她的发热的头脑中，它已经变成了一种拘禁着她的牢房了。如果她不能从这种拘禁中逃出去，她会发疯的。拘禁她的是安东和安东的世界，不是她所占有的那个安东，而是她并不占有的那个安东。那个安东被另外一种力量所占有，属于整个世界。

在她生病期间，她一直挣扎着，挣扎着，挣扎着，希望摆脱他和他的世界，把它放在一边，让它呆在它应该呆的地方。可是不一会儿，它总又聚集起比她更大的力量，它又重新抓住了她。啊，她的躯体所感到的无法形容的疲惫，她怎么也无法抛开，怎么也无法逃避。她多么希望她能够从这里脱身，她能够抛弃她的感情、她的身体，她所接触到的这个世界加之于她的巨大的负担。她能够抛开她的父亲，她的母亲，她的情人，和她所认识的一切熟人啊！

在无比疲惫的痛苦中，她一次再次地重复着说："我没有父亲，没有母亲，也没有情人，在这个万事万物的世界上，没有分配给我的任何地方，我既不属于贝德俄弗，也不属于诺丁汉，既不属于英格兰，也不属于这个世界。它们全都根本不存在，我只不过是被它们纠缠着，缠绕着脱不开身了。可是它们全都是不真实的。我必须像一颗橡子脱开橡壳一样从这里脱身出去，因为那橡壳是反现实的。"

接着，在她的发烧一般的头脑中，再次出现了二月里橡树林里的生动景象：橡子从橡壳里跳出来撒得满地都是，那些赤裸裸的橡子又准备要发芽了。她就是那个洁净的、光秃秃的、正冒出强有力的洁净嫩芽的橡子，而整个世界却不过是一个已经过去的被抛弃的冬天，她的母亲、父亲和安东，以及大学和她所有的朋友，全都只不过是已经过去的被抛弃的一年，只有那赤裸裸的橡实还仍然自由自在，正努力要长出新的根芽，在永恒的时间之流中创造一种新的知识。只有这橡实是唯一的现实；其他的一切都已经被抛进遗忘的深渊了。

这种思想在她心中越来越根深蒂固了。那天下午，当她睁开眼睛看到她房间里的窗户和窗户外一片烟云的模糊的野景的时候，这一切都不过是一个躺在那里的果壳。整个是一个果壳，此外她再也看不见什么了。她现在仍然被包容着，不过只是松松地包着她罢了。在她和那外壳之间，还有一段空间。那外壳已经绷开，上面有一个大裂口。很快，她就可以在新的一天中扎根了，她的赤裸裸的身子将会在一个新的天空和新的空气中找到自己安身的地方。那正在腐烂的已经衰老的外壳不久就会消失了。

她开始慢慢真的睡着了，她抱着对她的新现实的坚强信念进入了睡乡。在睡眠中，她的灵魂正呼吸着一个新世界的新的空气。她现在所体会到的是一种深刻而丰饶的宁静。她已经在一片新的土地上扎下了根，她现在已慢慢被吸收到新的生命中去了。

当她最后醒来的时候，新的一天似乎已经出现在大地上。为了获得这个新的黎明，她曾经在一片昏黑和黑暗中进行了多么久的斗争啊！她现在感到非常脆弱、精细和清新，简直像一朵在冬末开放的娇嫩的花朵一样。可是黑夜的车轮已经转动，黎明已经来临。

她的旧的经历似乎离她已经非常遥远——斯克里本斯基，她和他的分离——都已经非常遥远了。也有些东西看来是真实的；他们刚在一起时那无比光辉的几个星期。在过去，这段日子仿佛是一阵风暴。现在，它们却似乎已经接近于普通的现实了。其他的一切全都毫无真实性。她知道，斯克里本斯基从来也没有变得接近最后的真实过。在他们狂恋的那几个星期里，他一直在她的迷恋中和她在一起，她暂时创造出了他那样一个人。可是到最后，他终于彻底破碎了。

真奇怪，在她和他之间竟存在着一种无法填补的虚空。她像喜欢一段回忆，或者像喜欢已经过去的自我一样，现在倒也很喜欢他。他是属于有限的过去的，他完全属于已知的范围。她现在，出于对往事的怀念，对他感到一种强烈的依恋之情。可是，当她抬起头来向前看的时候，她就把他完全忘怀了。不，当她向前看，向着她新发现的、躺在她前面的那片土地望去的时候，她所看到的只不过是一片新的光亮，还有像烟雾一样从土地上生长起来的无法理解的树木。在横过了那片虚空，那冲刷着新世界和旧世界的黑暗之后，她现在是单独地在这不可知的、未经探索的、未曾被人发现的海岸边登陆了。

她并没有怀孩子：这使她很高兴。不过，如果真有了孩子，那也没有什么太大的关系。她将会自己把孩子抚养长大，她也决不会去找斯克里本斯基。安东是完全属于过去的。

斯克里本斯基打来了一个电报："我已经结婚了。"旧日的痛苦、愤怒和鄙夷又在她的心中活动起来。他竟是这样彻头彻尾地属于被抛弃的过去吗？她再也不要理他了，他就是那么个人。他就是那么个人，这倒很好。她有什么权利希望一个男人完全合乎她自己的愿望呢？她只能接受上帝所创造的男人，而没有办法自己去另创造一个。那个男人只能来自无限之中，她将为他的来临大声欢呼。她很高兴，她不能创造出她自己的男人。她很高兴，她和一个男人的创造并没有任何关系。她很高兴，这种能力只存在于她的生命赖以作为最后依据的那种更大的力量之中。那个男人将会从她自己所属的那永恒之中诞生出来。

身体渐好以后，她便坐起来观望着一种新的创造。当她坐在她的窗边的时候，她可以看到下面来来去去的人群，一些矿工、妇女和儿童，他们都在一个干枯的果壳中行走着。但是透过那果壳，却可以看见逐渐壮大的嫩芽。在那些沉静的一言不发的矿工身上，她看到一种不安情绪，一种等待着新的解放的痛苦；在妇女们的虚假的坚强信心中，她也看到了类似的不安心情。妇女的信心是非常脆弱的。它很快就会彻底破碎，从而透露出那新生的嫩芽的力量和不懈的努力。

在她所见的一切事物之中，她都尽量摸索着希望找到那个活着的上帝的创造，而不是那个由于过去的生活已变得干枯和衰老的上帝的创造。有时候，她心里充满了巨大的恐惧感。有时候，她和外界失去了接触，她失去了一切感觉，心里只想着那个束缚着她和整个人类的外壳所带来的那旧的恐惧。他们全都被囚禁在监牢之中，他们全都快要发疯了。

她看到那些矿工的似乎已经装进棺材的僵硬的身体，她看到他们的毫无变化的眼神，那种已经被活埋的人的眼神；她看到那些新房子的锋利的棱角，那些房子似乎正带着它们的无知觉的胜利铺遍了整个那一片山坡。这是大小角度和各种线条的可怕的难以述说的胜利，是那因未遭到反对而自鸣得意的腐烂的表现。这如此纯粹的腐烂已变得非常坚硬而又脆弱；她看到了对面小山上的阴郁气氛，看到那黑压压一堆堆的盖着石板屋顶的奇形怪状的房屋；在山顶上的那些无比难看的新房子的上空，她还看到那古老的教堂钟塔矗立在令人厌恶已极的衰败之中。另外，许多新房子奇形怪状的脆弱的坚硬的棱角从贝德俄弗爬过来，慢慢和莱斯利的破败的新房子相遇；莱斯利的那些房屋又慢慢爬过去和海诺尔的房屋混在一起。总之，这是一片干枯、脆弱、可怕的腐败铺遍了整个这块地面。她坐在那里，不禁感到一种说不出的恶心，自己的灵魂就那样彻底被毁灭了。接着，在那飘动着的云彩之中，她看到一条淡淡的彩虹一般的光给那小山的一部分染上了鲜明的色彩。在遗忘之中，她微微一惊，伸着头去寻找那飘忽的色彩，结果却看到一道彩虹慢慢自动形成了。在一段地方它发出了非常强烈的光亮，于是怀着惆怅的心情，她极力寻找那彩虹弯处的影子。那色彩不知来自何方，神秘地慢慢越聚越浓，最后终于聚集成一条淡淡的巨大的虹霓。那弓形的彩虹慢慢撑开，直到它变成一个无比巨大的圆拱，变成了光和色和太空的巨大的支架。它的闪亮的两脚踩在矮山上那片新房子的腐烂之中，它的拱顶便是头上的天空。

这彩虹耸立在大地之上。她知道，那背着硬壳各自在这腐烂的世界爬行的下贱的人们都仍然活着，知道这拱立在他们的鲜血之上的彩虹将会在他们的精神中获得生命，知道他们将会抛弃他们的趋于分解的坚硬的外壳，而那新的、洁净的、赤裸的身体将会在一种新的嫩芽中重新生长出来，这新的生命将会在自天而降的清新的光明和风雨之中得到培育。在那彩虹之中，她看到了大地的新的结构，看到那脆弱的腐败的房屋和工厂全被一扫而光，看到这个世界将以真理作为它的活的支架重新建立起来，巍然屹立在苍穹之下。

——选自黄雨石译《虹》，上海译文出版社 2006 年版

（赵黄芳）

三十五 玛格丽特·米切尔《飘》

玛格丽特·米切尔(1900—1949),美国现代著名女作家,出生于美国佐治亚州亚特兰大市的一个律师家庭。她的父亲曾经是亚特兰大市的历史学会主席。在童年时代,玛格丽特就时常听到长辈们关于南北战争的谈话。所以,当她在26岁决定创作一部有关南北战争的小说时,亚特兰大自然就成了小说的背景。玛格丽特曾就读于马塞诸塞州的史密斯学院,但不幸的是母亲病逝后,她为了主持家务而不得不中途退学。但她从未放弃写作,从1922年起,她开始用自己的昵称“佩吉”为《亚特兰大日报》撰稿。玛格丽特经历了一次失败的婚姻,但在第二次婚姻中,他的丈夫约翰·马施(佐治亚热力公司的广告部主任)对她的写作才能十分肯定,在他的鼓励下,她开始致力于创作。1936年2月,《飘》正式出版。玛格丽特·米切尔一夜之间成为名人。但成名并未给她带来益处,反而给她带来了困扰,也扼杀了她的灵感。她的读者们给她写来成千上万的信,书的海外出版权也发生了争执,回复信件与处理官司大大干扰了她的正常生活与写作。1937年获得普利策奖。1939年获纽约南方协会金质奖章。1949年,她不幸出车祸去世。玛格丽特自《飘》发表以后再也没有发表任何作品,不过她留下了大量书信。她的书信集1976年由麦克米伦公司出版,题名为《玛格丽特·米切尔的“飘”;书信集》。

《飘》是一部描写爱情的小说,它以美国南北战争和战后重建时期十几年间动乱的社会现实为背景,以女主人公思嘉·奥哈拉的命运变化和爱情故事为主线,通过美国南方几大家族的盛衰变迁,展现了当时的社会风貌。魅力四射、倾倒众生的传奇女子思嘉原来是美国南方一个受人仰慕的庄园娇小姐,生活得无忧无虑,但是无情的战火毁灭了她的亲人和家乡。面对不幸,她坚强生活,用柔弱的肩膀扛起了养活一大家人和复兴塔拉庄园的重担。为了生存,她放下娇小姐的架子下地干活,亲手打死北方佬,穿戴用天鹅绒窗帘和公鸡尾毛做的衣帽动身去征服一个世界,像男人一样在生意场上拼搏。她用自己的坚强意志和聪明才智保住了塔拉庄园,还成功地成为一个资本家。她原本深爱着温文尔雅的艾希礼,甚至计划和他私奔,但在经历了一系列波折后发现自己爱的只是自己心中的幻影,丈夫瑞德才是她心中真爱,但此时瑞德已经心灰意冷。小说在描绘人物生活与爱情的同时,勾勒出南北双方在政治、经济、文化各个层面的异同,情节跌宕起伏,具有浓厚的史诗风格。

这是一部以美国内战为背景的小说,作者在小说中通过对前方官兵在战争中的浴血奋战和后方的家属因亲人在前线生死未卜而提心吊胆的生动描写,使战争残酷无情的一面在读者面前展露无遗。但小说的主题不是战争,作者也无意做历史的论道者,从政治角度对战争加以评判,而是通过小说中对内战的描写,让读者看到了战争给普通百姓带来的无尽痛苦。同时,作者通过对女主人公思嘉小姐生活和命运的变化及她在逆境中的坚强奋斗,向读者传达了人需要奋斗才能改变自己的生存境遇,才能获得美好生活的道理。米切尔自己也把《飘》的主题归结为“为生存而斗争”,其中思嘉的座右铭“Tomorrow is another day”鼓舞了一代又一代的读者。小说成功地塑造了一个个丰满立体、有血有肉的人物,如思嘉、艾希礼、媚兰、瑞德等。

思嘉是小说的主角,也是作者着墨最多、投入感情最多的人物。她本来是一个生活安逸的貌美的南方贵族小姐,但性格中隐藏的叛逆使她不同于周围柔弱的小姐们,小说中写到她“像男孩子一样会爬树,会扔石头,还经常恶作剧般地捉弄人"。但这一时期她的叛逆还是隐秘的,她害怕自己的叛逆被发现,被耻笑,她努力表现出的还是一个庄重温顺而柔弱的模样。她深爱着艾希礼。为了她人生的第一次炽热的爱情,她义无反顾,勇往直前,甚至煞费心思地与艾希礼单独见面,告诉他"我爱你",愿意不顾世人耻笑与他私奔。可以说,在战前的和平时期,思嘉的性格展现出来的更多的是倔强、任性和隐藏的叛逆。但在经历了战争的洗礼和无数的苦难后,她的叛逆思想和行为就越来越明显了。许多旧时南方贵族们视为神圣的东西——那些过时的道德规范、阶级偏见、南方主义、妇道、男权、名誉……都被她踩在了脚下。同时,她性格内在的勇敢与坚毅也被激发了出来。这些品质帮助思嘉度过一个个难关,使她最终成为自己命运的主宰者。为了生存,为了一家人有饭吃,为了赚更多的钱,为了保住她视为生命的土地,她毫不顾忌那种认为女人无才便是德的上流社会传统观念,自作主张地买下锯木厂并抛头露面地亲自经营。为了提高工作效率,获得更多的利益,她不顾众人的非议,对工厂进行种种改革。为了利益,她甚至不惜经历数次功利性的婚姻。她对艾希礼的爱情也随着生活阅历的增加和对彼此的了解而渐渐发生了变化。她认识到自己一直钟情的仅仅是自己心造的幻影:"除了在我的想象中外,他从来就没有真正存在过",她厌倦地想,"我爱的是某个我自己虚拟的东西……就像我缝制了一套精美的衣服,并且爱上了它,后来我便把那套衣服给他穿上,也不管他穿了合不合适,我不想看清楚他到底怎么样。我一直爱着那套美丽的衣服,而根本不是爱他这个人……"。就这样,她结束了自己和艾希礼的爱情悲剧,并最终发现自己最爱的是丈夫瑞德。关于思嘉和瑞德的爱情,小说是一个开放的结局,给了读者无尽的想象空间。诚然,在小说中思嘉由于生活所需做了一些不光彩的事:抢别人的丈夫,说谎骗人,做坑人的交易,还要各种阴谋诡计。这也使得读者对她的评论毁誉参半。但是,她在战争中表现出的勇敢,独自承担起养活一大家人的重担的责任感,她对艾希礼和媚兰在战后始终如一的照顾,以及面对困难坚强不屈的精神,都使人产生敬意。作者并无意将思嘉塑造成一个高大全的英雄人物,而是让她有血有肉,这种复杂立体的人物亦更具有感染力和影响力。

《飘》自出版发行之日起就受到广大读者的热爱。直到今天,它仍是美国每年销售量最大的小说之一。虽然不少经院式的文学评论家对这部巨著不以为然,甚至指责小说同情南方的白人奴隶主,迎合了一般小市民的口味。但《飘》的成功并不是一种偶然的巧合。作品构思巧妙,心理描写细腻生动,人物内心的每一个细微变化都被捕捉展示出来。同时,小说语言生动,不同人物的性格通过个性化的对白很好地凸显出来。对人物性格的成功塑造是小说的最成功之处,特别是思嘉那种奋斗精神,那种不达目的誓不罢休的毅力则是美国人性格和美国精神的最好体现。此外,在环境场景的描写上,既有全景的勾勒,又有局部的特写,语言优美流畅,意境丰满。小说的故事情节环环相扣,充满冲突悬念,波澜起伏。这些都赋予了作品极强的可读性,紧紧抓住了一代又一代读者的心。

飘(片断)

第三十一章

1866年一月一个寒冷的下午,思嘉·奥哈拉坐在房里给皮蒂姑妈写信,详细解释为什么她自己、媚兰或艾希礼都无法回到亚特兰大去同她一起住。这已是第十次写这样的信了,她很不耐烦，因为知道皮蒂姑妈一读完开头几句就会把信放下，然后再一次来信诉苦："可是我真害怕独自一个人生活呀！"她的手已经冻僵了，便停下来使劲搓搓，同时将双脚深深踹入裹着脚的旧棉絮里，她的拖鞋后跟实际上早已磨掉，只好用碎毡皮包起来。毡皮尽管可以使脚不必直接踩地，但已起不了多少保暖作用。那天早晨，威尔把马牵到琼斯博罗钉蹄铁去了。思嘉暗想这世道怎么变得这么怪了，马还有鞋穿，而人却像院子里的狗还光着脚呢。

她继续拿起笔写信，但这时听到威尔正从后门进来，便又把笔放下。她听见他那条木腿在房外面的穿堂里梆梆地响，后来没有声息了。等了一会儿，想必他会进来，但没有一点动静，于是她只好喊他。他进来了，两只耳朵冻得通红，淡红色的头发一片蓬乱，站在那里俯视着她，嘴角浮现着一丝幽幽的笑意。

"思嘉小姐，你究竟攒了多少钱呀？"他问。

"难道你是贪图我的钱要和我结婚吗？威尔？"她有点粗鲁地反问他。

"不，小姐，我只是想现在想知道。"

她审讯似地注视着他。威尔显得不很认真，不过他从来就是这个样子。反正她觉得出了什么事。

"我手头只有十个金元，"她说。"这是那个北方佬留下的最后一点钱了。""唔，小姐，这会不够的。"

"不够干什么？"

"不够交纳税金，"他答道，一面蹒跚地走到壁炉前面，弯下腰伸手烤火。

"税金？"她简单地重复了一遍，"我的上帝，威尔！我们已经交过税了呀！""是的，小姐。但他们说你交得不够。这是今天我在琼斯博罗那边听到的。""可是，威尔，我弄不明白。你究竟是什么意思？""思嘉小姐，我的确很怕再给你添烦恼，因为你已经够苦的了，可是我又不能不告诉你。他们说你还得付更大一笔的税金。他们把塔拉的税额增加得吓人地高……我敢说超过了县里任何一宗不动产。""既然我们已经付过一次了，他们就不能再让我们交更多的税金。""思嘉小姐，你从来不大到琼斯博罗去，我也高兴你这样。那是这些日子一位夫人不该去的地方。可是假如你去得多了，你就会知道，那里近来有不少的流氓，共和党和提包党人在当政。他们会叫你气炸的。而且，还常常发生黑鬼把白人从人行道上推下去的事，以及……""可这同我们的税金有什么关系呢？""我正要说呢，思嘉小姐。由于某种原因，那些无赖已经对塔拉的税金表示很不满意，仿佛那是个年产上千包棉花的地方。当我听到这消息，便到那些酒吧间附近去打听，收集人们的闲言碎语。然后我才发现，有人希望在你付不出这些额外税金时，州府将公开拍卖，于是他们可以用低价买下塔拉。谁都明白你交不出这么高的税款。现在我还不知道究竟是谁想买这块地方。我调查不出来。不过我想，希尔顿这胆怯的家伙，那个娶了凯瑟琳小姐的人，他肯定会知道的，因为我正要向他探听，他便尴尬地笑了。"威尔在沙发上坐下，抚摩着他的半截腿。这条残腿每逢天气寒冷就要疼痛，而好半截木头又镶嵌得不很好，弄得他很不舒服。思嘉呆呆地望着他。他谈到塔拉这个要命的消息时，态度还是那么随便。由州府公开拍卖吗？那么大家往啊儿去呢？而且搭拉会属于另外一个人！不，这根本是不可思议的！

她早已专心致志于塔拉的生产，因此不大关心外界发生的事。既然有威尔和艾希礼去料理她在琼斯博罗和费耶特维尔可能要办的一切事务，她就没必要离开农场。在战争爆发前她对于父亲有关战争的谈论听而不闻，她如今才对于威尔和艾希礼在晚餐后有关开始重建的闲谈也不怎么在意了。

当然喽，她听说那些倚仗共和党大谋私利的南方败类，以及那些提包党人。后者是南方一宣告投降就像蝗虫般拥来的北方佬，他们把自己的全部财产装在一个提包里带到这里。她还同那个所谓的“自由人局”打过几次很不愉快交道。她也听说过有些被解放的黑人已变得相当傲慢无礼了。可最后一点她却难以相信，因为她有生以来还从没见过一个傲慢的黑人呢。但是，有许多事情是威尔和艾希礼合谋向她隐瞒了。随着战争灾害而来的是重建故园时期的更大灾害，只不过他们两人早商量好了，在家里谈论当前形势时不提外面那些更可怕的具体情况。而当思嘉不加回避高兴听听时，也大多是一只耳朵进另一只耳朵出。

艾希礼说过，南部正在被当作一个被征服的省份对待，而征服者所采取的主要政策便是给予报复。不过，这样一种报道对于思嘉来说丝毫没有意义，因政治是男人们的事。

她听威尔说过，似乎北部就是不准备让南部重新建立起来。好吧，思嘉心想，男人们总爱为一些蠢事操心。而她，北方佬过去没有鞭打过她，这一次看来也不会。如今最要紧的是拼命工作，再用不着为北方佬政府忧虑。反正，战争已经过去了。

思嘉并不明白竞争的一切规律都已经改变，诚实的劳动不会再赚到公正的报酬了。佐治亚州如今几乎处于军法管制之下。北方佬士兵镇守着整个地区，“自由人局”完全控制这里的一切，而他们正在确立适合于他们自己的法规。

这个由联邦政府组织起来的局，其职责是管理那些懒惰而激动的前黑奴，现在正吸引他们成千上万地从种植园转移到乡村和城市中来。局里供养着他们，任其游手好闲，并且腐蚀毒化他们的思想，激发他们反对以前的主人。杰拉尔德家从前的监工乔纳斯·威尔克森负责设在塔拉的分局，他的助手是凯瑟琳·卡尔弗特的丈夫希尔顿。他们两人大肆散布谣言，说南方人和民主党人正等待时机要让黑人回到种植园重新沦为奴隶，而黑人为逃避这一厄运的唯一希望在于这个局以及共和党给他们提供的种种保护。

威尔克森和希尔顿进一步告诉黑人们，他们在哪个方面都不比白人弱，并且很快就会允许白人与黑人通婚了，而他们以前的主人们财产也将很快被瓜分完，每个黑人都将分到四十英亩地和一头骡子归自己所有。他们以所谓白人逞凶犯罪的故事来煽动黑人，因此在一个一贯以主奴关系亲密闻名的地区，仇恨和猜疑又开始抬头了。……

她从光秃秃的树枝下穿过果园，她的双脚全被潮湿的野草打湿了。她听见从沼泽地传来艾希礼劈栅栏时斧子震动的响音。要把北方佬恣意烧光的那些篱笆重新修复，是一桩很艰苦而费时的劳动。一切工作都是艰苦费时的，她很不耐烦地这样想，并为此感到既厌倦又恼火又烦闷透了。假如艾希礼就是她的丈夫而不是媚兰的，那么她去找他时，可以把自己的头靠在他的肩膀上嚷着搡着，将身上的负担都推给他，叫他尽最大的努力加以解决，那该有多好唉。她绕过一丛在寒风中摇摆着光秃秃的树枝的石榴树，便看见他倚着斧把，用手背擦拭着额头。他身上穿的是一条粗布裤子和一件杰拉尔德的衬衫，这件衬衫以前完好的时候只有开庭和参加野宴时才穿的，如今已经皱巴巴的，穿在新主人身上显然是太短了。他把上衣挂在树枝上，因为这种劳动是要流大汗的，她走过来时，他正站着休息。

眼见艾希礼身披褴褛，手持利斧，她心中顿时涌起一股怜爱和怨天之情，激动得难以自禁了。她不忍心看见那温文尔雅、心地纯洁而善良的艾希礼竟是一副破衣烂衫、辛苦劳累的模样。他的手天生不是来劳动的，他的身体天生也只能穿戴绫罗。上帝是叫他坐在深院大宅之中，同宾客们高谈阔论，或者弹琴写诗，而这些音韵优雅的作品又毋需有什么涵义。

她能容忍让自己的孩子用麻布袋作围裙，姑娘们穿着肮脏的旧布衣裳，让威尔比大田里苦力工作得更辛苦，可是决不忍心让艾希礼受这种委屈。他太文雅了，对于她来说是太宝贵了。决不能让他过这样的生活，她宁愿自己去劈木头，免得眼见他干这种活时自己心里难受。

——选自戴侃、李野光、庄绎传译《飘》，人民文学出版社 1990 年版

（李盈盈）

三十六　艾略特《荒原》

托马斯·史特恩斯·艾略特(1888—1965)是20世纪最重要的诗人和批评家之一,后期象征主义最杰出的代表。艾略特祖籍英国,出生在美国密苏里州圣路易斯的商人家庭。祖父曾为华盛顿大学校长,母亲良好的文学素养对艾略特影响极大。1910年获哈佛大学硕士学位并任助教。曾任先锋派杂志《自我中心者》文学编辑,主编文学评论季刊《标准》。1926年任牛津大学讲师。1952年后任伦敦图书馆馆长。艾略特深受波德莱尔、马拉美等象征主义诗人影响,主要创作有长诗《普鲁弗洛克的情歌》、《荒原》、《空心人》、《四个四重奏》等,写有戏剧《大教堂凶杀案》、《全家团聚》、《鸡尾酒会》等。作为英美新批评文论家,他的主要论作有《传统与个人才能》、《诗歌的功能与批评的功能》等。艾略特诗歌以象征的手法,表达战争给人类带来的精神苦闷与幻灭感,试图以宗教信仰来拯救西方社会,让人类摆脱苦难。他的诗歌具有象征性特征,主张诗歌的"非个人化",提倡为思想感情寻找"客观对应物"。诗中擅长引经据典,旁征博引,诗歌博大玄奥,寓意深邃。1948年获得诺贝尔文学奖。

艾略特诗歌《荒原》(1922)描述了20世纪初西方社会的荒原景象。长诗由"死者葬仪"、"对弈"、"火诫"、"水里的死亡"和"雷霆的话"五部分组成。荒原呈现的是一片衰败景象,大地干涸,寸草不长,荒原人如同行尸走肉,精神空虚。无聊的人们过着放纵情欲的生活,社会腐败,道德沦丧,无论是居住在豪华住宅中的上流社会人士,还是蜗居在四面透风的破棚中的下层男女,都在情欲中寻求荒原生活的慰藉。过度的情欲以及战争,让世界变得一片荒芜,给人类生存带来灾难。诗歌最后以耶稣的降临,指明人类只有皈依上帝才能得到拯救。史诗般的《荒原》以象征的意象,显示了西方在战争动乱下的社会荒原和精神荒原。战争的灾难使得大地一片荒芜,到处是沙石,倒塌的房屋,无助的难民。荒原大地上生活的人,犹如但丁"地狱"中的鬼魂,荒原笼罩着一片死亡的阴影。即使是春意盎然的四月,诗人感受到的却是冬天的寒冷。荒原社会的人们过着醉死梦生充满情欲的无聊日子。诗人在长诗中,在展示荒原社会的同时,以阴森恐怖的意象,提醒人们反思战争,反思社会,反思现实。同时告诫人类,只有心中充满对宗教、对上帝的信仰,充满仁慈博爱,舍己为人,克制情欲,荒原才能获得雨露养分,人类才能得到拯救。

《荒原》充满了象征性,通篇以隐喻、暗示和象征的手法传达对荒原社会的感受。诗歌象征寓意丰富含蓄,多变多义,常常以同一意象象征不同的事物。如"水"的意象既是情欲的象征,又是死亡的象征,还是生命甘露和欢乐愉快的象征。《荒原》中诗人以互文的形式,直接引入6种语言,35位作家,56部作品内容,使得长诗具有了深厚的西方文化内涵。《荒原》全面体现了艾略特"客观对应物"象征主义创作理论,主张诗歌隐藏诗人个人情感的"非个人化",为思想感情寻找"客观对应物",借助客观的事物和意象,间接体现诗人的情感思想。客观冷静的意象,以抽象理念的形式表达思想情感,使得诗歌更加含蓄,意蕴更加丰富。《荒原》深受玄学思想的影响,全诗充满了神秘主义与宗教色彩。

荒原[①]（片断）

一、死者葬仪

四月是最残忍的一个月，荒地上
长着丁香，把回忆和欲望
参合在一起，又让春雨
催促那些迟钝的根芽。
冬天使我们温暖，大地
给助人遗忘的雪覆盖着，又叫
枯干的球根提供少许生命。
夏天来得出人意外，在下阵雨的时候
来到了斯丹卜基西；我们在柱廊下躲避，
等太阳出来又进了霍夫加登，
喝咖啡，闲谈了一个小时。
我不是俄国人，我是立陶宛来的，是地道的德国人。
而且我们小时候住在大公那里
我表兄家，他带着我出去滑雪橇，
我很害怕。他说，玛丽，
玛丽，牢牢揪住。我们就往下冲。
在山上，那里你觉得自由。
大半个晚上我看书，冬天我到南方。

什么树根在抓紧，什么树根在从
这堆乱石块里长出？人子啊，[②]
你说不出，也猜不到，因为你只知道
一堆破烂的偶像，承受着太阳的鞭打
枯死的树没有遮荫。蟋蟀的声音也不使人放心，[③]
焦石间没有流水的声音。只有
这块红石下有影子，
（请走进这块红石下的影子）
我要指点你一件事，它既不像

---

① 这首诗不仅题目，甚至它的规划和有时采用的象征主义手法也绝大部分受魏士登女士（Miss Jessie L. Weston）有关圣杯传说一书的启发。该书即《从祭仪到神话》（*From Ritual to Romance*，剑桥版）。确实我从中得益甚深。它比我的注释更能解答这首诗中的难点。谁认为这首诗还值得一解的话，我就向他推荐这本书（何况它本身也是饶有兴趣的）。大体说来，我还得益于另一本人类学著作，这本书曾深刻影响了我们这一代人；我说的是《金枝》（*Golden Bough*）。我还特别利用了阿帖士，阿东尼士，欧西利士（Attis，Adonis，Osiris）这两卷。熟悉这些著作的人会立刻在这首诗里看出有些地方还涉及到了有关繁殖的礼节。

② 参阅《以西结书》第二章第一节。

③ 参阅《传道书》第十二章第五节。

你早起的影子，在你后面迈步；
也不像傍晚的，站起身来迎着你；
我要给你看恐惧在一把尘土里。

风吹得很轻快，
吹送我回家去，
爱尔兰的小孩，
你在哪里逗留？①
“一年前你先给我的是风信子；
他们叫我做风信子的女郎”，
——可是等我们回来，晚了，从风信子的园里来，
你的臂膊抱满，你的头发湿漉，我说不出
话，眼睛看不见，我既不是
活的，也未曾死，我什么都不知道，
望着光亮的中心看时，是一片寂静。
荒凉而空虚是那大海。②
马丹梭梭屈里士，著名的女相士，
患了重感冒，可仍然是
欧罗巴知名的最有智慧的女人，
带着一副恶毒的纸牌，③这里，她说，
是你的一张，那淹死了的腓尼基水手，
（这些珍珠就是他的眼睛，看！）
这是贝洛多纳，岩石的女主人
一个善于应变的女人。
这人带着三根杖，这是“转轮”，
这是那独眼商人，这张牌上面
一无所有，是他背在背上的一种东西。
是不准我看见的。我没有找到
“那被绞死的人”。怕水里的死亡。
我看见成群的人，在绕着圈子走。
谢谢你。你看见亲爱的爱奎尔太太的时候
就说我自己把天宫图给她带去，
这年头人得小心啊。

---

① 见《特里斯坦和绮索尔德》（*Tristan und Isolde*）第一幕，5—8行。
② 见《特里斯坦和绮索尔德》第三幕，第24行。
③ 我并不熟悉太洛（Tarot）纸牌的确切组成，只是用来适应我自己的方便。按照传说，这套纸牌中的成员之一是“那被绞死的人”，他在两方面适应我的目的：在我思想中，他和弗雷泽的“被绞死的神”联系在一起。腓尼基水手和商人出现较晚；“成群的人”和“水里的死亡”则见于第四节。“带着三根杖的人”（是太洛纸牌中有确切根据的一员）我也相当武断地把他和渔王本人联系起来。

并无实体的城,[1]
在冬日破晓的黄雾下,
一群人鱼贯地流过伦敦桥,人数是那么多,
我没想到死亡毁坏了这许多人。[2]
叹息,短促而稀少,吐了出来,[3]
人人的眼睛都盯住在自己的脚前。
流上山,流下威廉王大街,
直到圣马利吴尔诺斯教堂,那里报时的钟声
敲着最后的第九下,阴沉的一声。[4]
在那里我看见一个熟人,拦住他叫道:"斯代真!"
你从前在迈里的船上是和我在一起的!
去年你种在你花园里的尸首,
它发芽了吗?今年会开花吗?
还是忽来严霜捣坏了它的花床?
叫这狗熊星走远吧,它是人们的朋友,[5]
不然它会用它的爪子再把它挖掘出来!
你!虚伪的读者!——我的同类——我的兄弟![6]

五、雷霆的话[7]

火把把流汗的面庞照得通红以后
花园里是那寒霜般的沉寂以后
经过了岩石地带的悲痛以后
又是叫喊又是呼号
监狱宫殿和春雷的
回响在远山那边震荡
他当时是活着的现在是死了
我们曾经是活着的现在也快要死了
稍带一点耐心

---

① 参看波德莱尔的诗:
这拥挤的城,充满了迷梦的城,
鬼魂在大白天也抓过路的人!

② 参阅《地狱》第三节55—57行:
这样长的
一队人,我没想到
死亡竟毁了这许多人。

③ 参阅《地狱》第四节25—27行:
根据听到的声音判断
这里没有其他痛苦的表现,只有叹息
使永恒的空气抖颤。

④ 这是我常见的一种现象。

⑤ 见魏布斯特(Webster)《白魔鬼》中的挽歌。

⑥ 见波德莱尔《恶之花》的序诗。

⑦ 第五节的第一部分用了三个主题:去埃摩司的途中,向"凶险的教堂"的行进(魏士登女士书)和今日东欧的衰微。

这里没有水只有岩石
岩石而没有水而有一条沙路
那路在上面山里绕行
是岩石堆成的山而没有水
若还有水我们就会停下来喝了
在岩石中间人不能停止或思想
汗是干的脚埋在沙土里
只要岩石中间有水
死了的山满口都是龋齿吐不出一滴水
这里的人既不能站也不能躺也不能坐
山上甚至连静默也不存在
只有枯干的雷没有雨
山上甚至连寂寞也不存在
只有绛红阴沉的脸在冷笑咆哮
在泥干缝裂的房屋的门里出现
只要有水
而没有岩石
若是有岩石
也有水
有水
有泉
岩石间有小水潭
若是只有水的响声
不是知了
和枯草同唱
而是水的声音在岩石上
那里有蜂雀类的画眉在松树间歌唱
点滴点滴滴滴滴[①]
可是没有水

谁是那个总是走在你身旁的第三人?[②]
我数的时候,只有你和我在一起
但是我朝前望那白颜色的路的时候
总有另外一个在你身旁走

---

① 这是画眉的一族,是我在魁北克州所见过的一种蜂雀类的画眉。蔡朴孟在《美洲东北部的鸟类手册》(*Chapman: Handbook of Birds of Eastern North America*)一书中说:"这种鸟最喜欢住在深山僻林里……它的鸣声并不以多变或洪亮著称,但它的声调的甜纯、易节的优美则是无与伦比的。"它的"滴水歌"确实值得赞赏。

② 下面几行是受了南极探险团的某次经历的叙述而触发的。我忘记了是哪一次,也许是谢格尔登(Shackleton)领导的一次。据说一伙探险家在精疲力竭之时,常常错觉到数来数去,还是少一个队员。

悄悄地行进，裹着棕黄色的大衣，罩着头
我不知道他是男人还是女人
——但是在你另一边的那一个是谁？[1]

这是什么声音在高高的天上
是慈母悲伤的呢喃声
这些带头罩的人群是谁
在无边的平原上蜂拥而前，在裂开的土地上蹒跚而行
只给那扁平的水平线包围着
山的那边是哪一座城市
在紫色暮色中开裂、重建又爆炸
倾塌着的城楼
耶路撒冷雅典亚力山大
维也纳伦敦
并无实体的

一个女人紧紧拉直着她黑长的头发
在这些弦上弹拨出低声的音乐
长着孩子脸的蝙蝠在紫色的光里
嗖嗖地飞扑着翅膀
又把头朝下爬下一垛乌黑的墙
倒挂在空气里的那些城楼
敲着引起回忆的钟，报告时刻
还有声音在空的水池、干的井里歌唱。
在山间那个坏损的洞里
在幽黯的月光下，草儿在倒塌的
坟墓上唱歌，至于教堂
则是有一个空的教堂，仅仅是风的家。
它没有窗子，门是摆动着的，
枯骨伤害不了人。
只有一只公鸡站在屋脊上
咯咯喔喔咯咯喔喔
刷的来了一炷闪电。然后是一阵湿风
带来了雨

恒河水位下降了，那些疲软的叶子

① 参阅海尔曼·亥司(Hermam Hesse)的《混乱中的一瞥》(*Blichins Chaos*)："欧洲的一半，至少东欧的一半已在向混乱的道路上行进，被某种神圣的迷恋所灌醉，正沿着悬崖的边缘前进，醉醺醺地像唱着圣歌似地唱着，像狄弥德里·加拉马索夫那样唱着。恼怒了的布尔乔亚嘲笑这些歌；圣人和先知则流着泪听着他们。"

在等着雨来，而乌黑的浓云
在远处集合在喜马望山上。
丛林在静默中拱着背蹲伏着。
然后雷霆说了话
DA
Datta：我们给了些什么？[1]
我的朋友，热血震动着我的心
这片刻之间献身的非凡勇气
是一个谨慎的时代永远不能收回的
就凭这一点，也只有这一点，我们是存在了
这是我们的讣告里找不到的 [2]
不会在慈祥的蛛网披盖着的回忆里
也不会在瘦瘦的律师拆开的密封下
在我们空空的屋子里
DA
Dayadhvam：我听见那钥匙 [3]
在门里转动了一次，只转动了一次
我们想到这把钥匙，各人在自己的监狱里
想着这把钥匙，各人守着一座监狱
只在黄昏的时候，世外传来的声音
才使一个已经粉碎了的柯里欧莱纳思一度重生
DA
Damyata：那条船欢快地
作出反应，顺着那使帆用桨老练的手
海是平静的，你的心也会欢快地
作出反应，在受到邀请时，会随着
引导着的双手而跳动

我坐在岸上[4]
垂钓，背后是那片干旱的平原

---

① "Datta，dayadhvam，damyata"（Give，Sympathize，Control—译注：即舍予，同情，克制）。雷的寓言的含义见《布里哈达冉雅加—优波尼沙土》（*Brihadarangaka-Upanishad*）第五卷，第一节。它的译文之一见陶森（Deussen）的《吠陀经中之六十优波尼沙土》（*Sechzig Upanishads des Veda*）第489页。

② 参阅魏布斯特《白魔鬼》第五幕第六景：
他们又要重新结婚了
不等蛆虫钻透你的尸衣，也不等蜘蛛
在你的墓志铭上织上一层薄网。

③ 参阅《地狱》第三十三节，第46行。
我又听到下面那可怕的塔门
已经锁上。

④ 见魏士登《从祭仪到神话》有关渔王的一章。

我应否至少把我的田地收拾好？
伦敦桥塌下来了塌下来了塌下来了
然后，他就隐身在炼他们的火里，[1]
我什么时候才能像燕子——啊，燕子，燕子，[2]
阿基坦的王子在塔楼里受到废黜 [3]
这些片断我用来支撑我的断垣残壁
那么我就照办吧。希罗尼母又发疯了。[4]
舍己为人。同情。克制。
平安。平安
　　平安。[5]

——选自袁可嘉等编《外国现代派作品选》，赵萝蕤译，上海译文出版社 1980 年版

（项晓敏）

---

① 见《炼狱》第二十六章第 148 行。
“现在我凭借那引导你走上
这个阶梯顶端的‘至善原理’，
请求你适时地回忆起我的悲伤！“
然后，他就隐身在炼他们的火里。
② 见《圣维纳思的夜守》(*Pervigilium Veneris*)，参考第二节和第三节中的翡绿眉拉。
③ 见奈赫法尔(Gerard de Nerval，1803—1855)的十四行诗《不幸的人》(*El Desdichado*)。
④ 见基德(Kyd，1558—1594)《西班牙悲剧》(*The Spanlish Tragedy*，1594)
⑤ Shantih 在此重复应用是某一优波尼沙土经文的正式结语。依我国文字便是“出人意外的平安”。

三十七　卡夫卡《变形记》

弗兰兹·卡夫卡(1883—1924)是奥地利小说家,20世纪欧洲乃至世界最著名的表现主义小说家。卡夫卡是一位用德语写作的作家,出生于犹太商人家庭,幼时父亲暴君般的教育造成其忧郁悲观的性格。卡夫卡1901年进入布拉格大学学习文学,后转学法律,并于1906年取得法律博士学位。他从1904年开始写作,生前出版的作品有《判决》、《火夫》、《变形记》、《在流放地》、《乡村医生》和《饥饿艺术家》等。1922年卡夫卡罹患肺病,两年后病逝。他死后留下遗嘱要求烧毁他的一切著作,但好友布劳德出于友谊违背了遗言,替他整理遗稿,出版了他的书信、日记、短篇小说集《中国长城》,以及最重要的三部长篇小说《美国》、《审判》和《城堡》。卡夫卡是第一个在作品中着力表现"异化"问题的作家,作品风格变形荒诞,充满批判色彩,也流露出忧郁绝望的情绪。他的作品多用客观冷静的叙述方式,语言风格流畅简洁、别具一格。同时他擅长象征、寓言、荒诞和意识流等多种现代派手法,被多个现代派思潮追认为鼻祖。

《变形记》写于1912年,发表于1915年,是卡夫卡最具代表性的短篇小说之一,在现代文学史上亦占有重要的地位。故事描写一名公司的小职员格里高利[①]在清晨醒来时发现自己变成了一只甲虫,无法去上班。之后公司派代表前来打听他为何迟到,并威胁说如果不能做出解释就要开除处分。格里高利于是不顾一切地用下颚咬住钥匙打开了门,想要做一番解释,结果却使所有人都受到了惊吓。随后的日子里,只有妹妹每天给他送饭,但是随着格里高利日益虫化,家人也渐渐对他失去了耐性和同情。最终格里高利在心灰意冷和孤独寂寞中绝食而死,全家人如释重负,相约去春游。

《变形记》之所以在20世纪西方文学中占有重要地位,是因为它的内容揭示了现代西方社会中若干本质问题。小说通过主人公形体上的变异及其之后的一系列遭遇,深刻揭示了社会中的"异化"现象和人的不安全感,以及在金钱关系利益下的人与人之间的冷漠和隔阂。"异化"现象是现代社会中一个不可回避的事实,金钱、机器和简单重复的劳动占据了"人"的全部生命,把"人"变成了"工具",也就是没有人性的"物"。人在这样的环境中,精神不堪重负,以致产生了悲剧。小说通过象征的手法,活灵活现地再现了这样一幅"异化"的图画。故事中的主人公即使在被异化为虫子后,仍然不能摆脱强加在他身上的社会标签和性格,受压抑的小职员心态和性格仍未消失,凸显出现代社会中"异化"现象的严重性。现代西方社会无法使生活于其中的人产生安全感,人无法掌握自己的命运。战争、经济危机、恐怖主义等灾难无从躲避,降临到身上时也无路可逃。受到同时代尼采、克尔凯郭尔等哲学家思想的影响,作者对此尤有深刻的认识。小说中主人公所面临的突如其来、莫名其妙的遭遇,正是现代西方社会中生存现状的真实展现,人充满了孤独感。在充斥着资本的社会里,人与人的关系是金钱的关系,这就注定了人必然是孤独的。当一个人丧失了经济价值,也就意味着丧失了整个人生价值。失败者将不可避免地受到金钱食物链的自然淘汰,被周围的人所排斥,即使在亲人之间也不能例外。这就造成了人在社会中极端的孤独与寂寞。小说正是通过一个生活在社会底层的小职员对美好人际关系的向往,与他丧失劳

---

① 本作品选译为"格里高"。

动力后遭到家人无情的抛弃所形成的鲜明对比，揭露出现代社会里人与人之间的冷酷无情，将人的孤独感表现得淋漓尽致。

同时，在艺术方面，《变形记》综合运用象征、荒诞、变形、寓言和意识流等多种表现手法，运用详细逼真的细节描写展开荒诞不经的故事情节，表现出现实世界自身荒诞的本质。小说用冷漠、客观、简洁的语言风格来讲述故事主人公怵目惊心的悲惨故事，所造成的巨大反差使故事产生震撼人心的力量。同时，卡夫卡将现实与非现实、人与非人放在一起比较，凸显出整个故事及其社会背景的荒诞、残酷和无法理解，也给作品本身涂上一层梦幻和晦涩的色彩。这种将荒谬的故事放在平淡的日常生活环境中，使之变得合乎情理，从而将现实和虚幻结合为一个整体的手法，也是卡夫卡作品一贯的特色，被后人称之为“卡夫卡式写作手法”。

变形记(片断)

当格里高·萨姆莎从烦躁不安的梦中醒来时，发现他在床上变成了一个巨大的跳蚤。他的背成了钢甲式的硬壳，他略一抬头，看见了他的拱形的棕色的肚皮。肚皮僵硬，呈弓形，并被分割成许多连在一起的小块。肚皮的高阜之处形成了一种全方位的下滑趋势，被子几乎不能将它盖得严实。和他身体的其他部位相比，他的许多腿显得可怜的单薄、细小，这些细小的腿在他跟前，在他眼皮下无依无靠地发出闪烁的微光。

“我怎么啦！”格里高心里想道，那不是一个梦。他的房间是一个不折不扣的凡夫俗子的房间，只是略为小些罢了。房间里静静的，四周是熟悉的墙壁，桌上摊开着收集得来的织物样品，往上看挂着一幅画，那是他不久前从画报上剪下来的。镶嵌在一个美丽的镀金的相框里，这是一幅夫人的画像。画上的夫人头带毛帽，颈脖套着狭长的毛围巾，一幅端坐的姿态。胳膊的下部隐藏在毛暖筒里。这幅画高高在上，对来访者显示出一种俯临人世的气派。

格里高望着窗外，那是一种灰暗的天气——可以听到雨点打在窗棂上——这使他心情抑郁。“如果我现在睡一会，忘记所有的傻事，那会怎么样呢？”他心里想。但是这根本实行不了，因为他习惯于朝右侧睡，而现在却是仰天睡的，翻不到右边，尽管用了很大的力量，仍然无济于事。他试了上百次，闭着眼睛，免得看见那些活蹦乱跳的小腿。当他开始感到一侧有些从未有过的轻微的钝痛时，才停止了翻身的努力。

“我的天哪，”他想，“我选择的是多么辛苦的职业啊，我日复一日地处于旅途之中。在外面，业务上的刺激，比起在家、在公司要大得多。此外，还要承受旅途的劳累，要考虑火车的联运，吃饭没有规律性，伙食又差，频繁更迭的车马交通，一点也没有人情味，没有温馨之感，让这种旅差劳务见鬼去吧！”这时，他觉得肚皮上都有点痒，于是他让背部慢慢移动到床柱附近，以便于抬起头来。他看见了痒的部位，那上面全是小白点，他弄不清那些到底是什么东西，他想用腿来摸摸这个部位，但他立刻缩回来，因为摸的时候，他打了一个寒战。

于是他又滑回原来的位置，“早起，”他想，“使人愚钝，人要睡觉，其他的旅行者像闺阁妇女一样生活。例如，当我上午这段时间，走回接待室，记下已经分配到的任务时，先生们才吃早饭，要不信，可到我上级那儿去试一试，我立刻就飞出去；可是谁知道，这样做对我是否很有好处呢？要不是由于父母的原因我早就该声明辞职了，我早就该去上级跟前彻底倾诉我的肺腑之言，他听了我的话肯定要从写字台上跌倒下来；他坐在写字台旁的姿势也很特别，他总是居高临下地和职员谈话，由于他的听力不好，职员说话时必须离他很近。现在，希望还是有一点的，我已经积蓄了一点钱，为了向他还清父母的债——这债恐怕要还五、六年——我是绝对要还清的；然后可以获得厚利。目前，我无论如何要起来了，因为我乘的是五点的车。”

……他略微咳了一会，想努力咳掉虫声。因为他的咳嗽听起来也可能不完全同于人的咳嗽声，格里高也不敢再自行作主咳嗽了。这时隔壁房间里变得完全的沉寂。也许父母和代表正坐在桌子旁边窃窃私语，或许他们正靠在门内偷听。

格里高连同单人沙发一起朝房门移动，到了门边他就直扑房门，这时他站直了。——他那一团小腿带有些微的粘性——略事休息。然后他开始用嘴转动着锁孔里的钥匙。可惜他根本没有牙齿——他用什么把握住钥匙呢？——当然，他的下颌是强有力的，用下颌可以真正地转动钥匙，格里高不顾一切地这样做了，毫无疑问他付出了代价，因为棕色的液体从嘴里流出来了，流到钥匙上，滴到地板上了。“你俩听！”代表在隔壁房间说，“他在转动钥匙。”这对格里高是一个很大的鼓励，但这样一来，大家都对格里高鼓劲了。父亲、母亲也参与叫喊：“加油！格里高，”他们都叫了。“再靠近一点，靠紧锁子。”可以想象大家都在紧张地注视着格里高的艰辛和努力，他也竭尽了全力，可控制不了，他居然咬住了钥匙，每转动一下钥匙，锁也跟着晃动，现在只有他的嘴还可伸直，按照转动的需要，他把自己挂在钥匙上了，锁子反弹，激出相当响亮的铿锵声，这使格里高真正地清醒了。他喘着气，心里想，我干脆不在锁上下功夫了。他把头搁在门的把手上，使门完全敞开。

因为他用这种方法开门，门缝就开得相当的宽了，可人家还是看不到他，他必须绕着门扇慢慢转动，他担心由于别人进来时他恰好笨拙地掉到地上，弄个脚朝天，所以他转动时小心翼翼。他还正在艰难地奋斗，没有时间注意其他事情，可就在这时，他听到代表一声响亮的“啊”，脱口而出。这声音有如风声飒飒。格里高也见到了代表，代表是第二个在门口的人了，他用手压住已经张开的嘴，慢慢地又收回去，好像一种不明显的、均匀的、很有后劲的力量在驱动着他。这时母亲也来了。她不顾代表在场，头发还是昨天晚上散开的样子，蓬松高耸，她首先看看两手互握的父亲，然后朝格里高走了两步，并且跪在她那向四周展开的裙子的中央，她的脸不甚明显地朝胸口垂了下来。父亲的表情带有敌意，他握紧双拳，好像要把格里高踢回他的房间，然后他很不安地将房间扫视一遍，接着用双手捂着眼睛哭起来了，他的有力的胸脯在抖动。

格里高根本没有出房间，而是靠在门扇上，这样就只能看到格里高一半的身子和上面侧偏的头部。他也就这样看着其他的人。这时屋里屋外已经明亮得多了，街道对面，立着无穷无尽的、灰黑色的房子的一部分——那是一座医院——这一部分房子上有规则地排列着坚实的、已经打开了的窗户，雨还在下，下得很大。每一个雨点，很明显的，是一滴一滴地落到地上。早餐的餐具数量很多，摆在桌子上，因为对父亲来说，早餐是一日之中最重要的一顿，他吃饭时要看各式各样的报纸，早餐要延续一个小时，对面墙上挂的是格里高在军队服役的照片，当时他是少尉，照片上的格里高手扶佩剑，脸上挂着无忧无虑的笑容，他的制服、仪表令人起敬，通向前房的门是开着的，由此望去，住宅的大门也是开着的，一直可以看到前院，看到前院的楼梯向侧面拐过去。

“现在，”格里高说，他也有自知之明，知道自己是这些人中唯一能保持安静的人。“我马上穿衣，包好货样，然后出发。你们让不让，你们让不让我走呀？现在，代表先生，您看到了，我不是一个固执的人，我喜欢工作。旅行是很不容易，但是我不旅行就不能生活。您到哪里去，代表先生？是到公司吗？对吧？您会将这一切真实地汇报吗？有人现在不能工作，那就应该回忆和思量一下他过去的业绩，以便他以后轻装前进，更努力集中精力地工作。我对于上司是非常忠于职守的，这您很清楚，一方面，我的父母和妹妹也需要我尽孝悌。我很为难。我是以工偿债，只有工作才有出路。不过，请您不要过分为难我。在公司里请您要为我说话。有人不喜欢我们这种出差的人，我知道。他们以为出差的人在外面赚大钱，过美好的生活。他们没有特别的理由深入思考这种偏见。但是您，代表先生，比起其他人来，您对于这种情况看得清楚一些。推心置腹地讲，您甚至比上司本人要看得更清楚。上司作为一个企业家，他对职员判断容易失误，总是循着不利于职员的思路判断。您也很了解，出差的人成年在公司外面，他很容易成为流言蜚语、偶发事件和莫名其妙的病痛的牺牲者。他也无法与之抗衡，因为他多半不了解他们的情况，而一旦他精疲力尽不能完成出差任务，在家又身患重病，他自己也不明白这是什么病，在这种情况下，他只有当牺牲品了。代表先生，您不给我一个说法，就不要走，我至少总是有一小部分是对的吧。"

但是就在格里高说头几句话时，代表就转过身子，他努着嘴，肩膀抖动着，回过头来盯着格里高；格里高接着讲下去，代表站在那儿没有一刻的安静，但始终盯着格里高。他非常缓慢地朝门走去，好像冥冥之中他不得不离开这个房间，而且事实上他已经到了前房，一个突然的动作之后，他的脚已最后迈出了客厅。可以认为他现在急于要有别的行动了。不过在前房时，他的右手远远地伸向了楼梯那儿，似乎存在着一种精神上的解脱。

格里高明白，如果他在公司的职位不会因此遭受特别打击的话，那么在这种情况下，他不能让代表走掉。父母对此并不十分理解，在长年累月之中，他们形成了一个这样的想法，即格里高在公司里能自食其力。此外，只知道目前要帮格里高多做解围的工作，以致缺乏先见之明。而格里高就不一样了，他认为代表可能会留下来，被安抚，被说服，最终被战败。格里高和他家里的前途就有赖于此了！妹妹刚才在这儿，那多好啊，她很聪明，当格里高安静地躺在地上的时候，她还哭过。这个代表，这个女人迷，肯定会被她控制，她可以把大门关了，在前房对他说些吓唬人的话，但妹妹现在不在这里，格里高必须自己应付了。但他并没有想到，他现在根本连行动的能力都没有。他也没有考虑到，他现在说的话，人家根本不可能听懂，或者有可能人家听不懂。他离开门扇，通过出口移动身子，他要朝代表走去。代表微笑着，已经用双手牢牢抓住前厅的栏杆。格里高马上就要落下去，他停了一会，像找什么东西，小声一叫，那许多小腿就落到了地上。几乎没有发生什么事情，今天早晨他才第一次感到身子的舒畅，那许多小腿之下是坚实的地板，格里高注意到小腿们完全顺从地听指挥，落到地板之后甚至正在努力负载他前进，去他想去的任何地方。看到这种情况格里高很愉快，他相信身上的各种病痛终于彻底痊愈了。他的动作缓慢了，他摇晃着身子，在离他母亲不远的地方，正对着他似乎在沉思的母亲，他就躺在这儿。这时他母亲突然伸开手臂，撑开手指跳了起来，并且叫道："救命呀，我的天哪！救命啊！"她低了头，好像要仔细看看格里高，可与此相反，下意识地倒退了几步。忘记了她背后就是桌子，当她来到他跟前时，她坐下来了。由于分神，她根本没有注意到她旁边的咖啡壶打翻了，咖啡大量地流到了地毯上。

"母亲，母亲，"格里高轻声地说，向上看着她。他此时此刻忘记了向代表走去，他不能眼看着流着咖啡的壶不管，他用下颌向空处咬着。对此母亲再次喊叫起来并且迅速逃离了桌子，扑向正朝她走来的父亲的怀里，但格里高现在没有顾及他的父母，代表已经到了楼梯，他的下巴搁在栏杆上，正回过头来看最后的一眼，格里高加快步伐，以便尽可能赶上代表。代表已经有所察觉，于是三步并作两步走，他消失了。

"啊！"他还在喊，叫声响彻整个楼房。父亲在此以前，一直还是很冷静的；可惜代表的逃走却使他糊涂了。父亲本人不但不追赶代表，而且还阻止格里高追赶。他左手拿着代表的手杖顺便说一句，代表戴着帽子，披着外衣曾经坐在单人沙发上，将手杖搁在那里，父亲左手拿着手杖，右手从桌子拿了一张报纸。蹬着脚，扬着手杖和报纸将格里高往他的房间里赶。格里高请求父亲不要这样，但无济于事。父亲也听不懂他的请求，格里高顺从地摇着头，父亲一个劲地蹬脚蹬得更欢；在那边，母亲不顾天气寒冷打开了窗户，将头伸向窗外，用双手捂着脸，在街道和楼房之间有一股过堂风，风将窗帘吹起，桌上的报纸被吹得呼呼作响，有的报纸还吹到地板上。父亲像个野人一样，毫不留情地挤出了嘘嘘之声。格里高虽已能走动，但未训练过后腿，如果他能拐弯，就立刻到了他的房里。但他担心拐弯，要花很多时间，这会使父亲不耐烦。每时每刻父亲都可能用手里的手杖将他往死里打，或者打在背上，或者往头上打。格里高此时终于走投无路，因为使他惊奇的是他后退时连方向都掌握不好，所以他胆怯了。开始不停地从侧面看着他父亲，心里想尽可能快地拐弯，但事实上很慢。也许父亲注意到了他这种可怜的用意，这其间并没有打扰他，而是用他的手杖尖，远远地指挥朝这里朝那里，要是没有父亲的这种不可忍受的嘘嘘之声那该多好啊！脑子一时间不管用了，他差不多已经完成了拐弯的动作，因为老是听那种嘘嘘之声，他糊里糊涂地又拐回来一段，当他的头终于幸运地处于门口时，发觉身子太宽，根本不可能通过入口，当然，以他父亲目前的心境也决不可能想到打开另外一扇门，让他有一个可行的通道。父亲，原本想到的只是，格里高应该尽可能快地回到他的房间里去。根本就没有想到要费心为格里高的需要做些准备，以便他能直立起来，就能直接进入：更多想到的是将格里高在这样吵闹的情况下往前赶，这时格里高背后有一种响声，那不是父亲的声音，这可不是玩笑。格里高加紧行动，——好像要发生什么事情了——赶快进入门里，他将身子一侧抬高，斜着通过入口，他的腋下已经受伤，白色的房门留下了脏的痕迹，他马上擦身而过，终于不再能动弹了。一侧的腿在空中抖动，另一侧的腿落在地上疼痛不已，这时父亲从后面给了他真正解除痛苦的一击，这一击是沉重。他猛烈地一跃，跃进房间很远，父亲还在用手杖敲门，最后一切都沉寂了。

——选自陆增荣、周新建译《卡夫卡短篇小说选》，湖南文艺出版社 2001 年版

（李永莒）

三十八 普鲁斯特《追忆似水年华》

马赛尔·普鲁斯特(1871—1922),法国现代小说家,意识流小说的先驱,出生于巴黎一个富裕的资产阶级家庭。普鲁斯特天资聪颖,从小就成绩优良,尤其喜爱文学和哲学课程。大学毕业后,普鲁斯特经常为杂志撰稿,同时根据家庭的意见,在玛扎里纳图书馆当了一名无报酬的馆员。普鲁斯特青少年时代经常出入上流社会的沙龙,混迹于贵夫人之间,并结识了一批文艺界名流。普鲁斯特具有"女性美"的音容笑貌,深得沙龙贵妇的喜爱,可惜他是个同性恋,一生中几乎没有恋爱故事。从1897年起,26岁的普鲁斯特哮喘病日益严重,于是他改变生活习惯,白天休息、夜间工作。母亲的去世使普鲁斯特感到"世界上已经没有使我觉得温暖的任何事物",如果不是决心完成小说,他简直没有理由再活在世上。此时,他的健康状况也越来越糟,感觉器官变得异常敏感,任何声响、特殊气味、亮光都可能诱发窒息性的哮喘病,他于1906年迁居奥斯曼大街102号寓所,闭户不出,除了弟弟和忠心的女仆,谢绝外人入内。他终日蜷缩在四壁钉有软木、窗户用厚毯子挡严了的卧室内,这里绝对寂静、黑暗,与墓穴相仿。普鲁斯特就在卧床上写作。这样的生活延续了十余年。1922年9月,为了出版的事他不慎出去了一趟,哮喘病发作,又不愿休息,忙于第六卷的校对,终于去世,临终时身边只有弟弟和女仆,终年51岁。

《追忆似水年华》是作者在1905—1921年间创作完成的两百多万字的皇皇巨著,构思写作长达16年。这部著作也被奉为现代派的经典,改变了对小说的传统观念,革新了小说的题材和写作技巧。这是一部回忆录式的自传体小说。小说一共7部,分别是《在斯万家那边》、《在少女们身旁》、《盖尔芒特家那边》、《索多姆和戈摩尔》、《女囚》、《女逃亡者》、《重现的时光》。《追忆似水年华》从表面上看,结构松散,首尾不相连接,书中有些人物时隐时现,某些内容能自成章节,似乎不是"典型意义"上的小说。然而小说作者又可以说是真正的小说家,就如哲学家能以一个思想概括全部社会现象那样,普鲁斯特在这部恢宏博大、空蒙灵秀的伟大作品中能把握自己的一生和周围的一切,从而反映出一个阶层的生活,乃至一个时代的真相。

普鲁斯特为何以时间作为自己这部巨著的主角,为何要追忆过去的时光?在这部小说中,普鲁斯特所追寻的是过去、现在与未来各个时刻相互渗透的"心理时间",这种心理时间的概念,来源于柏格森(Henri Bergson,1859—1941)的哲学。柏格森将时间分为物理时间和心理时间。前者用空间的固定概念来说明时间,把时间看成各个时刻依次延伸的、表现宽度的数量概念;后者则是各个时刻相互渗透的表现强度的质量概念。在现实生活中,人们为了实践的方便,将时间设想成均衡的、机械的、绝对遵循先后顺序单向流动的状态。这样的理解使得生活事件显得明朗、简洁、可以分割、易于计量,但它却与人的心灵感受不相符合——在一个人的内心世界中,生活如同一道不息的川流,永远在变化,且前后衔接,互相渗透。柏格森认为,他所见过的任何一种流都不能同这股"持续不断的流"相比。这是一系列的状态,其中每一个状态都预示着随之而来的状态,同时也都包含着过去的状态。事实上,它们中间的任何一个状态都是无始无终的,全是互相渗透、打成一片的。这种持续不断的流或"绵延"(柏格森使用的称谓)实质上就是一种深层的、非理性的意识流。他把这种深层意识流动或绵延的自我称为心理时间。他认为"心理时间"才是纯粹的时间、真正的时间,它的各个时刻是相互渗透的。所谓"心理时间",实质上是过去的扩张和积累。柏格森认为，用时钟向前走来计算的物理时间对于文学艺术创作毫无意义，只有用感官来感知、作为强度和变化的“心理时间”才会给艺术家带来无限的创造力。柏格森的哲学对心理时间的发现和重视，使得“生命体验”得到关注，人的主观感觉和内心体验获得了本体地位。

普鲁斯特从柏格森的哲学中得到启发，开始寻找超越“物理时间”的心灵真实。生命的本质不在围绕于“我”身外的世界，而在于世界进入“我”的内心之后，被“我”所感受和赋予的意义。时间并非只是一个在人们身外客观存在的有形之物，它还存在于我们的心理感觉中。在人的感觉中，时间不必是钟表上刻板的一分一秒，一小时并非是统计学上的一个小时，它可以具有许多性质、染上许多色彩。在传统文学那里，时间只是历时性的，人面对时间的流逝无能为力；而在普鲁斯特这里，时间的历时性和共时性可以并行不悖，在心理世界中，人大权在握。如书中经典“小玛德莱娜点心”的细节描写，叙述者由小玛德莱娜点心的味觉所引起的对“逝水年华”的“追忆”。当叙述者的内心被它触动，勾起了某种回忆，这时过去便渗透融入了现在，于是在“现时”的时刻里，过去与现在交叉重叠、今昔合一，时间在这样的一刻仿佛是“变了形”。叙述者马塞尔通过喝茶时点心在上腭造成的感觉，打开了过往印象的封闭领域，童年时期的视觉回忆顿然苏醒。但这里所呈现的记忆苏醒，已非传统小说时空框架中的理性追忆，而是超越时空限制的心理感觉的自由流溢。这种无意的回忆带给人新的感悟与启示，使马塞尔有一种超尘脱俗、心静如水的充实感。显然，这感叹中所包含的人生顿悟，既不是单纯源于现在对“有一年冬天”的重温，也不单纯来自“有一年冬天”那个早晨对更前面的生活遭遇的追忆，而是源自叙述者对于现在与过去、过去与过去的过去交汇融合成的超时空的体悟，源自人生片段借心灵魔力而聚合时引发的猛然深省。我们可以看到，在这其中居于中心的是生命的体验，而并不是回忆的内容。在这样一种时刻，各个时空的相互交融使人超越了线性的时间，挣脱了它的禁锢。在超越时间的一瞬间，人也就摆脱了死亡的威胁而无所畏惧，获得了超脱尘俗的充实感觉，顿悟人生的意义：“我只觉得人生一世，荣辱得失都清淡如水，背时遭劫亦无甚大碍，所谓人生短促，不过是一时幻觉；那情形好比恋爱发生的作用，它以一种可贵的精神充实了我。也许，这感觉并非来自外界，它本来就是我自己。我不再感到平庸、猥琐、凡俗。”对于普鲁斯特来说，找回失去的时间，意味着超越了时间，找到了生命的真义与幸福；恢复过去时光的唯一手段便是艺术，唯有艺术才能将“我”领悟到的真理和感受到的至福的欢乐固定住，从而完成对被时间所不断吞噬的人生的拯救。

《追忆似水年华》出版之后，有很多人指责这部小写得过于抽象与零乱。普鲁斯特曾经说过，这部小说的总标题原该是《一次使命》。主人公马塞尔参加一次社交晚会，晚会失败了，令人失望。他回家躺在床上，脑海中涌现出自己想写的人物和其他材料。追忆往事便成了主人公的使命。作者让叙述者的意识自动地、真实地展现在读者面前，描写景物、编排情节、塑造人物，那些传统的小说创作手法被抛在一边，这便是后来的“意识流小说”创作方法的雏形。除了普鲁斯特，几乎没有任何作家能以如此平静的心境，如此闲逸的情调，如此细腻的笔触，无休无止、不绝如缕地追忆他的过去。他似乎总是在尽情地享受着已逝的年华。《追忆似水年华》的叙述基调是“追忆”，是“寻觅”，但核心却是感悟，作者对人生和世界独到的感悟贯穿全书。全书像一块巨大的、正在生长着的珊瑚，从表面看似乎是没有规律的，乱七八糟的，但深入下去便会发现这块珊瑚实际上是按照心灵真实的感悟建造起来的。由于小说涉及心理时间，绵延深广细腻，它的情景从不静止，永远处于动态，像汩汩流淌的清泉持续不断地流入读者的心田，滋润着人们的心灵。有了普鲁斯特精心营造的“回忆的世界”，现实的世界才获得了意义，虽然现实的物理世界是第一性的，但它却无法具有自己的面目，只有调动人们的记忆才能把零散的人、事、物组织起来，构成第二个心灵现实的世界。这第二心灵现实是第一物理现实的缩影，经过人们的提炼、加工、升华，又借助心理时间艺术地镀上了一层金，因此变得美丽动人。作家运用回忆和描述找回了他逝去的韶华和失去的天堂，同时也给世界文坛留下了一部划时代的巨著。

追忆似水年华(片断)

往事也一样。我们想方设法追忆，总是枉费心机，绞尽脑汁都无济于事。它藏在脑海之外，非智力所能及；它隐蔽在某件我们意想不到的物体之中(藏匿在那件物体所给予我们的感觉之中)，而那件东西我们在死亡之前能否遇到，则全凭偶然，说不定我们到死都碰不到。

这已经是很多很多年前的事了，除了同我上床睡觉有关的一些情节和环境外，贡布雷的其他往事对我来说早已化为乌有。可是有一年冬天，我回到家里，母亲见我冷成那样，便劝我喝点茶暖暖身子。而我平时是不喝茶的，所以我先说不喝，后来不知怎么又改变了主意。母亲着人拿来一块点心，是那种又矮又胖名叫“小玛德莱娜”的点心，看来像是用扇贝壳那样的点心模子做的。那天天色阴沉，而且第二天也不见得会晴朗，我的心情很压抑，无意中舀了一勺茶送到嘴边。起先我已掰了一块“小玛德莱娜”放进茶水准备泡软后食用。带着点心渣的那一勺茶碰到我的上腭，顿时使我混身一震，我注意到我身上发生了非同小可的变化。一种舒坦的快感传遍全身，我感到超尘脱俗，却不知出自何因。我只觉得人生一世，荣辱得失都清淡如水，背时遭劫亦无甚大碍，所谓人生短促，不过是一时幻觉；那情形好比恋爱发生的作用，它以一种可贵的精神充实了我。也许，这感觉并非来自外界，它本来就是我自己。我不再感到平庸、猥琐、凡俗。这股强烈的快感是从哪里涌出来的？我感到它同茶水和点心的滋味有关，但它又远远超出滋味，肯定同味觉的性质不一样。那么，它从何而来？又意味着什么？哪里才能领受到它？我喝第二口时感觉比第一口要淡薄，第三口比第二口更微乎其微。该到此为止了，饮茶的功效看来每况愈下。显然我所追求的真实并不在于茶水之中，而在于我的内心。茶味唤醒了我心中的真实，但并不认识它，所以只能泛泛地重复几次，而且其力道一次比一次减弱。我无法说清这种感觉究竟证明什么，但是我只求能够让它再次出现，原封不动地供我受用，使我最终彻悟。我放下茶杯，转向我的内心。只有我的心才能发现事实真相。可是如何寻找？我毫无把握，总觉得心力不逮；这颗心既是探索者，又是它应该探索的场地，而它使尽全身解数都将无济于事。探索吗？又不仅仅是探索：还得创造。这颗心灵面临着某些还不存在的东西，只有它才能使这些东西成为现实，并把它们引进光明中来。我又回过头来苦思冥想：那种陌生的情境究竟是什么？它那样令人心醉，又那样实实在在，然而却没有任何合乎逻辑的证据，只有明白无误的感受，其他感受同它相比都失去了明显的迹象。我要设法让它再现风姿，我通过思索又追忆喝第一口茶时的感觉。我又体会到同样的感觉，但没有进一步领悟它的真相。我要思想再作努力，召回逝去的感受。为了不让要捕捉的感受在折返时受到破坏，我排除了一切障碍，一切与此无关的杂念。我闭目塞听，不让自己的感官受附近声音的影响而分散注意。可是我的思想却枉费力气，毫无收获。我于是强迫它暂作我本来不许它作的松弛，逼它想点别的事情，让它在作最后一次拼搏前休养生息。尔后，我先给它腾出场地，再把第一口茶的滋味送到它的跟前。这时我感到内心深处有什么东西在颤抖，而且有所活动，像是要浮上来，好似有人从深深的海底打捞起什么东西，我不知道那是什么，只觉得它在慢慢升起；我感到它遇到阻力，我听到它浮升时一路发出汩汩的声响。

不用说，在我的内心深处搏动着的，一定是形象，一定是视觉的回忆，它同味觉联系在一起，试图随味觉而来到我的面前。只是它太遥远、太模糊，我勉强才看到一点不阴不阳的反光，其中混杂着一股杂色斑驳、捉摸不定的漩涡；但是我无法分辨它的形状，我无法像询问唯一能作出解释的知情人那样，求它阐明它的同龄伙伴、亲密朋友——味觉——所表示的含义，我无法请它告诉我这一感觉同哪种特殊场合有关，与从前的哪一个时期相连。

这渺茫的回忆，这由同样的瞬间的吸引力从遥遥远方来到我的内心深处，触动、震撼和撩拨起来的往昔的瞬间，最终能不能浮升到我清醒的意识的表面？我不知道。现在我什么感觉都没有了，它不再往上升，也许又沉下去了；谁知道它还会不会再从混沌的黑暗中飘浮起来？我得十次、八次地再作努力，我得俯身寻问。懦怯总是让我们知难而退，避开丰功伟业的建树，如今它又劝我半途而废，劝我喝茶时干脆只想想今天的烦恼，只想想不难消受的明天的期望。

然而，回忆却突然出现了：那点心的滋味就是我在贡布雷时某一个星期天早晨吃到过的"小玛德莱娜"的滋味（因为那天我在做弥撒前没有出门），我到莱奥妮姨妈的房内去请安，她把一块"小玛德莱娜"放到不知是茶叶泡的还是椴花泡的茶水中去浸过之后送给我吃。见到那种点心，我还想不起这件往事，等我尝到味道，往事才浮上心头；也许因为那种点心我常在点心盘中见过，并没有拿来尝尝，它们的形象早已与贡布雷的日日夜夜脱离，倒是与眼下的日子更关系密切；也许因为贡布雷的往事被抛却在记忆之外太久，已经陈迹依稀，影消形散；凡形状，一旦消褪或者一旦黯然，便失去足以与意识会合的扩张能力，连扇贝形的小点心也不例外，虽然它的模样丰满肥腴、令人垂涎，虽然点心的四周还有那么规整、那么一丝不苟的绉褶，但是气味和滋味却会在形销之后长期存在，即使人亡物毁，久远的往事了无陈迹，唯独气味和滋味虽说更脆弱却更有生命力；虽说更虚幻却更经久不散，更忠贞不矢，它们仍然对依稀往事寄托着回忆、期待和希望，它们以几乎无从辨认的蛛丝马迹，坚强不屈地支撑起整座回忆的巨厦。

虽然我当时并不知道——得等到以后才发现——为什么那件往事竟使我那么高兴，但是我一旦品出那点心的滋味同我的姨妈给我吃过的点心的滋味一样，她住过的那幢面临大街的灰楼便象舞台布景一样呈现在我的眼前，而且同另一幢面对花园的小楼贴在一起，那小楼是专为我的父母盖的，位于灰楼的后面（在这以前，我历历在目的只有父母的小楼）；随着灰楼而来的是城里的景象，从早到晚每时每刻的情状，午饭前他们让我去玩的那个广场，我奔走过的街巷以及晴天我们散步经过的地方。就像日本人爱玩的那种游戏一样：他们抓一把起先没有明显区别的碎纸片，扔进一只盛满清水的大碗里，碎纸片着水之后便伸展开来，出现不同的轮廓，泛起不同的颜色，千姿百态，变成花，变成楼阁，变成人物，而且人物都五官可辨，须眉毕现；同样，那时我们家花园里的各色鲜花，还有斯万先生家花园里的姹紫嫣红，还有维福纳河塘里飘浮的睡莲，还有善良的村民和他们的小屋，还有教堂，还有贡布雷的一切和市镇周围的景物，全都显出形迹，并且逼真而实在，大街小巷和花园都从我的茶杯中脱颖而出。

——选自李恒基等译《追忆似水年华》，译林出版社 2001 年版

（李海明）

三十九　伍尔夫《墙上的斑点》

弗吉尼亚·伍尔夫(1882—1941)是英国现代著名的女小说家、评论家。她父亲学识渊博，在哲学界颇有声望。伍尔夫自幼身体孱弱，未上学，在家跟着父亲读书。当时许多学者名流是她家的常客，后来她家成了“布卢姆斯伯里团体”的活动场所。这个文学团体对她本人后来的创作思想和创作技巧有较大影响。伍尔夫自幼精神比较脆弱，精神分裂症曾多次发作。1941 年 3 月，她留下一纸遗书，感谢丈夫多年对她的关心照顾，随后投河自尽。伍尔夫创作的小说主要有《邱园记事》、《墙上的斑点》、《达洛卫夫人》、《到灯塔去》、《海浪》、《雅各的房间》等等。在小说创作理论上，伍尔夫淡化生活的客观性和现实性，强调“内心真实”，这种内在真实就是人们内心深处的“变化多端、不可名状、难以界说的内在精神”。她主张文学作品应该“按照那些微尘纷纷坠落到人们头脑中的顺序，把它们记录下来”，“追踪它们的这种运动模式”。伍尔夫善于运用象征暗示等艺术手法如实描摹人物心灵意识的流动变化。她的理论著作《论现代小说》成为意识流小说的“理论宣言”。

《墙上的斑点》(1921)主要描写主人公在一个普通日子的平常瞬间，抬头看见墙上的斑点，由此引发意识的飘逸流动，产生了一系列的自由联想。主人公一会儿由斑点联想到钉痕、挂肖像的前任房客；一会儿从对斑点的疑惑联想到生命的神秘、思想的不准确性和人类的无知；一会儿从猜测斑点是一个凸出的圆形联想到古冢，进而想到忧伤、白骨和考古等，最后发现墙上的斑点不过是一只蜗牛。小说打破传统既定俗套，通过人物头脑中的瞬间印象和冥想、内心活动和情绪变化，思接千载，视通万里，反映生活本质，揭示永恒真理。

这是一篇典型的意识流小说，人物的意识流动成为小说的绝对主体。与传统小说不同的是，它没有起伏跌宕的情节，没有典型的社会环境，也没有典型的人物性格。作者以“斑点”为支点让人物的思绪向四周辐射开去，抓住人物瞬间的没有行动的印象感觉和沉思冥想，将我们引入到人物的精神世界(这也是这篇小说的结构形式)。小说的叙述者面目模糊，从文中内容推测，可能是一位女性，一位妻子，但这并不重要，重要的是她看到墙上的斑点以后所引发的内心活动。这内心活动主要是通过自由联想的方式表现出来的，于是我们看到在人物的遐想中，既有迅即更迭的生活速写，又有浅尝辄止的历史点击，还有不时生发的迷惘、虚幻的人生感喟，以及或愉快或忧郁的情绪。从星期日午后的散步，星期日的午餐，想到一定的规矩，再想到标准的制定，男人的标准，惠特克的尊卑序列表，足见作家于细微处见真谛，对社会的本质有着深刻的洞悉。在小说的后边部分，作家对一棵树以及树的相关景色的那份体验性的、细腻、准确而生动的描绘，满载着作家本人那份愉悦欢快的心情，又是那样富于感染力，让人心醉。作者正是通过人物的这种“内心真实”来折射现实，表现出作品的社会性。正如伍尔夫自己所认为的那样：“小说就像一张蜘蛛网。也许只是极其轻微地黏附着，然而它还是四只脚都黏附在生活之上。”因此，从人物无拘无束的意识流动和自由联想中，我们依然可以看到作者对于人生的思索，对于现实的不满，以及对于自由、理想的追求。

意识流小说往往又被人们视为纯心理小说。这篇小说就是一个典型，叙述者“我”的意识成了小说的绝对中心与绝对权威，什么外在的东西也左右不了它。这篇小说的结构基点，即“我”坐在火炉前看着墙上一个小斑点的那一瞬间。与传统的叙事小说完全对立,仅在心理空间上延伸与发展。随着叙述者将斑点假设为不同的东西,“我”的思绪从同一个地方奔涌出来,自由发展与想象的共同作用,建构起几个并置的心理空间,它们互不相同又相毗邻,各个空间都有自己的主色彩,同时内部又包含着无数的印象与感觉的细节、思想与感受的碎片,它任意地倾泻、流动。从细节上看,有的小节似乎并无深刻的含义,从印象上看,有的显得是那样的不经意,然而,所有跳跃所形成的一种整体感,则能产生效应,它能牵动读者的思绪,引发读者的情感。思绪飘忽的那份轻灵,似真似幻的那份意境,漫不经心中包含的执著,绵里藏针的那份尖锐,远离世俗的精神世界的那份纯净,都不能不令人惊叹,它具有深深的感染力。在小说中,我们分不清哪些是内容,哪些是对内容的表达。意识流先驱人物亨利·詹姆斯说:“针和线分离就不能缝衣,内容和形式割裂即不成其为艺术品。”《墙上的斑点》就是这样一篇内容与形式难以区分,内容即形式,形式也就是内容的作品。

墙上的斑点

大约是在今年一月中旬,我抬起头来,第一次看见了墙上的那个斑点。为了要确定是在哪一天,就得回忆当时我看见了些什么。现在我记起了炉子里的火,一片黄色的火光一动不动地照射在我的书页上;壁炉上圆形玻璃缸里插着三朵菊花。对啦,一定是冬天,我们刚喝完茶,因为我记得当时我正在吸烟,我抬起头来,第一次看见了墙上那个斑点。我透过香烟的烟雾望过去,眼光在火红的炭块上停留了一下,过去关于在城堡塔楼上飘扬着一面鲜红的旗帜的幻觉又浮现在我脑际,我想到无数红色骑士潮水般地骑马跃上黑色岩壁的侧坡。这个斑点打断了这个幻觉,使我觉得松了一口气,因为这是过去的幻觉,是一种无意识的幻觉,可能是在孩童时期产生的。墙上的斑点是一块圆形的小迹印,在雪白的墙壁上呈暗黑色,在壁炉上方大约六七英寸的地方。

我们的思绪是多么容易一哄而上,簇拥着一件新鲜事物,像一群蚂蚁狂热地抬一根稻草一样,抬了一会,又把它扔在那里……如果这个斑点是一只钉子留下的痕迹,那一定不是为了挂一幅油画,而是为了挂一幅小肖像画——一幅卷发上扑着白粉、脸上抹着脂粉、嘴唇像红石竹花的贵妇人肖像。它当然是一件赝品,这所房子以前的房客只会选那一类的画——老房子得有老式画像来配它。他们就是这种人家——很有意思的人家,我常常想到他们,都是在一些奇怪的地方,因为谁都不会再见到他们,也不会知道他们后来的遭遇了。据他说,那家人搬出这所房子是因为他们想换一套别种式样的家具,他正在说,按他的想法,艺术品背后应该包含着思想的时候,我们两人就一下子分了手,这种情形就像坐火车一样,我们在火车里看见路旁郊外别墅里有个老太太正准备倒茶,有个年轻人正举起球拍打网球,火车一晃而过,我们就和老太太以及年轻人分了手,把他们抛在火车后面。

但是,我还是弄不清那个斑点到底是什么;我又想,它不像是钉子留下的痕迹。它太大、太圆了。我本来可以站起来,但是,即使我站起身来瞧瞧它,十之八九我也说不出它到底是什么;因为一旦一件事发生以后,就没有人能知道它是怎么发生的了。唉!天哪,生命是多么神秘;思想是多么不准确!人类是多么无知!为了证明我们对自己的私有物品是多么无法加以控制——和我们的文明相比,人的生活带有多少偶然性啊——我只要列举少数几件我们一生中遗失的物件就够了。就从三只装着订书工具的浅蓝色罐子说起吧,这永远是遗失的东西当中丢失得最神秘的几件——哪只猫会去咬它们,哪只老鼠会去啃它们呢?再数下去,还有那几个鸟笼子、铁裙箍、钢滑冰鞋、安女王时代的煤斗子、弹子戏球台、手摇风琴——全都丢失了,还有一些珠宝,也遗失了。有乳白宝石、绿宝石,它们都散失在芜菁的根部旁边。它们是花了多少心血节衣缩食积蓄起来的啊!此刻我四周全是挺有分量的家具,身上还穿着几件衣服,简直是奇迹。要是拿什么来和生活相比的话,就只能比作一个人以一小时五十英里的速度被射出地下铁道,从地道口出来的时候头发上一根发针也不剩。光着身子被射到上帝脚下!头朝下脚朝天地摔倒在开满水仙花的草原上,就像一捆捆棕色纸袋被扔进邮局的输物管道一样!头发飞扬,就像一匹赛马会上跑马的尾巴。对了,这些比拟可以表达生活的飞快速度,表达那永不休止的消耗和修理;一切都那么偶然,那么碰巧。

……假如我在此时此刻站起身来,弄明白墙上的斑点果真是——我们怎么说不好呢?——一枚巨大的旧钉子的钉头,钉进墙里已经有两百年,直到现在,由于一代又一代女仆耐心的擦拭,钉子的顶端得以露出到油漆外面,正在一间墙壁雪白、炉火熊熊的房间里第一次看见现代的生活,我这样做又能得到些什么呢?知识吗?还是可供进一步思考的题材?不论是静坐着还是站起来我都一样能思考。什么是知识?我们的学者不过是那些蹲在洞穴和森林里熬药草、盘问地老鼠或记载星辰的语言的巫婆和隐士们的后代,要不,他们还能是什么呢?我们的迷信逐渐消失,我们对美和健康的思想越来越尊重,我们也就不那么崇敬他们了……是的,人们能够想象出一个十分可爱的世界。这个世界安宁而广阔,旷野里盛开着鲜红的和湛蓝的花朵。这个世界里没有教授,没有专家,没有警察面孔的管家,在这里人们可以像鱼儿用鳍翅划开水面一般,用自己的思想划开世界,轻轻地掠过荷花的梗条,在装满白色海鸟卵的鸟窠上空盘旋……在世界的中心扎下根,透过灰黯的海水和水里瞬间的闪光以及倒影向上看去,这里是多么宁静啊——假如没有惠特克年鉴——假如没有尊卑序列表!

我一定要跳起来亲眼看看墙上的斑点到底是什么——是一枚钉子?一片玫瑰花瓣?还是木块上的裂纹?

大自然又在这里玩弄她保存自己的老把戏了。她认为这条思路至多不过白白浪费一些精力,或许会和现实发生一点冲突,因为谁又能对惠特克的尊卑序列表妄加非议呢?排在坎特伯里大主教后面的是大法官,而大法官后面又是约克大主教。每一个人都必须排在某人的后面,这是惠特克的哲学。最要紧的是知道谁该排在谁的后面。惠特克是知道的。大自然忠告你说,不要为此感到恼怒,而要从中得到安慰;假如你无法得到安慰,假如你一定要破坏这一小时的平静,那就去想想墙上的斑点吧。

我懂得大自然耍的是什么把戏——她在暗中怂恿我们采取行动以便结束那些容易令人兴奋或痛苦的思想。我想,正因如此,我们对实干家总不免稍有一点轻视——我们认为这类人不爱思索。不过,我们也不妨注视墙上的斑点,来打断那些不愉快的思想。

真的,现在我越加仔细地看着它,就越发觉得好似在大海中抓住了一块木板。我体会到一种令人心满意足的现实感,把那两位大主教和那位大法官统统逐入了虚无的幻境。这里,是一件具体的东西,是一件真实的东西。我们半夜从一场噩梦中惊醒,也往往这样,急忙扭亮电灯,静静地躺一会儿,赞赏着衣柜,赞赏着实在的物体,赞赏着现实,赞赏着身外的世界,它证明除了我们自身以外还存在着其他的事物。我们想弄清楚的也就是这个问题。木头是一件值得加以思索的愉快的事物。它产生于一棵树,树木会生长,我们并不知道它们是怎样生长起来的。它们长在草地上、森林里、小河边——这些全是我们喜欢去想的事物——它们长着、长着,长了许多年,一点也没有注意到我们。炎热的午后，母牛在树下挥动着尾巴；树木把小河点染得这样翠绿一片，让你觉得那只一头扎进水里去的雌红松鸡，应该带着绿色的羽毛冒出水面来。我喜欢去想那些像被风吹得鼓起来的旗帜一样逆流而上的鱼群；我还喜欢去想那些在河床上一点点地垒起一座座圆顶土堆的水甲虫。我喜欢想象那棵树本身的情景：首先是它自身木质的细密干燥的感觉，然后想象它感受到雷雨的摧残；接下去就感到树液缓慢地、舒畅地一滴滴流出来。我还喜欢去想这棵树怎样在冬天的夜晚独自屹立在空旷的田野上，树叶紧紧地合拢起来，对着月亮射出的铁弹，什么弱点也不暴露，像一根空荡荡的桅杆竖立在整夜不停地滚动着的大地上。六月里鸟儿的鸣啭听起来一定很震耳，很不习惯；小昆虫在树皮的折皱上吃力地爬过去，或者在树叶搭成的薄薄的绿色天篷上面晒太阳，它们红宝石般的眼睛直盯着前方，这时候它们的脚会感觉到多么寒冷啊……大地的寒气凛冽逼人，压得树木的纤维一根根地断裂开来。最后的一场暴风雨袭来，树倒了下去，树梢的枝条重新深深地陷进泥土。即使到了这种地步，生命也并没有结束。这棵树还有一百万条坚毅而清醒的生命分散在世界上。有的在卧室里，有的在船上，有的在人行道上，还有的变成了房间的护壁板，男人和女人们在喝过茶以后就坐在这间屋里抽烟。这棵树勾起了许许多多平静的、幸福的联想。我很愿意挨个儿去思索它们——可是遇到了阻碍……我想到什么地方啦？是怎么样想到这里的呢？一棵树？一条河？丘陵草原地带？惠特克年鉴？盛开水仙花的原野？我什么也记不起来啦。一切在转动、在下沉、在滑开去、在消失……事物陷进了大动荡之中。有人正在俯身对我说：

“我要出去买份报纸。”

“是吗？”

“不过买报纸也没有什么意思……什么新闻都没有。该死的战争，让这次战争见鬼去吧！……然而不论怎么说，我认为我们也不应该让一只蜗牛趴在墙壁上。”

哦，墙上的斑点！那是一只蜗牛。

——选自文美惠译《外国现代派作品选》，上海文艺出版社 1981 年版

（杜望舒）

四十　海明威《老人与海》

欧内斯特·海明威(1899—1961)是20世纪美国著名的小说家。父亲是一位医生,他培养了海明威对渔猎的爱好和技艺,母亲爱好音乐和绘画。1917年在橡树园中学毕业后,海明威前往堪萨斯市《星报》做见习记者,第二年辞去职务,应征为红十字会会员赴意大利前线,重伤复员后回家学习写作,后任多伦多《星报》记者,多次担任战地记者,曾采访西班牙和中国抗日战争,二战中参与诺曼底登陆,在巴黎短暂地领导过私人军队,身前热爱渔猎和斗牛。1961年因病况恶化,海明威和他父亲一样举枪自尽。海明威早期是"迷惘的一代"文学的代表人物,1954年获诺贝尔文学奖。主要作品有小说集《三篇故事与十首诗》、《在我们的时代里》、《没有女人的男人》、《胜者无所得》,小说《春潮》、《太阳照样升起》、《永别了,武器》、《午后之死》、《非洲的青山》、《有的和没有的》、《丧钟为谁而鸣》、《过河入林》、《老人与海》,剧本《第五纵队》,电影《西班牙大地》的脚本等;《流动的宴会》、《海流中的岛屿》在他逝世后由妻子玛丽整理发表。海明威将《星报》规矩——简练、爽利、顺畅淬炼进他的文学风格中,他的文学追求是写出"真实简单的陈述句"。他也从绘画和音乐中感悟语言运用的技巧,主张作家要观察生活、吸收知识,才能达到最大限度的简约和含蓄,让读者感觉到那只有八分之一露在水面上的冰山的庄严宏伟。这和当时美国文人把英文的繁缛彻底涤清的美学追求是一致的。海明威塑造的"在压力下保持风度"的硬汉子性格和他的"电报式"文体,影响很大。

《老人与海》(1952)描写老渔夫圣地亚哥,在八十四天没有逮到鱼后,被大家认为失败而倒霉,只有跟他学会捕鱼的一个男孩爱他。靠准确的判断和娴熟的技巧,他在第八十五天独自钓上一条大马林鱼,这条强悍的鱼拖着老人和小船游了两天多才浮出水面,老人终于凭着丰富的经验、高超的技巧和强韧的意志,杀死了这条鱼。在归途中,血腥引来鲨鱼,老人竭力搏斗,还是不能阻止鲨鱼群把大马林鱼肉咬食干净。回到村子,别人惊叹大马林鱼骨架的巨大时,老人正梦见狮子。

《老人与海》是海明威"这一辈子所能写的最好的一部作品"。它写了大海、老人、男孩和一条大鱼。大海美丽无垠有时也突然变得残暴,老人走得太远,只能独自面对这并非友善的宇宙力量。老人左手抽筋、右手被钓索割破,白天流汗、夜里发冷,靠吃生鱼补充体力,决意要跟大鱼奉陪到死,要让它知道人有多少能耐,人能忍受多少磨难。在第一条鲨鱼咬去了大块鱼肉后,老人想:"不过人不是为失败而生的,""一个人可以被毁灭,但不能给打败。"书中有多处细节暗示基督受难,最鲜明的一处是第二次鲨鱼来袭时,老人"Ay"地发出一声叫喊,"就像一个人觉得钉子穿过他的双手,钉进木头时不由自主地发出的声音"。圣地亚哥既是海明威式的硬汉子,也代表着所有的人,在悲剧的命运面前,受难、奋斗、洗礼和救赎。作者指出:"这本书描写一个人的能耐可以达到什么程度,描写人的灵魂的尊严,而又没有把灵魂二字用大写字母标出来。"在和大鱼相持不下的时候,老人禁不住多次想:"要是那孩子在这儿,""那孩子使我活得下去。"回忆比赛、想念男孩、念叨棒球明星和梦见狮子,即是呼告信心、希望和爱,呼唤着青春活力的回归;而大鱼那惊人的长度和宽度,它的力量和美,也安慰和振奋着老人。"这条鱼也是我的朋友,""我从没见过比你更庞大、更美丽、更沉着或更崇高的东西,老弟。来,把我害死吧。我不在乎谁害死谁。"面对死亡，尊严沉稳的大鱼赢得了老人的兄弟情谊，而对海洋中其他美丽生物命运的思考，提出了人类在现代荒原上是否可能得到救赎的问题。

海明威的“冰山”原则和简约文风独具一格。他认为作家应该根据自己的经验创造，描述人、事、物，要尽可能写得真实坦率、客观和朴素，以文字和结构传递思想感情还有真实的事体，让读者读罢有一种“书中的一切都是你亲身经历的事”，其中的狂喜、悔恨和忧伤，人物、地点和天气情况“都属于你了的感觉”。《老人与海》达到这种文风的极致。我们读到女性一般变幻莫测的如画海洋，一个真实的渔夫和男孩，一条从没见过的大鱼。文字简单而极有意境，满溢着生命的力度和惆怅。它标示着海明威所追求的真正的写作状态——面对永恒的存在或虚无，“写作，充其量，不过是场孤单的人生”。由于作者删去了一切可有可无的东西，那隐藏水下的八分之七就晕色出丰富的象征寓意，因此具有一切伟大的作品都有的神秘之美，“永远有生命力”，而“一个真正的作家应该能用简单的陈述句取得这份我们下不了定义的魅力”。

老人与海(片断)

自从他出海以来，这是第三次出太阳，这时鱼打起转来了。

他根据钓索的斜度还看不出鱼在打转。这为时尚早。他仅仅感觉到钓索上的拉力微微减少了一些，就开始用右手轻轻朝里拉。钓索像往常那样绷紧了，可是拉到快迸断的当儿，却渐渐可以回收了。他把钓索从肩膀和头上卸下来，动手平稳而和缓地回收钓索。他用两只手大幅度地一把把拉着，尽量使出全身和双腿的力气来拉。他一把把地拉着，两条老迈的腿儿和肩膀跟着转动。

“这圈子可真大，”他说。“它可总算在打转啦。”

跟着钓索就此收不回来了，他紧紧拉着，竟看见水珠儿在阳光里从钓索上迸出来。随后钓索开始往外溜了，老人跪下了，老大不愿地让它又渐渐回进深暗的水中。

“它正绕到圈子的对面去了，”他说。我一定要拼命拉紧，他想。拉紧了，它兜的圈子就会一次比一次小。也许一个钟点内我就能见到它。我眼下一定要稳住它，过后我一定要弄死它。

但是这鱼只顾慢慢地打着转，两小时后，老人浑身汗湿，疲乏得入骨了。不过这时圈子已经小得多了，而且根据钓索的斜度，他能看出鱼一边游一边在不断地上升。

老人看见眼前有些黑点子，已经有一个钟点了，汗水中的盐分沤着他的眼睛，沤着眼睛上方和脑门上的伤口。他不怕那些黑点子。他这么紧张地拉着钓索，出现黑点子是正常的现象。但是他已有两回感到头昏目眩，这叫他担心。

“我不能让自己垮下去，就这样死在一条鱼的手里，”他说。“既然我已经叫它这样漂亮地过来了，求天主帮助我熬下去吧。我要念一百遍《天主经》和一百遍《圣母经》。不过眼下还不能念。”

就算这些已经念过了吧，他想。我过后会念的。

就在这当儿，他觉得自己双手攥住的钓索突然给撞击、拉扯了一下。来势很猛，有一种强劲的感觉，很是沉重。

它正用它的长嘴撞击着铁丝导线，他想。这是免不了的。它不能不这样干。然而这一来也许会使它跳起来，我可是情愿它眼下继续打转的。它必须跳出水面来呼吸空气。但是每跳一次，钓钩造成的伤口就会裂得大一些，它可能把钓钩甩掉。“别跳，鱼啊，”他说。“别跳啦。”

鱼又撞击了铁丝导线好几次,它每次一甩头,老人就放出一些钓索。

我必须让它的疼痛老是在一处地方,他想。我的疼痛不要紧。我能控制。但是它的疼痛能使它发疯。

过了片刻,鱼不再撞击铁丝,又慢慢地打起转来。老人这时正不停地收进钓索。可是他又感到头晕了。他用左手舀了些海水,洒在脑袋上。然后他再洒了点,在脖颈上揉擦着。

"我没抽筋,"他说。"它马上就会冒出水来,我熬得住。你非熬下去不可。连提也别再提了吧。"

他靠着船头跪下,暂时又把钓索挎在背上。我眼下要趁它朝外兜圈子的时候歇一下,等它兜回来的时候再站起身来对付它,他这样下了决心。

他巴不得在船头上歇一下,让鱼自顾自兜一个圈子,并不回收一点钓索。但是等到钓索松动了一点,表明鱼已经转身在朝小船游回来,老人就站起身来,开始那种左右转动交替拉曳的动作,他的钓索全是这样收回来的。

我从来没有这样疲乏过,他想,而现在刮起贸易风来了。但是正好靠它来把这鱼拖回去。我多需要这风啊。

"等它下一趟朝外兜圈子的时候,我要歇一下,"他说。

"我觉得好过多了。再兜两三圈,我就能逮住它。"他的草帽被推到后脑勺上去了,他感到鱼在转身,随着钓索一扯,他在船头上一屁股坐下了。

你现在忙你的吧,鱼啊,他想。你转身时我再来对付你。海浪大了不少。不过这是晴天吹的微风,他得靠它才能回去。

"我只消朝西南航行就成,"他说。"人在海上是决不会迷路的,何况这是个长长的岛屿。"

鱼兜到第三圈,他才第一次看见它。

他起先看见的是一个黑乎乎的影子,它需要那么长的时间从船底下经过,他简直不相信它有这么长。

"不能,"他说。"它哪能这么大啊。"

但是它当真有这么大,这一圈兜到末了,它冒出水来,只有三十码远,老人看见它的尾巴露出在水面上。这尾巴比一把大镰刀的刀刃更高,是极淡的浅紫色,竖在深蓝色的海面上。它朝后倾斜着,鱼在水面下游的时候,老人看得见它庞大的身躯和周身的紫色条纹。它的脊鳍朝下耷拉着,巨大的胸鳍大张着。

这回鱼兜圈子回来时,老人看见它的眼睛和绕着它游的两条灰色的乳鱼。它们有时候依附在它身上。有时候倏地游开去。有时候会在它的阴影里自在地游着。它们每条都有三英尺多长,游得快时全身猛烈地甩动着,像鳗鱼一般。

老人这时在冒汗,但不光是因为晒了太阳,还有别的原因。鱼每回沉着、平静地拐回来时,他总收回一点钓索,所以他确信再兜上两个圈子,就能有机会把鱼叉扎进去了。

可是我必须把它拉得极近,极近,极近,他想。我千万不能扎它的脑袋。我该扎进它的心脏。

"要沉着,要有力,老头儿,"他说。

又兜了一圈,鱼的背脊露出来了,不过它离小船还是太远了一点。再兜了一圈,还是太远,但是它露出在水面上比较高些了,老人深信,再收回一些钓索,就可以把它拉到船边来。

他早就把鱼叉准备停当,叉上的那卷细绳子给搁在一只圆筐内,一端紧系在船头的系缆柱上。

这时鱼正兜了一个圈子回来，既沉着又美丽，只有它的大尾巴在动。老人竭尽全力把它拉得近些。有那么一会儿，鱼的身子倾斜了一点儿。然后它竖直了身子，又兜起圈子来。

“我把它拉动了，”老人说。“我刚才把它拉动了。”

他又感到头晕，可是他竭尽全力拽住了那条大鱼。我把它拉动了，他想。也许这一回我能把它拉过来。拉呀，手啊，他想。站稳了，腿儿。为了我熬下去吧，头。为了我熬下去吧。你从没晕倒过。这一回我要把它拉过来。

但是，等他把浑身的力气都使出来，趁鱼还没来到船边，还很远时就动手，使出全力拉着，那鱼却侧过一半身子，然后竖直了身子游开去。

“鱼啊，”老人说。“鱼，你反正是死定了。难道你非得把我也害死吗？”

照这样下去是会一事无成的，他想。他嘴里干得说不出话来，但是此刻他不能伸手去拿水来喝。我这一回必须把它拉到船边来，他想。它再多兜几圈，我就不行了。不，你是行的，他对自己说。你永远行的。在兜下一圈时，他差一点把它拉了过来。可是这鱼又竖直了身子，慢慢地游走了。

你要把我害死啦，鱼啊，老人想。不过你有权利这样做。我从没见过比你更庞大、更美丽、更沉着或更崇高的东西，老弟。来，把我害死吧。我不在乎谁害死谁。

你现在头脑糊涂起来啦，他想。你必须保持头脑清醒。保持头脑清醒，要像个男子汉，懂得怎样忍受痛苦。或者像一条鱼那样，他想。

“清醒过来吧，头，”他用自己也简直听不见的声音说。“清醒过来吧。”

鱼又兜了两圈，还是老样子。

我弄不懂，老人想。每一回他都觉得自己快要垮了。我弄不懂。但我还要试一下。

他又试了一下，等他把鱼拉得转过来时，他感到自己要垮了。那鱼竖直了身子，又慢慢地游开去，大尾巴在海面上摇摆着。

我还要试一下，老人对自己许愿，尽管他的双手这时已经软弱无力，眼睛也不好使，只看得见间歇的一起。

他又试了一下，又是同样情形。原来如此，他想，还没动手就感到要垮下来了，我还要再试一下。

他忍住了一切痛楚，拿出剩余的力气和丧失已久的自傲，用来对付这鱼的痛苦挣扎，于是它游到了他的身边，在他身边斯文地游着，它的嘴几乎碰着了小船的船壳板，它开始在船边游过去，身子又长，又高，又宽，银色底上有着紫色条纹，在水里看来长得无穷无尽。

老人放下钓索，一脚踩住了，把鱼叉举得尽可能地高，使出全身的力气，加上他刚才鼓起的力气，把它朝下直扎进鱼身的一边，就在大胸鳍后面一点儿的地方，这胸鳍高高地竖立着，高齐老人的胸膛。他感到那铁叉扎了进去，就把身子倚在上面，把它扎得更深一点，再用全身的重量把它压下去。

于是那鱼闹腾起来，尽管死到临头了，它仍从水中高高跳起，把它那惊人的长度和宽度，它的力量和美，全都暴露无遗。它仿佛悬在空中，就在小船中老人的头顶上空。然后，它砰的一声掉在水里，浪花溅了老人一身，溅了一船。

老人感到头晕，恶心，看不大清楚东西。然而他放松了鱼叉上的绳子，让它从他划破了皮的双手之间慢慢地溜出去，等他的眼睛好使了，他看见那鱼仰天躺着，银色的肚皮朝上。鱼叉的柄从鱼的肩部斜截出来，海水被它心脏里流出的鲜血染红了。起先，这摊血黑魆魆的，如同这一英里多深的蓝色海水中的一块礁石。然后它像云彩般扩散开来。那鱼是银色的,一动不动地随着波浪浮动着。

老人用他偶尔看得清的眼睛仔细望着。接着他把鱼叉上的绳子在船头的系缆柱上绕了两圈,然后把脑袋搁在双手上。

"让我的头脑保持清醒吧,"他靠在船头的木板上说。"我是个疲乏的老头儿。可是我杀死了这条鱼,它是我的兄弟,现在我得去干辛苦的活儿了。"

现在我得准备好套索和绳子,把它绑在船边,他想。即使我这里有两个人,把船装满了水来把它拉上船,然后把水舀掉,这条小船也绝对容不下它。我得做好一切准备,然后把拖过来,好好绑住,竖起桅杆,张起帆驶回去。

他动手把鱼拖到船边,这样可以用一根绳子穿进它的鳃,从嘴里拉出来,把它的脑袋紧绑在船头边。我想看看它,他想,碰碰它,摸摸它。它是我的财产,他想。然而我想摸摸它倒不是为了这个。我以为刚才已经碰到了它的心脏,他想。那是在我第二次握着鱼叉的柄扎进去的时候。现在得把它拖过来,牢牢绑住,用一根套索拴住它的尾巴,另一根拴住它的腰部,把它绑牢在这小船上。

"动手干活吧,老头儿,"他说。他喝了很少的一口水。

"战斗既然结束了,就有好多辛苦的活儿要干呢。"

他抬头望望天空,然后望望船外的鱼。他仔细望望太阳。晌午才过了没多少时候,他想。而贸易风刮起来了。这些钓索现在都用不着了。回家以后,那孩子和我要把它们捻接起来。

"过来吧,鱼,"他说。可是这鱼不过来。它反而躺在海面上翻滚着,老人只得把小船驶到它的身边。

等他跟它并拢了,并把鱼的头靠在船头边,他简直无法相信它竟这么大。他从系缆柱上解下鱼叉柄上的绳子,穿进鱼鳃,从嘴里拉出来,在它那剑似的长上颚上绕了一圈,然后穿过另一个鱼鳃,在剑嘴上绕了一圈,把这双股绳子挽了个结,紧系在船头的系缆柱上。然后他割下一截绳子,走到船梢去套住鱼尾巴。鱼已经从原来的紫银两色变成了纯银色,条纹和尾巴显出同样的淡紫色。这些条纹比一个人揸开五指的手更宽,它的眼睛看上去冷漠得像潜望镜中的反射镜,或者迎神行列中的圣徒像。

"要杀死它只有用这个办法,"老人说。他喝了水,觉得好过些了,知道自己不会垮,头脑很清醒。看样子它不止一千五百磅重,他想。也许还要重得多。如果去掉了头尾和下脚,肉有三分之二的重量,照三角钱一磅计算,该是多少?

"我需要一支铅笔来计算,"他说。"我的头脑并不清醒到这个程度啊。不过,我想那了不起的迪马吉奥今天会替我感到骄傲。我没有长骨刺。可是双手和背脊实在痛得厉害。"不知道骨刺是什么玩意儿,他想。也许我们都长着它,自己不知道。

他把鱼紧系在船头、船梢和中央的座板上。它真大,简直像在船边绑上了另一只大得多的船。他割下一段钓索,把鱼的下颌和它的长上颚扎在一起,使它的嘴不能张开,船就可以尽可能干净利落地行驶了。然后他竖起桅杆,装上那根当鱼钩用的棍子和下桁,张起带补丁的帆,船开始移动,他半躺在船梢,向西南方驶去。

——选自吴劳等译《老人与海》,上海译文出版社2010年版

(赵峻)

四十一　萨特《禁闭》

让-保尔·萨特(1905—1980)是20世纪法国著名的哲学家、文学家和社会活动家,存在主义文学的主要代表。他出生于一个海军军官家庭,从小得到了良好的文化熏陶。1928年毕业于巴黎高等师范学院哲学系,翌年在全国中学教师资格会考中名列第一,并与第二名的波伏娃相识,后共同生活。除了短期服兵役,萨特在中学任教。1945年创办《现代》杂志后,他成为职业作家一直到他逝世。1964年获诺贝尔文学奖。萨特创作的小说作品主要有中篇小说《恶心》,短篇小说集《墙》、《自由之路》;戏剧作品主要有《苍蝇》、《禁闭》、《死无葬身之地》、《可敬的妓女》、《肮脏的手》、《魔鬼与上帝》等。萨特的基本文学主张是"介入",他的"介入文学"的理论是建立在他的存在主义哲学基础上的,他的存在主义哲学是一种入世的人道主义哲学:一方面指出"世界是荒诞的,人生是痛苦的",另一方面又给苦于在荒诞中痛苦挣扎的人们指出一条"自由选择"的道路。他把这样一种哲学观点作为其文学的出发点,把存在主义思想带入了小说、戏剧,使存在主义哲学形象化和艺术化,因此其存在主义哲学通过小说和戏剧在青年中流传甚广,影响也很大。

独幕剧《禁闭》(1944)描写的主要场景是地狱,其中的主角是三个鬼魂报社编辑加尔散、邮局职员同性恋者伊内丝和色情狂艾丝黛尔。其中加尔散追求着伊内丝,但伊内丝是个同性恋者,拒绝了加尔散。伊内丝追求着艾丝黛尔,但艾丝黛尔是个色情狂,又拒绝了同性恋者伊内丝,反而狂热地追求加尔散。三个人物在地狱中相互折磨,相互损毁并时刻提防着对方,将对方禁闭在自己的心中,同时自己也被他人禁闭着。

《禁闭》是萨特早期创作的一部哲理剧,也是一部典型的境遇剧。它的哲学内涵在于强调并表现了一种人类的普遍境遇:他人,就是地狱。戏剧以地狱中的鬼魂形象,来象征隐喻现实社会中人们的猥琐渺小与丑陋无聊,人们在现实世界中的尔虞我诈、勾心斗角,无异于舞台上身处地狱的鬼魂,将他人看作是自己存在的地狱。加尔散生前虐待温柔体贴的妻子,他还自称一生不追求金钱和美女只想做英雄,但当战争需要他上前线打仗时却临阵脱逃,被抓获后枪决。伊内丝是个心理变态的同性恋者,她唆使表嫂抛弃表哥投入自己怀抱,表哥出车祸死亡,她反而很高兴,心安理得地和表嫂租房子过上同居生活,最后因为表嫂半夜打开煤气管双双中毒身亡。艾丝黛尔迷恋男色,蒙骗丈夫在外面偷情,她占有欲十分强烈几近疯狂,为了报复情夫和别的女人在一起,就在情夫面前溺死自己的私生女,后来自己也因患肺炎死去。这三个罪人先后被投入地狱,囚禁于一室,又都本性不改,形成纠结的三角关系:加尔散为表白自己不是胆小鬼,总想说服伊内丝;伊内丝却怀抱同性恋热望,爱上了贵妇艾丝黛尔,极力排斥异性的加尔散;迷恋男色的艾丝黛尔,却只对加尔散有情意。三人之间的纠葛和冲突,根源在于他们各人过去有罪过,现在还有卑劣的要求。他们之间存在着难以调和的矛盾,他们需要互相戒备、提防,惟恐对方洞悉自己,特别是了解自己过去的一切,既不想交出自己,又想得到自己想要的。他们相互追逐、相互利用、相互需要,但又相互敌视、相互对立。这个三人世界就像回旋木马一样,你追我赶,却永远跑不到一块。每个人的在场都构成了对其他人的惩罚。这使他们感到了比用任何刑具对他们进行惩罚都更为严重的痛苦。正如加尔散所说:"原来这就是地狱。我万万没有想到……你们的印象中,地狱里该有硫磺,有熊熊的火堆。有用来烙人的铁条……啊!真是天大的笑话,用不着铁条,地狱就是他人。”“他人是地狱”的意思绝非说人与人的关系始终恶劣，萨特揭示了深刻的哲理：如果自己犯罪作恶，自己也就选择了自己入地狱；如果自己是扭曲与他人关系的原因，那么自己就得承担地狱之苦；如果依赖他人的判断而不是自己的行动来确定自己的本质，就会陷入精神地狱之中。一切都是人自取的，人是自己行为的结果。

萨特在戏剧艺术上独创了“境遇剧”戏剧样式。萨特的“境遇剧”强调对情境的刻画，他认为人总是在一定情境中生存，只有处在具体境遇中的性格才是真实的。萨特关注的是整个人类的境遇，以及在各种境遇中人如何去自由选择。所以他剧本中的主人公总是在各种境遇中进行选择，主人公的性格就是他选择的总和。《禁闭》正是如此，萨特将剧情设置在特殊的境遇——地狱里。这个地狱，十分奇特，没有血腥刑具，也没有窗户、镜子和床，这里只有黑夜，鬼魂在其中永远不能睡觉，也不能眨眼皮。极限的具体境遇迫使人物必须选择，人物选择的可能性只能在极限范围内活动，这便为展现戏剧矛盾和刻画戏剧人物提供了充分基础。

禁闭(片断)

第五场

加尔散：又来了！（稍停）我早就恳求你们静一静了。

艾丝黛尔：是她起的头。她来给我镜子，而我什么也没向她要。

伊内丝：什么也没要。你只是靠在他身上蹭来蹭去，摆出种种媚态让他来看你。

艾丝黛尔：您还有什么话没有？

加尔散：你们疯了吗？你们就不明白我们何去何从吗？你们住嘴！（稍停）我们去安安静静地坐着吧，闭上眼睛，每个人都尽量忘掉别人的存在。

[停顿。他重新坐下。她俩犹豫不决地回到自己的座位上，伊内丝猛地转身。]

伊内丝：啊！忘掉！多么天真！我浑身都能感到您的存在。您的沉默在我耳边嘶叫，您可以封上嘴巴，您可以割掉舌头，但您能排除自己的存在吗？您能停止自己的思想吗？我听得见您的思想，它像闹钟一样滴答滴答在响。我知道您也听得到我的思想。您蜷缩在椅子上有什么用，您无处不在，声音到达我的耳朵时已经污浊了，因为它传过来时，您已经先听到了它。您窃取了我的一切，甚至我的脸庞，因为您熟悉我的脸，而我自己却不熟悉。至于她呢？她呢？您把她也从我手中抢走了：如果只有我们两人，您想她敢像现在这样对待我吗？不会的，不会的。您把手从您脸上拿开吧，我不会让您安静的，这太便宜您了。您麻木不仁地坐在那儿，像个菩萨似的在冥想。我闭着眼睛，就能感到她在向您倾吐她生命的全部款曲，甚至她裙子摩擦的窸窣声也是献给您的，她在向您频频微笑，而您却视而不见……不能这样！我要选择我的地狱，我要全神贯注地盯着您，我要撕破情面跟您斗。

加尔散：好吧。我预料到会有这一步的：他们像耍弄小孩一样耍弄我们。要是他们让我与男人住在一起就好了……但不应当要求过多，（走向艾丝黛尔，用手托着她的下巴）那么，小娘子，你喜欢我了？你好像老向我做媚眼。

艾丝黛尔：别碰我。

加尔散：得了！让我们随便些吧！我从前很喜欢女人，你知道吗？女人们也非常喜欢我。你别扭扭捏捏了，我们什么也不会失去的，为什么还要讲礼貌呢？为什么还要来客套？我们都是自己人,不一会儿,我们就会像虫子那样一丝不挂的。

艾丝黛尔:放开我!

加尔散:虫子那样!啊!我早就告诉过你们。我没有向你们要求什么,但求能和和平平,稍微有一点儿安静,所以我才把手指塞在自己的耳朵里。瞧,戈梅正在几张桌子之间说话,报社的全体同事都在听他讲话。大家都只穿衬衫。我想弄清他们在说什么,然而,这很困难,因为人世间的事情稍纵即逝。你们难道不能不讲话吗?现在完了,戈梅不说话了,他对我的看法又收回到他的脑子里。好吧,我们只好一不做,二不休了。像虫子那样一丝不挂,我想弄明白我是跟谁在打交道。

伊内丝:您明白了,现在您明白了。

加尔散:我们为什么被罚下地狱呢,在各人没有坦白说出这点之前,我们什么都是稀里糊涂的。你,金发女郎,你先说吧,为什么?你坦率讲出来,就可以免遭厄运;要是我们能认识自己的魔鬼……说吧,为什么?

艾丝黛尔:我告诉你们我不知道。他们不愿意把情况告诉我。

加尔散:我明白。他们也不愿意告诉我。但我了解自己。你害怕第一个开口吗?很好,那就我先说吧。(稍停)我这个人并不很光彩。

伊内丝:您说下去呀。大家知道您当过逃兵。

加尔散:别提了。永远不要再提这件事。我到这儿来是因为我折磨过我的妻子。就是这么回事。折磨她有五年之久。当然,现在她仍在受苦。她就在那儿,我一讲到她,就看见她了。我关心的是戈梅,而我看见的却是她。现在戈梅在哪儿呢?事情达五年之久。这下好了,他们把我的东西还给她了;她坐在窗户旁边,把我的上装放在膝盖上。有十二个枪眼的上装,血迹斑斑,就像沾了铁锈一样,枪眼的边缘变得焦黄了。哈!这件具有历史意义的上装,可以进博物馆了。我可穿过它!你要哭了吧?你会哭一场吧?我像猪一样醉醺醺地回到家,身上散发着一股酒味和女人味,她等了我整整一夜;她没有哭。当然,她一句责备话都没有说,只是她的眼睛,她的一双大眼睛流露出责备的神色。我什么都不懊悔。我将付出代价,可我毫无悔恨。外面下雪了。你要哭了吧?这真是一个具有殉道者气质的女人哪!

伊内丝:(几乎温柔地)您为什么要折磨她呢?

加尔散:因为折磨她太容易了,你只要说一句话,她就会变脸,这是个多愁善感的女人。啊!连一句责备的话她都没说过!我喜欢逗弄人,我等待着,一直在等待着。可是她没有一滴眼泪,一滴都没有,也没有责备过我一句。当初是我把她从堕落中拯救出来的,懂吗?她现在用手抚摩着我的上衣,眼睛却不看它一眼。她的手指在摸索着衣服上的弹痕。你在等待什么?你希望什么呢?我告诉你,我毫无悔恨。她太崇拜我了。就是这么回事。你们明白吗?

伊内丝:不明白。别人可并不崇拜我。

加尔散:再好没有了。这对您来说太好了。这一切对您来说大概是难以理解的。好吧,举一件小事:我把一个混血女人留在我房间里,我们度过了多少个甜蜜的夜晚!我妻子睡在二楼,她大概能听到我们的谈话。她总是最早起床,我们还在睡懒觉,她就把早饭送到我们的床头了。

伊内丝:下流胚!

加尔散:是的,是的,我是一个受人钟爱的下流胚!(显得心不在焉)不,有什么了不起!这是戈梅,但他没有谈论我。您说是下流胚吗?当然啦,要不,我在这儿又有什么事情可以做呢?那么您呢?

伊内丝：好吧。就像他们在人世间所称呼的那样，我是个该入地狱的女人。这不已经进地狱了吗？那么，没有什么可大惊小怪的了。

加尔散：你要说的就这些？

伊内丝：不，还有与弗洛朗丝的事。但这是个死人的故事，有三个死人，首先是他，然后是她和我。世上已经没有活人留在那儿，我安心了，只剩下房间了。有时我眼前还浮现出房间的样子，空空荡荡的，百叶窗紧闭着。啊！啊！他们最后把封条撕掉了。房间是要出租的……要出租的。门上贴着一张告示。这真……荒唐可笑。

加尔散：三个人。您讲的是三个人吗？

伊内丝：是三个。

加尔散：是一男两女吗？

伊内丝：是的。

加尔散：哦。（稍停）他是自杀的吗？

伊内丝：他吗？他可不会干这种事。不过，他也没有少受痛苦。他不是自杀的，而是被有轨电车压死的。那还不容易！我以前住在他们家里，他是我的表兄弟。

加尔散：弗洛朗丝是金发女郎吗？

伊内丝：金发女郎？（看艾丝黛尔）你们知道，我不懊悔什么，但对我来说，向你们说这个故事，并不是愉快的事。

加尔散：说下去！说下去您后来讨厌他了吗？

伊内丝：慢慢地就讨厌他了。总之，这也不顺眼，那也看不惯，譬如，他喝酒时发出响声，他的鼻子向杯子里吹气。无非是一些鸡毛蒜皮的事。噢，这是个可怜的家伙，是个软骨头，您笑什么？

加尔散：因为我不是个软骨头。

伊内丝：那要日后见分晓。我的看法逐渐影响了她，她便用我的眼光来看他……最后，她投入我的怀抱，我们在城市的另一角租了个房间。

加尔散：后来呢？

伊内丝：后来就发生了有轨电车事故。我每天都对她说：这下可好了，我的小娘们，我们把他杀死了。（稍停）我很坏。

加尔散：是的，我也很坏。

伊内丝：不，您么，您并不坏。那是另一回事。

加尔散：什么事？

伊内丝：我等一会儿告诉您。我很坏，换句话说，我活着就需要别人受痛苦。我是一把火，是烧在别人心里的一把火。当我孤孤单单一个人时，我便熄灭了。半年来，我在她心中燃烧；我把一切都烧毁了。一天夜里，她爬起来，趁我没注意时把煤气管打开，然后又在我身边躺下来。就这样完结了。

加尔散：恩！

伊内丝：什么？

加尔散：没什么。这不大道德。

伊内丝：是啊，这不道德。那又怎么样？

加尔散：噢！您说得对。（向艾丝黛尔）该你讲了。你干了什么呢？

艾丝黛尔：我告诉过你们了，我什么都不知道。我扪心自问，百思不得其解……

加尔散：行。那么，我们来帮你想想。那个脸上皮开肉绽的家伙是谁？

艾丝黛尔：哪个家伙？

伊内丝：你心里很明白。就是你进门时，你害怕的那个人。

艾丝黛尔：是位朋友。

加尔散：你为什么怕他？

艾丝黛尔：您没有权力盘问我。

伊内丝：他是为你而自杀的吗？

艾丝黛尔：啊，不，您疯啦！

加尔散：那么，为什么他叫你害怕呢？他朝自己脸上开了一枪，恩？他就这样把脑袋搬家的吧？

艾丝黛尔：住口！住口！

加尔散：你是祸根！你是祸根！

伊内丝：他为你吃了颗子弹。

艾丝黛尔：让我安静一下，你们叫我害怕。我要走！我要走！（奔到门口，摇门）

加尔散：滚吧，我求之不得。可是门外边上了锁啦！

［艾丝黛尔按铃，铃不响。伊内丝和加尔散笑。艾丝黛尔背靠着门，身子转向他俩。］

——选自冯汉津、张月楠译《萨特戏剧集》，人民文学出版社 1985 年版

（许雯）

四十二　加缪《鼠疫》

阿尔贝·加缪(1913—1960)是法国现代著名存在主义文学家,1957年诺贝尔文学奖获得者。1913年出生于阿尔及利亚的蒙多维,1932年考入阿尔及尔大学,1937年,以新闻记者身份长期从事政论散文的写作。1947年加缪脱离《战斗报》,成为职业作家。20世纪40年代是加缪文学创作的鼎盛期,最重要的作品和论著大都在此期间完成,其中包括小说《局外人》、《鼠疫》,剧本《误会》、《戒严》、《真正的人们》、《卡利古拉》,以及哲学随笔《西绪弗斯神话》等。50年代,加缪先后撰写评论作品《反抗者》、《夏季》,并完成《堕落》、《流放与国王》与《幸福的死亡》等多部小说。加缪的创作在不同历史时期呈现出不同的风貌、迥异的风格。30年代末作品表现的是人与世界的协调;40年代作品则反其道而行之,描绘人与世界的对抗;50年代的创作则陷入悲观主义。作家不同时期选用大致相同的题材及背景,不断变换主题和风格的作品具备合理的统一性和创新性。

小说《鼠疫》(1941)描写20世纪40年代某一年,法属阿尔及利亚奥兰市鼠疫爆发,疫情发展来势迅猛,政府决定封闭城市。人们开始意识到自己处境的危急,都有一种别离流放的恐怖之感。危急时刻里厄医生组建了第一支志愿防疫队,与鼠疫作战。老卡斯特尔满怀信心,就地取材制造血清;失意的小公务员格朗奉献出自己的业余时间,担当卫生防疫组织的秘书工作;因鼠疫的突发事件而滞留在城里的记者朗贝尔,为了爱情正想方设法逃离出城,然而他要求里厄同意在他离开之前,能跟大家一块儿干一阵子。八月中旬,瘟神的黑影已笼罩城中一切,纵火、抢劫,持枪袭击城门的事,时有发生;埋尸坑越挖越深,里厄及其朋友们深感疲惫不堪。十二月底疫情减弱,人们在里厄医生的率领下,终于暂时战胜了鼠疫。二月的一个拂晓时分,全城举行规模盛大的狂欢活动,里厄医生倾听着城中震天的欢呼声,心中却沉思:威胁着欢乐的东西始终存在。他清醒地知道,鼠疫不会就此绝迹,因为鼠疫杆菌会隐藏在各种地方,潜伏守候,正如书中提醒的:"也许有朝一日,人们又遭厄运,或是再来上一次教训,瘟神会再度发动它的鼠群,驱使它们选中某一座幸福的城市作为它们的葬身之地。"他明白这次鼠疫斗争的结束,不可能是决定性的胜利。

小说描写一个虚构的鼠疫流行故事,但涉及道义、政治与哲学等重大问题,以鼠疫流行的奥兰城象征德国法西斯势力对法国的侵略,以市民抗鼠斗争象征法国人民的反法西斯斗争,作品的主要思想意义在于显示二战中法国人民及全世界人民反法西斯斗争的伟大胜利,是作者摆脱悲观主义绝望心情后,思想的一次飞跃。作品主人公里厄医生是一位舍己救人的人道主义者,一个拯救人类于水火的英雄。在鼠疫面前,有幸灾乐祸的有产者,有发瘟疫财的投机商,有千方百计想逃之夭夭的个人主义者,也有把群众死活束之高阁,甚至不愿承认事实已蔓延鼠疫病的冒牌医生。里厄时刻为病人着想,当被误解和无端指责时,只是良久沉默不语,甚至妻子病亡的消息也不能阻止他投入工作。里厄医生不是麻木不仁的局外人,他是一个感情极为丰富的人道主义者,他的事业决不半途而废,而是斗争到胜利,直至最后——全城人从鼠疫威胁中解放。即使在胜利的时刻,他仍旧清醒意识到:威胁始终存在。小说背景直指荒诞的世界,但在这个世界里,人们可以积极地自由选择,而非无所作为,并可以以自己的行为感化他人,并使正义最终战胜邪恶,将荒谬世界变成光明世界,这也正是作品的积极意义所在。

从悲观主义、虚无主义到人道主义，这是小说《局外人》到《鼠疫》的转折。在叙事方面，第一人称独白为第三人称人与人之间真正的对话所取代，一种孤独的反抗态度亦为共同奋斗的集体激情所战胜。加缪通过这部作品向读者传达：人们既然承认世界、命运的不公正，那么人们所能做的就是赋予没有任何意义的世界以一种意义，并创造一点公正。因此作者笔下的人物不再是冷漠的局外人、旁观者，而是有着清醒头脑的抗争者、奋斗者，一如《反抗者》中的哲学公式："我反抗故我存在。"

鼠疫（片断）

开始几天，曙光初现时，一股奇臭的浓烟弥漫在东区上空。根据所有的医生的判断，这种散发出来的气体虽不好闻，却对任何人都无害处。但该区居民却坚信这样一来鼠疫便会自天而降，纷纷扬言要离开居住地区，于是当局被迫设计出一套结构复杂的管道使烟雾绕道改向，居民方始安定下来。只有在刮大风的日子里，从东面吹来一阵难以形容的味道时，人们才想起周围环境不同往常，鼠疫的火焰每晚吞噬着它的牺牲品。

这就是瘟疫带来的最严重的后果。不过幸而疫情后来没有变得更为严重，因为人们已开始怀疑机关的创造性，省府的手段，甚至焚尸炉的容量，是否已经应付不了形势。里厄获悉当局已考虑过一些绝望中的解决办法，譬如说将死尸抛入大海，他的脑海中很自然地浮现出一幅蓝色的海面上漂浮着可怕的残骸的景象。他也明白如果统计数字继续上升的话将会出现什么局面：那时效率再高的组织机构都将束手无策；尸体堆积如山，就在街上腐烂起来，而省府对此一筹莫展；在市里的公共场所，可以看到垂死者怀着一种完全可以理解的仇恨和毫无意义的希望死命地缠住活人。

总之，就是这些明显的事实和担心害怕的心情使我们的市民经常处于流放和分离的感觉之中。关于这方面，笔者深感遗憾没有什么真正引人注目的事可报道，如某个鼓舞人心的英雄人物或某个惊天动地的壮举，就像老故事中屡见不鲜的例子那样。这是因为没有比一场灾难更缺乏戏剧性的东西了，而且大的灾祸，由于时间拖得很久，往往是非常单调的。根据亲身经历过的人们的回忆，鼠疫的可怖的日子并不像烧个不尽的残忍的大火，而却像一种永不停止的践踏，其势所至，一切都被踩得粉碎。

不，鼠疫和在瘟疫开始时期久久盘踞在里厄医生头脑中的惊心动魄的形象毫无共同之处。一开始，鼠疫是通过一套谨慎小心、运行有效、无可指摘的行政措施表现出来的。顺便加上一句：笔者为了不歪曲任何事实也不违背他个人的想法，尽力做到客观。他不愿通过艺术加工使任何东西失去真实，除了不得已为了使故事有些连贯性时才这样做。正是出于客观的要求，他才说：这段时期中最普遍、最深重的痛苦固然是别离，而且完全有必要把鼠疫的这一阶段的情况实事求是地重新描绘一遍，可是也得承认这种痛苦本身已失去了它的悲怆性。

市民们，或是退一步说，那些被相思之苦纠缠得最深的人能否适应他们的处境呢？说他们能够适应，那大概是不完全正确的。恐怕更确切的说法是，他们在精神和肉体两方面正在尝"魂销形瘦"之苦。鼠疫开始发生时，他们清晰地回忆得起失去的人儿，苦苦思念。然而尽管对对方的音容笑貌记忆犹新，尽管对心上人幸福高兴的某一时日丝毫不忘，他们却想象不出就在他们思念的此时此刻，远方的人儿究竟在做些什么。总之，记忆有余，想象不足。到了鼠疫的第二阶段，连记忆也已消失。并不是说他们忘了心上人的脸容,而是——其实结果也差不多——失去了心上人的肉体,他们在自己身体内部感觉不到心上人的存在。在最初几个星期中,令他们怨恨的是怀中与之温存的人只是个影儿,接下来的感觉是这个影儿愈来愈没有血肉了,连记忆中的一丝颜色也已褪个干净。待到分别时间长了以后,他们已无法想象过去亲身体验过的卿卿我我的生活,甚至连过去曾有过一个生活在一起、随时可用手触摸到的人儿这一回事也感到不可思议起来。

从这一点上来说,他们已进入鼠疫的境界,这境界越是平淡无奇,对他们的影响也越大。没有一个人还有什么崇高的情感,大家的情感都同样平凡单调。"该是收场的时候了,"市民们都这样说。这样说的原因,一方面是疫病横行时盼望共同的苦难快点结束是很正常的事,另一方面是事实上他们也真是这样盼望着的。但讲这句话时,初期的冲动和怨气已没有了,只是脑筋还算清楚,但已脆弱无力。开始几周内的野性十足的冲动已为一种沮丧情绪所代替,这种状态如果当作是逆来顺受当然不对,但也不能说不是一种暂时的认可。

我们的市民们已不再违抗,他们像人们所说的,已适应环境,因为除此以外,别无他法。当然他们带着一副痛苦不幸的姿态,但已感觉不到它的煎熬。也有人,如里厄医生,就认为这才是真正的不幸,习惯于绝望的处境比绝望的处境本身还要糟。以往这些别离者还不能算真正的不幸,他们的痛苦中还存在一线光明,现在连这一线光明也已消失。他们呆在路角上,咖啡馆中,或是朋友家里,静悄悄的,心不在焉,眼里带着如此厌倦的神情,以致整座城市有了这样一群人在里面就像一间候车室。有工作的人干起活来也和鼠疫的步态一样:小心翼翼而又不露声色。每个人都变得不骄不躁。别离者谈到不在眼前的人儿时,第一次不再怏怏不乐。他们用的是相同的语言,用对待有关疫情统计数字的态度来对待他们的别离情况。在这以前,他们绝不同意将他们的苦恼和全城人共同的不幸混为一谈,现在也接受把它们掺在一起了。失去了对过去的回忆,失去了对未来的希望,他们已置身于当前的现实之中。说实在的,在他们看来,一切都成了眼前的事。必须说上一句:鼠疫从大家身上带走了爱情,甚至友谊,因为爱情总得有一些未来的含义,但这时对大家来说,除了当下此刻,其余一无所有。

当然,这一切都不是绝对的,虽然所有的别离者确实都会走上这条路,但到底是有早有晚的,而且即使到了这种地步,还会有瞬间的旧梦,短暂的回忆,霎时的清醒,为这些患相思病的人带来更痛苦、更敏感的旧创复发。有这么一些时刻,为了消闲解闷,他们会计划一番鼠疫结束后的生活。有时他们触景生情,会料想不到地受到一种莫名的嫉妒心理的刺伤。另一些人在一星期的某些日子里会突然振奋起来,摆脱了麻木不仁的状态,例如星期天或星期六下午,因为当亲人尚在身边时,这两天就是他们习惯地进行某些活动的日子。有时到了傍晚,一阵伤感攫住了心灵,向他们预示:往事又要在脑海里重现——当然也不一定准会如此。这傍晚时分对宗教信徒说来是反省的时候,但对囚徒和流放者说来,却是难受的当儿,因为他们除了空虚感之外别无可反省的内容。在这个时刻里,他们只觉得心里空荡荡的,但不一会儿,又回到精神麻痹的境地,重新置身于鼠疫的囹圄之中。

他们已懂得,在这种境界中,就得放弃更切身的私事。这和鼠疫刚出现时不同:那时,萦回脑际的尽是个人琐事,一点一滴也放不下,别人的生死则与己无关,他们的生活经验仅限于个人;现在,他们也开始急人之所急,你我不分了,他们头脑中出现的是大家一样的想法,他们的爱情也成了最抽象的概念。他们已完全听凭瘟神摆布,即使有时也希望些什么,但这只是在睡梦之中,甚至当头脑中出现这样的想法:"这些腹股为淋巴的事儿啊,快快过去吧!"这时,他们自己也会感到奇怪。事实上他们都已进入梦乡,整整这一段时期不过是一场黄粱大梦。城中居民都是些白日做梦的人，只有很少这么几次，在深夜中，表面上已愈合的伤口突然开裂，这时他们才算真正清醒一下。惊醒过来后，迷迷糊糊地触摸一下又痒又痛的伤口边缘，旧创突然带着一股新的力量复发，随之而来的是爱人的悲哀的面容。晨光一现，他们重又面临灾祸，也就是说返回机械的生活中去。

人们也许要问，这些别离者的模样究竟像什么？很简单，他们什么都不像，或者可以说，他们像所有的人，一副大家都具有的模样。他们分担着城市的沉寂和孩子气的骚动。他们失去了议论是非的习惯，换上了泰然自若的神情。比如说，他们之中有一些最聪明的人也装模作样地像别人一样看报听广播，寻找些根据以说明鼠疫即将过去，似乎抱有一些不切实际的希望，再不然读了某个无聊到叫人直打呵欠的新闻记者信手拈来的一篇述评，便毫无根据地恐慌一番。剩下的人中，不是喝喝啤酒，便是照料病人，不是没精打采，便是筋疲力尽，不是把卡片归归档，便是听听唱片，大家都是彼此彼此。换句话说，他们已不再挑这拣那了。鼠疫将辨别优劣的能力一扫而尽。这点可以清楚地看出来：没有人在购买衣服和食物时再计较质量，来者不拒，一概接受。

最后，可以说那些与亲人分处两地的人也已失去了瘟疫发生时起到保护作用的奇怪的特权，爱情的自私心理已消逝，由此得到的好处也随之化为乌有。至少现在看来，情况已明，疫病已成为与大家有关的事。城门口枪声呼呼，一下下盖的戳印有节奏地敲出了我们的生和死，一场场火灾，一张张档案卡片，一片恐怖的气氛，一项项礼仪手续伴随着经过登记的不体面的死亡，可怖的浓烟，冷酷无情的救护车铃声：我们就生活在这一片喧嚣之中，啃着流放犯的囚粮，心中无数地等待着那将轰动全城的共同重逢和共同安心的日子。我们的爱情无疑还存在，但它发挥不了作用，变得沉重难忍，毫无生气，就像犯了罪、判了刑那样的无所作为。爱情已变为无尽头的忍耐，执拗的期待。就此看来，某些市民的态度使人联想到各处食品店门口排着的长队。同样的坚韧不拔，同样的逆来顺受，出头无期，不抱幻想。不过这样的精神状态应该加强一千倍才符合与亲人分离的人的情况，这是另一种的饥馑之感，它能把一切都吞噬下去。

不管什么情况，如要对城中那些与亲人分离的人的心绪有一个正确的概念，那就有必要再一次回顾那满天残照和遍地尘埃的永远不变的傍晚，当暮色降临到这座缺树少荫的小城中时，男男女女都走出户外，拥上街头。这时从沐浴在晚霞中的露天座上能听到的，已不再是城市中通常都有的、那种由车声辚辚、机器隆隆组成的市声，而是乱哄哄的、低沉的脚步声和说话声，在闷热的天空中，瘟疫的呼啸声为那成千上万的人痛苦地移动着的脚步声打着节拍，永无尽期、沉闷难忍的街头踯躅声逐渐充满全城，一晚又一晚，这种声音无比阴沉地也无比忠实地体现了一种盲目的顽固情绪，它终于取代了我们心中的爱情。

——选自徐和瑾译《局外人/鼠疫》，人民文学出版社 2011 年版

（刘聪颖）

四十三　贝克特《等待戈多》

萨缪尔·贝克特(1906—1989),20世纪荒诞派戏剧的重要代表人物。贝克特出生于都柏林,父亲是建筑工程估价员,母亲是法国人,虔信新教。贝克特于三一学院毕业后在巴黎高等师范学院任教,期间结识了现代派作家詹姆斯·乔伊斯,深受其影响。1930年,贝克特回到爱尔兰,在三一学院任教。两年后辞职、漫游欧洲。因厌恶爱尔兰的"神权政治、书籍检查",遂定居巴黎。二战爆发后,参加了法国地下抵抗运动,遭到盖世太保的追捕,携妻逃到沃克吕斯的小村庄务农。战后回到巴黎专事文学创作和翻译。贝克特在创作上深受乔伊斯、普鲁斯特和卡夫卡的影响,主要作品有:评论集《普鲁斯特》,短篇小说集《贝拉夸的一生》和《第一次爱情》,中篇四部曲《初恋》、《被逐者》、《结局》、《镇静剂》,长篇小说《莫菲》、《瓦特》,三部曲《马洛伊》、《马洛伊之死》、《无名的人》等。这些小说以惊人的诙谐和幽默表现了人生的荒诞、无意义和难以捉摸。贝克特戏剧方面的成就尤为突出,主要剧本有《等待戈多》、《剧终》、《哑剧I》、《最后一局》、《最后一盘磁带》、《尸骸》、《哑剧II》、《呵,美好的日子》、《喜剧》等,这些剧作无论就内容或形式来说都是反传统的,因此被称为"反戏剧"。1969年,他因"以一种新的小说与戏剧的形式,以崇高的艺术表现人类的苦恼"获得诺贝尔文学奖。

《等待戈多》(1952)是贝克特的代表作。全剧分为两幕:第一幕中,两个流浪汉弗拉季米尔和爱斯特拉冈无所事事,为了摆脱人生的痛苦与无望,为了寻找安慰和解脱,每天在旷野的一条小路上等待着类似于上帝的救星——戈多。为了打发时间,他们做着滑稽的游戏,进行着无聊的谈话。中间来了波卓和幸运儿主仆二人,他们呆了一会儿就走了。为戈多当使者的男孩来了,告诉两个流浪汉戈多今天不来,但明天会来。第二幕几乎重复了第一幕。主要的变化是波卓瞎了,幸运儿哑了。剧终,同一男孩告诉两个流浪汉戈多今天不来,但明天会来。

在《等待戈多》中,戈多是谁,他代表什么,剧中没有明确说明,只有一些模糊的暗示。西方评论界对戈多有多种多样的解释,有人认为,戈多(Godot)是从英语God演变而来的,即神、天帝、造物主之意,暗指上帝;有人认为,戈多是巴尔扎克戏剧《自命不凡的人》中的一位神秘人物戈杜(Godeau);有人认为,剧中出现的波卓就是戈多,只不过作者没有明确说出而已;也有人认为戈多象征理想、幸福等等。事实上,"戈多"并不存在于等待者之外的某个地方,而是在于他们的内心,是他们极度空虚的心灵需要慰藉的某个外化物,更直接地说戈多就是一个符号:他代表人对其生存于其中的世界的不可知,代表人对自己前途和命运的不可知。戈多又是一个幻想的救星,"他要是来了,咱们就得救啦"。然而"希望迟迟不来,苦死了等的人",这是深刻的灵魂的痛苦,戈多又成为答应要来而总是不来的东西,它的本性就是"不来"。它是人们追求的而又永远得不到的东西。我们还可以把戈多看作一种精神象征,是饱受劫难的现代西方人的精神寄托和支柱,是处于困境中的迷惑不安的人们对于未来若有若无的期望,是维系人们生存下去的一丝不可知的希望。当戈多在无止境的延宕中无限缺席下去时,等待什么已经毫无意义了。等待已抽掉了具体内容,不自觉地变成了一种生存状态。等待本身也内化为人的一种生存意识。

《等待戈多》以"反戏剧"的艺术表现形式,真实地反映了西方后现代社会人的心理现实,具体表现为:1. 反情节。剧情无头无尾,简单和重复循环暗示了人类生存的空虚和荒诞。不合逻辑的“反情节”在观众中产生了一种压抑的、荒诞的感觉。2. 反人物。剧中四个主要人物形象都很抽象，他们没有社会和历史背景，缺乏作为社会人的基本要素。他们并不代表具体的个人，而是象征了整个人类，所以，其悲剧也就具有了普遍性，象征了整个人类的悲惨状况。3. 反语言。剧中大部分对白缺乏逻辑性，经常没有意义，违反逻辑。这暗示语言已不再是人们表达思想、互相沟通的方式，而仅仅反映语言的危机、人生的空虚和世界的荒诞。4. 反时间。人物来自模糊的过去，走向不确定的未来。时间对他们来说是一片需要填补的空白，他们要做的事情是如何打发现在的时间，忍受时间的煎熬，所以他们频繁地谈论时间，观众也被频繁地提醒时间，提醒生存的意识。当人的生存已变得毫无意义，成为枯燥乏味的负担时，时间才被感觉到空洞无聊，才被人们反复地感觉到。

等待戈多(片断)

第一幕

乡间一条路，一棵树。黄昏，爱斯特拉冈和弗拉季米尔坐在一个低土墩处。

(话外音)这是什么地方，什么时候，也不知道是什么人。总之可能是两个流浪汉吧。他们在等着什么？等待戈多……等待戈多……等待……

爱斯特拉冈开始脱靴子，他两手使劲往下拉，直喘气，显出精疲力竭的样子，歇了一会儿，又开始往下拉。弗拉季米尔到一旁，向远处张望。爱斯特拉冈又一次泄气，毫无办法，放弃了脱靴子。

爱斯特拉冈：(站起来，走到弗拉季米尔身边)咱们走吧！

弗拉季米尔：咱们不能。

爱斯特拉冈：为什么不能？

弗拉季米尔：咱们在等待，等待戈多！

爱斯特拉冈：他要是不来，那怎么办？

弗拉季米尔：咱们明天再来。

爱斯特拉冈：然后后天再来？

弗拉季米尔：有可能。

爱斯特拉冈：这样下去，只等到他来为止？

弗拉季米尔：你说话真是不留情面！

爱斯特拉冈：问题是昨天咱们来过这里了！

弗拉季米尔：昨天咱来过这里？

爱斯特拉冈：我肯定来过这里！

弗拉季米尔：你凭什么肯定？

爱斯特拉冈：(指着旁边的路)这条路，(走到树下)这棵树！

弗拉季米尔：这棵树？

爱斯特拉冈：咱们昨天还在这上吊了呢，要不咱上吊试试？

弗拉季米尔：上吊？咱们没绳！

爱斯特拉冈：（四处看了看，找上吊的东西，摸到裤腰带，开心地走去扯弗的裤腰带）裤腰带！

弗拉季米尔：（推开爱的手）别，别！我想咱们还是什么都别干，这样比较安全。（和爱坐到土墩处）

波卓带幸运儿上，波卓牵着套在幸运儿脖子上的绳子。幸运儿已经疲惫不堪。波卓催着幸运儿快走。走到土墩，波卓停下，而幸运儿继续麻木地低头往前走。波卓喊"停"，幸运儿顺势倒下。

爱斯特拉冈：（惊喜的）是他！

弗拉季米尔：谁？

爱斯特拉冈：（高兴的）戈多！

弗拉季米尔：（走到波卓身旁，唯唯诺诺的）老爷，你是？

波卓：我就是大名鼎鼎的波卓！

爱斯特拉冈：你不是戈多先生吗，老爷？

波卓：（愤怒的）我是波卓，波卓！

波卓：（不屑的）戈多算个什么东西，告诉你们，剥夺才是真正的大人物。

波卓：（坐下，得意的）每次遇到你们这些小东西，我就觉得自己更高贵，更自在，更聪明！

波卓：（走到奴隶旁，开心的）来，瞧！为什么这些奴隶一批一批地涌来跟着我，轰都轰不走。因为我可以照顾他们！（踢了一脚幸运儿，开怀大笑）哈哈哈哈……

波卓：（见幸运儿没动静，又踢了两脚）哎，起来！（瞟了一眼爱和弗）等会儿就能把他们带到市场，给他们卖个好价钱！

波卓：（再踢幸运儿）弱势者，起来！走，走！

奴隶起，两人下，波卓得意地说"先生们，回见"。

爱斯特拉冈：唉哟，戈戈，咱们走吧！

弗拉季米尔：咱们不能！

爱斯特拉冈：为什么不能？

弗拉季米尔：咱们在等待戈多！

小孩：（从远处赶来）先生，先生，弗拉季米尔先生。

爱斯特拉冈：（认为没有好消息而反感）哎呀，又来了。

弗（看见小孩，脸露喜色）你是给戈多先生送信来的？

小孩：是的，先生。

爱斯特拉冈：他说了什么？快说快说！

小孩：戈多先生让我来告诉你们，今天晚上他不来了！

弗拉季米尔：不来了？

小孩：不来了，不过他说他明天晚上会来。

（小孩向弗要小费，弗和爱推推脱脱，给了点，小孩下。）

爱斯特拉冈：咱们走吧！

弗拉季米尔：咱们不能！

爱斯特拉冈：为什么不能？

弗拉季米尔：咱们在……

爱、弗拉季米尔：等待戈多。

（爱与弗坐回土墩，话外音起。）

第二幕

……

（爱斯特拉冈不愿继续在这地方等，于是去了别处等待戈多。而却被那里的人打了一顿，然后回到土墩。）

弗拉季米尔：我让你在这等，你偏要过去，挨揍了吧！挨了揍还爬回来，窝囊废！

爱斯特拉冈：你骂我，你才是……要不，咱们来对骂吧？

弗拉季米尔：对骂？

爱斯特拉冈：你先来，你先骂！

弗拉季米尔：窝囊废！

爱斯特拉冈：寄生虫！

弗拉季米尔：丑八怪！

爱斯特拉冈：鸦片鬼！

弗拉季米尔：阴沟里的耗子！

爱斯特拉冈：巫师，牧师！

弗拉季米尔：白切，白切！

爱斯特拉冈：（开心的）批评家，批评家！你是批评家！

弗顺势蹲下，觉得对骂也没有了意思。爱看见弗这样，也觉得对骂很没意思了，在一边无奈的叹气。

波卓背着幸运儿上，波卓倒下，幸运儿说“这么差劲”。

爱斯特拉冈：这不是波卓老爷吗？

幸运儿：对，就是他！

弗拉季米尔：这就是大名鼎鼎的波卓？

波卓：救命……

爱拉弗到一边，说：咱们要他六个便士。

弗拉季米尔：八个。

爱斯特拉冈：就六个。

弗拉季米尔：八个。

爱斯特拉冈：七个，一个不多，一个不少！

波卓：我出一英镑。

爱、弗高兴地把波卓扶下。回来爱斯特拉冈：咱们应该要他一点五个英镑。

小孩又从远方带来了消息。

小孩：先生，先生，弗拉季米尔先生。

爱斯特拉冈：戈多先生又让你带消息来了？

小孩：是的，先生！

弗拉季米尔：戈多先生说了什么？

小孩：戈多先生说，今晚他不来了，明晚他再来！

弗拉季米尔：(失望的)他说他明晚再来？

小孩：是的，先生。

爱斯特拉冈：就这些话了？

小孩：是的，先生。

(小孩想要小费，爱和弗没给，小孩说"嗨，小气鬼"，小孩下。)

爱斯特拉冈：咱们也走吧。

弗拉季米尔：咱们不能！

爱斯特拉冈：为什么不能？

弗拉季米尔：等待……

爱斯特拉冈：他不是说他不来了吗？

弗拉季米尔：(垂头丧气的)他不来。

爱斯特拉冈：唉，都这么晚了！

弗拉季米尔：是啊，现在已经是夜里了！

爱斯特拉冈：咱们在这，没事可做了。

弗拉季米尔：咱们没事可做了。

爱斯特拉冈：没事可做，没事可做！

弗拉季米尔：没事可做，咱们还是得等！

爱、弗拉季米尔：等待戈多！

(话外音)

闭幕

——选自施咸荣译《等待戈多》，人民文学出版社 2002 年版

(韩燕虹)

四十四　海勒《第二十二条军规》

约瑟夫·海勒(1923—1999),美国“黑色幽默”派最重要的代表作家,出生于美国纽约市布鲁克林柯尼岛一个俄国犹太移民家庭。二战期间,海勒应征入伍,被派往地中海战区美国空军第12大队的基地科西嘉岛,成为一名空军投弹手,后晋升为中尉。海勒有志于文学创作,1948年以优异成绩毕业于纽约大学。1954年,海勒开始创作第一部长篇小说《第二十二条军规》,历时7年,作为“无法摆脱的困境”的代名词,“第二十二条军规”进入了美国的日常语言。这部小说打破了50年代美国文坛“怯懦的十年”的沉闷局面,开创了“黑色幽默”派的先河,奠定了海勒在美国文学乃至世界文学中的地位。其后出版长篇小说《出了毛病》、《像高尔德一样好》,剧本《我们轰炸纽黑文》。作为“黑色幽默”派的代表作家,海勒用喜剧的态度对待悲剧的遭遇,以阴冷忧郁的玩笑宣泄内心的恐惧、痛苦和悲愁,在嘲笑外部世界的同时嘲笑自我,求得内心平衡,作家又具有很强的幽默感,认为人生最大的痛苦是恐惧死亡,同时死亡在海勒心目中始终是可笑的事情,这种悲观绝望幽默的人生态度,使小说创作形成了一种“绝望的喜剧”风格。以海勒为代表的“黑色幽默”派在60年代以一种势不可挡的气势在美国文坛迅速发展,一大批有才华的作家纷纷加入,成为二战后美国小说的重要发展动力。

《第二十二条军规》(1961)描写第二次世界大战期间,在意大利厄尔巴岛以南八英里的一个美国空军基地——皮亚诺萨岛(虚构岛名)上的美国空军部队的生活。小说主要人物是空军轰炸手约翰·约塞连,其求生图存构成了情节的主要线索。约塞连上尉在一片混乱、荒谬与恐怖中,置一切权威、信条于不顾,为保存性命而进行着近乎疯狂的努力。他生活的唯一目的就是逃避作战飞行,因此约塞连要求停止飞行,复员回国,而空军大队指挥官卡思卡特上校一次次任意提高任务指标。为逃避飞行,约塞连躲进医院装疯。第二十二条军规规定,疯子可停止飞行,但又规定停飞必由本人写出申请,而军规附带条件是凡能写出申请的就证明此人不疯,只能继续飞行。同时军规又规定,飞行员执行32次飞行任务后可以回国,但同时附加条件规定:停止飞行前不能违抗上级命令。约塞连最终明白,第二十二条军规是个圈套,是个陷阱,是场骗局,最终驾机逃往中立国瑞典。

“第二十二条军规”是作者凭空虚构的一个词,体现着说不尽、道不明的丰富意蕴,定名“军规”而非其他法规,因“军规”更具强制性,且更适应于战争。“军规”本身就有诡计、陷阱、圈套的意思,作者利用这个词的双关意思表明,所谓“第二十二条军规”实际就是一个圈套,任你怎样努力也休想从束缚中逃脱。第二十二条军规的现实意义在于揭露和批判美国官僚体制以及专制主义的残暴、蛮横和虚伪。操纵着第二十二条军规,把它玩弄于股掌之间的是一批无耻的官僚政客以及美国的官僚体制。联队司令官德里德尔将军专横任性,要求下属绝对服从;特种警备队司令官佩克姆将军对别人的毛病十分敏感,对自己的毛病却熟视无睹;中队长卡思卡特上校是个权利崇拜狂,为人“机警圆滑”,所有细胞都运用于向上爬这一目标上;谢司科普夫对战争尤其是阅兵有着病态的热爱;下级军官迈洛利用战争的机会不择手段地发财致富。作为小说的主人公约塞连,贯穿全书的就是他锲而不舍的求生努力。为了停止飞行任务,可谓“机关算尽”——他曾频频装病住进医院,亦曾借口对讲机出了毛病而中途返航,也曾主谋把肥皂水放在食物里使飞行员都泻肚子可以不飞行,还曾半夜蹑手蹑脚地去移动地图上的轰炸线。但是这个无足轻重的小人物却有着独立思考的能力,是整个飞行大队中唯一清醒的人。约塞连没有崇高可敬的灵魂震撼,也没有令人钦佩的自我超越,他在非理性社会和悖论式思维中做出非理性选择,他绝无传统英雄的崇高壮烈的行为和出类拔萃的品格,但不愿充当毫无人性的战争机器中的润滑油,充满自我求生的热望,处于疯狂世界中能够认识疯狂并做出自我选择,约塞连身上这种独立的意识和自由的意志,使其成了当代世界文学画廊里一个典型的反英雄意义上的"英雄"形象。

《第二十二条军规》在艺术上独辟蹊径,建构了"黑色幽默"这一现代审美形式,并调动哲学、逻辑学、美学、文艺学等诸多领域的规则,追求自身情感的外射,既表现荒谬世界对个人的压迫,又寄予一种无可奈何的嘲讽态度,从而领悟作者对战争和社会的思考,及所寄托的深厚人道主义情怀。结构上,形成一种所谓的"人像展览式结构",不仅有利于将同一事件放在不同人物视野中进行散点透视,而且消解了传统小说叙事结构的确定性和封闭性,表现出"反小说"的特点。

第二十二条军规(片断)

那天整整一个上午,一级准尉怀特·哈尔福特一直向他挑战,要跟他角力,决一雌雄。此外,还有约塞连,这家伙竟当即拿定主意,要装疯卖傻。

"你是在浪费时间,"丹尼卡医生不得不跟他这么说。

"难道你就不能让一个疯子停飞?"

"哦,当然可以。再说,我必须那么做。有一条军规明文规定,我必须禁止任何一个疯子执行飞行任务。"

"那你为什么不让我停飞?我真是疯了。不信,你去问克莱文杰。"

"克莱文杰?克莱文杰在哪儿?你把克莱文杰找来,我来问他。"

"那你去问问其他什么人。他们会告诉你,我究竟疯到了什么程度。"

"他们一个个都是疯子。"

"那你干吗不让他们停飞?"

"他们干吗不来找我提这个要求?"

"因为他们都是疯子,原因就在这里。"

"他们当然都是疯子,"丹尼卡医生回答道。

"我刚跟你说过,他们一个个都是疯子,是不是?

你总不至于让疯子来判定,你究竟是不是疯子,对不?"

约塞连极严肃地看着他,想用另一种方式试试。"奥尔是不是疯子?"

"他当然是疯子,"丹尼卡医生说。

"你能让他停飞吗?"

"当然可以。不过,先得由他自己来向我提这个要求。规定中有这一条。"

"那他干吗不来找你?"

"因为他是疯子,"丹尼卡医生说,"他好多次死里逃生,可还是一个劲地上天执行作战任务,他要不是疯子,那才怪呢。当然,我可以让奥尔停飞。但,他首先得自己来找我提这个要求。"

"难道他只要跟你提出要求,就可以停飞?"

“没错。让他来找我。”

“这样你就能让他停飞?”约塞连问。

“不能。这样我就不能让他停飞。”

“你是说这其中有个圈套?”

“那当然,”丹尼卡医生答道,“这就是第二十二条军规。凡是想逃脱作战任务的人,绝对不会是真正的疯子。”

这其中只有一个圈套,那便是第二十二条军规。军规规定,凡在面对迫在眉睫的、实实在在的危险时,对自身的安危所表现出的关切,是大脑的理性活动过程。奥尔是疯了,可以获准停止飞行。他必须做的事,就是提出要求,然而,一旦他提出要求,他便不再是疯子,必须继续执行飞行任务。如果奥尔继续执行飞行任务,他便是疯子,但假如他就此停止飞行,那说明他神志完全正常,然而,要是他神志正常,那么他就必须去执行飞行任务。假如他执行飞行任务,他便是疯子,所以就不必去飞行;但如果他不想去飞行,那么他就不是疯子,于是便不得不去。第二十二条军规这一条款,实在是再简洁不过,约塞连深受感动,于是,很肃然地吹了声口哨。

“这第二十二条军规,实在是个了不起的圈套,”他说。

“绝妙无比。”丹尼卡医生表示赞同。

约塞连很清楚,第二十二条军规用的是螺旋式的诡辩。其中各个组成部分,配合得相当完美。这种配合极是简洁精确——优雅得体却又令人惊异,与优秀的现代艺术相仿。但有时,约塞连又没什么把握,究竟自己是否通晓这第二十二条军规,就像他从来没有真正理解优秀的现代艺术一样,也如同他从来就不怎么相信奥尔在阿普尔比的眼睛里见到苍蝇一般。他听了奥尔说的话,竟信了阿普尔比的眼睛里有苍蝇。……

像大队司令部的其他所有军官——丹比少校除外——一样,卡思卡特上校亦极具民主精神:他认为,人生来是平等的。所以,他便以同样的热情,一脚踢开了大队司令部以外的所有官兵。不过,他信任自己的部下。正如他在简令下达室常跟他们说的那样,他相信,同其他任何部队相比,他们要强得多,至少可以多完成十次飞行任务。同时,他还认为,谁要是对部下没有这样的信心,他就可以滚出去。不过,他们要滚出去,唯一的办法,就像约塞连飞去见前一等兵温特格林时探听到的那样,便是完成这另增的十次飞行任务。

“我还是搞不明白,”约塞连抗辩道,“丹尼卡医生究竟是错还是对?”

“他说是多少次?”

“四十次。”

“丹尼卡说的没错,”前一等兵温特格林认可道,“就第二十六空军司令部来说,只要完成四十次飞行任务就可以了。”

约塞连听了心花怒放。“这么说,我可以回家咯?我已经飞了四十八次。”

“不行,你还不能回家,”前一等兵温特格林纠正道,“你不会是疯了吧?”

“为什么不能回家?”

“第二十二条军规规定这样。”

“第二十二条军规?”约塞连很感吃惊。“第二十二条军规跟回家到底有什么关系?”

“第二十二条军规规定,”亨格利·乔开飞机送约塞连回皮亚诺萨岛后,丹尼卡医生极耐心地答复他说,“你自始至终得服从指挥官的命令。”

“但第二十六空军司令部说,我完成四十次飞行任务就可以回家了。”

“可他们没说你必须回家。军规明文规定,你必须服从每一个命令。圈套便在这里。即便上校违反了第二十六空军司令部的命令,非要你继续飞行不可,你还是得执行任务,否则,你违抗他的命令,便是犯罪。而且第二十七空军司令部必定会问你的罪。”

约塞连彻底灰了心。“这么说,我必须完成规定的五十次飞行任务咯?”他极伤心地问。

“是五十五次,”丹尼卡医生纠正道。

“什么五十五次?”

“上校现在要求你们大家完成五十五次飞行任务。”

亨格利·乔听了丹尼卡医生的话后,如释重负地深叹了一口气,咧嘴笑了笑。约塞连一把揪住亨格利·乔的脖子;迫使他立刻开飞机跟他一块回去见前一等兵温特格林。

“要是我拒飞的话,”约塞连极信任地问道,“他们会怎么对待我?”

“我们或许会毙了你,”前一等兵温特格林回答他说。

“我们?”约塞连吃惊地大声叫道,“你说我们是什么意思?你什么时候站在他们一边了?”

“要是你给毙了,你指望我跟谁站在一边。”前一等兵温特格林反驳道。

约塞连畏缩了。卡思卡特上校又一次让他上了圈套。

——选自邹惠玲译《第二十二条军规》,漓江出版社 2005 年版

(刘聪颖)

四十五　克洛德·西蒙《弗兰德公路》

克洛德·西蒙(1913—2005)是法国新小说代表作家、理论家。生于一战前夕,父亲战死沙场,先后在巴黎斯坦尼斯拉斯中学、英国牛津、剑桥大学学习,攻读哲学与数学的同时,跟随当时有名的立体派画家安德烈·洛特学习绘画。1936年参加西班牙内战,到过苏联、印度、东欧和中东等地。二战爆发后在法国骑兵团中服役,头部受伤被德军俘虏。从俘虏营逃出后,回到法国参加地下抵抗运动,与此同时开始写作。早期作品有《作假者》、《钢丝绳》、《居利韦尔》、《春天的祭礼》等,创作于新小说还受冷遇的时期,影响不大却体现了作家在小说形式上做出的多种尝试。中期作品有《风》、《草》、《弗兰德公路》、《豪华旅馆》、《历史》、《法尔萨勒古战场》等,从风格上一脉相承,为新小说的发展起了不可估量的作用,而其自成一格的表现手法被评论家认为是"用善于观察的眼睛在写"。晚期作品有《双目失明的奥利翁》、《导体》、《三折画》、《常识课》、《农事诗》、《贝蕾妮丝的秀发》、《植物园》、《有轨电车》等,确立了西蒙成为世界文坛上第一流作家的地位。1985年获诺贝尔文学奖,理由是:"由于他善于把诗人和画家的丰富想象与深刻的时间意识融为一体,对人类的生存状况进行了深入的描写。"

《弗兰德公路》发表于1960年,是西蒙的代表作。小说以1940年春法军在法国北部弗兰德地区被德军击溃后慌乱撤退为背景,主要描写3个骑兵及其队长痛苦的遭遇。小说以队长雷谢克与新入伍的远亲佐治的会晤开始,以雷谢克谜一般的死亡结束。所有这一切,小说没有按传统的时序叙事,而是由战后佐治与雷谢克年轻、放荡的妻子高丽娜过夜时所产生的断续回忆,以及杂乱无序和模糊不清的想象来表现主题。

靠近比利时边境的弗兰德地区,当年曾是法德军队激战之处,法军的败退也是从这里开始。雷谢克原本是一位作战勇敢、听到枪响就会挥刀向前的骑士,然而残酷的战争使骑兵队只剩下4人时,他的精神支柱也垮塌了。战争对于几个疲劳到死的士兵们来讲,除了意味着灾难,毫无意义。4人经过10天的苦战和长途跋涉后再次陷入埋伏,雷谢克死去,其他3人进入战俘营。在这里,兵败被俘的士兵像患了"精神的腹泻","仿佛是无论什么都吃的野兽",全无一点英雄气概。而这些,都是战后佐治一边与高丽娜在床上撒着欢儿,一边所做的回忆。小说把人性这个古老的问题推到了艺术的中心。战争关系到生死,情欲关系到繁衍。生死繁衍是人类基本的存在形态,也是人性的基本内容。但是,人类创造的力量及其成果却常常成了人性自由的枷锁,人在战争、情欲、暴行、金钱的浊流中丧失了自身价值。世界失去了理性,个人受到时间和莫名其妙的历史事件的支配,既无法改变历史,也无法左右自己的命运。小说凌乱的文字背后渗透着几位人物自觉或不自觉的对人性各个层面的真切感受和思考,这就是小说在思想意蕴上的独到之处。

艺术上,首先是绘画技巧的全面运用。西蒙创作《弗兰德公路》时就像站在一个巨大的画板前,经过反复思索和不断地点缀布局,最后创作出一幅让人一眼能看到多件事同时发生、多种情节同时展现、各种情感交错相融的具有立体感的文学图画。他创造了一种类似现代派绘画的效果:无数色彩浓郁、光影陆离、眼花缭乱的画面拼接在一起,以此来贴切地表现作者对人类境遇的感受及其瞬间的情绪喷发。其次是运用了巴洛克式的螺旋结构。巴洛克艺术以精雕细琢著称,其花纹、图案常常是以旋转的线条勾勒,每一个螺旋与相邻的螺旋相同并层层叠加。西蒙的多人称、多角度叙述结构也与此相似，如实地再现人的意识活动的原状，把一些在记忆里同时存在的印象在时间的持续中表现出来。他往往从不同人物、不同侧面去重复同一场景、事件，每一次又并非简单的重复而是深化了前一次描述的内在意蕴。例如：雷谢克的命运时时对应着祖先的命运，他死亡的原因仿佛是祖先死因的翻版；高丽娜的情欲使我们联想到布鲁姆设想中的雷谢克的高曾祖母的情欲等等。由于这种巴洛克式层层叠加叙事的作用，每个时期的战争不再是一次次孤立的、个别的事件，而是被放到了整个人类命运的历史循环之中，从而具有了超越时间的普遍性，作者对人类悲剧性命运的思考也得到了极大的升华。

弗兰德公路(片断)

后来他大概确切地回想起这情景：首先出现的是黄色的皮肤和他一直看着的那块囊肿，接着是在嘴里参差横生的发黄的断牙。当他看见这嘴张开时，那像死尸的人说："哎哟！……"接着伸出手来平静地挪开那对准他腹部的枪口。佐治现在目光跟着那只皮包骨的手移动，望着他的短枪的准星在推开的力下划了半圈，这是说，在垂下眼睛的同时，手臂感觉到武器传到他身上的压力，他像刚才发现自己在镜子中的陌生的脸形时那样惊讶、感到意外一样，发觉手中持着武器。他白费功夫追忆自己是怎样划个半圈，拉开枪栓，用枪口对准，而现在他的肌肉紧缩，意图抗拒对方的推挡，重新把枪口对准那人，但突然停止搏斗，把枪拉回，转了半身，眼睛找寻不久前看见的一张椅子。坐下去后，那短枪又重新放下，枪托靠地，紧贴着他的绑腿，右手又再捏住枪管，可并不是抓住顶端，而是像一位坐着的老人手里拿着一根棍子或手杖，这是说，枪支起支持、支撑手臂的作用。前臂和左手贴在左大腿上，完全是像一位老人的样子。他一点也不想笑地在思忖："想不到这可能是我打死的第一人，想不到在这场战争中我差点打出的第一枪，几乎打死这……"可是过度的疲劳使他不能想完，想到底。他像在梦中似的听见那僵尸似的人和依格莱兹亚在争吵。那人站在衣橱前对着乱扔得满地都是衣服大声喊叫："首先是，谁让你们跑进来的？谁让你们……"他声音安详、柔和、悦耳，既没有一点怒气也不是咄咄逼人，也没有一点急躁，而只是充满依格莱兹亚似乎也具有的无限的、持久的惊奇能力。"在打仗，老头儿，你没看报吗？"那人（那死尸）似乎没听见，他把衣服拾起来，逐一细看，像一个收买旧货的商人那样逐件细看，估个总价，然后一件件往床上扔，嘴里不停的谩骂，说他们是强盗，一直到他听见嘈杂声（佐治——也许还有那个僵尸——突然停止大发雷霆，呆住不动，腰身半弯着，手里拿着一件女人的长袍——或者至少可以说是一件软绵绵的东西，松垮垮、不成形的样子，与男人的衣服相反，只有在一个女人的身上——即使它也松弛无力或变了形——它才会像某样东西，才会有一种意义），这是枪闩来回推动两次短促的嗒嗒声。依格莱兹亚现在拿着他的短枪指向那人的胸前，仍然用他那哀怨的声音说（这声音近乎唉声叹气，心烦意乱而不是忿怒发火，无可奈何而不是咄咄逼人）："我打死你又怎样？你叫警察来吗？我会像打死一只苍蝇似的把你干掉。我只要撤一撤扳机，那也不过多填一具尸体罢了。和这路上正在腐烂的全部东西加在一起，多一个或少一个，计算起来数目差不多是一样的。"那人现在动也不敢动，双手一直抓住那件软软绵绵的女袍。嘴里说："算了，小伙子，行了，算了，咱们总不至——"佐治仍然坐在椅子上，如同老人坐在老人院的长板凳上晒太阳似的，他心里想着："他是下得了手干的。"但他动也不动，连开口的力气也没有，只能疲惫沮丧地想："那又会有可怕的响声。"他做好准备，身体绷紧，等待着枪响发出震耳的声音，但接着只听见依格莱兹亚那哀怨的声音说："好了，别哭了，我们有没砸坏你的什么东西。我们不过是想找些旧衣服好穿起来溜走。"

后来他们（三个人：那瘦削的男人、依格莱兹亚和佐治——现在两个骑兵穿着得像农庄的雇工，有一点不自在、难为情的样子，好像是——脱离了他们原来的那一身布做的沉重的甲壳、皮件和皮带——他们感到自己几乎是赤身裸体，在轻飘飘的空气中毫无重量）又置身于房子外面，在广阔天地、在软绵绵的空间、在真空中飘荡，四周包围着的是嘈杂声，或更确切地说，像是战场平静的吵闹声。这时有三架飞机出现空中，灰色的，飞得相当低，速度不太快，像几条鱼，并排着横飞，只是高度稍微有点区别。这些飞机摇摆着，它们之间几乎觉察不出地上下移动，十足像鱼在水流中起伏摆动。飞机向地面扫射（依格莱兹亚、佐治和那僵尸似的人都停下了步子，呆住不动，但都没想到要躲起来，只是站在低凹的小路中，树篱差不多高到他们的半胸。依格莱兹亚望望四面，心里想着："这地方只有死人，他们朝地面扫射，真太愚蠢，总不能够把四人再次杀死吧。"），轻机枪的扫射发出像缝纫机一样微弱的声响，滑稽可笑，毫不认真，节奏相当缓慢，甚至还没有达到一架二冲程水泵发动机的响声，只是这样哒……哒……哒……哒……地响，在安宁静止的广阔天空下的寂寥的田野中散失、消耗、沉没了（从他们所在的地方看去，公路上没有任何东西在动）。后来一切归于沉寂平静：房屋、果园、树篱、阳光灿烂的田野、南面天边的树林。朝左边去一点，大炮平静的响声由宁静的热空气传来，并不很响，也不猛烈，只是一个劲在打，好像一些工人正在什么地方不慌不忙地拆屋，就是这样。

过了一会儿，他们又在四堵墙中，重新有东西围住，佐治乖乖地坐着，他的嘴巴、舌头和嘴唇在用劲想说出："我想吃点什么。要是你们有什么可吃的东西，我……"但说不出来，只是无可奈何地、绝望地看着那个脸像死尸的人，看着他和站立在他们桌子旁边的那个女人说话，后来她走掉了，但又走回来，在他们面前放下一个杯子，斟满了（这倒立锥形的小酒杯，口子很大，杯脚细小）一些透明无色像水的东西。他喝到嘴里，辛辣的像火烧，但他乖乖地吞下她斟满的第二杯——同样的无色、透明、辛辣、炙口，但他照样吞下。他一直在用劲想说（或更确切地说，努力使劲）他宁可吃点菜，但只能怀着说不出的绝望心情看到，（要求吃点东西）这是完全超出他力所能及的事，因此只好聆听（试试聆听）他们在说些什么，同时把小锥形体里斟满的无色、辛辣烫舌的汁液喝掉，一边思忖：那些苍蝇是否已开始在他身上嗡嗡叫，像在一匹死马身上一样。他想起那些飞机，又重复地想："他们不可能再杀死他，但那又怎样呢?"直到他自己知道自己喝醉了。他说："我当时身体已不大舒服，我是想说，那时我不清楚自己是在什么地方，也不知道是什么时间，也不知发生什么事，是否想的是他（正在太阳底下开始腐烂。我在思忖，什么时候他开始真正发臭，继续在黑黝黝的苍蝇嗡嗡叫中挥动他的军刀），或者我想的是瓦克，头向下倒栽在山坡背面，傻呆地望着我，嘴巴张得很大。在他身上，在那种时候，苍蝇大概在尽情享用，现在也许吃到主菜了，可以这样说，因为他早上就死了。另一个傻军人却走在最前面把我们带到敌人埋伏圈中。我在想：我们这些傻瓜，傻瓜，傻瓜，终究愚蠢或聪明，与这一切并没多大关系，我是说，与我们没多大关系，我是说，与我们心目中自己并没多大关系。愚蠢或聪明支配我们的行动、仇恨、热爱。一旦这一切消失了，我们的肉体、面孔仍然继续表现我们认为是自己的灵魂，这时也许这些我称之为聪明、愚蠢，或恋爱、勇敢、怯懦、危险的这些东西，这些精神特点或激情，继续存在于我们身外，并不需要征求我们同意，就在它们占有的粗俗的躯壳中安身。甚是愚蠢，看来对瓦克来说也有点过于精明、微妙，可以说是过于聪明，因此不可能在他身上存在。在这种情况下，他的活着也许只是为了傻瓜瓦克的存在。不管怎样，现在他再也不用为此操心了。可怜的瓦克，可怜的傻子,可怜的家伙:我记起那一天,那下雨的午后,我们为了寻开心激怒他,我们为了消磨时间在病马周围争吵。那是和现在不一样,那时有太阳,天气有点热。我在琢磨,要是他们已死掉,那么他们会已分解、溶开了,而不是像动物尸体那样在腐烂。天不停的下雨,现在我想我们有点像未见过世面的新兵,像小狗,尽管我们出口谩骂,老说粗话。像新兵,因为战争、死亡,我想说,这一切……"(佐治用手臂划了半个圆形,手离胸前,指着他们下面挤满的木棚内部,在肮脏窗玻璃的另一边木板壁上涂了柏油的同样的另一座木棚,还有后面——他们虽然看不见那些人的精神特点和激情,但知道都在那儿——同样单调的一式一样的木棚重复出现,在光秃秃的平原上,每隔十米左右就有一座,排列成行,全都一个样,平行地排列在算是一条街的每一边。这些街道成直角形交叉着,形成正规的方形。棚屋全部是朝着一个方向,低矮、阴暗、延伸到很长。令人作呕的腐烂土豆和茅坑的强烈臭味在空气中荡漾着,经久不散,大概在培养双重的囚徒——佐治在想象——在这庞大的方棚上,里面散发着粪便持久不去的、令人厌恶的气味,这些人像处身于一个密封的盖子下,因此佐治说是双重禁锢的囚徒:第一重是团团围着带刺的钢丝网,用发红的没有剥去树皮的粗松树林钉牢;第二重是囿于他们自身的恶臭(或下流堕落:出自战败的军队、一蹶不振的战士)。这两个人(佐治和布吕姆)坐在卧铺的边上,两腿下垂着,正在试图想象,他们并不饥饿(这不难做到,因为一个人总有办法做到使自己相信任何事,)——不是全部的话,也差不了多少——只要这么一来就能解决问题。但难以做到的是——甚至不可能做到——去说服肚里的小老鼠,它不停息地啃啮他们的肚肠(以至,正像布吕姆说的,好像是在作战,只有在两种解决的办法中选择其一:死了让蛆虫吃个饱,或活着喂饱饿坏的老鼠);他们两人在口袋里搜刮,希望能发现一点被遗忘的烟丝,搜寻着留在衣缝中的许多混杂在一起的面包碎屑、碎布和布毛,他们寻思是否可以当食物来吃还是当烟来抽,这是说,两人(佐治和布吕姆)争论是否老鼠会同意吃这些东西,最后得出结论是否定的,于是两人决定试抽抽看;在他们四周,喧闹个不停,嘈杂声像泥浆似的混合在一起——高谈阔论、做交易、争吵、打赌、说下流话、吹牛、指责别人——像是呼吸一样(甚至在夜间也从未停止,只是稍为放低声音,好像在睡眠的底下,还可以继续觉察到笼中野兽那种持久的浑身不安,毫无用场的空激动),这一切充满了木棚,还有音乐,乐队,蹩脚的小提琴,不连贯地吹气,用空水壶、木板、铁丝组成的乐器上弦丝刮响的声音(还有真正的班卓琴,地道的吉他,天晓得是怎样带到这儿来而且保存下来的),这些乐声一阵阵地压过嘈杂声(后来又重新被淹没、压低,在其他的声音中融化、消失了——或也许是人们把它忘记了,或根本不再注意它了?),同样的调子,同样老是重复的节奏,同样的副歌叠句不断地唱,一遍遍的重复,声音单调、哀怨,歌词荒唐可笑,节拍跳跃,欢快而又充满乡愁:

老爷爷!老爷爷!

您——把马——忘掉了!

紧接着是高两度的声音在唱:

老爷爷!老爷爷!

像一种哀求而又诙谐地祷告,一种带奚落、滑稽的责备,或提起注意,或唤起警惕,或不知是什么内容,也许什么内容也没有,只是一些毫无意义的话,一些跳动、轻快、无忧无虑的音符不停息地在重复。时间也好像静止不动了,像一堆泥巴,一种沉淀淤积的烂泥,像封闭在不透气的盖子下,熏天的臭气从成千的人身上散发出来。这些人匍匐在亲身受辱的处境中,被排斥于活人的世界之外,但还没有进入死人的世界之中:好像是处在两者之间,身上拖着可笑的军服残片,像带嘲讽的烙印,这使他们像一群幽灵,一群留下来好计数目的幽灵,这是说,死和生同时把他们忘记或推开或拒绝或吐掉，似乎都不愿要他们，因此他们似乎不是在时间中活动，而是在一种灰色的没有体积的甲醛中，在虚无中，在不明确的期限中活动，中间穿插着同样反复吟唱的充满乡愁、富有魅力、持续不断的歌声，同样的毫无意义、东蹦西跳、忧郁凄凉的歌词：

老爷爷！老爷爷！

您——把马——忘掉了！

老爷爷！老爷爷！

佐治和布吕姆终于在自己的两唇间塞进了一件用纸卷成的，搓成扁平、纤细、不成个样子的东西，里面卷着的只有一点烟草，大部分是碎布毛和各种残屑，比一支牙签还要扁平、细小，吐出来的是呛人、讨厌的烟。佐治说：)"……这一切令人作呕的东西还没有断绝、粉碎我们身上怀着的那些纯洁天真的欲望，像年轻人的婚姻之神打开那伤裂的口子，撕毁了我们永远也不能再觅回的童贞。我们怀着纯洁的欲念窥伺着那瞥见的少女，你可记得我们一直在守候，不断地抬头望那个窗子。我们相信看见那纱窗在动。我说：喂，你看见她了吗？她刚在张望，露出了身影，但又躲藏起来。你说：在哪儿？我说：他妈的，就在那窗口。你又说：在哪儿？我说：就在那砖头房子那里。你说：我什么也没看到。我说：那孔雀还在动。纱窗上织着一只孔雀，它拖着长满眼形羽毛的长尾巴，我们由于老观望着眼睛累坏了，但任然继续激怒瓦克，试图想象、猜测那埋藏着的情欲的翻腾。那时我们不是在秋天的泥泞中，我们不在任何一个地方，一千年或两千年之前或之后，像阿特柔斯家的人，在疯狂、残杀的高潮中，骑着我们那筋疲力尽的马，穿过时间，在雨淋淋的黑夜中，为了走到她身旁，找到她，看见她在马厩里，在灯笼的光照下，温热半裸的身体呈乳白色：我记得她开头是伸直手高举着灯笼。当我们动手解开马鞍时，她的手渐渐放下，大概觉得累了，随着她的动作，阴影在她脸部周围转动，最后她的身影消失了，好像她一直在那儿等候我们，只是为了在我们眼前一出现就被掠走了。我们穿着像化妆似的僵硬的士兵衣服，湿得像落汤鸡。在湿漉漉灰蒙蒙的清晨，聆听着叫喊声、嘈杂声、莫名其妙的怒吼，那些穿着蓝色工作服的悲剧演员们，撑着雨伞，脚上穿着千篇一律的补满红色橡皮小圆块的黑胶鞋在泥浆中行走。那跛子，那难看的家伙手持着猎枪。我过去一直以为他是用这管枪自杀的，是意外事故，还是走火，使他的血从太阳穴流淌下来(那个时代，枪会走火，甚至会像这样莫名其妙在你脸上噼啪一声爆响)，也许他只是想学大家一样放枪。瓦克说：你们自以为聪明，我可不过是一个农民，我不是犹太鬼，可是……我说：哎，可怜的傻瓜。瓦克说：你可吓唬不了我，你要放明白。我说：哎呀，他妈的！后来我们就跑到乡村广场上的咖啡店里去，其实这称为广场的不过是水槽周围一块长方形的黑色泥地，泥土被马和牲口踏得稀巴烂。我们坐下时，她又把我们面前的杯子斟满。我说：不要，我不喝酒，谢谢！因为我的头在发昏旋转。现在我记起那是一个方形大厅，天花板不高，漆成蓝色的墙已被钾硝侵蚀剥落。那里摆着十来张桌子，一架自动钢琴，一个碗柜，墙上贴着总少不了的禁止在公共场所喝醉酒的命令，这项布告已经发黄，上面布满苍蝇和蝇屎。还有开胃酒和啤酒广告，广告上面有涂红嘴唇的年轻女人矫揉造作、弱不禁风的样子的形象，此外还有好像从飞机上看下来的画有骑兵作为配景的巨大的啤酒厂的广告，烟囱冒着烟，屋顶也是红色的。还有两幅蹩脚的彩色画片，其中之一画着一位侯爵夫人穿着色彩清淡柔和的长袍，坐在一个隐约可见的大花园中，另一幅是画着一群穿着帝国时代的衣服聚集在一个绿色和金色沙龙里的人。男人俯向着手肘支撑在椅子背靠上的女人的肩上，看来像是正在她们耳边滔滔不绝地谈一些风流韵事。那里还有生锈的铁丝做的报架，碗橱上摆着一个饰着环箍花彩的已有裂纹的花瓶。我们到这儿来不是为喝酒，而是为了那个女孩子，是为着心烦意乱，为着那些叫喊声，为着环绕这肉体只是在一瞬间瞥见的纷乱吵闹,为着那被猜测、怀疑的莫名其妙的故事,为着在横暴的战争中以猛烈而隐晦的方式爆发的暴力行为。那跛子和另一个男人,两人都穿着同样的用橡皮小圆块补过的胶鞋,野蛮地、失去分寸地对立着,这事对他们和对我们都是难以理解,也许令人奇怪。连他们自己也控制不了的事使他们互相猜疑,甚至会有生命危险也不加考虑了,这就是说,一个准备好(或更确切地说,出于妒火中烧,或出于需要,或更确切地说,由于不可避免)犯杀人罪,而另一个也准备好作为牺牲者,尽管他懦弱胆怯,明显的害怕驱使他躲在别人背后。那时德·雷谢克充当仲裁人,或更确切地说,努力使这两人平息下来。他站在两人中间,神色显得厌烦、忍耐、心不在焉、难以捉摸。对他来说,情欲或更确切地说痛苦——具有的形象,不是一个与他同样的人,与他地位相等的人,而是那容貌丑陋的骑师。但对这人,我们从来没听见他提高嗓门说话,他让这人像自己的影子般跟在后面,像那些——怎们说呢——亚述人似的,死后焚葬时,刺死美女、马匹、宠爱的奴隶,这样使死者在阴间一直无所匮乏,继续得到供奉。在阴间依格莱兹亚和他继续那沉默寡言、吝啬语言的交谈,话题只有一个,也许只谈一件两人肯定有强烈兴趣的事,这就是关于喂马的燕麦定量的问题或马腱发炎的毛病。这时他已完成节目的一部分。我是说,使他骑着的马和他同归于尽,但第二部分节目,没有搞好,德·雷谢克准备好和他讨论到最后一刻关于马脚发肿或优质的马蹄铁等问题的人,都在最后一刻,转过头走了,把他抛弃,让他在五月耀眼的阳光下给苍蝇叮,在同样的阳光下,那挥动的军刀的钢刃曾在一刹那间闪闪发光。咖啡店的那女人又把那做酒杯用的小锥形杯为我斟得满满的,他们怎么叫这种刺柏子酒呢?我想,那个地方的人的发音是吃掉前后两个母音。她用那种故意慷慨大方的方式来为我服务,这是说,按规矩斟满到溢出一点,杯中的酒由于毛细管现象而表面鼓起,人们怎么称这种现象的?像小扁豆那样在晃动着的杯子边缘上稍微凸起,我小心翼翼地举起杯子直到碰上嘴唇,手抖动着,银色的亮光和那无色的液体同时闪耀颤动着。酒沾着我的手指流下,当我咽下喉咙时,像火烧一样……"。

布吕姆:"你在胡说些什么?我第一次看见一个人要花两星期的时间才能从酒醉中醒过来……"。

——选自林秀清译《弗兰德公路》,漓江出版社 1999 年版

(韩燕虹)

四十六　马尔克斯《百年孤独》

加夫列尔·何塞·加西亚·马尔克斯(1927—　)是20世纪哥伦比亚著名作家、记者和社会活动家,是拉丁美洲魔幻现实主义文学代表人物。他出生于哥伦比亚"番石榴飘香"的阿拉卡塔卡。1943年前往首都波哥大,获国家奖学金,就读于西帕基腊市国立男子中学。1947年考入波哥大国立大学法学系,并开始了他的文学创作。后进入报界,先后辗转于《宇宙报》、《先驱报》、《观察家报》等。1961年至1967年移居墨西哥,从事文学、新闻和电影工作。马尔克斯的主要作品有长篇小说《族长的没落》、《百年孤独》、《霍乱时期的爱情》,中篇小说《枯枝败叶》、《没有人给他写信的上校》、《一件事先张扬的凶杀案》,以及短篇小说集《蓝宝石般的眼睛》、《格兰德大妈的葬礼》等。另外还写有电影剧本《死亡时刻》、《我的爱人帕齐》、《危险的游戏》和文学对话录《番石榴飘香》。1982年获诺贝尔文学奖。马尔克斯的创作遵循"变现实为幻想而又不失其真"的魔幻现实主义原则,接受并突破西方现代派特别是卡夫卡、海明威、福克纳等人的影响,又融合阿拉伯神话、印第安民间传说以及《圣经》故事,构思精巧,想象诡谲,在光怪陆离的虚拟世界中,反映了拉丁美洲地区的时代社会真实,堪称魔幻现实主义文学的典范。

《百年孤独》(1966)一经出版,即在拉丁美洲乃至全球引起巨大轰动,被誉为"再现拉丁美洲社会历史图景的鸿篇巨著"、"值得全人类阅读的文学巨著"。小说的故事发生在虚构的马贡多,描绘了马贡多从荒芜的沼泽地上兴起到被一阵飓风卷走而完全消亡的一百多年的图景。小说通过布恩迪亚家族长达百年七代人的兴衰、荣辱、爱恨、祸福,揭示了拉丁美洲文化与人性中根深蒂固的孤独境遇——贫穷落后、愚昧野蛮、因循守旧、与世隔绝,以及必然被连根拔起的命运,以此警示人们思考造成拉丁美洲地区百年孤寂落后的原因,并探讨打破这种孤独状态的途径,寻求民族振兴之路。

小说情节神奇怪异,但神奇的描写并不失去真实,透过这种魔幻的表象,我们可以看到拉丁美洲历史兴衰的真实。小说开头马贡多的开拓史和移民史,其实寓意着拉丁美洲混杂着血与火的殖民史。拉丁美洲大陆在16世纪以前一直是当地土著民族繁衍生息的地方,然而随着西班牙等欧洲殖民者的入侵,改变了他们的社会结构、生活方式、风俗习惯乃至宗教信仰,也彻底改变了这片土地上人民的命运。小说是拉美地区受西方殖民者的冲击而产生历史演变的真实纪录。伴随着西方文明的侵入,拉美地区的政治和社会秩序也发生了深刻变化。马贡多的兴衰隐喻了拉丁美洲在17世纪后发生的历史沧桑,布恩迪亚家族一代又一代人的遭遇则是写出了对拉美土著人命运的沉痛哀叹。

《百年孤独》震撼读者的另一个冲击点是心理上的深刻孤独感。小说命名为"百年孤独",形象地体现了拉美人本质的文化特征。孤独首先体现在文化上的愚昧落后,贫困、封闭、与世隔绝的马贡多,以自己独特的方式接受外界文明。其次,孤独体现在小说对以马贡多人为代表的拉美土著人独特的生活方式和精神状态的揭示。布恩迪亚家族中,几乎所有的人都是孤独的,他们缺乏正常的情感交流和沟通,机械单调地在时间的反复中蹉跎岁月,人们孤独地生活在古有的方式中,没有追求,没有幻想,与世隔绝、自我封闭。

《百年孤独》体现了“魔幻现实主义”艺术手法。一是着力展示拉美地区的独特民间风俗与传说，如死去的阿吉拉尔灵魂不死，穿行于房屋之间；吉卜赛老人梅尔基亚德斯的预言总是被应验；奥雷良诺上校对未来的事物具有神秘而准确的预感；美人儿蕾梅黛丝披着床单随风飘上了天。这些描写都让读者产生了神奇魔幻的感觉。二是小说借用了大量西方现代主义的表现技巧，如象征、暗示、隐喻、断裂、回环、重复等，使得小说迷障重重，营造出了让人恍惚迷离的艺术效果。如此一来，小说便产生了如曾相识却又异常，似乎传统却又新奇的独特审美特征。

百年孤独(片断)

第十二章

马贡多的人们被如此五花八门的神奇发明搞得眼花缭乱，简直不知道从何惊讶起了。人们通宵达旦地观赏一只只光线惨淡的电灯泡。这是用奥雷良诺·特里斯特第二次坐火车旅行时带回来的发电设备供的电。隆隆的机器声昼夜不停，人们着实花了时间和气力才慢慢习惯起来。在一家售票窗口像狮子嘴的剧院里，财运亨通的商人勃鲁诺·克雷斯庇先生放映着会活动的人影。马贡多人对此不禁怒火中烧，因为一个人物在一部片子中死了，还被葬入土中，大家为他的不幸而伤心落泪，可是在另一部片子中，这同一个人却又死而复生，而且还变成了阿拉伯人。那些花了两分钱前来与剧中人物分担生死离别之苦的观众，再也无法忍受这种闻所未闻的嘲弄，他们把座椅都给砸了。镇长应勃鲁诺·克雷斯庇先生的要求，发布了一则公告解释说，电影是一种幻影的机器，观众不必为此大动感情。听了这一令人失望的解释，许多人认为他们是上了一种新颖而复杂的吉卜赛玩意儿的当，决意再也不去看电影了。他们想，自己的苦楚已经够他们哭的了，干吗还要去为虚假人物装出来的厄运轻弹热泪呢？类似的事情也发生在长轴式留声机上。那是逗情卖俏的法国女郎从巴黎带来替换过时的风琴的，这些留声机一度严重地影响了管弦乐队的进益。起初，人们的好奇心使那条烟花巷里的嫖客人数倍增，甚至听说有些大家闺秀也装扮成平民百姓，以便就近看看留声机究竟是什么新鲜玩意儿。但是她们看多了，又是在近处仔细观察，很快就得出结论：留声机并非人们所想象的，或是法国女郎所说的那种会耍妖术的磨盘，而是一种机械装置，它与感人至深、生气勃勃而充满日常真实感的管弦乐队是不可同日而语的。大伙儿对留声机失望至极，以致在它普及到每家每户都能有一架的程度时，仍然未被看作成年人消遣取乐的玩物，而只是当作供孩子们拆拆装装的好东西。就拿装在火车站里的电话机来说，因为有一个摇柄，一开始也被大家看成是一种简陋的留声机。当镇上有人终于证实了这架电话机果真能通话的严酷现实时，连那些最持怀疑态度的人也茫然不知所措了。上帝似乎决意要考验一下人们的全部惊讶能力，他让马贡多的人们总是处于不停的摇摆和游移之中，一会儿高兴，一会儿失望；一会儿百思不解，一会儿疑团冰释，以至谁也搞不清现实的界限究竟在哪里。真实与幻景交织在一起，使得栗树下霍塞·阿卡迪奥·布恩地亚的幽灵也耐不住动手脚了，甚至在大白天他也在家里转悠起来。铁路正式通车以后，火车开始有规律地在每星期三的上午十一点钟到达，这样便盖起了一座简陋的木结构车站，还配备了办公室、电话机和售票口。从此以后，马贡多的大街小巷常常可以看到一些男男女女，虽然他们的模样装得与常人一般，但骨子里却像马戏团的演员。这些推销起主日赦罪书就像出售鸣笛锅那样不动声色，在流动买卖中兼玩杂耍的人们，他们来到这个吃过吉卜赛人的亏而变得谨小慎微的镇子,前景并不美妙。但是那些熬得不耐烦的和那些历来容易上当受骗的人却使他们赚了不少钱。……

多疑的马贡多人刚想问问究竟出了什么事,整个镇子早已变成了一座布满锌皮屋顶木房子的营地了。那里住着坐火车来自半个世界的外乡客人。他们中不但有坐在座位或车厢平台上来的,还有挤坐在车厢顶上来的。那些美国佬后来又带来了他们的妻子,她们穿着薄洋纱衣服,戴着宽大的纱布凉帽,神情郁郁寡欢。他们在铁路的另一侧单独建了个村子。街道两旁是一排排棕榈树,房子上都装有铁网格,阳台上有白色的桌子,天花板上挂着大吊扇,宽阔青绿的草地上养着孔雀和鹌鹑。这块地方由一道铁丝网围着,活像一座巨大的电气化养鸡场。在夏天较凉爽的月份里,早晨起来满地都是烤焦的燕子,黑压压的一片。可是,谁也不知道这些人究竟来寻找什么,也不知道他们是否真是仁慈之辈。这一切引起了人们极大的困惑,比过去吉卜赛人引起的疑惑更加扰乱人心,更为持久而不可理解。这些人有着过去只是属于上帝的威力,他们居然改变了降雨规律,加快了庄稼成熟的周期,他们把河流从原来的地方搬走,连同它的白色的石块、冰冷的河水一起移到镇子的另一端,墓地的后面。与此同时,他们在褪了色的阿卡迪奥的坟包外建造了一个钢筋混凝土的护堡,以免尸体散发出的火药气味污染了河水。为了照顾那些没有情侣的外乡客,他们还把待人亲热的法国女郎们居住的那条巷子变成了一个比原来镇子还要大的集镇。在一个气候宜人的星期三,谁也没想到他们竟运来了满满一列车妓女。这些精于渊源千古的生计的淫靡女性,带来了各种油膏和器具,她们使消沉者振作奋发,腼腆者胆大妄为,贪婪者心满意足,克制者狂热不已,滥淫者受到惩戒,孤僻者改变脾性。舶来品商场挤掉了原来的朱顶雀市场,商场的灯光使土耳其人大街更加富丽堂皇。到了星期六晚上,这条街更是乱哄哄的一片,成群结队的冒险家们挤满了碰运气的赌台和打靶子的摊头,挤满了占卜和圆梦的小胡同,还有那些摆着油炸食品和饮料的桌子。星期天一清早,只见满地酒迹狼藉,常有几个人躺倒在地。这些人中有些是做着甜梦的醉鬼,但更多的往往是因为争吵而开枪捅刀子、挥拳扔瓶子时被击倒的看热闹的人。这么多的人蜂拥而入可真不是时候,它使马贡多乱作一团。起初,大街上举步维艰,到处都是家具和箱子,人们划地为营,摆开了木匠家什,未经任何人许可,就随处盖起了住房。更有成对成双的男女把吊床往杏树上一挂,张起一块篷布,大白天里竟在众目睽睽之下寻欢作乐起来。唯一宁静的角落是安的列斯群岛来的平和的黑人们居住的地区了。他们在镇子边修筑了一条街,把木房子造在桩脚上。傍晚,他们就坐在大门口,用他们混杂的库腊索岛的西班牙语唱起伤感的赞歌。这么短的时间里发生的变化竟如此之大,在赫伯特先生来访后八个月,连马贡多的老居民也都得早早起来,以便仔细认认他们自己的镇子了。

……对奥雷良诺上校来说,这是他可以赎罪的最后机会了。他突然感到一种义愤,如同他年轻时看到一个被疯狗咬过的女人被棍棒活活打死时所感到的一样。他望着屋前看热闹的人群,用过去那种洪亮的嗓音,一种由于对自己的深切蔑视而恢复了的嗓音,冲着他们发泄自己内心再也忍受不住的愤恨。

"就这几天里,"他喊道,"我要把我的弟兄们武装起来,消灭这帮狗屎不如的美国佬。"

在那个星期里,他的十七个儿子在沿海各地被看不见的凶手们像逮兔子似地打死了,而且每个人都是被子弹打中了圣灰十字的中央。奥雷良诺·特里斯特晚上七点走出他的母亲家,黑暗中飞来一发步枪子弹打穿了他的脑门,奥雷良诺·森特诺是在他挂在厂里的那张吊床上被人发现的,眉间有一把碎冰用的锥子一直捅到把手处。奥雷良诺·塞拉多看完电影把未婚妻送回她父母家后,顺着灯光明亮的土耳其人大街回家,路上不知是谁从人群中向他射了一颗左轮枪子弹，把他打翻在沸烫的油锅里。几分钟以后，有人敲门，奥雷良诺·阿卡亚正和一个女人在里面。敲门人大声嚷嚷说："快，快开门，有人在杀你兄弟了。"同奥雷良诺·阿卡亚在一起的那个女人后来说，他从床上跳下去开门，等着他的却是一梭子毛瑟枪子弹，把他的脑壳都打烂了。就在那个死神肆虐之夜，正当全家准备为那四具尸体守灵时，菲南达像疯子似地在镇子里到处寻找奥雷良诺第二。原来，佩特拉·科特把他给锁在大衣柜里了。她以为有人要杀绝所有与上校同名的人，直到第四天才把他放出来，因为沿海各地来的电报使人终于明白，那些隐身敌人的怒气只是冲着额头上有圣灰十字标记的兄弟。阿玛兰塔找出记事本，那上面记载着侄儿们的情况。每收到一封电报，她就划去一个名字。到后来，只剩下老大一个人的名字了。大家都清楚地记着他，因为他黝黑的皮肤和绿莹莹的大眼睛太显眼了。他叫奥雷良诺·阿马多，是个木匠，住在山脚下一个偏僻的村子里。等他死讯的电报足足等了两个星期，奥雷良诺第二以为他还不知道死难临头，便派人去提醒他。派出去的人回来说，奥雷良诺·阿马多已经幸免于难。那个灭绝之夜也曾有两个人找到他家，用左轮枪向他射击，但是没有打中圣灰十字。奥雷良诺·阿马多翻过院墙，消失在深山密林的迷宫之中。因为他同印第安人做过木材生意，关系很好，他对那里的山地了如指掌，以后就杳无音讯了。

这是奥雷良诺上校交黑运的日子。共和国总统给他发来了唁电，电文中答应对此进行彻底的调查，并为死者致哀。遵照总统的命令，镇长带着四个花圈出席了安葬仪式。本来镇长想把花圈放在棺材上的，但是上校却把它们放到了大街上。葬仪之后，上校给共和国总统起草了一份措辞强烈的电报并亲自去发送，但是报务员不肯办理。于是，他又增添了十分尖刻的攻击性言词，塞进信封邮寄去。如同他妻子去世时，或在漫长的战争中每当一个密友战死疆场时的情形一样，他感到的不是悲痛，而是一种无可名状的暴怒，不知向谁去发泄，他越来越感到力不从心，他甚至指控安东尼奥·伊萨贝尔神父也是帮凶，因为神父给他的儿子们画上了擦不掉的圣灰标记，好让他们的敌人辨认出来。那位神父老态龙钟，说话前言不搭后语，在圣坛上布道时常会乱说一气，把信徒们都给吓跑。这天下午，他来到布恩地亚家里，手里捧着一个装有星期三圣灰的钵子，他要给全家人搽一下以证明这圣灰是可以用水洗掉的。但是，那不幸事件引起的恐惧深深地刻在大家的心中，所以连菲南达也不敢去试一下，而且在圣灰星期三那天，再也看不到一个布恩地亚家的人跪在领圣体的大厅里了。

奥雷良诺上校久久不能平静，他不做小金鱼了，吃起饭来也不香，像个梦游症患者似地裹着毯子，嚼着无声的怨恨，在家里踱来踱去。三个月以后，他的头发花白了，原先翘角的胡子垂了下来，盖住了没有血色的嘴唇，但他的那双眼睛又成了两团烈火。当初，这双眼睛曾使那些看到他降生的人望而生畏。在过去，只要他看一眼，椅子就会打起转来。他气恼至极又枉费心机地想激发起一些预兆，这些预兆曾在他年轻时指引他铤而走险，直至落到眼前这种令人伤心的没有荣誉的地步。他茫然若失，迷了路来到了别人的家中，这里没有一件事、没有一个人能激起他对亲切感情的回忆。有一次，他打开墨尔基阿德斯的房间，想寻找一点战争以前的踪迹，却只遇见一堆堆由于多年弃置而积起的瓦砾、垃圾和一堆堆乱七八糟的东西。在没有人再去翻阅的书籍硬皮上，被潮气浸蚀的破旧的羊皮纸上长满了一层青紫色的霉花；过去这里是家中空气最明净的地方，现在却弥漫着一阵令人难以忍受的尽是陈腐回忆的气味。一天早晨，他看到乌苏拉正在栗树下她死去的丈夫的膝边哭泣。家里只有他奥雷良诺上校一人没有再去看望这位强有力的老人，这是一位在露天折磨了半个世纪的老人。"向你父亲问个好吧！"乌苏拉对他说。他在栗树前停了片刻，再次感受到就连这个冷清的空间也不能引起他的一点好感。

“你说什么?”他问。

“他很难过,因为他相信你快要死了。”乌苏拉答道。

“请你告诉他,”上校笑了笑说,“一个人不是在该死的时候,而是要到能死的时候才能死去。”

——选自黄锦炎、沈国正、陈泉译《百年孤独》,上海译文出版社 1984 年版

(来激扬)

四十七　博尔赫斯《交叉小径的花园》

豪尔赫·路易斯·博尔赫斯(1899—1986),阿根廷诗人、小说家,拉丁美洲魔幻现实主义文学的代表作家。博尔赫斯出生于布宜诺斯艾利斯,1914年世界大战爆发后,定居瑞士日内瓦,在剑桥大学和日内瓦大学接受教育。1921年回布宜诺斯艾利斯,在市立图书馆工作,同时开始文学创作。主要诗集有《布宜诺斯艾利斯的激情》、《诗人》、《影子的颂歌》、《老虎的金黄》、《深沉的玫瑰》等,主要小说有《交叉小径的花园》、《阿莱夫》、《死亡与罗盘》、《布罗迪报告》、《沙之书》等。博尔赫斯创作具有元小说特征,常常采用叙述人和读者对话的形式讲述故事,并不断打断叙事,提出自己的思考和质疑。他的小说构思精巧独特,情节魔幻神秘,具有很浓重的梦幻虚构色彩,以荒诞的表现手法,营造出一种扑朔迷离的迷宫环境,传达对世界和现实的人生感受,对时间和空间的哲性思索。小说短小简练,结构巧妙,充满玄机,具有较强的哲理性,深受各国读者的喜爱。

《交叉小径的花园》(1941)以第一次世界大战为背景,叙说了被英国特工抓住的德国间谍、前青岛大学英语教师余准博士绞刑前的供词:1916年7月,余准获得了英国炮队聚集法国小城艾伯特,准备轰炸德军的情报。在发现自己已被英国特工马登追捕后,余准决定利用最后的时间,前去刺杀一个名为艾伯特的著名汉学家。艾伯特一直在研究余准的前辈、曾任云南总督的崔朋一部比《红楼梦》人物更多的小说《交叉小径的花园》的秘密,如今他已破解并按照研究的结果建造了一个交叉小径的花园迷宫。他告诉余准其实从来没有人看见过这个迷宫,因为那只是存在于崔朋小说里的有关时间与空间的迷宫。最后当余准看到了前来抓捕他的马登时,开枪打死了艾伯特。余准因杀死汉学家艾伯特而被判死刑的消息报道后,他的德国上司很快破译了情报信息,以猛烈的炮火将驻扎着英国炮队的艾伯特小镇夷为平地。

《交叉小径的花园》中发生的故事,承载了作家对战争的反思。小说以一次世界大战为背景,无论是特工与间谍的角斗,生与死的较量,还是军队的集结,炮队的残酷轰炸,现实中血腥杀戮的世界犹如迷宫,人们无法控制,无法探寻到答案。而恰恰是战争导致了人性的扭曲,余准仅仅是为了证明中国人并不是无用的,可以拯救欧洲人,而去当了德国间谍,并杀死了崇拜自己祖先的艾伯特。而余准内心感受的却是"我的无限悔恨和厌倦"。与残酷战争相对应的是小说中对交叉小径花园的描写,"它广阔无比,不仅是一些八角凉亭和通幽曲径,而是由河川、省份和王国组成……","模糊而生机勃勃的田野、月亮、傍晚的时光,以及轻松的下坡路,这一切使我百感丛生。傍晚显得亲切、无限。道路继续下倾,在模糊的草地里岔开两支。一阵清悦的乐声抑扬顿挫,随风飘荡,或近或远,穿透叶丛和距离。"这里没有战争,没有杀戮,没有仇敌,作家以迷宫的形式,呼唤着花园般的美好世界,传达出对战争以及战争使得人性失却的反思。

《交叉小径的花园》是一座关于宇宙和生命时间的迷宫。小说借艾伯特之口转述崔朋留下的小说残简,构筑了一座时间迷宫。古代的云南总督崔朋是位精通天文地理、诗书琴画的书法家和诗人,他抛弃一切而写一部比《红楼梦》人物更多的小说,建造一座无人知晓的迷宫。然而迷宫没有完成,第十三年被人刺杀了。他的迷宫只记载在他的犹如天书的零散手稿上,其实只是存在于书稿中的时间迷宫。时间就像是交叉小径的花园,"时间有无数系列,背离的、汇合的和平行的时间织成一张不断增长、错综复杂的网。由互相靠拢、分歧、交错，或者永远互不干扰的时间织成的网络包含了所有的可能性”。“时间永远分岔，通向无数的将来。”人生活在时间的坐标中，犹如在迷宫中，既无法认识迷宫，也无法知道未来。因为在时间的迷宫中，有无数条交叉的小径，人生就会有无数种不定的结局。人可以去探究迷宫，但永远无法改变现实。时间的迷宫体现了作者对世界与人生的虚幻感受。

博尔赫斯开创的迷宫叙述法，故事中套着故事。小说中余准的间谍故事，连接了战争与花园迷宫。汉学家艾伯特的故事，连接了现实的迷宫与未来的迷宫，虚幻的迷宫与书上的迷宫。而崔朋的故事，则连接了古代与现代，连接了时间与空间。故事与故事之间相互渗透，相互连接，层层递进。原小说的叙述特征以及多重叙述框架的构建，为小说的多重解读提供了文本依据。小说文字简洁，从行文的字里行间蕴含着深邃的哲理元素，具有浓郁的后现代解构特征。

交叉小径的花园

献给维克托里亚·奥坎波

在利德尔·哈特所著的《欧战史》[①]第二十二页上，可以读到这样的一段记载十三个团的英军（配备着一千四百门大炮），原计划于1916年7月24日向塞勒一蒙陶朋[②]一线发动进攻，后来却不得不延期到29日的上午。倾泻的大雨是使这次进攻推迟的原因（利德尔·哈特上尉指出）。当然，表面上看来并没有什么特殊之处。可是下面这一段由俞琛博士口述，经过他复核并且签名的声明，却给这个事件投上了一线值得怀疑的光芒。俞琛博士担任过青岛市Hochschule[③]的英语教员。他的声明的开头两页已经遗失。

……我挂上了电话。我立刻记起了这个用德语对我说话的人。他是理查·马登上尉。马登竟然在维克托·鲁纳贝格的公寓里！这意思就是说：我们的工作完蛋了，而且——，不过这似乎是次要的，或者对我来说是次要的——我们的生命也完蛋了。这意思就是说：鲁纳贝格已经被捕，或者被杀。这一天太阳落山之前，我也处在同样的危险之中。马登是冷酷无情的，或者最好是说，不得不装得冷酷无情。他是一个爱尔兰人，为英国服务；人家说他脾气不冷不热，而且为人也许还有点儿不忠诚。为什么他不抓紧而且充分利用这么一个奇迹似的好机会，发现，逮捕，或者杀死两个日耳曼帝国的间谍呢？我上楼到了我的房间里，可笑地锁上了门，仰天躺在狭窄的铁床上。窗外仍然是那么些屋顶，还有那六点钟时的朦胧的太阳。我觉得难以相信：这一天，既没有预兆，也没有征象，竟然会是我难以逃脱的死期。尽管我的父亲已经去世，尽管我是在海奉[④]一个整齐对称的花园里长大的孩子，难道我就得去死？后来，我想，什么事情都是会恰恰发生在一个人的身上的，而且恰恰是在现在。一个世纪一个世纪接连地过去，就是到了现在，事情才发生。空中，地下，海上，生活着无数的人，可是所有一切真正发生的事情，却就在我的身上发生了，……想起马登那张使人无法忍受的马脸，反而使我撇开了这些胡思乱想。在忿恨和恐惧之中（现在我说恐惧，已经毫不在乎，因为现在我是在嘲笑理查·马登，现在我的脖子是在渴望绞索），

① 利德尔·哈特：英国军事学家、作家，其《欧战史》于1934年出版。
② 法国地名。
③ 德文：高等学校。
④ 虚构的中国地名。

我心里想，这个爱吵爱闹而且无疑是很幸福的军人，根本没有怀疑我掌握着这个秘密。在安克雷[1]的英国大炮新阵地的确切名字。一只鸟在灰暗的天空上飞过，我在昏乱之中把它变成了一架飞机，这架飞机又变成了许多飞机，(在法国的天空中)以直接命中的炸弹，夷平了英国的大炮阵地。要是我的嘴巴，在一颗子弹把它打烂之前，能够喊出这个地名，喊得德国都听见了就好了……我这人类的声音是很渺小的，怎么能够使它让我的首领听见呢？可是非得让这个可厌的有病的人听见不可；这人既不认识鲁纳贝格，也不认识我，只知道我们是在司塔福郡[2]。他坐在柏林的死气沉沉的办公室里，翻阅无穷无尽的报纸，徒然等待着我们的情报……我高声地说：我应该逃走。我在毫无意义的完全的静默中不声不响地起了床，仿佛马登已经在侦察我。有一种什么念头——也许仅仅是想证实一下我身边确是一无所有——促使我检查我的口袋。我找到的都是我知道会找到的东西：一只美国怀表，一条镍表链，一枚方形硬币，一个钥匙圈，圈上挂着鲁纳贝格那个公寓的倒霉的钥匙，一个笔记本，一封我想立刻销毁的信(结果并没有销毁)，一个克朗，两个先令，几个便士，一支红蓝铅笔，一条手帕，一支只剩一颗子弹的左轮手枪。我很滑稽地把手枪握在手里掂了掂，鼓鼓自己的勇气。我模模糊糊地想到，手枪的响声可能传到很远的地方。不过十分钟，我已经想好了我的计划。我在电话簿上查到了那个唯一能够帮助我传递情报的人的名字。他住在范顿[3]的郊区，坐火车用不了半个小时。

我是一个胆小的人。现在我可以这样说了，现在我已经在实现一个谁也不敢说没有危险的计划。我知道，要把它实现，是相当可怕的。我不是为了德国才干的，不是。这个野蛮的国家，跟我毫无关系；是它，迫使我堕落到了当一名间谍的地步。另外，我认识了一个英国人——一个朴实的人，在我看来，他不比歌德差。我跟他谈过不到一小时的话，然而在这不到一小时里，他就是歌德。我就这么干了，因为我觉得，我的首领有点怕我这个民族的人，怕我身上汇集着的我们的无数祖先。我要向他证明，一个黄种人能够拯救他的军队。何况，我还得逃开那个上尉，他的手随时会敲我的门，他的声音随时会来叫我。我不声不响地穿好衣服，向镜子里的我告别，下了楼，察看一下宁静的街道，就走了出去。车站离我家不远，但是我觉得最好还是坐一辆街车。我自己认为，这样可以减少自己被认出的危险。事实上却未必如此，在这冷落的街道上，我总觉得会有人看见我，伤害我。我记得，我叫司机在离车站大门还有一段路的地方就停车。我缓慢地几乎是痛苦地下了车。我是到阿希格罗夫去，但是我却买了张到远一站的票。火车八点半开，只有几分钟了。下一班车要九点半才开。我急忙进去。月台上几乎没有人。我走过一节节的车厢；我记得车厢里有几个农民，一个服丧的妇女，一个专心地读着塔西佗《编年史》的青年，还有一个快活的伤兵。火车终于开了。有一个人拼命地向月台尽头跑来。那是理查·马登上尉。我惊慌失措，颤栗着缩到座位的一角，远离那个可怕的车窗。

我的这种惊慌失措，逐渐转变为一种几乎是丧魂落魄的快乐。我对自己说：决斗已经开始，我已经赢得了第一回合。也许是这四十分钟，也许是好运气，使我躲开了对方的进攻。我给自己解释：这个小小的胜利，预示着最后彻底的胜利。我又给自己解释：这个胜利并不是那么渺小，要不是我的火车正点开出，只要延迟一点点，我就已经在监狱里或者死了。我又给自己解释(并不是没有点儿作假)：我的快乐的怯懦，正好证明我是一个有能耐把这场冒险搞出一个好结果来的人。从这种软弱之中，我取得了力量，而且这种力量决不会消失。我预见到：人们越来越在投身

① 法国地名，又名阿尔贝。
② 英国郡名。
③ 英国地名，在司塔福郡。

于最凶暴的事业，很快就会都变成兵士和强盗。我愿意给他们这样的忠告：从事于暴力事业的人，应该想象自己已经完成事业，应该给自己一个像过去那样无法改变的未来。我一边这样想着，一边以一个死去的人的眼睛回顾着这个流逝了的白天和延长着的夜晚。说不定，这是最后的一天了。火车轻快地在白杨树中间行驶，然后，几乎就在田野的中央停住。没有人报车站的名字。"是阿希格罗夫吗?"我问月台上的几个孩子。"是阿希格罗夫，"他们回答。我就下了火车。月台上亮着一盏灯，但是那些孩子们的脸仍然是在阴影里。他们中间有一个问我："您是到史蒂芬·阿尔贝博士家去吗?"不等我回答，另一个又说："他的家离这里远着呢，不过您不会找不到。您只要从左边的路走，在每一个十字路口向左拐弯。"我扔给他们一枚硬币(最后的一枚了)，走下几步石级，踏上了那条冷落的路。这是一条土路，缓缓地向下倾斜；路的上空，交叉着树木的枝叶，低低的圆月似乎在陪伴着我。

有一忽儿，我想理查·马登已经用某种方式看透了我这绝望的意图。但是，很快我就明白，这是不可能的。教我始终向左转的忠告，使我想起：这是发现某种迷宫的中心院子的通常方法。我对于迷宫还是有点儿懂得的。我不愧是那位崔朋的曾孙。崔朋原是云南总督，他辞去官职，写了一部小说，其中的人物比《红楼梦》还要多；他还建造了一座迷宫，任何人进去了都会迷失。他花了十三年的时间，从事这两项不同性质的工作。但是有个来历不明的人暗杀了他，他的小说变得毫无意义，他的迷宫也找不到了。我在英国的树荫之下，思索着这个失去的迷宫。我想象它没有遭到破坏，而是完整无损地座落在一座山的神秘的山巅；我想象它是埋在稻田里或者沉到了水底下；我想象它是无限的，并非用八角亭和曲折的小径所构成，其本身就是河流、州县、国家……我想象着一个迷宫中的迷宫，想象着一个曲曲折折、千变万化的不断地增大的迷宫，它包含着过去和未来，甚至以某种方式囊括了星辰。我沉浸在这些想象的幻景之中，忘掉了我所追求的目标。在一段无法确定的时间里，我觉得我成了这个世界的抽象的观察者。周围朦胧而活跃的田野，天空中圆圆的明月，逐渐浓重的暮色，都在我的身上起了作用。甚至这条不可能使我有任何疲劳感觉的下坡路，也是如此。这暮色是亲切的，无穷无尽的。道路向着下坡伸展，分成岔路，穿过迷惘的草地。一阵尖锐的几乎是分着音节的音乐，随着阵阵的微风，忽儿近来，忽儿远去，因为叶簇阻隔和距离遥远而模糊不清。我想，一个人可能成为别人的敌人，到了另一个时候，又成为另一些人的敌人，然而不可能成为一个国家，即萤火虫、语言、花园、流水、西风的敌人。就这样，我到了一座高大的铁门前面。从铁栅中，可以看见一条杨树成荫的道路，一座凉棚之类的房屋。忽然，我明白了两件事情：第一件微不足道，第二件几乎难以相信：这音乐来自凉棚，而且是中国音乐。由于这个原因，所以我完全接受了它，没有加以注意。我不记得那里是否有门铃、小钟，或者只是拍拍手招呼开门。那火花飞溅的音乐还在继续。

然而从里面房屋的深处，有一盏灯笼逐渐移近。这盏灯笼在树干之间忽儿放光，忽儿消失。这是盏纸做的灯笼，形状像鼓，色彩像圆月。一个高身材的人提着它。我看不见他的脸，因为灯光使我的眼睛发花。他开了大门，用我故乡的语言慢慢地说：

"原来是郗本仁兄光临，来宽解我的寂寞了。毫无疑问，您是想观赏一下花园吧?"

我记起来，郗本是我们一位领事的名字；我莫名其妙地重复着说：

"花园?"

"交叉小径的花园。"

什么东西触动了我的记忆，我不知怎么的，满有把握地说：

"那是我祖先崔朋的花园。"

"您的祖先？您的著名的祖先？请进来。"

潮湿的小径曲曲弯弯，跟我小时候一模一样。我们来到一间书房，里面满是东方和西方的书籍。我认出了一些用黄绢面装订的大本子，那是明朝第三代皇帝命令编纂的手抄百科全书，从来没有印刷过。留声机的唱片在一只铜铸的凤凰旁边旋转。我也记得有一只玫瑰色的大花瓶，还有一只几个世纪以前的古瓶，它的那种蓝颜色，是我们的手艺师傅从波斯的陶工那里学来的……

史蒂芬·阿尔贝微笑地观察着我。他（我已经说过）个子很高，脸上有深刻的皱纹，灰色的眼睛，灰色的胡子。他身上既有教士的那种模样，也有水手的那种气概。后来，他对我说，他"在渴望成为一个中国通之前"，曾经在天津当过传教士。

我们坐了下来。我坐在一张低矮的榻上，他背向着窗户和一只高高的圆形座钟。我计算了一下，我的追逐者理查·马登，要一个小时以后才到得了。我以无可改变的决心等待着。

"崔朋的命运真是令人惊讶，"史蒂芬，阿尔贝说，"他是他家乡那个省的总督，既谙天文，又知星相，并且精通经史，擅长弈棋、诗词、书画。但是他却抛弃了这一切，从事于写小说，造迷宫。他拒绝了官途、吏治、房闱、宴饮，甚至学问的乐趣，把自己幽闭在明寂阁中，达十三年之久。他死的时候，他的继承者只发现一大堆乱七八糟的手稿。他的家属，大概您不会不知道，准备把它付之一炬，但是他的遗嘱执行人——一个道士或者和尚——坚持予以出版。"

"我们崔朋家的血缘亲属，"我回答说，"至今还在咒骂这个和尚，出版这些手稿其实毫无意义。这本书不过是一大堆矛盾百出、体例混乱的材料。我有一次把它翻了一遍：主人公在第三章死了，到第四章又活了过来。至于崔朋的第二项事业，他的那座迷宫……"

"那座迷宫就在这里，"他把一座高高的漆得光溜溜的写字台指给我看。

"一座象牙的迷宫！"我喊起来，"一座小型的迷宫……"

"一座象征的迷宫，"他纠正我说，"一座看不见的时间的迷宫。我，一个蛮夷之邦的英国人，获得了揭示这个透彻的秘密的能力。经过了一百多年之后，那些细节已经无法复原，然而还不难揣测当时是怎么回事。有一个时候，崔朋说，我要隐居，去写一本小说。另一个时候，他说：我要隐居，去造一座迷宫。所有的人都以为这是两项工作，谁也没有想到写小说和造迷宫是一回事。明寂阁矗立在一个大概是很曲折的花园中央，这个事实可能给人们暗示，确实有一座迷宫。崔朋死后，在你们家宽广的土地上，没有人能找到什么迷宫。这部小说的复杂混乱，却给了我暗示：它本身就是迷宫。有两种情况，使我直截了当地解决了这个问题。第一种是：根据传说，崔朋意图建造的是一座严密地无限的迷宫。另一种是：我发现了他的一封残简。"

阿尔贝站了起来，有一会儿，他背向着我。他打开了这座金碧辉煌的黑漆写字台的一只抽屉，拿出一张纸，转过身来。这是一张原来猩红色的纸，现在已经变成玫瑰色，质地脆而薄，印着方格。崔朋的书法真是名不虚传。我热切地然而费劲地念着下面的这行字，这是我的一位直系祖先用毛笔写下来的："我将我的交叉小径的花园，遗给各种不同的（并非全部的）未来。"

我默默地把纸还给他。阿尔贝接着说：

"在发现这封信之前，我曾经自己问自己，一本小说怎么才能是无限的。我没有别的方式可以想象，只能想象一本循环的书，兜圈子的书，它的最后一页与第一页完全一样，具有无限地继续读下去的可能。我记起来，在《一千零一夜》的正中间，有一夜，写的是莎赫拉萨德王后（由于抄写者魔术般的错乱）冒着重新回到她正在讲的这一夜的危险，原原本本地从头开始讲一千零一夜的故事，这就直到无限了。我也想象一部柏拉图式的世袭作品，从上一辈传给下一辈，每一个后辈总是给它增加一章，或者以孝顺的谨慎修改前一辈的作品。这种猜想使我很高兴，但是哪一种猜想，即使以最渺茫的方式，看来都不符合崔朋的这些矛盾百出的篇章。我正处在这样的困恼之中，却从牛津给我寄来了您刚才看见过了的那张纸。很自然地，我在这句话上停住了：'我将我的交叉小径的花园，遗给各种不同的（并非全部的）未来。'我几乎立即就明白了，'交叉小径的花园'就是这部混乱的小说。'各种不同的（并非全部的）未来'这句话，使我想到：这是时间上，而不是空间上的交叉的形象。我把这部作品重新看了一遍，证实了这个理论。在其他所有的小说里，人们每当面临各种选择的可能性的时候，总是选择一种，排除其他。但是这一位几乎无法解释的崔朋，他却——同时地——选择了一切。他就这样创造了各种的未来，各种的时间，它们各自分开，又互相交叉。小说的矛盾就是这样产生的。譬如我们说：范生有一个秘密，有一个陌生人来敲他的门，范生决定把他杀死。当然，有各种可能的解决办法：范生可能杀死闯来的人，闯来的人也可能杀死范生；两个人都可能活命，两个人都可能死去，如此等等。在崔朋的作品里，所有的各种解决办法都发生了，每一个办法都是与其他办法交叉的出发点。有时候，这座迷宫的小径集中到了一起，例如：您到这所房子里来了，然而在从前的某个时候，您可能是我的敌人；在另一个时候，又可能是我的朋友。如果您不在意我的无可救药的发音，我们可以念几段听听。"

他的脸容，在灯光的明亮圆圈里，无疑像个老人，然而却有着某种坚决的甚至不朽的神色。他缓慢地正确地把这部史诗作品中同一章的两种不同的写法，都念了一遍。在第一种写法里，一支军队，行军经过荒凉的山地，出发去打仗。嶙峋的怪石，阴沉的山谷，使他们觉得生命毫无意义，于是他们轻而易举地取得了胜利。在第二种写法里，同一支军队行军经过一座宫殿，里面正在举行宴会。这场光辉的战斗，在他们看来，仿佛就是盛会的继续，于是他们取得了胜利。我以恰如其分的尊敬，听着这段古老的故事，也许并不是由于赞赏小说本身，而是由于它是我的一位祖先的创作，由这个遥远帝国的一位臣民，在西方的一个岛上，在一场出生入死的冒险之中，把它重新归还给我了。我记得末尾的几句话，在两种写法里都一样，仿佛是一条神秘的戒律："英雄们以宁静的心、凶猛的剑，奋勇战斗，委身于杀伐和死亡。"

从这个时刻起，我觉得在我的周围和我的阴暗的身体中，有一种看不见、触不着的东西在发芽生长。这并非是两支分开的，平行的，最后合并的军队，而是他们以某种方式预示的一种最难以捉摸的，并且是最内在的骚动。史蒂芬·阿尔贝继续说：

"我不相信您的有名望的祖先，会无所事事地玩弄这种千变万化的把戏。我并不认为他真会花费十三年的光阴，去从事一项无穷无尽的修辞试验。在您的祖国，小说是一种低微的学业，在那个时代是受轻视的。崔朋是一位天才的小说家，然而也是一位博学之士，无疑的，他不会认为自己仅仅是一个写小说的人。他同时代人的言论——已足以证实他的一生——说明他对道学和神学的爱好。哲理的论辩篡占了他小说的大部分篇幅。我知道，所有的问题，没有一个会使他不安，没有一个会使他费力，除了'时间'这个深渊一样的问题。好吧，这就是在《花园》的篇章中没有描写的唯一的问题。他甚至不愿意用含有'时间'意义的字眼。您对这种有意的回避怎么解释？"

我提出了好几种说法，但是都不足以说明这个问题。我们讨论了一会儿。最后，史蒂芬·阿尔贝对我说：

"有一个谜语，它的谜底是棋；在这个谜语中，禁止使用哪个字？"

我想了想，回答说：

"就是棋这个字。"

"对了，"阿尔贝说，"《交叉小径的花园》本身就是一局巨大的棋，或者说是寓言，它的主题是时间。这种缜密的游戏，禁止提到它本身的名字。始终不把这句话说出来，只用不恰切的譬喻，明显的拐弯抹角来提到它，这些也许是一种指明它的最着重的方式。这是走了邪路的崔朋在他孜孜不倦地写成的小说里，逢到每一个曲折之处所爱用的迂回方式。我翻阅了几百页的手稿，改正了抄写人粗心大意的错误，猜出了一团混乱中的构思，我恢复了，或者我认为我恢复了它原来的面貌；我全部翻译好了这部作品。我清清楚楚明明白白地知道，他没有一次使用过'时间'这个字。这解释很明显。《交叉小径的花园》是崔朋所设想的一幅宇宙的图画，它没有完成，然而并非虚假。您的祖先跟牛顿和叔本华[①]不同，他不相信时间的一致，时间的绝对。他相信时间的无限连续，相信正在扩展着、正在变化着的分散、集中、平行的时间的网。这张时间的网，它的网线互相接近，交叉，隔断，或者几个世纪各不相干，包含了一切的可能性。我们并不存在于这种时间的大多数里；在某一些里，您存在，而我不存在；在另一些里，我存在，而您不存在；在再一些里，您我都存在。在这一个时间里，我得到了一个好机缘，所以您来到了我的这所房子，在另一个时间里，您走过花园，会发现我死了；在再一个时间里，我说了同样这些话，然而我却是个错误，是个幽魂。"

"对于这一切，"我带点儿颤抖地说，"我向您表示感谢和敬意；您重建了崔朋的花园。"

"并不是一切，"他微笑着喃喃地说，"时间是永远交叉着的，直到无可数计的将来。在其中的一个交叉里，我是您的敌人。"

我重新又感觉到我刚才说过的那种发芽生长。我觉得房子周围潮湿的花园里充满着看不见的人物，直到无限。这些人物就是阿尔贝和我，正在时间的其他范围内暗暗地劳碌着，变换着形体。我抬起眼睛，这微不足道的梦就消失了。

黄黑色的花园里只有孤零零的一个人，然而这个人却像塑像那样坚实，然而这个人正在小径上走来，他就是理查·马登上尉。

"将来已经存在，"我回答，"不过我是您的朋友。我能再看看那封信吗？"

阿尔贝站了起来。他高高的个子，伸手打开高高的写字台的抽屉；有一忽儿，他背向着我。我已经准备好左轮手枪。我十分仔细地开了枪。阿尔贝立刻倒了下来，一声都没有吭。我敢发誓，他是当场毙命的：就像一下雷击。

其余的都是不真实的，不足道的了。马登冲了进来，把我逮捕。我被判绞刑。可厌的是，我竟然胜利了；我已经把他们想要袭击的城市名称的这个秘密，通知了柏林。昨天，他们果然对它进行了轰炸。在同一天的报纸上，我看到：博学的中国通史蒂芬·阿尔贝，被一个来历不明的叫俞琛的人所暗杀，这件事，对全体英国人来说，是一个谜。然而，我的首领已经释破了这个谜。他知道，我的问题是如何(在战争的喧闹声中)指明那个城市的名称就叫阿尔贝。他知道我没有别的办法，只好杀掉一个叫阿尔贝的人。可是他不知道(谁也不可能知道)我的无穷的悔恨和厌烦。

——选自王央乐译《博尔赫斯短篇小说集》，上海译文出版社 1983 年版

(林霞)

① 叔本华(1788—1860)，德国唯心主义哲学家。

四十八　杜拉斯《情人》

玛格丽特·杜拉斯(1914—1996)是20世纪法国最具魅力的女作家之一。她出生于越南,18岁回到故乡法国,在巴黎接受教育。杜拉斯幼年丧父,母亲含辛茹苦地将三个孩子拉扯长大,生活艰辛贫穷。殖民地的生活,窘迫变迁的家境,偏执磨难的母亲,骄纵作恶的大哥哥,软弱温情的小哥哥,几次不幸失败的婚姻……丰富的人生经历大大影响了杜拉斯的创作,使其作品呈现出丰富且奇特的内蕴。1943年,29岁的杜拉斯发表处女作《无耻之图》,遂成为职业作家,之后她先后发表了《琴声如诉》、《洛尔·瓦·斯泰因的迷狂》、《情人》等四十多部小说。杜拉斯除小说之外还写过十多部电影剧本,电影《长别离》、《广岛之恋》轰动影坛,在戛纳电影节上获奖。杜拉斯早期的作品形式比较古典,受到存在主义的影响。后期的作品则打破了传统的叙事方式,心理分析明显,对小说写作有一定的革新,她的创作常常被归入新小说派行列,但遭到作者本人的否定。

《情人》(1984)是一部自传性质的小说,是已经70岁的杜拉斯根据自身经历艺术加工而成。小说记录了她少女时代在印度支那湄公河的渡船上与中国情人邂逅,相爱,最终因中国情人的家庭反对痛苦分别的人生经历。15岁的法国白人少女乔居在越南西贡一个贫穷、绝望的家庭中,生活的压力使家里的每一个成员心理都走向扭曲。在这样混乱阴郁的生活中,她结识了一个来自中国富商家庭的情人。这个情人是从中国北方抚顺来的,被父亲送去巴黎学习,为的是将来继承家业。按照父亲的意愿,这次回来是为了成家娶妻。开始的她是为了欲望和摆脱贫穷与他交往,可随着时间的推移,两人之间产生了深沉的爱恋。但横在他们之间的是种族、门第、地位、观念等一系列问题,这段爱情注定只能以悲剧结尾。最后,中国情人遵从父命回家了,而少女怀着爱与情人分离,从此再也没能再见,可他们的爱却是千山万水也隔不断的。

《情人》荣获了法国文学的最高奖项——龚古尔文学奖。70岁的杜拉斯虽然历经沧桑,仍然用少女的笔调向我们诉说着那个凄美动人的爱情故事。作品主要探讨了爱情和欲望两大主题。小说中的爱因金钱、欲望而生,可最终能够触及灵魂,跨越时空,跨越民族,达到爱的极致。爱情小说背后反映的是20世纪印度支那殖民地的社会现状,反映了像少女这样的欧洲家庭的悲惨境遇。小说深邃的意蕴还不止于此。杜拉斯通过这样一个故事探讨了关于爱、恨、命运、死亡、永恒等许多形而上的问题,使小说早已超越了简单的爱情小说,成为经得起时间考验的经典名著。小说所塑造的女主人公带有杜拉斯本人的印记。少女因得不到家庭的温暖,也因贫穷的生活所迫,选择了出卖自己的道路。她与中国情人萍水相逢,短暂的接触开始只让她对情人处于喜欢的阶段而已,她全然把爱和欲分离开来。虽然她在地位和金钱上处于弱势,也很清楚自己不可能与情人有将来,可她使自己没有停留在依附别人的被动关系中,而是一个敢于大胆去爱,以主动的姿态建构与情人关系的新型女性形象。少女的爱充满了疯狂、激情、功利,同时也是深沉的、冷静的。她努力寻求着爱与欲,在其间又能够思考自我,在激情中不忘自我定位和对家庭的责任,使原本与情人肤浅的欲望最终发展成为能够令两人魂牵梦绕一生的真爱、深爱。故事的结尾让人无限感伤,但这样的结尾具有无限韵味,使爱得到升华,令作品具有强烈的震撼人心的审美艺术效果。

《情人》艺术上采用了纵横交叉的叙事方式。小说以女主人公与她的中国情人之间的爱情故事为主要线索,即所谓的纵向线索,使整部小说由一条主脉络贯穿始终。与纵向线索相对的还有横向线索,也就是作者不时的评论和思绪,这样大大丰富了主脉络,让读者不时了解到各种背景情况、作者的意识情态。人称使用方面,其特点是第一人称与第三人称混用。语言方面,小说诗意浓郁,对许多场景有唯美的描述,对回忆的讲述表现得有张力、深邃,读后让人唏嘘不已而又回味无穷,称得上是语言运用的典范。

情人(片断)

我已经老了,有一天,在一处公共场所的大厅里,有一个男人向我走来。他主动介绍自己,他对我说:"我认识你,永远记得你。那时候,你还很年轻,人人都说你美,现在,我是特为来告诉你,对我来说,我觉得现在你比年轻的时候更美,那时你是年轻女人,与你那时的容貌相比,我更爱你现在备受摧残的面容。"

这个形象,我是时常想到的,这个形象,只有我一个人能看到,这个形象,我却从来不曾说起。它就在那里,在无声无息之中,永远使人为之惊叹。在所有的形象之中,只有它让我感到自悦自喜,只有在它那里,我才认识自己,感到心醉神迷。

太晚了,太晚了,在我这一生中,这未免来得太早,也过于匆匆。才十八岁,就已经太迟了。在十八岁和二十五岁之间,我原来的容貌早已不知去向。我在十八岁的时候就变老了。我不知道是不是所有的人都这样,我从来不曾问过什么人。好像有谁对我讲过时间转瞬即逝,在一生最年轻的岁月、最可赞叹的年华,在这样的时候,那时间来去匆匆,有时会突然让你感到震惊。衰老的过程是冷酷无情的。我眼看着衰老在我颜面上步步紧逼,一点点侵蚀,我的面容各有关部位也发生了变化,两眼变得越来越大,目光变得凄切无神,嘴变得更加固定僵化,额上刻满了深深的裂痕。我倒并没有被这一切吓倒,相反,我注意看那衰老如何在我的颜面上肆虐践踏,就好像我很有兴趣读一本书一样。我没有搞错,我知道;我知道衰老有一天也会减缓下来,按它通常的步伐徐徐前进。在我十七岁回到法国时认识我的人,两年后在我十九岁又见到我,一定会大为惊奇。这样的容貌,虽然已经成了新的模样,但我毕竟还是把它保持下来了。它毕竟曾经是我的面貌。它已经变老了,肯定是老了,不过,比起它本来应该变成的样子,相对来说,毕竟也没有变得老到那种地步。我的面容已经被深深的干枯的皱纹撕得四分五裂,从此便告毁去,它原有的轮廓依然存在,不过,实质上已经被摧毁了。我的容貌是被摧毁了。

对你说什么好呢,我那时才十五岁半。

那是在湄公河的轮渡上。

在整个渡河过程中,那形象一直持续着。

……

那个风度翩翩的男人从小汽车上走下来,吸着英国纸烟。他注意着这个戴着男式呢帽和穿镶金条带的鞋的少女,他慢慢地往她这边走过来。可以看得出来,他是胆怯的。开头他脸上没有笑容。一开始他就拿出一支烟请她吸。他的手直打颤。这里有种族的差异,他不是白人,他必须克服这种差异,所以他直打颤。她告诉他说她不吸烟,不要客气,谢谢。她没有对他说别的,她没有对他说不要啰嗦,走开。因此他的畏惧之心有所减轻。所以他对她说,他以为自己是在做梦。

她没有答话。也不需要答话，回答什么呢。她就那么等着。这时他问她：那么你是从哪儿来？她说她是沙沥女子小学校长的女儿。他想了一想，他说他听人谈起过校长夫人，她的母亲，讲到她在柬埔寨买的租地上运气不佳，事情不顺利，是不是这样？是的，是这样。

他一再说在这渡船上见到她真是不寻常。一大清早，一个像她这样的美丽的年轻姑娘，就请想想看，一个白人姑娘，竟坐在本地人的汽车上，真想不到。

他对她说她戴的这顶帽子很合适，十分相宜，是……别出心裁……一顶男帽，为什么不可以？她是那么美，随她怎样，都是可以的。

她看看他。她问他，他是谁。他说他从巴黎回来，他在巴黎读书，他也住在沙沥，正好在河岸上，有一栋大宅，还有蓝瓷栏杆的平台。她问他，他是什么人。他说他是中国人，他家原在中国北方抚顺。你是不是愿意让我送你到西贡，送你回家？她同意了。他叫司机把姑娘的几件行李从汽车上拿下来，放到那部黑色小汽车里去。

中国人。他属于控制殖民地广大居民不动产的少数中国血统金融集团中一员。他那天过湄公河去西贡。

她上了黑色的小汽车。车门关上。恍惚间，一种悲戚之感，一种倦怠无力突然出现，河面上光色也暗了下来，光线稍稍有点发暗。还略略有一种听不到声音的感觉，还有一片雾气正在弥漫开来。

从此以后我就再也不需搭乘本地人的汽车出门了。从此以后我就算是有了一部小汽车，坐车去学校上课，坐车回寄宿学校了。以后我就要到城里最讲究的地方吃饭用餐。从此以后，我所做的事，对我所做的一切，我就要终生抱憾，惋惜不已了；我还要为我留下一切，为我所取得的一切，无论是好是坏，还有汽车，汽车司机，和他一起说笑，还有本地人乘的汽车车座后面那些嚼槟榔的老女人，还有坐在车子行李架上的小孩，在沙沥的家，对沙沥那个家族的憎恶、恐惧，还有他那很是独特的无言沉默，我也要抱憾终生，只有惋惜了。

他在讲话。他说他对于巴黎，对非常可爱的巴黎女人，对于结婚，丢炸弹事件，嗳呀呀，还有圆顶咖啡馆，圆厅咖啡馆，都厌倦了，他说，我么，我宁可喜欢圆厅，还有夜总会，这种"了不起"的生活，这样的日子，他过了整整两年。她听着，注意听他那长篇大论里面道出的种种阔绰的情况，听他这样讲，大概可以看出那个开销是难以记数的。他继续讲着。他的生母已经过世。他是独养儿子。他只有父亲，他的父亲是很有钱的。他的父亲住在沿河宅子里已有十年之久，鸦片烟灯一刻不离，全凭他躺在床上经营他那份财产，这你是可以了解的。她说她明白。

后来，他不允许他的儿子同这个住在沙沥的白人小娼妇结婚。

那样的形象早在他走近站在船舷前面白人女孩子之前就已经开始形成，当时，他从黑色小汽车走下来，开始往她这边走过来，走近她，当时，她就已经知道他心有所惧，有点怕，这，她是知道的。

从一开始，她就知道这里面总有着什么，就像这样，总有什么事发生了，也就是说，他已经落到她的掌握之中。所以，如果机遇相同，不是他，换一个人，他的命运同样也要落在她的手中。同时，她又想到另一件事，就是说，以后，那个时间一定会到来，到时对自己担负的某些责任她也是决不可规避的。她明白，这件事决不可让母亲知道，两个哥哥也决不能知道，这一点在那一天她就已经考虑到了。她上了那部黑色的小汽车，她心里很清楚，这是她第一次避开她家做的事，由此开始，这也就成了永远的回避。从此以后，她发生什么事，他们是再也不会知道了。有人要她，从她那里把她抢走，伤害她，糟蹋她，他们是再也不会知道了。不论是母亲，或是两个哥哥，都不会知道了。他们的命运从此以后也是注定了。坐在这部黑色小汽车里真该大哭一场。

现在，这个孩子，只好和这个男人相处了，第一个遇到的男人，在渡船上出现的这个男人。

这一天，是星期四，事情来得未免太快。以后，他天天都到学校来找她，送她回宿舍。后来，有一次，星期四下午，他到宿舍来了。他带她坐黑色小汽车走了。

到了堤岸。这里与连接中国人居住的城区和西贡中心地带的大马路的方向相反，这些美国式的大马路上电车、人力车、汽车川流不息。下午，时间还早。住在寄宿学校的女学生规定下午休息散步，她逃脱了。

那是城内南部市区的一个单间房间。这个地方是现代化的，室内陈设可说是速成式的，家具都是现代式样。他说：我没有去选一些好的家具。房间是光线暗暗的，她也没有要他打开百叶窗。她有点茫然，心情如何也不怎么明确，既没有什么憎恶，也没有什么反感，欲念这时无疑已在。对此她并不知道。昨天晚上，他要求她来，她同意了。到这里来，不得体，已经来了，也是势所必然。她微微感到有点害怕。事实上这一切似乎不仅与她期望的相一致，而且恰恰同她的处境势必发生的形式也相对应。她很注意这里事物的外部情况，光线，城市的喧嚣嘈杂，这个房间正好沉浸在城市之中。他，他在颤抖着。起初他注意看着她，好像在等她说话，但是她没有说话。于是他僵在那里再也不动了，他没有去脱她的衣服，只顾说爱她，疯了似地爱她，他说话的声音低低的。随后他就不出声了。她没有回答他。她本来可以回答说她不爱他。她什么也没有说。突然之间，她明白了，就在一刹那之间，她知道：他并不认识她，永远不会认识她，他也无法了解这是何等的邪恶。为了诱骗她，转弯抹角弄出多少花样，他，他还是不行，他没有办法。独有她懂得。她行，她知道。由于他那方面的无知，她一下子明白了：在渡船上，她就已经喜欢他了。他讨她喜欢，所以事情只好由她决定了。

她对他说：我宁可让你不要爱我。即便是爱我，我也希望你像和那些女人习惯做的那样做起来。他看着她，仿佛被吓坏了，他问：你愿意这样？她说是的。说到这里，他痛苦不堪，在这个房间，作为第一次，在这一点上，他不能说谎。他对她说他已经知道她不会爱他。她听他说下去。开始，她说她不知道。后来，她不说话，让他说下去。

他说他是孤独一个人，就孤零零一个人，再就是对她的爱，这真是冷酷无情的事。她对他说：她也是孤独一个人。还有什么，她没有讲。他说：你跟我到这里来，就像是跟任何一个人来一样。她回答说，她无法知道，她不希望他只是和她说话，她说她要的是他带女人到他公寓来习惯上怎么办就怎么办。她要他照那样去做。

……

战后许多年过去了，经历几次结婚，生孩子，离婚，还要写书，这时他带着他的女人来到巴黎。他给她打电话。是我。她一听那声音，就听出是他。他说：我仅仅想听听你的声音。她说：是我，你好。他是胆怯的，仍然和过去一样，胆小害怕。突然间，他的声音打颤了。听到这颤抖的声音，她猛然在那语音中听出那种中国口音。他知道她已经在写作，他曾经在西贡见到她的母亲，从她那里知道她在写作。对于小哥哥，既为他，也为她，他深感悲戚。后来他不知和她再说什么了。后来，他把这意思也对她讲了。他对她说，和过去一样，他依然爱她，他根本不能不爱她，他说他爱她将一直爱到他死。

——选自王道乾译《情人》，上海译文出版社 2009 年版

（杜芳）

四十九　米兰·昆德拉《不能承受的生命之轻》

米兰·昆德拉(1929—　)，捷克裔法国作家，父亲是一位音乐理论家兼大学校长，受此影响，他童年时便学过作曲，青年时代亦曾从事过多种与音乐及表演相关的工作，同时也开始尝试写作，在杂志上发表过诗歌及散文。1967年，他出版了自己的第一部小说《玩笑》并广受好评，但由于同年参加了“布拉格之春”的政治改革运动，且小说中含有对苏联入侵捷克行径的批评，他的作品于1970年被政府禁止出版。被迫流亡的昆德拉于1975年开始在巴黎定居，并于1981年加入法国国籍。昆德拉著有《生活在别处》、《不能承受的生命之轻》、《不朽》、《笑忘书》等十部小说，《小说的艺术》等四部文学评论集，及《雅克和他的主人》一部戏剧，曾多次获得国际文学奖，并被六次提名为诺贝尔文学奖候选人。昆德拉的作品总是在广阔的哲学语境中思考政治及人生问题，以富有韵律的语言、独特的叙事结构以及深刻的哲学内涵在全世界产生了广泛的影响，《不能承受的生命之轻》还于1988年被改编为电影，受到人们的喜爱及好评。

小说《不能承受的生命之轻》(1984)讲述了冷战时期的布拉格，医生托马斯爱上了一名叫特蕾莎的餐厅女招待，他想与她长久地共同生活，但又无法改变自己风流的本性，仍和一位叫萨比娜的画家保持着情人关系，特蕾莎为此感到十分不安。大学教授弗兰茨也是萨比娜的情人之一，他为萨比娜而与妻子离婚，最后却仍在妻子的陪伴下死去。在动荡的政治局面下，萨比娜独自一人远走他乡，托马斯和特蕾莎则经历了种种考验，来到乡下过着平静的生活，最后在一场车祸中双双离世。

《不能承受的生命之轻》通过对特定年代捷克知识分子的描述，为读者呈现了一个有关“轻与重”的哲学命题。托马斯是个徘徊在轻与重之间的人，他一方面深爱特蕾莎，不愿意失去她，这是爱情与责任之重。另一方面，他又认为爱和性是可以分开的，因此始终和萨比娜保持着没有约束的情人关系，这是自由之轻。但是，婚姻所带来的责任感和对特蕾莎的爱使他的每一次性冒险都充满负罪感，他无法摆脱任何一方，始终在轻与重之间挣扎。特蕾莎与托马斯不同，她渴望灵与肉的统一，她无法理解托马斯精神与肉体的分离，于是通过与另一个工程师偷情来报复托马斯肉体的背叛，结果却发现自己无法接受灵肉分离的“轻”，从而更加坚定了爱情忠贞的信念。她劝说托马斯与她一起移居乡村，在那种田园生活中她终于实现了自己的理想，拥有了托马斯的灵与肉，可是最终车祸带走了他们二人的生命，一切追求都归为虚无。在“轻与重”之外，昆德拉还通过萨比娜这个人物探讨了“媚俗”这个概念。在小说中，“媚俗”是指一种不择手段去讨好大多数的心态和做法，人一旦顾及到公众的想法，而不是按本心行事，就不免陷入媚俗。萨比娜是“反叛媚俗”的代表，她的一生都在不停地背叛：年少时背叛了清教徒的家庭，学画时背叛了社会主义现实画派，背叛了同胞，背叛了自己的情人弗兰茨。她在背叛的道路上越走越远，到最后演变为为了背叛而背叛，从而失去了一切。当她身在异国，发现自己已经没有什么可背叛的时候，也不免对着一户人家窗口温馨的灯光流泪，难免也陷入媚俗。与之相对，弗兰茨是“媚俗”的代表，他把萨比娜当做自己的信仰，却从来没有理解过她；他享受自己在公众中的生活，最后却在向泰国柬埔寨边境进军这样的公共生活中遭遇意外而死去。直到生命行将结束，他才明白生活的真正意义不是对萨比娜的忠诚，也不是大进军，而是和自己戴眼镜的学生在一起幸福平静地生活。可是人生不能重来,他只能带着这些遗憾,在自己背叛过的妻子身边离开了人世。“轻”和“重”不仅仅存在于托马斯的生活中,也同时存在于特蕾莎与萨比娜的人生中。当特蕾莎偷情时,她不能承受灵肉分离所带来的轻;当萨比娜无所反叛时,她的内心反而感到沉重。昆德拉意图在“轻与重”这样一个命题中思考人在哲学意义上的存在问题,他无疑受到萨特“存在主义”的影响,致力于探求人存在于这世界上的价值和意义。但是,“轻”和“重”之间并没有明确的界限,人在意图平衡这两者的过程中往往走入一种无所适从的困境,这种困境也是人生的困境。

在小说的写作技巧上,昆德拉也做出多种实验性的探索,形成“复调”式的叙述特点:即打破文体之间的界限;放弃传统小说“单线构成”的结构方式,在多重线索中分别构建故事情节等。在《不能承受的生命之轻》中,昆德拉常常在情节发展中插入论文、随笔;四个人物各有自己的视角,人物之间没有主次之分;小说分为七个章节,各章节之间互有关联又相对独立。这种独具新意的叙述结构与作家诗意而幽默的语言一起,构成了一个极富魅力的小说艺术世界。

不能承受的生命之轻(片断)

第一部:轻与重

2

如果我们生命的每一秒钟得无限重复,我们就会像耶稣被钉死在十字架上一样被钉死在永恒上。这一想法是残酷的。在永恒轮回的世界里,一举一动都承受着不能承受的责任重负。这就是尼采说永恒轮回的想法是最沉重的负担(das schwerste Gewicht)的缘故吧。

如果永恒轮回是最沉重的负担,那么我们的生活,在这一背景下,却可在其整个的灿烂轻盈之中得以展现。

但是,重便真的残酷,而轻便真的美丽?最沉重的负担压迫着我们,让我们屈服于它,把我们压到地上。但在历代的爱情诗中,女人总渴望承受一个男性身体的重量。于是,最沉重的负担同时也成了最强盛的生命力的影像。负担越重,我们的生命越贴近大地,它就越真切实在。相反,当负担完全缺失,人就会变得比空气还轻,就会飘起来,就会远离大地和地上的生命,人也就只是一个半真的存在,其运动也会变得自由而没有意义。

那么,到底选择什么?是重还是轻?

巴门尼德早在公元前六世纪就给自己提出过这个问题。在他看来,宇宙是被分割成一个个对立的二元:明与暗,厚与薄,热与冷,在与非在。他把对立的一极视为正极(明、热、薄、在),另一极视为负极。这种正负之极的区分在我们看来可能显得幼稚简单。除了在这个问题上:何为正,是重还是轻?

巴门尼德答道:轻者为正,重者为负。他到底是对是错?这是个问题。只有一样是确定的:重与轻的对立是所有对立中最神秘、最模糊的。

3

多年来,我一直想着托马斯。但只是在这些思想的启发下,我才第一次真正看清他。我看见他,站在公寓的一扇窗户前,目光越过庭院,盯着对面房子的墙,他不知道他该做什么。

大约是三个星期前,他在波希米亚的一个小镇上认识了特蕾莎,两人在一起差不多只待了个把钟头。她陪他去了火车站,陪他一起等车,直到他上了火车。十来天后,她来布拉格看他。他们当天就做了爱。夜里,她发起烧,因为得了流感,在他家整整待了一星期。

对这个几乎不相识的姑娘,他感到了一种无法解释的爱。对他而言,她就像是个被人放在涂了树脂的篮子里的孩子,顺着河水漂来,好让他在床榻之岸收留她。

她在他家待了一个星期,流感一好,便回到她居住的城镇,那儿离布拉格两百公里。

正是在这个时候出现了我方才提及的那个片刻,即我看到了托马斯生活关键的那个时刻:他站在窗前,目光越过庭院,盯着对面房子的墙,在思忖:

是否该建议她来布拉格住下?这份责任令他害怕。如果现在请她来家里住,她一定会来到他身边,为他献出整个生命。

要么该放弃?这样一来,特蕾莎还得待在乡下的小酒店做女招待,那他就再也见不到她了。

他是想她来到他身边,还是不想?

他目光盯着院子对面的墙,在寻找一个答案。

他一次又一次,总是想起那个躺在他长沙发上的女人的模样;她和他过去生活中的任何女人都不一样。既不是情人,也不是妻子。她只是个他从涂了树脂的篮子里抱出来,安放在自己的床榻之岸的孩子。她睡着了。他跪在她的身边。她烧得直喘气,越喘越急促,他听到了她微微的呻吟。他把脸贴在她的脸上,在她睡梦中轻声安慰她。过了一会儿,他感觉她的呼吸平静了一些,她的脸不由自主地往他的脸上凑。他感到她的双唇有一股微微有点呛人的高烧的热气味。他吸着这股气息,仿佛想啜饮她身体的隐秘。于是他想象她已经在他家住了许多许多年,此刻正在死去。突然,他清楚地意识到她要是死了,他也活不下去。他要躺在她身边,和她一起死。受了这一幻象的鼓动,他挨着她的脸,把头埋在枕头里,许久。

此时,他站在窗前,回想着当时的一刻。如果那不是爱,怎么会出现这样的情景?

可这是爱吗?他确信那一刻他想死在她的身边,这种情感明显是太过分了:他不过是生平第二次见她而已!或许这更是一个男人疯狂的反应,他自己的心底明白不能去爱,于是跟自己玩起了一场爱情戏?与此同时,他在潜意识里是如此懦弱,竟为自己的这场戏选了这个原本无缘走进他生活的可怜的乡间女招待!

他望着院子脏乎乎的墙,明白自己不知道这到底是出于疯狂,还是爱情。

而在一个真正的男人本可立刻采取行动的时刻,他却在责怪自己犹犹豫豫,剥夺了自己一生中最美好的瞬间(他跪在年轻女子的枕边,确信她一死他自己也不能再活下去)的一切意义。

他越来越责备自己,但最终还是对自己说,说到底,他不知道自己想要什么是非常正常的:

人永远都无法知道自己该要什么,因为人只能活一次,既不能拿它跟前世相比,也不能在来生加以修正。

和特蕾莎在一起好呢,还是一个人好呢?

没有任何方法可以检验哪种抉择是好的,因为不存在任何比较。一切都是马上经历,仅此一次,不能准备。好像一个演员没有排练就上了舞台。如果生命的初次排练就已经是生命本身,那么生命到底会有什么价值?正因为这样,生命才总是像一张草图。但"草图"这个词还不确切,因为一张草图是某件事物的雏形,比如一幅画的草稿,而我们生命的草图却不是任何东西的草稿,它是一张成不了画的草图。

托马斯自言自语:einmal ist keinmal,这是一个德国谚语,是说一次不算数,一次就是从来没有。只能活一次,就和根本没有活过一样。

4

一天,在一次手术间歇,一个女护士告诉他有电话找他。他在话筒里听到的是特蕾莎的声音。她是从火车站打来的电话。他很高兴。但不巧的是,那天晚上他有事,只能请她第二天上他家。一挂上电话,他又自责没有让她马上过来。他还有时间取消已定的约会!他寻思,特蕾莎在他们见面前这漫长的三十六小时里在布拉格会干什么,恨不得立即开车到城里的大街小巷去找她。

第二天晚上,她来了。她斜挎着一个包,长长的背带,他觉得她比上次见到时要优雅。她手里拿着一本厚书,是托尔斯泰的《安娜·卡列宁娜》。她显得挺开心的,甚至有点儿聒噪雀跃,努力对他装出她只是偶然路过的样子,是为了一件特别的事:她来布拉格是出于工作上的原因,或许(她的话非常含混)想找一份新工作。

之后,他们并排躺在长沙发上,光着身子,已精疲力竭。夜深了。他问她住在哪儿,他想开车送她回去。她有点尴尬地回答说她正要找一家旅社,来之前把行李寄存在车站了。

前一天晚上,他还担心如果他请她来布拉格,她会来为他奉献一生呢。现在,听说她的行李寄存在火车站,他心想,在她把自己的一生奉献给他之前,已把它存放在那个行李箱里,并寄存在了车站。

他和她一起上了停在房前的汽车,直奔火车站,取出箱子(箱子很大,重极了),带它和特蕾莎一起回家。

他怎么能这么快就作出决定?近半个月来,他一直犹豫不定,甚至都没给她寄过一张明信片。

他自己也对此感到惊讶。他这样做不符合他的原则。他和第一个妻子离婚有十年了,他是带着愉快的心情离婚的,就像别人庆祝结婚一样开心。于是他明白自己天生不是能在一个女人身边过日子的人,不管这个女人是谁,他也明白了只有单身,自己才感到真正自在。所以他费尽心机为自己设计一种生活方式,任何女人都永远不能拎着箱子住到他家来。这也是他只有一张长沙发的原因。尽管这张沙发相当宽敞,可他总和情人们说他和别人同床就睡不着觉,午夜后,他总是开车送她们回去。而且,就在特蕾莎第一次患流感住在他家的时候,他也没有和她一起睡。头一夜,他是在大扶手椅上过的,后几夜他都去医院的诊室,里面有一张他上夜班时用的长椅。

可这一次,他在她身边睡着了。早上醒来,他发现特蕾莎还睡着,攥着他的手。他们是不是整夜都这么牵着手?这让他感到难以置信。

睡梦中她呼吸沉重,她攥着他的手(很紧,他无法摆脱),笨重的行李箱就摆在床边。

他不敢把手抽出来,怕把她弄醒,他小心翼翼地侧过身,好仔细地看看她。

他又一次对自己说,特蕾莎是一个被人放在涂了树脂的篮子里顺水漂来的孩子。河水汹涌,怎么就能把这个放着孩子的篮子往水里放,任它漂呢!如果法老的女儿没有抓住水中那只放了小摩西的摇篮,世上就不会有《旧约》,也不会有我们全部的文明了!多少古老的神话,都以弃儿被人搭救的情节开始!如果波里布斯没有收养小俄狄浦斯,索福克勒斯就写不出他最壮美的悲剧了。

托马斯当时还没有意识到,比喻是一种危险的东西。人是不能和比喻闹着玩的。一个简单比喻,便可从中产生爱情。

10

她的举止越来越粗鲁,越来越不近情理。两年前她发现了他的不忠,从此每况愈下。没有任何出路。

怎么回事！难道他就不能断绝那些性友谊吗？不能。不然定会使他撕心裂肺。他无法控制对女人的占有欲。再说，他觉得这样做也毫无用处。他这些艳遇对特蕾莎没有任何威胁，这一点他比任何人都心知肚明。他为什么非要断掉呢？这无异于放弃看一场足球赛，这样做让他觉得十分荒唐可笑。

但还能谈什么乐趣吗？他刚刚出门去同某个情人幽会，便马上对她感到厌恶，发誓这是最后一次见她。他眼前呈现的是特蕾莎的形象，他必须立即麻醉自己才能不再想她。从他认识她起，他不醉酒便无法同别的女人上床！然而，恰恰是他醉酒呼出的气味让特蕾莎更轻易地发现他不忠诚的蛛丝马迹。

他整个儿陷入了怪圈：刚出门去见情妇，马上就没了欲望，可一天没见情人，他会立即打电话约会。

还是在萨比娜那里，他的感觉最好，因为他很清楚她不会声张，他不用担心被人发现。画室里，仿佛浮现着他往昔生活的记忆，那是他牧歌般美妙的单身汉日子。

他可能根本没有意识到自己的变化有多大：他害怕太晚回家，因为特蕾莎在等着他。一次，萨比娜发现他做爱时偷偷看表，明显想尽快草率完事。

完事后，她没精打采，光着身子在画室里走，然后站在床头尚未完成的一幅油画前，朝托马斯瞥了一眼，发现他在急匆匆地穿衣服。

他很快穿好了衣服，但一只脚还光着。他查看周围，然后四肢趴在地上，在桌子下面寻找什么东西。

她说："当我看着你，我感觉到你同我油画中的永久主题渐渐融为了一体。两种世界的相遇。双重的展示。在放荡的托马斯的身影后，一张浪漫情人的面孔隐约可见，令人无法置信。或者反过来说吧，在一心只想着他的特蕾莎的特里斯丹的身影下，居然可以看到放荡之徒所表现出的美妙世界。"托马斯又站起身，漫不经心地用一只耳朵听萨比娜说话：

"你在找什么？"她问。

"一只袜子。"

她和他一起在房间内寻找起来，他又四肢着地趴在桌子底下找。

"这里没有袜子。"萨比娜说，"你来的时候肯定没穿。"

"什么？我来时没穿！"托马斯看着手表叫了起来。"我肯定不会穿着一只袜子上这儿来的！"

"不能排除这种可能。近些日子，你整个儿心不在焉。你总是急匆匆的，老看表，忘记穿袜子，也没什么大惊小怪的。"他决定赤脚穿上鞋。"外面很冷，"萨比娜说，"我借你一只袜子吧。"她递给他一只新潮的白色长筒网袜。他十分清楚，这是报复。是她将袜子藏了起来，以惩罚他在做爱时看表。外边天气那么冷，他也只能听她的了。他回到了家，一只脚上穿着自己的袜子，另一只脚套的是女人穿的白色长袜，袜子卷到脚踝处。

他已是毫无出路：在情妇眼里，他带着对特蕾莎之爱的罪恶烙印，而在特蕾莎眼中，他又烙着同情人幽会放浪的罪恶之印。

——选自许钧译《不能承受的生命之轻》，上海译文出版社 2003 年版

（潘敏超）

五十 《圣经·旧约》

希伯来圣经和基督教圣经是两个不同的概念，希伯来圣经指《旧约》，基督教圣经包括《旧约》与《新约》两大部分的内容。以主耶稣的诞生为界限，将耶稣降世之后，上帝重新与基督徒所立的约定称为"新约"，而将之前的上帝与希伯来人立的种种约定称为"旧约"，因此，《圣经》又被称为是《新旧约全书》。

《旧约》是古代希伯来经典与文学的总集，是希伯来人民思想与智慧的结晶。《旧约》形成于公元前上千年希伯来民族的生活与文化，主要内容与文本形成于公元前 5 世纪"巴比伦之囚"之后至公元前 1 世纪。《旧约》共 39 卷，包括经律书 5 卷，历史书 12 卷，先知书 17 卷，诗文集 5 卷。经律书主要有《创世记》、《出埃及记》、《利未记》、《民数记》和《申命记》五卷，是希伯来古代神话传说和教规法典的汇编。历史书主要包括《约书亚记》、《士师记》、《路得记》、《撒母耳记》(上、下)、《列王记》(上、下)、《历代志》(上、下)以及《以斯拉记》、《尼希米记》、《以斯帖记》等十二卷，记述了希伯来民族的兴衰史。先知文学包括三大先知书《以赛亚书》、《耶利米书》、《以西结书》和十二小先知书《何西阿书》、《阿摩斯书》等。先知意为最先领受上帝旨意的人，先知书是思想家和改革家们揭露社会的演讲。诗文集是《旧约》中文学性最强的一部分，其中有抒情诗集《诗篇》、《哀歌》、《雅歌》，哲理诗集《箴言》、《传道书》，短篇小说《路得记》、《以斯帖记》、《但以理书》，诗剧《约伯记》。《旧约》是宗教典籍，在思想内容上有很强的宗教性，同时也是希伯来文学的汇总，具有很强的文学性，不仅包含了神话、传说、历史故事等文学内容，而且还有诗歌、小说、戏剧等文学样式。《旧约》还大量运用比喻、拟人、对比、象征等修辞手法，增强了叙述的艺术表现力。

"创世造人"、"失乐园"、"诺亚方舟"是希伯来最著名的三大神话，都反映在《旧约》的《创世记》中。关于天地万物的起源，各民族的神话中几乎都有，古希伯来人认为世界万物的起源是耶和华神创世说。《旧约·创世记》一开篇就说：起初，神创造天地，天地一片混沌，只有神的灵运行在水面上。神用了六天的时间创造了世界万物：第一天是光，将白昼与黑夜分开；第二天是空气，将水与天空相分离；第三天是地上的各种植物；第四天是日月星辰；第五天是飞禽走兽；第六天神按照自己的形象创造了人类。到了第七天，神就休息了，并将第七日定为安息日。这则神话体现了神至高无上的权威，并肯定了人是按神的形象创造的，神赐福于人。

失乐园的神话具有深远的影响，它揭示了人类罪恶的根源，即"原罪"说。人类始祖之罪在于违背耶和华神旨意偷食智慧之果。神话中说，人类的始祖亚当和夏娃被神安排在伊甸园里，伊甸园长满了鲜花奇果，神告诫人："园中所有的果子都可以吃，只是分别善恶树上的果子，你不可吃，因为你吃的日子必定死。"但人还是受了蛇的诱惑偷吃了智慧树上的禁果，"他们二人的眼睛就明亮了，才知道自己是赤身露体，便拿无花果树的叶子，为自己编作裙子。"神知道人犯了罪，于是惩罚了人，神对夏娃说，"我必多多增加你怀胎时的苦楚，你生产儿女必多受苦楚。你必恋慕你丈夫，你丈夫必管辖你。"对亚当说，"你必终身劳苦，才能从地里得吃的。地必为你长出荆棘和蒺藜来，你也要吃田间的菜蔬。你必汗流满面才得糊口，直到你归了土；因为你是从土而出的。你本是尘土，仍要归于尘土。"人被神赶出了乐园。人之原罪在于偷吃智慧之果，智慧之果也就是知识、文化，人吃了智慧之果而知道善恶，标志着人的理性意识的觉醒。这则神话也回答了为什么人会受苦,为什么会死亡等问题。

诺亚方舟躲避洪水的神话流传非常广泛。洪水的神话,一般认为是人类远古时期的历史记忆,是各民族的神话中的一个母题。诺亚方舟神话说:“神观看世界,见是败坏了。凡有血气的人,在地上都败坏了行为。耶和华神就对诺亚说,凡有血气的人,他的尽头已经来到我面前。因为地上满了他们的强暴,我要把他们和地一并毁灭。你要用歌斐木造一只方舟,分一间一间地造,里外抹上松香。”神发洪水时诺亚带全家以及各种飞禽走兽一雌一雄躲进方舟以避灾难。洪水过后,神与诺亚立约,决定以后不再灭绝地上的生灵,并赐福给诺亚一家,规定人类要服从神。这则神话与苏美尔—阿卡德神话中的洪水神话,巴比伦的洪水神话很相似,但这则神话具有道德劝诫的功能。《旧约》中的神话影响深远,神话中的伊甸园、智慧树、诺亚方舟、橄榄枝词汇等都成为了世界性的典故,如诺亚方舟被喻为灾难时代的救星或危境中的避难所。橄榄枝被喻为平安、和平。

《雅歌》又称为“所罗门之歌”或“歌中之歌”,主要描写了所罗门王与牧羊女之间的爱情,在艺术上既有爱情歌谣的对唱形式,也有田园牧歌形式,充满了世俗与抒情气息,被公认为是《圣经》中最美的诗篇。《雅歌》表达了爱情的纯真与美好。诗中用了大量的比喻来称赞自己的爱人,如以鸽子、百合花等称赞女郎的美貌。《雅歌》从宗教意义上看,诗中所描述的所罗门王与牧羊女的爱情隐喻了人神之爱,即上帝与他的信徒之间的爱。

圣经·旧约(片断)

雅歌

所罗门之歌,是歌中的雅歌。

第一首

[新娘]

愿他用口与我亲嘴。因你的爱情比酒更美。

你的膏油馨香。你的名如同倒出来的香膏,所以众童女都爱你。

愿你吸引我,我们就快跑跟随你。王带我进了内室,我们必因你欢喜快乐。我们要称赞你的爱情,胜似称赞美酒。他们爱你是理所当然的。

耶路撒冷的众女子阿,我虽然黑,却是秀美,如同基达的帐棚,好像所罗门的幔子。

不要因日头把我晒黑了,就轻看我。我同母的弟兄向我发怒,他们使我看守葡萄园,我自己的葡萄园却没有看守。

我心所爱的阿,求你告诉我,你在何处牧羊,晌午在何处使羊歇卧。我何必在你同伴的羊群旁边,好像蒙着脸的人呢?

[新郎]

你这女子中极美丽的,你若不知道,只管跟随羊群的脚踪去,把你的山羊羔牧放在牧人帐棚的旁边。

我的佳偶,我将你比法老车上套的骏马。

你的两腮因发辫而秀美,你的颈项因珠串而华丽。

我们要为你编上金辫,镶上银钉。

［新娘］

王正坐席的时候，我的哪哒香膏发出香味。

我以我的良人为一袋没药，常在我怀中。

我以我的良人为一棵凤仙花，在隐基底葡萄园中。

［新郎］

我的佳偶，你甚美丽，你甚美丽，你的眼好像鸽子眼。

［新娘］

我的良人哪，你甚美丽可爱，我们以青草为床榻，

以香柏树为房屋的栋梁，以松树为椽子。

我是沙仑的玫瑰花，是谷中的百合花。

［新郎］

我的佳偶在女子中，好像百合花在荆棘内。

［新娘］

我的良人在男子中，如同苹果树在树林中。我欢欢喜喜坐在他的荫下，尝他果子的滋味，觉得甘甜。

他带我入筵宴所，以爱为旗在我以上。

求你们给我葡萄干增补我力，给我苹果畅快我心，因我思爱成病。

他的左手在我头下，他的右手将我抱住。

耶路撒冷的众女子阿，我指着羚羊或田野的母鹿，嘱咐你们，不要惊动，不要叫醒我所亲爱的，等他自己情愿。

第二首

［新娘］

听啊，是我良人的声音。看哪，他蹿山越岭而来。

我的良人好像羚羊，或像小鹿。他站在我们墙壁后，从窗户往里观看，从窗棂往里窥探。

［新郎］

我的佳偶，我的美人，起来，与我同去。

因为冬天已往。雨水止住过去了。

地上百花开放。百鸟鸣叫的时候已经来到，斑鸠的声音在我们境内也听见了。

无花果树的果子渐渐成熟，葡萄树开花放香。我的佳偶，我的美人，起来，与我同去。

我的鸽子啊，你在磐石穴中，在陡岩的隐密处。求你容我得见你的面貌，得听你的声音。因为你的声音柔和，你的面貌秀美。

要给我们擒拿狐狸，就是毁坏葡萄园的小狐狸。因为我们的葡萄正在开花。

［新娘］

良人属我，我也属他。他在百合花中牧放群羊。

我的良人哪，求你等到天起凉风，日影飞去的时候，你要转回，好像羚羊，或像小鹿在比特山上。

我夜间躺卧在床上，寻找我心所爱的。我寻找他，却寻不见。

我说，我要起来，游行城中，在街市上，在宽阔处，寻找我心所爱的。我寻找他，却寻不见。

城中巡逻看守的人遇见我。我问他们，你们看见我心所爱的没有。

我刚离开他们，就遇见我心所爱的。我拉住他，不容他走，领他入我母家，到怀我者的内室。

耶路撒冷的众女子啊，我指着羚羊，或田野的母鹿嘱咐你们，不要惊动，不要叫醒我所亲爱的，等他自己情愿。

第三首

[新娘]

那从旷野上来，形状如烟柱，以没药和乳香并商人各样香粉薰的是谁呢？

看哪，是所罗门的轿。四围有六十个勇士，都是以色列中的勇士。

手都持刀，善于争战，腰间佩刀，防备夜间有惊慌。

所罗门王用利巴嫩木，为自己制造一乘花轿。

轿柱是用银做的，轿底是用金做的。坐垫是紫色的，其中所铺的乃耶路撒冷众女子的爱情。

锡安的众女子啊，你们出去观看所罗门王，头戴冠冕，就是在他婚筵的日子，心中喜乐的时候，他母亲给他戴上的。

[新郎]

我的佳偶，你甚美丽，你甚美丽。你的眼在帕子内好像鸽子眼。你的头发如同山羊群卧在基列山旁。

你的牙齿如新剪毛的一群母羊，洗净上来，个个都有双生，没有一只丧掉子的。

你的唇好像一条朱红线，你的嘴也秀美。你的两太阳在帕子内，如同一块石榴。

你的颈项好像大卫建造收藏军器的高台，其上悬挂一千盾牌，都是勇士的藤牌。

你的两乳好像百合花中吃草的一对小鹿，就是母鹿双生的。

我要往没药山和乳香冈去，直等到天起凉风，日影飞去的时候回来。

我的佳偶，你全然美丽，毫无瑕疵。

我的新妇，求你与我一同离开利巴嫩，与我一同离开利巴嫩。从亚玛拿顶，从示尼珥与黑门顶，从有狮子的洞，从有豹子的山往下观看。

我妹子，我新妇，你夺了我的心。你用眼一看，用你项上的一条金链，夺了我的心。

我妹子，我新妇，你的爱情何其美。你的爱情比酒更美。你膏油的香气胜过一切香品。

我新妇，你的嘴唇滴蜜。好像蜂房滴蜜。你的舌下有蜜，有奶。你衣服的香气如利巴嫩的香气。

我妹子，我新妇，乃是关锁的园，禁闭的井，封闭的泉源。

你园内所种的结了石榴，有佳美的果子，并凤仙花与哪哒树。

有哪哒和番红花，菖蒲和桂树，并各样乳香木，没药，沉香，与一切上等的果品。

你是园中的泉，活水的井，从利巴嫩流下来的溪水。

北风啊，兴起。南风啊，吹来。吹在我的园内，使其中的香气发出来。愿我的良人进入自己园里，吃他佳美的果子。

[新郎]

我妹子，我新妇，我进了我的园中，采了我的没药和香料，吃了我的蜜房和蜂蜜。喝了我的酒和奶。我的朋友们，请吃，我所亲爱的，请喝，且多多地喝。

第四首

[新娘]

我身睡卧，我心却醒。这是我良人的声音。他敲门说，

[新郎]

我的妹子,我的佳偶,我的鸽子,我的完全人,求你给我开门,因我的头满了露水,我的头发被夜露滴湿。

[新娘]

我回答说,我脱了衣裳,怎能再穿上呢?我洗了脚,怎能再玷污呢?

我的良人从门孔里伸进手来,我便因他动了心。

我起来,要给我良人开门。我的两手滴下没药,我的指头有没药汁滴在门闩上。

我给我的良人开了门。我的良人却已转身走了。他说话的时候,我神不守舍。我寻找他,竟寻不见。我呼叫他,他却不回答。

城中巡逻看守的人遇见我,打了我,伤了我。看守城墙的人夺去我的披肩。

耶路撒冷的众女子啊,我嘱咐你们。若遇见我的良人,要告诉他,我因思爱成病。

[耶路撒冷的众女子]

你这女子中极美丽的,你的良人,比别人的良人有何强处。你的良人,比别人的良人有何强处,你就这样嘱咐我们。

[新娘]

我的良人,白而且红,超乎万人之上。

他的头像至精的金子。他的头发厚密累垂,黑如乌鸦。

他的眼如溪水旁的鸽子眼,用奶洗净,安得合式。

他的两腮如香花畦,如香草台。他的嘴唇像百合花,且滴下没药汁。

他的两手好像金管,镶嵌水苍玉。他的身体如同雕刻的象牙,周围镶嵌蓝宝石。

他的腿好像白玉石柱,安在精金座上。他的形状如利巴嫩,且佳美如香柏树。

他的口极其甘甜。他全然可爱。耶路撒冷的众女子啊,这是我的良人,这是我的朋友。

[耶路撒冷的众女子]

你这女子中极美丽的,你的良人往何处去了。你的良人转向何处去了,我们好与你同去寻找他。

我的良人下入自己园中,到香花畦,在园内牧放群羊,采百合花。

我属我的良人,我的良人也属我。他在百合花中牧放群羊。

第五首

[新郎]

我的佳偶啊,你美丽如得撒,秀美如耶路撒冷,威武如展开旌旗的军队。

求你掉转眼目不看我,因你的眼目使我惊乱。你的头发如同山羊群卧在基列山旁。

你的牙齿如一群母羊,洗净上来。个个都有双生,没有一只丧掉子的。

你的两太阳在帕子内,如同一块石榴。

有六十王后八十妃嫔,并有无数的童女。

我的鸽子,我的完全人,只有这一个是她母亲独生的。是生养她者所宝爱的。众女子见了,就称她有福。王后妃嫔见了,也赞美她。

那向外观看,如晨光发现,美丽如月亮,皎洁如日头,威武如展开旌旗军队的是谁呢?

我下入核桃园,要看谷中青绿的植物,要看葡萄发芽没有,石榴开花没有。

不知不觉,我的心将我安置在我尊长的车中。

[耶路撒冷的众女子]

回来,回来,书拉密女。你回来,你回来,使我们得观看你。

[新娘]

要观看书拉密女,像观看玛哈念跳舞的呢?

[新郎]

王女啊,你的脚在鞋中何其美好。你的大腿圆润,好像美玉,是巧匠的手做成的。

你的肚脐如圆杯,不缺调和的酒。你的腰如一堆麦子,周围有百合花。

你的两乳好像一对小鹿,就是母鹿双生的。

你的颈项如象牙台。你的眼目像希实本,巴特拉并门旁的水池。你的鼻子仿佛朝大马色的利巴嫩塔。

你的头在你身上好像迦密山。你头上的发是紫黑色。王的心因这下垂的发绺系住了。

我所爱的,你何其美好。何其可悦,使人欢畅喜乐。

你的身量好像棕树。你的两乳如同其上的果子,累累下垂。

我说,我要上这棕树,抓住枝子。愿你的两乳好像葡萄累累下垂,你鼻子的气味香如苹果。

你的口如上好的酒。

[新娘]

女子说,为我的良人下咽舒畅,流入睡觉人的嘴中。

我属我的良人,他也恋慕我。

我的良人,来吧,你我可以往田间去。你我可以在村庄住宿。

我们早晨起来往葡萄园去,看看葡萄发芽开花没有,石榴放蕊没有。我那里要将我的爱情给你。

风茄放香,在我们的门内有各样新陈佳美的果子。我的良人,这都是我为你存留的。

巴不得你像我的兄弟,像吃我母亲奶的兄弟。我在外头遇见你就与你亲嘴,谁也不轻看我。

我必引导你,领你进我母亲的家。我可以领受教训,也就使你喝石榴汁酿的香酒。

他的左手必在我头下,他的右手必将我抱住。

耶路撒冷的众女子啊,我嘱咐你们,不要惊动,不要叫醒我所亲爱的,等他自己情愿。

第六首

[耶路撒冷的众女子]

那靠着良人从旷野上来的,是谁呢?

[新娘]

我在苹果树下叫醒你。你母亲在那里为你劬劳,生养你的在那里为你劬劳。

求你将我放在你心上如印记,带在你臂上如戳记。因为爱情如死之坚强。嫉恨如阴间之残忍。所发的电光,是火焰的电光,是耶和华的烈焰。

爱情众水不能息灭,大水也不能淹没。若有人拿家中所有的财宝要换爱情,就全被藐视。

[新郎的兄弟]

我们有一小妹,她的两乳尚未长成。人来提亲的日子,我们当为她怎样办理。

她若是墙,我们要在其上建造银塔。她若是门,我们要用香柏木板围护她。

[新娘]

我是墙,我两乳像其上的楼。那时,我在他眼中像得平安的人。

[新郎]

所罗门在巴力哈们有一葡萄园。他将这葡萄园交给看守的人,为其中的果子,必交一千舍客勒银子。

我自己的葡萄园在我面前。所罗门哪,一千舍客勒归你,二百舍客勒归看守果子的人。

你这住在园中的,同伴都要听你的声音,求你使我也得听见。

[新娘]

我的良人哪,求你快来。如羚羊或小鹿在香草山上。

——选自《圣经》,中国基督教协会三自爱国运动委员会印,2007年南京版

(孙霄)

五十一　迦梨陀娑《沙恭达罗》

迦梨陀娑(约350—472)是印度中古最杰出的诗人和剧作家。目前没有记载他生平的确切史料。他生活于印度奴隶社会向封建社会过渡的时期,出身可能较贫寒,有丰富的学识,是当时很有影响的"宫廷九宝"之一。目前公认的迦梨陀娑的作品有七部,其中三部剧本《沙恭达罗》、《优哩婆湿》和《摩罗维迦和火友王》都是宫廷喜剧,都歌颂战胜阻力追求爱情幸福的人生。两首叙事长诗《罗怙的世系》和《鸠摩罗出世》:《罗怙的世系》讲述以罗摩家世为重点的帝王世系传说故事,是作者晚年的作品,技巧成熟,是梵语古典叙事诗的最高典范;《鸠摩罗出世》讲述喜马拉雅山神之女与湿婆相恋结合、儿子鸠摩罗成长为战神的故事,有较强的抒情色彩。抒情短诗集《时令之环》歌咏印度的六个季节,充溢着诗人热爱大自然与人生的真挚感情,语言优美隽永。抒情长诗《云使》是迦梨陀娑除《沙恭达罗》外最重要的作品,代表印度古典抒情诗的最高成就。长诗在小神仙药叉因"怠忽职守"被贬谪到远方后向云彩描述回乡途中的美景和故乡之美、托云彩向妻子传递自己的思念之情的叙事框架下抒情,情景交融,以情为主,艺术技巧炉火纯青,是世界文学宝库中最优秀的抒情诗之一。迦梨陀娑擅长用传统题材推陈出新,他对史诗、往事书、梵书、民间传说中的故事进行巧妙加工,使之反映现实人生,具有全新的艺术生命力。他擅长在矛盾冲突、在曲折的情节中揭示人物心理、刻画人物性格。他的作品富于诗情画意。

《沙恭达罗》是一部七幕喜剧,前三幕取材于《摩诃婆罗多》和《莲花往世书》,后四幕是作者的创作。戏剧讲述:沙恭达罗是"王族的仙人"和仙女的女儿,小时候被遗弃,一个隐士收养了她,她做了林中的净修女。青年国王豆扇陀前来打猎,遇见她,两人倾心相爱,自主结合。国王临别时赠她戒指作为信物。国王走后,她因思念国王而疏忽了对路过此地的大仙人的礼节,大仙人因此诅咒她被国王忘掉。后经她的女友的跪求,大仙人减轻了诅咒,说国王看到作为信物的戒指自己的诅咒就会失效。沙恭达罗怀孕后依依惜别净修林进宫找国王,途中她遗失了戒指,见面后国王不认识她了,拒绝承认她是自己的妻子。她斥责国王后在地母的帮助下升入天界。后来一个渔夫打渔时捡到戒指上交国王,国王恢复了记忆,悔恨不已。这时上天发生争战,因陀罗大神请国王上天平叛,国王获胜后遇见了儿子和沙恭达罗,全家团圆。

《沙恭达罗》歌颂了自由、纯真、平等的爱情,表现了作者进步的爱情婚姻观和政治理想,这是戏剧受观众喜爱、长期流传的原因之一。沙恭达罗是作者着力塑造的富于东方女性古典美的理想形象,她具有环境造就的单纯质朴的性格特征。她天生丽质,装扮别具自然之美;她性格恬静、温柔、善良,敬重义父母,待女友亲如姊妹;她不慕荣华富贵,以生活在林中、浇灌花木、照顾动物为最大的乐趣。她爱豆扇陀,爱得热烈单纯,不带功利企图,她能够大胆冲破等级与宗教戒律的限制自主与豆扇陀结合。在豆扇陀拒不相认的情况下,她不是逆来顺受、流泪哀求,而是愤怒斥责豆扇陀。她的形象不但可爱,而且可敬。豆扇陀的形象比较复杂。一方面,他是一个理想的国王和英雄,他关心臣民,勤于国事,能征善战,能用武力保护百姓、打败恶魔,深受百姓拥戴。他爱沙恭达罗,爱得真挚、郑重、平等,失去记忆后,他没有因沙恭达罗的斥骂而惩罚她,也没有趁机将她据为己有。恢复记忆后,他悔恨万分,思念沙恭达罗不已。另一方面,他身上也有现实中国王对女性的始乱终弃。他的形象中寄托着作者进步的政治理想,也包含着作者对统治者的揭露批判。

戏剧在艺术上有突出的特色、成就：其一，戏剧表现爱情与离恨，富于“艳情味”和“悲悯味”，充分体现了印度传统戏剧的美学风格；其二，戏剧情节曲折多变，各幕之间前后呼应、衔接自然，使用“天上人间”的结构以解决现实中不可调和的矛盾，体现了印度传统的和谐统一的哲学；其三，戏剧塑造了鲜明生动的人物形象，擅长通过人物动作和环境衬托表现人物性格；其四，戏剧是优美的抒情诗剧。

沙恭达罗(片断)

第四幕

干婆：沙恭达罗今天就要走了，一想到这个我就忧心忡忡。

我含泪咽声，说不出话来，愁思迷糊了我的眼睛。

我虽然是出家人，但舍不得她，心情竟这样不安。

在家人跟自己的女儿分离时不知是如何地苦痛？（来回徘徊。）

二女友：朋友沙恭达罗呀！你现在打扮好了。请披上那两件漂亮的麻衣吧！（沙恭达罗站起来，作披状。）

乔答弥：孩子呀！你师傅站在这里，眼睛里充满了快乐的泪，仿佛想抱你哩。快来向他致敬吧！（沙恭达罗羞答答地鞠躬。）

干婆：孩子呀！

愿你的丈夫敬重你，像耶夜底敬重舍罗弥释塔。

愿你像她生补卢一样生一个儿子作大王，统治天下。[1]

乔答弥：孩子！这愿望一定会实现的，并不只是一个祝福。

干婆：孩子呀！立刻到这边来围着祭祀的火绕行！（大家都绕着走起来。）

干婆：孩子呀！

祭坛周围的土已经堆起，

草铺在四周，木头放在火里，

祭品的香味洗涤了罪恶，

愿这些祭火保佑你！

[沙恭达罗右转绕火而行。]

干婆：孩子呀，现在你就启程吧！（了望）舍楞伽罗婆、舍罗堕陀和其他的人在什么地方？

二徒弟：（入）尊者！我们俩在这里。

干婆：孩子呀！舍楞伽罗婆呀！给你妹妹带路！

徒弟：这里，这里，小姐！（大家绕行。）

干婆：喂，喂！净修林里的住着树林女神的树啊！

在没有给你们浇水以前，她自己决不先喝。

虽然喜爱打扮，她因为怜惜你们决不折取花朵。

---

① 舍罗弥释塔是魔王的女儿，耶夜底的妻子，耶夜底是豆扇陀的祖先。

你们初次著花的时候，就是她的快乐的节日。

沙恭达罗要到丈夫家去了，愿你们好好跟她告别！

舍楞伽罗婆：（似乎听到杜鹃的叫声）尊者！

树木也是沙恭达罗的亲属，它们现在送别她，

杜鹃的甜蜜的叫声就给它们用作自己的回答。

幕后：

愿她走过的路上点缀些清绿的荷塘！

愿大树的浓荫掩遮着火热的炎阳！

愿路上的尘土为荷花的花粉所调剂！

愿微风轻轻地吹着，愿她一路吉祥！

（大家都吃惊地听。）

乔答弥：孩子呀！净修林里的女神们爱自己的亲属，她们祝你一路平安。那么向女神们磕头致敬吧！

沙恭达罗：（磕头，绕行，向毕哩阎婆陀）毕哩阎婆陀！虽然我很希望看到我的夫君，但是要离开这个净修林，我的双脚想往前走，抬起来，却很难放下。

毕哩阎婆陀：你同净修林分别，伤心的并不只是你一个人。你也注意一下在你离别时净修林的情况吧！

小鹿吐出了满嘴的达梨薄草，孔雀不再舞蹈，

蔓藤甩掉褪了色的叶子，仿佛把自己的肢体甩掉。

沙恭达罗：（回忆）父亲！我想去向我的妹妹蔓藤告别。

干婆：孩子！我知道你是爱它的。它就在右边。看呀！

沙恭达罗：（走上去，拥抱蔓藤）蔓藤妹妹呀！用你的枝子，也就是用你的胳臂，拥抱我吧！从今天起我就要远远地离开你了。父亲！你就把这蔓藤当我一般看待吧！

干婆：孩子！

正遂了我早先为你打算的心愿，

你用自己的功德找到一个郎君匹配凤鸾。

为了你，我现在用不着再去担心，

我想把附近的那棵芒果跟蔓藤结成姻缘。

现在你就上路吧！

沙恭达罗：（走向二女友）朋友呀！蔓藤就交托在你们俩手里了。

二女友：我们这两个人交托给谁呢？（洒泪。）

干婆：阿奴苏耶！毕哩阎婆陀！不要再哭了！小姐们要安定沙恭达罗的心情。（大家绕行。）

沙恭达罗：父亲呀！什么时候那一只在茅棚周围徘徊的由于怀了孕而走路迟缓的母鹿生了小鹿，请你一定向我报喜。不要忘了啊！

干婆：孩子！我不会忘记的。

沙恭达罗：（作欲行又住状）啊哈！这是什么东西总是跟在我脚后面牵住我的衣边？（转身向周围看。）

干婆：每当小鹿的嘴给拘舍草的尖刺扎破，

你就用拘地治伤的香油来给它涂。

用成把的稷子来喂它，使它成长，

它离不开你的足踪，你的义子，那只小鹿。

沙恭达罗：孩子呀！你为什么还依恋我这个离开我们同居的地方的人呢？你初生不久，你母亲死后，我把你抚养大了，现在我们分别后，我的父亲会关心你的。你就回去吧，孩子，你回去吧！（哭）

干婆：孩子呀！不要哭了！要坚定一点！看你眼前的路吧！

你的睫毛往上翻，眼前看不仔细。

要坚定起来，不要让眼泪流个不息。

这条路凹凸不平，不容易看清。

你的脚踏上去一定会忽高忽低。

舍楞伽罗婆：尊者！"送亲人送到水滨"，这是经上的规定。这里就是湖边了。请你给我们指示后就回去吧！

干婆：让我们到那棵无花果树荫里去休息一会吧！[大家都作走去状。]

干婆：我们应当告诉豆扇陀些什么事情呢？（沉思。）

阿奴苏耶：朋友呀！在我们净修林里，没有一个有情的动物今天不为了你的别离而伤心。你看呀！

那野鸭不理藏在荷花丛里叫唤的母鸭，

它只注视着你，藕从它嘴里掉在地下。

干婆：孩子舍楞伽罗婆！你把沙恭达罗带给国王的时候，把我的话告诉他——

要仔细考虑到：我们是克己的隐士，你又出自名家。

她爱你完全是自然流露，决不是有什么亲眷来作伐。

在你的后宫粉黛群中，要给她一个应得的地位，

此外她的亲眷不再要求什么，一切都由命运去安排吧。

徒弟：尊者！我要牢牢地记住这指示。

干婆：（注视着沙恭达罗）孩子呀！我现在还要嘱咐你几句话。

我们虽然是林中的隐士，但是我们也是洞达世情的。

徒弟：尊者！圣智的人们没有什么见不到的事情。

干婆：孩子呀！你到了你丈夫家里以后——

要服从长辈，对其他的女人要和蔼可亲！

即使丈夫虐待你，也不要发怒怀恨在心！

对底下人永远要和气，享受也要有节制，

这才算得是一个主妇，不然就是家庭祸根。

乔答弥以为怎样？

乔答弥：这是给新婚女子的指示。（对沙恭达罗）孩子呀，不要忘掉了啊！

干婆：过来，孩子！拥抱我和你的朋友吧！

沙恭达罗：父亲呀！我的亲爱的朋友也要回去吗？

干婆：孩子呀！她们也要结婚的。她们不应该到那里去。乔答弥会陪你一块儿去的。

沙恭达罗：(抱住父亲的腰) 现在离开父亲的身边，正像一棵栴檀树的细条从马拉雅山拔掉，我怎能够在陌生的土地上生存下去呢？(哭)

干婆：孩子呀！为什么这样怕呢？

你现在是一个出自名族的丈夫的当家的妻子，

他位高权重，随时都有重要的事情来烦搅你。

你不久就要生一个圣洁的儿子，像太阳升自东方，

孩子呀！由于离开我而产生的烦恼你将不会在意。

沙恭达罗：(跪在他双脚下)父亲呀！我向你致敬。

干婆：孩子呀！愿我对你的希望都能够实现。

沙恭达罗：(走向二女友) 两位朋友呀！你俩一块儿来拥抱我吧！

二女友：(照办) 朋友呀！假如那位王仙迟迟疑疑一时想不起你来的话，那么你就把镌着他自己的名字的戒指拿给他看。

沙恭达罗：听到你们这样怀疑，我的心就一跳。

二女友：朋友呀！不要害怕！爱情总是疑神疑鬼的。

舍楞伽罗婆：(了望) 尊者！太阳已经升到山顶上，小姐应该赶快走了。

沙恭达罗：(再一次抱住父亲的腰) 父亲呀！我什么时候再能看到净修林啊？

干婆：孩子呀！

长时间身为大地的皇后，

给豆扇陀生一个儿子，勇武无敌。

把国家的沉重的担子交付给他，

再跟你的丈夫回到这清静的净修林里。

乔答弥：孩子呀！你们启程的时间已经过了。劝你父亲回去吧！不然的话，你会很久不让他回去的。您请回吧！

干婆：孩子呀！我在净修林里的工作给打断了。

沙恭达罗：父亲可以无忧无虑地去做净修林里的事情。我却注定要忧虑满怀。

干婆：啊咦，你怎么这样使我心慌意乱呢？(叹息)

看到你以前采集的生在门前的祭米，

孩子呀，我的忧愁如何能够减低？

走吧！愿你一路平安！

[乔答弥，舍楞伽罗婆，舍罗堕陀，随沙恭达罗下。]

二女友：(含情脉脉地了望了许久) 哎！沙恭达罗给树木遮住了。

干婆：阿奴苏耶！毕哩阎婆陀！你们的朋友走了。抑制住悲痛，随我来吧！(一齐走。)

二女友：父亲呀！没有沙恭达罗，我们走进净修林感到非常空虚。

干婆：因为你们爱她，所以才这样想。(若有所思地走来走去)好哇！送走了沙恭达罗，我现在又可以舒服一下了。因为什么呢？

因为女孩子究竟是别人的。

我现在把她送给她的夫婿。

我的心情立刻就轻松愉快，
像归还了一件寄存的东西。
[全体下。]

——叫做“沙恭达罗的别离”的第四幕终

——选自季羡林译《中国翻译名家自选集·沙恭达罗》，中国工人出版社 1995 年版
（叶旦捷）

五十二　紫式部《源氏物语》

紫式部(约978—1016)是日本古典文学的代表作家,她创作的长篇小说《源氏物语》,在日本乃至世界文学史上都占有重要地位。紫式部本姓藤原,紫式部只是她的代称。其中,"紫"是从她创作的《源氏物语》中的女主人公紫姬而来,"式部"来自他父兄担任过的官职名。紫式部出身于中等贵族家庭。在家道中落后,22岁的紫式部嫁给了已经有几个妻子、年龄比她大一倍的藤原宣孝。婚后两年多,丈夫即故去。大约在1006年,29岁的紫式部被召入宫,成为一条天皇中宫彰子的侍从女官,为彰子讲解《日本书纪》和《白氏长庆集》。一条天皇死后,中宫移殿,紫式部回到父亲身边居住。约一二年后,病死于父亲的住所越前国。紫式部留传至今的作品有《紫式部日记》、《紫式部家集》、《源氏物语》等,包括随笔、日记、小说以及诗歌等形式,代表作是《源氏物语》。

一般认为,《源氏物语》大约开始写于紫式部的寡居生活中,到宫廷以后才逐渐完成,约成书于1001至1011年之间,比欧洲和我国的第一批长篇小说都早三四百年。作品分为三大部,五十四帖(回),文字近百万。第一、二部(前四十四帖)以光源氏在官场和情场上的生活经历为中心,第三部(后十帖)写光源氏之子薰君的放荡生活以及所造成的种种悲剧事件。小说的情节经历四代天皇,七十余年的时间,事件复杂,场面众多,称得上是鸿篇巨著。

在作品中,光源氏是作为作者理想的寄托者和化身而出现的。紫式部的人生理想和妇女观在很大程度上是通过他表现出来的。光源氏是桐壶天皇的儿子,由于母亲出身不高,受到右大臣的女儿弘徽殿女御排挤,被降为臣籍。光源氏娶左大臣的女儿葵姬为妻,同时追逐夕颜、空蝉、六条御息所、末摘花等女性,并与继母藤壶私通,生子冷泉。这时政局发生变动,桐壶天皇让位给弘徽殿女御所生的朱雀,右大臣和弘徽殿女御掌握实权,乘机打击光源氏,光源氏被流放。朱雀天皇身染重病后,召回光源氏。之后,朱雀天皇让位给冷泉。冷泉天皇对光源氏倍加重用。光源氏大权独揽,在官场上飞黄腾达,在生活上随心所欲,迎娶紫姬和三公主,营造六条院,富贵荣华达到极点。然而,由于宫廷内部矛盾重重,加上三公主失身和紫姬之死,光源氏感到心灰意冷,终于落发出家,郁郁而死。在作者笔下,光源氏是一个相貌出众、才华超群的人。他一降生,就有了"人间少有,清秀如玉"的容貌,而且年龄越大越有光彩,直到老年毫不衰减,而且风流倜傥,多才多艺。在日常生活中,他心地善良,精神世界丰富,而且具有道德情操。作品的中心是写光源氏的性爱生活,这种性爱无疑是当时贵族阶级糜烂生活的反映,但他对待妇女有情有义,有始有终,是一个多情善感的贵族公子,一个广大无边的"博爱主义者"。在"玉环"一帖中,作者借侍女之口夸奖说:"即使对那些不是他所深爱的妇女,也决不轻易放弃,而总要给予照顾。"尤其是他在官位高升、飞黄腾达之际,仍不忘旧情,把他一生结识过的主要女人都接到六条院中共享荣华。

然而,紫式部主观上所向往的这样的理想贵族在现实中是难以找到的,或者说是十分罕见的。因此,作者在塑造光源氏这一形象的过程中,不能不在一定程度上违背自己的主观愿望和偏爱,改正、修正自己的某些看法,而以惋惜、嘲讽的态度来对待她的主人公,在写出光源氏值得肯定的一面的同时,也写出他否定性的一面。在政治上,光源氏一方面性格软弱,无所作为;另一方面,也不能不陷入争权夺势的漩涡,表现出圆滑老练、看风使舵的态度。在生活上,他是一个"轻薄好色"之徒,整个一生可以说都是在放荡不羁、荒淫糜烂中度过的。在某种意义上讲,光源氏是一些妇女不幸命运的直接制造者。他一生所接触、爱恋、玩弄过的妇女,几乎无一有真正幸福可言,包括他的正妻葵上和紫姬也都是在忧郁中死去的。被他收入六条院中的妇女,也多是表面荣华而暗里满怀辛酸。正因为如此,作者才在小说中对他的主人公不时地加以嘲讽。如在"帚木"一帖中作者这样写道:"光华公子源氏,只此名称是堂皇的;其实此人遭受世间讥评的瑕疵甚多。尤其是那些好色行为,他自己深恐流传后世,赢得轻佻浮薄之名,因而竭力隐秘,却偏偏众口流传。这真是人之多言,亦可畏也。"在这种对光源氏既美化又嘲讽的描写中,我们既看到了主人公性格的矛盾,也看到了作家世界观的矛盾。

在描写光源氏形象的同时,《源氏物语》也描写了一系列栩栩如生的贵族妇女形象,其中中等阶层贵族妇女是作者所着力刻画的对象。作者以细腻的笔触描绘出这些妇女在一夫多妻制盛行、妇女没有社会地位情况下所遭遇到的种种不幸和痛苦,从而表现了自己对妇女命运的关注和同情。在作品所描写的一系列妇女形象中,藤壶、紫姬、明石姬、末摘花、空蝉以及浮舟的形象具有不同的代表性和典型意义。

《源氏物语》开创了"物哀"(人由外在环境的触发而产生的一种凄楚、悲惨、低沉、伤感、缠绵悱恻的情感)的时代,对后世日本文学的发展产生了深远的影响。《源氏物语》也是中日文化交流的一面镜子。它生动地记录了我国古代各种文物、思想、典章、制度在日本广泛流传的情况,广泛地引用了《论语》、《老子》、《韩非子》、《战国策》、《史记》、《汉书》、《文选》等著作中的典故史实,引用了陶渊明、刘禹锡、元稹特别是白居易等人的诗。

源氏物语(片断)

第三回　空蝉

却说源氏公子当晚在纪伊守家里,辗转不能成眠,说道:"我从未受人如此嫌恶,今夜方知人世之痛苦,仔细想来,好不羞耻!我不想再活下去了!"小君默默无言,只是泪流满面,蜷伏在公子身旁。源氏公子觉得他的样子非常可爱。他想:"那天晚上我暗中摸索到的空蝉的小巧身材,和不很长的头发,样子正和这小君相似。这也许是心理作用,总之,十分可爱。我对她无理强求,追踪搜索,实在太过分了;但她的冷酷也真可怕!"想来想去,直到天明。也不像往日那样仔细吩咐,就在天色未亮之时匆匆离去,使小君觉得又是伤心,又是无聊。

空蝉也觉得非常过意不去。然而公子音信全无。她想:"敢是吃了苦头,存戒心了?"又想:"倘就此决绝,实甚可哀。然而任其缠绕不清,却也令人难堪。归根结底,还是适可而止吧。"虽然如此想,心中总是不安,常常耽入沉思。源氏公子呢,痛恨空蝉无情,但又不能就此断念,心中焦躁不已。他常常对小君说:"我觉得此人太无情了,太可恨了。我想要把她忘记,然而不能随心所欲,真是痛苦!你替我设法找个机会,让我和她再叙一次。"小君觉得此事甚难,但蒙公子信赖,委以重任,又觉得十分荣幸。

小君虽然是个孩子,却颇能用心窥探,等待良机。恰巧纪伊守上任去了,家中只留女眷,清闲度日。有一天傍晚,天色朦胧,路上行人模糊难辨之时,小君赶了他自己的车子来,请源氏公子上车前往。源氏公子心念此人毕竟是个孩子,不知是否可靠。然而也不暇仔细考虑,便换上一套微服,趁纪伊守家尚未关门之时急急忙忙前去。小君只拣人目较少的一个门里驱车进去,请源氏公子下车。值宿人等看见驾车的是个小孩,谁也不介意,也就没有来迎候,倒反而安乐。小君请源氏公子站在东面的边门口等候，自己却把南面角上的一个房间的格子门砰的一声打开，走进室内去。侍女们说："这样，外面望进来看得见了！"小君说："这么热的天，为什么把格子门关上？"侍女回答道："西厢小姐从白天就来这里，正在下棋呢。"源氏公子想道："我倒想看看她们面对面下棋呢。"便悄悄地从边门口走到这边来，钻进帘子和格子门之间的狭缝里。小君打开的那扇格子门还没有关上，有缝隙可以窥探。朝西一望，设在格子门旁边的屏风的一端正好折叠着。因为天热，遮阳的帷屏的垂布也都挂起，源氏公子可以分明望见室内的光景。

座位近旁点着灯火。源氏公子想："靠着正屋的中柱朝西打横坐着的，正是我的意中人吧。"便仔细窥看。但见这个人穿着一件深紫色的花绸衫，上面罩的衣服不大看得清楚；头面纤细，身材小巧，姿态十分淡雅。颜面常常掩映躲闪，连对面的人也不能分明看到。两手瘦削，时时藏进衣袖里。另一人朝东坐，正面向着这边，所以全部看得清楚。这人穿着一件白色薄绢衫，上面随随便便地披着一件紫红色礼服，腰里束着红色裙带，裙带以上的胸脯完全露出，样子落拓不拘。肤色洁白可爱，体态圆肥，身材修长，鬓髻齐整，额发分明，口角眼梢流露出无限爱娇之相，姿态十分艳丽。她的头发虽不甚长，却很浓密，垂肩的部分光润可爱。全体没有大疵可指，竟是一个很可爱的美人儿。源氏公子颇感兴趣地欣赏她，想道："怨不得她父亲把她当作盖世无双的宝贝！"继而又想："能再稍稍稳重些更好。"

这女子看来并非没有才气。围棋下毕，填空眼时，看她非常敏捷；一面口齿伶俐地说话，一面结束棋局。空蝉则态度十分沉静，对她说道："请等一会儿！这里是双活呢。那里的劫……"轩端荻说："呀，这一局我输了！让我把这个角上数一数看！"就屈指计算："十，二十，三十，四十……"机敏迅速，仿佛恒河沙数也不怕数不完似的。只是品格略微差些。空蝉就不同：常常用袖掩口，不肯让人分明看到她的颜貌。然而仔细注视，自然也可看到她的侧影。眼睛略有些肿，鼻梁线也不很挺，外观并不触目，没有娇艳之色。倘就五官一一品评，这容貌简直是不美的。然而全体姿态异常端严，比较起艳丽的轩端荻来，情趣深远，确有牵惹心目之处。轩端荻明媚鲜妍，是个可爱的人儿。她常常任情嬉笑，打趣撒娇，因此艳丽之相更加引人注目，是个讨人喜欢的女孩。源氏公子想："这是一个轻狂女子。"然而在他的多情重色的心中，又觉得不能就此抹杀了她。源氏公子过去看到的女子，大都冷静严肃，装模作样，连颜貌都不肯给人正面看一看。他从来不曾看见过女子不拘形迹地显露真相的样子。今天这个轩端荻不曾留意，被他看到了真相，他觉得对她不起。他想看一个饱，不肯离开，但觉得小君好像在走过来了，只得悄悄地退出。

源氏公子走到边门口的过廊里，在那里站着。小君觉得要公子在这里久候，太委屈了，走来对他说："今夜来了一个很难得来的人，我不便走近姐姐那里去。"源氏公子道："如此说来，今夜又只得空手回去了。这不是教人太难堪么？"小君答道："哪里的话！客人回去之后，我立刻想办法。"源氏公子想："这样看来，他会教这个人顺从我的。小君虽然年纪小，然而见乖识巧，懂得人情世故，是个稳健可靠的孩子呢。"

棋下毕了，听见衣服窸窣之声，看来是散场了。一个侍女叫道："小少爷哪里去了？我把这格子门关上了吧。"接着听见关门的声音。过了一会，源氏公子对小君说："都已睡静了。你就到她那里去，给我好好地办成功吧！"小君心中想："姐姐这个人的脾气是坚贞不拔的，我无法说服她。还不如不要告诉她，等人少的时候把公子带进她房间里去吧。"源氏公子说："纪伊守的妹妹也在这里么？让我去窥探一下吧。"小君答道："这怎么行？格子门里面遮着帷屏呢。"源氏公子想："果然不错。但我早已窥见了。"心中觉得好笑，又想："我不告诉他吧。告诉了他，对不起那个女子。"只是反复地说："等到夜深，心焦得很！"

这回小君敲边门，一个小侍女来开了，他就进去。但见众侍女都睡静了。他说："我睡在这纸隔扇口吧，这里通风，凉快些。"他就把席子摊开，躺下了。众侍女都睡在东面的厢房里。刚才替他开门的那小侍女也进去睡了。小君假装睡着，过了一会儿，他拿屏风遮住了灯光，悄悄地引导公子到了这暗影的地方。源氏公子想："不知究竟如何？不要再碰钉子啊！"心中很胆怯。终于由小君引导，撩起了帷屏上的垂布，钻进正房里去了。这时候更深人静，可以分明地听到他的衣服的窸窣声。

空蝉近来看见源氏公子已经将她忘记，心中固然高兴，然而那一晚怪梦似的回忆，始终没有离开心头，使她不能安寝。她白天神思恍惚，夜间悲伤愁叹，不能合眼，今夜也是如此。那个下棋的对手说："今晚我睡在这里吧。"兴高采烈地讲了许多话，便就寝了。这年轻人无心无思，一躺下便酣睡。这时候空蝉觉得有人走近来，并且闻到一股浓烈的香气，知道有些蹊跷，便抬起头来察看。虽然灯光幽暗，但从那挂着衣服的帷屏的隙缝里，分明看到有个人在走近来。事出意外，甚为吃惊，一时不知如何是好。终于迅速起身，披上一件生绢衣衫，悄悄地溜出房间去了。

源氏公子走进室内，看见只有一个人睡着，觉得称心。隔壁厢房地形较低，有两个侍女睡着。源氏公子将盖在这人身上的衣服揭开，挨近身去，觉得这人身材较大，但也并不介意。只是这个人睡得很熟，和那人显然不同，却是奇怪。这时候他才知道认错了人，吃惊之余，不免懊恼。他想："教这女子知道我是认错了人，毕竟太傻；而且她也会觉得奇怪，倘丢开了她，出去找寻我的意中人，则此人既然如此坚决地逃避，势必毫无效果，反而受她奚落。"既而又想："睡在这里的人，倘是黄昏时分灯光之下窥见的那个美人，那么势不得已，将就了吧。"这真是浮薄少年的不良之心啊！

轩端荻好容易醒了。她觉得事出意外，吃了一惊，茫然不知所措。既不深加考虑，也不表示亲昵之状。这情窦初开而不知世故的处女，生性爱好风流，并无羞耻或狼狈之色。源氏公子想不把自己姓名告诉她。既而一想，如果这女子事后寻思，察出实情，则在他自己无甚大碍，但那无情的意中人一定恐惧流言，忧伤悲痛，倒是对她不起的。因此捏造缘由，花言巧语地告诉她说："以前我两次以避凶为借口，来此宿夜，都只为要向你求欢。"若是深通事理的人，定能看破实情。但轩端荻虽然聪明伶俐，毕竟年纪还小，不能判断真伪。源氏公子觉得这女子并无可憎之处，但也不怎么牵惹人情。他心中还是恋慕那个冷酷无情的空蝉。他想："她现在一定躲藏在什么地方，正在笑我愚蠢呢。这样固执的人真是世间少有的。"他越是这么想，偏生越是想念空蝉。但是现在这个轩端荻，态度毫无顾虑，年纪正值青春，倒也有可爱之处。他终于装作多情，对她私立盟誓。他说："有道是'洞房花烛虽然好，不及私通趣味浓'。请你相信这句话。我不得不顾虑外间谣传，不便随意行动。你家父兄等人恐怕也不容许你此种行为，那么今后定多痛苦。请你不要忘记我，静待重逢的机会吧。"说得头头是道，若有其事。轩端荻绝不怀疑对方，直率地说道："教人知道了，怪难为情的，我不能写信给你。"源氏公子道："不可教普通一般人知道。但教这里的殿上侍童小君送信，是不妨的。你只装作若无其事的样子。"他说罢起身，看见一件单衫，料是空蝉之物，便拿着溜出房间去了。

小君睡在附近，源氏公子便催他起身。他因有心事，不曾睡熟，立刻醒了。起来把门打开，忽听见一个老侍女高声问道："是谁？"小君讨厌她，答道："是我。"老侍女说："您半夜三更到哪里去？"她表示关心，跟着走出来。小君越发讨厌她了，回答说："不到哪里去，就在这里走走。"连忙推源氏公子出去。时候将近天亮，晓月犹自明朗，照遍各处。那老侍女忽然看见另一个人影，又问："还有一位是谁？"立刻自己回答道："是民部姑娘吧。身材好高大呀！"民部是一个侍女。这人个子很高，常常被人取笑。这老侍女以为是民部陪着小君出去。"不消多时，小少爷也长得这么高了。"她说着，自己也走出门去。源氏公子狼狈得很，却又不能叫这老侍女进去，就在过廊门口阴暗地方站定了。老侍女走近他身边来，向他诉苦："你是今天来值班的么？我前天肚子痛得厉害，下去休息了；可是上头说人太少，要我来伺候，昨天又来了。身体还是吃不消呢。"不等对方回答，又叫道："啊唷，肚子好痛啊！回头见吧。"便回屋子里去。源氏公子好容易脱身而去。他心中想："这种行径，毕竟是轻率而危险的。"便更加警惕了。

源氏公子上车，小君坐在后面陪乘，回到了本邸二条院。两人谈论昨夜之事，公子说："你毕竟是个孩子，哪有这种办法！"又斥责空蝉的狠心，恨恨不已。小君觉得对公子不起，默默无言。公子又说："她对我这么深恶痛绝，我自己也讨厌我这个身体了。即使疏远我，不肯和我见面，写一封亲切些的回信来总该是可以的吧。我连伊豫介那个老头子也不如了！"对她的态度大为不满。然而还是把拿来的那件单衫放在自己的衣服底下，然后就寝。他叫小君睡在身旁，对他说了种种怨恨的话，最后板着脸说："你这个人虽然可爱，但你是那个负心人的兄弟，我怕不能永久照顾你呢！"小君听了自然十分伤心。公子躺了一会，终于不能入睡，便又起身，教小君取笔砚来，在一张怀纸上奋笔疾书，不像是有意赠人的样子：

"蝉衣一袭余香在，
睹物怀人亦可怜。"

写好之后，塞入小君怀中，教他明天送去。他又想起那个轩端荻，不知她作何感想，觉得很可怜。然而左思右想了一会，终于决定不写信给她。那件单衫，因为染着那可爱的人儿身上的香气，他始终藏在身边，时时取出来观赏。

次日，小君来到中川的家里。他姐姐等候已久，一见了他，便痛骂一顿："昨夜你真荒唐！我好容易逃脱了，然而外人怀疑是难免的，真是可恶之极！像你这种无知小儿，公子怎么会差遣的？"小君无以为颜。在他看来，公子和姐姐两人都很痛苦，但此时也只得取出那张写上潦草字迹的怀纸来送上。空蝉虽有余怒，还是接受，读了一遍，想道："我脱下的那件单衫怎么办呢？早已穿旧了的，难看死了。"觉得很难为情。她心绪不安，胡思乱想。

轩端荻昨夜遭此意外之事，羞答答地回到自己房中。这件事没人知道，因此无可告诉，只得独自沉思。她看见小君走来走去，心中激动，却又不是替她送信来的。但她并不怨恨源氏公子的非礼行为，只是生性爱好风流，思前想后，未免寂寞无聊。至于那个无情人呢，虽然心如古井之水，亦深知源氏公子对她的爱决非一时色情冲动可比。因念倘是当年未嫁之身，又当如何？但今已一去不返，追悔莫及了。心中痛苦不堪，就在那张怀纸上题了一首诗：

"蝉衣凝露重，树密少人知。
似我衫常湿，愁思可告谁？"

——选自丰子恺译《源氏物语》，人民文学出版社 1983 年版

（吴春兰）

五十三　萨迪《蔷薇园》

萨迪(1208—1291)是具有世界声誉的中古波斯诗人。他出生于设拉子一个伊斯兰教下层传教士的家庭,童年丧父,随母寄人篱下,生活贫困。他先在故乡求学,然后成为当时的穆斯林文化中心巴格达尼扎米亚学院的公费生,在这里学习了《古兰经》、哲学、历史、法学、数学与诗学等知识。大约三十岁左右,萨迪开始了行脚僧的游方布道生涯。三十余年的时间里,他的足迹遍布亚非的埃及、摩洛哥、埃塞俄比亚、叙利亚、土耳其、阿富汗、印度等国,可能还到过我国新疆的喀什。他还14次到麦加朝圣。长期的游历生活使他得以广泛接触各民族、各阶层的人们,观察生活,思考种种社会、人生问题,获得了丰富的人生阅历,积累了大量的创作素材,布道过程中的语言学习与实践则锤炼了他的语言能力。1257年,萨迪结束了游方生活,回到设拉子定居。完成于这一年的《果园》和完成于次年的《蔷薇园》是他最主要的作品。他的晚年在隐居状态中度过。《果园》是道德训诫式的叙事诗集,侧重于表现作者的理想,充溢着对善良、真诚、正义、光明、真理的礼赞。萨迪还有一些诗歌和散文作品,其中抒情诗成就较高。萨迪的创作,建立在他广阔的视野、丰富的阅历、进步的思想和出色的语言能力的基础上,题材丰富,现实性强,思想深刻,富于哲理性与形象性,语言平中见奇,准确、生动、极富魅力。文学史上,萨迪是波斯古典文学的"四大支柱"之一。今天,萨迪是公认的世界文化名人之一。

《蔷薇园》(1258)是萨迪的代表作,共八卷:一、记帝王德行,二、记僧侣言行,三、论知足常乐,四、论寡言,五、论青春与爱情,六、论老年昏愚,七、论教育的功效,八、论交往之道。前七卷共收有171个小故事和若干首诗,最后一卷收有106条格言。这是一部着眼于现实的道德训诫式作品,广泛反映了那个时代波斯和东方穆斯林国家的社会生活,揭示了真善美和假恶丑的对立。萨迪在卷首写道:我"在这本书里写了这些各地奇闻、圣人训谕、故事诗歌、帝王言行,其中也掺杂着我自己的一部分宝贵的生活经验。这就是我写《蔷薇园》的缘起"。

《蔷薇园》内容丰富:其一,抨击封建暴君昏君、贪官奸臣的罪行,肯定仁君、忠臣,要求统治者体恤百姓疾苦,行仁政保护百姓,为百姓谋福利;其二,主张虔诚的宗教信仰,但反对教徒脱离现实生活闭门索居,揭露讽刺"圣徒"的虚伪自私;其三,歌颂人民的才智和勤劳,同情人民疾苦,表现出对人民的深挚的爱;其四,劝人珍惜生命,有所作为,乐善好施,谦逊、宽容、行事有度、孝敬父母、重视友谊、追求高尚的人格与气节;其五,重视文化、知识与教育,强调学以致用;其六,赞扬平等、专一、忠贞的爱情,反对禁欲主义;其七,总结概括人生哲理。纵观《蔷薇园》,对人民、生活的热爱和人道主义思想是贯穿作品集的思想主线。当然,《蔷薇园》不可避免地具有思想局限,如宣传宿命论、劝人面对压迫逆来顺受等等。但《蔷薇园》中占主导地位的是作者的进步思想,其中许多思想观念在当时具有超前性,在今天依旧具有真理性,这是《蔷薇园》至今保持生命力的原因之一。

《蔷薇园》在艺术上具有鲜明的特色,独具魅力。其一,韵散相间的文体,作者首先用散文讲一个生动有趣的小故事,其中国王、大臣、僧侣、学者、商贾、工匠、樵夫、渔人、奴隶等的形象栩栩如生,生活画面五彩斑斓,然后用凝练的短诗揭示故事的寓意,这样,作品中形象性与哲理性相辅相成，既给人以美的享受，又给人以教诲、启迪，引人思索人生与社会问题。其二，语言平中见奇，自然、质朴、准确、优美，极具表现力，诗人常用闪烁着智慧光辉的格言警句，作品集因此一直被推为学习波斯语的范本。

蔷薇园(片断)

第一卷　记帝王言行

6

有一位波斯国王，横征暴敛，残民以逞。人民在他的暴政压迫之下，贫穷困苦，纷纷逃亡。人口日渐减少，税收没有着落，国库也日渐空虚，四境的敌人都在伺机入侵。

谁若想在困厄时得到援助，
　就应在平日待人以宽。
否则你将失去你的奴隶，
　尽管他平日戴着耳环。
你若想使外人倾心归附，
　就应以恩礼使他心服。

有一天，臣下为他诵读“列王纪”，读到扎哈克王朝衰微，法里东继位。宰相问国王说：“法里东，一无财宝，二无国土，三无军队，何以竟能据有天下呢?”国王回答说：“你不会不知道：人民拥戴他，肯为他出力，他才得了天下。”宰相说道：“陛下，既然天下的得失在于民心的向背，为什么你要使人民逃散呢？莫非你不想当国王了吗?”

既然君主倚靠军队统治国家，
君主啊，你应尽心体恤部下。

国王问他说：“怎样才能使军民倾心归附呢?”宰相回答说：“国王若能大公无私，人心自然归附，国王若能仁慈宽厚，人民就能在他的庇护下安居乐业；这两件事，陛下都未做到。”

暴君决不可以为王，
　豺狼决不可以牧羊。
国王对人民任意榨取，
　正是削弱国家的根基。

宰相的诤谏，不合国王心意。他命人将他捆绑起来，下在狱里。不久国王的几个堂兄弟起兵作乱，向他要还他们父亲的领土。过去从他的暴政下逃亡出去的人民，纷纷投奔他们，为他们出力，从他手上夺取了天下。

假如帝王欺压人民，
　在危难中就会众叛亲离。
你若时时体念人民，
　在战争时才能无所畏惧。
因为君主如果英明有为
　全国人民便是军队。

11

有一位圣徒，他的祈祷最有灵验。一次他来到巴格达。人们告知哈志·宾·优素福[1]，他派人将他请去，说道："请为我作一次最好的祝愿。"圣徒说："主啊，取走他的生命吧。"他问道："天啊！这算最好的祝愿吗？"圣徒说："对于你和对于全体穆斯林，这个祝愿就是最好不过了。"

暴君，暴君，你是人民的灾难，
　你应立即关闭你的市廛[2]！
王权对你有害无益，
　你的死胜于你的暴力。

第五卷　论青春与爱情

4

我记得从前我有一位好友，我们二人相处，像是一个核里的两片杏仁那样亲密。有一回我因事远行。过了一些时候，我回来，他就责备我为什么一直不派人给他送个信。我回答说："我不愿意让那送信的人饱看你美丽的容颜，而我却没有这福分。"

我青春时的朋友！请不要将我责备；
　我对你的爱情，钢刀也不能斩断。
你的美貌若给别人眼福，我将心碎，
　你的容颜若是不为别人所见，
　我的心才能宁静平安。

8

我记得在我年轻时有一次在一条街巷里看见一位面如皎月的美人。当时正是七月，天气酷暑而干燥，热风把人骨髓也吹干。我这软弱的身子，实在受不住那般炙晒，使走到一处墙角下去歇凉。这时太阳已把我晒得浑身发烫，我一心盼望能有谁给我一杯凉水，解除我的痛苦。正在这时，我看见从一家凉台上走下来一位光艳照人的少女，美丽得无法形容。她像是从黑夜里选出的曙光，又像是从地穴里流出的生命之水。她手里端着一杯冰露，里面调着葡萄汁，又加了沙糖，甘芳香甜，也不知是滴进了香精还是掺上了她面颊上的蔷薇。我将杯子从美人的手上接过来，一饮

---

① 一位古代暴君。
② "关店"或"收市"喻死亡。

而尽，使觉得重新有了生命。我这心头的干渴不是一滴清水可以解救，也不是一条江河可以减除。

每天早晨若能对着这样的脸儿凝视，
　那将是何等的快乐幸运！
谁在夜晚被醇酒醉死，
　未到天明便会清醒；
可是若为爱情所醉，末日才是黎明。

11

我听说有一个英俊的少年，
带着美丽的情人一起坐船，
他们在途中遇见惊涛骇浪，
把两人一起卷到茫茫海上。
船夫伸手搭救那可爱少年，
想把他救出水乡里的墓园；
那少年虽然已经奄奄一息，
仍喊着说："我的爱人在哪里？
你快去救她，救她，救她！"
临死之前他喊出最后一句话：
"谁在患难中把他的情人抛弃，
千万不要相信他的甜言蜜语。"
一对可怜情人终于同时灭顶；
萨迪所说的话你要牢记在心，
因为他深深懂得爱情的深意，
像是巴格达人精通阿拉伯语。
假如你对他深爱，对他钟情，
对世间的一切就应闭上眼睛。
假如蕾拉和玛依农重回大地，
也将从我这卷书里得到教益。

第七卷　论教育的功效

2

有一位哲学家教导他的儿子们说；"我的宝贝！你们应当努力求学。因为世上的一切东西，无论土地金钱，都是靠不住的。权势不能离开本乡，带着金银上路也不保险或者会被盗贼抢去，或者会得渐渐用光；知识却是取之不尽的源泉，用之不竭的财富；假如有知识，即使钱财用完也不要紧，因为知识是存在头脑里的财产。有学问的人无论到什么地方，都受人尊重，坐首席；没有学问的人无论到哪里，都只有吃残羹剩饭，看人冷眼。"

曾在高位，难于屈服，
曾经享福，难受委曲。

有一回叙利亚发生大扰攘，
　人民纷纷离乡背井。
国王忙把农民的儿子请去作宰相，
　因为他们绝顶聪明；
宰相的儿子们却被赶走，
　各地流荡，向人乞求。

你若想继承父业，应把他的话牢记在心。
因为他所留下的钱财，十天就会用尽。

18

我问圣人这句谚语怎样解释："最大的仇敌莫过于自己的情欲。"他回答说："任何的敌人，你若对他好，都有可能成为朋友，唯独你自己的情欲，你愈待它宽厚，它愈和你为敌。"

你若贪心不足，将会变成畜生，
你若清心寡欲，就是一个神仙；
你若善待别人，人人都会感恩，
唯有你那欲望，你愈宽大它愈造反。

——选自水建馥译《蔷薇园》，人民文学出版社 1980 年版

（叶旦捷）

五十四 《一千零一夜》

《一千零一夜》(又名《天方夜谭》)是中古时期阿拉伯地区流传的民间故事集。它真切地反映了当时阿拉伯地区人民的思想感情、理想憧憬和生活内容,高尔基赞誉其为是民间文学中“最壮丽的一座纪念碑”。

《一千零一夜》的故事来源主要由三部分组成:一部分来自波斯,是《一千零一夜》的核心部分;一部分来自伊拉克,这部分故事的现实感最强;第三部分来自埃及。其他的还有来自印度、希腊、希伯来等地的故事。这些故事经过再创造,都巧妙地汇集在这本阿拉伯故事集里。因此,《一千零一夜》是阿拉伯及其附近地区不同国家和民族文化交流和民间故事的集大成之作。16 世纪《一千零一夜》在埃及编定成书。1814 年至 1818 年,也门的谢赫根据当时流传的较为全面的印度手抄本,编纂出版的“加尔各答首版本”,成为《一千零一夜》第一个阿拉伯原文印本。1835 年由埃及政府出面编订并在开罗附近布拉格出版的“布拉格本”,被公认为是《一千零一夜》的定本。

《一千零一夜》讲述古代萨桑国的国王山鲁亚尔和王后山鲁佐德的故事。山鲁亚尔无意中发现原王后行为不端,就把她杀了,此后他每天娶一少女,第二天早上就将她杀掉,以示报复。宰相的女儿山鲁佐德,机智勇敢,为了拯救无辜的同胞,自愿嫁给了国王。她每晚用讲故事的方法吸引国王,每当故事讲到最扣人心弦的时候,天刚好亮了,国王为了听到结局,就暂不杀她,让她晚上继续讲,就这样一直讲了一千零一夜,国王终于被感化,和王后山鲁佐德百年好合。因此,这本故事集就用山鲁佐德讲故事的方式将内容各异、长短不同的民间流传故事组合到了一起。故事集里的故事包括神话传说、历史故事、现实故事、道德训诫故事、笑话、童话等。内容大致可分为成以下几类:

第一类,赞美人间真善美、讲述正义战胜邪恶的故事。《一千零一夜》中有许多歌颂人们高贵品质和正直善良的故事,讲述了正义最终战胜邪恶。如《阿里巴巴与四十大盗》是其中最具代表性的故事。出身穷苦的樵夫阿里巴巴无意中发现了强盗藏宝藏的山洞,虽然他并不打算据为己有,还是引来了杀身之祸,强盗们准备谋害阿里巴巴。由于女仆马尔基娜机智勇敢,几次三番与强盗们斗智斗勇,最终杀死了强盗,使得阿里巴巴一家转危为安。最后,阿里巴巴让女仆恢复自由身,并让自己的侄儿娶她为妻。这个故事突出表现了阿里巴巴的善良和正直,女仆马尔基娜的聪明和勇敢。第二类,阿拉伯人经商贸易与航海冒险的故事。《一千零一夜》中讲述了大量的古代经商贸易、航海冒险的故事,赞美了中古阿拉伯人的积极进取精神。《辛伯达航海旅行的故事》是其中最具代表性的故事。辛伯达不畏艰险七次航海旅行经商贸易,每次都九死一生,但最后都凭着勇气和智慧满载而归。在辛伯达的身上表现了中古阿拉伯商人进行创业活动时的坚毅勇敢和顽强进取精神。第三类,歌颂美好爱情与婚姻的故事。故事集中描绘男女爱情的真挚美好与忠贞不渝。《巴索拉银匠哈桑的故事》描述了凡人和仙女之间的爱情,唱响了一曲幸福在人间的忠贞爱情之歌。第四类,暴露社会丑恶与揭示百姓苦难的故事。这类故事在反映广大人民苦难的同时,也揭示了其根源在于统治阶级的骄奢淫逸。《渔翁的故事》中,渔翁饱尝辛苦,却是一贫如洗,度日维艰,于是他发出了愤慨之声:“呸,你这个世道!如果长此下去,让我们老在灾难中叫苦、呻吟,这就该受到诅咒。”《渔夫和哈里发的故事》中也描写了哈里发的残暴统治和渔夫的苦难生活。

《一千零一夜》具有出色的艺术表现力。首先是现实主义与浪漫主义的有机融合。故事集以真实的叙述,把上至宫廷的权力争夺,下到市井的奴隶买卖,都一一展现了出来,真实再现了中古时期的阿拉伯社会历史风貌。同时,故事集又具有浓郁的浪漫主义色彩,充满了奇思妙想,有取之不尽的宝袋,腾空而起的飞毯,突然降临的神魔,神奇的魔法戒指等,使人置身于魔幻的故事世界。其次,故事套故事的框架结构是《一千零一夜》独特的艺术特点。《一千零一夜》用简便灵活的大故事套小故事的方式把众多故事组织起来,并将其统一在开篇第一个故事《国王山鲁亚尔及其兄弟的故事》中,形成框架结构。再次,语言通俗、诗文并茂、形象生动是《一千零一夜》叙述的语言特点。大量的民间口语,通俗易懂,明白晓畅,夹杂的诗句使故事增添了雅致和抒情性。此外,还有细节描写、心理刻画等表现手法的成功运用,使故事更具艺术魅力。

辛伯达航海旅行的故事(片断)

一天,我们的船路过一座非常美丽、可爱的小岛。小岛的景色美极了,有绿色的大森林,数不尽的奇珍异果,五彩缤纷的花儿竞相开放,鸟儿在林中婉转歌唱,还有清澈见底的小溪缓缓地流淌,只是岛上不见一个人影儿。我们的船靠岸后,大家都前呼后拥地上岸,到岛上观光,感叹安拉创造世界的伟大和奇妙。我独自前行,徜徉在大自然的怀抱里。我独自坐在小溪边,一边吃东西,一边看风景,那时候,正是凉风习习、天气清爽,周围安静得一点声音也没有,我竟不知不觉地在风景如画的小岛上睡着了。

就这样,在充满着芬芳气味的林荫下面,我沉睡了很久很久。一觉醒来,周围清幽静寂,不见一个人影。原来,商船已经开走了,把我一个人扔在岛上。我左顾右盼,还是久久不见一个人影,似乎连岛上的动物也消失了,我恐怖极了,陷入绝望之中。我孤零零的一个人流落荒岛,没有吃,没有喝,疲惫不堪,几乎失去了生活的信心,绝望之余,不禁悲叹道:

"一个人不是每次都碰上好运气的,上次遇难被人救,这次要想再次脱险,恐怕是太难了。"

想到这儿,我哭了起来,非常绝望,暗自抱怨自己为什么不待在家里,好吃好喝,快乐享福,偏要背井离乡,到海上来奔波,这不是自找苦吃吗?明明第一次就险些丧命,不吸取教训,又离开巴格达跑到海上来奔波……我后悔极了。我气得快要发疯,不知怎么办才好。冥冥之中,只好自我安慰:"我们是属于安拉的,我们都要归宿到安拉那儿去的。"

我不敢呆在原处,害怕孤独向我袭来,只好不安地、漫无目的地走动。后来我拼命爬上一棵大树,向远方眺望,我看见的只是晴朗的天空、湛蓝的海水、茂密的森林以及飞鸟和沙砾。我就这样望呀望,突然,我发现很远的地方有一个巨大的白色影像,我赶忙溜下树,向白影像出现的方向走去,想去看个究竟。

那原来是幢白色的圆顶建筑。我靠拢后,绕着它转了一圈,却找不到它的大门。这房子光滑、明亮,我无法爬上去。这时太阳已经偏西,天快黑了,我急着进这屋子,找个地方休息,就在我束手无策的时候,我发现太阳突然不见了,四周一片漆黑。当时正是夏天,我以为是空中有了乌云,才会如此,我又惊又怕,再抬头细看,只见天空中出现一只身躯庞大,被称为神鹰的野鸟。这种鸟常常捕捉大象喂养雏鸟,我刚才看见的那幢白色圆顶建筑,原来是个神鹰蛋。我不由地惊叹安拉的造物之奇。这时,那只神鹰慢慢地落了下来,两脚向后伸直,缩起翅膀,安然孵在蛋上。

突然,我脑子里冒出个想法,于是我立即行动起来。我解下缠头,对折起来,搓成一条绳子,拴住自己的腰,再牢牢把绳子绑在神鹰腿上,暗想道:"也许这只神鹰能把我带到有人烟的地方去,那就比呆在荒岛上强多了。"

那天夜里,我一直不敢睡觉,怕睡梦中神鹰突然起飞,使我毫无准备。

第二天清晨,神鹰起来,伸长脖子狂吼一声,然后展翅翱翔,带着我直冲云霄。它越飞越高,我仿佛觉得已经接近天边了。它飞呀飞,飞了很久才慢慢下降,最后落到一处高原地带,我战战兢兢地解开缠头,离开神鹰腿。虽然离开了那个岛,却不知又到了什么地方,我仍然感到迷茫、恐惧。

这时,只见神鹰从地上抓起一样东西,又飞向天空中。我仔细看,原来它抓的是一条又粗又长的蟒蛇。我向前走了几步,这才发现自己站在一处极高的地方,脚下是深深的峡谷,四面是高不可攀的悬崖。我又开始埋怨自己不该冒险,自言自语地叹道:"安拉保佑,这里既无野果充饥,又无河水解渴,唉!我真不幸,刚刚脱离危险,又落深渊。听天由命吧!只盼伟大的安拉来拯救了。"

我鼓起勇气,强打精神,走进山谷里,发现那儿遍地都是名贵珍奇的钻石和枣树一样粗大的蟒蛇。蟒蛇张着口,像是一口能吞下一只大象,它们都昼伏夜出,以躲避神鹰的扑杀。天上有神鹰,地下有蟒蛇,这下可完了,我身临其境,懊悔不已,只好乞求安拉保佑了。

很快太阳落山,夜幕降临了。我怕蟒蛇吃了我,忘了饥饿,哆嗦着徘徊在山谷中,想找个栖身的地方。我发现附近有个山洞,洞口很小,我赶紧钻进洞去,推过旁边的一块大石堵住洞口,心想先暂时躲一躲吧,等明天出去,再找出路。待我定睛一看,只见一条大蛇正孵着蛋卧在洞中,我顿时吓得半死,全身发抖,没办法,只好认命了。我眼睛大大地睁了一个晚上。

好不容易熬到第二天天亮,我飞快地跑到洞口推开大石头,逃了出去。由于整夜未眠,加之又渴又饿,只觉得头重脚轻,像醉汉一样,走起路来一步三晃。正在徘徊无望的时候,突然从天空中落下一头被宰的牲畜,我环顾四周,仍不见一个人影,顿时吓得毛骨悚然。

我想起从前有人对我讲过的一个传说:传说出产钻石的地方,都是极深的山谷,人们没法下去采集它们,珠宝商人就想出了一个办法,把羊宰了,剥掉皮,丢到山谷中去,血淋淋的羊肉沾满钻石后,被山中巨大的兀鹰携着飞向山顶。当鹰要啄食的时候,他们叫喊着奔去,赶走兀鹰,收拾沾在羊肉上的钻石,然后把羊肉扔给兀鹰,带走钻石。据说这是珠宝商人获得钻石的唯一方法。

我看见那只被宰的大羊,想起听过的传说,就赶紧跑上前去一看,果然羊肉上有许多钻石,我立即毫不犹豫地把口袋、缠头、衣服和鞋子里都装上钻石,躺下去,把羊拖来盖在自己身上,用缠头把自己绑在羊身上。

等了一会儿,落下一只兀鹰,掳着被宰的羊飞腾起来,一直落到山顶上。它正要啄食羊肉,忽然崖后发出叫喊声和敲木板的响声,兀鹰闻声高飞远逃,我赶紧解开缠头,浑身鲜血淋淋,从地上爬了起来,接着那个叫喊的商人迅速跑过来,他见我站在羊前,吓得哆嗦着不知所措。他翻着死羊看见它身上什么也没有,气得马上哭喊起来:

"多倒霉,哪儿来的魔鬼?夺走了我的珠宝!愿安拉驱逐他。"喊完叫完,他垂头丧气,拼命拍打手掌。

见他这么伤心,我走过去,站在他面前。他不解地问道:

"你是谁?为什么到这儿来?"

"你别害怕。我不是坏人,也是个买卖人,有着悲惨不幸的经历和遭遇,我糊里糊涂就来到了这荒山野岭。你别伤心,我这儿有许多钻石,我会分一部分给你,让你满意。"

听了我的话，商人非常感激，亲切地和我交谈。其他取钻石的商人，见我和他们的伙伴那么友好，也都前来问候、祝福我，邀我与他们结伴而行。我对他们讲了自己的遭遇和流落到山谷中的经过，并且给了那个商人许多钻石，商人非常高兴地说道：

"向安拉起誓，安拉保佑，使你绝处逢生。凡是到这山谷来的人，无一能幸免于难，你算是幸运者。"

我脱离险境，离开蟒蛇成堆的山谷，又回到了人世间，心情轻松极了。我和商人们呆在一块儿，平静地过了一夜。第二天，同他们一起下山，隐约看见那山谷里的蟒蛇，感到十分后怕。

——选自纳训译《一千零一夜》，人民文学出版社 1984 年版

（孙霄）

五十五　泰戈尔《吉檀迦利》

罗宾德拉纳特·泰戈尔(1861—1941)是印度近代杰出的诗人、小说家和戏剧家,著名的音乐家、美术家和社会活动家。他出生于加尔各答市一个富有的地主家庭,父亲和兄姊多热心于社会改革和文学事业,他受到良好的文化熏陶。1878年,他遵从家训到英国学习法律,但到伦敦后,他便按照自己的志趣学习起英国文学和西方音乐,1880年提前回国。此后开始他的创作生涯,直至离世。1913年获得诺贝尔文学奖。泰戈尔创作的诗歌作品主要有诗集《故事诗集》、《园丁集》、《新月集》、《飞鸟集》、《吉檀迦利》等。小说作品主要有短篇《摩诃摩耶》等,长篇《沉船》、《戈拉》等。泰戈尔思想的核心是"泛神论",强调"人格的真理",即所信仰的神存在于万物中,人与万物都是神的表象。"泛神论"对于当时反对宗教迷信,反对"一神论",促进民族解放运动的发展起到了推动作用。同时又是与反对不合理的种姓制度结合在一起的,表现了民主思想。在作品中呈现出追求人与"神"的和谐融合、道德的自我完善以及神秘朦胧的思想情绪。

诗集《吉檀迦利》是诗人从他的孟加拉文本《吉檀迦利》、《奉献集》、《渡口集》等诗集中亲自选译成英语的一部诗集,共收诗歌103首,1912年出版,在欧洲引起轰动,叶芝为诗集作序。诗名"吉檀迦利",意为"献诗",即献给神的诗篇,以敬仰、渴求与神结合为主题,通过诗作劝告那些盲目的顶礼膜拜者们:"把礼赞和数珠撇在一边罢!"因为神并不在那幽暗的神殿里,"他是在锄着枯地的农夫那里/在敲石的造路工人那里/太阳下,阴雨里/他和他们同在/衣袍上蒙着尘土"。人们应该脱下圣袍,到泥土里去迎接神,"在劳动里,流汗里/和他站在一起罢"。诗歌歌颂了神无限的恩赐、无限的爱、无限的意志,表达了诗人渴望与神结合的心情。

《吉檀迦利》是泰戈尔最著名的一部诗集,凭此诗集获得1913年诺贝尔文学奖。这是一部集中体现泰戈尔以泛神论为核心的哲学思想的哲理抒情诗集。诗中通过对神的礼赞,表达了诗人美好的生活理想。诗人所敬奉的神具有鲜明的爱憎,他们不是生活在虚无缥缈的仙界,而往往与被压迫的劳动者在一起,在诗人看来,神的意志实现了,国家就会变成自由幸福的乐园。如在第35首诗中,诗人展现出神恩赐的一幅美好蓝图。由于诗人追求"人神合一",所以每当他所向往的与神相会的美好境界出现的时候,他都感到无比的欢欣和激动,如第46首。在众多的诗中,诗人通过对所向往的神赐予的"自由的天国"的展示,对所渴望达到的"神人合一"崇高境界的描绘,反应了诗人不断探索、追求人生理想的可贵品质及深厚的人道主义和爱国主义精神。同时,诗集也反映了诗人为寻求出路而不得的矛盾、痛苦的心境。泰戈尔尽管在诗篇中表现出对祖国命运的关注和对被压迫者的同情,但他所寄托的"神"和"爱"却是脱离现实、不切实际的。所以诗人在探求出路的过程中就经常流露出哀愁、迷惘的情绪以及失望、绝望的苦恼。这种复杂的心境在许多诗中都表现出来,如第102首。诗人这种时时感受到神的存在,但又觉得与自己距离很远,由此产生的矛盾的心绪和渺茫的希望,使我们在读诗时产生一种朦胧和玄奥的感觉。总体来说,《吉檀迦利》表现了诗人对"神人合一"理想境界的追求,同时间接地反映了诗人一以贯之的人道主义和爱国主义精神,它是诗人思想探索和艺术探索的重要里程碑。

《吉檀迦利》集中体现了泰戈尔抒情诗歌的艺术特色。诗集充满哲理,又具有高度的抒情性,两者达到完美的交融。诗人对理想的追求与探索都是通过内心的感受来表达,注重叙述心灵细微的感情体验。同时,朴实的意象和纯朴的语言通过诗与日常生活中最基本的东西相结合表现出来,如在枯地上劳作的农民、迷人的夏夜、春景等,使人感到一种朴素的美。另外,诗人在选译成英文时采用了散文诗形式,吸收了格律诗所特有的重复和音节相同的原则,结合了只有散文诗才有的千变万化的特点,创造了富有内在节奏感的优美的散文诗韵律。

吉檀迦利(片断)

1

你已经使我永生,这样做是你的欢乐。这脆薄的杯儿,你不断地把它倒空,又不断地以新生命来充满。

这小小的苇笛,你携带着它逾山越谷,从笛管里吹出永新的音乐。

在你双手的不朽的按抚下,我的小小的心,消融在无边快乐之中,发出不可言说的词调。

你的无穷的赐予只倾入我小小的手里。时代过去了,你还在倾注,而我的手里还有余量待充满。

5

请容我懈怠一会儿,来坐在你的身旁。我手边的工作等一下子再去完成。

不在你的面前,我的心就不知道什么是安逸和休息,我的工作变成了无边的劳役海中的无尽的劳役。

今天,炎暑来到我的窗前,轻嘘微语;群蜂在花树的宫廷中尽情弹唱。

这正是应该静坐的时光,和你相对,在这静寂和无边的闲暇里唱出生命的献歌。

10

这是你的脚凳,你在最贫最贱最失所的人群中歇足。

我想向你鞠躬,我的敬礼不能达到你歇足地方的深处——那最贫最贱最失所的人群中。

你穿着破敝的衣服,在最贫最贱最失所的人群中行走,骄傲永远不能走近这个地方。

你和那最贫最贱最失所的人们当中没有朋友的人作伴,我的心永远找不到那个地方。

11

把礼赞和数珠撇在一边吧!你在门窗紧闭、幽暗孤寂的殿角里,向谁礼拜呢?睁开眼你看,上帝不在你的面前!

他是在锄着枯地的农夫那里,在敲石的造路工人那里。太阳下,阴雨里,他和他们同在,衣袍上蒙着尘土。脱掉你的圣袍,甚至像他一样地下到泥土里去吧!

超脱吗?从哪里找超脱呢?我们的主已经高高兴兴地把创造的锁链带起;他和我们大家永远连系在一起。

从静坐里走出来吧,丢开供养的香花!你的衣服污损了又何妨呢?去迎接他,在劳动里,流汗里,和他站在一起吧。

35

在那里,心是无畏的,头也抬得高昂;在那里,知识是自由的;

在那里,世界还没有被狭小的家园的墙隔成片段;

在那里,话是从真理的深处说出;

在那里，不懈的努力向着“完美”伸臂；

在那里，理智的清泉没有沉没在积雪的荒漠之中；

在那里，心灵是受你的指引，走向那不断放宽的思想与行为——

进入那自由的天国，我的父呵，让我的国家觉醒起来吧。

41

我的情人，你站在大家背后，藏在何处的阴影中呢？在尘土飞扬的道上，他们把你推开走过，没有理睬你。在乏倦的时间，我摆开礼品来等候你，过路的人把我的香花一朵一朵地拿去，我的花篮几乎空了。

清晨、中午都过去了。暮色中，我倦眼朦胧。回家的人们瞟着我微笑，使我满心羞惭。我像女丐一般地坐着，拉起裙儿盖上脸，当他们问我要什么的时候，我垂目没有答应。

呵，真的，我怎能告诉他们说我是在等候你，而且你也应许说你一定会来。我又怎能抱愧地说我的妆奁就是贫穷。

呵，我在我心的微隐处紧抱着这一段骄荣。

我坐在草地上凝望天空，梦想着你来临时那忽然炫耀的豪华——万彩交辉，车辇上金旗飞扬。在道旁众目睽睽之下，你从车座下降，把我从尘埃中扶起坐在你的旁边，这褴褛的女丐，含羞带喜，像蔓藤在暑风中颤摇。

但是时间流过了，还听不见你的车辇的轮声。许多仪仗队伍都在光彩喧阗中走过了。你只是静默地站在他们背后吗？

我只能哭泣着等待，把我的心折磨在空虚的伫望之中吗？

45

你没有听见他静悄的脚步声吗？他正在走来，走来，一直不停地走来。

每一个时间，每一个年代，每日每夜，他总在走来，走来，一直不停地走来。

在许多不同的心情里，我唱过许多歌曲，但在这些歌调里，我总在宣告说：“他正在走来，走来，一直不停地走来。”

四月芬芳的晴天里，他从林径中走来，走来，一直不停地走来。

七月阴暗的雨夜中，他坐着隆隆的云辇，前来，前来，一直不停地前来。

愁闷相继之中，是他的脚步踏在我的心上，是他的双脚的黄金般的接触，使我的快乐发出光辉。

46

我不知道从久远的什么时候，你就一直走近来迎接我。

你的太阳和星辰永不能把你藏起使我看不见你。

在许多清晨和傍晚，我曾听见你的足音，你的使者曾秘密地到我心里来召唤。

我不知道为什么今天我的生活完全激动了，一种狂欢的感觉穿过了我的心。

这就像结束工作的时间已到，我感觉到在空气中有你光降的微馨。

48

清晨的静海，漾起鸟语的微波；路旁的繁花，争妍斗艳；在我们匆忙赶路无心理睬的时候，云隙中散射出灿烂的金光。

我们不唱欢歌，也不嬉游；我们也不到村集上去交易；我们一语不发，也不微笑；我们不在路上流连。时间流逝，我们也加速了脚步。

太阳升到中天,鸽子在凉荫中叫唤。枯叶在正午的炎风中飞舞。牧童在榕树下做他的倦梦。我在水边卧下,在草地上展布我困乏的四肢。

我的同伴们嘲笑我;他们抬头疾走;他们不回顾也不休息;他们消失在远远的碧霭之中。他们穿过许多山林,经过生疏遥远的地方。长途上的英雄队伍呵,光荣是属于你们的!

讥笑和责备要促我起立,但我却没有反应。我甘心没落在乐受的耻辱的深处——在模糊的快乐阴影之中。

阳光织成的绿荫的幽静,慢慢地笼罩着我的心。我忘记了旅行的目的,我无抵抗地把我的心灵交给阴影与歌曲的迷宫。

最后,我从沉睡中睁开眼,我看见你站在我身旁,我的睡眠沐浴在你的微笑之中。我从前是如何地惧怕,怕这道路的遥远困难,到你面前的努力是多么艰苦呵!

50

我在村路上沿门乞求的时候,你的金辇像一个华丽的梦从远处出现,我在猜想这万王之王是谁!

我的希望高升,我觉得我苦难的日子将要告终,我站着等候你自动地施与,等候那撒掷在尘埃里的财宝。

车辇在我站立的地方停住了。你看到我,微笑着下车。我觉得我的运气到底来了。忽然你伸出右手来说:"你有什么给我呢?"

呵,这开的是什么样的帝王的玩笑,向一个乞丐伸手求乞!我糊涂了,犹疑地站着,然后从我的口袋里慢慢地拿出一粒最小的玉米献上给你。

但是我一惊不小。当我在晚上把口袋倒在地上的时候,在我乞讨来的粗劣东西之中,我发现了一粒金子。我痛哭了,恨我没有慷慨地将我所有的都献给你。

51

夜深了。我们一天的工作都已做完。我们以为投宿的客人都已来到,村里家家都已闭户了。只有几个人说,国王是要来的。我们笑了说:"不会的,这是不可能的事!"

仿佛门上有敲叩的声音,我们说那不过是风。我们熄灯就寝。只有几个人说:"这是使者!"我们笑了说:"不是,这一定是风!"

在死沉沉的夜里传来一个声音。朦胧中我们以为是远远的雷响。墙摇地动,我们在睡眠里受了惊扰。只有几个人说:

"这是车轮的声音。"我们昏困地嘟哝着说:"不是,这一定是雷响!"

鼓声响起的时候天还没亮。有声音喊着说:"醒来吧!别耽误了!"我们拿手按住心口,吓得发抖。只有几个人说:

"看哪,这是国王的旗子!"我们爬起来站着叫:"没有时间再耽误了!"

国王已经来了——但是灯火在哪里呢?花环在哪里呢?给他预备的宝座在哪里呢?呵,丢脸,呵,太丢脸了!客厅在哪里,陈设又在哪里呢?有几个人说:"叫也无用了!用空手来迎接他吧,带他到你的空房里去吧!"

开起门来,吹起法螺吧!在深夜中国王降临到我黑暗凄凉的房子里了。空中雷声怒吼。黑暗和闪电一同颤抖。拿出你的破席铺在院子里吧。我们的国王在可怖之夜与暴风雨一同突然来到了。

69

就是这股生命的泉水,日夜流穿我的血管,也流穿过世界,又应节地跳舞。

就是这同一的生命，从大地的尘土里快乐地伸放出无数片的芳草，迸发出繁花密叶的波纹。

就是这同一的生命，在潮汐里摇动着生和死的大海的摇篮。

我觉得我的四肢因受着生命世界的爱抚而光荣。我的骄傲，是因为时代的脉搏此刻在我血液中跳动。

101

我这一生永远以诗歌来寻求你。它们领我从这门走到那门，我和它们一同摸索、寻求着，接触着我的世界。

我所学过的功课，都是诗歌教给我的；它们把捷径指示给我，它们把我心里地平线上的许多星辰，带到我的眼前。

它们整天地带领我走向苦痛和快乐的神秘之国，最后，在我旅程终点的黄昏，它们要把我带到哪一座宫殿的门首呢？

102

我在人前夸说我认得你。在我的作品中，他们看到了你的画像。他们走来问我："他是谁？"我不知道怎么回答。我说："真的，我说不出来。"他们斥责我，轻蔑地走开了。你却坐在那里微笑。

我把你的事迹编成不朽的诗歌。秘密从我心中涌出。他们走来对我说："把所有的意思都告诉我们吧。"我不知道怎样回答。

我说："呵，谁知道那是什么意思！"他们哂笑了，鄙夷之极地走开。你却坐在那里微笑。

103

在我向你合十膜拜之中，我的上帝，让我一切的感知都舒展在你的脚下，接触这个世界。

像七月的湿云，带着未落的雨点沉沉下垂，在我向你合十膜拜之中，让我的全副心灵在你的门前俯伏。

让我所有的诗歌，聚集起不同的调子，在我向你合十膜拜之中，成为一股洪流，倾注入静寂的大海。

像一群思乡的鹤鸟，日夜飞向它们的山巢，在我向你合十膜拜之中，让我全部的生命，启程回到它永久的家乡。

——选自谢冰心译《泰戈尔作品集》，人民文学出版社 1961 年版

（盛永宏）

五十六　纪伯伦《先知》

纪伯伦・哈利勒(1883—1931),近代黎巴嫩著名的诗人、散文家、画家,生于黎巴嫩北部一个马龙派天主教家庭,12岁时随母去美国波士顿,两年后回国进贝鲁特希克玛学校学习阿拉伯文、法文和绘画,1908年赴法国艺术学院,师从大艺术家罗丹学习绘画、雕刻。返回美国后专门从事文学艺术创作活动,组织并领导了在阿拉伯侨民文学中卓有成就的"笔会",形成对阿拉伯世界影响深远的"旅美派文学"。1931年逝世,根据他生前的愿望,遗体运回故乡安葬。纪伯伦作品分别为阿拉伯文和英文,阿拉伯文作品有:短篇小说集《草原新娘》、《叛逆的灵魂》,长篇小说《被折断的翅膀》,散文集《音乐短章》、《泪与笑》、《暴风雨》、《行列圣歌》等;英文作品主要有:散文集《疯人》、《先驱者》、《先知》、《沙与沫》、《人之子耶稣》等。纪伯伦作品独具艺术风韵,文笔如行云流水,轻柔隽秀,极富音乐感,语词清新奇异,采用天启预言式,哲理深邃,其独特的艺术风格被公认为"纪伯伦风格"。

《先知》(1923)是纪伯伦的代表作,散文诗共28节,以《船的到来》为开篇,以《道别》作结,全诗设置了一个场景:智者穆斯塔法即将离开居住了十二年的城市奥法利斯,回到他出生的岛上去,临行前与依依不舍的众人在神殿前的广场上道别,一一回答了他们的提问,依次论述了关于爱、婚姻、孩子、施舍、饮食、劳作、悲欢、房屋、衣服、买卖、罪与罚、法律、自由、理智与热情、痛苦、自知、传授、友谊、说话、时间、善与恶、祈祷、逸乐、美、宗教、死亡共26个"关于生与死之间的学问"。这组散文诗在一个预设的场景中,采用先知布道的形式,使这些看似毫无关联的议题统一为有机整体,产生出独特的审美艺术效果。

《先知》中的穆斯塔法是一位智者、先知形象,他"被主所选、为主所爱",是"上帝的先知,极致境地的探求者",是行走在民众中的"神灵",他的"影子曾照亮"民众的脸。他先知先觉,具有非凡的能力和毅力,对民众充满了悲天悯人的爱,这个带有宗教色彩和哲学底蕴的形象在一定程度上成为作者的代言人,是纪伯伦的化身。诗人以清新的诗句,阐发对人生和社会的哲理思考,他力图站在历史的、可以俯瞰世界的高度,宣示自己发现的真理。在他看来,人的本质应该是一种"神性",人类的目标是成为"神性的人",这是纪伯伦生命哲学的要义,也是他写《先知》的根本目的。所以他告诫人们不要被躯壳束缚,不要受屋宇、地界的羁绊,真我应高居于高山之巅,人要摆脱"侏儒性",发扬"人性",向着"神性"前进,而"爱与美"则是实现人生至高境地的途径。纪伯伦把生命作为美的体现,生命的无限与永恒,体现了美的无限与永恒,而爱是通向美的圣殿的道路,诗人提倡的爱是人与人相互平等、相互尊重,以及真诚的奉献和神圣的牺牲。通过先知与众人的问答,这种生命哲学化为具体而平凡的生活理念,《先知》的每段议论都浸透着诗人对生活的深刻理解和对人生的独到思索。

《先知》的艺术特色首先是抒情与哲理的融合,实现了传情达理的功能。在"船的到来"与"道别"中主人公的内心独白以及与众人的话别,浓郁的情感中闪现着对人生、社会的深刻思辨,在26段问答中,生命哲学渗透在情真意切的谆谆教诲中,既温馨又严肃,既富有启示性,又富有感染力。在语言风格上,这种严肃的训示、诚挚的关怀、冷静的启迪、热烈的希望完美结合的风格被称为"圣经式的语言"。其次是新奇美妙的比喻,纪伯伦在《先知》中得心应手地运用各种比喻,最为常用的"A是B"的句式,直截了当地展示出喻体的本质特点,使比喻成为格言或警句,为读者形象理解和深刻记忆。“你的理智和你的热情，是你那航行在海上的灵魂的舵与帆。”“思想是天空之鸟，在语言中的樊笼里能够展翅，却不能飞。”这些比喻新颖、贴切，形象鲜明，内涵丰富。象征性是这部散文诗的另一特色，主人公穆斯塔法既是东方智者的象征，又是人类完美的象征，他要返回的岛既是他的故乡、祖国的象征，也是“爱与美”的理想世界的象征，而奥法利斯即是西方世界的象征，也是现代人类社会的象征。散文诗中反复出现的大海、云雾、明镜、面纱、羽翼等是人类生存状态和生命表达方式的不同象征。大海象征生命的丰富与永恒，云雾象征生命的朦胧和神秘、明镜象征理性和明澈，面纱象征人的真实性被掩盖，羽翼象征生命的飞翔与自由。

先知(片断)

论爱

美特拉说：请给我们谈一谈爱吧！

穆斯塔法抬起头来，望着众人们，那里一片寂静，鸦雀无声。他用洪亮的声音说：

爱向你们示意，你们就跟他走，

即使道路崎岖，坡斜陡滑。

如果爱向你们展开双翅，你就服从之，

即使藏在羽翼中的利剑会伤害你们。

如果爱对你们说什么，你们只管相信他，

即使他的声音惊扰你们的美梦，犹如北风将园林吹得花木凋零。

*　*　*

爱为你们戴上冠冕的同时，也会把你们钉在十字架上。

爱能强壮你们的骨干，同时也要修剪你们的枝条。

爱能升腾到你们天际的至高处，抚弄你们那摇曳在阳光里的柔嫩细枝。

爱同样能沉入你们那伸进泥土里的根部，并将根部动摇。

*　*　*

爱把你们抱在怀里，如同抱着一捆麦子。

爱把你们舂打，以使你们赤身裸体。

爱把你们过筛子，以便筛去外壳。

爱把你们磨成面粉。

爱把你们和成面团，让你们变得柔软。

爱再把你们放在他的圣殿里的火上，以期让你们变成上帝圣筵上的神圣面包。

*　*　*

爱如此摆弄你们，为的是让你们知道你们心中的秘密。依靠这一见识，你们就能成为存在于心的一片碎屑。

*　*　*

如果你们心存恐惧，只想在爱中寻求安逸和享受，

那么，你们最好遮盖起自己的裸体，逃离爱的打谷场，走向一个没有季节更替的世界；在那里，你们可以笑，但笑得不尽情；在那里，你们可以哭，但眼泪淌不完。

*　　*　　*

爱，除了自己，既不给予，也不索取。

爱，既不占有，也不被任何人占有。

爱，仅仅满足于自己而已。

*　　*　　*

当你爱的时候，你不要说“上帝在我心中”，

而要说“我在上帝心中”。

你切莫因为自己能够指引爱之行程。

爱会引导你，如果发现你适于引导。

*　　*　　*

爱除了实现自我，别无所求。

当你爱时，还要伴随着某些愿望，那就把这些作为你的愿望吧：

融化自己，变得像一条流淌的溪水，对夜色哼唱小曲；

感受过分温柔产生的痛苦；

接受由对爱了解为你带来的伤害；

甘心情愿地任你的血流淌；

黎明即起，带着一颗生翅膀的心，满怀谢意迎接爱的新一天来临；

中午小憩，深深沉浸在爱的微醉之中；

黄昏回家，满怀感恩之情；

入睡之时，你的心为你心爱的人祈福，唇间哼吟着赞美的歌。

论婚姻

美特拉又问：夫子，关于婚姻，你有何论说呢？

穆斯塔法回答道：

你俩同生，相伴到永远，

当死神的双翼带走你的岁月时，你俩在一起。

是的，同样在默默思忆上帝之时，你俩也在一起。

不过，你俩结合中要有空隙。

让天风在你俩间翩翩起舞。

*　　*　　*

你俩要彼此相爱，但不要使爱变成桎梏；

而要使爱成为你俩灵魂岸边之间的波澜起伏的大海。

你俩要相互斟满杯子，但不要用同一杯子饮吮。

你俩要互相递送面包，但不要同食一块面包。

一道唱歌、跳舞、娱乐，但要各忙其事；

须知琴弦要各自绷紧，虽然共奏一只乐曲。

*　　*　　*

要心心相印，却不可相互拥有。

因为只有“生命”的手才能容纳你俩的心。

要相互搀扶着站起来，但不要紧紧相贴。

须知神殿的柱子也是分开站立着的。

橡树和松树也不在彼此阴影里生长。

论理智与热情

女祭司又开口说：请你给我们谈谈理智与热情吧。

穆斯塔法答道：

你的心灵常常是战场，你的理智、判断总在那里和你的热情、嗜好打仗。

我真想作为一个和平的调解人莅临你的心灵，将那里相互对立、争斗的因素融合为彼此谐调的一体，共奏一只乐曲。

但我的愿望难以实现，除非你的心灵致力于和平，并且钟爱你心灵中的各种因素。

*　*　*

你的理智和你的热情，是你那航行在海上的灵魂的舵与帆。

一旦舵毁或帆破，海浪就会把船抛离航线，或使船漂泊在海面。

因为理智独自当权，就会变成禁锢你的力量；而热情，你们一旦听任之，便化为火焰，甚至自焚。

那么，就让你的灵魂带着你的理智飞至热情的最高点，直至引吭高歌。

让你的灵魂用理智引导你的热情，让它在每日复活中生存，像凤凰一样自焚，然后从灰烬中重生腾飞。

但愿你将你的判断和嗜好当做两位嘉宾对待，

切不可厚此薄彼，因为如果厚待其以，便会失去两位嘉宾的爱戴与信任。

*　*　*

在山林中，你坐在白杨树荫下，享受着来自田野和草原的宁静与清凉，就让你的心反复默念："上帝之魂静息于理性之中。"

当风暴刮起，暴风撼动林木，雷鸣电闪显示苍天威严之时，就让你的心敬畏地默念："上帝之魂波动于理性之中。"

既然你是上帝天空里的一股气息，又是上帝森林中的一片叶子，你也应当在理智中静息，在热情中波动。

论时间

一位天文学家说：夫子，请给我们谈谈时间吧。

穆斯塔法说道：

你要衡量那不可测和不可限量的时间。

你要按照时辰和季节调整你的举止和行动，引导你的精神前进方向。

你要把时间视作一条小溪，静坐溪旁，观察细水流淌。

*　*　*

但是，你那内心的永恒，却深知生命不能用时光限量。

也知道昨天只不过是今天的回忆，而明天不过是今天的梦。

你内心所歌唱和所思索的，仍然居于最初时刻的广阔空间里，那里散布着天空的浩繁星斗。

在你们当中,又有谁不觉得他那爱的力量总是无穷无限呢?

又有谁不感到,那爱虽则无限,却总绕着自身的核心转动,而不会从爱的一种思想转移到另一种爱的思想,从爱的一种行动转移到另一种爱的行为呢?

时间不正像爱一样,既是不可分割,又是不可用步量的吗?

* * *

如果思维要你把时间分成季节,
那就让每一个季节围绕着其余季节,
让现在用记忆拥抱过去,用温情拥抱明天。

——选自李唯中译《纪伯伦散文诗经典》,译林出版社 2005 年版

(张青)

五十七　普列姆昌德《戈丹》

普列姆昌德(1880—1936)是现代印度印地语作家,印度批判现实主义文学的奠基人,有“短篇小说之王”的美誉。普列姆昌德原名滕纳伯德·拉伊,于1880年7月31日出生在印度北方邦贝拿勒斯附近拉莫希村的一个农民家庭。他一生都是在贫苦中度过的。十六岁父亲去世后,他就不得不一边上学,一边工作,维持全家人的生活。他当过教员、校长、副检查员、巡视检查员等。1921年,他响应甘地的不合作运动,辞去公职,专门从事文学创作。他还先后主编过《时代》、《荣誉》、《甘美》、《觉醒》、《天鹅》等杂志。1936年4月主持成立印度进步作家协会,并被选为主席。因积劳成疾,1936年10月8日与世长辞。普列姆昌德用印地文和乌尔都文写作。从1900年至1936年,在三十六年创作活动中,他共创作了十二部长篇小说、二百五十余篇短篇小说,此外还写过许多散文、剧本、电影故事、儿童文学作品和评论等。重要作品有长篇小说《仁爱道院》、《舞台》、《戈丹》,短篇小说《一把小麦》、《冬夜》、《可番布》、《解脱》等。

在印度现代作家中,普列姆昌德是最熟悉农村生活,最了解农民,以农村生活为题材,写出作品最多的作家。长篇小说《戈丹》(1936)是其代表作。小说的主人公何利是印度农民的典型形象。他善良、勤劳,受封建礼法和宿命论的制约,默默地忍受着贫困和苦难的折磨,忍受着地主和高利贷者的压迫和欺诈,一切都听天由命,不愿违背“为人的道德”和有损家门的“体面”。何利一生中只有一个梦想,就是无论如何也想买一头母牛。因为在印度教社会里,母牛不仅能够产奶,还是吉祥的象征和膜拜的对象。何利的梦想,是贯穿《戈丹》的情节主线。为了实现这个梦想,何利拚命省吃俭用,不知疲倦地劳动,把每一个铜板都积攒下来。但是,在地主、高利贷者和警察的层层盘剥下,在封建卫道者的不断迫害下,为了维持家门的“体面”,也为了“住在水里,不能跟鳄鱼作对”,“别人的脚踩在自己身上,只能放聪明点”,他终于债台高筑,理想化为泡影。没等他的梦想实现,他就劳累而死了。

在小说中,作家通过对何利悲惨命运的描写,深刻地揭示出农民极端贫困的原因。其重点是地主和高利贷者对农民的剥削。地主莱易老爷掌控着农民的命运。他可以强迫佃农服义务劳役,可以任意加租、退佃,还变着法儿要佃农们为他送节礼,甚至在耕种的关键时刻逼迫佃农缴清欠租,使得佃农们只好到高利贷者那里借债。而高利贷者们更是贪婪异常、狠毒无比。一个农民向高利贷者金古里·辛借钱,写了十个卢比的借契,可实际到手的却只有五个卢比。何利辛苦一生,可村子里的高利贷者没有一个不是他的债主。他收获的粮食,在打谷场上就给抢光了。他的甘蔗,或者被拍卖,或者被收买,可无论如何他都不能拿到一个钱。伴随他一生的是永远也还不清的债务,以致他无法按照当时社会的习俗来嫁出自己的女儿,只好把女儿变相地卖给一个老头儿来抵债。“戈”是“牛”的意思,“丹”是“奉献”的意思。按照印度教的习俗,一个人在临死时要请婆罗门来举行一种宗教仪式,净化死者的灵魂,然后将一头母牛献给婆罗门。据说这头牛可以把死者的灵魂送过一条冥河,使他进入冥土。这整个的仪式就叫“戈丹”。但何利哪有牛来献给婆罗门呢!于是就把他生前省吃俭用积攒下来准备买牛的二十个安那,完全献给了婆罗门,作为替他净化灵魂的代价。

在小说中，作家以写实的手法描写何利悲惨的命运，不但揭示出农民极端贫困的原因，还反映了印度民族解放运动之后各种力量的变化。莱易老爷参加过当年的自由斗争，为此还坐过牢，但今天他已经成为与旧的压迫者、剥削者相比毫不逊色的新的压迫者、剥削者，成为英帝国主义者的宠儿。昨天曾被卷进斗争浪潮中的亿万农民之一的何利，今天却承受了更加贫困、更加悲惨的命运。这些描写，虽未指出广大农民正确的斗争道路，但已触及当时社会制度的某些本质方面。因此，无论从思想性和艺术性说，《戈丹》都是普列姆昌德一生创作的高峰。

戈丹(片断)

何利也一直在惦记着买一头母牛的事情。本来他现在是用不着急于买牛的，可是蒙加尔跟他们住在一起，这孩子没有牛奶喝怎么行呢？只要手边有钱，他先得买一头母牛。蒙加尔现在不仅是他的孙子，不仅是戈巴尔的儿子，他也是玛尔蒂小姐的宠儿，对他的照拂也得像个样子。

可是，往哪儿去弄钱呢？恰好那天有一个承包商开始在村子附近的荒坝里采掘铺路的石头，何利一听到这消息，马上跑到那儿去做了挖掘工人，每天的工钱是八个安那。如果这工作能继续干两个月，他挣得的钱就够买一头母牛了。

他在热风和太阳下干了一天，回家时已是精疲力竭，但他心里丝毫也不觉得疲倦。第二天他又怀着同样的热情去上工。夜里，吃过晚饭，还要在一盏油灯下搓绳子，一直到半夜以后才睡觉。丹妮娅也像疯狂了似的，在何利这样操劳之后她不但不劝他不要干夜活，她自己反而陪着他搓绳子。母牛是一定要买的，拉姆·舍瓦克的钱也得还清。戈巴尔临走时这样说过。他对这事情很不放心。

夜里十二点多钟。他们俩还在坐着搓绳子。

“你困了就去睡吧，天一亮还得起来干活哩。”丹妮娅说。

何利抬头望望天空：“还早哩，现在恐怕只有十点钟。你去睡吧。”

“晌午我睡过一会儿。”

“我吃过午饭也在树下睡了一觉。”

“可别中暑啊！”

“哪会中暑？树下可荫凉哩。”

“我担心你会病倒。”

“得啦！要那些有工夫害病的人才会病倒，现在我一心一意只想到，等戈巴尔下次回家的时候，要积攒下一笔钱，把拉姆·舍瓦克的债还掉一半。戈巴尔也会带一点钱回来的。今年还清了这笔债，那咱们的日子就不同了。”

“我心里一直在惦记着戈巴尔。这孩子现在多懂事啊！”

“那天跟我分手，他还摸我的脚来着。”

“蒙加尔刚由城里来的时候，长得胖嘟嘟的，到了乡下就变瘦了。”

“在城里，牛奶啦，黄油啦，要啥有啥。在乡下，只要有烙饼吃就算不错了。等我向包工头领到工钱，咱们就买一头母牛。”

“咱们早就可以买一头母牛的，只是你不肯听我的话。自己的地都张罗不过来，你却把普妮娅那副担子也挑起来了。”

“有什么办法呢，自己得讲点为人的道德呀。希拉做了那样的傻事，他的妻子儿女总得有个人照顾。我不照顾还有谁照顾呢？你倒说说看！我要是不帮忙她，你想想她今天会落得个什么光景。我虽然费尽了心机，蒙格鲁还是告了她一状。”

“她把钱窖起来了，哪会不吃官司！”

“别扯淡！地里的收成最多只够吃，她有什么东西窖起来呀？”

“希拉好像钻到地下去了似的，一点儿音讯也没有。”

“我心里总觉得，他早晚一定要回来的。”

两人都睡下了。第二天天蒙蒙亮，何利起来，忽然看见希拉站在他的面前。希拉的头发很长，衣服破破烂烂，脸上干巴巴的，身上没有一点肉，仿佛身材也萎缩了。他跑上前来，匍匐在何利的脚边。

何利把他扶起来，拥抱着他说：“你简直瘦得不像样了，希拉。几时回来的？我老在想念着你。你病了吗？”

今天他眼中的希拉不是那个使他的生活陷于悲惨的希拉，而是他们父母的小儿子希拉。这当中的二三十年仿佛消逝得无踪无影了。

希拉什么话也没有说，只是站在那儿哭泣。

“为什么要哭呢，弟弟？”何利抓住他的手，哽咽着说。“人总有个差错啊。这些日子你是待在哪儿？”

“我该怎么对你说啊，大哥！”希拉的声音里充满了痛苦。“我留下了一条命，只是因为我命中注定，要见你一面才能死去。我谋害了那头母牛，心里总是忘记不了，我老觉得那母牛时时刻刻都站在我面前，睡的时候也好，醒的时候也好，它总是在我眼前出现。后来我发疯了，在疯人院里住了五年，半年前才从疯人院里出来，靠着讨饭过日子。我不敢回家来。我没有脸见人啊！后来我实在受不了，才壮起胆子回来。你对我的老婆孩子……”

“其实你是用不着跑的，”何利打断了他的话，“随后巡官来了，塞给他几块钱事情也就解决了。”

“我一辈子感激你的恩情，大哥！”

“我不是外人啊，弟弟！”

何利心里很高兴。他觉得人生的一切厄难，一切失意的事情都跟他无缘了。谁说他在人生的战斗中失败了？这种喜悦，这种骄傲，这种幸福的感觉，难道是失败的象征吗？如果说这是失败，那他的胜利就在这些失败之中。他的那些残缺的武器就是他的胜利的旗帜。他胸中感情激动，脸上光彩焕发。希拉的感恩使他看见了自己生平的一切都没有做错。即使他的谷仓里装满粮食，他的土罐里窖着金子，他也不会享受到这种天堂一般的幸福！

希拉从头到脚打量了他一遍，然后说：“你也挺瘦啊，大哥！”

“这种年月我会发胖吗？”何利笑着说，“要那些不借钱过日子，不担心自己体面的人才会发胖。这种年月，发胖是不光彩的事情。要让一百个人变瘦了，才会有一个人发胖，试问这种胖又有什么幸福？要人人都发胖的时候才会有幸福。你看过索巴了没有？”

“昨天晚上就看见他了。你这些日子自己人也照顾，跟你作对的人也照顾，所以保全了自己的体面。可是他呢，庄稼活儿全都丢开不管，天知道他怎么活下去啊！”

如果何利也知道卢巴就在这一天派人送一头母牛来给他，那么这一天将会是他一生中真正最幸福的日子。可是，他命中注定不会知道这个喜讯了。

这一天，他去挖石头的时候，觉得浑身软弱无力。夜里干活的疲劳还没有恢复过来。但他还是走得很快，而且在步态中显出悠然自得的神气。

这一天，上午十点钟就刮起热风，快到中午时，太阳简直像火烧一样。何利把一筐一筐的石头顶在头上，从石坑走到大路，又把石头装在车上。到了中午休息，他已经上气不接下气了。他从来没有觉得这样疲倦过。他的腿拖也拖不动，身体内部好像在燃烧。他澡也不洗，饭也不吃，把自己的头巾铺开，就在那难熬的疲倦中躺在一株树下睡觉；可是他觉得口渴，嗓子都干了。空肚皮喝水又不行。他尽力忍着。心里那种毛焦火辣的感觉越来越厉害，他实在忍耐不住了！他看见在他旁边吃饭的工人有一满桶水，便起来舀了一杯，喝过水又回去躺下。不到半个钟头，他呕吐了，脸色像死人一样苍白。

“你怎么啦，何利大哥?”那个工人问他。

何利的脑里天旋地转。“没什么，我是好好的。”他说。

说着，他又吐起来了，而且手脚都在发冷。他奇怪他的头为什么会晕眩，为什么眼前会是一片漆黑？他闭上眼睛，往事的记忆都在心幕上清晰地映出来，但就像梦景似的支离破碎，颠倒错乱，而且改变了原来的形状。他看见了自己玩洋娃娃和在母亲怀里睡觉的欢乐的童年；又看见戈巴尔回家来了，匍匐在他的脚边；接着换了另一幅景象，丹妮娅在做新娘子，搭着一条红披巾，在侍候他吃饭；然后是一头母牛，一头地道的如意牛，他挤了牛奶，正在给蒙加尔喝，母牛忽然变成了一位仙女，而且……

“嘿，何利，晌午过了，起来搬石头去!”那个工人在对他叫嚷。

何利什么话也没有说。他的灵魂不知道正在什么地方游荡哩。他的身体烧得烫人，他的手脚却是冰冷的。他中暑了。

有人跑去通知他家里的人。不到一个钟头，丹妮娅急匆匆地赶来了。索巴和希拉要做好一副担架再随后赶来。

丹妮娅摸摸何利的身体，不觉吃了一惊，脸色都白了。

“你怎么啦?”她用颤抖的声音问道。

“你来了，戈巴尔，”何利睁着茫然的眼睛说，“我为蒙加尔买了一头母牛，瞧，它站在那儿哩。”

丹妮娅曾经看见过死神的面影。她是认得死神的。她曾经看见死神蹑手蹑脚地悄悄走来，也曾经看见死神像暴风骤雨似的袭来。她的公公、婆婆，她自己的两个儿子，村里许许多多的人，都是在她眼前死去的。她的心痛苦地抽搐了一下。她觉得她的生活的根基仿佛也在动摇了。可是，不，她现在应该耐心等待，她的怀疑是没有根据的，何利不过是中了暑，因此失去了知觉。

“瞧我呀，是我，你不认得我?”她说，勉强忍住满眶的泪水，不让它流出来。

何利渐渐恢复了知觉。他意识到死神已经走到他的身边，火葬堆就要点燃了。他的头脑清醒了。他凄凉地望着丹妮娅，眼角滚出了两颗泪珠，接着他用微弱的声音说：“丹妮娅，我亏待你的地方，你原谅我吧！我要死了！买牛的心愿还没有了结。我挣来买牛的钱，正好用来葬我。别哭啊，丹妮娅，哭一阵又能让我活多少年呢？什么样的苦我都受过了，让我死去吧!”

他的眼睛又闭上了。这时，希拉和索巴已经抬着担架来到，他们把何利抬到担架上躺下，向着村里走去。

这消息像风一样吹遍了村庄，全村的人都汇集在何利家门口。何利躺在担架上，也许一切他都看得清楚，一切他都明白，可是他已经说不出话来了。只有他那滚滚流下的眼泪好像在说，一个人要摆脱一切恋栈是多么艰难啊。恋栈也就是一个人对他生前没有做到的事情所感到的那种痛苦。对那已经履行了的义务和那已经完成了的工作，还有什么恋栈呢？引起恋栈的是我们抛下的那些孤儿寡妇，因为我们不能对他们尽到抚养的义务；引起恋栈的是那些只实现了一半的愿望，因为我们不能继续实现它们了。

丹妮娅虽然明明知道已经没有希望，她还是想要捉住那渺茫的希望的影子。她一边流着眼泪，一边像个机器人似的跑来跑去，一会儿把芒果烤熟，挤出汁水来给何利喝，一会儿又用麸子按摩何利的身体。没有钱，有什么办法呢？若是有钱，她会打发人去请个医生来看看的。

"嫂嫂，"希拉哭着说，"想开一点，行'戈丹'礼吧。大哥要归天了。"

丹妮娅谴责地看了他一眼。现在还要她怎么想开呀？她对自己的丈夫应尽的职责，难道还要别人告诉她？她对自己的终身伴侣，难道只需要哭一场就够了吗？

"是呀，行'戈丹'礼吧，是时候了。"别的许多人也这样说。

丹妮娅机械地站起来，拿出今天卖绳子赚得的二十个安那，先在何利的冰凉的手里搁了一会，然后对站在面前的婆罗门达塔丁说："马哈拉其，家里没有母牛，没有小牛，也没有钱，就只这几个安那，这就是他的'戈丹'！"

说完，她便昏倒在地。

——选自严绍端译《戈丹》，人民文学出版社 1958 年版

（吴春兰）

五十八　川端康成《雪国》

川端康成(1899—1972)是日本现代著名小说家，也是日本第一个获得诺贝尔文学奖的作家。幼年父母双亡，后祖父母和姐姐又陆续病故，他一生漂泊无着，心情苦闷忧郁，逐渐形成了孤独感伤的性格。1924年毕业于东京帝国大学文学部，成为专业作家，同年和横光利一等创办《文艺时代》杂志，后成为由此诞生的新感觉派的中心人物之一。新感觉派衰落后，参加新兴艺术派和新心理主义文学运动。川端康成“以非凡的锐敏表现了日本人的精神实质”，于1968年获诺贝尔文学奖。川端康成一生创作成就颇丰，主要集中在小说创作中，其中中短篇小说尤佳，主要有《伊豆的舞女》、《雪国》、《浅草红团》、《水晶幻想》、《千只鹤》、《名人》、《睡美人》和《古都》等。作品富于抒情性，追求人生升华的美，对于自然美他揉进主观色彩，善于对自然景物的色彩、线条和音响进行丰富的联想和比喻，加以艺术表现。由于自身的经历，他的文学具有明显的孤独的主观色彩，并且总是渗透着忧郁伤感凄凉的情绪。

《雪国》是川端康成的代表作，它问世于战争期间，从1935年1月到1937年5月，小说的各章陆续在多种刊物上发表。1937年第一次汇集成单行本出版，此后又经过多次修改，直到1948年形成现在的定本。小说叙述了岛村三次从东京到雪国和艺妓驹子交往的故事。岛村初到雪国结识了驹子，但没有把她看作艺妓，想与她交个清清白白的朋友，出于爱恋，驹子自愿委身于他。岛村第二次去雪国途中看见美丽的叶子姑娘正在护理一位名叫行男的男子，这次有些迷恋上叶子。岛村三到雪国时，一面与驹子交往，一面追求叶子，此时两人都意识到他们的关系难以继续维持下去。当他们准备分手时，叶子坠身火海“安详”离世。

《雪国》以同情的笔调真实地描写了驹子这个生活在社会底层的艺妓所经历的悲剧命运，表现了她追求独立的人格和自由、探求人生价值的进取精神；对岛村一类有产者有所批评。小说试图以艺术形象说明，世界上的一切都是虚幻的，人的一切努力都是徒劳的，流露出悲观情绪和虚无思想。驹子是小说中最重要的人物，她是一个出身卑微在屈辱的环境中成长的乡村女子，但她不甘沉沦，也没有被生活的不幸和艰难压倒，而是执著地追求一种“正正经经的生活”，为此，她刻苦地学习文化，勤奋地练习技艺，对生活充满热情和渴望，并且坚持承担生活的责任，虽然她不爱行男，但仍不惜沦落风尘挣钱给行男看病。驹子虽然长期忍受被人践踏的屈辱的生活，但她依然渴望着纯真的爱情，所以当她见到与一般游客不同，还有些感情和良知的岛村时，就把多年无以投报的爱情全部倾注在岛村身上。这种爱是不掺杂杂念的，是纯真坦荡的，甚至是不求回报的。对她来说，在那个社会、那样处境中，得到爱自己所爱的正当权利是难以实现的，她所追求的实际是一种理想的、极致的、不存在的、虚幻的爱，是“一种爱的徒劳”。整体来看，驹子既不是积极的反抗者形象，也不是庸俗的堕落者形象，而是有一定进取心的艺妓形象。岛村这一形象从他自身的思想内涵看是驹子形象的反衬。他有祖产，无所事事，游手好闲，自己有妻室，却还想着嫖妓寻欢，这边爱着驹子，那边已经移情于叶子，虽有一定的教养和同情心，赢得了驹子的爱，但却斥之为“爱的徒劳”。驹子真诚、热情，执著地追求生活，他却虚伪、冷酷，始终生活在悲哀中，这个人物反衬了驹子内心深处的纯洁与美丽。

《雪国》是一部在艺术风格上颇具特色的珍品，既有对日本文学传统美的继承，又有结合时代的自我创新，具有一种沁人心脾的艺术感染力。最为突出的是充满诗意的抒情性，小说情节曲折，如山间小溪时断时续，在舒缓的发展中给人一种平淡无奇的印象，流露出日本古典美的神韵，传达出人物纤细短暂的感受和淡淡的哀愁。同时，充分借鉴西方现代派艺术技巧，大胆运用意识流手法，让作品的内容根据人物流动的意识和波动的情感徐徐展开，如岛村的二次雪国之旅，由他从火车玻璃窗上的幻象而产生联系，通过其朦胧的意识流动，引出了关于他第一次去雪国认识驹子的经历的倒叙。另外，运用多种手段塑造人物，小说以抒情的笔墨刻画了驹子的性格和命运，对美与爱的理想表示出向往，用以表现人物细腻丰富的心理；运用减笔来写岛村、叶子、行男，寥寥几笔，给人留下无限遐想的空间。

雪国（片断）

穿过县界长长的隧道，便是雪国。夜空下一片白茫茫。火车在信号所前停了下来。

一位姑娘从对面座位上站起身子，把岛村座位前的玻璃窗打开。一股冷空气卷袭进来。

姑娘将身子探出窗外，仿佛向远方呼唤似地喊道：

“站长先生，站长先生！”

一个把围巾缠到鼻子上、帽耳耷拉在耳朵边的男子，手拎提灯，踏着雪缓步走了过来。

岛村心想：已经这么冷了吗？他向窗外望去，只见铁路人员当作临时宿舍的木板房，星星点点地散落在山脚下，给人一种冷寂的感觉。那边的白雪，早已被黑暗吞噬了。

“站长先生，是我。您好啊！”

“哟，这不是叶子姑娘吗！回家呀？又是大冷天了。”

“听说我弟弟到这里来工作，我要谢谢您的照顾。”

“在这种地方，早晚会寂寞得难受的。年纪轻轻，怪可怜的！”

“他还是个孩子，请站长先生常指点他，拜托您了。”

“行啊。他干得很带劲，往后会忙起来的。去年也下了大雪，常常闹雪崩，火车一抛锚，村里人就忙着给旅客送水送饭。”

“站长先生好像穿得很多，我弟弟来信说，他还没穿西服背心呢。”

“我都穿四件啦！小伙子们遇上大冷天就一个劲儿地喝酒，现在一个个都得了感冒，东歪西倒地躺在那儿啦。”站长向宿舍那边晃了晃手上的提灯。

“我弟弟也喝酒了吗？”

“这倒没有。”

“站长先生这就回家了？”

“我受了伤，每天都去看医生。”

“啊，这可太糟糕了。”

和服上罩着外套的站长，在大冷天里，仿佛想赶快结束闲谈似地转过身来说：“好吧，路上请多保重。”

“站长先生，我弟弟还没出来吗？”叶子用目光在雪地上搜索，“请您多多照顾我弟弟，拜托啦。”

她的话声优美而又近乎悲戚。那嘹亮的声音久久地在雪夜里回荡。

火车开动了,她还没把上身从窗口缩回来。一直等火车追上走在铁路边上的站长,她又喊道:

"站长先生,请您告诉我弟弟,叫他下次休假时回家一趟!"

"行啊!"站长大声答应。

叶子关上车窗,用双手捂住冻红了的脸颊。

这是县界的山,山下备有三辆扫雪车,供下雪天使用。隧道南北,架设了电力控制的雪崩报警线。部署了五千名扫雪工和二千名消防队的青年队员。

这个叶子姑娘的弟弟,从今冬起就在这个将要被大雪覆盖的铁路信号所工作。岛村知道这一情况以后,对她越发感兴趣了。

但是,这里说的"姑娘",只是岛村这么认为罢了。她身边那个男人究竟是她的什么人,岛村自然不晓得。两人的举动很像夫妻,男的显然有病。陪伴病人,无形中就容易忽略男女间的界限,侍候得越殷勤,看起来就越像夫妻。一个女人像慈母般地照顾比自己岁数大的男子,老远看去,免不了会被人看作是夫妻。

岛村是把她一个人单独来看的,凭她那种举止就推断她可能是个姑娘。也许是因为他用过分好奇的目光盯住这个姑娘,所以增添了自己不少的感伤。

已经是三个钟头以前的事了。岛村感到百无聊赖,发呆地凝望着不停活动的左手的食指。因为只有这个手指,才能使他清楚地感到就要去会见的那个女人。奇怪的是,越是急于想把她清楚地回忆起来,印象就越模糊。在这扑朔迷离的记忆中,也只有这手指所留下的几许感触,把他带到远方的女人身边。他想着想着,不由地把手指送到鼻子边闻了闻。当他无意识地用这个手指在窗玻璃上划道时,不知怎的,上面竟清晰地映出一只女人的眼睛。他大吃一惊,几乎喊出声来。大概是他的心飞向了远方的缘故。他定神看时,什么也没有。映在玻璃窗上的,是对座那个女人的形象。外面昏暗下来,车厢里的灯亮了。这样,窗玻璃就成了一面镜子。然而,由于放了暖气,玻璃上蒙了一层水蒸气,在他用手指揩亮玻璃之前,那面镜子其实并不存在。

玻璃上只映出姑娘一只眼睛,她反而显得更加美了。岛村把脸贴近车窗,装出一副带着旅愁观赏黄昏景色的模样,用手掌揩了揩窗玻璃。

姑娘上身微倾,全神贯注地俯视着躺在面前的男人。她那小心翼翼的动作,一眨也不眨的严肃目光,都表现出她的真挚感情。男人头靠窗边躺着,把弯着的腿搁在姑娘身边。这是三等车厢。他们的座位不是在岛村的正对面,而是在斜对面。所以在窗玻璃上只映出侧身躺着的那个男人的半边脸。

姑娘正好坐在斜对面,岛村本是可以直接看到她的,可是他们刚上车时,她那种迷人的美,使他感到吃惊,不由得垂下了目光。就在这一瞬间,岛村看见那个男人蜡黄的手紧紧攥姑娘的手,也就不好意思再向对面望去了。

镜中的男人,只有望着姑娘胸脯的时候,脸上才显得安详而平静。瘦弱的身体,尽管很衰弱,却带着一种安乐的和谐气氛。男人把围巾枕在头下,绕过鼻子,严严实实地盖住了嘴巴,然后再往上包住脸颊。这像是一种保护脸部的方法。但围巾有时会松落下来,有时又会盖住鼻子。就在男人眼睛要动而未动的瞬间,姑娘就用温柔的动作,把围巾重新围好。两人天真地重复着同样的动作,使岛村看着都有些焦灼。另外,裹着男人双脚的外套下摆,不时松开耷拉下来。姑娘也马上发现了这一点,给他重新裹好。这一切都显得非常自然。那种姿态几乎使人认为他俩就这样忘记了所谓距离，走向了漫无边际的远方。正因为这样，岛村看见这种悲愁，没有觉得辛酸，就像是在梦中看见了幻影一样。大概这些都是在虚幻的镜中幻化出来的缘故。

黄昏的景色在镜后移动着。也就是说，镜面映现的虚像与镜后的实物好像电影里的叠影一样在晃动。出场人物和背景没有任何联系。而且人物是一种透明的幻象，景物则是在夜霭中的朦胧暗流，两者消融在一起，描绘出一个超脱人世的象征的世界。特别是当山野里的灯火映照在姑娘的脸上时，那种无法形容的美，使岛村的心都几乎为之颤动。

在遥远的山巅上空，还淡淡地残留着晚霞的余晖。透过车窗玻璃看见的景物轮廓，退到远方，却没有消逝，但已经黯然失色了。尽管火车继续往前奔驰，在他看来，山野那平凡的姿态越是显得更加平凡了。由于什么东西都不十分惹他注目，他内心反而好像隐隐地存在着一股巨大的感情激流。这自然是由于镜中浮现出姑娘的脸的缘故。只有身影映在窗玻璃上的部分，遮住了窗外的暮景，然而，景色却在姑娘的轮廓周围不断地移动，使人觉得姑娘的脸也像是透明的。是不是真的透明呢？这是一种错觉。因为从姑娘面影后面不停地掠过的暮景，仿佛是从她脸的前面流过。定睛一看，却又扑朔迷离。车厢里也不太明亮。窗玻璃上的映像不像真的镜子那样清晰了。反光没有了。这使岛村看入了神，他渐渐地忘却了镜子的存在，只觉得姑娘好像漂浮在流逝的暮景之中。

这当儿，姑娘的脸上闪现着灯光。镜中映像的清晰度并没有减弱窗外的灯火。灯火也没有把映像抹去。灯火就这样从她的脸上闪过，但并没有把她的脸照亮。这是一束从远方投来的寒光，模模糊糊地照亮了她眼睛的周围。她的眼睛同灯火重叠的那一瞬间，就像在夕阳的余晖里飞舞的妖艳而美丽的夜光虫。

……

倾心于岛村的驹子，似乎在根性上也有某种内在的凉爽。因此，在驹子身上迸发出的奔放的热情，使岛村觉得格外可怜。

但是，这种挚爱之情，不像一件绉纱那样能留下实在的痕迹。纵然穿衣用的绉纱在工艺品中算是寿命最短的，但只要保管得当，五十年或更早的绉纱，照样穿在身上也不褪色。而人的这种依依之情，却没有绉纱寿命长。岛村茫然地这么想着，突然又浮现出为别的男人生了孩子、当了母亲的驹子的形象。他心中一惊，扫视了一下周围，觉得大概是自己太劳累了吧。

岛村这次逗留时间这么长，好像忘记了要回到家中妻子的身边似的。这倒不是离不开这个地方，或者同她难舍难分，而是由于长期以来自然形成了习惯于等候驹子频频前来相会。而且驹子越是寂寞难过，岛村对自己的苛责也就越是严厉，仿佛自己不复存在了。这就是说，他明知自己寂寞，却仅仅一动不动地呆在那里。驹子为什么闯进自己的生活中来呢？岛村是难以解释的。岛村了解驹子的一切，可是驹子却似乎一点也不了解岛村。驹子撞击墙壁的空虚回声，岛村听起来有如雪花飘落在自己的心田里。当然，岛村也不可能永远这样放荡不羁。

岛村觉得这次回去，暂时是不可能再到这个温泉浴场来了。雪季将至，他靠近火盆，听见了客栈主人特地拿出来的京都出产的古老铁壶发出了柔和的水沸声。铁壶上面精巧地镶嵌着银丝花鸟。水沸声有二重音，听起来一近一远。而比远处水沸声稍远些的地方，仿佛不断响起微弱的小铃声。岛村把耳朵贴近铁壶，听了听那铃声。驹子在铃声不断的远处，踏着铜铃声相似的细碎的脚步走了过来。她那双小脚赫然映入岛村的眼帘。岛村吃了一惊，不禁暗自想道：已经到该离开这里的时候了。

……

"着火啦!"

火势从下面村子的正中央蹿了上来。

驹子喊了两三声什么,一把抓住了岛村的手。

火舌在滚滚上升的浓烟中若隐若现。火势向旁边蔓延,吞噬着周围的房檐。

"是什么地方?不是在你原来住过的师傅家附近吗?""不是。"

"是在哪一带呢?"

"在上头一点,靠近火车站那边。"

火焰冲过屋顶,腾空而起。

"你瞧,是蚕房呀。是蚕房呀!你瞧,你瞧,蚕房着火了。"驹子把脸颊压在岛村的肩上,接连地说:"是蚕房,是蚕房呀!"

火势燃得更旺了。从高处望下去,辽阔的星空下,大火宛如一场游戏,无声无息。尽管如此,她却感到恐惧。有如听见一种猛烈的火焰声逼将过来。岛村抱住了驹子。

……消防队员把一台水泵向着死灰复燃的火苗,喷射出弧形的水柱。在那水柱前面突然出现一个女人的身体。她就是这样掉下来的。女人的身体,在空中挺成水平的姿势。岛村心头猛然一震,他似乎没有立刻感到危险和恐惧,就好像那是非现实世界的幻影一般。僵直了的身体在半空中落下,变得柔软了。然而,她那副样子却像玩偶似地毫无反抗,由于失去生命而显得自由了。在这瞬间,生与死仿佛都停歇了。如果说岛村脑中也闪过什么不安的念头,那就是他曾担心那副挺直了的女人的身躯,头部会不会朝下,腰身或膝头会不会折曲。看上去好像有那种动作,但是她终究还是直挺挺地掉落下来了。

"啊!"

驹子尖叫一声,用手掩住了两只眼睛。岛村的眼睛却一眨不眨地凝望着。

岛村什么时候才知道掉落下来的女人就是叶子呢?实际上,人们"啊"地一声倒抽一口冷气和驹子"啊"地一声惊叫,都是在同一瞬间发生的。叶子的腿肚子在地上痉挛,似乎也是在这同一刹那。

驹子的惊叫声传遍了岛村全身。叶子的腿肚子在抽搐。与此同时,岛村的脚尖也冰凉得痉挛起来。一种无以名状的痛苦和悲哀向他袭来,使得他的心房激烈地跳动着。

叶子的痉挛轻微得几乎看不出来,而且很快就停止了。

在叶子痉挛之前,岛村首先看见的是她的脸和她的红色箭翎花纹布和服。叶子是仰脸掉落下来的。衣服的下摆掀到一只膝头上。落到地面时,只有腿肚子痉挛,整个人仍然处在昏迷状态。不知为什么,岛村总觉得叶子并没有死。她内在的生命在变形,变成另一种东西。

叶子落下来的二楼临时看台上,斜着掉下来两三根架子上的木头,打在叶子的脸上,燃烧起来。叶子紧闭着那双迷人的美丽眼睛,突出下巴颏儿,伸长了脖颈。火光在她那张惨白的脸上摇曳着。

岛村忽然想起了几年前自己到这个温泉浴场同驹子相会、在火车上山野的灯火映在叶子脸上时的情景,心房又扑扑地跳动起来。仿佛在这一瞬间,火光也照亮了他同驹子共同度过的岁月。这当中也充满一种说不出的苦痛和悲哀。

驹子从岛村身旁飞奔出来。这与她捂住眼睛惊叫差不多在同一瞬间。也正是人们"啊"地一声倒抽一口冷气的时候。

驹子拖着艺妓那长长的衣服下摆，在被水冲过的瓦砾堆上，踉踉跄跄地走过去，把叶子抱回来。叶子露出拼命挣扎的神情，耷拉着她那临终时呆滞的脸。驹子仿佛抱着自己的牺牲和罪孽一样。

人群的喧嚣声渐渐消失，他们蜂拥上来，包围住驹子她们两人。

"让开，请让开！"

岛村听见了驹子的喊声。

"这孩子疯了，她疯了！"

驹子发出疯狂的叫喊，岛村企图靠近她，不料被一群汉子连推带搡地撞到一边去。这些汉子是想从驹子手里接过叶子抱走。待岛村站稳了脚跟，抬头望去，银河好像哗啦一声，向他的心坎上倾泻了下来。

——选自叶渭渠译《雪国》，中国社会科学院出版社 1998 年版

（盛永宏）

五十九　大江健三郎《万延元年的足球队》

大江健三郎(1935—　),日本当代杰出作家,出生于日本四国爱媛县一个偏僻的森林山村,童年时代太平洋战争爆发,倍尝生活艰辛,战后成为接受民主教育的第一代日本人,19岁考入日本东京大学法文学科,大量阅读西方文学,热衷于法国存在主义文学,深受萨特哲学的影响。大学期间完成了两部短篇小说《奇妙的工作》和《死者的奢华》,获得好评,确立了学生作家的地位,1958年发表中篇小说《饲育》和第一部长篇小说《感化院的少年》,当年获得日本文坛最高奖"芥川文学奖"。毕业后专注文学创作,同时积极投身社会活动,他崇尚民主,痛斥日本右翼分子,揭露日本以黑社会为代表的国民劣根性,在日本侵华战争的问题上,主张日本要负"战争责任",是一位富有人格魅力和政治良心的作家。作为职业作家,大江健三郎五十余年间笔耕不辍,完成中长篇小说百余部,代表作有《个人的体验》、《万延元年的足球队》、《同时代的游戏》、《洪水涌上我的灵魂》、《燃烧的绿树》、《替换》等长篇小说,短篇小说集有《倾听雨树的女人们》、《新人啊,醒来吧》等,随笔集《广岛札记》、《核时代的想象力》、《核之大火与"人类"之声》、《我在暧昧的日本》等,文学理论作品《小说的方法》、《小说的经验》、《为了新的文学》等。大江的文学创作中贯穿着存在主义的哲学要素,即人生的悖谬、无可逃脱的责任、人道主义等,同时将存在主义哲学与日本传统的"自我小说"相结合,把他本人作为残疾儿子父亲的生活体验升华到对人类生存的思考。1994年,因其作品"以诗的力量创造一个想象的世界",描绘了"一幅当今人类在困境中惶惑不安的图画",大江健三郎获得诺贝尔文学奖,成为日本第二位获此殊荣的作家。

长篇小说《万延元年的足球队》(1964)是大江健三郎的代表作,小说由13章组成,分别是:"死者引导我们"、"阖家再会"、"森林的力量"、"看到的和可以看到的一切"、"超级市场的天皇"、"一百年后的足球赛"、"诵经舞的复兴"、"说出真相吧"、"放逐者的自由"、"想象力的暴动"、"苍蝇的力量"、"在绝望之中死去"、"复审"。小说写的是发生在两个有不同象征年号1860(万延元年)和1960年的事件。万延元年日本幕府首次派船送使节去美国;百年后的1960年,日本在太平洋战争失败后,与美国签订安全保障条约。小说主人公是兄弟俩:根所蜜三郎、根所鹰四郎,在反对日美签订安保条约的运动中,蜜三郎始终是旁观者,而鹰四却是学生运动的领袖,运动失败后鹰四去美国流浪,试图寻找心灵的归属地。蜜三郎本是大学讲师,与人合作翻译,在脑残疾儿子的出生、妻子因惊恐沾上酒瘾后,又遭遇好友怪异自缢,重重打击下他陷入精神危机而难以自拔。小说第2章,鹰四从美国回来,说服兄嫂一起回故乡,随后他们一起返回四国森林的峡谷村庄。从第4章到第13章,回到家乡的鹰四仿效一百年前曾祖父弟弟领导农民暴动的壮举,把村庄里无所事事、精神萎靡的年轻人组织起来成立了一支足球队,训练并发动暴动,他们利用村民对操纵乡村经济命脉的市场老板(即"超市天皇")的不满,袭击了超级市场,使村庄陷入无政府状态。当晚,鹰四向蜜三郎坦白了自己的秘密后开枪自杀。他的死触动了蜜三郎,使他意识到人应超越自己的心灵地狱,顽强与生命抗争,最后他决定和妻子一起接回在保育院里的残疾儿子,等待并决定收养鹰四即将出生的孩子。他从鹰四的人生终点,开始新生活的起点。

这部小说最重要的主题是存在主义关于人与世界关系的命题：世界是荒谬的，人生是痛苦的，但通过人类自身努力，追求人生存的本质意义，是可以超越生存困境的。两兄弟形象正是对这一命题的形象阐释，在作品开始，蜜三郎遭遇了一系列荒诞境遇：刚出生的儿子被诊断为脑部残疾、夫妻关系陷入危机、妻子酗酒、最好朋友突然自杀……，他一边痛苦思考自身荒诞的生存遭际，一边借助威士忌和昏睡来逃避现实，最后在怀着"寻找一种热切的期待感觉"回到故乡，在鹰四身上以及家乡的"诵经舞"活动中"亡灵"那里他悟出了奋斗与抗争的意义，从而走出心灵地狱，开始了新的生活。鹰四长期背负着与妹妹乱伦、导致妹妹自杀的心灵折磨，试图通过各种努力摆脱地狱，他一方面惩罚自己，如在美国故意染上性病，赤身裸体地在雪地里滚跑，与嫂子私通，把死于事故的山村姑娘说成是自己奸杀的；一方面他不断追求生命的生存意义领导学生运动，组织足球队暴动，成为一个存在主义式英雄。在他自杀后，长期受经济打击而精神濒于崩溃的峡谷村民面貌焕然一新，那些原本无所作为的山村青年积极投身于各种社会活动中。蜜三郎不仅从鹰四身上悟出了生命意义，也从鹰四仿效的祖先"亡灵"那里领悟了生命真谛：承受生命的苦难，担负起应尽的责任，与自己的心灵地狱抗争，顽强生存。

《万延元年的足球队》是一部规模宏大的长篇小说，其独特艺术特点主要有以下三点：一是在叙事时空上采用"缩减模型"，将百年故事时间压缩到几天，即鹰四从美国回来前后的几天；把发生在东京、四国以及美国的故事空间浓缩到一个空间，即四国的一个峡谷村庄。这种小说叙事技法也就是西方戏剧艺术的"三一律"，其作用在于揭示现实的本质，而不是对客观现实进行刻板的描述，通过对"历史与现在"、"城市与乡村"等进行艺术再现和再创造，反映现实中最普遍的东西，也就是存在主义的命题。二是意识流手法的运用，对故事中时空的缩减主要是通过人物的意识流动来实现的，意识流有时由听觉引起回忆，有时由视觉产生联想，有时采取打破时空的形式娓娓道来。如蜜三郎看到寺院墙上的地狱图，他一边和寺院住持讨论，一边浮想联翩：地狱图是曾祖父"为亡灵又为鬼怪的狂烈的兄弟安魂，便必得将亡灵的蹉跌和鬼怪的残酷暴露无余"。三是象征手法，大江作品善于将"虚幻与现实"交融表现，具体技法就是运用象征。小说开篇写蜜三郎躺在挖"净化槽"坑里度过痛苦思考的一夜，"净化槽"本来是人们用来排除污水的，小说中长方形洞坑象征着与现实社会隔绝的、可以求得片刻安宁的空间，而"净化槽"则象征着净化人们思想的理想空间。"地狱图"在小说中多次出现，蜜三郎、鹰四、住持等人看图的感受都不同，地狱图成了一面镜子，它象征着现实社会映在人们心灵上的地狱，不同人生观的人会做出不同的反应。如蜜三郎从画上感受一种"温存"，尽管忍受残酷的折磨，但是表情上已经习惯了这种痛苦，而且心情平静，这正好象征他的人生图景。鹰四与他完全不同，从小就拒绝接受这种"宁谧和平，安详'温存'的假地狱"，面对比地狱还要恐怖的现实，他不逆来顺受而是不断反叛和抗争，为自己也为他人谋求新的出路。另外小说中的"森林"、"峡谷"、"乱伦"、主人公的姓氏"根所"等都具有丰富的象征意味。

万延元年的足球队(片断)

复审

寺院东堂的墙面上，依然是我与鹰四、妻子一起看过的地狱图。我便在这里，向年轻的住持讲述了这一切。在讲述的过程中，我依然对其真实性深信不疑。

"万延元年暴动时深受其害、疑心重重的那些转变时期的农民为什么把暴动的领导权交给一个不知来历的奇怪大汉?这是不可能的。只是,正因为传说中万延元年暴动的领袖,以一个暴动专家的身份在农民们面前复活,他们才情愿聚集到他的领导之下。明治四年的暴动,从其结束的实际情形推测,骚动的中心目的乃是一个政治性的计划:迫使大参事下台。或许这对于农民生活的改善,是至关重要的。然而,这样的口号激发不起农民的冲劲来,所以这个关在地下室里研读新近刊物的自我幽闭者,尽管他自己与这样的迷妄无缘,但他利用种痘、血税之类词语语意的含糊,煽动民众,组织暴动,最终搞掉热衷于新型强权的大参事。在这以后,他又重回到地下生活中去,不让任何人再见到他,把自我幽闭的生活再过上足有二十年。我相信是这样。从前我和弟弟都在探求万延元年的暴动以后曾祖父的弟弟到底变成了怎样的人,却都不得要领,没摸到实处。我们只顾探求那个穿过森林跑掉的子虚乌有的人了嘛。"

住持善良的小脸泛起红晕,一直微笑着倾听我的这番宏论,然而却不置可否。在"暴动"的日子里,他曾表现出明显的兴奋;因此,直到现在,他还对我显得忧心忡忡,刻意用一种过分的平静,来冲淡我心中的兴奋。然而过来一会儿,他还是给我提了个旁证。

"明治四年骚动中的那个驼背领袖的传说,在山脚很是出名哩。但纵然如此,他却未在诵经舞的'亡灵'里面出现过啊。阿蜜,这怕是因为它会和您曾祖父弟弟的'亡灵'发生重复,所以人们才没去造出另外一个'亡灵'罢。当然,这个证据实在太消极了。"

"诵经舞吗?演员们进仓房落了座之后,便在那里大吃大喝,莫非这也是因为,有一个代表性的'亡灵'曾经在那里的地下室度过长期的幽闭生活?这样的话,这证据可算积极了。我想,祖父在注释这本书时,其实明知道这驼背怪人就是他的叔父,他暗中表达一种敬爱之情呢。"

对我的这种空想连篇的大肆假设,住持仿佛觉得无法苟同。他不直接回答我的话,倒是转向了那幅地狱图,说道:

"要是您的推测正确的话,这幅画八成也是您曾祖父,给还活在地下室里的弟弟画的呢。"

我展眼望着那幅画。我发现,还是与鹰四、妻子共同欣赏那种深切安谧的情感。而今,它却不单单是作为被我的情绪唤起的一种被动的印象,而是作为一种独立于我的实在的绘画实体而存在于此。它能动地存在于画面上,一言以蔽之,乃是一种浓重的"温存"。定做这幅画的人,也许要求画师一定要描绘出"温存"的实质。当然还必须是画地狱。因为他的弟弟虽生犹死,正在自我幽闭当中孤独地面对自己的地狱,他要这幅画给弟弟安魂。然而那火焰之河,一定要涂得一片鲜红,犹如阳光映照下山茱萸树那红彤彤的叶背;那火焰的线条,一定要画得平稳柔和,犹如女性裙裾的褶皱。那"温存"也要体现在火焰河中。既然这幅画意在给既为亡灵又为鬼怪的狂烈的兄弟安魂,便必得将亡灵的蹉跌和鬼怪的残酷暴露无余。然而这鬼怪和亡灵,纵然各自表现着残虐和苦闷,但必须有一条宁谧的"温存"纽带,把他们的心联结起来。在地狱图中所画的亡灵中——诸如那些披头散发的人,他们摊开四肢,瘫倒在灼热的石块水面;或如那些火焰之河里的人,他们的臂部瘦成了三角形,正伸向火雨淋漓的虚空之中——或许这些亡灵中的某一个,便是用曾祖父的弟弟做了原型。这样想来,我不禁要把所有亡灵的形象,都在我意识的最深处细细回忆一番,仿佛能寻到一个可称为血亲的面容。

"阿鹰见了这画,挺不高兴来着吧。"住持提起了往事。"小时候他就一直害怕地狱图罢。"

"莫非阿鹰并不是怕这幅画,倒是不喜欢画上画的地狱图的那种'温存'?现在来看一下,我真要这样想了。"我说,"阿鹰有一种惩罚自己的欲望,觉得他应该活在更为惨酷的地狱当中。或许正是这种欲望的驱使,才让他拒绝了如此宁谧平和、安详'温存'的假地狱吧。我想,为保证自己地狱的惨酷不遭到削弱，阿鹰一定做过不少的努力呢。”

年轻的住持渐渐收起了毫无意义的微笑，在他的小连脸上分明现出了一种怀疑的神情。于是我发现，他那对怀疑之事佯装不知的表情里反倒现出一种目中无人的闭锁。面对着这个对于山脚下人的生活全无兴趣的住持，我实在无意把自己心中的问题再讲出来。对我来说，那地狱图毋宁是另一个积极的证据。如果需要重新考察对曾祖父的弟弟和鹰四做出的判断，这些新的证据已经足够充分。住持送我到山门的途中，向我讲了“暴动”以后山脚青年们的情况。

“听说，与阿鹰一起做事的那个衣着单薄的青年，合并以后第一次选举，他就选上了城里的议员哩。看上去阿鹰的‘暴动’完全失败了，可是至少，它倒把从前山脚里已固定下来的人员构成撼动了一下。说到底，既然阿鹰集团里有一个小伙子选上了城里的议员，可见对那些顽固的大人们的头头儿，也是有了点影响力的。‘暴动’对整个山脚的未来都会是卓有实效的，阿蜜！其实，这‘暴动’将山脚人纵向的社会渠道扫除掉，又将年轻人横向的渠道牢牢地巩固了起来。阿蜜，我想，在山脚做长远展望的基础已经建起来了！S弟和阿蜜，他们悲惨地死了，可他们尽了职责！”

我回到家时，超级市场的天皇已经离开了仓房。那群孩子们，本来一直在欣赏那断壁残垣以及地下室上面地板的裂缝，一俟黄昏降临，他们也立刻作鸟兽散，急急地沿着石子路跑走了。我在孩子的时候，山脚的孩子们便是如此，除去祭祀之类特殊的日子，只要黄昏一到，便立刻气喘吁吁地各自回家，全然不像“乡下”的孩子，到了夜里，还要贪玩不止。今天的孩子们是否是因为害怕树林里来的长曾我部（日本历史人物）还不得而知，但他们仍旧不曾改掉这一习惯。

妻子用从超级市场买来后攒起的面包和熏肉给我做了些三明治当晚饭，放在炉边的盘里，自己却横躺到离间，俨然一副专心保护腹内胎儿的模样。我用油纸包起三明治，塞到外套的口袋里面，绕到世田和，摸出一瓶满满的威士忌和一个空酒瓶。我洗了洗空瓶，然而那水却很快就冷却下来，像渗入牙龈的冰水一般。我早该想到，半夜里的寒风是相当地厉害，于是我打算除了自己正用的那条毛毯外，再从壁柜里把预备的拿几条出来。我正蹑手蹑脚地从妻子的旁边走过的时候，发现她原来并没有睡着。

“我想一个人考虑一会儿，阿蜜，”她厉声地说，好像我要找机会偷进她的毛毯里面一样。“重新回想一下我们夫妻生活的许多细节，我看我受你的影响很多，也经常在你替我分担责任的前提下做决断。如果你要抛弃谁，我总站在你这边，附和你支持你。可现在，我觉得很不安呢，阿蜜。保育院的那个孩子，还有我就要生下的这个孩子，我都想自己承担起责任，不再靠你了。现在我就是这样想的。”

“是嘛，我的判断靠不住指不上嘛！”我畏缩地说了这一句，再也不说话了。我也想关到仓房的地下室里考虑一下。既然发现了新的证据，那么我必须打破自己的成见，对曾祖父的弟弟和鹰四进行复审，这样，我才能够真正理解他们。纵然这对于死人已无任何意义，但这却是我所需要的。

于是，我钻到地下室里，像一百年前的那位自我幽闭者一样，背靠正面的石墙蹲将下来，把三条毛毯牢牢地裹在外套上面，吃三明治，一口一口轮流喝威士忌和早已变凉的白开水（幸好从南方吹进山脚的狂风，还没有让它冻成冰），陷入了沉思。这地下室长年人迹不至，到处都是让虫子咬坏的书页。凌乱的碎纸，朽坏的书桌，腐烂散破而又干巴巴的草席子，叫强风一吹，它们全堆到屋角，散发着霉味。墙上的石头略有些潮湿，仿佛冷汗津津皮肤一般，长久的磨损使得它摸起来柔和可人，却也散发着同样的霉味。湿重纤细的灰尘，粘得鼻孔唇边眼角到处都是，我不禁想起了二十五年前得上了小儿气喘病那时的痛苦感觉：这灰尘可不会把毛孔全都堵住，让皮肤无法呼吸罢？闻一闻指尖，发出的也是同样的气味，分明已经叫灰尘给传上了。我把指尖用力往膝头上擦，可是赶不走那种气味。在我把自己关在这黑暗当中的这段时间里，也许会有螃蟹般大小的蜘蛛，从灰垢堆的深处爬将出来，在我的耳朵后面咬个不停。想到这里，便有一种厌恶感仿佛直吞噬到我生理的中心，眼前的黑暗当中，便充满了朝我虎视眈眈的各种怪物：大如乌贼的蠹虫，比得上草鞋的潮虫，以及像狗一般大小的不合节令的蟋蟀。

——选自王中忱译《万延元年的足球队》，光明日报出版社 1995 年版

（张青）

六十 村上春树《挪威的森林》

村上春树(1949—),日本著名小说家,于1949年1月12日出生在日本京都市伏见区,为国语教师村上千秋、村上美幸夫妇的长子。1968年,进入早稻田大学第一文学部戏剧专业就读。1971年22岁以学生身份同夫人阳子结婚。1975年,大学毕业。毕业后与夫人一同经营爵士乐酒吧。29岁开始写作,第一部作品《且听风吟》便获得日本“群像新人奖”。1981年开始专职写作。1987年长篇小说《挪威的森林》一出版立即受到海内外读者的欢迎,一度在爱好者间引起“村上春树现象”。村上春树的主要作品有《且听风吟》、《舞!舞!舞!》、《挪威的森林》、《世界尽头与冷酷仙境》等。在选材上,村上春树喜欢选择反映繁华都市青年人精神风貌的题材,因此他的作品拥有广泛的青年读者群。作为一个深受欧美作家影响的日本作家,村上春树的作品少有日本战后阴郁沉重的文字气息,其作品基调轻盈,风格明快却又不失深刻,语言流畅幽默。他被誉为日本1980年代的文学旗手,其影响力之大可见一斑。

《挪威的森林》(1987)是一部“动人心弦的、平缓舒雅的、略带感伤的、百分之百的恋爱小说”。小说主人公渡边以第一人称展开他同两个女孩间的爱情纠葛。渡边与他高中要好同学木月及其女友直子原本是一个三人好友组合,后来木月自杀了。一年后渡边同直子不期而遇并开始交往。此时的直子因木月的死已经走向了精神崩溃的边缘。直子20岁生日的晚上两人发生了性关系,不料第二天直子便不知去向。几个月后直子来信说她住进一家远在深山里的精神疗养院。渡边前去探望时两人虽同处一室,但渡边约束住了自己,在离开前仍旧表示永远等待直子。返校不久,由于一次偶然相遇,渡边开始与低年级的绿子交往。绿子与直子性格截然相反,活泼而又坚强,充满了生命的气息。渡边内心十分苦闷彷徨。忘不了直子的柔情和缠绵,却又难以抗拒绿子的直率和活力。不久传来直子自杀的噩耗,渡边失魂落魄地四处流浪。最后,在直子的病友玲子的鼓励下,渡边决心背负着两位好友的命运去寻找幸福。

《挪威的森林》体现作者对于生与死关系的思考:“死仅仅是构成生的众多因素之一……死并非生的对立面,死潜伏在我们的生之中。”这是人生哲理的一部分。但死给所爱之人带来无限悲哀,无论谙熟任何哲理,都无法消除这种巨大的悲哀。在小说中,直子是一个内向、敏感、早熟的女孩。她与男友木月从小青梅竹马,缺少与世界交流的能力,两人都是害怕着与世界交流的封闭在两人小世界的人。因此他们找到了渡边,想与世界同步。在木月自杀后,直子虽然与渡边交往,却爱不上渡边,即使将自己的全部都给了渡边,但心却始终停留在木月所在的彼岸,以致于在两人发生关系的第二天便消失不见,进入了精神疗养院,最后以自杀告终。直子与木月都拒绝长大,两人通过死,将自己永远地留在了17岁和21岁。直子是一个瓷娃娃,精致而易碎,她对外面的世界充满了恐惧,从而与世隔绝,对木月产生了依赖,最终走上了绝路,她代表的是过去,是过去那纯洁的、易碎的、少年时代的心。而绿子则正好相反,她来自一个并不幸福的家,母亲多病早亡,父亲也得了绝症,家里的一切都变成了她的负担,但她坚强,对生活满怀憧憬。虽然学校的压抑使她充满了叛逆,但她却一直敢做敢爱。她的身上体现了不屈的精神,代表着奋斗和希望。渡边与直子在一起,感受到的是责任与对过去的思念,和绿子在一起,感受到的是青春与对未来的希望。最后,直子死了,绿子留了下来,渡边也成长了起来。村上春树将人的死亡视作人生成长的一部分,青春已逝,未来充满了未知与磨难,但依然应该不畏前行。

小说以电影分镜式的艺术手法将故事中的一个个场景展开,许许多多日常生活的场景一一在眼前掠过,让人仿佛身临其境。书中的主角都是生活在城市里的人物,主要的场景也都在城市中,表现了城市男女的感情,伴随着爵士乐的不断出现,一切都打上了城市化所代表的"现代"烙印。小说采用了双线结构模式,渡边与直子及渡边与绿子的故事平行展开,两条线索交叉融合时便显现出小说的主题思想。另外,文中人物之间的交往主要通过对话实现,而对话大都是直接引语,人物的这种"直言相告"有利于让读者了解到人物的内心活动。

挪威的森林(片断)

木月的葬礼过后大约两周,我和直子见了次面。因有点小事,我们在一家饮食店碰头。事完之后,便没什么可谈的了。我搜刮了几个话题跟她搭话,但总是半途而废。而且她话里似乎带点棱角。看上去直子好像对我有点生气,原因我揣摸不出。从那次同直子分手,到这次在中央线电车中不期而遇,其间一年没有见面。

直子生我的气,想必是因为同木月见最后一次面说最后一次话的,是我而不是她。我知道这样说有些不好,但她的心情似可理解。可能的话,我真想由我去承受那次遭遇。但毕竟事情已经过去,再怎么想也于事无补。

那是五月一个令人愉快的下午。吃完午饭,木月问我能不能不上课,和他一起去打桌球。我对下午的课也不是很有兴趣,我们便出了校门,晃晃悠悠走下坡路,往港口那边逛去。走进桌球室,玩了四局。第一局我轻而易举地赢了,他顿时认真起来,一举赢了其余三局。我按事先讲好的付了费用。玩球的时间里,他一句玩笑也没说——这是十分少有的。玩完后,我们吸了支烟,休息一会。

"今天怎么格外认真?"我问。

"今天我可是不想输。"木月满意地笑道。

那天夜里,他在自家车库中死了。他把橡胶软管接在N360车排气管上,用塑料布封好窗缝,然后发动引擎。不知他到底花了多长时间才死去。当他父母探罢亲戚的病,回来打开车库门放车的时候,他已经死了。车上的收音机仍然开着,雨刷上夹着加油站的收据。

……周一十点,有"戏剧史II"课,讲欧里庇得斯,十一点半结束。课后,我去距大学步行需十分钟的一家小饭店,吃了煎蛋和色拉。这家饭店偏离繁华街道,价格也比以学生为对象的小饭店贵一些,但安静清雅,而且煎蛋非常可口。店里三个干活的是一对沉默寡言的夫妇和打零工的女孩。我找个靠窗的位置坐下,一个人吃着饭。这工夫里,进来一伙学生,四个人,两男两女,都打扮得干净利落。他们围着靠门口处的一张桌子坐定,打量菜谱,七嘴八舌商量了半天,才由一个人归纳好,告诉给打零工的女孩。

这时间里,我发现一个女孩不时地往我这边瞥一眼。她头发短得出格,戴一副深色太阳镜,身上是白棉布迷你连衣裙。因为对她的脸庞没有印象,我便只管闷头吃饭。不料过不一会儿,她竟轻盈地起身,朝我走来,并且一只手拄着桌角,呼出我的名字:

"你是渡边君,没认错吧?"

我抬头重新端详对方的面孔,还是毫无印象。她是个非常引人注目的女孩,假如在某处见过，肯定马上记起。加之，知道我名字的人这大学里实在寥寥无几。

“坐一下可以么？或者有谁来这儿？”

我丈二和尚摸不着头脑，摇头说：“没谁来。请。”

她叮叮咣咣拖过一把椅子，在我对面坐下，从太阳镜里盯着我，接着把视线落到我的盘子上。

“味道像是不错嘛，嗯？”

“是不错，蘑菇、煎蛋、青豌豆色拉。”

“唔，”她说，“下回我也来这个。今天已经定了别的了。”

“别的？”

“通心粉、奶汁烤菜。”

“通心粉、奶汁烤菜也不坏嘛。”我说，“不过，在什么地方见过你来着？我怎么也想不起来。”

“欧里庇得斯。”她言词简洁，“《伊莱克特拉》。‘不，甚至神也不愿听不幸者的表白。’课不刚刚才上完吗？”

我仔细审视她的脸，她摘下太阳镜。我这才总算认出：是在“戏剧史 II”班上见过的一年级女孩。只是发型风云突变，无法辨认了。

“可你，直到放暑假前头发还到这地方吧？”我比量着肩部往下大约十厘米的位置。

“嗯。夏天烫发来着。可是烫得一塌糊涂，惨不忍睹，真的。气得我真想一死了之。简直太不成话！活活像个头上缠着裙带菜的淹死鬼。可又一想，死了还不如索性来个和尚头。凉快倒是凉快，喏。”说着，用手心窸窸窣窣地抚摸着四五厘米长的短发。

“一点都不难看呀，真的。”我一边继续吃煎蛋一边说，“侧过脸看看可好？”

她侧过脸，五秒钟静止未动。

“呃，我倒觉得恰到好处。肯定是头形好的缘故，耳朵也显得好看。”我说。

“就是嘛，我也这样想，理成短头一看，心想这也满不错嘛，可就是没一个人这样说。什么像个小学生啦，什么劳动教养院啦，开口闭口就是这个。我说，男人干嘛就那么喜爱长头发呢？那和法西斯有什么两样，无聊透顶！为什么男人偏偏以为长头发女孩才有教养，才心地善良？头发长而又俗不可耐的女孩，我知道的不下二百五十个，真的。”

“我是喜欢你现在这样。”我说，而且并非说谎。长头发时的她，在我的印象中无非是个普普通通的可爱女孩。可现在坐在我面前的她，全身迸发出无限活力和蓬勃生机，简直就像刚刚迎着春光蹦跳到世界上来的一只小动物。眸子宛如独立的生命体那样快活地转动不已，或笑或恼，或惊讶或气馁。我有好久没有目睹如此生动丰富的表情了，不禁出神地在她脸上注视了许久。

“真那样想的？”

我边吃色拉边点头。

她再次戴上太阳镜，从里边看着我的脸。

“我说，你该不是撒谎的人吧？”

“哦，可能的话，我还是要当一个诚实的人。”我说。

“唔——”

“为什么戴颜色这么深的太阳镜呢？”我问。

“头发一下变短，觉得什么保护层都没有了似的。就像赤身裸体地被扔到人堆里，心里慌得不行，所以才戴这太阳镜。”

“有道理。”我说，然后把最后一片煎蛋吞下去。她饶有兴味地定睛看着我将食物一扫而光。

“不过去可以么?”我指着和她同来的三个人那边。

“没关系,放心。饭菜来了过去也不迟。无所谓的。不过在这里不影响你吃饭?”

“影响什么,都吃完了。”我说。看样子她无意返回自己的餐桌,我便要了一份饭后的咖啡。老板娘撤去盘子,放上砂糖和奶油。

“喂,今天上课点名时你怎么不答应呢?渡边是你的名字吧,渡边彻?”

“是啊。”

“那为什么不回答?”

“今天不大想回答。”

她再一次摘下太阳镜,放在桌面上,俨然探头观察什么稀有动物似的盯视我的眼睛。“今天不大想回答?”她嘴里重复道,“我说,你这话很像亨弗莱·鲍嘉嘛!既冷静,又刚毅。”

“不至于吧?我可是个再普通不过的人,到处有的是。”

老板娘端来咖啡放在我面前,我没加砂糖和奶油,轻轻啜了一口。

“瞧瞧,到底砂糖、奶油都不加吧!”

“只是不喜欢甜东西罢了。”我耐着性子解释道,“你是不是有什么误解?”

“怎么晒得这么黑?”

“我马不停蹄地徒步旅行了整整两个星期嘛。这里那里,扛着背包和睡袋,所以晒黑了。”

“去哪了?”

“从金泽到能登半岛,转了一大圈。新潟也去了。”

“一个人?”

“一个人。”我说,“有时也路上碰到旅伴。”

“该有浪漫情调诞生吧?旅行中没碰巧结识个女孩?”

“浪漫情调?”我一怔,“你这人,我说你是有什么误解嘛。一个扛着睡袋、满腮胡子、疲于奔命的人到哪里找什么浪漫情调呢!”

“经常这样一个人旅行?”

“不错。”

“喜欢孤独?”她手拄着腮说,“喜欢一个人旅行,喜欢一个人吃饭,喜欢上课时一个人孤零零地单坐?”

“哪里会有人喜欢孤独!不过是不乱交朋友罢了。那样只能落得失望。”我说。

她把太阳镜的眼镜脚衔在口里,用含含糊糊的声音说:“哪里会有人喜欢孤独,不过是不喜欢失望。”然后转向我,“如果你写自传的话,可别忘了这句对白。”

“谢谢。”我说。

“可喜欢绿色?”

“怎么?”

“你身上的半袖衫是绿色的呀!所以才问你是不是喜欢绿色。”

“也不是特别喜欢,什么都无所谓。”

“也不是特别喜欢,什么都无所谓。”她再次鹦鹉学舌,“我嘛,打心眼里喜欢你这说话的方式。就像漂亮地涂了一层墙粉——可听人这么说过,从其他人口里?”

“没有。”我回答。

“我呀,名叫绿子。却跟绿色格格不入,好笑不?你不觉得这样太可悲了?简直是可诅咒的人生！对了，我姐姐叫桃子。岂不滑稽？”

“那么，你姐姐适合粉红色？”

“再没那么适合的了。就像专门是为穿粉红色降生的。哼，不公平到了极点！”

那边餐桌上已有饭菜端来，一个穿双色方格衬衫的小伙子叫道：“喂——绿子，吃饭啦！”她朝那边扬一下手，意思是说“知道了”。

“嗯，渡边君，你做笔记了么？戏剧史Ⅱ的？”

“做了。”我说。

“对不起，可以借我一看？我两次没去，那班上我又没有认识的人。”

“当然可以。”我从包里掏出笔记本，确认上边没有乱写之后，递给绿子。

“谢谢。对了，渡边君，后天去学校？”

“去的。”

“那么十二点来这里好么？还笔记本，午饭我请客。该不会说什么不是一个人吃饭就消化不良吧？”

“不至于吧。”我说，“不过答谢什么的可用不着哟，不过是给看一下笔记本。”

“没关系。我嘛，最喜欢答谢。喏，记住了？不记在手册上不会忘？”

“忘不了，后天十二点在此相见。”

那边又传来招呼声：“喂——绿子，再不吃可凉透啦！”

“我说，你以前就是这么说话的？”绿子充耳不闻似的说。

“我想是这样的，可并不是什么有意的。”我回答。说话方式被人说是与众不同，这还真是第一遭。

她略一沉吟，稍顷妩媚地丢下一笑，离座返回自己的餐桌。我从那张餐桌经过时，绿子朝我挥一下手，其他三人则只觑了一眼我的脸。

……直子死了以后，玲子仍给我来了几封信。信上说那既非我的责任，也不是某人的责任，而是如同天要下雨，不是任何人所能制止的。但对此我没有回信。我能说什么呢？况且毕竟已经无可挽回了。直子已不在这个世上，已经化为一抔灰烬。

八月末参加完直子凄凉的葬礼返回东京，我告诉房东自己准备离开一段时间，请他们照看一下，并跑去打工的餐馆，说暂时来不成了。然后，我给绿子写了封短信：现在一言难尽，希望稍待时日，请谅。此后三天时间里，我挨家进电影院，从早看到晚，大凡东京上映的影片统统看了一遍。尔后收拾好旅行背囊，提出所有的银行存款，去新宿站乘上第一眼看到的特快列车。

至于去了什么地方以及如何去的，我全然无法记起。风景、气氛和声响记得真真切切，而地点却忘得干干净净。连顺序也忘了。我乘上火车或公共汽车，或搭坐路上所遇卡车的助手席，一个城镇接一个城镇地穿行不止。如果有空地有车站有公园有河边有海岸，及其他凡是可以睡觉的场所，我不问哪里，铺上睡袋便睡。也有时央求睡在派出所里，有时睡在墓地旁。只要是不影响通行而又可以放心熟睡的地方，我便肆无忌惮地大睡特睡。我将风尘仆仆的身体裹在睡袋里，咕嘟咕嘟喝几口低档威士忌，马上昏睡过去。遇到热情好客的小镇，人们便为我端来饭菜，借给我蚊香；而若是人情淡薄的地方，人们便喊来警察把我逐出公园。对我来说，好也罢坏也罢，怎么都无所谓。我所寻求的不过是在陌生的城镇睡个安稳觉而已。

手头吃紧时，我就出三四天苦力赚一点现钱。无论哪里总有些苦力可做。我并无特定目的地，只是逐一在城镇中穿行不止。世界广阔无边，到处充满怪异的现象和奇妙的人们。我给绿子打过一次电话,因为实在渴望听到她的声音。

“喂喂,学校早都开学了。”绿子说,“提交听课报告的家伙都有好些个了。你怎么搞的,到底?整整三个星期音信全无。在哪里?干什么呢?”

“对不起,现在不能返京,还不能。”

“你要说的就这个?”

“现在一言难尽,有口难言。等到十月……”

绿子一言不发,“砰”一声挂断电话。

我继续旅行,时而住进廉价旅店,洗个澡,刮刮胡须。一次对镜看去,发现我的嘴脸甚是丑恶。由于风吹日晒,皮肤粗糙不堪,双眼下陷,两腮深凹,而且有来历不明的污垢和擦伤,活像刚刚从黑洞深处爬出来。但仔细端详,确是自家嘴脸无疑。

当时我行走的是山阴海岸,鸟取或兵库的北海岸即在这一带。沿海岸赶路还是轻松的,因为沙滩上肯定找得到惬意的睡眠场所,并且可以捡来被海水冲上岸的木柴升起篝火,从鱼店买来干鱼烤熟来吃。我还打开威士忌,一面谛听涛声一边怀念直子。真是奇怪——她已经死了,已经不在这个世界。我无论如何也不能理解这一事实,无论如何也不能相信。我甚至亲耳听到了钉棺盖的叮当声,却无论如何也不能接受她已魂归九泉这一事实。

她给我留下的记忆实在过于鲜明了。她轻轻地吻我,头发垂落在我的小腹——那光景至今仍历历在目。我还记得她的温情和喘息,以及一泄而出后无可排遣的感伤。这一切就像五分钟前刚刚发生过一样,仿佛直子就在身边,伸手即可触及她的肢体。然而她已经不在了,已经不存在这世界的任何一个地方。

在辗转反侧的不眠之夜,我想起直子的种种音容笑貌,不容我不想起。因为我心里关于直子的记忆堆积如山,只要稍稍开启一点缝隙,它们便争先恐后,鼓涌而出,而我根本无法遏止其突发的攻势。

我想起直子在晨雨中身穿雨衣清扫鸟舍和手拿鸟饵口袋的情景,想起坏了半边的生日蛋糕,想起那天夜里浸湿我衬衣的泪水。是的,那天也是个雨夜。冬日来临,她身穿驼绒大衣在我身旁移动步履。她总是戴一个发卡,总是用手摸它,而且总是用晶莹明澈的眸子凝视我的眼睛。她身披一件蓝色睡衣,在沙发上抱膝而坐,下颏搭在膝头。

就是这样,直子的形象如同汹涌而来的潮水向我联翩袭来,将我的身体冲往奇妙的地带。在这奇妙地带里,我同死者共同生活。直子也在这里活着,同我交谈,同我拥抱。在这个地方,所谓死,并非使生完结的决定性因素,而仅仅是构成生的众多因素之一。直子在这里仍在含有死的前提下继续生存,并且对我这样说:“不要紧,渡边君,那不过是一死罢了,别介意。”

在这样的地方,我感觉不出悲哀为何物。因为死是死,直子是直子。“瞧,这有什么,我不是在这里吗?”直子羞涩地笑着说道。她这一如往日的平平常常的一言一行,使我顿感释然,心绪平和如初。于是我这样想道:如果说这就是所谓死,则死并不坏。“是啊,死有什么大不了的。”直子说,“死单单是死罢了。再说我在这里觉得非常快活。”直子在浊浪轰鸣的间歇里这样告诉我。

但为时不久,潮水退去,我一个人剩在沙滩上。我四肢无力,欲走不能,任凭悲哀变成深重的夜幕将自己合拢。每当这时,我时常独自哭泣——与其说是哭泣,莫如说任由浑似汗珠的泪珠不由自主地涟涟而下。

木月死时,我从他的死中学到一个道理,并将其作为大彻大悟的人生真谛铭刻或力图铭刻在心。那便是:

“死并非生的对立面,死潜伏在我们的生之中。”

实际也是如此。我们通过生而同时培育了死,但这仅仅是我们必须懂得的哲理的一小部分。而直子的死还使我明白:无论谙熟怎样的哲理,也无以消除所爱之人的死带来的悲哀。无论怎样的哲理,怎样的真诚,怎样的坚韧,怎样的柔情,也无以排遣这种悲哀。我们唯一能做到的,就是从这片悲哀中挣脱出来,并从中领悟某种哲理。而领悟后的任何哲理,在继之而来的意外悲哀面前,又是那样软弱无力——我形影相吊地倾听这暗夜的涛声和风鸣,日复一日地如此冥思苦索。我喝光了几瓶威士忌,啃着面包,喝着水筒里的水,满头沙子,背负旅行背囊,踏着初秋的海岸不断西行、西行。

……我给绿子打去电话,告诉她:自己无论如何都想跟她说话,有满肚子话要说,有满肚子非说不可的话。整个世界上除了她别无他求。想见她想同她说话,两人一切从头开始。

绿子在电话的另一头久久默然不语,如同全世界所有的细雨落在全世界所有的草坪上一般的沉默在持续。这时间里,我一直合起双眼,把额头顶在电话亭玻璃上。良久,绿子用沉静的声音开口道:“你现在哪里?”

我现在哪里?

我拿着听筒扬起脸,飞快地环视电话亭四周。我现在哪里?我不知道这里是哪里,全然摸不着头脑。这里究竟是哪里?目力所及,无不是不知走去哪里的无数男男女女。我在哪里也不是的场所的正中央,不停地呼唤着绿子。

——选自林少华译《挪威的森林》,上海译文出版社 2007 年版

（杜芳）